SWB Thriller

Wolfgang Westphal

Das Fleisch Gottes

Medizinthriller

SWB

Verlag

Bibliografische Information der Deutschen Nationalbibliothek
Die Deutsche Nationalbibliothek verzeichnet diese Publikation in der Deutschen Nationalbibliografie; detaillierte bibliografische Daten sind im Internet über http://dnb.d-nb.de abrufbar.

1. Auflage 2014

ISBN 978-3-944264-01-1

Gaisburgstraße 4 B, 70182 Stuttgart
Printed in Germany

Bildmaterial: Gerd Altmann / www.pixelio.de
Umschlaggestaltung: Sig Mayhew / www.mayhew-edition.de
Lektorat: Berit Seidel, Schmiedeberg
Satz: Julia Karl / www.juka-satzschmie.de

Druck und Bindung: E. Kurz + Co., Druck und Medientechnik GmbH, Stuttgart, www.e-kurz.de
Dieses Buch wurde auf chlor- und säurefreiem Papier gedruckt.

www.swb-verlag.de

Sich selbst als Opfer darzubringen,
ist der einzig mögliche Beweis bedingungsloser Unterwerfung.

***

*Dort, an den Ufern von Spree und Havel, gab es sie,
die ersten Heiligen Haine. Für mein hehres Ziel wird die ganze Erde
zu einem solchen und ich benötige noch nicht einmal den Hanf für
die unerlässliche Fessel, damals, denn es gibt etwas viel, viel Wirksameres,
dem sich kein geistiges Wesen wird entziehen können.*

(Arnulf v. Conradi, Göttingen, Student der Medizin und Psychologie)

Vorwort

Kennen Sie den Unterschied zwischen Gut und Böse, den beiden Kindern aus demselben Schoß unserer Evolution?

Wahrscheinlich ist bei solch einer profanen Frage jetzt eine gewisse Verstimmung in Ihnen entstanden. Das verstehe ich. Aber so, wie Sie die Frage aufgefasst haben, habe ich sie nicht gemeint.

Ich formuliere es bildlicher:

David und Goliath. Wer was ist, das dürfte eindeutig sein. Richtig? Die wahren Gegebenheiten lassen wir dabei einmal außer Acht, denn der historische David war wahrlich keine Lichtgestalt des Guten. Aber es ist ja auch nur ein Bild.

Also: Das Böse ist groß, massig, berechnend, arrogant, hinterhältig, nachtragend, gelegentlich aber auch dumpf, um nur einige Eigenschaften zu nennen. Das Gute dagegen klein, zart, naiv, spontan und planlos, manchmal aber auch schlau.

Dass der kleine, zarte David gegen den massigen, dumpfen Goliath sehr wohl einen Sieg landen kann, das wissen wir aus der Bibel.

Aber was passiert danach, dann, wenn das Gute triumphiert hat, die Siegesfeier vorbei ist? Eine sportliche Anerkennung der Niederlage von unserem dumpfen Koloss? Mitnichten!

Das Böse hat immer einen Plan, arbeitet methodisch und zielgerichtet und vergisst Zurechtweisungen niemals. Diese wühlen und rumoren in seinem Kopf, denn das bittere Gift der Niederlage nagt und schmerzt. Das Böse arbeitet und feilt an Verbesserungen des zuvor missglückten Vorhabens, perfektioniert und wartet geduldig, bis seine Chance wieder da ist. Die Chance auf Erfolg, aber auch auf Vergeltung. Und wenn es Generationen dauern sollte.

Das Gute ist von völlig anderer Struktur. Es ist zumeist unorganisiert, muss sich bei jedem neuen Konflikt erst finden, ist schüchtern, zurückhaltend und sucht immer wieder mit großer Mühe aufs Neue seine Verbündeten.

Und jetzt sind wir bei der Geschichte, von der ich Ihnen erzählen will. Es ist eine gemeine und scheußliche Geschichte, die sich über eine Zeitspanne von mehr als zwei Generationen hinzieht.

Auch unser Böses ist heimtückisch, sehr sogar. Es hat einen Plan entwickelt, wie das Problem mit dem lästigen Guten ein für alle Mal gelöst werden kann, das seit Jahrhunderten immer wieder kleinere und größere Erfolge beklatschen darf. Dieser Plan reift an einem Ort, der dafür vortrefflicher nicht sein kann, denn er ist umgeben von Stacheldraht, geschützt von Männern mit Maschinengewehren und scharfen, hungrigen Bluthunden.

Wo das sein soll? Nun, es ist ein deutsches KZ in der dunkelsten Zeit unserer Geschichte.

Prolog

BREMEN, FRÜHJAHR 2013

Das Klingeln war kurz und zögerlich, nicht wie Elli es von Ihrer Pflegerin gewohnt war. Die resolute Henni klingelte üblicherweise dreimal und das ausdauernd, um nicht zu sagen, nervig.

Ab und zu hatte sich Frau Elli Paulsen schon über diese Art des Läutens geärgert, denn trotz ihres fortgeschrittenen Alters meinte sie, nicht schwerhörig zu sein, zumindest nicht so sehr.

Aber diese Besonderheit fiel ihr heute nicht auf, denn Elli ging es nicht so gut. Sie hatte, wie häufiger in letzter Zeit, in der Nacht an Herzschmerzen und Luftnot gelitten und deshalb im Sitzen schlafen müssen. Ihr behandelnder Arzt wollte sie schon in der letzten Woche in die Klinik bringen lassen. Elli hatte vehement abgelehnt und so war dem Mediziner nichts anderes übrig geblieben, als nachzugeben.

Außer bei ihren gesundheitlichen Problemen gab es heute auch noch einen zweiten Anlass, der für sie belastend war. Für den Nachmittag hatte sich ihr ältester Sohn Dieter angesagt. Und das passierte im Laufe eines Jahres nicht sehr häufig.

Es waren noch keine fünf Minuten vergangen, dass die Pflegerin sich verabschiedet hatte.

Die schnelle Henni hat bestimmt etwas vergessen! Gut, dass nicht nur ich gelegentlich schusselig bin!

Frau Paulsen erhob sich mühsam aus ihrem Sessel, um zur Wohnungstür zu gehen. Sie schlurfte zum Eingang, drückte auf den Summer, öffnete, ließ dann die Tür einen Spaltweit auf, ging langsam zurück und ließ sich wieder in ihrem Fernsehsessel nieder.

Kaum hatte sie sich gesetzt, klopfte es leise und ohne, dass sie ›Herein‹ gerufen hatte, öffnete sich die Tür und eine blasse Frau, bekleidet mit einem langen, hellen Allwettermantel und einem in die Stirn gebundenem Kopftuch betrat den Raum. Den Aktenkoffer, den sie mit sich trug, stellte sie ungefragt neben der Tür ab.

Elli schaute die Frau erstaunt an, als diese beinahe schüchtern fragte: »Frau Paulsen?«

»Ja, das bin ich.«

»Bitte, Sie müssen schon entschuldigen, dass ich Sie so überfalle. Ich komme aus der Zentrale Ihres Pflegedienstes. Mein Name ist Marlies Müller. Es geht bei meinem Besuch um ihre Betreuerin Frau Henriette Weigandt. Ach ja, hier ist meine Legitimation.«

Und damit drückte sie der Rentnerin ein Plastikkärtchen in die Hand. Elli warf einen Blick auf die Karte, die einen amtlichen Eindruck vermittelte, drehte diese dann ratlos hin und her und gab sie zurück.

»Hat sich Frau Weigandt etwas zuschulden kommen lassen?«

»Nein, keine Sorge! Ich habe die Aufgabe, von Zeit zu Zeit das Verhalten unserer Mitarbeiter zu überprüfen, denn wir wollen, dass die Angestellten unseres Pflegedienstes ihre Arbeit zur Zufriedenheit der Kunden machen. Wir möchten auch nicht, dass Leistungen abgerechnet werden, die nicht erbracht worden sind. Sie haben sicher schon gehört, dass es solche Dinge gibt. Aber, um keine Missverständnisse aufkommen zu lassen: Mein Besuch ist nur eine Routineüberprüfung. Und ich kann Sie auch gleich beruhigen, denn ich habe aufgrund der bislang geführten Gespräche den Eindruck, dass Frau Weigandt ihre Arbeit ausgesprochen korrekt und mit viel Einsatz erledigt.«

»Ja, das kann ich nur bestätigen.«

»Das ist schön! Ich habe jetzt einen Fragebogen, den ich mit Ihnen durchgehen möchte, vorausgesetzt, Sie stimmen zu. Die Teilnahme an dieser Befragung ist selbstverständlich freiwillig.«

»Wenn das alles seine Richtigkeit hat, bin ich natürlich einverstanden. Und ziehen Sie doch bitte ihren Mantel aus, die Garderobe befindet sich in der Diele. Entschuldigung, wie unhöflich von mir, dass ich Ihnen das nicht gleich angeboten habe.«

»Kein Problem! Sie konnten ja nicht wissen, wer ich bin. Ich lege, wenn sie erlauben, meinen Mantel einfach hier über den Stuhl, denn es dauert ja nicht lange.«

Frau Müller entledigte sich ihres langen Mantels.

»Ich finde es richtig, dass Sie Kontrollen durchführen«, setzte Frau Paulsen das Gespräch fort, »denn wie häufig hört man, dass wir, nur weil wir alt sind, betrogen werden. Neulich hat mir gerade meine Nachbarin, die Frau Jost, erzählt, dass ihr Arzt ihr einige Besuche in Rechnung gestellt hat, die angeblich nie stattgefunden haben. Frau Jost vergisst aber im Gegensatz zu mir, schon sehr, sehr viel. Wahrscheinlich hat sie glatt vergessen, dass der Doktor bei ihr war. Ich habe es nur mit dem Herzen und Gott sei Dank noch nicht mit dem Gedächtnis!«

»Ja, je älter die Menschen werden, umso häufiger gibt es die Probleme mit der Vergesslichkeit. Aber nun an die Arbeit! Da fällt mir ein ... soll ich für uns beide einen Kaffee machen? Dann spricht es sich besser, oder haben sie vielleicht noch einen von Ihrem Frühstück übrig? Ich habe nämlich einen ganz trockenen Mund. Eine halbe Tasse würde mir reichen. Sie müssen aber etwas mittrinken, alleine schmeckt es mir nicht!«

»Oh ja, da haben wir beide Glück. Mein Sohn kommt mich heute noch besuchen. Deshalb hat meine Henni eine ganze Kanne gekocht. Ich wollte das nicht, denn ich finde, dass nur frisch gebrühter Kaffee richtig gut schmeckt.«

»Ja, da haben Sie recht. Wann kommt denn ihr Sohn? Störe ich vielleicht? Ich kann auch morgen wiederkommen.«

»Nein, nein. Mein Dieter kommt erst am Nachmittag, machen Sie sich mal keine Gedanken!«

»Danke.«

»Und Zeit habe ich auch genug! Außerdem bin ich froh über jede Abwechslung bei meinem langweiligen Leben, seit mein Mann nicht mehr da ist.«

»Soll ich den Kaffee aus der Küche holen? Ich glaube, es ist besser, wenn Sie in Ihrem Sessel sitzen bleiben! Ich finde schon, was ich brauche.«

»Wenn es Ihnen keine Mühe macht, Frau Müller, wäre das sehr freundlich. Ich bin heute schlecht zu Fuß, aber das wird schon wieder. Der Doktor hat mir ein neues Medikament verschrieben und das braucht ja auch ein paar Tage, bis es richtig hilft!«

So selbstverständlich, als wäre sie schon häufiger in dieser Wohnung Gast gewesen, ging die Frau, die sich als Frau Müller vorgestellt hatte, über den Flur in die Küche, nahm aus dem Geschirrschrank zwei farblich unterschiedliche Tassen und goss den Kaffee ein, der in einer Thermoskanne neben dem Herd stand.

Plötzlich zögerte sie und schaute aus dem Fenster. Kleine Schweißtropfen hatten sich auf ihrer Stirn gebildet, obwohl es gar nicht so warm war. Sie nahm das Geschirrtuch vom Haken und wischte sich damit das Gesicht trocken.

Nun erschien ein Ausdruck von Entschlossenheit in ihrer Mimik. Die Frau zog ein kleines Fläschchen aus ihrer Hosentasche und tropfte etwas von dessen farblosen Inhalt in eine der Tassen. Dann stellte sie beide auf ein Tablett, das an der Stirnseite der Küchenzeile gelehnt hatte, tat Zuckerdose und Milchschälchen dazu, straffte sich und ging mit sicheren Schritten zurück ins Wohnzimmer. Dort stellte sie das Tablett auf den kleinen Mahagonibeistelltisch, der neben dem großen Fernsehsessel stand.

»Ich wollte Ihnen schon helfen kommen«, sagte die Rentnerin lächelnd, »denn ich befürchtete, dass sie die Sachen doch nicht finden.«

»Nein, nein. Alles bestens! Bei Ihrer mustergültigen Ordnung war das auch kein Problem. Ich habe nur einen Moment aus dem Fenster geschaut und Ihre Aussicht bewundert. Das wollte ich Ihnen sowieso noch sagen: Sie haben nicht nur ein wunderschönes, sondern auch ein tadellos gepflegtes Zuhause. Meine Hochachtung!«

»Danke! Dieses Lob geht mir herunter wie Öl. Der herrliche Garten, auf den ich vom Küchenfenster aus schaue, gehört einem Ehepaar von schräg gegenüber. Ich genieße die Blumenpracht jeden Tag mit großer Freude aufs Neue. Aber nehmen Sie sich doch bitte einen Stuhl und kommen Sie zu mir! Das ist viel gemütlicher und auch praktischer, als wenn Sie so weit weg sitzen. Möchten Sie etwas Kuchen? Ganz frisch vom Bäcker!«

»Nein, danke, ich bin nicht so für die süßen Sachen«, sagte die Besucherin, während sie einen der Stühle heranzog, die an dem winzigen Esstisch standen und sich setzte.

»Ich dagegen mag keinen Kaffee ohne etwas Süßes und leider sieht man das auch«, grinste Frau Paulsen verschämt. »Im Moment möchte ich aber auch nichts, denn ich muss am Nachmittag noch mindestens zwei Stückchen von dem köstlichen Sahnekuchen essen, den mein Sohn immer mitbringt. Einerseits beschwert er sich, dass seine Mutter zu dick wird, andererseits werde ich von ihm gemästet. Aber sagen Sie selbst, was sollen mir, alter Frau, denn zwei Stückchen Torte noch anhaben! Den Herrgott wird's nicht stören, wenn ich demnächst dort mit ein bisschen Übergewicht ankomme.«

»Nun malen Sie mal den Teufel nicht an die Wand«, sagte Frau Müller erschreckt. »Bis zu dem Punkt fließt noch sehr viel Wasser die Weser herunter!«

»Sagen Sie das nicht«, erwiderte die Rentnerin lächelnd. »Mein Sohn will das auch nie hören. Aber ich kenne mein Herz besser als er und ich weiß, dass es nicht mehr allzu lange mitmachen wird. Man muss immer vorbereitet sein … aber ein, zwei Jahre sollten es schon noch werden.«

Frau Müllers Miene wurde plötzlich abweisend. Elli bemerkte diese Reaktion und dachte, dass sie vielleicht irgendeinen wunden Punkt getroffen hatte. Deshalb lenkte sie ab, indem sie forsch hinzufügte: »Wir sollten das jetzt nicht weiter vertiefen, sondern erst einmal unseren Kaffee trinken. Danach beantworte ich Ihnen all Ihre Fragen.«

Die Frauen griffen gleichzeitig zu ihren Tassen und für einen Moment stoppte das Gespräch.

Frau Müller stand auf, holte ihren neben der Tür stehenden schmalen Aktenkoffer und öffnete ihn. Sie kramte lange und umständlich, bis sie endlich eine rote Mappe herauszog, diese aufschlug und begann, von einem Blatt Fragen abzulesen und Ellis Antworten zu notieren. Währenddessen schaute sie zweimal zur Uhr.

Das freundliche Miteinander zwischen den beiden Frauen war nun verschwunden und Frau Paulsen überlegte, was sie falsch gemacht haben könnte.

»Geht es Ihnen nicht gut? Sie sehen ganz krank aus«, fragte sie dann, weil sie die unerklärlich aufgekommene Spannung mindern wollte. Das geschah so unerwartet, dass Frau Müller heftig zusammenzuckte.

»Nein, nein, es geht schon«, entschuldigte sie sich. »Ich habe nur plötzlich heftige Kopfschmerzen und werde besser eine Tablette nehmen. Ich kenne das Problem und habe deshalb immer einige Schmerzpillen dabei. Darf ich mir aus Ihrer Küche ein Glas Wasser holen?«

»Selbstverständlich. Wenn Sie lieber aufhören wollen? Vielleicht sollte ich noch ein paar Minuten schlafen, bevor mein Sohn kommt, denn ich bin auf einmal sehr müde.«

Frau Müller war aufgestanden: »Danke, aber aufhören brauchen wir nicht. Es sind nur noch ein paar kurze Fragen und dann lasse ich Sie auch in Ruhe!«

»Aber Sie haben doch noch gar nicht so viel über Frau Weigandts Arbeit wissen wollen«, wunderte sich Frau Paulsen, um dann erneut zu sagen: »Warum bin ich nur so entsetzlich müde?«

Frau Müller antwortete nicht. Sie verließ das Zimmer, ging in die Küche, stellte sich wieder ans Fenster und schaute hinaus. Etwas später blickte sie auf die rote Küchenuhr, die an der Wand hing und beobachtete lange, wie sich der große Sekundenzeiger vorwärts bewegte. Dann ging sie in den Wohnraum zurück.

Dort saß Elli schnarchend auf ihrem Sessel. Ihr Kopf war zur Seite gefallen. Frau Müller nahm zielstrebig eines der Kissen, die überall auf den Sitzgelegenheiten lagen und hob Ellis Kopf an. Dann presste sie mit ihrem ganzen Gewicht Kopf und Kissen gegen die hohe Stuhllehne.

Elli wehrte sich kaum.

Frau Müller verharrte einige Minuten in dieser Stellung. Dann überzeugte sie sich, dass ihr Opfer nicht mehr atmete, schaute sich um, ergriff einen kleinen Teppich, der neben dem Stuhl lag und legte ihn unter Ellis Füße. Nun ging sie über den Flur zum Schlafzimmer und öffnete die Tür. Zurück im Wohnraum griff sie unter die Achselhöhlen der Toten und schleifte die leblose Frau in den Schlafraum, darauf achtend, dass der Teppich unter den Füßen haften blieb. Frau Müller legte Elli mit dem Oberkörper auf das Bett, ließ dagegen ihre Beine auf dem Boden.

Dann kehrte sie zurück ins Wohnzimmer, legte den kleinen Teppich wieder auf seinen Platz, griff in ihre Manteltasche und zog eine Digitalkamera und eine Spielkarte heraus. Sie schaltete den Fotoapparat ein, begab sich zurück in den Schlafraum, legte die Karte auf das Nachtschränkchen, schoss zwei Bilder und kontrollierte das Ergebnis.

Die Frau, die sich Müller genannt hatte, schaute sich noch einmal um und ging dann hinaus. Zurück im Wohnraum entfernte sie alle Dinge, die auf einen stattgefundenen Besuch hätten schließen lassen können, wusch in der Küche die eine Tasse nebst der Untertasse ab und stellte beides in den Geschirrschrank. Dann kontrollierte sie noch einmal alle Räume und verließ die Wohnung.

Kapitel 1

VERGANGENHEIT
Wewelsburg, 30. März 1945

Jeder kennt ihn, diesen Zustand. Nicht mehr im Schlaf, nicht mehr im Traum. Man wird irgendwohin geführt, leicht, beinahe schwebend. Die Wirklichkeit, die der Fantasie keinen Raum lässt, die jede wie auch immer geartete Illusion tötet, steht vor der Tür. Aber sie ist noch nicht im Zimmer.

Diese spezielle Situation ist ein herrliches Zwischending, wo Gedanken, Wünsche, Eingebungen, Fantastereien nicht nur möglich sind, sondern sich geradezu ätherisch leicht vollbringen lassen.

Genau von solch einem Zustand wurde der kleine, unscheinbare Mann in seinem riesigen Bett umfangen.

Die vor den Alltagsproblemen schützende Dunkelheit der Nacht befand sich schon unumkehrbar auf dem Rückzug und gleichsam, um dieses zu demonstrieren, stahl sich das Licht des heraufziehenden Morgens an der rechten Seite seines Fensters, eine unter Strafe stehende Lücke des schweren Vorhangs nutzend, in den großen, eichenholzgetäfelten Schlafraum, denn es herrschte hier, ebenso wie an jedem anderen Ort in Deutschland, ein striktes Verdunklungsgebot.

Eigentlich hätte es für den zu der Zeit militärisch weit überlegenen Feind ein Leichtes sein müssen, die momentane Unterkunft des Mannes zu zerstören, ihn zu töten, flogen doch fast täglich seine Bomberstaffeln über diese Gegend hinweg, wenn sie ihren Weg nach Leipzig oder Dresden suchten, und keiner konnte behaupten, dass das Anwesen unauffällig war, lag es doch auf einem felsigen Plateau, weithin sichtbar.

Ein mächtiger Nord- und je ein kleinerer Südwest- und Südostturm dominierten diese einzige Dreiecksburg von Bedeutung im Reich. Ihre Tarnung war allerdings so perfekt, die Sicherung so gut, dass das ehemalige fürstbischöfliche Schloss von Attacken aus der Luft während des gesamten Krieges verschont blieb.

Das edel ausgestattete Schlafgemach, an das Ankleidezimmer, Bad, Wohnraum und Besprechungszimmer angrenzten, lag direkt über dem riesigen Speisesaal des Südflügels.

Die Burg sollte nach den Visionen dieses gefürchteten, aber keineswegs selbstsicheren Mannes in nicht allzu ferner Zukunft nicht nur das geistige Zentrum Deutschlands, sondern das der ganzen Welt werden, und er selbst gehörte sowohl zu den mächtigsten, als auch zu den verhasstesten Menschen dieser geschichtsträchtigen Zeit.

Seine äußere Erscheinung war alles andere als die eines Ariers, der er nicht nur in seinen Jugendträumen so gerne gewesen wäre. Und vielleicht war in dieser Tatsache ein Grund dafür verborgen, dass die durchaus hilfsbereite und freundliche Art, die seine engere Umgebung häufig von ihm erfuhr, so fürchterlich mit seinen Befehlen und Verhaltensweisen kollidierte, die millionenfachen Tod nach sich zogen.

Der bis jetzt verwirklichte Umbau der Burg war vom Volumen noch nicht einmal drei Prozent dessen, was nach seinen und seines Architekten H. Bartels gigantomanischen Plänen in Zukunft folgen sollte.

Pläne und Träume sind das eine, deren Umsetzung das andere. Allein, kühles Denken in realisierbaren Dimensionen gehörte nicht gerade zu den Stärken des biederen Mannes, der noch 1929, zusammen mit seiner Frau Marga, eine Geflügelzucht betrieben hatte. Bieder in seiner Struktur blieb er sein ganzes Leben lang, jedoch nicht Hühnerhofbesitzer.

Die Strahlen der aufgehenden Sonne waren nun dabei, den soeben beschriebenen Schwebezustand dieses Mannes zu stören, der ohne seine Stahlbrille noch unbedeutender aussah, als mit dem Utensil, als sein Unterbewusstsein die Gefahr des frühzeitigen Aufwachens erkannte und er sich zur Wand drehte. Sein Gesicht mit dem fliehenden Kinn, dessen er sich sein ganzes Leben lang geschämt und das er von seiner Mutter geerbt hatte, war in diesem Moment komplett unter der weißen Brokatdamastdecke verborgen.

Sein Halbtraum verschwand nun allmählich und bald darauf war der Reichsführer ganz wach.

Er lauschte: Nichts war zu hören, gar nichts. Kein Geschrei, kein Schlagen von Hacken, keine heulenden Sirenen wie in Berlin, kein tiefes Brummen alliierter Bomber, keine Explosionen und kein Wummern der Flak als wütende, verzweifelte aber dennoch zumeist sinnlose Antwort auf Feuer und Tod, die vom Himmel regneten.

Heinrich Himmler setzte sich in seinem Bett auf. Alles an drängenden Angelegenheiten war jäh wieder da. Vor zwei Tagen, nach einem

Gespräch mit Schellenberg, dem Chef der Geheimdienste, war er hierhergekommen, um ohne die üblichen Einflüsterungen, die immer und überall auf ihn einströmten, Entscheidungen treffen zu können. Entscheidungen, die seine und die Zukunft Deutschlands betrafen.

Brigadeführer Schellenberg hatte ihm den ungeheuerlichen Vorschlag unterbreitet, sich des Führers zu entledigen, damit die letzte Chance eines separaten Waffenstillstands mit Eisenhower unter Vermittlung des schwedischen Außenministers genutzt werden konnte.

Wenn die Verhandlungen mit der Waadah, dem Rettungskomitee des jüdischen Weltverbands, zum guten Ende kommen, dann kann ich für jeden Juden, der nicht in unsere Gaskammern getrieben wird, 1000 RM erzielen. Das ist in der Gesamtheit Geld genug, um mit all meinen Getreuen einen Neubeginn zu wagen!

Ja, so kann es klappen und so wird es klappen!

Hoffentlich legt sich der Bürokrat Eichmann nicht quer, diese gottverfluchte Krämerseele!

Apropos: Der Führer: Ich werde auf den halb wahnsinnigen Parkinsonkranken, der seit Monaten in der Reichskanzlei der Hauptstadt wie ein blinder Maulwurf lebt, keine Rücksicht mehr nehmen. Die besonderen Umstände zwingen mich dazu! Er und seine Vasallen können mich nicht mehr schrecken! Nur noch mein Schwarzer Orden hat die Macht und die Möglichkeit, die militärische Niederlage Deutschlands zu verhindern.

Der Reichsführer SS war in diesem Moment fest entschlossen, den Plan, sich an die Spitze des Staates zu stellen, zu realisieren.

Etwas anderes kam ihm wieder in den Sinn, über das er in den letzten Wochen viel nachgedacht hatte:

Noch nie hat es ein unveränderlich stabiles Imperium gegeben. Sämtliche Staatsgebilde und waren sie noch so mächtig, sind gescheitert. Und der Grund? Es fehlte immer an der Loyalität der Menschen! Was ist aus dem Riesenreich Alexander des Großen geworden, aus dem Imperium Romanum, was aus dem gewaltigen chinesischen Kaiserreich? Alle sind entweder von innen zerfallen oder sie wurden besiegt. Ein Weltreich vergeht, ein anderes entwickelte sich, um wiederum unterzugehen.

Und das Reich des Führers? Tausend Jahre sollte es bestehen!

Ich kann und werde dieses Problem angehen und lösen. Ich allein besitze das einzige Exemplar von Raschers Buchs. Meine vielen in Auftrag gegebe-

nen Prüfungen haben eindeutig bewiesen: Es funktioniert. Die Idee lässt sich umsetzen, die Schlüsse, die der KZ-Arzt aus den Versuchen gezogen hat, sind keine Märchen, das Ganze ist keine Scharlatanerie! Im Gegenteil: Es ist der absolute Schlüssel zur Macht und diesen gebe ich nicht wieder aus der Hand! Nie wieder, so lange ich lebe!

Schritte näherten sich und gleichzeitig klingelte an seinem Bett das Telefon. Nach einem kurzen, kräftigen Klopfen und einem »Herein« seinerseits, öffnete sich die Tür und sein persönlicher Ordonanzoffizier trat ein.

»Heil Hitler, Reichsführer! Berlin ist am Apparat. Der Führer persönlich!«

Der Dialog, der nun folgte, war kurz und von der anderen Seite sehr einseitig geführt.

Bald nachdem die ersten Worte seines Gesprächspartners mit der dämonischen Stimme in sein Ohr und in seinen Kopf gedrungen waren, wurde dem Zauderer Heinrich Himmler klar, dass er es niemals schaffen würde, die Hand gegen seinen früheren Gönner zu erheben. Nie würde er es wagen, den vor einigen Minuten gefassten Umsturzplan in die Tat umzusetzen.

Zwei Stunden später befahl er seinen Untergebenen den Aufbruch mit dem Ziel der Berliner Reichskanzlei, nicht ohne auch dem schon für alle Fälle bereitstehenden Sprengkommando für den nächsten Morgen den Befehl zum Zerstören seiner geliebten Wewelsburg zu erteilen.

»Es darf nichts von den Heiligtümern unseres Ordens in die Hände unserer Feinde fallen, wenn sie hier einmal einrücken sollten«, sagte er zu den zurückbleibenden Soldaten.

Auch sein raffinierter Fluchtweg war nun überflüssig geworden. Den hatte Heinrich Himmler selbst konzipiert, als ihn Berichte von Agenten aus England erreichten, dass von dort ein Kommandounternehmen geplant war, ihn hier auf der Wewelsburg gefangen zu nehmen und als Mittel zur Erpressung zu benutzen.

Die gesamte Fluchtkonstruktion unterlag beim Bau strengster Geheimhaltung. Nur wenige Eingeweihte wussten davon. Von den Häftlingen, die mit der Verwirklichung dieses Systems befasst waren, die alle aus dem KZ Niederhagen stammten, überlebte keiner, denn niemand sollte etwas verraten können. Sie endeten zum Dank für ihre exzellente

Arbeit in einem hermetisch abgeschlossenen Laderaum eines Lastwagens, in den während einer Fahrt die Motorabgase eingeleitet wurden.

Der Reichsführer zog sich nun an, frühstückte und führte noch eine lange Reihe von Telefonaten, die allesamt schlechte Nachrichten beinhalteten: Die Gespräche mit der Waadah waren gescheitert, ebenso die geheimen Kapitulationsverhandlungen.

Es war endgültig vorbei.

In den frühen Morgenstunden des 31. März 1945 erschütterte ein gewaltiger Knall den Bergsporn über dem Tal der Alme und eine riesige Rauchsäule stieg gen Himmel. Nachdem sich der Staub verzogen hatte, konnte man das ganze Ausmaß der Zerstörung erkennen. Die Wewelsburg war innerhalb einiger Sekunden zu einem Abbild Deutschlands geworden, eine rauchende Ruine an dem Ort, wo sich in der Zukunft das Zentrum der zivilisierten Welt befinden sollte.

Ein aufmerksamer Betrachter hätte sich freilich gewundert: Während von dem Südwest- und Südostturm nur eine Steinwüste übrig geblieben war, hielten sich die Zerstörungen des massigen Nordturms in Grenzen. Und das, obwohl die Hauptmenge des Sprengstoffes sich in den Räumlichkeiten darunter befunden hatte.

Ein anschließendes Feuer, das sich über den gesamten Gebäudekomplex ausbreitete, zerstörte alles Brennbare und was doch nicht verbrannte, wurde von plündernden Dorfbewohnern weggetragen, denn eine Ordnungsmacht gab es nicht mehr und das ferne Geschützfeuer bewies, dass der Feind dabei war, endgültig das Reich zu besetzen.

Auf dem Weg nach Berlin ereilte Himmler die Nachricht, dass Hitler tot sei, Selbstmord in den Katakomben der Reichskanzlei begangen habe.

Großadmiral Dönitz, Chef der Marine, war des Führers Nachfolger und den kannte er gut.

Doch schon Tage später brach auch dessen Rumpfreich zusammen und Himmler machte auf seinem Weg kurz vor Flensburg kehrt und floh zurück durch Holstein.

Erneut gen Westen.

In der Nacht vom 17. auf den 18. Mai 1945 kam es südlich von Glückstadt zu einem Zwischenfall, der unbedeutend schien, waren doch Schießereien in den ersten Wochen nach der Kapitulation der Wehrmacht immer noch an der Tagesordnung.

Eine Gruppe Männer, alle in abgerissenen deutschen Uniformen verschiedener Waffengattungen, hatte im Schutze der Dunkelheit mit einem Schlauchboot die Elbe überquert und wurden von drei mit abgeblendeten Lichtern wartenden Personenwagen aufgenommen, als ein britisches Militärpatrouillenboot auftauchte und das Feuer eröffnete, nachdem die Deutschen den Befehlen zum Stehenbleiben nicht nachgekommen waren. Einer der Wagen brannte aus, ein zweiter blieb mit zerschossenen Reifen liegen, aber der letzte konnte in die Finsternis entkommen.

Das nun ohne Licht fahrende Auto hielt einige Minuten nach dem Zwischenfall wieder an. Ein Mann in Wehrmachtsuniform im Range eines Hauptmanns verließ das Fahrzeug, bekam von einem Mitfahrenden, der die Uniform der Geheimen Feldpolizei trug, ein Päckchen überreicht, an dem eine Stielhandgranate befestigt war.

»Bei meinem Leben, Sie können sich auf mich verlassen Herr Reich…«

»Hitzinger, Feldwebel Heinrich Hitzinger«, kam dem großen Offizier der kleine Mann im Fond des Wagens zuvor.

»Hauptmann, Sie schwören mir jetzt, dass Sie dieses Buch niemals in Feindeshand fallen lassen werden. Schwören Sie auf den Führer! Äh, … nein, schwören Sie auf das Leben Ihrer Frau Mutter!«

»Ich schwöre es, beim Leben meiner Mutter!«, sagte der Mann ernst, grüßte militärisch, kletterte durch einen Zaun und verschwand in der Nacht.

»Wenn es einer schafft, durchzukommen, dann er«, erklärte der schmächtige Mann seinen Mitfahrern. »Wenn wir von solchen Kerlen ein paar Tausend mehr gehabt hätten, wäre der Krieg nicht verloren gegangen! Ihr werdet sehen, er wird mit seinem wertvollen Dokument am verabredeten Treffpunkt in Italien sein. Dieses Buch ist der Schlüssel für unser zukünftiges Deutschland!«

Danach lehnte sich der Uniformierte, der sich Heinrich Hitzinger genannt hatte, in seinem Sitz zurück und der Wagen fuhr langsam weiter elbaufwärts.

Keiner der an dieser Aktion Beteiligten sollte je den verabredeten Treffpunkt erreichen.

Die einen wurden in der Nähe Lüneburgs von einer britischen Patrouille festgenommen, wobei der unscheinbare Mann, der eine medizinisch nicht notwendige Augenklappe trug, sich mittels einer Zyankalikapsel weitere Verhöre ersparte.

Der Hauptmann, der mit dem geheimnisvollen Buch im Dunkel der Nacht verschwunden war und bei dem keiner seiner Kameraden bemerkt hatte, dass die Briten ihn bei der Schießerei getroffen hatten, schaffte es in südwestlicher Richtung über Wiesen, vorbei an Bauernhöfen, auch nur knapp zwanzig Kilometer weit. Dann wurde das Gehen für ihn unerträglich.

Eine Kugel, die durch den Mantel geschlagen war, hatte seinen linken Brustmuskel gestreift und dabei waren verschmutzte Textilfasern in die Wunde gelangt.

Der Offizier versteckte sich in einer einsamen Scheune, um dort unter starken Schmerzen seine Verletzung zu inspizieren. Der Schusskanal war nur einige Zentimeter lang. Deshalb hatte er auch geglaubt, dass ihn dieser ›Kratzer‹ nicht bei seiner Aufgabe behindern würde. Jetzt sah der Hauptmann, dass sich eine hochrote, scharf abgegrenzte Fläche von der Größe eines Fußballs auf seiner Brust gebildet hatte. Der seit einer halben Stunde bestehende Schüttelfrost signalisierte ihm die rasend schnell ansteigende Temperatur und die akute Lebensgefahr, in der er sich befand. Mit der Erfahrung des Frontsoldaten schätzte er seine Chancen sehr realistisch ein.

So grub er an der nördlichen Ecke der Scheune mit Hilfe seines Kampfmessers ein Loch in den Lehmboden, legte das in Öltuch eingepackte Buch hinein, verschloss die Kuhle sorgfältig und warf die Handgranate in einen Bach. Dann wankte er bis zu einem Gehöft, das ungefähr einen Kilometer entfernt lag, brach vor der Eingangstüre zusammen und starb in der darauf folgenden Nacht.

Die von ihm erhoffte Hilfe konnte er nicht bekommen, denn alle Bewohner dieses Anwesens hatten sich am Tage der Kapitulation das Leben genommen.

Kapitel 2

GEGENWART

Bremen, Blockland, Spätsommer 2012

»Ich fahr so gerne Rad, ich fahr so gerne Rad, wenn die Sonne scheint, die Winde wehen und die anderen…«

Judith war es, die das Liedchen von Peter Petrel fröhlich vor sich her trällerte, während sie und ihre Freundin Bärbel über den Deich Richtung Norden radelten.

Diese in zwei bis dreiwöchigem Abstand stattfindenden Fahrradtouren waren zu einem Ritual der beiden jungen Frauen geworden.

Kennengelernt hatten sie sich vor gut acht Jahre auf dem bekanntesten Bremer Wochenmarkt, dem Findorffmarkt. Bärbel stand damals an einem Gemüsestand als Letzte in der Warteschlange. Judith ging zufällig vorbei. Plötzlich sah sie, dass ein etwa 15-jähriger Junge mit einem blitzschnellen Griff in Bärbels Einkaufskorb die dort befindliche Geldbörse schnappte. Als er versuchte, wegzurennen, kam er an Judith vorbei, die ihm kurzerhand ein Bein stellte und sich dann noch auf den schmächtigen Jüngling stürzte, als dieser versuchte, sich wieder aufzurappeln, um doch noch das Weite zu suchen. Der Halbwüchsige war so perplex, dass er ohne Gegenwehr das gestohlene Portemonnaie herausgab und sich auch noch tränenreich entschuldigte.

Seit der anschließenden ›Dankeseinladung‹, die im Restaurant eines bekannten Hotels im Bürgerpark stattfand und die für Judiths Geschmack deutlich zu aufwändig ausgefallen war, hatte sich zwischen ihnen eine Freundschaft entwickelt, die beide nicht mehr missen wollten.

Die heutige Tour begann an der Bremer Waldbühne, dann wurde die Bahnlinie unterquert und kurz darauf waren die Freundinnen auf den Kuhgrabenweg abgebogen.

Der Wetterbericht für diesen Tag hatte zwar heftigen Wind, dafür aber Regenfreiheit versprochen und der Himmel, der eigentlich nach der Vorhersage stärker bewölkt sein sollte, war strahlend blau, wenn man von ein paar Zirruswolken absah, die das herrliche Himmelsbild auflockerten.

Die jungen Frauen hatten für ihre Unternehmung gut vorgesorgt und als Wegzehrung einen kleinen Weidenkorb mitgenommen, der mit geschmierten Brötchen, einer Platte Butterkuchen und einer Thermoskanne Kaffee gefüllt war.

»Wir fahren erst einmal bis zur Wümme«, hatte Judith ihrer Freundin vorgeschlagen, »dann auf den Deichkronen bis nach Ritterhude und sind dann gegen Abend zurück.«

»Ich möchte auch so fit sein, wie du«, schnaufte Bärbel schon bald. »Dir scheint ja dieser blöde Wind nichts auszumachen, wenn du darüber auch noch so heiter singen kannst. Ich verstehe überhaupt nicht, warum er immer von vorne kommen muss! Nie wird man geschoben. Ich könnte wetten, dass sich der Wind gedreht hat, wenn wir zurückfahren.«

»Es ist wie im echten Leben«, lachte Judith. »Immer bekommst du Gegenwind, egal, welchen Weg du auch einschlägst.«

»Na ja, es soll auch Leute geben, die immer Rückenwind haben. Ihr ganzes Leben lang! Ob das auch fürs Fahrradfahren gilt?«

»Diese bedeutsame Frage ist zu hoch für mich«, entgegnete Judith grinsend. »Und da wir beide sowieso nicht zu denen gehören, denen lebenslanger Rückenwind in die Wiege gelegt wurde, bleibt uns sowieso nichts anderes übrig, als weiter gegen die Gewalten zu kämpfen, sowohl gegen die der Natur, als auch gegen die anderen.«

»Aber man kann doch versuchen, sich zu entziehen, wenn es zu arg wird. Apropos: Wie wäre es denn mit einer kleinen Pause?«

»Du hast recht. Einen schönen Schluck heißen Kaffee und ein kleines Stückchen Butterkuchen wären jetzt nicht schlecht.«

»Judith, an den Kuchen habe ich überhaupt nicht gedacht, aber jetzt, wo du es sagst …«

Beide Freundinnen lachten und suchten sich einen sonnigen, windgeschützten Platz mit Blick auf den geschlängelten Wasserlauf. Sie schoben ihre Räder von dem Deich herunter und breiteten die Decke aus, die Bärbel mitgenommen hatte.

»Es ist wunderschön hier«, sagte Judith zufrieden, während sie sich ausstreckte und in den Himmel guckte.

Auch Bärbel ließ sich genießerisch zurückfallen und schloss die Augen: »Ich träume jetzt erst einmal ein bisschen. Du kannst schon einmal den Kaffeetisch decken und wenn alles fertig ist, darfst du mich auch stören.«

»Hey«, rief Judith. »Sag mir sofort, was los ist!«

»Wieso? Was soll los sein?«

»Dein versonnenes Lächeln bedeutet doch irgendetwas. Bist du etwa schwanger?«

»Nein, wie kommst du denn darauf?«

»Aber irgendetwas ist doch. Hast du einen Neuen?«

»Oh nein! Das hätte ich dir gesagt. Aber es stimmt, es gibt etwas zu berichten«, sagte Bärbel und schmunzelte.

»Raus damit, bevor ich vor Neugierde platze!«

»Es weiß noch niemand. Du solltest die Erste sein, die die Neuigkeit erfährt, denn du bist meine beste Freundin.«

»Dann spann' mich doch bitte nicht so auf die Folter!«

»Gut. Niels hat mich endlich gefragt, ob ich mit ihm zusammenziehen möchte. Was meinst du, soll ich den Schritt wagen?«

»Selbstverständlich, hast du denn Zweifel?«

»Nein, eigentlich nicht, aber es wäre schon eine Art Vorentscheidung.«

»Eine Art Vorentscheidung? Wofür?«

»Na, in Richtung Ehe, Kinder, Familie. Du kennst mich ja. Ich bin in dieser Beziehung sehr konservativ. Was meinst du, wird das mit uns gut gehen?«

»Hab nicht so viel Angst. Du kennst ihn doch schon sehr lange. Drei Jahre?«

»Fast vier!«

»Siehst du! Da wird es auch Zeit. Wenn man den richtigen Punkt verpasst, wird nie mehr etwas daraus. Außerdem, wie willst du jemanden wirklich kennenlernen, wenn du dort immer nur zu Besuch bist.«

»Ja, stimmt! Einen richtigen Alltag hatten wir tatsächlich noch nie!«

»Dann nichts wie los! Nimm deinen Mut zusammen! Niels ist ein netter Kerl und passt zu dir. Ob es ein Leben lang funktionieren wird? Wer will das schon sagen, aber du wirst es nie erfahren, wenn du es nicht ausprobierst. Außerdem habe ich das Gefühl, dass er dich auf Händen trägt.«

»Ja, auch das stimmt. Er kann mir keinen Wunsch abschlagen.«

»Siehst du!«

»Ich hatte gehofft, dass du mir zurätst. Und dein Urteil ist mir sehr wichtig. Vor allem, weil ich weiß, dass du es sagen würdest, wenn deiner Meinung nach, etwas gegen meinen Niels spräche.«

»Ja, wenn ich gefragt werde, sage ich meistens meine ehrliche Meinung. Das ist aber nicht immer ein Vorteil, und manchmal macht man sich damit auch keine Freunde. Du weißt, dass ich vor zwei Jahren deshalb meine Festanstellung verloren habe. Mein Verstand hatte mir geraten, anders zu handeln, aber ich konnte es dann doch nicht.«

»Ich bin leider jemand, der sich gerne verkrümelt, wenn es brenzlig wird.«

»Mein Dickkopf und meine Renitenz haben sicher etwas mit meiner Herkunft zu tun. Vater weg, Mutter tot und der Großvater verschollen. Da ist man schon manchmal auf Krawall, weil der Background fehlt. Nur meine Großmutter Elvira ist und war immer für mich da. Ich weiß gar nicht, was ich tun soll, wenn sie eines Tages nicht mehr ist.«

»Nachdem, was du mir erzählt hast, wird doch deine Omi älter, als der Heesters geworden ist.«

»Ja, stimmt. Trotzdem muss ich in letzter Zeit häufiger daran denken, dass ich außer ihr keine Familie habe, aber vielleicht kommt das ja noch.«

»Da du das gerade ansprichst: Was macht denn …«

»Stopp! Keine Namensnennung! Untersteh dich! Du willst mir den schönen Tag doch nicht verderben! Oder?«

»Sorry! Ist der Name immer noch für dich tabu?«

»Für immer und ewig!«

Kapitel 3

GEGENWART

Bremen, Marktplatz, 2013

»Papa, du hast doch gesagt, dass wir nach Israel fahren, wenn ich mit meinem Studium fertig bin. Aber es passiert nichts! Ich möchte mein zukünftiges Heimatland endlich einmal mit eigenen Augen sehen.«

»Das sollst du auch, Erez.«

»Und weshalb verzögerst du unseren Plan? Du selbst könntest doch schon lange dort leben. Ich würde nach der Facharztprüfung nachkommen, vielleicht mit Christiane, von der ich dir erzählt habe.«

»Sie ist Christin, oder?«

»Ja, spielt das eine Rolle?«

»Bei einer Freundschaft weniger, bei einer Ehe und bei Kindern schon.«

»Ich bin alt genug, um zu wissen, wer zu mir passt. Du solltest dich besser um andere Dinge kümmern und nicht um meine Frauenbekanntschaften.«

»Alles zu seiner Zeit, Erez. Und du solltest endlich mal Position beziehen, hinsichtlich der Dinge, die *mir* wichtig sind.«

»Papa, ich kann trotz aller schlimmen Fakten keinen Hass auf die Deutschen empfinden und ich lebe auch gern in Bremen. Ich kann ja verstehen, dass deine Gefühle durch das, was mit unserer Familie während des Krieges geschehen ist, völlig andere sind.«

»Das sind sie auch.«

»Ja, aber das beweist nicht, dass die einen richtig und die anderen falsch sind. Unsere unterschiedlichen Einstellungen drücken nur das ungleiche Erleben aus. Ich kann auch nicht bei allem, was ich denke oder unternehme, fragen, was denn die Halacha (jüdische Verhaltensregeln) dazu sagt. Trotzdem bin ich stolz auf meine Wurzeln und liebe unser Heimatland, mindestens genau so sehr wie du!«

»Erez! Ich möchte dich dringend bitten, nicht an unseren Traditionen zu zweifeln oder dich darüber lustig zu machen. Ohne eine Leitschnur verhalten wir Menschen uns wie abgerissene Blätter im Sturm. Es mag ja sein, dass dir manche Dinge antiquiert und lächerlich vorkommen. Aber ich bin nicht gekommen, um über Glaubensfragen und Konventionen mit dir zu streiten.«

»Das möchte ich auch nicht.«

»In Ordnung. Mein Verstand sagt mir natürlich, dass deine Generation anders urteilt, anders urteilen muss, als meine. Trotzdem: Du weißt genau wie ich, dass es Dinge gibt, an die wir gebunden sind, ob wir es nun wollen oder nicht. Darum geht es mir heute. Du kannst doch nicht so tun, als ginge dich das alles nichts an!«

»Das tue ich doch auch nicht, aber ich bin der Auffassung, dass ein Unrecht nicht durch ein anderes gesühnt werden kann.«

»Fast jede Nacht vor dem Einschlafen erscheint mir das Traumbild deiner Großmutter, als sie mit mir hochschwanger war. Sie und dein Großonkel kommen zusammen vom Spaziergang zurück und entdecken die Fahrzeuge der Gestapo vor dem Haus in der Seestraße und wissen, dass nun alle anderen sterben müssen. Ich sehe dann vor meinem geistigen Auge, wie die beiden bis zur schweizerischen Grenze wandern, sich von rohen Feldfrüchten ernähren und aus Bächen trinken. Dann, kurz vor der Grenze, als die deutschen Posten mit ihren scharfen Hunden schon ganz nahe sind, kommt sie in einem Wassergraben nieder. Und kurz darauf ist deine Großmutter verblutet.

Erez, fast jede Nacht träume ich diese grausigen Bilder. Wie kann ich da vergeben? Auch unser Gott hat gewollt, dass wir Juden uns an den Tätern rächen, denn sonst hätte ich nicht andauernd diese Gedanken! Somit ist Nakam (Rache) meine und auch deine Pflicht. Nakam an denen, die durch ihren Judenhass für den Untergang unseres Volkes verantwortlich sind!«

»Das alles ist so schlimm, dass ich es mit Worten nicht fassen kann. Trotzdem kannst du daraus keine Pflicht zur Rache ableiten! Nirgendwo steht so etwas geschrieben. Und nur weil es deine Gedanken sind, ist es wahrlich kein Beweis für den Willen unseres Gottes!«

»Rache, mein Sohn, ist bei mir kein primitiver Reflex, sondern Ausdruck unserer Selbstachtung. Beweis für unseren gemeinsamen Willen, nicht mehr alles hinzunehmen. Studiere dazu das Vermächtnis der Zipora Birnbaum aus dem Vernichtungslager Auschwitz.«

»Das Vermächtnis kenne ich. Ihre Aufforderung, den Tätern nicht zu vergeben, geschah im Angesicht des eigenen Todes. Das ist nicht dasselbe. Ich ziehe daraus andere Schlüsse als du.«

»Erez, mehr als 2000 Jahre musste unser Volk warten, um endlich einen eigenen Staat gründen zu können. 2000 Jahre Hass auf unsere Brüder und Schwestern, 2000 Jahre Verfolgung, Vertreibung und Tod. Und als wäre das noch nicht genug, als hätten wir Juden immer noch nicht ausreichend gelitten, kam dann noch die Shoah, der Genozid, verübt durch ein hoch gebildetes Volk in der Mitte Europas.«

»Aber es muss doch einen anderen Weg geben, um unsere Selbstbehauptung zu demonstrieren, als wiederum zu töten!«

»Ja? Welchen? Sag ihn mir! Wir, die Überlebenden, haben die heilige Pflicht, der Menschheit zu zeigen, dass ein Jude kein Freiwild, ist, war und nie werden wird. Also: Nakam an den Tätern. Und für mich speziell an dem einen, der für den Untergang unserer Familie die persönliche Schuld trägt. Das ist es, was mich die vielen Jahre aufrecht gehalten hat.«

Jakob Grünberg ist ein blasser, krank aussehender Frührentner mit Halbglatze und faltigen Gesichtszügen, der in Berlin lebt, in der Nähe der Synagoge Rykestraße am Prenzlauer Berg. Heute trägt er ein braunes Wolljackett, eine dunkle, etwas zu groß geschnittene alte Gabardinehose, hat ungeputzte klobige Halbschuhe an den Füssen, eine Hornbrille auf der Nase und sitzt mit seinem Sohn in Bremens ›guter Stube‹, auf dem Marktplatz in der Nähe des berühmten ›Roland‹ bei einem Glas Bier.

Vor zwei Tagen hatte er seinen Sohn Erez angerufen, der als Stationsarzt in der Inneren Medizin des ›Rot-Kreuz-Krankenhauses‹ beschäftigt ist und für heute um ein Gespräch gebeten.

»Es ist sehr wichtig, denn es gibt bedeutsame Neuigkeiten«, hatte Jakob am Telefon gesagt und gleichzeitig ohne Begründung zur Bedingung gemacht, dass das Treffen nicht in der Wohnung seines Sohnes stattzufinden habe.

»Du immer mit deinem bescheuerten, pathologischen Abhörwahn«, hatte Erez ärgerlich geantwortet, dann aber doch nachgegeben.

Jakob griff nun zu seinem Bierglas, trank einen tiefen Schluck und fuhr fort:

»Ja, Erez, ich habe dir versprochen, dass wir nach Israel gehen. Das werden wir auch. Die Zeit ist tatsächlich bald reif für unseren Traum. Vorher muss ich nur noch dieser einen Verpflichtung nachkommen. Und das ist der Grund meines Hierseins.«

»Ich ahne etwas. Doch ich sage dir gleich: Ich werde mich von dir nicht zu irgendwelchen Racheaktionen anstiften lassen. Das liegt nicht in meiner Natur. Außerdem bin ich Arzt.«

»Ein Beruf hat noch niemanden davon abgebracht, dem Bösen zu verfallen, das weißt du selbst ganz genau.«

»Ja, mag schon sein. Trotzdem will ich nicht zu einem Werkzeug für deinen Hass werden!«

»Das sollst du auch nicht.«

»Dann sind wir uns einig. Also, was für eine Verpflichtung?«

»Ich fange einmal so an: Ein Schwur ist ein Schwur. Kann ein jüdischer Vater einen Schwur ohne eigenes Verschulden nicht erfüllen, geht dieser auf den erstgeborenen Sohn über. So ist unsere Regel!«

»So war vielleicht einmal die Regel. Papa, wo lebst du denn?«

»Aus dir spricht die Arroganz derer, die selbst noch nichts erlebt haben. Ich will, dass du mir bis zum Ende zuhörst und mir erst dann sagst, was deine Meinung ist.«

»Einverstanden.«

»Erez, deine Entscheidung ist für unsere Familie sehr, sehr wichtig. Nicht nur für uns beide, sondern auch für deine Kinder, die, wie ich hoffe, später als Sabres (in Israel geborene Juden) geboren werden.«

»Papa, über meine künftigen Kinder, wenn ich denn welche haben werde, brauchst du dir jetzt wirklich noch keine Gedanken zu machen. Auch bin ich keinesfalls dein Eigentum, über das du beliebig verfügen kannst. Entscheidungen hinsichtlich meiner Person treffe ich selbst!«

»Erez, zu deiner Geisteshaltung gäbe es einiges zu sagen, aber ich will mich nicht mit dir streiten. Aber die neuen Fakten, die musst du dir anhören.«

»In Ordnung.«

»Ich muss dafür etwas weiter ausholen. Meinen Vater habe ich, wie du weißt, nie kennengelernt. Er war ein Mann, der der Folter der Gestapo widerstanden hat, und dessen können sich wahrlich nicht viele rühmen. Trotzdem hat es später dann dieser KZ-Arzt Rascher irgendwie geschafft, dass er das Versteck verriet, in dem sich die anderen Familienmitglieder verborgen hielten. Diese Barbaren haben daraufhin alle nach Auschwitz ins Gas getrieben und auch die tapfere deutsche Familie Gschwandner umgebracht, die uns in ihrem Keller beherbergt hatten. Dein Großonkel hat sich später, nachdem er mich in Kalifornien bei entfernten Verwandten abgeben hatte, Abba Kovner und seiner radikalen Gruppe Nakam angeschlossen. Abba Kovner entwickelte den Plan, in einigen deutschen Großstädten das Trinkwasser zu vergiften. Die Aktion misslang. Im Nachhinein bin ich darüber froh, denn wieder wären Unschuldige gestorben. Und dieses Mal durch unsere Hand. Es wurden dann noch insgesamt etwa einhundert Nazitäter durch Einzelaktionen erschossen. Was sind aber hundert Tote gegen sechs Millionen Opfer? Was sind hundert Tote bei einer Zahl von 300.000 Deutschen, die direkt an den grausamsten Verbrechen beteiligt waren, die je Menschenhände begangen haben. 300.000! Von wegen: Niemand hat von dem Holocaust gewusst!«

Erez konnte in diesem Moment seinen Vater nicht anschauen, denn er fühlte sein schlechtes Gewissen, weil er bis jetzt immer vermieden hatte, sich wirklich mit dem Schicksal seines Volks und dem seiner Familie auseinanderzusetzen.

»Wie kam es denn, dass die Nazis Großvater nach Dachau gebracht haben? Ich denke, es gab zu der Zeit dort keine Juden mehr.«

»Weil dein Großvater überhaupt nicht jüdisch aussah. Hätte die SS davon gewusst, wäre er auch gleich nach Auschwitz gekommen. Man nahm an, dass er Arier sei, wie sich diese Herrenmenschen nannten.«

»Wie ist es überhaupt zu seiner Verhaftung gekommen?«

»Jüdische Familien kamen zu der Zeit nicht mehr aus Deutschland heraus. Das ging nur noch mit viel Bestechungsgeld. Dein Großvater wollte deshalb in die Schweiz, um die notwendigen Mittel von unserer Verwandtschaft aus den Staaten zu besorgen, denn auf Dauer konnten wir natürlich nicht in dem Kellerversteck bleiben. Er hatte sich als Landarbeiter verkleidet und wollte illegal über die Grenze. Aber sie haben ihn schon bei seinem ersten Versuch geschnappt.

Was dann im Einzelnen mit ihm passiert ist, weiß ich nicht. Ich habe gehört, dass dieser Teufel in Menschengestalt, dieser Rascher, an ihm Medikamente ausprobiert und seinen Kopf unter Strom gesetzt hat.«

»Papa, viele dieser Fakten habe ich nicht gewusst.«

»Erez, zutreffender ist wohl: Du wolltest sie nicht wissen. Ich gebe aber zu, dass Wissen allein eine schwere Last sein kann. Das sehe ich an mir. Nun haben sich die Dinge grundsätzlich geändert.«

»Inwiefern?«

»Gleich. Ich will erst einmal die Geschichte beenden. Als dein Großonkel starb, war ich schon fast erwachsen. Er sagte mit letzter Kraft zu mir: ›Es ist nun an dir Jakob! Du musst die Kinder oder Kindeskinder von diesem Rascher finden. Auge um Auge, Zahn um Zahn!‹ Ich gab ihm das Versprechen und war der Überzeugung, dass diese Pflicht schnell zu erfüllen sei. Ich wollte einen von ihnen bestrafen. Einen einzigen, symbolisch für alle anderen, um dann mit dir nach Israel zu gehen.«

»Und?«

»Wo ich auch immer hinfasste, ich griff ins Leere. Rascher selbst war schon vor dem Kriegsende von seinen eigenen Leuten erschossen worden, weil er versucht hatte, in Dachau für sich lohnende Geschäfte zu machen. Nicht so schlimm, dachte ich, denn er war verheiratet und hatte vier Söhne. Ich fand dann heraus, dass auch seine Frau tot war. Sie war wegen mehrerer Vergehen in einem anderen KZ aufgehängt worden. Es blieben die vier Jungen.«

»Du wolltest doch nicht …«

»Doch. Ich wollte und ich musste. Aber auch das war eine Sackgasse.«

»Inwiefern?«

»Ich habe, wie du weißt, sehr enge Beziehungen zu allen Abteilungen unseres Geheimdienstes und kam an sämtliche noch vorhandene Akten und Anschriften heran. Als ich die Schriftstücke gelesen hatte, konnte ich es nicht glauben. Raschers Kinder und zwar alle, waren nicht seine leiblichen. Seine Frau hatte sie sich illegal besorgt. Frag mich nicht, wie das möglich war. Aber es gibt daran keinen Zweifel.«

»Unglaublich!«

»Ja, es ist tatsächlich unglaublich. Keine echten Kinder, keine echte Rache. Das war meine Situation. Seit dieser Erkenntnis drehte sich mein Leben nur noch um zwei Dinge: Um deine Ausbildung und um ein Gerücht von damals, das besagte, dass Sigmund Rascher während der Zeit seiner grausamen Versuche eine Geliebte gehabt hatte. Es war nur ein Gerücht und deshalb zeigten unsere Leute wenig Interesse. So versuchte ich selbst, die Wahrheit zu ergründen. Aber ich konnte nichts herausbekommen.«

»Und weiter?«

»Manchmal kommt der Erfolg, wenn man überhaupt nicht mehr damit rechnet!«

Jakob nahm wieder einen Schluck aus seinem Glas. Er schaute auf das friedliche und harmlose Treiben der Menschen auf dem Bremer Marktplatz, die flanierten, lachten, redeten, Kaffee tranken und Kuchen aßen.

»Was meinst du denn damit? Und äußere dich auch endlich mal zu dem, was du von mir erwartest!«

»Erez, ich akzeptiere alles, was du dir für dein Leben vorgenommen hast, wenn du mir versprichst, meine Sache zum Abschluss zu bringen.«

»Ich glaube, dass ich das nicht kann und dass ich das auch nicht will. Ich verstehe, was sich bei dir im Inneren abspielt, aber ich werde dich bei deinen Wahnsinnsplänen nicht unterstützen! Schlag dir das aus dem Kopf!«

»Ich werde dich zu nichts zwingen. Und du sollst auch nichts Ungesetzliches tun.«

»Sondern?«

»Es gibt eine neue, eine heiße Spur. Ein Freund meines Onkels hat mich in der letzten Woche angerufen. Er habe aus sicherer Quelle erfahren, dass das Gerücht von damals der Wahrheit entspricht. Rascher hatte mit einer Elvira, einer KZ-Krankenschwester, ein Verhältnis. Und aus dieser Verbindung ist ein Kind hervorgegangen. Das wisse er durch eine schriftliche Aussage einer ehemaligen Insassin, die leider schon verstorben ist. Diese Gefangene musste in Dachau Reinigungsarbeiten in den SS-Unterkünften und in der Krankenabteilung erledigen. Sie kannte Raschers Geliebte, denn beide stammten aus demselben Ort. Dem Rascher soll die Schwangerschaft allerdings verborgen geblieben sein. Die Krankenschwester wollte wohl nur das Kind, nicht den Mann.«

»Und ich soll für dich dieses Kind finden?«

»Ja. Erez, das Einzige, was ich habe, ist ein Foto, auf dem sich diese Elvira zusammen mit dem Schlächter befindet. An diesem Punkt stehe ich jetzt. Ich bin zu alt und ich habe nach den ganzen Rückschlägen auch keine Kraft mehr für diese Suche. Und doch habe ich die Verpflichtung. Mein Seelenheil und unsere Familienehre hängen davon ab. Du musst mir einfach helfen, denn du bist mein einziger Sohn. Mein Leben lang war ich für dich da. Es wird Zeit, dass du beginnst, auch einmal darüber nachzudenken. Ich bitte dich: Ergründe für mich, wo sie abgeblieben sind. Ich gebe es ja zu: Die Chance auf einen Erfolg ist nicht groß, denn die Tochter müsste jetzt um die sechzig sein, die Mutter über achtzig.«

»Papa, ich stehe für solch einen Irrsinn nicht zur Verfügung. Außerdem musst du nicht glauben, dass ich nicht merke, dass du versuchst, mir ein schlechtes Gewissen einzureden!«

»Ich will dir nichts einreden, sondern dir nur klarmachen, dass du deiner Familie gegenüber eine Verpflichtung hast!«

»Man wird niemanden mehr finden.«

»Gut, es gibt viele Eventualitäten. Mein Gefühl sagt mir allerdings, dass an der Sache etwas dran ist. Mein Schwur von damals könnte sich somit doch noch erfüllen. Sollte diese Kreatur aus dem verfluchten Samen des KZ-Arztes nicht mehr leben, allerdings selber Nachkommen haben, dann möchte ich wissen, wo sie sind und was aus ihnen geworden ist. Erez, ich bitte dich!«

Kapitel 4

GEGENWART

Bremen, Oberneuland, 2013

»Meine Herren, ich begrüße Sie zu unserer heutigen Zusammenkunft und ich freue mich, dass ich zum vierten Mal im schönen Bremen Gastgeber für die Abgesandten unseres neuen Ordens sein darf. Meine Frau ist im Theater, hat aber Getränke und Schnittchen bereitgestellt. Bitte, bedienen Sie sich.«

Dr. Arnulf v. Conradi nickte freundlich lächelnd seinen drei Besuchern zu.

»So, nun lassen Sie uns erst einmal, wie bei unseren Treffen üblich, den Eid sprechen und dann anstoßen. Auf dass sich die Welt um uns herum bald verändern möge!«

Die Männer hatten sich bei den letzten Worten aus ihren Stühlen erhoben. Arnulf goss aus einer Karaffe ein klares Destillat in vier kleine silberne Schnapsgläser, die auf dem Tisch standen und schaute danach seine Gäste nacheinander intensiv und sehr ernst an.

Die vier fassten sich nun an den Händen und skandierten:

Auch wenn alle anderen untreu werden, wir bleiben für immer treu! Treu bis in den Tod!

»Prost Reinhard, Prost Karl, Prost August. Auf unser aller Wohl!«, sagte Arnulf feierlich.

Die Anwesenden tranken schweigend.

Der Hausherr stellte die Karaffe wieder in den Barschrank. Nach einer kaum merklichen Geste von ihm setzten sich die Besucher zurück an den Tisch.

»Wie weit sind Sie, Arnulf?«, begann der augenfällig Jüngste, den der Gastgeber mit August angesprochen hatte.

»Wir kommen bald in die entscheidende Phase.«

»Ist die Ausfallquote immer noch so hoch?«, stellte Karl, von dem aufgrund seiner Aussprache nur der Geübte gehört hätte, dass er aus Mecklenburg-Vorpommern kam, die nächste Frage.

»Etwa zwölf Prozent bei überstandener Lobotomie (spezielle Gehirnoperation) und zwei bis drei nach der Pilzgabe. Sie kennen alle die speziellen Probleme beider Methoden. Die alleinige medikamentöse Therapie mit Elektroschock, Hypnose und Intensivschulung ist aufwändig, dauert lange, verändert aber den Menschen hinsichtlich seiner kognitiven und intellektuellen Fähigkeiten kaum. Die Lobotomie ist dagegen technisch einfach, wenig zeitintensiv, jedoch nicht ungefährlich. Aber auch bei den operationstechnisch problemlos verlaufenen Eingriffen sind die Folgen immer schwerwiegend.«

»Also sind Ihre Bemühungen, die gravierenden Nebenwirkungen der Operation zu minimieren, erfolglos geblieben?«

»Ja, Karl, so kann man es sehen. Es ist genauso, wie von Rascher in dem Schwarzen Buch beschrieben. Wir haben leider trotz vieler Ideen und unzähliger Versuche ganz Grundsätzliches an dem Ergebnis nicht ändern können. Ohne Medikamente, anschließender Hypnose und zusätzlicher Schulung sind die Wirkungen jedoch noch katastrophaler. In den fünfziger Jahren hat man, Sie wissen es vielleicht, besonders in Skandinavien und in den USA häufig mit der Lobotomie gearbeitet. Im Resultat waren es zumeist unbrauchbare menschliche Krüppel, die nach dem Eingriff nur noch vor sich her vegetierten.«

»Und mit unseren zusätzlichen Methoden, wie ist es da?«

»Mit unserem Maßnahmenbündel sind die Probanden deutlich besser zu lenken und somit brauchbar. Aber auch sie können niemals ohne Anweisung und Führung selbstständig komplexe Handlungen ausführen. Dafür agieren sie jedoch völlig ohne Widerspruch, egal, was auch immer gefordert wird. Die Vorzüge solcher Geschöpfe für unsere Belange liegen auf der Hand.«

»Und die Nachteile?«, fragte Reinhard.

»Die gibt es natürlich auch. Die behandelten Personen sind für die Umgebung sehr auffällig und ohne Hilfe kaum überlebensfähig. Es fehlen komplett Spontaneität, Sensibilität und Mitleidsfähigkeit. Man kann das Ergebnis durchaus mit der Züchtung gefährlicher Kampfhunde vergleichen. Habe ich Ihre Frage damit beantwortet, Reinhard?«

»Teilweise. Wir hatten ja aufgrund Ihrer Aussagen noch im letzten Jahr gehofft, dass es möglich sein könnte, in den operierten Personen neue Wertvorstellungen zu verankern. Das ist mit der jetzigen Einschätzung, wenn ich Sie richtig verstehe, unrealistisch geworden. Die operierten Menschen sind nur für die Aufgaben zu gebrauchen, bei denen Skrupel nicht erwünscht sind. Das sehe ich doch richtig!«

»Ja, absolut. Alles zusammen ist nicht zu bekommen. Wir können uns allerdings zu hundert Prozent darauf verlassen, dass der, der lobotomiert und weiter behandelt wurde, genau das tut, was ihm auftragen wird, auch dann, wenn es das eigene Leben kostet. Natürlich funktioniert es nur, wenn der Eingriff optimal durchgeführt worden ist.«

»Und wenn nicht?«

»Bleiben versehentlich Strukturen erhalten, wird die Person über kurz oder lang aus dem Ruder laufen. Hat der Raschermeißel dagegen zu viel zerstört und das Gefüge des Gehirns ist nach dem Eingriff nicht mehr in der Gesamtheit funktionsfähig, erzeugt man im besten Fall einen absoluten Idioten. Das erste ist das gefährlichere Problem, da es länger dauert, bis es offensichtlich wird. Gott sei Dank kommt beides selten vor. Außerdem besitzen wir durchaus geeignete und zuverlässige Kontrollmöglichkeiten.«

»Wenn ich das richtig interpretiere, können wir vor der Änderung der politischen Machtverhältnisse in Deutschland mit einer größeren Zahl von Lobotomierten wegen der Besonderheiten dieses menschlichen Materials nicht viel anfangen. Ganz im Gegenteil: Wir würden Gefahr laufen, aufzufallen«, wandte Reinhard erneut ein.

»Ja, auch dieser Einwand ist berechtigt. Und deshalb schaffen wir jetzt erst einmal, von Tests abgesehen, die organisatorischen Voraussetzungen, um bei Bedarf diese Robotertruppe in kurzer Zeit bereitstellen zu können, denn wir werden sie in Zukunft brauchen. Die notwendige Ausbildung von geeignetem Personal läuft aber schon.«

August, der aus der schönen Elbstadt Pirna kam und der bis zu diesem Zeitpunkt geschwiegen hatte, schüttelte zweifelnd seinen Kopf:

»Wenn ich dem, was Sie, Arnulf, gerade erklärt haben, richtig gefolgt bin, sind wir gegenüber unserer letzten Zusammenkunft in Dresden immer noch nicht sehr viel weiter. Wenn wirklich gelingen soll, wovon wir alle träumen, dass Deutschland wieder den verlorenen Platz zurückbekommt, der unserem Land zusteht, dann reicht das Erreichte noch lange nicht aus. Unsere Neue Nationale Sammlung, die NNSD, hat zwar schon sehr viele Mitglieder und ich weiß auch, dass es täglich mehr werden, aber es wird in nicht allzu ferner Zukunft unweigerlich zu einer blutigen

Konfrontation mit den politischen Gegnern kommen. Und diese Auseinandersetzung kann meiner Meinung nach nur dann gewonnen werden, wenn wir auf einen durch nichts zu erschütternden, kampfbereiten monolithischer Block zurückgreifen können. Und über den verfügen wir nicht!«

»Ich stimme Ihnen uneingeschränkt zu, August. Allerdings muss es heißen, verfügen wir noch nicht«, sagte Arnulf. »Aber ich wollte Sie nicht unterbrechen.«

»Einverstanden! Dennoch, was nutzt uns eine kampfkräftige Robotertruppe? Ohne eine breite und intelligente Bewegung, die stringent von unserer Idee überzeugt ist, geht es nicht. Daran müssen wir vordringlich arbeiten.«

»Auch da bin ich völlig konform mit Ihnen«, sagte Arnulf lächelnd.

»Das ist aber nicht alles. Es gibt nämlich auch noch andere völlig ungeklärte Fragen von eminenter Wichtigkeit.«

»Und die sind?«

»Haben wir genügend Zeit, um alles zu organisieren? Sehen wir rechtzeitig die lauernden Gefahren? Wann hat uns z. B. der Verfassungsschutz unterwandert, so wie wir es heute bei diesen Maulhelden von der NPD sehen. Ich befürchte, dass es nur eine Frage der Zeit ist, bis man bei den Schlapphüten misstrauisch wird. Wenn das passieren sollte, bevor wir entscheidende Positionen im Machtapparat unseres Landes besetzt haben, dann können wir einpacken. Dann werden auch wir höchstens ein paar Demos zustande bringen und uns lächerlich machen.«

»Ich bin mir sicher, Reinhard, Sie malen das Bild von uns viel zu schwarz«, sagte Arnulf selbstsicher.

»Vielleicht, aber es gibt noch ein weiteres Problem.«

»Lassen Sie hören!«

»Um alle unsere Gegner enttarnen zu können, brauchen wir neben einer in sich stabilen Organisation auch noch eine Methode, die Feind von Freund unterscheidet, die also Spitzel einwandfrei zu identifizieren vermag.«

»Reinhard hat recht«, ergriff jetzt August wieder das Wort. »Es muss nicht nur zwischen Freund und Feind unterschieden werden, wir müssen auch sicher sein, dass all unsere zukünftigen Anhänger tatsächlich von unserer Idee überzeugt sind. Dabei ist Folgendes zu bedenken: Gegner, das hat der Verlauf der Geschichte zweifelsfrei bewiesen, kann man durchaus in großer Zahl eliminieren. Das führt aber in eine Sackgasse. Schlägst du einen tot, wachsen zwei mit gleichen Grundsätzen und doppelter Renitenz nach. Man muss die Menschen also konsequent umpolen, wenn man sie für immer beherrschen will. Mit welchen Mitteln auch immer! Und für dieses Problem taugt die Lobotomie absolut nicht, wie wir soeben von Arnulf gehört haben.«

»Stimmt, dafür ist sie aber auch nicht vorgesehen«, verteidigte sich Arnulf.

»Das ist mir bekannt. Trotzdem muss ich Folgendes fordern: Bevor uns kein sicheres Verfahren zur Verfügung steht, das in der Lage ist, unsere Überzeugungen dauerhaft in andere Menschen zu verpflanzen, ohne deren inneres Gefüge zu verändern und ohne geistig Minderbemittelte zu erzeugen, sollten wir, Arnulf, uns in Zurückhaltung üben. Besser ist es, eine Verzögerung zu akzeptieren, als völlig zu scheitern. Wir wissen natürlich, dass Sie an dem Problem mit Hochdruck arbeiten. Aber daran zu arbeiten, ist nicht genug. Die Methode muss fehlerlos funktionieren. Erst dann können wir konkrete Schritte einleiten.«

»August, ich werde mich gleich zu Ihren fundierten Überlegungen äußern. Erst möchte ich einige Bemerkungen zu der Person machen, ohne dessen geniale Idee wir hier nicht zusammengekommen wären.

Das Potential der von uns verwendeten Methode hat als Erster der KZ-Arzt Rascher erkannt. Wir haben eigentlich nur noch ein paar Feinheiten hinzugefügt. Ich wage mal folgende Behauptung: Hätte er seine Versuche im KZ Dachau einige Jahre früher begonnen, dann hätten Deutschlands Feinde nicht triumphiert, denn einer riesigen Armee aus menschlichen Robotern kann keine Macht dieser Welt widerstehen. Glauben Sie mir, es gäbe heute weder den von Russland praktizierten Kommunismus, noch den Imperialismus nordamerikanischer Prägung, schon gar nicht den Herdentiersozialismus, der für sich die Schwäche des modernen, verweichlichten Menschen ausnutzt.

Fast sechzig Jahre bin ich jetzt im Besitz meines Heiligtums, des Schwarzen Buchs. Als ganz kleiner Junge habe ich in einer für mich sehr schlimmen Zeit, diesen einmaligen Fund getätigt, und der war bestimmt kein Zufall!

Wir und unsere NNSD werden das damals nicht mehr Mögliche sehr bald möglich machen.«

»Ich wünsche es uns und unseren Kindern«, stimmte Reinhard mit Inbrunst zu.

»Sie haben mein Wort, dass wir es schaffen! Und jetzt zu Ihren Einwänden: August, auch ich bin Ihrer Ansicht: Es reicht nicht, eine Armee von ergebenen Kämpfern aufzustellen, wenn man die gesellschaftlichen Schaltstellen nicht kontrolliert. Ohne die Machtapparate zu beherrschen, können wir unsere Pläne nicht verwirklichen. Vor dieser Herausforderung stehen wir. Aber ich verspreche: Wir werden in nicht allzu ferner Zeit den Staat und die Industrie mit unseren Gefolgsleuten unterwandert haben, die dann schon alle mit meinem zweiten Verfahren behandelt worden sind. Danach, und auch das garantiere ich, wird jeder dieser Personen über dasselbe Gedankengut verfügen. Und das wiederum bewirkt, dass wir über den noch zu bestimmenden Reichsführer mit einer einzigen Stimme sprechen können.«

»Sie reden, als wäre der Durchbruch schon geschafft«, sagte August skeptisch.

Die drei Besucher schauten gespannt auf den Gastgeber. Der trank aber erst einmal mit Genuss den Rest des Obstbrandes aus seinem silbernen Glas.

»Das von August angesprochene Problem, einen Spitzel, einen Verräter, ja sogar jemanden zu entdecken, der auch nur ambivalente Gedanken hegt, ist für die von uns entwickelten Verfahren neuerdings keins mehr. Jeder meiner Ärzte in der Klinik kann das. Die Schwierigkeit ist auch nicht das Offenlegen von verborgenem Gedankengut. Das funktioniert bei fast allen dementsprechenden Drogen neuerer Bauart. Das Entscheidende ist, das halluzinatorische Beiwerk, das es bei solchen Behandlungen immer gibt, von der Wahrheit zu trennen. Also das Reale abzuschöpfen und nicht auf die Märchen hereinzufallen, die die Leute nach der Zufuhr von Halluzinogenen immer erzählen.

Wegen der Unlösbarkeit dieses Problems haben die Geheimdienste während des Kalten Krieges ihre Forschungen mit den sogenannten Wahrheitsseren eingestellt. Sie waren letztlich nicht in der Lage, Dichtung und Wahrheit auseinanderzuhalten.«

»Und dieses Hindernis konnten Sie tatsächlich umschiffen«, fragte August skeptisch.

»Ja, wir haben dieses Vermögen. Und nicht nur das: Wir können auch die persönliche Einstellung eines Menschen verändern, seinen zuvor fest gefügten Standpunkt ins Gegenteil verkehren. Das ausstehende Arbeitsziel ist es jetzt noch, dass die von uns implantierten Inhalte wirklich auf Dauer haften bleiben.«

»Und mit welcher Zeitspanne rechnen Sie?«

»Wir sind ganz nahe dran. Ich bin aber erst dann zufrieden, wenn es mir gelungen ist, eine Reihe von willkürlich ausgewählten Personen dazu zu bringen, genau das zu tun, was sie normalerweise unter keinen Umständen machen würden. Diese Versuche laufen bereits mit großem Erfolg.«

»Das ist ja mehr, als ich mir habe träumen lassen«, sagte August begeistert.

»Um zu demonstrieren, dass wir wirklich nicht mehr weit von der Ziellinie entfernt sind, zeige ich ihnen allen jetzt noch einige Fotos, wobei ich auf den Bildern regelmäßig eine Stelle markiert habe. Wie Sie selbst sehen, ist es immer das Abbild einer Spielkarte. Das ist der Beweis, dass unsere Probanden ganz nach meiner Anordnung gehandelt haben und dass ich der Initiator dieser Aktionen war. Nicht eine einzige der Personen, die auf all diesen Bildern zu sehen sind, ist auf natürliche Art gestorben. Es hat auch keinen eigenverantwortlichen Suizid gegeben, obwohl es manchmal so aussieht. In dem Zusammenhang schauen Sie sich bitte die angekreuzten Todesanzeigen in der Bremer Tageszeitung an. In keinem der Fälle gab es von irgendeiner Seite einen Verdacht. Niemand vermutete eine Straftat, wenn auch die Aktionen mitunter absichtlich sehr skurril waren.«

Arnulf nahm nun einen braunen DIN-A4-Umschlag, der auf dem Tisch gelegen hatte, zog einige Fotos und Zeitungsausschnitte heraus und reichte beides herum.

»Sie haben einigen Menschen den Befehl gegeben zu töten und anderen, einen Suizid zu verüben?«

»Ja, und es war noch nicht einmal über die Maßen schwierig. Man hat immer zu Recht behauptet, dass in Hypnose niemand etwas gegen seine moralische Überzeugung tut. Deshalb konnte man sich auch nie auf eine Hypnose verlassen, weil niemand in der Lage ist, im Vorfeld exakt zu prognostizieren, wo die moralische Grenze eines Menschen liegt.«

»Und?«

»Mit meiner Behandlung existiert diese Schwierigkeit nicht mehr. Wir verschieben einfach diese Grenze ganz weit nach oben und umgehen damit elegant das Problem. Jeder, aber auch jeder, führt den Auftrag aus, der ihm befohlen wird und hat später seine Tat vergessen, wenn der hypnotisch implantierte Befehl das Vergessen beinhaltet.«

»Und alle Probanden machen das, ohne dass sich einer verweigert?«

»Ja. Es ist durchaus möglich, dass einige vor und während der Ausführung Bedenken haben, aber keiner wird letztendlich ablehnen.«

»Unglaublich!«

»So könnte man es ausdrücken. Wir arbeiten noch an einigen Schwachstellen, auch mit der exakten Dosierung des Pilzextraktes gibt es noch Schwierigkeiten. Das bekommt unsere medizinische Abteilung aber demnächst in den Griff.«

»Sehr beeindruckend. Wirklich! Arnulf, das ist sensationell!« rief Karl enthusiastisch. »Ich hätte nicht gedacht, dass so etwas funktionieren kann. Wenn jetzt auch noch der Pachtvertrag für die Burg unterschrieben wird, dann haben wir die Grundlagen geschaffen, die für den Erfolg unserer Bewegung notwendig sind.«

»Haben wir etwas verpasst?«, fragten Reinhard und August fast zeitgleich.

»Nein, nicht wirklich«, sagte Arnulf. »Ich erkläre es: Beim letzten Zusammentreffen haben wir leidenschaftlich um unseren künftigen Mittelpunkt gestritten. Es ging darum, einen Ort zu finden, der unserer Bruderschaft würdig ist.«

»Ja, das wird tatsächlich Zeit, denn ich finde, dass es für unsere Gemeinschaft erniedrigend ist, sich immer im Verborgenen treffen zu müssen, wie lichtscheues Gesindel.«

»Richtig, Reinhard! Es wurden, Ihr erinnert Euch, einige Vorschläge gemacht. Diese hatten aber alle erhebliche Mängel. Mir kam dann später eine Idee. Da Karl als unser Finanzchef fungiert, musste ich von ihm natürlich erst wissen, ob mein Plan überhaupt umsetzbar ist. Er ist es. Deshalb war Karl als einziger eingeweiht und er hat die Sache auch schon weit vorangetrieben.«

»Da bin ich mal gespannt, wo das sein soll«, sagte August.

»Sie wissen doch alle, dass am 27. Juli 1937 die Wewelsburg im Almetal für einen jährlichen Zins von einer Reichsmark für hundert Jahre von der SS gepachtet und als geistiges Zentrum für den Schwarzen Orden genutzt werden sollte. Dann kam 1945 die Niederlage. Um dem Feind seinen Triumph nicht zu gönnen, die Reichsinsignien in Besitz zu nehmen, hatte der Reichsführer SS Heinrich Himmler die Burg sprengen lassen, was allerdings zu unserem Glück nur unvollständig gelang. Es ist erstaunlich viel erhalten geblieben: Die Gruft, die ewige Flamme, der Obergruppenführersaal mit der mystischen Schwarzen Sonne und auch noch einige vom Führer selbst gemalte Ölbilder.

Karl hat mit viel Geschick und Geduld mit dem Landkreis verhandelt. Und, wie er selbst sagt, war es nicht mal allzu schwer, denn der Kreis steckt in erheblichen finanziellen Schwierigkeiten, die wir durch eine großzügige Pachtsumme lindern konnten. Die Kosten des Umzugs der Jugendherberge in ein neues Gebäude übernehmen wir auch. Der ganze Vertrag wird im Moment noch von unseren Juristen geprüft. Er ist, aller Voraussicht nach, in Kürze unterschriftsreif. Auch haben wir schon einen unserer Anhänger als künftigen Burghauptmann gewonnen. Baron Manfred von Hohenfels. Auch der erste Burghauptmann, den der Reichsführer SS berufen hatte, hörte auf den schönen Vornamen Manfred. Es war Manfred von Knobelsdorff. Das aber nur nebenbei.«

»Wie konnten Sie denn unser Interesse glaubhaft darstellen?«, fragte Reinhard.

»Eine international tätige Hotelkette, deren Management unseren Ideen sehr positiv gegenübersteht, war Tarnung genug für die Behörden. Das Konsortium wird in den Räumlichkeiten der Burg ein Fünfsternehotel errichten. Ob dieses in Betrieb geht, sei dahingestellt. Wir mussten uns auch verpflichten, das historische Andenken zu bewahren. Aber wer außer uns kann dafür überhaupt Garant sein? Ob wir allerdings in Zukunft die Öffentlichkeit in unsere heiligen Räumlichkeiten lassen, wie es ebenfalls in den Auflagen steht, bezweifele ich heute schon.«

»Ich staune, wie sich alles fügt. Und ich danke Ihnen sehr für Ihr einmaliges Engagement«, sagte August beeindruckt, während er aufstand und sich tief vor Arnulf verbeugte.

Der Gastgeber lächelte selbstgerecht.

»Nur noch eins«, fügte er hinzu: »Die Gründungsversammlung für unseren Orden auf der Wewelsburg wird die bedeutsamste Zusammenkunft dieses Jahrhunderts. Ich plane eine Feierlichkeit, wie sie es in dieser Form in der heutigen Zeit noch nie gegeben hat. Wir folgen der Tradition des Schwarzen Ordens und werden zwölf Obergruppenführer zusammen mit dem Reichsführer als Oberhaupt für ganz Deutschland wählen. Während dieser heiligen Zeremonie habe ich auch eine Opfergabe vorgesehen, die die Unumkehrbarkeit des eingeschlagenen Wegs verdeutlicht. Dieser Ritus ist altgermanischen Ursprungs, er demonstriert unseren durch nichts zu erschütternden Willen zur bedingungslosen Durchsetzung unserer Maxime.«

Kapitel 5

VERGANGENHEIT

Kiew, 29. September 1941

Kiew, die wunderschöne Stadt am Dnepr war während des 2. Weltkrieges Schauplatz eines der furchtbarsten Verbrechen, das je begangen wurde.

Am 29.9.1941 mussten sich alle Einwohner, die jüdische Wurzeln hatten, im Stadtzentrum versammeln. Über 30.000 waren es. Zwecks Umsiedlung, hatte man ihnen gesagt. Auf Zuwiderhandlung stand der Tod, hieß es sehr eindeutig auf der Bekanntmachung. Welch ein Hohn, denn das Befolgen der Aufforderung zog denselben Lohn nach sich.

Die zusammengetriebenen Menschen wurden in endlos langen Schlangen zur Schlucht von Babyn Jar geführt. Sie mussten erst ihre Wertsachen abgeben, dann ihre Kleider. Danach teilte man kleine Gruppen von zwanzig bis dreißig Personen ab, führte sie in die Senke und erschoss sie. Man erschoss sie einfach deshalb, weil es Juden waren. Das war offensichtlich Grund genug.

Das extra zu diesem Zweck gebildete Sonderkommando 4a bestand aus SD Mitgliedern der 3. Kompanie des Waffen-SS-Bataillons und des Einsatzkommandos 12. Auch die Wehrmacht hatte ihren Anteil.

Die Mörder standen am Grubenrand und feuerten, was das Zeug hielt. Zuerst mit Maschinengewehren. Dieses Verfahren stellte sich bald als unbrauchbar heraus, denn die Gewehrläufe wurden rotglühend und funktionsunfähig.

Dann machte man es effektiver. Die Opfer wurden in die Grube geführt, mussten sich mit dem Gesicht nach unten auf die schon Erschossenen legen, um eine Kugel einer auf Einzelfeuer gestellten Maschinenpistole in den Hinterkopf zu empfangen.

Widerstand gegen diese ›Sonderbehandlungen‹, wie die Erschießungen von Sprachakrobaten genannt wurden, gab es kaum, nicht von den Opfern und erst recht nicht seitens der Täter.

Tatsache ist aber, dass es einige wenige Angehörige des Sonderkommandos gab, die mit dem Druck des fortwährenden Tötens nicht fertig wurden.

Zwar ist tatsächlich niemand gezwungen worden, in die Schädel der Menschen zu schießen, allerdings war es auch nicht so einfach, sich dem zu widersetzen, wenn man erst einmal dort stand, die Waffe in der Hand.

Der Sturmmann Georg Heise, ein von Natur aus gutmütiger und robuster Bauernsohn aus Friesland war so ein Mann. Er, ausgezogen und zutiefst von seiner Mission überzeugt, Deutschland gegen das Untermenschentum zu verteidigen, fand sich, ohne dass er bewusst etwas dafür getan hatte, eines Tages in der Schlucht von Babyn Jar wieder.

Befehl ist Befehl, sagte er sich und tat, was er tun sollte. Anfänglich lief alles glatt. Obgleich er das erste Mal dabei war und Angst hatte zu versagen, verschwand sein Herzklopfen nach den ersten Treffern, von denen keiner das vorgegebene Ziel verfehlte. Seine Kugeln zerschmetterten die Köpfe von Männern, Frauen und auch von Kindern. Das alles wurde ihm gar nicht so recht bewusst, denn die, die er tötete, waren ja keine Menschen, sondern es war Aussatz. Das hatte man ihm jedenfalls versichert.

Georg vermied es, mit den Delinquenten Augenkontakt zu bekommen. Er konzentrierte sich ausschließlich auf die Stelle, die seine Kugel treffen sollte.

»Dort ist es schmerzlos«, hatte der Kompaniechef behauptet, der die Aktion leitete, dabei auf den Haaransatz des Hinterkopfes eines Zwanzigjährigen gezielt und zum Zwecke der Demonstration dort ein Loch hineingeschossen. Noch während das Opfer zuckte, hatte er, als wäre die Tötung bedeutungslos, belehrend für alle Neulinge gesagt: »Feuern Sie ja nicht schräg! Dann springen die Juden nämlich wie angeschossene Wildsäue umher, und das verzögert unser Unternehmen erheblich!«

Eine halbe Stunde später passierte es: Georgs MPi hatte Ladehemmung, außerdem musste er seine Blase entleeren.

Der Sturmmann kletterte aus der Grube. Das war gar nicht so einfach, denn zwischen den vielen Menschen, die sich manchmal doch noch bewegten, hatten sich aus Blut, Exkrementen und sonstigen Flüssigkeiten kleine Seen gebildet. Die Schützen liefen deshalb auf den Leibern so, als würden sie auf wackligen Luftmatratzen gehen.

Georg trat hinter ein Gebüsch, erleichterte sich, rauchte eine Zigarette und ließ sich dann von dem Waffenwart eine neue MPi geben. Wieder auf dem Weg in die Grube musste er die letzten zehn Meter an den Menschen vorbei, die auf ihre Hinrichtung warteten.

Die meisten der Schützen, die diese Schlange der Todgeweihten passierten, hatten einen charakteristisch herablassend-höhnischen Blick, der Distanz zu den Opfern schaffte. Georg gehörte nicht dazu, er wandte seine Augen ab. Sein Mordinstrument befand sich links, damit es ihm niemand entreißen konnte.

Plötzlich, völlig unerwartet, spürte er kleine, warme Finger in seiner freien Hand. Er erstarrte. Innerhalb einer Millisekunde erkannte Georg diese Art des Anfassens.

Es war die zarte Berührung seiner fünfjährigen Tochter Maria, mit der sie ihn immer zur Schaukel, zum Indianerzelt oder zur Sandgrube geführt hatte.

Zur Sandgrube!

Er, Georg Heise, liebevoller, stolzer Vater aus Friesland, ging jetzt zu einer Sandgrube! Nein, nein! Nicht zum Spielen! Nicht, um Backförmchen mit weißem Sand zu füllen und auch nicht, um eine Burg aus Matsche zu bauen!

Georg versuchte, sich gegen seine Assoziationen zu wehren. Er wollte sie verbannen, befahl ihnen zu verschwinden.

Dieses Kind wird in ein paar Jahren unsere Nation bedrohen, wird unseren gesunden Volkskörper zersetzen wollen!

So dachte er immer und immer wieder. Aber sein Gewissen weigerte sich standhaft, diesen Argumenten nachzugeben und die Zweifel bohrten. Ja, es gelang Georg noch nicht einmal, seinen Blick auf dem Boden zu halten. Er musste zu dem Kind hinüberschauen und er konnte sich auch nicht von dem Mädchen mit den dunklen Augen, dem ausgemergelten Gesicht und den dünnen Beinen befreien, obwohl er es wollte. Ihre Hand haftete an seiner und Georg hatte das Gefühl, dass Tausende von Nadeln in seine nun schweißnassen Finger stachen.

Jetzt stand das ungleiche Paar am Grubenrand.

Alle am Eingang der Schlucht schauten nun voller Bestürzung auf das Bild, das sich ihnen bot: Ein Schütze, in der einen Hand eine Maschinenpistole, aus deren Lauf in Kürze 9mm-Geschosse gefeuert werden sollten, in der anderen, die Hand eines kleinen, potentiellen Opfers haltend.

Die glatt laufende Mordmaschinerie kam zum Stehen.

Die Situation hatte etwas Unwirkliches.

Die Zuschauer hielten den Atem an und wenn ein Außenstehender genauer hingeschaut hätte, hätte er es in den Augen mancher Männer sehen können: Sie waren für einige Sekunden wieder zu menschlichen Wesen geworden, waren plötzlich mit ihren Gedanken in der Heimat und bei ihren Kindern. Einige der Mordgesellen wandten sich mit versteinerten Mienen ab.

Nach wie vor hörte man vereinzelt Schüsse aus der Schlucht. Georg hatte das Empfinden, dass diese gedämpft, wie durch Watte zu ihm drangen. Somit trafen die Worte des Mädchens sehr laut an seine Ohren: »Onkel, warum tust du das?«

Georg blickte sie entsetzt an, unfähig eine Reaktion zu zeigen, unfähig zu antworten. Er starrte nur in ihre Augen, wie in einen tiefen Abgrund. *Warum kann ich nicht den Untermenschen in ihr entdecken, den verschlagenen, subversiven Charakter, den, der das deutsche Volk wie einen Parasiten benutzt,* fragte er sich verzweifelt. Und schlimmer: *Warum sehe ich keinen Hass in ihren großen Augen, keine Feindschaft? Warum sehe ich in ihrem Blick den von Maria, obwohl Maria doch die hellblauen Augen ihrer Mutter geerbt hat?*

Georg wollte sich umdrehen, um wegzurennen. Er wusste, dass er nicht mehr tun konnte, was er tun sollte. Aber auch die Flucht wurde ihm verwehrt, denn er vermochte immer noch nicht, seine Hand von der ihren zu lösen.

»Verdammt noch mal! Was ist da oben los?« schrie plötzlich jemand aus der Grube. »Wir brauchen Nachschub! Oder sollen wir morgen früh noch in dieser Scheiße stehen?«

Georg ging mechanisch weiter.

»Los, sofort wieder auf Ihren Platz«, befahl ihm der Zugführer mit zornesrotem Kopf, als Georg unten angekommen war. Erst in diesem Augenblick erkannte sein Vorgesetzter, dass sich das kleine Judenmädchen an seiner Hand festhielt. Er lachte gehässig und sagte:

»Warten Sie, ich befreie Sie eben mal von dieser dreckigen Göre!«

Er richtete seine Pistole auf das Kind.

Ein entsetzlicher Schrei, der allen Umstehenden durch Mark und Bein ging, entwich Georgs Kehle. Er lud seine Maschinenpistole durch und richtete sie auf den Zugführer, der augenblicklich bleich wurde, als er in das wutverzerrte Gesicht seines Untergebenen blickte.

Aber der Sturmmann schoss nicht auf den Reserveoberwachtmeister der Schutzpolizei. Mit einem schrecklichen Aufschluchzen warf er das kleine Mädchen zu Boden, entleerte das ganze Magazin in ihren ausgemergelten Körper, warf dann seine Waffe so heftig hin, dass ein Gemisch von Blut und Kot an die Uniformen und in die Gesichter der Umstehenden spritzte.

Dann stürmte er aus der Grube.

Keiner rührte sich. Keiner sagte etwas.

Auf dem Weg nach oben musste er sich übergeben und erst als er den Rand der Grube erreicht hatte, stürzten sich auf Anweisung eines SS-Oberscharführers, der diesen Abschnitt befehligte, drei Angehörige des Kommandos auf ihn. Sie fesselten den Sturmmann und brachten ihn zurück ins Quartier.

Am selben Abend war das Vorgefallene *das* Thema bei der Sondereinheit.

Man hatte Georg Heise wieder freigelassen und nun saß er stumm zwischen den palavernden Männern in der Unterkunft.

Für jeden, der an den Tischen des Gruppenraums saß, gab es heute eine kleine Menge Alkohol als Belohnung für den ansonsten reibungslosen Ablauf der Aktion.

Die Stimmung wurde von Stunde zu Stunde ausgelassener, bis der SS-Sturmscharführer den Zapfenstreich verkündete, nicht ohne ein paar Worte des Danks für das Geleistete zu verlieren:

»Männer, Ihr habt heute abermals gute Arbeit geleistet. Das deutsche Volk ist stolz auf Euch! Trotzdem weiß ich, dass es nicht immer leicht ist, was wir tun müssen. Aber der Führer verlangt zu Recht, dass das Problem des Untermenschentums im Sinne der arischen Rasse ein für alle Mal gelöst wird. Das ist unsere Aufgabe und dieser Aufgabe stellen wir uns, ohne Wenn und Aber!«

Allgemeines, müdes, aber zustimmendes Gemurmel in dem Raum.

In diesem Moment stand Georg Heise auf und ging demonstrativ in die Mitte des Saals.

»Ruhe«, schrie jemand, um hinzuzufügen: »Ruhe, ein Versager meldet sich zu Wort!«

»Du Schwachkopf, lasst den Georg zufrieden«, rief ein anderer.

»Genau! Richtig! Deine blöden Bemerkungen solltest du besser auf dem Donnerbalken rausscheißen!«, kam es von einem der hinteren Plätze und lautes Klopfen mit den Fingerknöcheln auf den derben Holztischen unterstrich, dass sich die Mehrheit dieser Meinung angeschlossen hatte.

Mit einem Male war es totenstill, denn alle wollten hören, wie sich Georg äußern würde. Anstatt etwas zu sagen, zog er eine Pistole aus seiner Hosentasche. Während sich manche seiner Kameraden hinter ihren Bänken in Deckung warfen, andere nur bestürzt auf ihn schauten, setzte er die Waffe an seine rechte Stirnseite und drückte ab.

Wie vom Blitz gefällt, stürzte Georg auf den Dielenboden. Die Pistole fiel polternd unter einen Tisch.

Für einige Sekunden herrschte fassungslose Stille.

Die Kugel war an der Schläfe in Höhe des Auges in Georgs Kopf eingedrungen und gegenüber, leicht schräg oberhalb, wieder herausgekommen.

Als der Truppenarzt eintraf, um den Tod des Sturmmannes zu bescheinigen, bemerkte er beim Tasten des Radialispulses (Puls am Handgelenk), dass sein Herz zwar schwach aber doch noch regelmäßig schlug.

Nur einen Tag dauerte es, bis Georg Heise sein Bewusstsein wieder erlangte. Er hatte keinerlei Erinnerung an das Geschehene. Weder an die Ereignisse in der Schlucht, noch an den Schuss in seinen eigenen Kopf.

Nach zwei Wochen Lazarett schien er außer dem Verlust des Sehvermögens auf der rechten Seite auf den ersten Blick ohne bleibenden Schaden.

»Es ist fast ein Wunder, dass bei dem Heise so wenig passiert ist«, sagte der Truppenarzt, Obersturmführer Dr. Schäfer, zu seinem Kommandeur.

Der Sturmmann Heise sollte nun gesund gepflegt werden für sein Verfahren, das ihn gemäß Kriegssonderstrafrecht vom 17.08.1939 erwartete. Die Anklage würde lauten: Wehrkraftzersetzung durch Selbstverstümmelung. Und bei einem Schuldspruch, der in diesem Fall mehr als wahrscheinlich war, würde es für das Kriegsgericht nur *ein* Urteil geben können.

Georg, der von dem Unheil, das sich über ihm zusammenbraute, keine Ahnung hatte, machte im Lazarett weiter Genesungsfortschritte. Er war der Annahme, dass seine Kopfverwundung Folge eines Kampfeinsatzes gewesen war. Weder Truppenarzt und Pflegepersonal, noch seine Kameraden fühlten sich bemüßigt, ihn über seinen Irrtum aufzuklären.

Der Obersturmführer Dr. Schäfer ließ sich Georgs Beurteilungen kommen, weil sein Patient im Lazarett durch unberechenbar-aggressives Verhalten auffiel. In allen Bewertungen wurde er jedoch als kameradschaftlicher, verträglicher und hilfsbereiter Mann beschrieben.

Der Arzt war kein Neurologe, doch war ihm klar, dass die Charakterveränderungen Georgs auf seine Kopfverletzung zurückzuführen waren.

Bevor offiziell Anklage erhoben werden konnte, passierten mehrere Dinge:

Es traf die Nachricht ein, dass Georg Heises Bruder in Frankreich Opfer eines Anschlags von Widerstandskämpfern geworden und einen Tag später, dass seine Mutter bei einem Arbeitsunfall auf dem eigenen Bauernhof ums Leben gekommen war.

Dr. Schäfer teilte Georg die erste Botschaft mit, die der Rekonvaleszente ungerührt akzeptierte. Für die Mitteilung der zweiten schlimmen Nachricht wurde ein Feldgeistlicher in das Krankenzimmer geschickt.

Der Oberpfarrer setzte sich an Georgs Bett. Um es für den Sturmmann leichter zu machen, hatte er die fatale Botschaft in Bibelverse und tröstende Worte eingebunden. Georg schaute den Geistlichen nach dessen Rede herablassend an, lächelte und sagte: »Ihr Gewand steht Ihnen nicht schlecht, Herr Pfarrer, allerdings habe ich unaufhörlich das Gefühl, einen schwarz verkleideten Hofnarren vor mir zu haben.«

Der Pfarrer war zutiefst beleidigt, doch er ignorierte diese unqualifizierte Bemerkung.

»Ich glaube, mein Sohn, Sie haben mich soeben nicht verstanden. Ich muss Ihnen leider mitteilen, dass Ihre Frau Mutter auf dem Hof Ihres Vaters vorgestern durch einen Arbeitsunfall ums Leben gekommen ist. Gott, der Herr …«

Der Geistliche wurde von einem Auflachen Georgs unterbrochen.

»Sparen Sie sich Ihre salbungsvollen Worte. Ich bin weder Ihr Sohn, noch blöd. Mir gehören jetzt schon fünfzig Prozent unseres Hofs. Gestern waren es erst fünfundzwanzig. Und mein Alter macht es bestimmt auch nicht mehr lange.«

Der Oberpfarrer stand auf und verließ wortlos den Krankensaal.

Einen Tag später passierte in der Einheit noch etwas: Nach einer ›Sonderaktion‹ mit jüdischen Kindern schoss ein Angehöriger des teilnehmenden Polizeibataillons wild um sich, tötete zwei SS-Angehörige und dann sich selbst.

SS-Standartenführer und Leiter des Mordunternehmens, Paul Blobel, der nicht in dem Verdacht stand, ein gutherziger Vorgesetzter zu sein, wollte wegen der nun aufkommenden allgemeinen Missstimmung bei seinen Männern keine weiteren Probleme. Deshalb schickte er Georg Heise auf Heimaturlaub. Gleichzeitig empfahl er dessen Entlassung aus der SS.

Kapitel 6

VERGANGENHEIT

Friesland, Ende Oktober 1941

Es war schon Nacht, als Georg zu Hause in Friesland ankam.

Seine Frau Lena öffnete ihm die Tür, breitete ihre Arme aus und wollte sich voller Freude über sein Wiederkommen an ihn klammen.

»Georg«, rief sie aufgewühlt. »Ich bin ja so glücklich, dass du wieder da bist. Aber sag, was ist mit deinem Kopf und mit deinem Auge passiert?«

Ohne zu antworten, schob der Heimkehrer seine Frau brüsk weg und entledigte sich seines Mantels, den er einfach auf den Boden fallen ließ. Dann legte er die Schirmmütze mit dem stilisierten Totenkopf behutsam, als wäre sie ein zerbrechlicher Gegenstand, auf einen Schrank und sagte in Befehlston: »Mach den Mantel sauber. Meine Dienstmütze rührst du aber nicht an. Verstanden?«

Lena blickte ihm fassungslos nach, als er im Wohnzimmer verschwand, in dem sein Vater sich aus einem Sessel erhoben hatte. Georg beachtete den alten Mann nicht, der daraufhin erschrocken zurückwich, sondern setzte sich an den Tisch.

Lena, die inzwischen seiner Anweisung nachgekommen war, kehrte nun zurück, blieb in der Mitte des Raums unschlüssig stehen und schaute verunsichert.

Er blaffte sie an: »Was gaffst du so? Hol was zu essen!«

»Junge, was ist mit dir? War es so schlimm?«, fragte Georgs Vater vorsichtig: »Hast du gehört, dass Mutti und dein Bruder tot sind?«

»Deshalb bin ich ja hier! Oder glaubt ihr, ich bin euretwegen gekommen! Ihr habt sicher gehofft, dass ich auch tot bin, dass ihr mich um mein Erbe bringen könnt!«

Lena ging weinend hinaus und brachte bald darauf einen Teller mit Broten und einen Krug Bier. Georg aß und trank schweigend. Dann schob er mit einer geringschätzigen Bewegung das Geschirr beiseite und sagte: »Wir reden morgen. Jetzt bin ich müde und gehe ins Bett.«

Er erhob sich, entschied dann doch wieder anders, grinste und setzte sich erneut.

»Vater, du kannst dir schon einmal überlegen, wie du die Hälfte des Hofwerts binnen einer Woche in Reichsmark aufbringst. Nur damit du weißt, was du morgen zu tun hast!«

Dann drehte er sich zu Lena herum.

»Hör auf zu flennen, Heulsuse! Das hättest du dir früher überlegen sollen. Jetzt ist es nämlich zu spät. Außerdem weiß ich sowieso schon alles!«

»Was ist zu spät? Was willst du wissen?«

»Diese Frage kannst du dir doch selbst beantworten, Judenliebchen!«

»Was redest du da, Georg?«

»Lena, ist dir bekannt, was ein rassenbiologisches Gutachten ist?«

»Ja, natürlich. Das weiß doch jeder.«

»Na, dann ist es ja gut. Ich werde nämlich solch ein Dokument beim Institut für Rassenhygiene in Frankfurt holen und du weißt auch ganz genau, warum!«

»Georg, bitte! Was soll das? Über wen willst du ein Gutachten erstellen lassen? Wie du weißt, sind unsere beiden Familien überprüft worden. Wir sind alle arisch. Sonst hätten wir doch die Heiratserlaubnis nicht bekommen!«

»Darum geht es nicht.«

»Worum geht es sonst?«

»Denk' doch mal nach, du Schlampe. Was war denn mit dem Sohn von diesem Textilhändler Süß. Mit dem hast du dich doch immer heimlich getroffen! Mach mir doch nichts vor!«

»Du meinst Jos? Und ich soll mich mit ihm heimlich getroffen haben? Wie kommst du denn auf so einen Blödsinn?«

»Wage nicht, das abzustreiten!«

»Aber Georg, *du* warst doch mit ihm zusammen im Sportverein und deshalb war er häufiger hier auf Vaters Hof. Als ich dich einmal danach gefragt habe, hast du mir erklärt, dass er dein Sportkamerad und Freund ist.«

»Deine Lügen verraten dich, Lena. Merkst du denn nicht, dass du beginnst, dir selbst dein Grab zu schaufeln?«

»Georg, willst du mir jetzt drohen? Du weißt doch, dass ich nicht lüge!«

»Ich werde dich mit ihm konfrontieren, dann wirst du es nicht mehr abstreiten können.«

»Ja? Wie soll denn das gehen? Jos ist doch zusammen mit seinen Eltern plötzlich von deinen jetzigen schwarzuniformierten Kumpanen zur Umerziehung abgeholt worden.«

»Das war auch dringend notwendig!«

»Aber du hast zu mir selber damals gesagt, dass das nicht in Ordnung sei, wie man mit Jos und seiner Familie umgehen würde. Kein Mensch weiß übrigens, wo sich dein ehemaliger Freund mit seiner Familie im Moment befindet!«

Der Heimkehrer sprang von seinem Stuhl auf und baute sich drohend vor Lena auf. Georgs Vater erhob sich schwerfällig aus seinem Sitz, um seiner Schwiegertochter beizustehen. Er wurde umgehend mit einem heftigen Stoß wieder dorthin zurückbefördert.

»Halt dich da raus, alter Mann, wenn du keinen Ärger haben willst. Das hier geht dich überhaupt nichts an!«

»Nicht, Georg! Es ist immer noch dein Vater!« rief Lena erschrocken.

Georg schrie nun mit sich überschlagender Stimme: »Sag nie wieder, dass der verfluchte Jud mein Freund oder mein Sportkamerad gewesen ist! Nie wieder, verstehst du!«

»Aber er war doch hier mit dir zusammen, du musst dich doch erinnern!«

»Ja, natürlich erinnere ich mich. Er war manchmal hier. Aber nur, damit ich erfahren konnte, was der Jude und seine ganze Brut dachten. Was sie gegen uns Deutsche planten! Zu keinem anderen Zweck! Und ich wollte dich unter Kontrolle haben. Oder meinst du, dass mir nicht aufgefallen ist, dass du ihm andauernd schöne Augen gemacht hast?«

»Georg, was soll das alles? Wir waren doch glücklich verheiratet und ich habe niemandem schöne Augen gemacht!«

»Wie kannst du nur so lügen und dann noch fragen, was das soll!«

»Ja, das würde ich gerne von dir wissen, denn ich habe mir nichts zu Schulden kommen lassen, zu keiner Zeit!«

»Heuchlerin! Du hast mich mit ihm hintergangen. Ich habe leider nicht genug aufgepasst und nicht bemerkt, was passiert ist.«

»Das ist doch lächerlich, was du da sagst. Das kannst du doch unmöglich glauben!«

»Lächerlich? Dir wird das Lachen schon noch vergehen! Verlass dich drauf! Hoffentlich ist dir auch bekannt, was auf Ehebruch mit einem Juden steht!«

»Das wird ja immer schöner. Dann ist wohl Maria mit ihren blonden Haaren und blauen Augen auch nicht dein Kind, oder?«

»Stimmt genau! Ich werde belegen, dass deine Maria von ihm abstammt. Und wenn ich dafür den schriftlichen Beweis aus Frankfurt in der Hand habe, dann Gnade dir Gott. Ich hänge dir persönlich das Schild mit dem schönen Spruch um den Hals. Und danach kommst du an den Pfahl, mitten in unserem Ort, wo dich jeder aufrechte Deutsche anspucken wird!«

Georg drehte sich um und stampfte ohne ein weiteres Wort aus dem Zimmer.

Lena stand auf und begab sich zu ihrem Schwiegervater, der zitternd und bleich in seinem Sessel saß. Sie legte ihm ihre Hände auf seine bebenden Schultern:

»Das ist nicht unser Georg. Das ist nicht mein Mann, dein Sohn, Marias Vater. Ich glaube, er ist sehr krank. Schon der Brief aus dem Lazarett war merkwürdig. Das muss mit seiner Kopfverletzung zu tun haben, von der schon sein Zimmerkamerad geschrieben hat. Morgen sollten wir Dr. Petermann oder die Gemeindeschwester informieren. Vielleicht gehört Georg in eine Nervenklinik. Oder besser in ein Krankenhaus. Von den Nervenkliniken hört man im Augenblick auch so schlimme Dinge!«

»Nicht die braune Gemeindeschwester! Das ist eine Tausendprozentigen. Du weißt, was mit dem Sohn von dem Schmied Stein passiert ist. Das war ihr Werk. Der kleine pfiffige Kerl hatte nur einen Klumpfuß. Sonst war er kerngesund und trotzdem haben sie ihn geholt.«

»Ja, das stimmt«, sagte Lena bedrückt. »Und schon vier Wochen später kam das offizielle Schreiben, dass er angeblich an Tbc gestorben sei. Die Urne mussten die armen Eltern auch noch bezahlen.«

»Also, wir gehen lieber zum Doktor, auf den kann man sich verlassen!«

»Ja, Vater, genauso machen wir es.«

»Aber, was ist mit Maria? Sie muss unbedingt morgen sehr früh aus dem Haus. Ich habe richtig Angst gehabt, als er beinahe auf dich losgegangen ist. Seine Drohungen sind ernst zu nehmen. Und du darfst ihn nicht noch einmal so provozieren.«

»Wahrscheinlich hast du recht. Es war ungeschickt, aber ich konnte einfach nicht anders.«

»Lass ihn einfach reden und mach dir klar, dass er krank ist. Ich bin zu schwach, Lena. Ich kann euch nicht schützen, wenn er versucht, dir oder Maria etwas anzutun. Du musst das Kind unbedingt wegbringen.«

»Ja, sie braucht ein Versteck, wo er sie nicht finden kann!«

»Am besten zu Charlottes Familie. Georg kann noch nicht wissen, dass die beiden befreundet sind. Deshalb wird er sie dort nicht suchen.«

»Das ist eine gute Idee. Nur machen wir es umgekehrt. Nicht ich, sondern du stehst früh auf und bringst Maria dorthin. Mir ist es lieber, wenn du nicht da bist, wenn er aufwacht. Das ist auch unverdächtiger, da du immer morgens die Tiere versorgst. Er schöpft bestimmt keinen Verdacht, wenn nur ich im Haus bin! Und ich habe schnelle Beine. Auch könnte ich mit dem Fahrrad über den Feldweg ins Dorf fahren.«

»Gut, aber denk daran, er ist gefährlich in seinem Wahn.«

»Keine Angst, ich passe schon auf! Wenn du Maria abgegeben hast, gehst du am besten zu dem Arzt. Und wenn der Doktor kommt, soll er Herbert, unseren dicken Dorfpolizisten mitbringen. Der ist Georg körperlich überlegen und hat sicher keine Angst vor seiner schwarzen Uniform. So, Vater, jetzt lass uns ins Bett gehen. Ich werde heute bei Maria schlafen!«

Georg stand am nächsten Morgen gegen 7.30 Uhr auf. Er erschien in seiner schicken Ausgehuniform im Wohnzimmer und setzte sich grußlos an den Esstisch, auf den Lena schon sein Frühstück gestellt hatte.

Georg aß mit gutem Appetit.

Nach einer Weile lächelte er Lena unerwartet freundlich an und sagte: »In fünf Minuten ist die Halbjüdin hier. Dann zeige ich euch einmal, was wir in Russland mit Bastarden gemacht haben.«

»Was willst du denn von ihr?«

»Lena, wenn du nicht tust, was ich dir sage, schlage ich dich tot. Glaub mir, ich spaße nicht. Mit dem Totmachen habe ich nämlich Erfahrung. So, und nun gib mir noch eine Tasse Kaffee und dann hole das Balg. Übrigens, ist sie überhaupt im Haus? Ich habe sie noch gar nicht gehört. Lena, wo ist das Miststück? Und wo ist der Alte?«

»Dein Vater ist im Stall, um die Kühe zu melken und Maria spielt dort. Beide haben schon gefrühstückt. Sie wollten dich nicht stören, weil du nach der langen Reise ausschlafen solltest.«

Äußerlich ruhig goss Lena ihm eine Tasse Kaffee nach. »Ich gehe sie holen, wenn du es möchtest.«

»Ja, ich möchte es«, äffte er sie nach. »Aber komm nicht auf andere Gedanken. Glaub mir, ich finde euch! Egal, wo ihr euch versteckt. Das ist nämlich nicht weiter schwierig. Ich brauche nur dem typischen Judengestank nachzugehen! Kapiert?«

Lena zog sich innerlich bebend eine Jacke an und ging zum Stall. Sie öffnete die große Scheunentür, warf dann einen Blick zurück zum Wohnhaus, um sich zu überzeugen, dass Georg ihr nicht folgte. Dann schloss sie das Tor, verriegelte es von innen, ging an den Boxen der Kühe vorbei, in denen die Tiere schon unruhig blökten, weil sie auf ihre Fütterung und das Melken warteten. Lena achtete nicht darauf, sondern begab sich direkt zum hinteren Ausgang. Dort lehnten zwei Fahrräder an der Wand, wobei sie aus dem einen die Ventile herausschraubte. Sie öffnete die rückwärtige Tür und schob ihr Rad ins Freie. Gerade wollte sie aufsteigen, als Georg an der Stirnseite des Gebäudes um die Ecke kam und ihr den Weg abschnitt. In der Hand hielt er einen langen, kräftigen Holzknüppel.

Zum Feldweg wirst du es nicht mehr schaffen!

Lena konnte erkennen, dass er wusste, was sie vorhatte, denn er grinste heimtückisch. Sie lief zurück durch die Scheune, musste aber erst wieder die Verriegelung des ersten Tors öffnen. Schon hörte sie ihn hinter sich, schlüpfte hinaus, knallte das Tor zu und rannte quer über den Hof.

Gott sei Dank, die Haustüre ist offen!

Beinahe hätte sie es auch geschafft, sich ins Wohnhaus zu flüchten. Aber im letzten Moment war er da, stellte seinen Fuß in die Tür und riss ihr mit einem Ruck die Klinke aus der Hand.

Lena ging langsam rückwärts, stolperte und kam zu Fall.

»Lena, Schatz, du weißt, was jetzt passiert. Aber du wolltest es nicht anders«, sagte Georg verdächtig leise. »Und damit du es auch wirklich begreifst, erkläre ich es dir noch einmal ganz in Ruhe: In einem Jahr lebt im Reich kein einziger Jude mehr, auch kein gottverdammter Bastard. Und … erst recht kein Judenflittchen!«

Sein Gesicht verzerrte sich zu einer teuflischen Fratze und dann schlug er ihr mit aller Wucht das dicke Holzstück auf den Kopf, wobei der Erntekranz, der noch in der Diele hing, durch den Schlag heruntergerissen wurde.

Lena rührte sich nicht mehr. Blut sickerte aus einer großen Stirnplatzwunde.

Georg ließ seinen Knüppel fallen. Er schaute emotionslos auf seine Frau herab und bewegte seinen Kopf hin und her, als müsse er über ein schwerwiegendes Problem nachdenken.

»Lena, Lena! Was ist aus dir nur geworden!«, sagte er halb bedauernd, halb vorwurfsvoll. »Was warst du nur früher für ein liebes Mädchen!«

Danach ging er ohne Eile zum Geschirrschrank, den er aufsperrte, griff in das Geheimfach, das sich am Boden der einen Schublade befand und sich mittels eines krummen Nagels öffnen ließ. Er lächelte befriedigt, als er dort die von seinem Vater deponierten 200 Reichsmark an sich nahm. Dann verließ er das Haus, ging über den Hof in die Scheune, sprach beruhigend mit den immer noch aufgeregten Kühen, begab sich zu Lenas Fahrrad und fuhr damit zum Bahnhof. Dort reinigte er sich in der Toilette und hatte auch noch Glück, dass er nach nur zehnminütiger Wartezeit in einen Zug Richtung Hamburg steigen konnte.

Zwei Tage später wurde Georg Heise im Institut für Erbbiologie und Rassenhygiene in Frankfurt/Main verhaftet, wohin er tatsächlich gereist war.

Er hatte sich dort bis zur Chefsekretärin des Direktors, Prof. Dr. Otmar Verschuer, durchgefragt und um die schnellstmögliche Erstellung eines rassenbiologischen Gutachtens für ein Kuckuckskind mit dem Namen Maria nachgesucht und dabei gleichzeitig selbstzufrieden erklärt, dass er seine Frau Lena, die eine niederträchtige Rassenschänderin gewesen sei, bereits ihrer gerechten Strafe zugeführt habe.

In jener Zeit wunderten sich Sekretärinnen von Rassenbiologen über kaum etwas, gab es doch reichlich Anfragen obskuren Inhalts, sonderbare Wünsche, Denunziationen und viele haltlose Anschuldigungen.

In diesem Fall waren die Angaben augenscheinlich zu fragwürdig, sah der Mann zu verstört aus. Um den erkennbar Verwirrten nicht aufzubringen, versprach die Sekretärin einen Termin in einer Stunde mit ihrem Chef und rief danach bei einer nahe gelegenen Gestapodienststelle an. Drei Herren in langen Lodenmänteln und mit Hüten auf den Köpfen erschienen. Sie nahmen Georg mit, als dieser wieder zur verabredeten Zeit in dem Institut auftauchte.

Aufgrund der doch noch bestehenden SS-Zugehörigkeit wurde der

Fall sorgfältig geprüft und eine psychiatrische Untersuchung in Auftrag gegeben. Die Ärzte konstatierten bei Georg ein völliges Fehlen an Emotionalität und eine mittelgradige Form von Schwachsinn. Beides sei auf die erlittene Kopfverletzung zurückzuführen, sagten die Gutachter. Vor einer Anklage wegen Mordes hätte ihn dieser Befund freilich nicht geschützt. Aber Dank der noch in der Diele des Bauernhauses zum Zeitpunkt der Tat hängenden Erntekrone, die die Wucht des Knüppelhiebs abgemildert hatte, überlebte Lena die brutale Attacke. Somit hatte zum zweiten Mal der Henker das Nachsehen.

Georg wurde endgültig aus der schwarzen Elitetruppe entlassen. Er kam in das KZ Dachau. Dort sollte festgestellt werden, ob eine Besserung seiner Symptome und somit eine Wiedereingliederung in den deutschen Volkskörper möglich sei. Sollten aber irreversible Schädigungen seines Gehirns bewiesen werden, war er ein Kandidat für eine T4-Aktion, wie die Euthanasiemaßnahmen fast verschämt umschrieben wurden.

Kapitel 7

GEGENWART

Bremen, Neustadt, Ende 2012

Judith kauerte niedergeschlagen am Küchentisch in der Wohnung ihrer verstorbenen Großmutter. Sie schaute ziellos aus dem Fenster und wieder kam die Erinnerung an jenen Mittwoch, wie in letzter Zeit so häufig.

Damals saß sie Zeitung lesend auf ihrem kleinen Balkon, als ihr Blick auf ihre Armbanduhr fiel und ihr bewusst wurde, dass sie dringend in die Redaktion musste, um zwei Artikel abzugeben. Es eilte sehr, denn es war schon der Tag des allerletzten Termins, den man ihr gesetzt hatte und den durfte sie keinesfalls versäumen. Normalerweise hielt sie sich an ihre Vorgaben, aber eine Woche zuvor hatte sie eine schwere Bronchitis bekommen, die sie zwang, das Bett zu hüten. Im selben Moment, als sie das Haus verlassen wollte und schon nach dem Haustürschlüssel griff, klingelte das Telefon. Omi Elvira war am Apparat und sagte, dass sie gefallen sei und nun im Sessel sitzen würde.

»Es geht mir wirklich gut, Judith. Es ist nichts gebrochen, und Schmerzen habe ich im Moment auch keine.«

»Aber du atmest so schwer.«

»Ich habe mich auch gerade angestrengt, um auf den Stuhl zu kommen. Das Problem ist nun, dass ich leider nicht mehr aufstehen kann.«

»Und warum nicht, wenn doch nichts gebrochen ist?«

»Mach dir keine Sorgen, das wird schon wieder!«

Judiths Frage war damit freilich nicht beantwortet.

»Ich hätte dich auch nicht angerufen, denn ich weiß ja, wie beschäftigt du bist.«

Dann machte sie eine Pause und Judith spürte, dass ihre Omi noch etwas anderes auf dem Herzen hatte. Doch für ein längeres Gespräch war es kein guter Augenblick.

»Wann ist das Malheur denn passiert?«, fragte Judith, um etwas zu fragen.

Ich darf ihr nicht zeigen, dass mir der Anruf ungelegen kommt!

»Vor ungefähr zehn Minuten.«

»Und warum hast du nicht deinen Hausarzt angerufen?«

»Der kann doch daran auch nichts ändern. Außerdem ist die Praxis um diese Zeit nicht besetzt. Es ist Mittwochmittag! Ärztenachmittag!«

»Liebe Omi, ich kann dir doch erst recht nicht helfen und deshalb mache ich jetzt Folgendes: Ich rufe die Rettungsleitstelle an, damit du ins Krankenhaus kommst. Das Bein muss doch sicher geröntgt werden.«

»Ja, vielleicht. Erst muss ich mit dir aber noch etwas bereden, was mir schon längere Zeit auf der Seele liegt. Aber nicht am Telefon!«

»Omi, was ist denn los? Du sprichst in Rätseln!«

»Du musst unbedingt herkommen, bevor ich in die Klinik gehe.«

»Wir können doch auch heute Nachmittag, wenn du im Krankenhaus bist, über alles diskutieren.«

»Nein«, hatte Elvira störrisch geantwortet. »Mit dem Krankenhaus ist es im Augenblick wirklich nicht dringend. Es geht mir ja gut. Komm einfach her, wenn du Zeit hast. Ich merke doch, dass du in Eile bist.«

»Ja, du hast recht. Ich muss einige Artikel abgeben. Sonst werden sie nicht gedruckt, und ich bekomme kein Geld. Es dauert wirklich nicht lange.«

»Wann könntest du denn hier sein?«

»Na ungefähr in einer Stunde, wahrscheinlich schon früher.«

»Das reicht völlig!«

»Wirklich?«

»Wirklich!«

»Gut«, hatte Judith erleichtert geantwortet. »Ich beeile mich. Bitte, versuche auf keinen Fall, alleine aufzustehen! Versprich mir das!«

»Nein, ich stehe nicht auf, ich verspreche es.«

»Schön, dann bis bald!«

Erst zwei Stunden später war sie dann tatsächlich in der Pappelstraße, in der Wohnung ihrer Großmutter, angekommen.

»Tut mir leid, liebe Omi«, hatte Judith gerufen, als sie in das Wohnzimmer stürzte. »Es hat doch länger gedauert. Mein Chef war auch krank! Hätte ich das gewusst, wäre ich erst zu dir und dann in die Redaktion gefahren.«

Elvira lächelte. Sie war sehr blass.

Judith hatte sofort zum Telefon gegriffen und die Rettung angerufen.

Dort schilderte sie das Geschehen und man versprach, umgehend einen Krankenwagen zu schicken.

Dann machte Judith einen weiteren Fehler: Als sie von der Leitstelle gefragt wurde, ob der Wagen mit Alarm kommen müsse, leitete sie die Frage weiter. Elvira hatte mit dem Kopf geschüttelt, abwehrend ihre Hände gehoben und Judith sagte in die Sprechmuschel: »Nein, aber es ist trotzdem eilig.«

»Ich packe dir schnell eine Tasche mit Toilettensachen, damit du dich im Krankenhaus für den Doktor schön machen kannst«, versuchte sie nun einen Scherz und wollte gerade im Schlafzimmer verschwinden, als Elvira sie mit einer eindringlichen Geste zurückhielt.

»Bleib bitte hier«, sagte sie flehentlich.

Judith zögerte.

»Judith, Kind, bitte setz dich, nur für einen Augenblick.«

Judith verharrte verunsichert an der Tür, gab dann nach, setzte sich neben ihre Großmutter und nahm deren Hand. Elvira schloss erschöpft für einen Moment ihre Augen. Etwas später blickte sie ihre Enkelin liebevoll an und sagte mit leiser, aber fester Stimme: »Pass gut auf dich auf mein liebes Mädchen. Pass immer gut auf dich auf.«

In diesem Moment hat Elvira ihr nahendes Ende wohl gespürt.

Als dann die zwei Sanitäter in die Wohnung kamen, hatte der ältere mit einem Blick die Situation erfasst. Er sagte zu seinem Kollegen: »Ich gebe ihr Sauerstoff, hol du den Doc. Den brauchen wir. Ich glaube, dass es eilt!«

»Frau Kolbert, haben Sie Schmerzen?«

»Nein, junger Mann, habe ich nicht. Ich habe aber eine Bitte: Lassen Sie mich mit meiner Enkelin noch für ein, zwei Minuten alleine. Ich muss etwas sehr Wichtiges mit ihr besprechen, bevor ich mit Ihnen kommen kann.«

Der Rettungssanitäter zuckte unwillig mit den Schultern, befestigte jedoch mit geübtem Griff eine Sauerstoffsonde an ihrer Nase und verließ das Zimmer. Elvira hielt währenddessen ihre Augen geschlossen.

»Ist er weg?«, fragte sie, als die Tür klappte.

»Ja, Omi, er ist weg. Was gibt es denn so Wichtiges?«

»Was ich dir zu sagen habe, ist nicht für alle Ohren bestimmt.«

Judith tätschelte die Hand ihrer Oma und schaute sie fragend an. Elvira erwiderte den Blick und sagte etwas sehr Merkwürdiges:

»Judith Kind, deine, meine und die Vergangenheit unserer übrigen Familie findest Du in der zugeklebten Weihnachtsdose, die in meinem Keller auf dem obersten Regal steht.«

Und kurz darauf, nach einer kleinen Pause: »Mein liebes Mädchen, habe den Mut, die Dose ungeöffnet wegzuwerfen!«

»Was für eine Weihnachtsdose? Und warum soll ich sie erst suchen, um sie dann wegzuwerfen?«

»Mein Gewissen verbietet mir, dir die Dose vorzuenthalten. Du musst selbst entscheiden, was du damit machen willst. Nur soviel: Du bist die Enkelin einer Frau, die persönlich nichts Böses getan hat und trotzdem schuldig geworden ist. Dein Großvater, der übrigens nie von seiner Vaterschaft erfahren hat, war Arzt und hatte somit einen ärztlichen Eid geschworen. Er hat allerdings noch ein zweites Gelübde abgegeben, nämlich den Treueschwur auf Adolf Hitler. Auf den größten Verbrecher in der Geschichte unseres Landes. Und befolgt hat er nur diesen zweiten. Ich kann und darf dir das nicht vorenthalten. Aber es wäre besser, wenn du nicht in den alten, verrosteten Blechbehälter hineinschautest!«

»Omi, ich begreife das alles nicht!«

Elvira ging nicht auf den Einwand ein.

»Versprich mir, dass du darüber nachdenkst, ob du wirklich in den Überresten des letzten Krieges wühlen willst, um die blutigen Knochen wieder auszugraben, die in der Weihnachtsdose verborgen sind. Keiner der vielen Toten wird dadurch je wieder lebendig. Keiner wird sich aus den riesigen Aschebergen erheben.«

»Omi, bitte, du machst mir Angst!«

Elviras Gesicht war noch blasser geworden, und Tränen liefen nun über ihre Wangen.

Judith griff zu einem Taschentuch, tupfte das Gesicht ihrer Großmutter trocken und lächelte dann nachsichtig.

»Omi, was redest du nur heute. Es tut mir sehr leid, dass ich dich vorhin so lange allein gelassen habe. Du bist bestimmt eingeschlafen und hast schlecht geträumt.«

Elvira schüttelte unwillig ihren Kopf.

»Versprich mir, dass du den Behälter nicht öffnest, ohne nachzudenken. Versprich es mir!«

»Ja, Omi, ich verspreche es.«

»Judith, es wäre auch besser, wenn du nicht wüsstest, wer dein Großvater wirklich war.«

»Ich weiß doch, wer Großvater war. Er war Praktischer Arzt in München und ist seit Kriegsende verschollen. Daran wird sich nichts mehr ändern. Das Wichtigste ist doch: Wir haben uns! Seit Papa weggegangen und Mama tot ist, sind wir die einzigen, die übrig geblieben sind. Du und ich, wir werden noch sehr lange zusammen sein und du weißt, dass ich dich sehr, sehr lieb habe.«

»Ich habe dich auch lieb. Deshalb muss ich dir zumindest die Möglichkeit geben, die Dinge zu erfahren, die du noch nicht weißt.«

»Aber ich weiß doch alles über unsere Familie.«

»Gut, dass sich das Böse nicht vererbt«, hatte Elvira flüsternd geantwortet, sichtbar mit den Gedanken irgendwo anders.

»Der Despot, der Millionen den Tod gebracht hat, war auch für eine Zeitlang mein Gott. Er war ein Mann, von dem die Deutschen geglaubt hatten, dass er unserem Land Ehre und Ruhm zurückgeben wird. Leid, Elend und Tod waren das Ergebnis.«

»Omi, quäl dich doch nicht so!«

»Judith, das muss jetzt aus mir heraus. Ich habe die furchtbaren Verbrechen mit eigenen Augen gesehen, obwohl ich sie damals nicht bemerkte, vielleicht auch nicht bemerken wollte. Aber du und deine Mutter Erika sind für mich der Beweis, dass nicht immer Unrat aus Unrat entsteht. Manchmal wachsen Blumen der Hoffnung aus der Asche der Verbrechen.«

»Omi! Hör auf! Was fantasierst du nur heute für schreckliche Dinge?«

»Ich sehe an deinen Augen, dass du glaubst, ich wäre durcheinander. Vielleicht bin ich das auch. Aber nicht so, wie du meinst. Ich werde bald vor meinem Herrgott stehen. Judith, Kind, ich möchte dir, bevor ich gehe, noch einen Rat geben: Folge immer deiner innere Stimme! Versuche nicht, wie ich es getan habe, diese zu unterdrücken!«

Judith hatte keine Zeit mehr gehabt, etwas zu erwidern, denn es öffnete sich die Tür. Ein Arzt und die beiden Sanitäter kamen in das Zimmer.

»Wir bringen ihre Großmutter ins Rot-Kreuz. Sie hat sich wohl beim Fallen einen Oberschenkelhalsbruch zugezogen«, sagte der Arzt nach seiner kurzen Untersuchung. »Sie können hinter uns herfahren. Wir stellen nur noch die Transportfähigkeit ihrer Großmutter her.«

Nun ist meine Elvira tot. Ich schämte mich furchtbar. Wäre ich nur nach dem ersten Telefonat zu ihr gefahren!

Auf dem Wege in die Klinik war dann im Rettungswagen ein Herzkammerflimmern aufgetreten, das nicht mehr beherrscht werden konnte.

Was hat sie mit ihren Worten nur gemeint, die mir nicht mehr aus dem Kopf gehen? Ich muss dauernd darüber nachdenken.

Judith weinte.

Ich bin jetzt alleine, die letzte unserer Familie!

Judiths Blick kehrte nun in das Zimmer zurück und blieb an dem Gegenstand haften, den sie vor einer Stunde aus dem Keller geholt und auf den Tisch gestellt hatte.

Da ist sie nun, die geheimnisvolle, mit Klebstoff verschlossene Weihnachtsdose. Was hat Omi gesagt? ›Habe den Mut, die Dose ungeöffnet zu vernichten.‹ Also: Was kann sich darin verbergen? Der Inhalt hat kaum Gewicht. Sicher sind es Papiere oder Briefe. Aber warum soll es besser sein, das alles nicht zu kennen? Wegwerfen und ignorieren kannst du doch die Sachen immer noch, wenn sie sich als so furchtbar erweisen sollten, wie von Omi angekündigt.

Judith holte aus der Werkzeugkiste einen breiten Schraubendreher und einen Hammer und begann die Dose aufzuschlagen.

Als der Klebstoff zu mehr als der Hälfte durchstoßen war, spürte sie, dass sie nervös wurde.

Dann war das alte Weihnachtsrequisit offen. Heraus kamen buntes Illustriertenpapier, das als Füllmaterial hineingestopft worden war und ein verschlossener Briefumschlag. Judith riss den Umschlag mit zittriger Hand auf. Es fiel nur ein einziges Foto heraus.

Etwas unscharf, jedoch deutlich zu erkennen: Eine Frau in Schwesterntracht mit einem Säugling auf dem Arm.

Das sind Elvira und Erika!

Im Hintergrund, vielleicht dreißig Meter von den beiden entfernt, stand ein Gebäude, auf dessen Ziegeldach sich ein merkwürdiger, viereckiger Aufbau aus Holz befand, der mit einem Doppelfenster versehen war. Man sah, dass durch das lang gestreckte Haus ein Durchgang führte, der mit einem schmiedeeisernen Gitter verschlossen war. In der Vergitterung gab es einen Schriftzug, den Judith durch die schlechte Qualität der Aufnahme nicht lesen konnte. Rechts und links des Eingangs waren zwei mit Maschinenpistolen bewaffnete Soldaten in amerikanischen Uniformen postiert, von denen einer breit grinste.

Im Gegensatz zu dem Soldaten lächelte die Frau auf dem Foto nicht in die Kamera.

Judith drehte das Bild herum. Dort stand: ›EREL 45.‹ Und dann ein eigenartiger Satz in altersblasser Handschrift, kaum noch lesbar: ›Der Weg durch das Tor war selten einer in die Freiheit. Was übrig blieb, war ein Berg von Asche, der, aus der Hölle kommend, bis in den Himmel reichte.‹

Das ist eindeutig Omis Schrift. Was hatte Omi nur immer mit ihren Aschebergen?

Judith betrachtete noch einmal das Foto, das ihr trotz des freundlich grinsenden Soldaten jetzt unheimlich erschien.

Was bedeutet ›EREL 45‹?

Ihr ungutes Gefühl verstärkte sich.

Das kleine Foto scheint etwas zu verbergen, das man vielleicht doch besser nicht ergründen sollte!

Judiths Hand, mit der sie das Bild hielt, schwebte über dem Papierkorb.

Kapitel 8

GEGENWART

Bremen, Contrescarpe, Praxis für Neurologie u. Psychiatrie, 2013

»Sven, die wievielte Sitzung haben wir heute?«

»Genau die zweiundzwanzigste, Herr Doktor. Und fünfundzwanzig hat die Kasse nur genehmigt. Es geht mir aber besser, dank Ihrer Hilfe!«

»Das freut mich. Und es stimmt! Sie sind stabiler. Allerdings habe ich erhebliche Zweifel, ob man von einer echten Besserung ausgehen kann, oder ob Sie nur über die Verhaltensregeln, die wir eingeübt haben, robuster scheinen.«

»Spielt das eine Rolle? Die Hauptsache ist doch, dass es funktioniert. Ich kann die Tat weder ungeschehen machen, noch hoffen, dass ich sie vergesse. Die Schuld ist und bleibt, auch wenn noch so viel Zeit vergeht. Aber ich habe ja Ihre Techniken erlernt, um damit umgehen zu können. Bevor ich in Behandlung kam, war das anders. Ich muss zugeben, dass ich eigentlich nur zu Ihnen gegangen bin, um meiner Mutter einen Gefallen zu tun. Für mich waren die ersten zehn Sitzungen wie der tägliche Toilettengang: Man wird etwas los, fühlt sich erleichtert, jedoch am nächsten Tag ist ein völlig identischer Zustand wieder da.«

»Sven! Ganz so negativ, wie Sie es darstellen, ist es nicht. Wir haben schon häufig über die Bedeutung des Wortes Schuld gesprochen. Kaum ein zweiter Begriff in unserer Sprache ist so komplex und in sich so widersprüchlich, wie der der Schuld. Heutzutage wird durch neuere wissenschaftliche Erkenntnisse von manchen sogar ernsthaft diskutiert, ob es so etwas wie Schuld überhaupt gibt. Das lehne ich aber ab.«

»Ich kann nur sagen, was ich denke.«

»Richtig. Trotzdem, Schuld ist nun mal ein sehr ambivalenter Begriff. Denken Sie nur an den Unterschied zwischen Schuld empfinden und Schuld haben. Man kann sich schuldig fühlen, ohne Schuld zu haben und umgekehrt! Ist Ihnen schon einmal aufgefallen, dass viele Menschen überhaupt nicht in der Lage sind, Schuld zu empfinden? Haben diese Personen Schuld, weil sie sich nie schuldig fühlen? Was meinen Sie?«

»Das wird mir jetzt zu kompliziert.«

»Ist es aber nicht. Sie, Sven, haben unabsichtlich einen Menschen getötet, weil dieser, entgegen der Absprache, genau dort war, wo er nicht hätte sein sollen. Hat Sie diese Tatsache entlastet? Ja und nein. Ja, vor Gericht, hinsichtlich der Höhe ihres Strafmaßes und nein in Ihrer Selbstbeurteilung.«

»Das ist richtig, Herr Doktor. Ich habe meinen Freund unabsichtlich getötet, weil ich glaubte, dass er seinen Rausch zu Hause ausschlafen würde. Nur weil ich klamm war und die Versicherungssumme kassieren wollte, habe ich das Parzellenhaus angesteckt.«

»Sven, ich stelle Ihnen jetzt eine Frage und erwarte eine ehrliche Antwort. Sind ihre Suizidgedanken verschwunden?«

»Sie quälen mich im Moment nicht. Nein, verschwunden sind sie nicht. Ich habe die Situation jedoch im Griff. Es darf nur nichts hinzukommen.«

»Was meinen Sie?«

»Ein weiterer Tiefschlag.«

»Ich verstehe. Und Sie befürchten, dass der jederzeit passieren könnte.«

»Ja.«

»Es gibt vielleicht doch noch einen Weg Ihnen weiterzuhelfen.«

»Und wie soll das gehen?«

»Sie kennen die private Weserland–Herzklinik in Borgfeld?«

»Ja, natürlich. Wer kennt diese Klinik nicht? Vor ein paar Jahren hat sich doch dort ein Skandal ereignet, über den sich halb Bremen ereiferte. Wenn ich mich recht erinnere, hatte sich der Chefarzt der Herzabteilung, zusammen mit seiner schon toten Geliebten, in die Ems gestürzt und ist ertrunken.«

»Ja, genau diese Klinik meine ich. Das war damals eine tragische Geschichte um Prof. Feldner. Danach ist das Krankenhaus umstrukturiert worden. Es gibt jetzt Belegabteilungen und ich leite die der Psychiatrie. Wir führen Intensivbehandlungen verschiedenster psychischer Erkrankungen durch. Im Regelfall allerdings bei Privatpatienten.«

»Das bin ich leider nicht, Herr Doktor!«

»Ich weiß, Sven. Es laufen im Moment bei mir einige wichtige Forschungsprojekte. Eine Studie beschäftigt sich mit Depressionen bei jüngeren Menschen. Um die Untersuchungsreihe aussagekräftig zu machen, benötigen wir jedoch noch einige Probanden. Sonst wäre die Arbeit ziemlich wertlos. Passende privat Versicherte haben wir im Moment leider nicht. Ich kann unserem Gremium vorschlagen, Sie und einen anderen Patienten, dem es auch finanziell schlecht geht, ohne Rechnungsstellung zu übernehmen. Natürlich nur, wenn Sie wollen.«

»Ich weiß nicht. Warum sollte denn diese Behandlung mehr helfen, als das, was ich mit Ihnen monatelang gemacht habe?«

»Es gibt einen völlig neuen Ansatz. Ein Verfahren, das wir zusammen mit Kollegen aus der Schweiz entwickelt haben. Eine wirkliche Novität: Es ist eine Kombination aus Hypnose, Elektrobehandlung und der Einnahme eines pflanzlichen Wirkstoffs.«

»Und das hilft?«

»Oh ja! Bei über 90 Prozent derer, die bislang behandelt wurden, haben sich die Beschwerden gebessert, teilweise sogar dramatisch. Möglicherweise auf Dauer! Um diese Frage zu beantworten, braucht es aber noch mehr Zeit. Zeit benötigen wir auch deshalb, um verlässliche Aussagen über eventuelle Nebenwirkungen des pflanzlichen Wirkstoffs machen zu können, der aus einem Pilz gewonnen wird, einer speziellen, extrem seltenen Untergruppe der Gattung Psilocybe Mexicana. Dieser Pilz wächst nur unter ganz besonderen Bedingungen im Urwald. Die gesamte Gattung wirkt halluzinogen, meist allerdings relativ schwach. So ähnlich wie der Fliegenpilz, den Sie bestimmt schon im hiesigen Wald wegen seiner Schönheit bewundert haben.«

»Aber wie soll so ein Pilz helfen können?«

»Ich erkläre es Ihnen: Den Höllentrip, den ein ganzer Pilz auslösen kann, überstehen nur wenige unbeschadet. Um festzustellen, ob ein Verdächtiger eines schweren Verbrechens schuldig ist, haben die Ureinwohner Mexikos diese Pilzunterart als Gottesurteil benutzt. Entweder bekam das Opfer tagelang schwerste Wahnvorstellungen und überstand die Prozedur, oder es starb. Und jetzt kommt es: Wenn die Person die Einnahme überlebte, wurde sie nicht selten später in den sogenannten Rat der Götter aufgenommen. Der Rat der Götter war so etwas wie der Rat der Weisen Männer. Wegen dieser Überlieferung ist man überhaupt erst darauf gekommen, dass der Wirkstoff mehr kann, als nur ungewöhnlich heftige Wahnbilder auszulösen.«

»Und was soll das sein?«

»Die Substanz macht gelassen, ja beinahe weise und wirkt stark antidepressiv. Wir befinden uns gegenwärtig aber noch im Versuchsstadium und benötigen deshalb ein paar mehr Daten. Und das, Sven, ist Ihre Chance.«

»Die Chance, Ihr Versuchskaninchen zu spielen?«

»Ja und nein. Ja: Jeder, an dem etwas probiert wird, ist ein Versuchskaninchen. Ich habe als Erster den von uns gewonnenen Extrakt zu mir genommen, war also, wenn Sie wollen, auch ein Versuchskaninchen. Und da war das Risiko noch wesentlich höher. Und nein: Es ist ein rein pflanzlicher Wirkstoff, durch nichts verändert, durch nichts manipuliert. Keine Chemie! Seit Jahrhunderten haben Menschen in geringen Dosen von diesem Pilz probiert und sind nicht zu Schaden gekommen.«

»Das klingt ja alles ganz gut.«

»Ist es auch. Sie müssen allerdings unterschreiben, dass Sie über die eigentliche Behandlung Stillschweigen bewahren. Es geht letztendlich, wie Sie sich sicher denken können, um sehr viel Geld. Die Substanz ist extrem teuer. Sollte jemand vor uns den Wirkstoff zur Marktreife bringen, haben wir Millionen verloren. Wenn uns hingegen Erfolg beschieden ist, wofür im Moment alles spricht, wird die Therapie vieler psychischer Erkrankungen revolutioniert.«

»Und wie läuft so eine Therapie ab?«

»Nach einigen Untersuchungen folgt ein mindestens dreiwöchiger stationärer Aufenthalt in unserer Klinik bei dem es um die Wirkstoffzufuhr und die hypnotische Unterstützung geht. Sollten Sie positiv reagieren, schließen sich zwei gleiche Behandlungsphasen an.«

»Muss ich irgendwelche Verpflichtungen eingehen?«

»Alles ist freiwillig, nirgendwo Zwang. Was wir unbedingt fordern, ist absolute Verschwiegenheit.«

»Und was kann mir passieren, oder was ist bei anderen schon passiert?«

»Etwas wirklich Ernstes ist noch bei keinem aufgetreten.«

»Und die Nebenwirkungen?«

»Es gibt keine schwerwiegenden. Sie sollten allerdings wissen, dass in Abhängigkeit von der Substanzmenge manchmal unangenehme Halluzinationen auftreten. In keinem Fall haben diese aber länger angehalten. Und noch etwas: Wir haben vorhin über das Empfinden von Schuld gesprochen. Auch dieses Gefühl wird bei der Behandlung mit großer Sicherheit geringer werden.«

»Das wäre schön. Wieder abends ins Bett zu gehen und morgens aufzuwachen, ohne dass die schlimmen Bilder auftauchen!«

»Sven, die Chancen stehen nicht schlecht.«

»Gut. Ich mache es, wenn es wirklich kostenlos ist.«

»Das ist ein kluger Entschluss.«

»Ich danke Ihnen sehr, dass Sie an mich gedacht haben. Vielen Dank!«

»Schon gut, Sven. Ich an Ihrer Stelle hätte mich auch so entschieden. Das Programm, an dem wir arbeiten, heißt übrigens ›Das Fleisch Gottes‹. Das ist nichts Mystisches, auch wenn es so klingt. Das ist der Name des Pilzes, wie er in den alten Aufzeichnungen überliefert wurde: Teonanacatl, übersetzt: Das Fleisch Gottes, von uns der Einfachheit halber Teocatl genannt.«

Kapitel 9

GEGENWART

Bremen, im Viertel, 2013

Ich wusste, dass mein Umsatz wieder gesunken ist!

Vor ein paar Monaten, als Sabine sich noch nicht in psychotherapeutischer Behandlung befunden hatte, hätte sie deshalb schlaflose Nächte gehabt. Am heutigen Abend blieb sie jedoch gelassen, nahm das wenige Geld, das sie tagsüber eingenommen hatte, aus der Kasse und steckte es, bis auf ein paar Münzen, in ihr Portemonnaie.

Sie schaute auf die Uhr. Es war kurz vor sechs.

Sven wird gleich kommen. Es ist mein erstes Date nach Andi. Und wer weiß, …

Ihr Blick fiel auf den Verkaufstresen und plötzlich, wie in einem Film, liefen vor ihrem geistigen Auge die Geschehnisse der letzten Monate ab.

Ein gutes halbes Jahr war es her, da hatte sie mit viel Enthusiasmus im Viertel, in der Lübecker Straße, nahe der Ecke ›Vor dem Steintor‹, zusammen mit ihrem Freund Andi das kleine **S**&**A**&**P**aper Geschäft eröffnet.

Diese Unternehmung stand von Anbeginn unter keinem guten Stern. Hoffnungen und Illusionen von zwei Verliebten sind das eine, Realitäten das andere. Und die Realität war derzeit, dass weder ihre Beziehung noch der schöne Papierladen überlebt hatten. Die eine Niederlage hatte die nächste heraufbeschworen.

Andi verschwand mit einer Wocheneinnahme und das kleine Zeichen vor der Zahl in ihren Kontoauszügen änderte sich.

Sie bekam Depressionen, wurde von ihrem Hausarzt zu einem Facharzt für Psychiatrie überwiesen.

»Die erste Barriere zu überwinden«, hatte dann der Psychiater zum Schluss einer Konsultation gesagt, »ist immer das Schwierigste. Als Symbol dafür werfe ich jetzt von einem Kartenspiel die Karte weg, die sie am wenigsten mögen. Welche ist das?«

»Der Pikbube!«

Der Arzt nahm aus einem Kartenstapel, der auf seinem Schreibtisch lag, demonstrativ diesen heraus und warf ihn mit Abscheu in den Papierkorb.

Sabine war mit ihren Gedanken wieder in der Gegenwart. Ein leises Geräusch ließ ihren Blick zur Tür wandern.

Dort stand Sven.

Er sieht aus wie ein Geist!

Der späte Besucher war tatsächlich sehr bleich und hielt eine geöffnete Flasche Wein in seiner Hand.

»Da bist du ja endlich. Ich habe mir schon Sorgen gemacht!«

»Das solltest du auch«, entgegnete er nebulös.

»Was meinst du damit?«

Sven antwortete nicht.

Sabine ging ärgerlich an ihm vorbei, um die Tür abzuschließen. Dabei registrierte sie, dass er getrunken hatte, was ihr auch missfiel.

»Entschuldige«, sagte Sven, weil er ihren abweisenden Gesichtsausdruck wahrgenommen hatte. »Ich habe es nicht so gemeint. Ich muss heute noch eine Sache zu Ende bringen, die mir schon seit Wochen auf der Seele liegt. Das macht mich einfach fertig. Hilfst du mir dabei?«

»Klar, wenn ich kann!«

Sabine hatte inzwischen die Tür abgeschlossen. Sie setzte sich seitlich auf den Verkaufstresen und ließ ihre Beine herabbaumeln.

»Sollen wir eine Pizza essen gehen, und du erzählst mir dort alles, oder möchtest du erst erzählen, und wir gehen dann?«

»Ich möchte erst beichten. Vorher kann ich sowieso nichts essen«, entgegnete Sven. »Wahrscheinlich wirst du dann aber nicht mehr wollen!«

»So ein Quatsch!«

Für einen Moment herrschte Schweigen.

Sven schaute Sabine mit einem, wie ihr schien, lauernden Blick an. Sekunden später war seine Mimik wieder sanfter.

»Komm, lass uns einen Schluck trinken, dann erzähle ich dir alles.«

Sabine nickte. Sie ging zu dem kleinen Kieferschrank, der neben der rückwärtigen Tür stand und holte zwei Wassergläser.

Sven füllte die Gläser mit dem Wein und beide stießen flüchtig miteinander an. Dabei schaute er an ihr vorbei, was Sabine irritierte.

Ich habe mich in ihm getäuscht. Er ist kein Mann für mich, noch nicht einmal für eine Nacht!

Sie setzte sich wegen dieser Erkenntnis nun genau in die Mitte des Verkaufstresens, sodass rechts und links kaum Platz blieb.

Sven lief mit gesenktem Kopf auf und ab, trank seinen Wein und man sah, dass er mit sich kämpfte.

»Wenn ich dir jetzt beichte, worum es geht, musst du mir schwören, keiner Menschenseele etwas zu erzählen! Nie, auch nicht in hundert Jahren!«

»Na ja, ich glaube, dass ich in hundert Jahren sowieso nicht mehr viel erzählen werde. Aber ich verstehe, was du meinst. Na gut, ich schwöre.«

»Danke. Es gibt einige schlimme Dinge, die du noch nicht von mir weißt!«

»Ja? Was denn? Ich geh doch davon aus, dass du niemanden umgebracht hast, oder?«

»Nein, nein, keine Sorge. Aber was soll ich drum herumreden: Ich habe einen Haufen Schulden und komme deshalb vielleicht ins Gefängnis. Nun bietet sich unerwartet die Chance, meine Rückstände auf einen Schlag loszuwerden. Aber es gibt da ein Problem.«

»Finanziell kann ich dir nicht helfen, ich habe selbst nichts.«

»Nein, darum geht es nicht. Es ist ... wie soll ich es sagen, ... ein heikles Thema.«

»Jetzt hast du mich aber neugierig gemacht!«

»Um es kurz zu machen: Ich bin homosexuell ... schwul! Es tut mir leid, dass ich dir das nicht gleich gesagt habe. Ich hab mich nicht getraut. Für viele Leute ist man gestorben, wenn sie davon Kenntnis erlangen, auch, wenn die meisten so tun, als würde es ihnen nichts ausmachen.«

Sabine war regelrecht erleichtert, denn unverhofft hatte sich ein Problem wie von selbst erledigt.

»Dass du so bist, macht dich doch nicht weniger sympathisch«, sagte sie. »Eigentlich ist es schade. Ich hatte mich schon gewundert, dass du so wenig Interesse an mir als Frau zeigst! Aber sehe ich etwa so aus, als bestünde ich aus lauter Vorurteilen?«

»Nein, natürlich nicht.«

»Ich kann mir immer noch nicht vorstellen, was du von mir erwartest. Und was hat deine sexuelle Neigung mit deinen Schulden zu tun?«

»Du wirst es gleich verstehen. Lass uns aber erst noch einen Schluck trinken.«

»Danke, ich habe noch, aber du kannst bestimmt noch etwas gebrauchen. Ich sehe ja, wie schwer dir das Reden fällt.«

Sven stellte sein Glas neben Sabine ab, die immer noch auf dem Verkaufstresen saß, ergriff die Flasche und goss sich mit zitternder Hand nach. Prompt verschüttete er einen Teil, wobei sich der Rotwein sowohl über den Tisch ergoss, als auch auf den Fußboden tropfte.

Sabine lachte.

»Mach dir nichts draus«, sagte sie. »Ich hole schnell den Putzlappen aus dem Abstellraum. Alles nicht so schlimm!«

»Danke.«

Sven schaute ihr hinterher, als sie den Verkaufsraum verließ. Kaum hatte sie die Tür geschlossen, griff er in seine Hosentasche, zog ein kleines Fläschchen heraus, öffnete es und schüttete einen Teil des Inhalts in ihr Glas. Mit dem Zeigefinger verrührte er das Gemisch und wischte die Hand an seiner Hose ab.

Einen Moment später kam Sabine zurück und entfernte den verschütteten Wein.

»So, jetzt bekenne mal deine Schandtaten«, forderte sie ihn auf. »Die Geschichte ist ja richtig spannend.«

»Ich versuche es. Also: Ich habe einen verschrobenen aber stinkreichen Onkel, der für jede Art von Überraschung gut ist. Extravagant und abgedreht, das sind wohl die Eigenschaften, die auf ihn zutreffen. Neuerdings ist er dabei, etwas von seinem riesigen Vermögen an die arme Verwandtschaft zu verteilen. Mein Bruder und ich sollen je hunderttausend Euro bekommen.«

»Hunderttausend? Nicht schlecht!«

»Stimmt. Mein Bruder meint jedoch, alles ergattern zu können und hat ihm aus reiner Bruderliebe gesteckt, dass ich andersherum bin, denn er weiß, dass mein Onkel Homosexuelle nicht leiden kann. ›Alles perverse Schwuchteln, die den Fortbestand der menschlichen Rasse gefährden‹, ist eine seiner typischen Aussagen. Onkelchen hat mich angerufen und gefragt, ob es denn stimme, dass ich vom anderen Ufer sei. Ich habe das vehement abgestritten. Er sagte: ›Wenn du, wie du behauptest, nicht schwul bist, dann hast du bestimmt eine Freundin. Bring sie her, damit ich sie kennenlernen kann. Dann bekommst du das Geld. Sonst kriegt dein Bruder alles.‹ So ist mein Onkel. Der hat riesigen Spaß an solchen Sachen.«

»Ich ahne Fürchterliches. Aber erzähl weiter!«

»Dieses Geld könnte für mich die Rettung sein. In meiner Not habe ich behauptet, dass ich eine Affäre hatte und dass mich deshalb meine Freundin Sabine gerade verlassen hat. Tut mir leid, dass ich für diese Lüge deinen Vornamen benutzt habe, ein anderer fiel mir auf die Schnelle nicht ein.«

»Macht nichts«, entgegnete Sabine, sich innerlich amüsierend.

»Mein Onkel ist sehr schlau. Es wäre ein großes Risiko, wenn du zu ihm gingst. Der führt dich in Nullkommanichts aufs Glatteis. Ich habe ihm gesagt, dass ich nicht weiß, wo du abgeblieben bist, aber ich könne ihm deinen Abschiedsbrief zeigen.«

»Und?«

»›Na gut‹, hat er geantwortet. ›Bring den Brief, und wir sehen weiter.‹ Vor diesem Problem stehe ich jetzt. Brief und mit Glück das Geld oder kein Brief und ab ins Gefängnis.«

»Selbstverständlich helfe ich dir«, sagte Sabine beruhigt, die schon befürchtet hatte, in irgendeine krumme Sache verwickelt zu werden. Und nun trank sie doch noch einen großen Schluck aus ihrem Glas.

»Sag mir einfach, was ich schreiben soll, und ich schreibe es!«

»Danke«, erwiderte Sven freudig, drückte ihr einen Kuss auf die Stirn und fügte hinzu: »Du bist ein riesengroßer Schatz!«

»Reich mir mal den Briefblock aus dem Regal und den Füller von dort hinten«, forderte sie ihn auf. »Es müsste doch mit dem Teufel zugehen, wenn wir es nicht schaffen sollten, deinen Onkel hinters Licht zu führen.«

Sven holte das Gewünschte.

»Am besten«, sagte er, »du schreibst mit zittriger Hand und lässt auch noch ein paar Tränen auf das Blatt tropfen.«

»Kein Problem«, lachte Sabine. »Ich konnte immer schon auf Befehl heulen! Also fang an. Danach musst du mich aber zu einem super vornehmen Essen einladen!«

»Versprochen!«

Mein Geliebter,

es fällt mir sehr schwer, dir diese Zeilen zu schreiben. Ich bin überzeugt, dass du die ganz große Liebe meines Lebens warst, bis ich dich mit dieser anderen Frau gesehen habe. In mir brach eine Welt zusammen. Ich kann die

Vorstellung nicht ertragen, dass du mich betrogen hast. Du kannst das sicher nicht verstehen, aber nichts vermag mich zu trösten! Nie kann es wieder so werden, wie es einmal war. Alles hat seinen Sinn verloren und verzeihen kann ich dir nicht!

Wir werden uns nie wiedersehen!

Ich gehe jetzt meinen Weg so, wie ich ihn gehen muss. Es ist meine feste, unumstößliche und ureigenste Entscheidung. Es tut mir leid. Ich kann nicht anders.

Sabine

Kapitel 10

GEGENWART

Bremen, Borgfeld, Klinik, Abt. für Neurologie/Psychiatrie, 2013

»Kollege Wilm, schalten Sie bitte das Mikro für die Gesprächsaufzeichnung ein und kontrollieren Sie das Funktionieren der Überwachung«, sagte Dr. Seeberger, ein hagerer, junger Arzt mit äußerst strenger Kurzhaarfrisur zu seinem Kollegen.

»Jawohl, Herr Oberarzt«, antwortete der Angesprochene militärisch kurz, stand auf, nahm einen Schlüssel, der sich in einem zugeklebten Umschlag befunden hatte und ging damit zu einem computerähnlichen Kasten. Dort steckte er diesen in eine Schalteröffnung und wartete, bis das Gerät zum Leben erwachte. Mehrere Leuchtdioden an der Frontplatte flackerten auf und auf dem großen Display erschienen die Worte: Tagescode eingeben.

Dr. Thorsten Seeberger wartete, bis sich sein Kollege wieder gesetzt hatte. Dann erhob er sich und gab, für die Anwesenden verdeckt, einen 10stelligen Code in die Tastatur. Die Richtigkeit der Zeichen wurde mit dreimaligem Piepsen bestätigt, worauf der Arzt zu seinem Stuhl zurückkehrte. Er schrieb eine Notiz in einen roten Ringordner, griff zum Telefon, stellte eine Verbindung her und sagte: »Herr Chefarzt, wir sind soweit.«

Alle Personen, die sich in dem kleinen Raum befanden, erhoben sich unaufgefordert. Es wurde still.

Nach noch nicht einmal einer Minute kam ein Mann mit unproportional großem Kopf und einem Feuermal auf der linken Stirnseite in den Raum. Anklopfen und Öffnen der Tür waren bei ihm eins.

»Meine Herren!«, sagte er mit knapp angedeutetem Lächeln.

»Guten Tag, Herr Chefarzt«, antwortete die Gruppe im Chor.

Der drahtige Mann schaute in die Runde und umgehend verfinsterte sich seine Miene.

»Es ist jetzt 13.00 Uhr. Wo bleibt Mertens?« knurrte er. »Für alle noch einmal zum Mitschreiben: Wenn ich 13.00 Uhr sage, dann erwarte ich, dass spätestens um 12.55 Uhr jeder auf seinem Platz sitzt. Also, Seeberger! Sie sind heute zuständig. Wo ist er?«

»Entschuldigung, Herr Chefarzt. Der Kollege Mertens muss jeden Moment hier sein. Er hatte vorhin noch heftige Magen-Darm-Beschwerden, wahrscheinlich vom Teocatl.«

»Das ist keine Entschuldigung! Ich fordere unbedingte Pünktlichkeit! Sie alle haben meinen Anweisungen Folge zu leisten. Ein sich selbst verordneter Ermessensspielraum steht niemandem zu!«

»Tut mir sehr leid, Herr Dr. v. Conradi. Es soll nicht wieder vorkommen!«

»Ich bitte darum! Achtlosigkeiten kann und werde ich nicht dulden!«

»Verzeihung«, entschuldigte sich der große Arzt nochmals und schaute reumütig zu Boden.

Dr. v. Conradi registrierte diese unterwürfige Geste mit Zufriedenheit, lehnte sich zurück und blickte mit herrischem Gesichtsausdruck nacheinander auf die einzelnen Teilnehmer dieser Männerrunde, die sich heute in dem schmucklosen Kellerzimmer der Psychiatrischen Klinik versammelt hatten.

Nach einer Minute des Schweigens, die die Zurechtweisung besonders wirksam werden ließ, fuhr er fort: »Das Labor hat mir mitgeteilt, dass es mit der Teocatldosis von Mertens Probleme gibt. Seeberger, was wissen Sie davon?«

»Der Kollege Mertens nimmt die laut Berechnung festgelegte Menge seit fünf Tagen. Trotzdem befindet er sich immer noch in der Aufsättigungsphase. Das ist tatsächlich ungewöhnlich. Wir haben gestern zur Sicherheit noch einmal getestet. Alles war normal! Es wäre möglich, dass es bei ihm einfach länger dauert, bis der notwendige Wirkspiegel erreicht ist.«

»Er weiß, dass bei unseren Schulungsmaßnahmen der Erfolg nur garantiert ist, wenn die Substanzmenge stimmt. Wäre es möglich, dass sich Mertens entgegen seiner Versicherung nicht an die vorgeschriebene Dosis hält? Seeberger, geben Sie nach unserem Treffen umgehend im Labor die Anweisung, die Konzentrationen rückzurechnen. Dann haben wir es schwarz auf weiß. Sollten sich in diesem Punkt berechtigte Zweifel ergeben, werde ich ihn ausschließen und er kommt zurück in unsere Basisklinik Leipzig. Es wäre übrigens das erste Mal, dass wir hier so verfahren müssten. Aber Leichtsinn erlaube ich nicht! Nicht in diesem Stadium! Seeberger, was halten Sie persönlich von ihrem Kollegen? Ich meine nicht als Arzt, sondern als Kandidat, um in den oberen Kreis aufzusteigen.«

»Herr Chefarzt, ich glaube nicht, dass Mertens ein Sicherheitsrisiko für uns darstellt. Ich kenne ihn, ich kenne seine Frau und auch seine ganze Familie! Sie wissen ja selbst, was seine Großeltern im letzten Krieg für Deutschland geleistet haben.«

»Das eine hat mit dem anderen nichts zu tun! Eine nachsichtigere Behandlung kann er sich dadurch nicht erkaufen.«

»Selbstverständlich nicht. Trotzdem glaube ich, dass er ein sehr guter Kandidat für eine der Führungspositionen ist und vermute auch nicht, dass er unterdosiert. Sein Körpergewicht lag beim gestrigen Wiegen bei 136 kg. Ich bin überzeugt, dass darin die Ursache für den niedrigen Serumsubstanzspiegel zu suchen ist.«

»Begründen Sie Ihre Auffassung.«

»Natürlich. Unser Pilzextrakt ist sehr lipophil (fettlöslich). Leider differiert diese Eigenheit auch noch von Charge zu Charge. Wir arbeiten bereits mit Hochdruck, um dieses Problem zu lösen. Da Kollege Mertens viele sehr gut gefüllte Fettzellen sein Eigen nennt, hat sich wahrscheinlich ein Großteil der Substanz dorthin abgelagert und steht somit dem Blutserum nicht zur Verfügung. Die Kontrolluntersuchung werde ich selbstverständlich sofort veranlassen und schlage zusätzlich vor, dass der Kollege aus Sicherheitsgründen heute nur an dem allgemeinen Part teilnimmt, nicht aber an der nachfolgenden Planungsbesprechung.«

»Einverstanden!«

In diesem Moment klopfte es. Die Tür öffnete sich und ein großer, äußerst kräftiger Mann betrat nach einem kurzen ›Herein‹ des Chefarztes den Raum.

»Mertens, sparen Sie sich Ihre Erklärungen. Es ist alles schon gesagt«, schnitt Dr. v. Conradi dem Eintretenden im Vorfeld das Wort ab. »Das nächste Mal werden Sie pünktlich hier sitzen, egal, was auch immer vorliegt. Haben wir uns verstanden?«

»Jawohl, Herr Chefarzt!«

»So, jetzt wollen wir mal zum Wesentlichen kommen. Ich beginne mit einer sehr positiven Nachricht. Die Zahl unserer Anhänger hat sich innerhalb des letzten Jahres verdoppelt. Das allein ist es aber nicht, was mich stolz macht, wichtiger ist, was in Kürze unsere Medizin leisten wird. Wir stehen vor dem Durchbruch und an diesem schönen Erfolg haben Sie alle, die Sie hier sitzen, ihren kleinen Anteil! Meine Idee und unser Orden wird zuerst das Land, später die Welt verändern. Sie werden es erleben!«

»Ich spreche für uns alle«, sagte Dr. Seeberger, »wenn ich betone, dass wir Sie sehr bewundern, für das, was Sie für uns und für Deutschland geleistet haben.«

»Das sollten Sie auch! Noch mal zu Ihnen, Mertens. Ich muss Sie nicht darauf hinweisen, was passiert, wenn sich herausstellen sollte, dass Sie unkorrekt eingenommen haben!«

»Nein, Herr Chefarzt. Ich stelle mich jedem Test. Ich weiß, welche Konsequenzen es für mich hat, wenn ich gegen die Regeln verstoße.«

»Das hoffe ich für Sie! Entschuldigungen bei Zuwiderhandlungen kann und wird es nicht geben, für niemanden.«

»Herr Chefarzt, Sie können sicher sein, dass ich mir keinerlei Undisziplinierttheiten gestatte. Ich nehme seit dem ersten Tag meine Medikamentenmenge regelkonform ein, denn ich bin hier in Bremen, weil ich einer großen Sache verpflichtet bin. Ich will, dass unsere Nation bald wieder eine Führungselite bekommt, die ihren Namen auch verdient und dass wir das Land von der jetzigen verweichlichten Garde sogenannter demokratischer Politiker aller Couleur befreien. Das ist mein Ziel und das ist auch das Ziel meiner gesamten Familie.«

»Mertens, ich hege gegen Sie persönlich kein Misstrauen. Nur muss jeder von uns auch immer wieder seine Verlässlichkeit unter Beweis stellen. Es ist wie bei einem Soldaten: Gegebene Befehle werden weder hinterfragt, noch diskutiert. Sie werden schlicht und einfach ausgeführt. Das große Ganze ist nun mal wichtiger als die einzelne Person.«

»Dem stimme ich unbedingt zu, Herr Dr. v. Conradi.«

»So, genug der Vorbemerkungen! Seeberger, lassen Sie uns anfangen!«

»Gerne.«

»Doch noch eins, Kollege Mertens: Erst dann, wenn alle Zweifel endgültig ausgeräumt sind, können Sie an den Planungsbesprechungen teilnehmen. Heute werden Sie sich, wenn ich es sage, aus der Runde verabschieden.«

»Selbstverständlich, Herr Chefarzt.«

»Wilm, Sie führen das Protokoll und Rhode, Sie haben heute die Ehre und sprechen den Eid!«

Sämtliche Anwesenden erhoben sich erneut von ihren Stühlen.

»Auch wenn alle anderen untreu werden, wir bleiben für immer treu! Treu bis in den Tod!«, sagte Dr. Rhode mit lauter, fester Stimme.

Und die Gruppe wiederholte: Treu bis in den Tod!

Kapitel 11

GEGENWART

Bremen, Rembertistraße, 2013

Zwei Tage war Jakob Grünberg in Bremen bei seinem Sohn geblieben. Sie hatten über viele Dinge diskutiert und ihre Positionen ausgetauscht. Einmal schien es, dass eine Annäherung der unterschiedlichen Ansichten möglich sei. Dann hatte Erez aber wieder die Idee bekräftigt, mit seiner deutschen Freundin Christiane zusammen nach Israel gehen zu wollen. Jakob wollte diesen Plan nur bei der Erfüllung ganz gewisser Bedingungen akzeptieren, und die Debatte war damit beendet.

Für Erez war das Verhalten seines Vaters unakzeptabel und antiquiert. Er war der Ansicht, dass man die schrecklichen Dinge aus der Vergangenheit nicht wieder ausgraben sollte, wenn man nicht Gefahr laufen wollte, Gleiches mit Gleichem zu vergelten. Außerdem hätte sein Vater nicht das Recht, in sein künftiges Leben einzugreifen.

So jedenfalls argumentierte sein Verstand. Deshalb war Erez froh, als er am späten Abend seinen Vater zur Bahn bringen und sich von ihm verabschieden konnte, ohne letztendlich doch noch nachgegeben zu haben.

Jakob trug in der Öffentlichkeit und bei seinen Gebeten immer eine Kippa und Erez hatte, um für seinen Vater religiöse Eintracht zu demonstrieren, für die Verabschiedung die gleiche Kopfbedeckung gewählt.

Danach war er zu Fuß durchs Bahnhofsviertel gegangen. Vorbei an Sexkinos und Erotik-Geschäften, vorbei an der bekannten Disko-Meile, häufiger Schauplatz von Gewalttaten, wie Messerstechereien. Erez sah die Jugendlichen vor den inhaltsleeren Vergnügungsetablissements stehen.

Eine Horde Minderjähriger amüsierte sich während seines Vorbeigehens über irgendeinen platten Witz, und die anwesenden Mädchen lachten ordinär. Eine fragte ihn provokativ, ob er denn die Grufti-Disko suchen würde, andere kicherten daraufhin hämisch.

Erez wusste gar nicht, was in ihn gefahren war, als er sich umdrehte und mit wutverzerrtem Gesicht schrie: »Ihr und eure verdammten Schweineväter habt nichts gelernt, gar nichts!«

»Verpiss dich, du Wichser! Dich haben sie wohl bei Adolf vergessen!«, ließ die Antwort nicht lange auf sich warten.

Plötzlich schien sich für ihn die Gruppe zu einer bedrohlichen Masse zu vereinen.

Man wird sie wieder in Uniformen stecken. Sie werden noch einmal auf Befehl töten, werden Menschen quälen, und es wird ihnen Spaß machen!

Aufgewühlt und voller Zorn ging er nach Hause, schaltete den Fernseher ein, konnte aber nicht zur Ruhe kommen. Eine halbe Flasche Wein, die vom Vortag noch übrig geblieben war, änderte seine schlechte Gemütsverfassung nicht.

Ganz bewusst ging Erez später ins Bett als gewohnt, aber einschlafen konnte er nicht. Er stand wieder auf, nahm sich ein Buch und setzte sich in einen Sessel. Nachdem er ein paar Seiten gelesen hatte, wurde er so müde, dass ihm die Augen zufielen. Kaum war er aber zurück im Bett und hatte das Licht gelöscht, kamen die vielen Gedanken erneut und ließen sich nicht abschütteln.

Nach seiner Überzeugung hatte er jedem Argument, dass sein Vater während des Besuchs vorgebracht hatte, ein, wie er meinte, besseres entgegengestellt. Jetzt, in der Dunkelheit, bekam sein Schutzwall deutliche Risse.

Dann, im Halbschlaf, sah er plötzlich Furcht einflößende Verbrennungsöfen, Stacheldraht, zu Skeletten ausgemergelte Menschen, riesige Leichenberge und dann auch noch sich selbst auf der Flucht, wissend, dass er den Zaun, der vor ihm wie aus dem Nichts auftauchte, nie und nimmer würde überwinden können.

Schweißgebadet erwachte er, ungeheuer erleichtert, nur geträumt zu haben.

Hast du dich Papa gegenüber richtig verhalten? Er ist dein Vater, der sein ganzes Leben gegen den braunen Terror gekämpft hat. Und du, Erez Grünberg, gemütlich im Wohlstand lebend, was hast du schon getan, dass sich solche Dinge nicht wiederholen können? Du bist indifferent und hauptsächlich an deiner Bequemlichkeit interessiert. Du musst irgendwann lernen, dich zu entscheiden. Du musst Stellung beziehen, du darfst dich nicht immer wegducken und es jedem recht machen wollen. Erez, du rümpfst zwar die Nase über Jakobs Ansichten, belächelst ihn, aber du hilfst ihm nicht, andere zu bekommen. Du beklagst die Ignoranz der Jugend, demonstrierst Abscheu, aber du bist auf deine Art genauso ignorant.

Dann, nachdem er sich noch eine weitere Stunde von rechts nach links gedreht hatte, schlief er doch irgendwann ein. Nur, ein erholsamer Schlaf wurde es nicht.

Als um halb sieben der Wecker klingelte, hatte Erez das Gefühl, einen nächtlichen Boxkampf absolviert zu haben; so zerschlagen fühlte er sich.

Schon bevor er sich zum Frühstück an den Küchentisch setzte, war ihm klar, dass heute ein Tag kommen würde, den man besser aus dem Kalender streichen sollte.

Und so war es dann auch.

Es begann damit, dass er sich eine Tasse, halbvoll mit Milchkaffee, auf die frisch aus der Reinigung gekommene Hose goss und beim Wechseln nicht bemerkte, dass die neue in Höhe des rechten Knies zwei große, alte Blutflecken aufwies. Er sah diese erst beim Rangieren und das wiederum bedingte eine frische Beule an der Stoßstange.

Auf der Fahrt zum Krankenhaus hatte Erez das Gefühl, dass jemand alle Ampeln auf Rot gestellt hatte, nur um ihn zu ärgern. Lautstark und unflätig schimpfte er über die Bremer autofeindliche Verkehrspolitik.

In der Klinik hatte er vormittags eine Auseinandersetzung mit seinem Oberarzt, der eine Anordnung vom Vortag vor einer Patientin anmahnte und Erez musste zähneknirschend zugeben, dass er vergessen hatte, diese umzusetzen.

Dann kam das Mittagessen in der hauseigenen Kantine und im Anschluss daran war seine Laune in der Nähe des Gefrierpunkts.

Seit dem Betriebsausflug vor einem Jahr waren Erez und Christiane, eine hübsche Kollegin die ein Stockwerk über ihm auf der Inneren Station arbeitete, ein Paar. Manchmal, wenn er über den Krankenhausflur seiner Abteilung ging, malte er sich aus, dass die Decke aus Glas sei und dass er Christiane oben laufen sehen könne – welch herrliche Illusion!

In den letzten Wochen hatten sie sich allerdings mehrfach wegen irgendwelcher Nichtigkeiten gestritten.

Seit Langem hatte Erez Christiane fragen wollen, ob sie nicht Lust hätte, wenn bei beiden die Fachausbildung abgeschlossen wäre, mit ihm zusammen nach Israel zu gehen. An das berühmte Chaim Sheba Medical Center, das größte medizinische Zentrum des kleinen Landes. Aber dann hatte er Angst bekommen, dass sie ›nein‹ sagen könnte.

Und jetzt das: Christiane saß neben dem attraktiven Oberarzt der Chirurgie und umgehend erinnerte sich Erez, dass sie vor ein paar Wochen einmal gesagt hatte, dass dieser Kollege so gut aussehe, dass er ›eine Sünde‹ wert sei.

Erez spürte einen riesengroßen Stein in seinem Magen.

Christiane lächelte Erez flüchtig an, als er mit seinem Essenstablett vorbeiging und wandte sich dann sofort wieder ihrem schwarzbelockten Nachbarn zu, mit dem sie sich offensichtlich blendend unterhielt.

Der Assistenzarztkollege, mit dem Erez zusammen in die Kantine gegangen war, hatte die Szene beobachtet. Er zuckte mit den Schultern, grinste aber gleichzeitig so, als wolle er sagen: »Mein lieber Erez, bemüh dich nicht, gegen den hast du sowieso keine Chance.«

Das Mittagessen schmeckte ihm nicht und seine Stationsschwester musste bald darauf für alle Ärgernisse als Blitzableiter herhalten. Dann, kurz vor Feierabend, klingelte sein Handy und auf dem Display sah er, dass Christiane am Apparat war.

Er ahnte Böses.

»Hallo Eri«, sagte sie. »Sag mal, warum hast du mich denn vorhin in der Kantine so mürrisch angeschaut? Habe ich dir irgendetwas getan?«

»Nein.«

»Darf ich mich mit niemandem mehr unterhalten, außer mit dir? Ist es das?«

»Quatsch! Du darfst dich unterhalten, mit wem du willst. Nur musst du diesen schwarzgegelten Lackaffen nicht unbedingt so anschmachten, dass alle Leuten merken, was du von ihm willst.«

Einige Sekunden Schweigen am anderen Ende der Leitung verdeutlichten, dass er mit seiner Antwort Wirkung hinterlassen hatte.

»Bis jetzt wollte ich nichts von ihm. Das kann sich aber ändern. Außerdem glaube ich, dass ein ernstes Gespräch zwischen uns überfällig ist. Hast du heute oder morgen Zeit?«

Erez war wütend. Ob mehr auf sie, oder mehr auf sich selbst, hätte er in dem Moment kaum sagen können.

»Morgen habe ich keine Zeit. Heute gegen acht?«

»Gut, ich bin um acht bei dir.«

Verunsichert und deprimiert fuhr Erez nach Hause. Schon während der Fahrt bereute er seine dämliche Reaktion, denn in Wahrheit wollte er keine Trennung von Christiane. Sie war die erste Frau in seinem Leben, mit der er sich eine gemeinsame Zukunft vorstellen konnte.

Zwischen sieben und acht überlegte er dann permanent, wie er am klügsten vorgehen könne, um sich wieder zu versöhnen, ohne dabei sein Gesicht zu verlieren.

Es klingelte und Christiane kam die Treppe herauf. Schon an der Art ihres Gehens konnte er hören, dass das Gespräch schwierig werden würde.

Der übliche Willkommenskuss war dann auch nur angedeutet. Als er ihr aus der Jacke half und sie sich dabei zur Hälfte umdrehen musste, versuchte Erez vorsichtig, ihren Nacken zu kraulen. Normalerweise reagierte sie dann wie ein schnurrendes Kätzchen.

»Erez, lass das.«

Christiane setzte sich, entgegen ihrer Gewohnheit, auf den Besuchersessel und die nächste Möglichkeit eines Körperkontakts war unterbunden.

»Erez, ich bin nicht dein Eigentum und wenn ich mich einmal mit einem anderen Mann unterhalte, ist das meine Sache. Ich möchte dich bitten, darauf nicht wie ein beleidigter und pubertierender Tertianer zu reagieren. Deinen bösen Blick hättest du dir also getrost sparen können. Das Schlimmste an der Sache ist aber deine Unterstellung, dass ich mich anbiete. Das zu behaupten, ist eine bodenlose Unverschämtheit!«

»Das stimmt so nicht, das habe ich nicht gesagt.«

»Nein? Nun, dann habe ich es wohl neuerdings auch noch mit den Ohren!«

»Wenn du es so verstanden hast, tut es mir leid. Ich hatte einfach etwas Stress in der letzten Zeit.«

»So, so. Damit ist alles entschuldigt? Und jetzt ist wieder Friede, Freude Eierkuchen?«

»Ich habe doch gesagt, dass es mir leidtut. Was soll ich denn noch machen? Dir die Füße küssen? Ich bin halt nicht so ein Sonnyboy wie dieser Schmachtfetzen.«

»Toll, Erez. Super! Gut, dass ich mit dir nicht verheiratet bin. Das gäbe bestimmt Mord und Totschlag. Aber aus deiner Bemerkung kürzlich, konnte ich ja entnehmen, dass das nicht geplant war.«

»Was für eine Bemerkung? Auch so etwas habe ich nie gesagt!«

»Gesagt nicht, aber gedacht. Denn ohne Grund hattest du bestimmt nicht bei unserer letzten Diskussion erwähnt, dass Eheschließungen zwischen verschiedenen Religionen problematisch sind und dass man sich so etwas gut überlegen solle.«

Erez fühlte sich zu einer Verteidigungsrede genötigt.

»Sind sie auch. Hat man dieselbe Religion oder kommt man aus demselben Kulturkreis, ist es weniger problematisch. Im gegenteiligen Fall gibt es *nur dann* weniger Reibungspunkte, wenn sich einer dem anderen angleicht. Aber das war von mir eine allgemeine Aussage, die sich nicht auf *unsere* Situation bezog.«

»Ich verstehe. Dann frage ich dich doch einmal ganz direkt: Wenn wir uns vorgenommen hätten zu heiraten, wärst du dann zum Christentum konvertiert?«

»Ich?«

»Ja, du. Oder ist noch jemand hier? Du hast doch gerade betont, dass es besser sei, wenn sich einer angleicht.«

»Wieso ich? Das würde mein Vater nie zulassen.«

Nun war der Punkt erreicht, in dem der Ton schärfer wurde und keiner dem anderen mehr richtig zuhörte. Erez wollte Christiane seinen Plan für eine gemeinsame Zukunft erläutern und machte dabei den Fehler, ihr von der Forderung seines Vaters zu erzählen, dass sie in dem Falle zum Judentum konvertieren müsse und zwar deshalb, weil er keine Schwiegertochter akzeptieren würde, die derselben Religion angehört, die auch die Täter in Auschwitz besaßen.

Christiane warf Erez vor, dass er gegenüber seinem Vater seine eigenen Interessen nicht durchsetzen würde, was Erez wiederum vehement abstritt.

Und dann eskalierte der Streit vollends.

»Mein Papa hat gesagt, dass ich dir Fragen über die Vergangenheit stellen soll, aber ich habe das abgelehnt«, sagte er.

»Was wollte er denn wissen?«

Erez schwieg.

»Nun sag schon, oder hast du Angst?«

»Nein, ich sage es nicht!«

»Du bist zu feige!«

»Nein, bin ich nicht. Ich möchte es einfach nicht!«

»Ich sollte aber wissen, was dein Vater von mir fordert!«

»Solltest du nicht!«

»Elender Feigling!«

»Gut! Du willst es offensichtlich nicht anders! Ich soll dich fragen, ob deine Großväter an dem Töten beteiligt waren und ob deine Großmütter den Holocaust gebilligt haben. Mein Papa sagt, dass das geklärt sein muss. Sonst können wir unmöglich zusammenbleiben ... sagt er.«

»So, hat er das gesagt?«

»Ich habe dich gewarnt.«

Es folgte eine Minute der Sprachlosigkeit.

»Gut Erez, du hast mich gewarnt. Aber erzähle mir jetzt nicht, dass diese Frage nicht auch deine Frage ist. Du traust dich nur nicht, sie selbst zu formulieren! «

Erez wurde noch bleicher und spürte, dass eine unbändige Wut über ihn kam.

»Und wenn es so wäre? Bin ich nicht als Jude verpflichtet, solch eine Frage zu stellen?«

»Siehst du! Ich wusste es! Dann will ich dir auch antworten. Du fragst mich, ob mein Opa der Mörder deiner Familie sein könnte? Ich muss dich enttäuschen. Er ist auf dem Atlantik in einem U-Boot untergegangen. Mein anderer Großvater war übrigens bei der Reichsbahn und hat stell dir vor auch keine Juden erschossen oder vergast. Er hat auch nicht bei solchen Dingen geholfen! Er war noch nicht einmal in der braunen Partei. Er war Sozialdemokrat und hat selbst aufpassen müssen, nicht im KZ zu landen!«

Erez hatte nun die Kontrolle über sich verloren, und er wusste, dass der Zeitpunkt verpasst war, an dem irgendetwas repariert werden konnte.

»Dein Opa hat vielleicht selbst keine Menschen ermordet«, schrie er. »Er und seinesgleichen haben aber die Vernichtungszüge nach Auschwitz gelenkt.«

»Nein, hat er nicht!«

»Woher willst du wissen, dass es nicht doch so war? Alle haben doch irgendwie mitgemacht!«

»Woher, woher? Woher weiß ich etwas, das ich eigentlich nicht wissen kann? Woher weiß ich, dass du keine Patienten auf dem Gewissen hast? Woher weiß ich, dass du kein Vergewaltiger, kein Dieb, kein Mörder bist? Ich, Doktor Erez Grünberg, weiß es deshalb, weil ich Vertrauen zu dir hatte! Ich betone: Hatte! Ich hätte dir, ohne zu zögern, mein Leben anvertraut! Und damit du es genau weißt: Ich hatte und habe auch nicht die Absicht mit diesem Lackaffen von Oberarzt ins Bett zu gehen! Meine Zukunft warst du! Aber seit dein Vater dich besucht hat, bist du mir fremd geworden. Das hier ist wohl dein wahrer Charakter!«

»Mein Vater hat damit nichts zu tun.«

»Oh doch, das hat er. Ganz sicher, du brauchst gar nicht erst zu versuchen, es abzustreiten!«

»Lass meinen Vater aus dem Spiel!«

»Weißt du noch, dass ich einmal mit dir über das Judentum im heutigen Deutschland diskutieren wollte?«

»Daran kann ich mich nicht erinnern.«

»Ich umso besser! Damals war es dir lästig. Du wolltest mit mir ins Bett. Die Shoah konnte warten! Deine Geilheit ging vor. Und jetzt ist es plötzlich so, dass ich konvertieren soll, wenn mir der unwiderstehliche Dr. Grünberg in Aussicht stellt, mit ihm nach Israel gehen zu dürfen.«

»Die Angehörigen meiner Religion haben keinen Völkermord begangen, im Gegensatz zu den Christen!«

»Erez, wenn du meinst, plötzlich der bessere Mensch zu sein, nur deshalb, weil du Jude bist und glaubst, dass alle Juden a priori gut sind, tust du mir leid. Frag doch mal bei eurem Talmud nach, was dort zu so einer Geisteshaltung gesagt wird! Und noch etwas: Was Arroganz derjenigen bewirken kann, die glauben, zu den Auserwählten zu gehören, ist allseits bekannt.«

»Das ist eine Geschmacklosigkeit, was du damit ausdrücken willst! In Dachau und Auschwitz haben nämlich sogenannte Auserwählte den größten Teil meiner Familie umgebracht.«

»Das tut mir auch wirklich schrecklich leid. Und dafür schäme ich mich. Aber das gibt dir noch lange nicht das Recht, deinen Glauben über meinen zu stellen. Dein Blick auf mich ist von oben herab. Und das, Herr Kollege, das steht dir nicht zu!«

Kapitel 12

VERGANGENHEIT

KZ Dachau, Deutschland, 1942/43

Georg Heise hätte beinahe den ersten Monat seines Lagerlebens nicht überstanden.

Jeder, der im Tausendjährigen Reich in ein KZ eingeliefert wurde, musste am Eingangstor auch die begrenzten Bürgerrechte abgeben, die den Menschen in dem diktatorischen NS-System noch zustanden.

In allen KZs lernten zur damaligen Zeit die Insassen schnell, was es heißt, völlig schutz- und wehrlos zu sein, und die meisten passten sich an, so gut es eben ging.

Georg konnte aufgrund seiner Gehirnverletzung indes nicht durchschauen, was für ihn riskant sein könnte und was man tun musste, um an solch einem Ort möglichst lange zu überleben.

In Dachau, aber auch in anderen KZs wurde man durch eine Inschrift im Eingangstor voller Hohn begrüßte. ›Arbeit macht frei‹ stand dort in schmiedeeisernen Buchstaben.

Alle Neuankömmlinge hatten hier die Pflicht, sich am ersten Tag ihrer Einlieferung auf dem großen Appellplatz in einer Reihe aufzustellen und wurden von einem SS-Scharführer, der einen groben Lederhandschuh an der rechten und einen Holzknüppel in der linken Hand trug, nach den Gründen ihrer Anwesenheit befragt. Bei nicht zufriedenstellenden Antworten schlug der SS-Mann die betreffende Person mit der Faust oder mit dem Knüppel, je nach seiner Laune.

Diese Demonstration ließ eigentlich auch den Einfältigsten die neuen Regeln schnell durchschauen.

An dem besagten Tag, als Georg durch das Jourhaus (Eingang zum KZ) trat, gab es achtzehn Neue. Gegen 8.30 Uhr waren sie zu ihrem ersten Appell angetreten. Die Mehrzahl gehörte zu den sogenannten ›Politischen‹, die später an ihre Häftlingskleidung einen roten Winkel genäht bekamen. Dadurch wurden sie in der Hierarchie der Gefangenen unter den Kriminellen, aber über den Zigeunern und den Juden eingeordnet, die es in den ersten Jahren des Dachauer Lagers auch noch gab.

Der Scharführer war an diesem Morgen für seine Verhältnisse gut gelaunt.

Georg war der letzte in der Reihe, der befragt wurde.

»Name?«

»Sturmmann Georg Heise.«

Der Offizier stutzte.

»Habe ich richtig gehört? Ein Mann der deutschen Elite, hier als Häftling! Hört, hört!«

Schon traf ihn der erste Faustschlag.

»So, jetzt stellen wir das mal richtig. Name?«

»Sturmmann Georg Heise.«

»Oh, ich habe mich soeben nicht getäuscht! Männer! Wir haben hier einen, der meint, ein Sturmmann zu sein, obwohl das ganz und gar unmöglich ist. Wo ist denn seine Uniform mit den heiligen Insignien, wo sind sein Koppel, die Dienstmütze und seine Waffe?«

Während alle anderen schon wussten, was nun kommen würde, konnte Georg den Fehler, den er begangen hatte, nicht erkennen. Er lächelte nur verunsichert. Der Scharführer sah ihn ungläubig an, um ihm dann mit seiner behandschuhten Faust wieder ins Gesicht zu schlagen.

Danach sagte der SS-Offizier: »Der Hochstapler bleibt stehen, alle anderen wegtreten!«

Alle Neuankömmlinge beeilten sich, diesem Befehl nachzukommen. Auch Georg wollte sich entfernen, der nicht verstanden hatte, dass die letzte Aufforderung ihm gegolten hatte. Es brachte ihm einen Schlag mit dem Knüppel auf den Rücken ein, der ihn zu Boden gehen ließ.

»Aufstehen du Drecksack«, brüllte der Offizier. Georg kam der Anweisung nach.

»Stehen bleiben, bis ich wiederkomme!«

Der Scharführer ging in seine Baracke. Nach zehn Minuten kam er mit zwei Männern zurück, die eine Krankenbahre trugen, die sie neben Georg abstellten.

Nachdem sich der Offizier wieder positioniert hatte, brüllte er: »Name?«

»Sturm...« Bevor Georg das Wort ausgesprochen hatte, landete die Faust erneut in seinem Gesicht.

»Kein SS-Angehöriger ist hier in Gewahrsam, du elendes Dreckschwein! Geht das nicht in deinen dämlichen Holzschädel?«

Und während er dieses sagte, bekam Georg wieder einen Schlag. Blut schoss aus seiner Nase, denn das Nasenbein war mit einem unangenehmen Knirschen gebrochen.

»Hast du das nun kapiert?«

»Ja.«

Abermals traf ihn die Faust.

»Das heißt: Jawohl, Herr Scharführer! Ich habe verstanden! ... Also, wie heißt das?«

»Jawohl Herr Scharführer, ich habe verstanden«, nuschelte Georg und spuckte einen Schneidezahn aus.

»Lauter, du Drecksau. Ich habe nichts gehört!«

»Jawohl, Herr Scharführer, ich habe verstanden!« rief Georg so laut, wie es sein Zustand zuließ.

»Name?«

»Georg Heise.«

»Vergehen?«

»Ich bin Opfer eines zionistischen Komplotts.«

»Eines zionistischen Komplotts? Das wird ja immer besser! Erzählen Sie mal, Sie Spaßvogel. Wer sind denn die Anführer dieses Komplotts?«

»Professor Verschuer, Direktor des Rassenbiologischen Instituts Frankfurt und seine Chefsekretärin, Herr Scharführer.«

»Ach nee! Ein Professor aus Frankfurt und auch noch ein so berühmter! Der Professor Verschuer als Anführer eines zionistischen Komplotts! So, so. Wir haben es hier mit einem Hochstapler und einem kompletten Vollidioten in Personalunion zu tun! Das ist tatsächlich sehr selten!«

Und nun traf ihn nicht die Faust, sondern der Knüppel. Durch die Wucht des Schlags wurde Georg zu Boden geschleudert. Blut spritzte aus Mund und Nase, seine linke Ohrmuschel war aufgerissen.

»Meine Herren: Stiefelputzen ist angesagt«, wandte sich der Scharführer nun an die Männer, die die Trage gebracht hatten. Diese ließen sich das nicht zweimal sagen und malträtierten den ehemaligen Sturmmann so lange mit ihren Stiefeln, bis der Offizier sagte: »Genug jetzt.«

Die beiden Schläger nahmen Haltung an und der kräftigere von beiden sagte: »Wo sollen wir ihn hinbringen, Herr Scharführer?«

»Los, aufsammeln das Stück Scheiße und ab in die sieben!«

»Jawohl, Herr Scharführer!«

»Idioten sind Volksparasiten und nutzlose Fresser! Sie gehören eliminiert«, rief der Offizier voller Überzeugung und verschwand.

»Dieser Schwachkopf macht's nicht lange. Block sieben ist bald wieder voll«, flüsterte der kleinere der Männer, während sie den ohnmächtigen Georg unsanft auf die Trage warfen.

»So viel Blödheit muss auch bestraft werden«, war die lakonische Antwort seines Kumpans.

»Noch ein paar Zugänge, dann geht es für alle wieder ins Schloss. Es soll ja ein sehr schönes Schloss sein, dieses Hartheim bei Linz. So schön, dass es noch kein Erholungssuchender je wieder verlassen hat.«

»Damit könntest du recht haben«, sinnierte der Schmächtige. »Höchstens als kleines Häufchen Asche in …«

»Mensch, halt bloß dein freches Maul! Ansonsten dürfen wir beide den nächsten Transport vervollständigen. Ich muss so einen Urlaub wirklich nicht haben.«

»Stell dir vor, ich auch nicht.«

Nach diesen Worten schleppten die beiden, die auf ihrer Kleidung grüne Winkel trugen, die alle Berufskriminellen schmückten, Georg in einen Block, deren Baracken als einzige im Lager vergitterte Fenster hatten.

Alle Personen, die zu jener Zeit im KZ Dachau lebten, wussten, was das Besondere an dem Block sieben war. Immer dann, wenn diese Zellen ihre maximale Personenzahl erreicht hatten, kamen große weiße Busse, die mit roten Kreuzen bemalt waren, um die Insassen zu dem besagten Schloss in Österreich zu transportierten. Zur Erholungskur in die Berge hieß es offiziell. Allerdings wunderte sich niemand der zurückgebliebenen Lagerinsassen, dass sämtliche persönlichen Gegenstände der ›Erholungssuchenden‹ umgehend zu allen möglichen ›kriegswichtigen‹ Zwecken verwertet wurden.

Georg Heise hatte sich trotz seiner schweren Verletzungen innerhalb kurzer Zeit wieder bemerkenswert gut erholt, was Erstaunen bei den Lagerärzten auslöste.

Kurz vor der endgültigen Zusammenstellung des nächsten Transports nach Hartheim, das Jahr 1942 war vorüber, und der Winter dominierte mit Schnee und Frost das Lagerleben, kamen eines Tages zwei Ärzte in diesen speziellen Block sieben. Es waren die Hauptsturmführer Dr. Rascher und Dr. Romberg. Sie ließen über den Kapo (privilegierter Häftling, der andere

Häftlinge zu beaufsichtigen hatte) der Krankenstation, Josef Heiden, alle Insassen vor den Baracken antreten. Der Kapo stelle die kräftigsten Männer in die erste Reihe. Die Lagerärzte befahlen dann das übliche Durchzählen. Als die Sträflinge Haltung angenommen hatten, erhob Dr. Rascher seine piepsige Stimme, die sich deutlich, wenn auch nicht unbedingt wohltuend, von den Organen der meisten SS-Offiziere unterschied. Sein Gesichtsausdruck zeigte, wie er so vor den Angetretenen stand, weder Hochmut noch Verachtung, wie zumeist die Mienen der anderen Schwarzuniformierten, die sich ihrer Zugehörigkeit zur Herrenrasse bewusst waren. Es war bei dem Hauptsturmführer eher der Blick eines Mannes, der wie selbstverständlich annahm, dass die Versuchspersonen, die er rekrutierte, sich der Ehre bewusst waren, an seinen Forschungsprojekten mitwirken zu dürfen.

»Meine Herren«, sagte er höflich. »Wir benötigten ein paar gesunde Männer für einige harmlose, aber sehr wichtige medizinische Tests. Und ich sage es besser gleich: Wenn sich nicht genügend Freiwillige melden, müssten wir selektieren. Wir alle sind verpflichtet, uns ganz in den Dienst unseres geliebten Vaterlands zu stellen!«

Die Männer wussten natürlich, dass die sogenannten harmlosen Tests beileibe nicht harmlos waren. Die Schreie, die seit der Zeit, als die Medizinversuche begonnen hatten, aus den Gebäuden kamen, in denen die Experimente stattfanden, auch die häufig mit leblosen Körpern beladenen Karren des sogenannten Moorexpresses die über das Jourhaus zum Krematorium gebracht wurden, bewiesen das Gegenteil. Aber sie wussten auch: Nicht jede Versuchsperson endete als Häufchen Asche. Einige waren zurück in normale Blocks verlegt worden, allerdings erst nach längeren Aufenthalten in der Krankenstation. Dennoch, sie hatten überlebt. Die Alternative? Es gab sie nicht. Es hieß für die Gefangenen wählen zwischen Pest und Cholera.

Als die Fistelstimme stehen blieb und die Anordnung traf: »Freiwillige einen Schritt vortreten!«, wählten die meisten die Pest und traten einen Schritt nach vorne.

Zwanzig von den knapp dreißig Sträflingen, die die geringe Chance nutzen wollten zu überleben, suchten die beiden Ärzte aus. Georg gehörte mit zu den ›Glücklichen‹. Allen anderen wurde bald darauf im schönen Österreich der Gnadentod gewährt, wie im offiziellen Sprachgebrauch gönnerhaft diese Euthanasieaktionen hießen.

Georg bekam nun einen weiteren Balken an seine Sträflingskluft genäht. Von Stund an blieben er und alle mit gleicher Kennzeichnung vor den gefürchteten Übergriffen des Wachpersonals verschont.

Am Tag darauf kam der Kapo der Krankenstation mit einigen Helfern. Sie holten die ersten ›Freiwilligen‹ ab und luden deren persönliche Sachen auf einen Transportkarren.

Die nächsten zwei Tage lag Georg meist dösend auf seinem Bett, denn an Schlaf war während der Nachtstunden kaum zu denken, weil man aus Richtung der Experimentalstation unaufhörlich lautes Schreien vernahm.

Sehr kalt war es jetzt im Januar und der Schnee zwischen den Baracken präsentierte sich frisch und unschuldig, stöhnte unter den harten Stiefeln der Wachleute und knirschte leise, wenn die Häftlinge mit ihrem dünnen Schuhwerk darüber liefen. Die grauschwarzen Dächer hatten ihre düstere Farbe gegen ein blendendes Weiß eingetauscht und von den Schornsteinen der Baracken zogen, fast senkrecht nach oben steigend, viele dünne Rauchsäulen anmutig in den blauen Winterhimmel.

Fast eine Idylle, wenn man den dunklen Qualm des fernen Krematoriums nicht beachtete.

Dann kamen der Kapo Heiden und seine Hilfspfleger wieder, um Georg und einen Holländer abzuholen, der einer Widerstandsgruppe angehört haben sollte.

»Heise und van Marwijk! Mitkommen!«, war die kurze Anweisung.

Beide wurden zum Block fünf gebracht. Kalt war ihnen und flau im Magen. Aber beide Probanden wussten, was Weigerung bedeuten würde.

»Los, ausziehen! Alles! Und zwar ein bisschen plötzlich!«, sagte Kapo Heiden, nachdem man sie in ein warmes Arztzimmer geführt hatte. »In zehn Minuten kommt der Hauptsturmführer Dr. Romberg und der schätzt es gar nicht, warten zu müssen. Bis dahin haben eure Daten in den Akten zu stehen. Seid bloß froh, dass Dr. Rascher nicht euren ersten Versuch leitet, sonst …«

Den Rest des Satzes behielt der Kapo für sich.

Georg und sein Leidensgenosse entkleideten sich. Dann wurden sie von den Pflegern untersucht: Größe, Gewicht, Puls, Blutdruck. Sämtliche Werte kamen fein säuberlich in die Akten.

Nun betrat der Arzt den Raum. Er war ein kräftiger Mann mit tiefliegenden Augen, zweiunddreißig Jahre alt.

Der Kapo machte beflissen seine Meldung: »Gefangene 13434 und 13187 sind bereit. Sie wurden soeben untersucht. 13434 Blinddarmnarbe, 1,76 cm, 69 kg, sonst ohne Auffälligkeiten. Gefangener 13187: Erblindung rechtes Auge, 1,80 cm, 79 kg, alte Schusswunde, Eintritt rechte Schläfe, Austritt linke Stirnseite, sonst körperlich gesund.«

Der Arzt schaute die Gefangenen von allen Seiten kritisch an und betastete Georgs Kopfverletzung. Dann ließ er einige Liegestütze absolvieren und horchte danach bei beiden Lunge und Herz ab.

Dr. Romberg schien zufrieden, denn er lächelte flüchtig. Er nahm die auf seinem Schreibtisch liegenden Ordner und studierte eingehend die darin enthaltenen Befunde. Danach wandte er sich an die Gefangenen:

»Pit van Marwijk und Georg Heise. Sie erhalten jetzt Unterwäsche, Strümpfe, Stiefel und eine warme deutsche Fliegeruniform. Leider müssen Sie im Anschluss trotzdem etwas frieren, denn Sie kommen in eine Wanne, die mit Wasser und Eis gefüllt ist. Das muss sein, damit wir wissen, wie lange wir Zeit haben, einen Flugzeugführer, der auf hoher See abgestürzt ist, lebend zu retten. Sollten Sie Schmerzen haben, sollte Ihnen übel werden oder Schwindel auftreten, haben Sie sofort Meldung zu machen. Nach dem Versuch geht es zum Aufwärmen in heißes Wasser und dann in ein Krankenbett. Sie sehen, es ist gar nicht so schlimm. Noch Fragen? ... Nein? Dann wollen wir beginnen.«

Der Hauptsturmführer nickte dem Kapo zu und befahl: »Messinstrumente anschließen, Messpunkte notieren, Blut und Urinproben abnehmen, EKG schreiben. Dann den Schnee und die Eisstückchen in die Wannen zu dem Wasser geben. Wenn zwei Grad plus erreicht ist, hinein mit unseren Kampffliegern ins Vollbad.«

Der Arzt schaute auf seine Uhr und fuhr fort: »Das dürfte etwa gegen halb eins sein. Die genaue Uhrzeit wird notiert. Zehn Minuten später holen Sie mich. Mindestens drei Mann sind immer bei den Testpersonen! Alles verstanden?«

»Jawohl!«

Der Hauptsturmführer verließ den Raum.

»Van Marwijk auf den Stuhl«, befahl Heiden und deutete auf einen rohen und verschrammten Holzstuhl.

Der Angesprochene schaute angstvoll fragend die Hilfspfleger an, so, als hätte er die Hoffnung, dass einer von ihnen den Befehl widerrufen würde.

»Los, du dämlicher Käsekopf, oder sollen wir dir Beine machen?«, schrie der Kapo wütend über die Verzögerung und ein glatzköpfiger, hünenhafter Pfleger hob demonstrativ seinen Holzprügel.

Der nackte Holländer zitterte nun heftig und es schien, als würde er in diesem Moment um zehn Zentimeter zusammenschrumpfen. Dann ging er aber doch freiwillig zu dem Stuhl und setzte sich. Der riesige Pfleger baute sich vor dem Gefangenen auf und schlug fortwährend mit dem Knüppel leicht in seine eigene Hand, sodass ein regelmäßiges und bedrohliches Geräusch zu hören war.

Pit van Marwijk schloss seine Augen als Zeichen, dass er keine Gegenwehr leisten wolle. Zwei Hilfspfleger fesselten seine Handgelenke mit Lederschnallen an die Stuhllehnen. Danach ergriffen sie seinen Kopf und einer der beiden Männer zwängte eine Thermometersonde von der ein Kabel zu einem Messinstrument führte, in seinen Magen. Der andere zog sich Gummihandschuhe an, nahm aus einem Karton einen dicken, roten Katheter, ergriff den Penis des Häftlings, tauchte den Schlauch in eine ölige Flüssigkeit und führte ihn in seine Blase ein. Während der Prozedur drückte ein dritter mit einem Handtuch auf den Mund des Opfers. Dann wurden dem Holländer noch zwei Blutproben aus der Ellenbeuge entnommen.

Anschließend befreite man van Marwijk wieder von seinen Fesseln und er wurde an ein EKG angeschlossen. Nachdem dieses geschrieben war, musste er eine Wehrmachtsfliegeruniform anziehen, bekam Schwimmweste, Stiefel, Fliegerkappe und Fallschirmbefestigungsgurte und sah kurz darauf aus, wie ein deutscher Luftwaffenangehöriger vor einem Feindflug.

Wenig später erfolgte die gleiche Prozedur bei Georg, der alles, ohne auch nur im Geringsten seine Miene zu verziehen, über sich ergehen ließ.

Als die Vorbereitungen abgeschlossen waren, wurden sie von dem Kapo über den Flur in einen ungeheizten Raum geführt, in dem die Fenster offen standen und in dem sich zwei zur Hälfte mit Wasser gefüllte übergroße Wannen befanden. Mehrere Sträflinge kamen mit Eimern voller Schnee und Eis in den Raum und entleerten deren Inhalte in das Wasser. Ein Hilfspfleger rührte von Zeit zu Zeit mit einem Holzbrett um und las die langsam sinkenden Temperaturen von einem schwimmenden Thermometer ab.

Nach einigen Minuten sagte er: »Zwei Grad, Herr Revierkapo.«

»Gut. Hinein mit unseren Jagdfliegern! Zuerst der Holländer. Zeit notieren. Erste Messdaten nach fünf Minuten.«

Pit und Georg mussten in die Wannen steigen und sich hinlegen. Sie wurden vollständig unter Wasser getaucht und ein Pfleger blies bei Georg Heise eine Halsschwimmweste auf.

»Ihr habt gehört, was der Hauptsturmführer gesagt hat?«, fragte der Kapo. »Bei Schmerzen, Übelkeit oder Schwindel meldet ihr euch! Sonst habt ihr eure Schnauzen zu halten. Kapiert? Befolgt ihr meine Anweisung nicht, könnt ihr mal üben, wie man unter Wasser Luft bekommt! Das soll gar nicht so einfach sein, hat man mir erzählt!«

Schon kurze Zeit später zitterte Pit van Marwijk heftig und seine Lippen wurden blau.

Der Kapo grinste hämisch und sagte: »Niemand hat dich zu irgendetwas gezwungen. Bei der Kur im Schloss wäre es bestimmt mollig warm gewesen. Nur glaube ich nicht, dass dir das besser gefallen hätte!«

»Messwerte«, befahl er bald darauf, und seine Hilfspfleger schrieben wieder eifrig die Daten auf die Blätter.

Georg schaute stoisch an die Zimmerwand, während der Holländer bald darauf unruhig wurde. Er bewegte heftig seine Arme und Beine und begann, auf Niederländisch Selbstgespräche zu führen.

»Sprich deutsch, wenn du etwas zu sagen hast«, fauchte der Kapo. Als der Holländer der Anweisung nicht nachkam, drückte er dessen Kopf unter Wasser.

»Lassen Sie das«, ertönte plötzlich die Stimme des Lagerarztes, der von allen unbemerkt in den Raum gekommen war. Der Angesprochene sprang erschrocken zurück und nahm Haltung an: »Häftling van Marwijk wollte eigenmächtig die Wanne verlassen, Herr Hauptsturmführer! Ich musste das verhindern!«

»Schon gut. Die letzten Werte!«

»Bei Marwijk sind Puls und Blutdruck gestiegen. Häftling Heise keine Veränderungen.«

»Sehr erstaunlich. Sollte das wirklich nur an dem aufgeblasenen Nackenschwimmschutz liegen? Die Wassertemperatur war gleich? Zwei Grad?«

»Jawohl, Herr Hauptsturmführer, absolut gleich, zwei Grad!«

»Gefangener Heise, wie fühlen Sie sich?«

»In Ordnung, Herr Hauptsturmführer.«

»Keine Schmerzen, kein Schwindel?«

»Nein, Herr Hauptsturmführer.«

»Sehr gut! Weitermachen, Männer! Alle drei Minuten Messdaten ablesen, Blut- und Urinabnahme immer dann, wenn die Kerntemperatur um ein Grad gesunken ist. Bei 34 °C kommt mich jemand holen. Und keine Übergriffe! Ist das klar?«

»Jawohl!«

»Wir brauchen saubere Versuche! Oberpfleger Neff, Sie stehen mir dafür gerade!«

»Zu Befehl, Herr Hauptsturmführer!«

Dr. Romberg verließ den Raum.

»Neff«, knurrte der Kapo, »wenn du irgendetwas Dummes zu Romberg sagst, bist du die längste Zeit Oberpfleger gewesen! Außerdem kann hier schnell mal ein Unfall passieren!«

»Schon klar! Aber halte du dich auch an die Befehle. Du weißt, wie wichtig ihm das ist.«

»Was heißt sauberer Versuch? Dass ich nicht lache! Wenn das der Reichsheini wüsste, was hier so abläuft!«

»Sei bloß ruhig, das geht uns nichts an! Wenn du so weitermachst, kommst du in Teufels Küche oder besser gesagt, auf unseren großen Grill!«, entgegnete der Oberpfleger.

Seit Beginn des Versuchs waren fast zwanzig Minuten vergangen. Der Zustand des Holländers verschlechterte sich rapide. Ein Hilfspfleger hatte ihm auf Anweisung des Kapos einen Knebel in den Mund gesteckt, weil auch ein längeres Untertauchen ihn nicht hindern konnte, permanent zu schreien.

Dann kam erneut der Lagerarzt und der Oberpfleger Neff machte Meldung:

»Versuchsperson van Marwijk: Magentemperatur 33 °C, Puls unregelmäßig, vor fünf Minuten 112, Blutdruck fallend, 130/110, vor fünf Minuten 210/115, kaum ansprechbar. Versuchsperson Heise: Magentemperatur 35 °C, Puls: 80, Blutdruck 140/80, gut ansprechbar.«

»Irgendwelche Zwischenfälle? Kapo Heiden? Oberpfleger Neff?«

»Nein, Herr Hauptsturmführer«, sagten beide gleichzeitig.

»Gut. Holt mich, wenn eine der Versuchspersonen bewusstlos wird.

Sollte die Kerntemperatur unter 30 °C fallen, ab nach nebenan in die heiße Wanne. Auf keinen Fall dürft ihr heute ein finales Ende riskieren. Morgen werden wir den Versuch wiederholen. Dann bekommt van Marwijk den Nackenschutz.«

»Zu Befehl!«

Nicht lange darauf wurde der Holländer ohnmächtig. Seine Temperatur war sehr schnell weiter gefallen. Der Versuch wurde beendet und dokumentiert, während Georg Heise noch zehn Minuten trotz weiteren Absinkens der Kerntemperatur bei Bewusstsein blieb.

»Sehr, sehr ungewöhnlich«, staunte Dr. Romberg.

Einen Tag später fand der zweite Versuch statt. Trotz der Schwimmhilfe, die nun der Holländer trug, gab es das gleiche Ergebnis.

In derselben Nacht kamen bei einem Freiluftversuch Dr. Raschers, bei dem die Testpersonen nackt an einen Holzpfahl gebunden wurden, beide Probanden ums Leben. Rascher wollte einfach nur sehen, wie lange es ein unbekleideter Mensch bei erheblichen Minusgraden aushalten konnte.

Als bei dem ersten Mann dann der Puls aussetzte, wartete er noch fünf Minuten und ließ ihn danach auf den Seziertisch legen. Er hoffte, durch eine zeitnah durchgeführte Autopsie die eigentliche Ursache des Todes ergründen zu können, was natürlich nicht gelang. Mit dem zweiten Opfer machte er es ähnlich. Allerdings schlug bei dem Mann das Herz noch schwach, als der Lagerarzt dessen Thorax für die Obduktion eröffnete.

Nach weiteren zwei Testwochen lebten neben Georg Heise nur noch zwei von den zwanzig Probanden.

Kapitel 13

VERGANGENHEIT

KZ Dachau, 1943

Schorsch, wie Hauptsturmführer Rascher sein Vorzeigeversuchskaninchen bald kameradschaftlich nannte, war immer derjenige, gegen den die übrigen Gefangenen fast wie in einem Wettkampf ›antreten‹ mussten.

»Was Schorsch aushält, dass müssen alle anderen auch können«, pflegte er zu sagen. Wenn wieder ein Experiment mit einem Toten endete, sezierte der Hauptsturmführer sein Opfer und versuchte herauszufinden, warum der eine starb und Schorsch nicht. Nach sechs solcher mörderischen Tests war sich der SS-Arzt sicher: Georg Heise musste ein besonders kräftiges Herz haben.

Seine Hochachtung für den Gefangenen mit dem Kopfdurchschuss drückte er aus, indem er zu ihm sagte: »Schorsch, sollte es einmal dazu kommen, dass du die Person auf meinem Seziertisch bist, dann verspreche ich dir, dass dein Herz in einem Schauglas bei mir im Regal einen Ehrenplatz bekommt.«

Georg Heise, der in den langen Monaten im KZ völlig seine Persönlichkeit verloren hatte, aber auch seine Aggressivität, bedankte sich höflich, indem er sagte: »Das würde Lena gefallen.«

Sigmund Rascher lächelte gönnerhaft.

Die Monate vergingen.

Georg wurde nun zu den brutalen Versuchen mit künstlich herbeigeführten Phlegmonen (Eiteransammlungen im Körpergewebe) eingeteilt. Bei dem ersten Test wurden ihm und einem anderen Gefangenen je 10 ml Jauche in die Muskulatur des Ober- und die halbe Menge in den Unterschenkel gespritzt. Innerhalb von zwei Tagen waren bei beiden die Beine hochrot und zu monströser Größe angeschwollen. Die Temperatur bei den Gefangenen lag über 41 °C und sie waren auch nicht mehr ansprechbar. Der Zeitpunkt für das Schauglas schien gekommen.

Eine Woche zuvor war ein halbes Dutzend junger SS-Ärzte im Lager eingetroffen. Sie sollten in einem Schnellkurs vor ihrem Einsatz an der Front in wichtigen kriegschirurgischen Eingriffen ausgebildet werden.

Ein Dr. Pursche und ein Dr. Gravert wurden von dem Hauptsturmführer bestimmt, bei der einen Versuchsperson die Amputation des Beins vorzunehmen, und ein Dr. Bechtholdt sollte bei Georg Heise die Phlegmonen eröffnen.

Dr. Bechtholdt war schon etwas farblos im Gesicht, als er von einem Hilfspfleger Handschuhe und ein Skalpell zugereicht bekam. Er musste jetzt vor aller Augen und auf Dr. Raschers Anweisung mit dem Eingriff beginnen. Eine Anästhesie war nicht vorgesehen.

Der junge Arzt trat an das Krankenbett, neben dem sich vier Hilfspfleger postiert hatten, die je eine Extremität Georgs fixierten, obwohl dieser ohnmächtig war. Dr. Bechtholdts Hand zitterte heftig, als er ungelenk zum Schnitt ansetzte. Das Messer drang in die hochrote, prallelastische Anschwellung des Unterschenkels ein und … nichts passierte.

»Tiefer schneiden«, sagte Rascher streng.

Als der Jungarzt nun sein Messer tief in das Fleisch stieß, schoss ein Strahl stinkenden Sekrets aus der unter hohem Druck stehenden Eiteransammlung hervor und traf in das Gesicht des angehenden Feldchirurgen. Der kollabierte und fiel mit einem lauten Knall auf den Boden.

Durch den extrem schmerzhaften Schnitt war Georg Heise zu Bewusstsein gekommen, was die Pfleger, die ihn in der allgemeinen Verwirrung losgelassen hatten, nicht bemerkten.

Mit einem Ruck setzte er sich auf, zog das Skalpell aus seiner Wunde und betrachtete das Messer mit verstörtem Blick.

Alle, die am Tisch standen, sprangen zurück, denn eine Stichverletzung mit dem mit Eiter verschmierten Messer wollte keiner riskieren.

Ob Georg nun aufgrund seiner Verwirrung oder deshalb handelte, weil die Eröffnung der Vereiterung am Unterschenkel eine Befreiung vom schier unerträglichen Spannungsschmerz bedeutet hatte, konnte im Nachhinein niemand sagen. Auf jeden Fall stieß er sich das Skalpell mit einem schrecklichen gutturalen Stöhnen in die am stärksten angeschwollene Region des Oberschenkels und öffnete diese mit einer einzigen Bewegung auf einer Länge von gut fünf Zentimetern, während seine Zähne dabei entsetzlich knirschten. Blut und giftgrün-schwärzlicher Eiter schossen heraus, ergossen sich über Bett, Fußboden und den dort immer noch liegenden Dr. Bechtholdt.

Georg wurde wieder ohnmächtig.

Das Geräusch des Skalpells, das mit einem leisen Klappern auf die Fliesen gefallen war, klang in den Ohren der Anwesenden wie ein Pistolenschuss und alle zuckten zusammen. Im Anschluss war es für einen Moment totenstill. Die Erstarrung hielt aber nicht lange an, denn der plötzlich den gesamten Raum erfüllende, ekelhafte und einen metallenen Geschmack auf den Zungen auslösende Geruch, der sich wie eine Woge in dem Zimmer ausgebreitet hatte, bewirkte, dass die zwei anderen Jungärzte zur Tür rannten, diese aufrissen und nach draußen stürzten.

Nur der Hauptsturmführer Rascher schien unbeeindruckt. Er beendete den Eingriff fachgerecht. Direkt im Anschluss mussten die Ärzte Pursche und Gravert die Amputation des Oberschenkels an dem zweiten Patienten durchführen. Der Mann, ein dreißigjähriger russischer Zwangsarbeiter, der das Verbrechen begangen hatte, einer deutschen Frau hinterherzupfeifen, überlebte nicht.

Am gleichen Abend ließ Dr. Rascher die angehenden Chirurgen antreten. Dr. Pursche und Dr. Gravert befürchteten, wegen der schlampig ausgeführten Amputation gerügt zu werden. Das Gegenteil war der Fall.

»Meine Herren«, sagte der Hauptsturmführer zu den Versammelten.

»Besondere Situationen erfordern besondere Maßnahmen. Heute haben Sie als angehende Feldchirurgen ihre Feuertaufe erhalten. Alle, so wie Sie vor mir stehen, müssen demnächst ihre vaterländische Pflicht dort erfüllen, wo das Schicksal Deutschlands entschieden wird, nämlich an der russischen Front. Merken Sie sich Folgendes: Unsere Devise ist, sich allen Herausforderungen zu stellen, gleichgültig, wie schwer sie sind! Es gibt kein Zurückweichen! Niemals! Auskotzen und weitermachen, das fordert der Führer und das fordere auch ich von Ihnen! Ihr Herz für unser Land in beide Hände nehmen und tun, was getan werden muss. Das ist es, was unser Volk von uns erwarten darf. Also meine Herren: Üben, üben, üben. Proben Sie ihre Eingriffe so lange, bis Sie deren Technik beherrschen, und zwar dort, wo Sie es können, ohne großen Schaden anzurichten. Hier bei uns!«

»Jawohl, Herr Hauptsturmführer«, antwortete der Chor.

»Sehr gut. Und nun benötige ich noch Freiwillige für die anstehenden Sektionen!«

Die künftigen Frontchirurgen traten geschlossen einen Schritt nach vorne.

Es war geplant, zwei Sektionen durchzuführen, denn Dr. Rascher war überzeugt, dass auch der ehemalige Sturmmann den Tag nicht überstehen würde.

Spätnachmittags war Georg Heises Fieber weiter gestiegen und der Puls so gut wie nicht mehr tastbar. Allerdings täuschte sich der Lagerarzt, denn gegen 19.00 Uhr, als die Leichenöffnungen stattfinden sollten, lebte Schorsch immer noch.

Am nächsten Tag war dessen Temperatur gesunken. Es ging ihm besser und am Abend war der ehemalige Sturmmann wieder bei Bewusstsein.

»Unglaublich«, sagte Rascher zu seinem Kollegen Romberg. »Wenn das der Führer wüsste, würde er ihn bestimmt begnadigen.«

Nach einer Woche war Georg fieberfrei und konnte sein Bett verlassen.

Im Sommer 1943 hatte Dr. Rascher eine völlig neue Idee. In einer Zeitschrift für Psychiatrie war er auf einen Artikel gestoßen, der sein Interesse geweckt hatte. Ein Dr. Fischer hatte im KZ Monowitz Versuche mit einem Elektroschockapparat durchgeführt. Eine Passage aus dem Text beeindruckte ihn besonders und regte seine Fantasie an. Es hieß dort: ›Bei hoher Stromstärke und sehr langer Dauer des Stromimpulses der an beiden Schläfen anzulegenden Elektroden kommen über 80 Prozent der Versuchspersonen zu Tode. Bei den Überlebenden tritt jedoch in vielen Fällen ein seltsames Phänomen auf: Sie werden auffällig schmerzresistent und sind psychisch äußerst stabil. Wahrscheinlich ist der Grund für diese Veränderungen, dass ein großer Teil der während des Lebens im Gehirn gespeicherten Gedächtnisinformationen und auch der Angst- und Abwehrmechanismen durch den hohen Stromdurchfluss verlorengehen.‹

Kapitel 14

VERGANGENHEIT

Wohnung von Karoline (Nini) und Sigmund Rascher,
München, Anfang 1944

»Nini, kannst du dich an Georg Heise erinnern, den ich immer Schorsch genannt habe?«

»Ja natürlich, das ist doch der, der nie über Schmerzen geklagt hat. Was ist mit ihm?«

»Ich hatte dir erzählt, dass Schorsch eigentlich in Dachau für eine T4-Aktion im Schloss Hartheim vorgesehen war. Ich alleine habe ihn davor bewahrt, so schmachvoll zu enden und ihm durch die Teilnahme an meinen Versuchen ermöglicht, seine Ehre als Deutscher zurückzuerlangen.«

»Das war auch eine sehr schöne Geste!«

»Ja, in der Tat. Ich fragte mich natürlich, woher seine große Willens- und Widerstandskraft kam. Anfangs glaubte ich, dass er nur ungewöhnlich robust sei. Der Grund dafür war jedoch auch noch ein anderer.«

»Und welcher?«

»Nini, du weißt doch, dass wir neuerdings mit Elektroschocks experimentieren.«

»Ja, Siegmund. Das hast du mir erzählt.«

»Ich erkannte, dass manche, die ich mit solchen Schocks behandelt hatte, für kurze Zeit dem Heise sehr ähnelten. Das war auffällig. Ich habe darüber lange nachgedacht und mir dann noch einmal seine Akte aus dem SS-Hauptamt kommen lassen. Dabei bin ich auf die tatsächliche Ursache des Phänomens gestoßen.«

»Sigmund, du bist ein Genie!«

»Schorsch war 1941 in der Ukraine mit Erschießungen von Juden hinter der Front befasst. Du kannst dir denken, dass das nicht einfach war. Jedenfalls hat er sich im trunkenen Zustand eines Tages selbst eine Kugel durch die Schläfe gejagt. Aber er überlebte. Ich habe mich natürlich gefragt, was die Kugel bei ihm angerichtet hat? Was hat sie zerstört, was nicht? Und warum hat der Mann nach seinem Suizidversuch Fähigkeiten entwickelt, die er in den Jahren davor nicht besaß?«

»Und?«

»Darauf komme ich gleich. Die Frage, die mir die ganze Zeit im Kopf herumging, war noch eine andere: Was wäre, wenn man all diese speziellen Fähigkeiten auch durch einen operativen Eingriff erzeugen kann? Kann man dann nicht lauter Kopien von dem Heise produzieren? Robuste, zähe, emotionsfreie und leicht zu führende Menschen?«

»Sigmund, du bist fantastisch!«

»Nini, du weißt doch, dass ich meine Versprechen zu halten pflege!«

»Ja, deshalb habe ich dich auch so gern!«

»Das freut mich, dass du das sagst. Ich hatte dem Schorsch versprochen, dass ich sein Herz, sollte er einmal seziert werden, in Formalin einlegen werde, um es als bleibende Erinnerung in eins von meinen Regalen zu stellen. Dieses Versprechen habe ich vor Kurzem erfüllt.«

»Dein Schorsch ist tot? Das tut mir leid!«

»Mir auch. Aber ich musste unbedingt herausbekommen, was die Pistolenkugel in seinem Kopf angerichtet hat. Das verstehst du, und er hat es bestimmt auch verstanden.«

»Und, was hast du gefunden?«

»Also: Die Kugel ist durch sein Stirnhirn gedrungen und hat dieses vom Thalamus (Teil des Zwischenhirns) abgetrennt. Es gibt in der Medizin ein Operationsverfahren, das genau solche Veränderungen herbeiführt. Unter Fachleuten nennt man das eine Lobotomie. Heises ungewöhnliche Robustheit war also nicht allein seiner zähen Natur geschuldet, sondern sie entstand auch infolge seiner Gehirnverletzung, die er sich ja selbst zugefügt hatte. Und jetzt zu meiner Idee: Man lobotomiert viele körperlich gesunde Menschen und behandelt sie im Anschluss mit massiven Elektroschocks. Die Überlebenden werden dann geschult. Danach kann man ihnen Befehle erteilen, die sie alle, ohne zu zögern, ausführen werden.«

»Allmählich begreife ich, was du vorhast.«

»Sehr gut. Nini, stell dir einmal Folgendes vor: Ein Bolschewik, ein Jude oder sonst jemand wird mit meinen Methoden therapiert. Er erhält Lektionen für die Aufgaben, für die er in der Zukunft bereitzustehen hat. Es ist nun ein völlig neuer Mensch entstanden, der so denkt und handelt, wie wir es wollen. Und jetzt überlege einfach weiter: Man behandelt alle Juden so, alle Kriegsgefangenen, überhaupt alle minderwertigen Menschen, deren wir habhaft werden. Stell dir das mal vor!«

»Dieser Gedanke ist unglaublich!«

»In der Tat, das ist er. Während der Versuche ist übrigens auch noch etwas ganz Kurioses passiert.«

»Da bin ich aber gespannt.«

»Nini, du weißt ja, dass unser Dachauer Lager schon seit längerer Zeit judenfrei ist.«

»Ja, davon habe ich gehört.«

»Bei den Freiwilligen für die Elektroschockversuche gab es einen Mann, den man an der schweizerischen Grenze beim Versuch des illegalen Grenzübertritts aufgegriffen hatte. Er besaß keine Papiere und erklärte, bei einem Bombenangriff in einem Zug gesessen zu haben. Wo und wie, daran könne er sich nicht erinnern. Das, jedenfalls, behauptete er. Er wusste angeblich weder seinen Namen, noch wo er herkam. Die Gestapo hat sich mit der Sache befasst, aber man konnte trotz kräftiger Überzeugungsarbeit, für die die Staatspolizei ja bekannt ist, nicht genau sagen, ob der Mann absichtlich log, oder wirklich alles vergessen hatte. Deshalb kam er zu uns. Wir nannten ihn Hase, nach dem Ausspruch: Mein Name ist Hase, ich weiß von nichts. Als ich ihn nach einer Behandlung fragte: ›Na, Herr Hase, alles gut überstanden?‹ Weißt du was er gesagt hat?«

»Nein.«

»Er hat gesagt: ›Wieso Hase, ich heiße Jonathan Grünberg und möchte sofort nach Hause.‹ Ich war erstaunt, dass er einen jüdischen Namen genannt hatte, weil er gar nicht wie ein Jude aussah. Dann habe ich ihn noch gefragt, wo das denn sei, sein Zuhause, und auch da hat er brav geantwortet: ›Das habe ich doch schon gesagt! In München, in der Seestraße, bei den Gschwandners.‹ Erst in dem Moment stutzte er. Da war es freilich zu spät. Die Gestapo war für meinen Tipp sehr dankbar.«

»Das ist ja eine lustige Geschichte! Aber jetzt erzähle weiter von deinen Erfolgen!«

»Natürlich. Ich habe schon eine Reihe von Männern erfolgreich lobotomiert. Sechs davon haben auch die Elektroschocks gut überstanden und werden jetzt geschult.«

»Aber kannst du denn so einfach irgendwelchen Menschen operieren?«

»Nini, keine Angst. Es geht doch nur um Russen, die wir sowieso nicht ewig leben lassen können.«

»Und die Versuchspersonen sterben nicht, wenn man bei ihnen im Kopf herumbohrt?«

»Nein. In der Regel benötigt man dabei noch nicht einmal eine tiefe Narkose. Ich stehe vor der größten medizinischen Sensation unserer Zeit. Unsere gemeinsamen Träume werden alle in Erfüllung gehen. Du hast mich mit dem Reichsführer bekannt gemacht und nur deshalb bekam ich die Gelegenheit in einem Konzentrationslager zu forschen. Und wo, außer in einem KZ, ist die Forschung heutzutage wirklich noch frei?«

Kapitel 15

VERGANGENHEIT

KZ Dachau, 1944

»Herr Hauptsturmführer, hier ist ein als geheim eingestuftes Telegramm aus Berlin. Würden Sie bitte kommen, um es abzuholen. Denken Sie daran, Ihren Dienstausweis mitzubringen. Das Schriftstück ist auch noch zu dechiffrieren.«

»Danke für den Anruf. Ich bin gleich bei Ihnen.«

Sigmund legte den Hörer zurück auf die Gabel. Dann griff er zu dem schwarzen Füllfederhalter, Modell Pelikan 101N Schildpatt, der auf dem schmalen roten Lederbänkchen vor ihm lag und steckte ihn ein.

Das mit Dr. S. Rascher gravierte teure Stück hatte er zum letzten Geburtstag von Nini mit den Worten überreicht bekommen: »Alles, was aus dieser goldenen Feder fließt, möge uns und unseren Kindern Glück bringen!«

Glück? Der Erfolg war doch schon zum Greifen nahe gewesen. Aber seit zwei Wochen ist Nini im Gefängnis. Die Polizisten sagen, dass sie nicht die Mutter unserer vier Söhne ist, und ich nicht der Vater. Ich konnte es nicht glauben, aber die Fakten sind eindeutig. Sie hat sich alle Säuglinge illegal besorgt, alle Schwangerschaften waren vorgetäuscht! Warum? Ist sie krank? Manche ihrer Aussagen sind so wirr, so unplausibel. Ich habe sehr große Angst um sie, um unsere Kinder und um mich.

Der Hauptsturmführer stand auf und zog seinen Arbeitskittel aus.

Auf dieses Telegramm habe ich so lange warten müssen. Ist das nun endlich der Durchbruch, der für Nini und mich alles wieder ins Lot bringt? Er muss es einfach sein!

Seit Monaten hatte Rascher wie ein Wilder gearbeitet, hatte eine Versuchsserie nach der anderen erfolgreich beendet. Dann kam plötzlich die Anweisung des Reichsführers, sämtliche wichtigen Erkenntnisse in das Schwarze Buch einzutragen und außer einem Duplikat alle anderen Unterlagen eigenhändig zu vernichten.

Trotzdem hatte er gespürt, dass vieles nicht mehr so war, wie früher.

Braut sich etwas über mir zusammen? Warum dauert alles so lange? Wa-

rum darf ich meine sensationellen Forschungsergebnisse nicht in Berlin vor dem Reichsführer referieren? Es wäre doch so wichtig!

Der Hauptsturmführer zog sich seine Uniformjacke an, entfernte ein paar imaginäre Fusseln, nahm die schwarze Mütze vom Haken, polierte mit einem weißen Taschentuch das Totenkopfsymbol, setzte sie auf, schnallte dann das Koppel mit der Pistolentasche um und warf noch schnell einen Blick in den Spiegel. Dann ging er zur Poststelle, legte seinen SS-Dienstausweis vor, unterschrieb und bekam ein versiegeltes Telegramm ausgehändigt. Danach ging's zur Dechiffrierungsstelle. Der diensthabende SS-Untersturmführer prüfte sehr gründlich, nahm dann das Telegramm entgegen und zog sich in einen Nebenraum zurück.

Sigmund war nervös. Er ging unruhig in dem kahlen Vorraum auf und ab, in dem als einziger Wandschmuck ein überdimensionales Führerbild hing. Er wusste, dass nicht mehr viel Zeit blieb, um seine Forschungsergebnisse in breiter Praxis anzuwenden.

Noch ist der Krieg nicht endgültig verloren, aber die Gewichte verschieben sich dramatisch! Wer das nicht sieht, der ist wirklich mit Blindheit geschlagen! Und deshalb muss unbedingt sehr schnell etwas passieren!

Sigmund schaute fragend auf den grimmig und entschlossen blickenden Führer. Doch so sehr er den Gottgleichen auch ansah, er konnte ihm keine Antwort entlocken.

Nach fünf Minuten kam der Untersturmführer zurück, gab Sigmund einen verschlossenen Umschlag und ließ sich die Übergabe bestätigen. Siegmund wollte das Papier schon einstecken, als der Unteroffizier energisch sagte: »Streng geheimes Material, Herr Hauptsturmführer. Das Schriftstück ist von Ihnen zu lesen und dann von mir zu vernichten. Ich bedauere, das sind die Vorschriften.«

Sigmund nickte und schaute auf den Text: Montag, 01. Mai 1944. 20.00 Uhr. Schwarzes Buch nebst aller Unterlagen zur Dienststelle Karlstraße 10, Kontaktperson: General K. Wolff, persönlicher Stab, alle Vollmachten vorhanden. RF. (Reichsführer SS)

Sigmund gab das Schreiben zurück, ging hinaus und überlegte:

General Wolff ist Leiter des persönlichen Stabs vom Reichsführer, außerdem Vorsitzender der Gesellschaft ›Ahnenerbe‹ und Lebensborn e.V. Er ist ein äußerst wichtiger und mächtiger Mann. Wenn der General extra nach

München kommt, dann hat man in Berlin wohl endlich begriffen, welches Potential in meinen Versuchen steckt.

Trotzdem hatte er gehofft, den Reichsführer wieder einmal persönlich zu treffen.

Warum kommt Wolff nach München? Warum darf ich nicht nach Berlin? Wegen der dauernden Angriffe auf die Reichshauptstadt? Das ist hier doch nicht wesentlich anders!

Wieder hatte er das Gefühl, dass sich etwas gegen ihn im Verborgenen abspielte.

Ist der Reichsführer überhaupt noch die richtige Ansprechperson? In letzter Zeit gibt es viele Gerüchte. Himmler soll nicht mehr an den Endsieg glauben und eigene Pläne haben. Manche reden sogar von Umsturz. Allein, es hilft nichts: Ich muss auf diese Karte setzen! Eine andere Möglichkeit gibt es für mich in meiner Lage nicht. Bis zu dem Treffen sind es ja auch nur noch ein paar Tage. Die letzte Versuchsreihe habe ich auch abgeschlossen. Sie hat wieder sehr gute Ergebnisse gebracht. Jetzt geht es darum, aus dem Experimentalstadium herauszukommen und in großem Stil Regimegegner und Gefangene in kampfeswillige Soldaten umzuformen. Ich kann mir gut vorstellen, welche Verwirrung und Panik in den alliierten Kommandozentralen ausbrechen wird, wenn die ersten Amerikaner, Engländer, Russen und Franzosen gegen die eigenen vorrückenden Truppen eingesetzt werden.

Mit vielen Schulungen für die Lobotomie nebst der Unterweisung an den Elektroschockgeräten und der genügenden Zahl an Lehrern für Indoktrination muss es innerhalb eines Jahres doch möglich sein, ein erstes Bataillon meiner neuen Kampfmaschinen aufzustellen. Genügend Menschenmaterial steht ja immer noch bereit, sowohl in KZs, als auch in Gefangenenlagern.

Ich habe jetzt über einhundert positiv dokumentierte Versuche und über humanitäre Skrupel braucht sich niemand irgendwelche Gedanken zu machen. Unsere Kriegsgegner machen sich bei den Bombardierungen unserer Städte wahrlich auch keine!

Allerdings, ein wichtiges Problem gab es noch, und das musste unbedingt gelöst werden. Sigmund hatte sich die notwendigen finanziellen Mittel von einem ehemaligen Häftling geborgt. Seitdem war dieser Mann eine ständige Gefahrenquelle und in einer Woche war der Rückzahlungstermin.

Sigmund war äußerst bedrückt, denn er wusste, dass Himmler ganz gemein werden konnte, wenn ein Angehöriger der SS unkorrekte Sachen machte.

Kapitel 16

VERGANGENHEIT

Geheimes Treffen, SS-Reichsführer Himmler und SD-Brigadeführer Schellenberg, Ende Feb.1945, zeitl. vor Kap. 1

»Reichsführer, der Krieg ist endgültig verloren. Es gibt nur noch eine Möglichkeit, den Untergang Deutschlands zu verhindern und das ist, mit dem Westen einen Separatfrieden zu vereinbaren. Ribbentrop muss verschwinden und Hitler beseitigt oder an Roosevelt ausgeliefert werden.«

»Schellenberg, sind Sie total verrückt geworden? Die Lage ist sicher prekär und Ribbentrop ist mir einerlei. Aber auf meinem, auf ihrem und auf den Koppeln all unserer Kameraden steht: Meine Ehre heißt Treue. Sie wissen, was das heißt. Treue bis in den Tod! Ich kann mich doch nicht gegen den Führer stellen!«

»Das ist der einzig gangbare Weg, um nicht alles zu verlieren. Wir müssen bei den notwendigen Sondierungen auf die Karte Antikommunismus setzen, denn die Amerikaner haben Sorge, dass sich die Sowjets und in deren Gefolge der Kommunismus in ganz Europa ausbreitet, wenn das deutsche Bollwerk erst einmal verschwunden ist. Es ist unsere einzige Chance. Aber die Zeit drängt!«

»Ja, ich gebe es zu, Schellenberg. Ich denke seit Monaten über einen Ausweg nach. In dem Zusammenhang wollte ich auch wissen, was Sie denken. Was meinen Sie, sind wir verpflichtet, um die Idee fortleben zu lassen, dieselbe erst einmal zu verraten oder sind wir verpflichtet, mit ihr unterzugehen, um sie nicht zu desavouieren. Ich selbst kann auf diese Frage keine überzeugende Antwort finden.«

»Dazu kann ich nichts sagen, aber was ist eigentlich aus dem Plan geworden, von dem Sie mir vor längerer Zeit berichtet haben? Es hatte doch den Anschein, dass durch dessen Umsetzung eine Möglichkeit geschaffen werden kann, einen völlig neuen Weg zu finden, kampfeswillige Soldaten für die Wehrmacht zu requirieren. Hat sich dieser Einfall als der eines Spinners erwiesen?«

»Sie meinen das Schwarze Buch des Hauptsturmführers Rascher, das er dem Obergruppenführer General Wolff in München übergeben hat?«

»Ja, das meine ich.«

»Wolff, der die Kriegslage übrigens genauso skeptisch beurteilt wie wir, seit er unsere Verbände in Italien befehligt, glaubt nicht daran, dass Raschers Idee uns helfen kann, das Blatt zu wenden. Wolff hat mir gesagt, dass nach seiner Meinung Rascher und auch seine Frau durch und durch kriminell sind. Er hat sich auf meinen Befehl hin das Original und die Kopie des Buchs aushändigen und einen Tag später den Hauptsturmführer verhaften lassen. Die Buchkopie ist vernichtet. Ich besitze jetzt das einzig noch existierende Exemplar.«

»Und was passiert nun mit dem Mann und seinem Werk?«

»Der Hauptsturmführer sitzt im Moment immer noch in Dachau ein, in Isolationshaft.«

»Und was ist der offizielle Anklagepunkt?«

»Wir brauchen keinen Vorwand bei diesem Mann. Er hat nachweislich mit mehreren Häftlingen krumme Geschäfte getätigt und auch noch Geld zur persönlichen Verwendung angenommen. Seine Frau ist der mehrfachen Kindesentführung angeklagt. Sie wollte unbedingt eigene Nachkommen haben, nur war sie dafür biologisch zu alt. Übrigens hat Rascher auch noch mit einer Krankenschwester aus der SS-eigenen Ambulanz in Dachau eine Affäre gehabt, die nicht ohne Folgen geblieben ist. Von seiner außerehelichen Vaterschaft weiß er selbst allerdings nichts.«

»Das Letztere entbehrt ja nicht einer gewissen Ironie.«

»Richtig. Der Kerl glaubte irrtümlich, vier Söhne zu haben, weiß aber nichts von seiner wirklichen Vaterschaft! Das ist schon verrückt. Wie ihm das als Arzt passieren konnte, ist mir unerklärlich.«

»Und was ist mit dem Schwarzen Buch?«

»Wegen meiner großen menschlichen Enttäuschung wollte ich zuerst sein Werk vernichten, dann habe ich doch aus Neugier einen Blick hineingeworfen. Und das, was ich gelesen habe, hat mich durchaus beeindruckt. Die Versuche und die Schlüsse, die er aus den Ergebnissen der Experimente gezogen hat, sind zwar sehr ungewöhnlich, gleichzeitig jedoch auch äußerst interessant. Ich ließ das Buch von einem vertrauenswürdigen Psychiater des Kaiser-Wilhelm-Instituts prüfen.«

»Und das Resultat?«

»Der Experte teilte meine Ansicht und sagte wörtlich, dass entweder ein Genie oder ein total Übergeschnappter bei diesem Werk die Feder geführt hat. Um das herauszubekommen, hat er einige von Raschers Experimenten wiederholen lassen. Das Ergebnis war, dass zwar viele der Versuchspersonen starben, allein diejenigen, die überlebten, wiesen tatsächlich die Kriterien auf, die Rascher beschrieben hatte.«

»Eine Option, eine allerletzte Chance?«

»Nein. Zugegeben, es funktioniert. Es ist aber keine Option mehr für das sterbenskranke Deutschland. Dieser Plan benötigt einfach viel zu viel Zeit. Ich habe eine vorsichtige Schätzung machen lassen. Wären wir nicht im Krieg, benötigten wir gut fünf Jahre, bis unsere Armee wirklichen Nutzen daraus ziehen könnte. Eine Möglichkeit bleibt jedoch.«

»Und die wäre?«

»Die Sache geheim zu halten und nach dem Kriege diesen Trumpf im passenden Moment auszuspielen. So lange zu warten, bis sich ein neuer deutscher Staat etabliert und gefestigt hat.«

»Kann das denn realistisch sein?«

»Doch, ich glaube schon. Die Erfahrung zeigt, dass das Misstrauen der Sieger nach ein paar Jahrzehnten soweit nachlässt, dass wieder etwas möglich ist. Bis dahin muss das Geheimnis ein Geheimnis bleiben!«

»Und warum bedienen Sie sich nicht doch des Entdeckers? Vielleicht hat er ja noch mehr gute Ideen?«

»Rascher ist ein ehrgeiziger Karrierist. Er ist von jedem, der zahlt, käuflich. Schellenberg, stellen Sie sich vor, der Deutschenhasser Churchill oder Stalins Schergen machen ihm nach dem Krieg ein Angebot. Nicht auszudenken! Nein, das darf ich nicht riskieren.«

»Er wird also verschwinden.«

»Ja. Das Krematorium ist sowohl für den sauberen Herrn Hauptsturmführer, als auch für alle anderen, die an diesen Versuchen beteiligt waren, angeheizt. Ich habe ihm ausrichten lassen, dass ich bald zu einem persönlichen Gespräch eintreffen werde und dass er bis dahin zu keinem auch nur ein Sterbenswörtchen sagen darf!«

»Ich verstehe. Und wie entscheiden Sie das drängende Problem mit dem Führer?«

»Ich weiß es nicht. Um die verbleibenden Möglichkeiten durchdenken zu können, fahre ich für einige Tage auf die Wewelsburg und lasse mir alle Argumente noch einmal durch den Kopf gehen.«

Kapitel 17

GEGENWART

Bremen, Redaktion, Anfang 2013

»Frau Kolbert, ich kann verstehen, dass Ihnen Ihre Großmutter viel bedeutet hat. Ich kann auch verstehen, dass man viel Zeit zum Trauern benötigt. Und ganz schlimm ist es, dass Sie nun ohne Familie dastehen. Glauben Sie mir, das alles tut mir unendlich leid. Was ich aber nicht begreifen kann, ist, dass Sie keine Ratschläge annehmen.«

»Das stimmt so nicht. Ich werde ganz sicher zur Gesprächstherapie gehen. Es ist aber nicht so einfach, einen Termin bei einem Psychiater oder Psychologen zu bekommen. Alle sind ausgebucht, besonders die, die einen guten Ruf haben.«

»Das mag ja sein. Aber ich habe trotzdem das dringende Gefühl, dass Sie der irrigen Ansicht sind, mit Ihren Schwierigkeiten selbst fertig werden zu können. Liege ich da richtig?«

»Zumindest hatte ich das für einige Zeit gehofft.«

»Sehen Sie! Da ist aber noch etwas, was ich Ihnen sagen muss: Mein Chef hat gedroht, Sie von unserer Liste der freien Mitarbeiter zu streichen. Und das möchte ich nicht. Er sagt, dass Ihre Artikel an Qualität verloren haben. Schon aus diesem Grund müssen Sie dringend etwas unternehmen, denn ich weiß nicht, wie lange meine Fürsprache noch ausreicht.«

»Ich war überzeugt, dass mein Kummer sich bei der Arbeit nicht bemerkbar machen würde. Es tut mir sehr leid, wenn es doch so ist.«

»Niemand, der normal empfindet, kann nach so einem Schicksalsschlag einfach zur Tagesordnung übergehen. Aber das Schlimmste, was man tun kann, ist, sich völlig abzukapseln. Auch den Kollegen ist aufgefallen, dass Ihre Spontaneität und Fröhlichkeit verschwunden sind. Haben Sie denn keinen, der Ihnen eine persönliche Hilfestellung geben könnte? Was ist mit Ihrer Freundin, die ich einmal mit Ihnen zusammen im Weserstadium getroffen habe? Sie könnte Ihnen doch helfen, zumindest so lange, bis Sie Termine beim Doktor haben.«

»Ich hatte angenommen, dass niemand in der Redaktion bemerkt, dass es mir nicht gut geht. Und ich habe versucht, so zu arbeiten, wie immer. Offensichtlich hat das nicht geklappt.«

»Und die Hilfe aus Ihrem Umfeld?«

»Meine Freundin Bärbel ist vor Kurzem mit ihrem Verlobten nach Frankfurt gezogen und hat jetzt erst einmal genug mit sich selbst zu tun. Und einen Freund habe ich im Moment nicht. Diese Beziehung ist schon vor dem Tod meiner Großmutter auseinandergegangen. Es war eine längst überfällige Entscheidung.«

»Schade, dass Ihre Freundin Ihnen nicht zur Seite stehen kann. Ich fand sie sehr nett. Sie hatte etwas positiv Bodenständiges, und das ist selten. So eine Person wäre bestimmt sehr hilfreich. Dass Sie sich von ihrem Freund getrennt haben, kann ich nicht bedauern, denn ich habe ja den jungen Mann bei unserer letzten Weihnachtsfeier kennengelernt. Ein Großmaul, wenn Sie mich fragen. Er passte einfach nicht zu Ihnen, das ist mir damals schon aufgefallen.«

»Mit dieser Meinung stehen Sie nicht alleine.«

»Danke, dass Sie mir meine Offenheit nicht übel nehmen. Da fällt mir ein: Ich hatte doch diesen Psychiater, diesen v. Conradi zu einem Interview hier. Sie erinnern sich?«

»Ja, wir haben in dem Zusammenhang einmal kontrovers über die Macht der Psychiatrie diskutiert. Sie hatten gemeint, dass das ein nicht ungefährlicher Zweig der Wissenschaft ist.«

»Genau. Und Sie waren der Meinung, dass ein Psychiater nur so viel Macht ausüben kann, wie der Patient ihm zubilligt, und dass sich der heutige, mündige Patient zu wehren versteht.«

»Dieser Auffassung bin ich auch jetzt noch.«

»Die Wahrheit liegt wahrscheinlich in der Mitte. Der Conradi machte auf mich damals einen äußerst kompetenten Eindruck und er schien auch eine starke Persönlichkeit zu sein. Ich jedenfalls mochte ihn gar nicht anschauen, denn ich hatte immer das Gefühl, dass er meine von mir begangenen Sünden mit einem Blick sehen und analysieren konnte. Er hatte mir damals angeboten, dass ich ihn jederzeit anrufen könne, wenn ich einmal ein schwerwiegendes Problem hätte. Und dieses Problem habe ich jetzt.«

»Sie meinen doch nicht …«

»Doch, genau das habe ich vor. Gleich nach unserer Unterhaltung werde ich durch meine Sekretärin einen Gesprächstermin mit ihm vereinbaren und für Sie etwas arrangieren.«

»Das möchte ich eigentlich nicht, das wäre mir unangenehm.«

»Frau Kolbert, ich bestehe darauf! Ein kleines bisschen ›Vitamin B‹ hat noch niemandem geschadet. Also? Einverstanden?«

»Einverstanden! Und ganz herzlichen Dank, dass Sie sich so um mich bemühen.«

»Sie täuschen sich, wenn Sie meinen, dass es bei meinem Angebot keine Hintergedanken gibt. Ich habe da nämlich eine größere Sache in Planung, für die Sie meines Erachtens genau die richtige Person sind.«

»Da bin ich mal gespannt. Aber wird der Chef keine Einwände haben?«

»Nicht, wenn Sie sich wieder aufrappeln, denn ich kenne niemanden, der für diese Auslandsreportage besser qualifiziert wäre, als Sie.«

»Ins Ausland? Das wäre toll! Das letzte Mal bin ich für Sie nach Russland gefahren. Das Thema war zwar traurig, aber ich habe eine Reihe von interessanten Menschen gesehen und auch für mich viel mitgenommen.«

»Ja, Ihre Recherchen und die Artikelserie mit den vielen guten Fotos waren exzellent. Wir konnten Ihre Arbeit dann auch noch zum beiderseitigen Nutzen weiterverkaufen.«

»Und wo soll es dieses Mal hingehen?«

»Nach Polen. Über die Frauen in der DDR haben wir ja schon ausreichend berichtet. Sie sollen nun einige Interviews mit polnischen Frauen verschiedener Gesellschaftsschichten führen, wobei es hauptsächlich um das dort herrschende Frauenbild geht. Gehen damals emanzipierte Frauen heute wieder zurück an den Herd? Stimmt diese These? Was war die Frau im Sozialismus, was ist sie jetzt? Na ja, so in der Richtung.«

»Das würde mich schon interessieren. Aber erst muss es mir wieder etwas besser gehen.«

»Ganz meine Meinung. Ich denke, dass es bestimmt ein halbes Jahr dauert, bis Sie genügend Interviewpartner zusammen haben und die Fahrtroute mit den Übernachtungspunkten festgelegt ist. Sie können das aber schon alles zusammen mit mir vorbereiten. Und wenn Sie dann wirklich starten, wovon ich überzeugt bin, dann haben Sie Ihr Tief schon lange überwunden.«

Kapitel 18

GEGENWART

Bremen, im Viertel, 2013

Sven streckte blitzschnell seine Hand aus, als Sabine ihre Unterschrift auf das Papier gebracht hatte. Genau diese Bewegung war es, die sie für einen Moment zögern ließ.

»Nun gib schon her«, sagte er.

Verunsichert reichte Sabine ihm das Blatt. Wieder hatte sie das Empfinden, dass sein Blick verschlagen war.

Er fasste das Schreiben an einer Ecke an und legte es ungefaltet in ein leeres Regalfach.

»Jetzt habe ich einen Mordshunger! Lass uns essen gehen«, sagte Sabine während sie spürte, dass sich irgendetwas Dunkles zwischen sie geschoben hatte.

Sven reagierte nicht.

»Diesen Brief hätte ich auch für mich schreiben können«, sagte sie nun nachdenklich zu sich selbst und fuhr fort: »Direkt nach meiner Trennung von Andi. An meine schlimmen Gedanken kann mich noch gut erinnern. Ich hatte damals das Gefühl, dass mein Leben nicht mehr weiterginge. Meinst du nicht auch, dass das schade gewesen wäre?«

»Ja, unbedingt«, antwortete Sven. »Komm, lass uns noch einen Schluck Wein trinken, das lockert uns auf … und Danke für alles!«

Er lächelte freundlich.

Sabine entspannte sich. Gleichzeitig spürte sie, dass nicht nur das ungute Gefühl verschwunden, sondern dass auch eine eigenartige Heiterkeit über sie gekommen war.

»Trink du mein Freund, glücklicher Besitzer eines reichen Onkels«, kicherte sie und wunderte sich über ihre merkwürdige Wortwahl, um danach wieder prosaisch zu sagen: »Ich möchte keinen Wein, denn ich werde immer so schnell betrunken. Heute wohl ganz besonders!«

»Einen klitzekleinen Schluck!«, bettelte Sven. »Weißt du, dass die Flasche über zehn Euro gekostet hat?«

»Na gut. Aber nur einen.«

Sven stieß mit ihr an.

»Sag mal, hast du auch noch einen Umschlag? Mein Onkel soll den schönen Brief nämlich ohne Flecken bekommen, weil der Familiendespot auch noch ein Ordnungsfanatiker ist!«

Sabine sprang mit wackligen Beinen von ihrem Platz herunter und ging schwankend zu einem Schrank, der direkt neben der Eingangstüre stand. Dabei drehte sie Sven für einen Moment den Rücken zu. Darauf hatte er nur gewartet. Schnell griff er in seine Hosentasche, zog sein Fläschchen wieder heraus, öffnete es und schüttete von dem Inhalt eine größere Menge in ihr Glas. Er ließ den Behälter wieder verschwinden, griff zur Weinflasche und goss nach.

Sabine hatte einen Umschlag gefunden, drehte sich herum und wollte ihm das Kuvert hinüberreichen.

»Steck du das Schreiben hinein«, sagte er. »Ich habe so zittrige Finger.«

»Jawohl, wie mein Herr und Gebieter es wünschen«, lachte sie und machte eine tiefe Verbeugung, wobei sie beinahe ihr Gleichgewicht verloren hätte.

Er grinste, bedankte sich noch einmal, nahm dann den Umschlag entgegen und steckte ihn in seine Jackentasche.

»Ich möchte dich noch etwas fragen«, sagte er nun unerwartet ernst. »Zuvor musst du aber noch einmal mit mir anstoßen, sonst traue ich mich nicht.«

»Noch ein Problem?«

»Bitte, stoße nur noch einmal mit mir an!«

»O. k., aber nur, weil du es bist! Soll ich vielleicht einen zweiten Brief schreiben? Ich mach das glatt!«

»Nein, das ist es nicht. Ich wollte dich fragen …«

»Ja?«

»Ich weiß nicht …«

»Nun sag schon!«

»Gut. Ich versuch's: Wenn wir uns unter anderen Umständen getroffen hätten und wenn ich nicht … Du weißt schon. Meinst du, dass aus uns etwas geworden wäre?«

Sabine zögerte und suchte nach den passenden Worten.

Sven hatte ihre Verlegenheit deutlich gespürt und bereute seine Frage im selben Moment. Beleidigt schaute er vor sich hin.

»Schon gut, ich habe kapiert. Du brauchst dich nicht zu verstellen. Alles in bester Ordnung!«

»Das hast du aber jetzt falsch verstanden!«

Sven flüsterte: »Ich weiß, es ist schlecht, was ich tue, aber ich muss es zu Ende bringen.«

»So schlimm ist es nun auch nicht, was wir gemacht haben«, sagte sie irritiert und spürte wieder einen unguten Druck in ihrer Bauchgegend.

»Was musst du noch zu Ende bringen?«

»Ich muss mit dem Schreiben noch zu meinem Onkel.«

Sabine war sich ziemlich sicher, dass er etwas anderes gemeint hatte.

Sie konnte ihre Gedanken aber nicht fortsetzen, denn er wechselte das Thema und sagte zu ihrer erneuten Verblüffung: »Sag mal, denkst du, dass unsere schlechten Taten später einmal bestraft werden?«

»Du meinst, ob es so etwas wie ein Jüngstes Gericht gibt?«

»Ja, genau.«

»Ich weiß es nicht, aber ich glaube nicht. Dafür sind wir Menschen zu unbedeutend im Universum. Nein, sollte es nach dem Tod weitergehen, dann werden wir alles hinter uns gelassen haben. Ich denke, dass wir keine Belohnung für unsere guten Taten bekommen und logischerweise auch nicht bestraft werden, für die anderen. Ich vermute, dass sämtliche Regeln, nach denen wir leben, sich ausschließlich während der Evolution entwickelt haben und dann vererbt worden sind. Gott, wenn es ihn denn gibt, hat dabei bestimmt nicht das Händchen gehalten. Warum fragst du?«

Während der letzten Worte war Sabines Aussprache undeutlich geworden.

»Oh, ich glaube, ich bin jetzt total betrunken, denn ich habe das Gefühl, gleich von meinem Sitz zu fallen. Ich sollte besser an die frische Luft!«

Sven wollte sie festhalten, aber Sabine schubste seine Hand weg und versuchte, von dem Tresen herunterzukommen. Aber ihre Beine reagierten kraftlos und so setzte sie sich umgehend wieder zurück.

»Warte, ich hole dir ein Glas Wasser«, sagte er fürsorglich und verschwand im Nebenraum. Nach einigen Minuten kam er wieder.

Sabine saß noch auf derselben Stelle. Sie hielt ihre Augen geschlossen und ihr Oberkörper schwankte hin und her.

»Hier, trink etwas Mineralwasser, dann geht es dir besser. Du hast wahrscheinlich zu lange nichts mehr gegessen und den Wein nicht vertragen.«

Sabine nahm das Glas und trank. Angewidert verzog sie das Gesicht.

»Das schmeckt ja scheußlich«, protestierte sie. »Du willst mich wohl vergiften!«

Sven schaute wie ertappt.

»Das ist nicht wahr, oder?«, nuschelte sie fassungslos. »Sag, dass das nicht wahr ist…«

Mit weit aufgerissenen Augen starrte sie ihn an.

»Du willst mich vergiften?«, flüsterte sie wieder und ihr Gehirn weigerte sich, den Inhalt ihrer eigenen Frage zu akzeptieren. »Du willst mich wirklich vergiften?«

Sabine versuchte abermals, von ihrem Sitzplatz herunterzukommen. Dieses Mal schaffte sie es. Aber bei ihrem ersten Schritt, den sie in Richtung Tür gehen wollte, taumelte sie und wäre wohl hingefallen, wenn Sven sie nicht gehalten hätte.

»So ein Quatsch! Wie kommst du denn auf solch einen Blödsinn? Spinnst du jetzt völlig?«, rief er ärgerlich.

»Du führst irgendetwas im Schilde. Ich sehe es dir an. Du hast mir etwas ins Glas geschüttet!«

Erfolglos versuchte sie nun, sich von ihm loszureißen.

Nach einer Weile fielen ihr die Augen zu und ihre Arme hingen wehrlos herab. Sven ließ sie vorsichtig zu Boden gleiten und wartete, bis sie ganz eingeschlafen war.

Dann ging er zur Eingangstür und prüfte, ob Judith vorhin auch tatsächlich abgeschlossen hatte.

»Sicher ist sicher«, flüsterte er und dann, wie mit fremder Stimme: »Die Karten sagen immer die Wahrheit. Sie haben mir befohlen, dass du sterben musst!«

Sven holte aus seiner Hosentasche eine Spielkarte heraus, beugte sich zu ihr hinunter und wedelte mit dem Blatt vor Sabines Gesicht hin und her.

»Hier ist der Kreuzbube, mit einem schönen Gruß von unserem gemeinsamen Psychiater!«

Er steckte die Karte wieder ein, nahm aus seiner Jacke ein Paar ungepuderte Latexhandschuhe, zog diese über, überlegte einen Augenblick, griff erneut in seine Jacke und zum Vorschein kam eine Tüte, in der sich eine Plastikwäscheleine befand. Das eine Ende der Schnur verknüpfte er bewusst ungeschickt zu einer unbeweglichen und kleinen, das andere zu einer beweglichen, größeren Schlinge. Er beugte sich erneut zu Sabine hinunter, presste ihre Hände an einige Stellen der glatten Plastikschnur, aber besonders intensiv an die Schlaufen und legte danach die Schnur auf den Verkaufstisch. Dann zog er das Fläschchen aus seiner Hosentasche, wischte es gründlich ab, drückte auch hier ihre Finger mehrfach auf das Glas. Das gleiche machte er mit der Weinflasche. Diese platzierte er nun hinter den Verkaufstresen und ließ sie umfallen.

Der restliche Wein ergoss sich über die Dielenbretter. Im Anschluss brachte er das von ihm benutzte Weinglas in den Nebenraum, wusch es gründlich aus und stellte es zurück in den Schrank.

Nun ging er wieder in den Verkaufsraum, zog sich seine Schuhe aus, kletterte in Socken auf den Tresen und befestigte die kleine Schlinge an einem Haken, der sich in der Decke befand und den er vor einigen Tagen auf Festigkeit geprüft hatte. Sven stieg herunter und zog auch Sabine die Schuhe aus. Er ging um den Tresen herum, befeuchtete die Sohlen ihrer Schuhe, in die er nun seine Hände gesteckt hatte, mit dem Wein. Er produzierte damit eine Reihe von Abdrücken auf dem Verkaufstisch und ging danach im Vierfüßlergang bis zu der Stelle, an der die Wäscheleine von der Decke herunterkam, die nun etwa anderthalb Meter über dem Boden hing.

Sven zog Sabine vorsichtig ihre Schuhe wieder an und überzeugte sich, die Schleifen richtig herum geknüpft zu haben. Er nahm den Brief aus dem Umschlag, wischte die Ecke des Schreibens, die er berührt hatte, ab und legte ihn auf den Tisch. Zum Schluss schaute er sich noch einmal intensiv in dem Raum um.

Sven ging zu Sabine, zögerte einige Sekunden, umfasste dann entschlossen von hinten ihren Oberkörper und zog sie langsam vom Boden hoch.

Sehr tief schlief sie nicht, denn sie murmelte irgendetwas Unverständliches.

»Versuche, gerade zu stehen! Ich will dir nur helfen!«, flüsterte er in ihr Ohr.

Sie schien ihn gehört zu haben, denn krampfhaft bemühte sie sich, ihr Gleichgewicht zu halten. Mit einer schnellen Bewegung streifte er die Schlinge um ihren Hals und verengte sie.

»Bleib so!«, sagte Sven einschmeichelnd. Dann ließ er sie los und gab ihr einen Schubs. Sabine wackelte hin und her, kippte zur Seite und die Schlinge zog sich zu.

Entsetzt, weil sie den plötzlichen Schmerz an ihrem Hals spürte, riss sie ihre Augen auf und versuchte, mit ihren Händen zwischen Hals und Plastikleine zu kommen. Für einen Moment schaffte sie es, gerade zu stehen, hatte auch schon die Schlinge gelockert, als Sven ihr mit einem Fußtritt die Beine wegschlug und ihre Hände mit seinen fixierte.

Ganz tief schnürte sich nun der plastikumhüllte Metalldraht in die Haut ihres Halses. Sie versuchte, sich zu wehren, aber ihre Kräfte reichten nicht. Er ließ ihre Arme los, ging etwas zur Seite, ergriff ihre Füße und hielt diese so, dass ein Kontakt ihrer Schuhe mit dem Fußboden nicht mehr möglich war.

Sven wartete einen Moment, wandte sich ab und zählte dann laut und langsam bis zehn.

Sabines Füße zuckten und erzeugten nun auf dem Holzfußboden ein beinahe rhythmisches Poltern. Es hörte sich an, als würde jemand an eine Türe pochen.

Sven holte tief Luft, zog ein Taschentuch aus seiner Hosentasche, schnäuzte sich und steckte das Tuch wieder ein.

Nun blickte er Sabine unbefangen ins Gesicht, zuckte bedauernd mit den Schultern und sagte leichthin: »Sabinchen, tut mir wirklich leid um dich!«

Dann holte er sich ein feuchtes Tuch und wischte damit über alle Stellen, die er mit seinen Händen berührt haben könnte und zog seine Schuhe wieder an. Er griff in die Hosentasche, zog wieder den Kreuzbuben heraus, legte ihn auf den Verkaufstisch, trat einen Schritt zurück, aktivierte das Blitzlicht einer schmalen Digitalkamera, die sich in seiner Jackentasche befunden hatte und schoss zwei Fotos. Dann steckte er die Karte und den Apparat wieder ein, ging zur Tür, öffnete, zog den Nachschlüssel, den er sich schon Tage zuvor hatte anfertigen lassen, aus seiner Jacke und schaute vorsichtig zu beiden Seiten. Flüchtig warf er noch einen Blick zurück und war regelrecht erleichtert als er sah, dass Sabines Augen nicht auf ihn gerichtet waren.

Sven löschte das Licht, trat endgültig hinaus, verriegelte das Schloss, sah noch einmal die Straße herunter und entschwand in der Dunkelheit, als hätte es ihn nie gegeben.

Kapitel 19

GEGENWART

Bremen, Innenstadt, 2013

Bernds Beine zitterten immer noch.

Ich weiß gar nicht mehr, wie ich zur St. Stephani Kirche gekommen bin!

Im Außenfahrstuhl des Parkhauses Bremen-Mitte hatte ihn dieser Mann angesprochen, ganz ungeniert.

Aus dem sechsten Stock des Parkhauses kommend, hatte Bernd den leeren Aufzug betreten, um hinab in die Passage zu gelangen. Es war sein freier Tag und er war in die Stadt gefahren, um für seine Tochter einige Geburtstagsgeschenke zu kaufen.

Ein Mann hatte direkt hinter ihm die enge Kabine betreten und ihn dabei kumpelhaft angelächelt.

»Gut, dass ich Sie treffe!«

Bernd war verblüfft. Der Fremde grinste selbstsicher. Bernd grinste auch, jedoch vorwiegend irritiert.

Woher kennt er dich? Ist dieser Mann vielleicht der Vater von einem meiner Schüler?

Bernd überlegte krampfhaft, wollte sich allerdings keine Blöße geben. Also tat er, als hätte er die Worte nicht gehört und schaute, scheinbar interessiert, von oben auf das Treiben in der Einkaufspassage.

Das weitere Hinunterfahren zog sich quälend lange hin, weil der Aufzug in jedem Stockwerk anhielt. Niemand stieg zu.

Der Fremde grinste weiter.

Eigenartig!

Bernd hielt es nun doch nicht mehr aus und fragte: »Kennen wir uns? Sie müssen schon entschuldigen. Ich kann Sie im Moment nicht unterbringen.«

»Nein, das können Sie nicht«, kam die Antwort in einem Tonfall, der der freundlichen Miene widersprach. »Das macht auch nichts. Dafür kenne ich Sie umso besser!«

Das Dauergrinsen des Fremden war nun verschwunden. Er blickte

Bernd mit ziemlicher Herablassung an, der sich wegen dieser Anmaßung abwandte.

Bernd hatte im Laufe seines Lebens gelernt, sich möglichst von nichts und niemandem provozieren zu lassen, denn er war Lehrer. Oberstudienrat am Kippenberg-Gymnasium.

Die Kabine war nun in der Lloyd-Passage angekommen und die Menschen, die dort warteten, um zu ihren Autos zu gelangen, drängten hinein.

Bernd Schuhmacher war verärgert wegen des schlechten Benehmens des Fremden. Ihm lag eine hässliche Bemerkung auf der Zunge. Aber er verkniff sie sich, weil er annahm, dass die unerfreuliche Situation jetzt vorbei sei und entfernte sich in Richtung Sögestraße.

Nachdem er einige Meter gegangen war, spürte er den fremden Mann wieder hinter sich. Bernd merkte, dass sich sein eigener Gang versteifte und das war ihm unangenehm, weil er wusste, dass der Fremde es auch bemerken würde.

Er drehte sich in der vagen Hoffnung herum, sich getäuscht zu haben.

»Was wollen Sie von mir?«, schrie er. »Warum rennen Sie hinter mir her? Wenn Sie nicht umgehend verschwinden, rufe ich die Polizei.«

Einige Passanten blieben neugierig stehen.

»Nur ein kleines Missverständnis«, beschwichtigte der Fremde, nun wieder lächelnd. Dann drehte er sich zu Bernd herum und sagte mit beinahe väterlich beruhigendem Tonfall: »Kommen Sie, lassen Sie uns ein paar Schritte gehen. Ich beantworte Ihnen dann all ihre Fragen.«

Bernd knurrte irgendetwas Unverständliches, passte sich gleichwohl dem Schritt des Mannes an, der gemächlich weiterging. Plötzlich blieb der Fremde stehen und sagte: »Apropos Polizei. Telefonieren Sie ruhig. Ich an ihrer Stelle würde es mir allerdings überlegen, Herr Bernd Schuhmacher. Oder soll ich besser sagen, Herr Oberstudienrat Schuhmacher? Sie dürfen mich übrigens Oliver Jung nennen.«

»Also, mir reicht es jetzt«, fauchte Bernd. »Wenn Sie etwas zu sagen haben, dann tun Sie es jetzt. Wenn nicht, dann lassen Sie mich zufrieden. Und wenn Sie das nicht begreifen wollen, rufe ich tatsächlich die Polizei!«

»Oh, ich bekomme richtig Angst! Ehe Sie ihr Handy aus der Tasche ziehen, möchte ich Ihnen aber noch ein paar schöne Grüße bestellen.«

»Schöne Grüße? Von wem?«

»Von Monika.«

»Von welcher Monika?«

»Nun, da Sie offensichtlich mehrere Monikas kennen, bekommen Sie auch noch den Nachnamen. Schrader! Könnte es sein, dass Sie nun wissen, worum es geht? Sie schauen immer noch so ungläubig! Wenn Sie wirklich vergessen haben sollten, wer das ist, dann rufen Sie doch die Bullen. Es wird sich dann alles aufklären … Absolut alles!«

Bernd Schuhmacher war blass geworden und er sah in diesem Augenblick wie das personifizierte schlechte Gewissen aus.

»Verdammt, ich habe bezahlt«, schrie er. »Das Mädchen hat mich reingelegt. Ich habe mich entschuldigt! Außerdem ist die Sache verjährt … Wissen Sie was, Sie können mich mal!«

»Oh, der Herr Oberstudienrat ist dabei die Contenance zu verlieren! Sieh an, sieh an. Glauben Sie mir, ich verstehe Ihre Reaktion sehr gut. Nur weiß ich nicht, ob Sie sich damit einen Gefallen tun. Sie verkennen Ihre Situation. Nicht ich will etwas von Ihnen! Sie wollen etwas von mir!«

»Und was sollte das sein, Sie Wichtigtuer?«

»Na, denken Sie doch einfach mal nach! Wenn es Ihnen partout nicht einfallen will, dann sage ich es Ihnen: Sie wollen, dass die Geschichte von damals nicht an die Öffentlichkeit kommt. Richtig? Der strenge Herr Direktor vom Kippenberg versteht bei solchen Dingen absolut keinen Spaß, wie man hört. Er soll ja ein Moralist sein. Solche Leute sind mit Vorsicht zu genießen! Also, wenn Sie nicht wollen, dass die Geschichte breitgetrampelt wird, dann werden sie bezahlen müssen. Haben Sie das endlich kapiert?«

»Wie viel soll ich denn noch bezahlen?«, jammerte Bernd kläglich. »Ich besitze so gut wie nichts mehr und ich kann auch nicht mehr! Aber wenn Sie mich unbedingt vernichten wollen, nur zu! Tun Sie sich keinen Zwang an. Das eine kann ich Ihnen aber sagen: Es wird kein Geld mehr fließen. Kein Cent! Ich schwöre es!«

»Aber, aber, Herr Schuhmacher! Sie müssen nicht gleich losheulen! Sehe ich aus wie ein Ganove, der Ihnen Ihre mickrigen Ersparnisse wegnehmen will? Wenn Sie glauben, dass es um eine simple Erpressung, also um Geld geht, kann ich Sie beruhigen. Sie sollen nur eine ganz einfache

Aufgabe erledigen. Ein einziges Mal sollen Sie Farbe bekennen! Mehr wollen wir nicht! Danach hören Sie nie wieder etwas von uns.«

»Farbe bekennen? Inwiefern?«

»Lieber Herr Schuhmacher, haben Sie denn nicht zugehört? Sie sollen die Sache zugeben, die passiert ist! Und zwar am Freitagabend in der nächsten Woche!«

»Warum am Freitagabend? Das geht sowieso nicht. Da habe ich nämlich schon etwas vor … äh, also, da kann ich nicht.«

»Ich weiß, dass Sie am Freitag etwas vorhaben, darum geht es schließlich. Sie sollen ihrer Frau zum Hochzeitstag ein kleines Geschenk machen. Sie haben doch in der ›Orchidee‹ um 20.00 Uhr einen Tisch mit Blumenschmuck bestellt.«

»Woher wissen Sie das?«

»Sie werden bei dieser Gelegenheit Ihre Ruhmestat von damals beichten, genauso, wie sie sich abgespielt hat. Nicht vorher, nicht nachher, genau zu diesem Zeitpunkt.«

»Was soll ich?«

»Sie werden das Champagnerglas erheben, mit Ihrer Frau anstoßen, lächeln, ihr einen zärtlichen Kuss geben und Folgendes sagen: ›Schatz, neben den anderen Aufmerksamkeiten habe ich mir zu unserem heutigen Jubiläum etwas ganz Besonderes für dich überlegt. Es ist eine wahre Begebenheit aus meiner Vergangenheit, die auch du jetzt erfahren sollst. Und du musst ebenfalls wissen, dass wir beide schon ein Paar waren, als sie passierte.‹«

»Sie müssen ja total verrückt sein, wenn Sie glauben, dass ich das mache!«

»Glauben Sie mir, genau das werden Sie tun!«

»Niemals!«

»Abwarten. Also, Sie werden ihr erzählen, was auf der Klassenfahrt geschehen ist und zum Schluss werden Sie wörtlich sagen: ›Es hat mir Spaß gemacht, die Kleine zu vögeln, denn ich war schon Wochen zuvor scharf auf meine minderjährige Schülerin.‹ Wir werden für Sie unsichtbar anwesend sein und uns überzeugen. Sollten Sie den Mut nicht aufbringen, erfahren es alle: Der Herr Direktor, die Kollegen, die Schüler, Ihre Frau und Ihre Kinder. Na, eben alle!«

»Sie sind ein Schwein!«

»Danke! Aber anstatt mit Verbalinjurien um sich zu schmeißen, sollten Sie besser ihre jetzige Situation überdenken.«

Seit dieser Begegnung war noch keine halbe Stunde vergangen.

Wo kam dieser Kerl her? Was wollte er wirklich? Was steckte dahinter?

Bernd spürte Übelkeit. Er ging zurück zur Weser, setzte sich auf die steinerne Uferbefestigung und schaute auf das träge fließende Wasser.

Nach einer Weile geistiger Leere schlichen wieder die ersten Gedanken in sein Gehirn. Er dachte an seinen Therapeuten von damals, als er mit den Folgen, die sich aus dem Beischlaf mit der 14-jährigen Schülerin Monika ergeben hatten, nicht fertig geworden war.

Diese kleine Schlampe hat mich seinerzeit reingelegt. Und ich habe mich reinlegen lassen!

Bernd erinnerte sich noch genau an die Klassenfahrt nach Bad Essen. An Monikas verführerische Signale, an seine eigene Geilheit. Unerwartet war sie dann dagewesen, die Gelegenheit: Die Lichtung, das hohe Gras, der schwere Geruch des Waldes, ihre provozierenden Blicke, ihre Bewegungen. Und mit einem Male war es, als wäre er in eine andere, in eine tabulose Welt abgetaucht. Er, der gehemmte Mann, war trunken vor Lust, wischte all die moralischen Ansprüche beiseite, die er sein Leben lang wie ein Feldzeichen vor sich hergetragen hatte.

Als sie spürte, dass er kam, hatte sie sich von ihm frei gemacht, mit ihrem Höschen seinen Samen, den er auf ihren Bauch gespritzt hatte, abgewischt, war aufgestanden, hatte das winzige Kleidungsstück zerrissen und dann wie eine Trophäe in die Luft gehalten.

»He, Blödmann!« hatte sie ihm zugerufen. »Es ist jetzt wie bei einer guten Fee: Ich habe drei Wünsche frei: Erstens, ich brauche bessere Noten, zweitens, ein bisschen Geld und drittens stehen Sie mir zur Verfügung, wann immer ich es will. Alles verstanden?«

»Ja, aber …«

»Nichts aber! Jeder von uns hat bekommen, was er gewollt hat.«

Ich hätte Monika seinerzeit umbringen sollen. Ja, das wäre gut gewesen, dann hätte ich für eine Weile zwar meine Freiheit, nicht aber mein Leben verloren!

Bernd saß auf den harten Steinen und schaute auf den Fluss. Und als er sah, dass ein belaubter Ast langsam Richtung Nordsee trieb, wünschte er sich, dass es Monika sei, mit dem Kopf unter Wasser.

Der Ast verschwand aus seinem Blickfeld, und unversehens tauchte stattdessen ein Gesicht in ihm auf: Dunkle, eindringlich, ja beinahe hypnotisch blickende Augen, versteckt hinter einer schmalen, goldenen Brille.

Kapitel 20

GEGENWART

Wewelsburg, Verlies, 2013

Das Erste, das wieder in ihr Bewusstsein drang, war die Erleichterung, dass das soeben Erlebte nur ein Traum gewesen sein konnte. Gerade hatte Judith noch gewusst, womit ihr Gehirn sie beschäftigt hatte. Nun war alles wieder verschwunden und die Erfahrung sagte ihr, dass das auch so bleiben würde.

Während sie noch darüber nachdachte, fiel ihr ein fernes, seltsam hohl klingendes Geräusch auf.

Es klingt irgendwie melodisch. Dennoch ist es keine Melodie! Noch nicht einmal ein reiner Ton. Aber da ist doch noch ein zweiter Laut. Leiser, etwas höher auf der Tonleiter, und er kommt regelmäßig nach dem ersten. Wie ein Echo …

Nein, nicht wie, es ist ein Echo! Aber wo soll bei mir so ein Geräusch herkommen und auch noch sein Echo?

Tropft Flüssigkeit in eine Pfütze? Hatte es etwa geregnet? Läuft Wasser durch die Zimmerdecke in meine Erdgeschosswohnung?

Merkwürdig …

Hier stimmt irgendetwas nicht. Hier stimmt irgendetwas ganz und gar nicht! Ich bin so fürchterlich durcheinander.

Die nächste Erkenntnis schien das Rätsel zu lösen …

Oh verdammt! Kann es sein, dass du überhaupt nicht zu Hause bist?

Und ohne dass Judith sich auch nur um einen Millimeter bewegt hatte, war sie sich sicher:

Es ist nicht mein Bett, auch nicht meine Zudecke!

Und die Matratze, das spürte sie mit Unbehagen, fühlte sich unangenehm an, richtig widerlich.

Außerdem ist mir kalt und es riecht eigentümlich. Muffig und abgestanden. Menschenskind, wo bist du nur gelandet?!

Denk nach, Judith!

Während sie versuchte zu überlegen, traf sie eine neue Erkenntnis.

Ich kann mich an nichts mehr erinnern! An gar nichts!

Was ist los? Bin ich am gestrigen Abend so fürchterlich abgestürzt und ist deshalb alles so absonderlich? Wo kommt diese große Konfusion in meinem Kopf her?

Sie bemühte sich, ihre Augen zu öffnen. Diese gehorchten ihr nicht.

Jetzt fiel ihr auch auf, dass ihre Nase verstopft war, ihr Mund sich pappig anfühlte. Wie zugeklebt! Die Zunge schien dick, haftete an ihrem Gaumen. Judith löste sie mit Anstrengung.

Mach das Licht an, dann wird sich schon alles aufklären!

Sie probierte es. Aber ihr Arm war schwer, ließ sich kaum bewegen.

Hat mir gestern jemand K.-o.-Tropfen ins Glas getan?

Ihre Hand machte mühselig einen zweiten Versuch, einen Schalter zu finden, fiel dieses Mal auf halber Strecke kraftlos herab und … traf sofort auf den Boden.

Es war ein kalter, unebener und harter Boden.

Verdammt, hier ist weder ein Bettgestell, noch ein Nachtschrank!

Judith versuchte erneut, sich zu erinnern. Aber es tauchte nichts in ihrem Gedächtnis auf.

Hast du Drogen genommen? Eine solche Verwirrung hast du doch auch nach mehr als überreichlichem Alkoholgenuss noch nie gehabt!

Sie hörte das tropfende Wasser, sein Echo, spürte den harten Fußboden und hatte in diesem Moment das Gefühl, dass eine kalte Hand nach ihr griff.

Denk nach! Denk nach!

Oh mein Gott! Wenn das nicht mein Zimmer ist, dann bin ich mit jemandem mitgegangen. Also, verdammt noch mal, steh auf und verschwinde! Sofort! Auf so einer abscheulichen Matratze zu landen! Ekelhaft! Nichts wie weg, und bloß diesem Typ nicht begegnen! Wie heißt er noch …?

Verflixt! Das kann doch gar nicht sein! Ich habe mich vorhin also nicht getäuscht! Nichts, gar nichts, weiß ich mehr!

War gestern Wochentag oder Wochenende gewesen? Keine Ahnung! Habe ich gearbeitet? Vielleicht.

Entsinnen konnte sie sich nicht.

Werde ich verrückt? Bin ich schon verrückt?

Judith fasste sich ein Herz und rief vorsichtig: »Hallo, ist da jemand?«

Keine Antwort. Ihre Stimme hallte. Sie lauschte angestrengt: Tropf, tropf, tropf … nur dieses Tropfen des Wassers. Sonst herrschte Totenstille.

Jetzt schaffte sie es, ihre Augen zu öffnen. Aber da war nichts außer der Finsternis um sie herum.

Bitte, Judith, komm zu dir! Welcher Tag ist heute? Freitag, Sonnabend?

Das waren die Tage, da sie üblicherweise unterwegs war, nachdem sie durch die nach dem Tod ihrer Oma begonnene Psychotherapie ihren Lebensmut wiedergefunden hatte.

In welcher Kneipe warst du? Romeo, Paddy's Pit oder Airport?

Lauter Fragezeichen.

Die Angst wurde stärker und sie spürte ihr Herz in ihrer Brust hart und schnell klopfen.

Plötzlich fiel ihr noch etwas auf.

Da ist irgendetwas Schweres auf meinem Bauch!

Judiths Hand glitt unter die unangenehm klamme Decke und ertastete eine Kette aus glatten Stahlgliedern.

Sie erstarrte.

Bitte, lieber Gott, lass es ein Traum sein! Bitte!

Einige Sekunden später griffen ihre Finger noch einmal ungläubig an das Furcht einflößende Material. Sie spürte, dass der glatte Stahl in einem breiten, geflochtenen Riemen aus festem Plastik mündete, der wie ein Gürtel um ihren Bauch gelegt war. Und noch etwas verstärkte ihre Panik.

Ich bin nackt. Splitterfasernackt!

Ihr Herz raste. Judith fror und schwitzte zugleich. Sie zerrte an der Kette, versuchte, das abscheuliche Ding wegzureißen.

Mit einem Mal hatte sie die Empfindung, dass sich jemand vor ihr befand. Und ohne, dass sie es wollte, schlug sie um sich. Ihre Fäuste fanden kein Ziel. Nur die Kette klirrte, rasselte, verhöhnte ihre vergeblichen Bemühungen und ihre schrillen Hilferufe wurden von den Wänden zurückgeworfen.

Sie entledigte sich der abscheulichen Decke, zog sie aber erneut über sich, da sie sich ihrer Nacktheit wieder bewusst geworden war.

Und ohne, dass sie es wollte, rannen salzig-warme Rinnsale von ihren Wangen.

»Bitte nicht«, flüsterte sie. »Bitte, lieber Gott, lass es nicht zu! Lass es nicht wahr sein, ich flehe dich an!«

Kapitel 21

GEGENWART
Bremen, im Viertel, 2013

Als Sabine erwachte, war es weit nach Mitternacht. Der Lichtstrahl eines wendenden Autos wanderte gespenstisch an der Wand entlang und das aufheulende Motorengeräusch war für sie unangenehm, ja qualvoll, sodass sie versuchte, sich die Ohren zuzuhalten, um nicht schreien zu müssen.

Dann aber entfernte sich der Wagen.

Allmählich registrierte sie ihre Umgebung, wusste aber nicht, wo und warum sie hier lag, auch nicht, wie sie hierhergekommen war.

Sabine wollte schlucken. Das klappte nicht, denn ihr Mund war stark geschwollen und trocken. Ein gewaltiger Schmerz durchzuckte sie, als sie es dennoch versuchte und sie hatte das Gefühl, als würde man ihr in die Kehle stechen.

Sabine begann zu würgen. Die Schmerzen wurden schier unerträglich. Sie wollte schreien, griff sich an den Hals, spürte einen dünnen Draht, versuchte, sich aufzurichten, fiel mit dem Kopf zurück an den Holztresen und wurde erneut ohnmächtig.

Es war schon hell, als sie ihr Bewusstsein wiedererlangte.

Ein Albtraum hatte sie gequält. Sven war wie ein Wurm aus einem riesigen Stapel von Spielkarten hervorgekommen und hatte mit Dr. v. Conradis Stimme gerufen:

»Die Karten sagen immer die Wahrheit. Sie haben befohlen, dass du sterben musst. Sabine, schau, hier ist der Kreuzbube! Ich zeige ihn dir!«

Dann beugte er sich zu ihrem Gesicht herunter, hatte statt der Spielkarte plötzlich ein riesiges Messer in der Hand, das er ihr in den Hals stieß.

Mit einem schauerlichen Lachen flog er danach wie ein Totenvogel davon, umhüllt von einem schwarzen, flatternden Umhang. Er bewegte sich aber nicht hinauf in die Lüfte, sondern stürzte in eine tiefe, immer enger werdende Häuserschlucht, wobei aus seinen Hosentaschen Tausende von Spielkarten flatterten, die alle auf sie zukamen. Wie ein bösartiger Krähenschwarm, assoziierte sie im Traum. Und plötzlich hatten sämtliche Karten messerscharfe Ränder, die sich um ihren Hals legten.

Dann war der Traum vorbei.

Der schlimme Schmerz blieb. Wieder hatte sie die Empfindung, dass ihr jemand den Kehlkopf zerreißen wollte. Aber dieses Mal versank sie nicht in einer Ohnmacht. Sie wollte um Hilfe rufen, aber es kam nur ein leises, heiseres Krächzen aus ihrem Mund.

Sabine griff mit der rechten Hand an ihr Gesicht, spürte dabei abermals die Schlaufe, die immer noch um ihren Hals lag. Sie lockerte das Gebilde, von dem sie nicht wusste, was es war und befreite sich davon.

Ein Paar Zementbröckchen hatten sich in ihren Haaren verfangen, die sie nun einzeln zwischen Daumen und Zeigefinger hin- und herrollte und dann neben sich schnippte, während sie gleichzeitig versuchte, ihre Gedanken zu ordnen.

Bald darauf hatte sie die Empfindung, dass irgendwelche schrecklichen Trugbilder sie dominieren wollten und ein heftiger Schwindel bewies, dass die nächste Bewusstlosigkeit nicht weit entfernt war.

Nach einer Weile wurde sie dann klarer.

Was ist nur passiert? Was ist mit mir geschehen?

Immer wieder kam dieselbe Frage, aber nie eine Antwort.

Sie öffnete ihre Augen und blickte gegen eine Holzplatte.

Es ist mein Verkaufstresen, erkannte sie.

Vergeblich versuchte Sabine, sich ihre Situation zu erklären. *Imitiertes Buchenholz,* dachte sie mit einem Mal, als sie die Platte wieder verstört betrachtete und erinnerte sich an den Möbelhändler, der ihr damals unbedingt Echtholz verkaufen wollte.

Nein, das ist kein imitiertes Holz sondern ein Holzimitat!

Jetzt kam zwanghaft immer wieder das eine Wort:

Holzimitat, Holzimitat, alles Holzimitat.

Sabine wusste nicht, warum sie bei diesem Gedanken verharrte.

Hör auf, hör sofort auf!

Und immer, wenn sie erneut gegen die Platte des Tresens blickte, kam dieser Begriff in ihren Kopf: *Holzimitat!*

Aufschluchzend drehte sie sich auf die andere Seite.

Nun sah sie die dünne, rote Plastikschnur, an deren Ende sich ein kupferfarbener Haken und ein Dübel befanden. Und sofort kam ihr ein grausiger Verdacht. Sabine legte sich mühsam auf den Rücken und blickte zur Decke. Und das, was sie sah, bestätigte ihre Gedanken, denn oben, genau an der Grenze ihres Blickfelds, sah sie auf ein ausgefranstes Loch an der Stelle, an der sich der alte Haken für die früher dort hängende Lampe befunden hatte.

Ich habe es getan! Warum? Ich habe getan, was ich nach Andi und vor der Psychobehandlung tun wollte. Damals hatte ich Angst vor dem danach! Und gestern?

Sie erinnerte sich nicht.

Es hat wohl nicht funktioniert, denn ich lebe ja. Soll ich das jetzt gut finden?

Sabine drehte sich wieder herum. Sie stützte sich auf ihre Hände, dann auf die Knie und stand ganz langsam auf, indem sie sich an dem Verkaufstresen hochzog.

Die zwanghaften Gedanken waren verschwunden.

Heftig schwankend ging sie in die kleine Küche, drehte den Hahn auf, ließ etwas Wasser in ihren Mund laufen und ignorierte den heftigen Schmerz beim Trinken. Schluck für Schluck lief das Wasser ihre Kehle hinunter. Sie konnte gar nicht genug bekommen.

Nun schubste sie sich mit beiden Händen die kalte Flüssigkeit ins Gesicht. Erst dann blickte sie in den Spiegel und konnte nicht glauben, was sie sah.

Ein völlig aufgedunsenes Antlitz einer fremden Person: Blutunterlaufene Augen, eine Platzwunde an der Stirn, aus der immer noch Blut sickerte, eine verschmierte rechte Gesichtshälfte. Geschwollene, knallrote Striemen, die sich beidseitig um den Hals bis unter ihr Kinn zogen. Vorsichtig berührte sie die roten Abdrücke und ihre Finger zuckten wegen des aufflammenden Schmerzes zurück.

Sabine begab sich wieder in den Verkaufsraum und wäre beinahe über eine leere Weinflasche gefallen, die auf dem Boden lag und von der sie auch nicht wusste, wie sie hierhergekommen war. Dann fiel ihr Blick auf den Tresen und auf das Blatt Papier, das dort lag. Sie nahm den beschriebenen Bogen in die Hand.

Meine Handschrift!

Sie las. Sie las noch einmal, las ein drittes Mal und konnte sich nicht erinnern, diese Zeilen geschrieben zu haben. Der Text war eindeutig.

Seltsam. Die Sache mit Andi ist doch schon lange vorbei, also warum? Wegen der Geschäftspleite? Nein, dieses Desaster hat mich zum Schluss doch nicht mehr belastet. Habe ich mich so betrunken, dass ich gestern nicht mehr Herr meiner Sinne gewesen bin?

Wollte Sven mich nicht gestern besuchen? Aber der mag doch Jungs. Woher weiß ich überhaupt von seiner Neigung? Gestern Nachmittag kann ich es noch nicht gewusst haben, denn ich wollte mit ihm schlafen. Er muss also hier gewesen sein. Habe ich überreagiert, weil ich von seinem Schwulsein erfahren habe?

Blödsinn!

Wahrscheinlich hat er mir von seiner Neigung erzählt, ist dann gegangen und ich habe mich mit dem Wein, den er mitgebracht hat, sinnlos besoffen. Und dann kam es einfach über mich!

Muss ich jetzt nicht zu einem Arzt? Bestimmt, aber der würde mich ganz sicher in eine Klapsmühle einweisen!

Schlafen, dass wäre schön! Also, Sabine, geh nach Hause!

In drei Tagen kommt die neue Inhaberin, um den Laden mit allem Inventar zu übernehmen. Wenn das erledigt ist, nur weg von hier! Erst einmal muss ich aber zu Dr. v. Conradi. Er soll mir erklären, wie und warum ich diesen Unsinn gemacht habe.

Sabine griff zum Telefon.

Kapitel 22

GEGENWART

Bremen, Rembertistraße, 2013

Erez benötigte einige Tage, um sein seelisches Gleichgewicht wiederzufinden. Wenn er etwas konnte, dann sich mit Gegebenheiten abzufinden. Und das seit frühster Jugend. Eine Art von Selbstschutz, der sich durch das Aufwachsen bei einem wenig liebevollen Vater entwickelt hatte.

Christiane wird mir fehlen. Ihr Charme, ihr Körper, ihre Schönheit, aber auch ihre Klugheit. All das war schon bewundernswert! Allerdings hätte sie sich nie zum Judentum bekannt, nie wäre sie mit mir nach Israel gegangen.

Außerdem stimmt es: Jeder richtige Jude hat die Pflicht, sich irgendwann zu entscheiden, entweder der Aufgabe gerecht zu werden, die ihm zugedacht worden ist, oder sich zu verweigern und aus der Glaubensgemeinschaft ausgeschlossen zu werden.

Papas Forderung an mich war eigentlich nicht akzeptabel. Aber ich werde trotzdem seinen Wunsch erfüllen, denn ich weiß, dass er nicht locker lassen wird. Wenn ich ihn nicht unterstütze, findet er bestimmt einen anderen Weg, und dann passiert genau das, was auf keinen Fall passieren darf. Er würde versuchen, seinen Plan selbst umzusetzen. Sollte ich dagegen tatsächlich diese Person entdecken, was sehr unwahrscheinlich ist, kann ich den weiteren Gang der Dinge steuern. Papa wird dann durch die direkte Konfrontation, die ich arrangieren werde, erkennen müssen, dass es um einen Menschen geht, der nichts mit der Shoah und nichts mit Großvater Jonathans Tod zu tun hat. Und das wird ihn von seiner Wahnsinnsidee abbringen. Dafür sorge ich.

Ein gewisses Risiko ist dabei, denn ich will meinem Vater ein Stück Wild vor die Flinte treiben und ihn gleichzeitig davon abbringen, darauf zu schießen! Dennoch, so lange ich die Fäden in der Hand halte, kann nichts Schlimmes passieren!

Sein Vater hatte ihm zum Schluss seines Besuchs ein Foto gegeben, auf dem eine Frau mit dem Name Elvira in Schwesterntracht neben dem KZ-Arzt zu sehen war.

Das wird reichen, um herauszufinden, wer sie gewesen ist, denn irgendjemand der Überlebenden wird sich erinnern! Und wenn nicht, dann werde ich in den Akten Hinweise auf den Nachnamen finden. Wenn sie und ihr Kind in den Wirren der Nachkriegszeit verschwunden sind, kann ich es auch nicht ändern.

Dr. Erez Grünberg bat bei der Verwaltung seines Krankenhauses um zwei Wochen Urlaub, die ihm auch anstandslos genehmigt wurden.

Er packte seine Reisetaschen, ging zur Bank, deckte sich mit Geld ein und schaute auf der Landkarte die Route an, die er nehmen musste. Siebenhundertsechzig Kilometer, fast ausschließlich Autobahn. Das waren ungefähr neun Stunden mit seinem schon etwas in die Jahre gekommenen Golf. Schon morgen, ganz in der Frühe, würde es losgehen!

Am Abend rief er seinen Vater in Berlin an, um ihm mitzuteilen, dass er die Suche nun doch aufnehmen wolle. Zu seinem Erstaunen reagierte Jakob mit nur verhaltener Freude und schlug sogar vor, das ganze Unternehmen zu verschieben.

»Verschieben geht nicht«, hatte Erez erwidert. »Ich habe schon Urlaub genommen und bin startbereit. Weshalb der plötzliche Sinneswandel, Papa?«

»Ein Sinneswandel ist es nicht. Die ganze Situation ist undurchsichtig geworden. Mein Informant und Freund hat mich gestern noch einmal angerufen und mir gesagt, dass es widersprüchliche und merkwürdige Nachrichten gibt. Es täte sich seit Kurzem etwas Besorgniserregendes in der rechten Szene Deutschlands.«

»Und was soll das sein?«

»Die NPD leidet seit Monaten unter einem unerklärlichen Mitgliederschwund.«

»Wieso sollte uns das Sorgen machen, wenn diesen Dumpfbacken die Luft ausgeht?«

»Auf den ersten Blick ist das natürlich fabelhaft, wenn die braune Brut Mitglieder und damit an Rückhalt in der Bevölkerung verliert. Aber nur auf den ersten, den oberflächlichen Blick. Der deutsche Verfassungsschutz hat übrigens genauso reagiert wie du. Weniger Hohlköpfe bedeuten weniger Arbeit. So naiv denken sie tatsächlich und sind auch noch der Meinung, dass sich die Nazipartei durch die ewigen Querelen untereinander bald selbst zerlegen wird. Unsere Leute vom Mossad sind da durchaus skeptischer.«

»Warum?«

»Wo zum Teufel bleiben sie? Wölfe werden nicht zu Schafen, nur wenn es einmal Streit gibt oder das Geld knapp ist. Seit Kurzem verschwinden sie spurlos, wie hinter einer Tarnkappe. Zu welchem Zweck? Kann es sein, dass sich da etwas Neues formiert?

So eine Frage macht uns viel mehr Sorgen, als wenn ein paar Glatzen auf die Straße gehen und randalieren. Dabei gibt es höchstens ein paar Löcher in irgendwelchen Köpfen.«

»Ich glaube, du überschätzt diese Chaoten. Die deutschen Neonazis wollen meiner Meinung nach einfach nur Randale und Publicity, sonst nichts. Für komplexere Ziele und bessere Organisationsstrukturen halte ich sie für zu dämlich. Und außerdem, warum sollten Sie sich verbergen? Das haben sie doch noch nie gemacht! Also warum jetzt?«

»Tja, warum? Das ist die entscheidende Frage. Es gibt in deren Reihen wahrlich nicht nur Schläger, sondern auch Leute mit hohem IQ und einer hervorragenden dialektischen Schulung. Denk an die vielen Anhänger der Thule-Gesellschaft, den alten Orden, der laut Staatsschutz eigentlich schon lange nicht mehr existieren sollte, der aber nach unseren Erkenntnissen immer noch da ist.«

»Diese Leute hielten sich bislang doch für etwas Besseres!«

»Stimmt, aber bei beiden Gruppierungen ist dasselbe Problem des Mitgliederschwunds zu beobachten. Das ist sehr auffällig.«

»Du meinst, es bildet sich vielleicht eine gemeinsame Dachorganisation?«

»Ja, das könnte durchaus sein. Unsere Kollegen von der Analytik befürchten, dass irgendwo etwas Ungutes ausgebrütet wird und Maulwürfe berichten übereinstimmend, dass sich Hinweise auf eine neue Organisation mehren, die sich offensichtlich so gut zu schützen weiß, dass es bis jetzt noch niemandem gelungen ist, einen Fuß in deren Tür zu bekommen. Einer unserer Agenten, den wir in das Bremer Thule-Netz eingeschleust hatten, berichtete vor einiger Zeit, eine eigenartige Einladung bekommen zu haben. Seitdem hat der Mossad keine Verbindung mehr zu dem Mann. Niemand weiß, warum. Er trug einen Sender im Körper und hätte jederzeit mit der Zentrale Kontakt aufnehmen können. Hat er aber nicht. Wir sind sehr in Sorge und hoffen, dass es bei ihm nur ein technisches Problem ist.«

»Das mag ja alles zutreffen und auch bestimmt sehr wichtig sein. Jedoch, was hat das mit uns zu tun?«

»Vielleicht gar nichts. Es existiert ein Gerücht, dass diese neu entstandene Organisation irgendwie auf die Ideen des toten Naziarztes Rascher aus dem KZ Dachau zurückgreift, speziell auf seine geheimen Indoktrinationsversuche, über die immer schon spekuliert worden ist. Auch unsere Leute vermuten, dass es da einen Zusammenhang geben könnte. Wie und in welcher Form, weiß man nicht oder will es mir nicht sagen.«

»Und man hat keine Unterlagen über die damaligen Versuche?«

»Nein, aber das Gerede über diese Art von Experimenten in den letzten Kriegsjahren will nicht verstummen, obgleich niemand Genaueres zu wissen scheint. Man munkelt, dass Rascher mit Gehirnoperationen in Verbindung mit Elektroschocks experimentiert hat. Nur, wo sind die Akten geblieben?«

»Vernichtet?«

»Kann sein, aber alle? Nach meiner Einschätzung gibt es als Erklärung zwei Möglichkeiten: Erstens, es war tatsächlich nur ein Gerücht. Zweitens, die Sache war so brisant und so geheim, dass nur ganz wenige Personen Kenntnis hatten.«

»Und was trifft deiner Meinung nach zu?«

»Ich weiß es nicht. Aber lass uns einmal spekulieren, dass die zweite Möglichkeit die richtige ist und dass vielleicht irgendjemand sich das brisante Material angeeignet und auch noch begonnen hat, es zu nutzen. Dann wäre ein schlafender Dämon erwacht!«

»Das glaube ich nicht. Die Forschungen sind doch heute viel weiter. Was will man denn mit Ergebnissen irgendwelcher brutalen Versuche aus einem KZ?«

»Unterschätze die Nazis nicht! Nur weil sie ihren eigenen Wissenschaftlern nicht trauten, haben sie damals die Atombombe nicht gebaut.«

»Davon habe ich gehört. Trotzdem, ein KZ und ein Hochtechnologieforschungszentrum, das sind doch verschiedene Paare Schuhe, das passt doch nicht!«

»Lass dir mal folgende Überlegung durch den Kopf gehen. Während des Kalten Krieges haben KGB und CIA viele Experimente durchgeführt, wobei es um Gedankenkontrolle, Gehirnwäsche, sogenannte

Wahrheitsdrogen und hypnotische Verfahren gegangen ist. Diese Dinge sind zumeist wieder in der Versenkung verschwunden, weil sie letztendlich nicht funktioniert haben. Der SS-Arzt in Dachau hat vielleicht etwas entdeckt, was alle anderen nicht gesehen haben. Das würde sehr viel erklären.«

»Na, ich weiß nicht!«

»Erez, ich gebe zu, dass das alles Spekulationen sind. Beim Mossad hält man es auch für ausgeschlossen, dass Rascher mit solchen Versuchen wirklich Erfolg gehabt haben könnte. Erstens war der Mann eher auf seinen Vorteil bedacht und kein Visionär und zweitens wäre so etwas mit den damaligen primitiven Versuchsanordnungen kaum möglich gewesen, sagen zumindest die Spezialisten. Mein Freund und ich sind nicht so überzeugt.«

»Wie könnte es auch anders sein! Ihr beide sucht doch immer nach nicht vorhandenen Haaren in irgendwelchen Suppen!«

»Erez, mir ist heute nicht nach deinen Sprüchen. Also, wenn du den Urlaub nicht mehr verschieben kannst, dann bleibt es dabei. Pass einfach doppelt auf, was du in der Gedenkstätte machst, wen du befragst. Und errege kein Aufsehen, denn es würde mich nicht wundern, wenn noch andere Leute in der Vergangenheit Raschers herumschnüffeln. Finde diesen Bastard und kümmere dich sonst um nichts weiter.«

»Was soll auch passieren? Ich kann mir nicht vorstellen, dass sich jemand für unsere familiären Angelegenheiten interessiert.«

»Das glaube ich auch nicht. Trotzdem solltest du dort besser den Eindruck erwecken, dass dich die Akten von dem SS-Arzt absolut nicht interessieren. Wenn du dich ausschließlich nach dem Verbleib Großvaters erkundigst, ist es nicht verdächtig. Dann wirst du zwangsläufig auf relevante Dokumente stoßen. Achte dabei auf Ungereimtheiten.«

»Was meinst du damit?«

»So zum Beispiel, wenn von Rascher Material oder Gerätschaften besorgt wurden, die nicht zu den offiziellen Experimenten passten. Versuche auch, herauszufinden, wer eventuell noch nicht allgemein bekanntes Material besitzen könnte. Achte besonders auf Fotos, die den SS-Arzt zusammen mit weiblichem Pflegepersonal zeigen. Das könnte ein wichtiger Hinweis sein.«

»Da wäre ich ja nun gar nicht drauf gekommen!«

»Erez, ich will dich wirklich nicht bevormunden.«

»Dann lass es doch einfach!«

»Noch etwas: Halte nach Personen Ausschau, die sich für das interessieren, was dich interessiert. Wenn dir welche auffallen sollten, zieh dich zurück. Sei also vorsichtig!«

»Du kannst mir ja einen schriftlichen Plan mitgeben, damit ich für jede Eventualität eine passende Regieanweisung habe.«

»Erez, das ganze Unternehmen eignet sich nicht zum Witzemachen! Solltest du eine Spur finden, informiere mich! Keinerlei Eigenmächtigkeiten! Versprich mir das!«

»Jakob, du kannst dich auf mich verlassen. Ich bin ein Arzt im Urlaub. Und weil mich meine Freundin in die Wüste geschickt hat, suche ich zum Zeitvertreib nach Spuren meiner Vorfahren. Das ist völlig unverfänglich. Ich werde neugierig, aber auch naiv und unbedarft sein. Ein Tourist halt.«

»Gut, aber nicht zu naiv! Du bist schließlich Arzt und somit auf deinem Gebiet Fachmann. Viel Glück und viel Erfolg.«

»Danke.«

»Da fällt mir noch ein, dass unsere Kontaktaufnahme nie vom Handy aus erfolgen darf. Die Dinger lassen sich zu leicht abhören. Bitte auch nicht vom Festapparat aus deiner Unterkunft. Immer von wechselnden öffentlichen Telefonzellen und nur zu meiner Geheimnummer. Die kann man aufgrund der doppelten Umleitung zu mir nicht orten.«

»Selbstverständlich, Herr General! Zu Befehl!«

»Erez, halte dich einfach daran! Ich kenne deine Unüberlegtheiten! Aber ich will dir auch noch Folgendes sagen: Ich bin sehr stolz. Jahwe wird dich beschützen!«

Kapitel 23

GEGENWART

Wewelsburg, Verlies, 2013

Versuch, dich zu erinnern, wie du hierhergekommen bist. Bitte, versuch es einfach nur!

Plötzlich tauchte bei Judith tatsächlich ein Gedanke auf.

Gestern muss Freitag gewesen sein! Freitagfrüh steckt doch immer die Illustrierte von Frau Heinrich im Briefkasten und das Titelblatt des Magazins habe ich klar vor Augen. Was ist dann geschehen? Habe ich die Illustrierte gelesen? Das wäre der Beweis, dass ich in meiner Wohnung zu Mittag gegessen habe, denn immer nach dem Essen sehe ich das Blättchen durch.

Judith wusste es nicht.

Heißt das jetzt, dass ich mittags nicht zu Hause gewesen bin oder heißt das, dass ich mich einfach nicht entsinnen kann? Es ist zum Verzweifeln!

Judith wurde wütend.

So kommst du nicht weiter! Außerdem: Es ist doch auch völlig egal! Wichtig ist: Irgendjemand hat dich hierher gebracht. Irgendein Schweinehund hat dich entführt, dich betäubt und unter Drogen gesetzt. Er hat dich angekettet und auf diese schmierige Matratze gelegt!

Moment! Freitagvormittag hatte ich einen Termin bei meinem Psychiater. Bin ich dort gewesen?

Judith zermarterte sich ihr Gehirn. Nicht der geringste Hinweis kam, ob ja oder ob nein.

Wie heißt der Arzt noch gleich? Dr. … Dr. … Verdammter Mist!

Warte, warte. Ich habe das Haus verlassen. Herr Hamann aus dem dritten Stock ist an mir vorbeigelaufen. Er hat dabei gerufen, dass er verschlafen habe und dass es deshalb Stress in der Firma geben würde. Und in das Auto bin ich auch gestiegen, denn ich weiß noch, dass irgendein Schwachkopf mir den Außenspiegel verdreht hatte!

Gott sei Dank, mein Gedächtnis kommt langsam zurück! Bist du nun bei dem Arzt gewesen?

So sehr sie auch überlegte, nichts wollte ihr dazu einfallen. Trotzdem, sie hatte ihn vor Augen. So gut, dass sie ihn hätte zeichnen können:

Großer Kopf, schwarze Augen, randlose Brille, dunkle Haare, mit relativ viel Grau und eine tolle, immer wieder aufs Neue äußerst beeindruckende Ausstrahlung, trotz seiner geringen Körpergröße!

Und jetzt wusste sie auch, wie er hieß: *Dr. Arnulf v. Conradi.*

Anfänglich war Judith von den Gesprächen mit dem Facharzt enttäuscht gewesen, denn sie hatte den Eindruck gehabt, dass der Psychiater an ihren Problemen desinteressiert war. Nach der Erstkonsultation, in der sie ihr Anliegen erläuterte, waren aus ihrer Sicht die nachfolgenden Stunden nicht problemorientiert verlaufen. Sie hatte sich vorgestellt, dass der Arzt eine Diagnose stellen und ihr dann Verhaltensregeln an die Hand geben würde, die sie befähigten, ihren Alltag wieder vernünftig zu meistern.

Der Psychiater interessierte sich stattdessen für ihre Lebensgeschichte, für die ihrer Eltern und wollte wissen, was für Bezugspersonen sie früher gehabt hatte. Er war neugierig auf ihre Sexualpartner, fragte nach deren Praktiken, interessierte sich für ihre Arbeit und ihre religiöse Orientierung, aber nicht, wie es ihr schien, für das eigentliche Problem.

Es ist vergeudete Zeit, so war sie damals überzeugt.

Nach einer Reihe von Konsultationen änderte sie ihre Meinung. Judith begann, den Sinn der anscheinend unwichtigen Fragen zu verstehen und auch, warum und in welcher Reihenfolge der Psychiater sie stellte. Sie begriff Zusammenhänge, die ihr alleine nie aufgefallen wären, verstand die Wechselwirkungen zwischen den Menschen in ihrem Umfeld und je länger sie mit dem Mann arbeitete, desto mehr reifte ihre Überzeugung, an den richtigen Therapeuten geraten zu sein.

Er war für sie bald eine vertrauensvolle, aber auch mächtige Vaterfigur, der sie sich anfangs widerwillig, weil sie einen Teil ihrer Persönlichkeit abgeben musste, später jedoch immer fügsamer unterwarf.

Er verblüffte sie mit seinen präzisen Analysen und je mehr sie versuchte, etwas von sich zu verstecken, um sich nicht ganz auszuliefern, je exakter konnte er ihre Gefühlswelt, ihre Hoffnungen, Wünsche und Ängste auf den Punkt bringen.

Dann, eines Tages, hatte er etwas Befremdliches gesagt: »Judith, wissen Sie, was Behaviorismus ist?«

»Nein«, hatte sie geantwortet, »Sie werden es mir bestimmt gleich mitteilen.«

»Gut gekontert«, entgegnete er, ohne dabei zu lächeln. »Es ist die Wissenschaft, die sich mit Vorhersage, Kontrolle und dem Herbeiführen menschlicher Verhaltensweisen beschäftigt. Man kann mit dieser Technik, wenn man niederträchtig ist, einen Menschen auspressen wie eine Zitrone, und ihn nach einer speziellen Behandlung später mit neuem, fremden Gedankengut wieder auffüllen, ohne dass der Person diese Manipulationen bewusst werden. Aber man kann diesen Wissenschaftszweig auch dazu benutzen, selbstzerstörerische Tendenzen wegzutherapieren. Es ist hier wie anderswo: Dieselben Dinge lassen sich für oder gegen etwas verwenden, je nachdem, wie man will. Ich habe den Beruf des Psychiaters ergriffen, weil ich will, dass aus dem gedankenlosen Objekt Mensch wieder ein Geschöpf wird, das klare Wertvorstellungen hat. Ich sehe Ihnen an, dass Sie jetzt Angst haben, dass ich etwas Ungutes mit Ihnen vorhabe. Das brauchen Sie nicht! Das würde ich niemals machen. Ich verfolge keine selbstsüchtigen Ziele. Ich bin Diener meiner mir anvertrauten Patienten.«

»Davon bin ich überzeugt. Deshalb habe ich ja auch solch ein Vertrauen zu Ihnen.«

»Das können Sie auch. Sehen Sie Judith, Ihre Seele, liegt schon seit längerer Zeit wie ein offenes Buch vor mir. Täte sie es nicht, dann könnte ich Ihre Persönlichkeit nicht in der Gesamtheit erfassen, dann könnte ich Ihnen nicht helfen. Zu Beginn unserer Gespräche wollten Sie von mir nur eine ganz einfache Gebrauchsanweisung, mehr nicht.«

»Stimmt, woher wissen Sie das?«

»Das haben Sie mir erzählt!«

»Nein, habe ich nicht!«

»Na ja, nicht mit Worten, sondern durch nonverbale Kommunikation.«

»Sie haben recht. Ich glaubte anfänglich, dass Ihre ganze Fragerei nutzlos sei. Ich wollte nur eine schnelle Hilfe für meine Probleme.«

»Diese Anweisungen hätte ich Ihnen selbstverständlich geben können. Sie wären fürs Erste zufrieden gewesen und ich hätte mein Honorar eingestrichen. Geholfen, Judith, geholfen hätte ich Ihnen damit nicht. Erst jetzt sind Sie soweit. Ich bemühe mich, die Engramme, die Sie belasten, in Ihrem Kopf zu entfernen, damit Ihre Ich-Schwäche verschwindet.«

»Und was wird das Ergebnis sein?«

»Sie werden sich dadurch zu einer sehr starken Persönlichkeit entwickeln und sind in Zukunft in der Lage, Krisen selbstständig zu überwinden. Für dieses Ziel müssen Sie das Steuer ihres Bootes aber so lange an mich abgeben, bis der See, Ihr See, wieder friedlich geworden ist.«

Dr. v. Conradi war dann aufgestanden, hatte ein Kartenspiel aus einem Regal genommen und sie aufgefordert, zwei Karten herauszugreifen. Die eine Karte sollte das Symbol für die Figur sein, die sie im Moment war und die andere, die sie gerne sein möchte.

Pik- und Herzdame wählte sie aus.

Was manchmal ein ungutes Gefühl entstehen ließ, war die Tatsache, dass sie häufig auch bei alltäglichen Situationen das Gesicht und die durchdringenden Augen des Psychiaters vor sich sah, und diese Augen schienen sie fortwährend zu beobachten.

Kann ich überhaupt noch ohne ihn zurechtkommen? Ja, er gibt mir Geborgenheit und Schutz! Aber hänge ich nicht auch schon zu sehr an seinem Draht?

Nie hatte sie geglaubt, dass irgendjemand wirklich Macht über sie erlangen könnte. Ihr ganzes Leben war Judith auf ihre Unabhängigkeit stolz gewesen. Dr. v. Conradi hatte dieses Vermögen! Davon war sie überzeugt. Aber sie musste auch zugeben: Es lebte sich nicht schlecht, nicht immer selbst entscheiden zu müssen, sich manchmal in eine fremde Hängematte legen zu können.

Warum denke ich eigentlich gerade jetzt, in solch einer furchtbaren Situation, über meinen Psychiater und seine Fähigkeiten nach? Du hast doch ganz andere Sorgen!

Und plötzlich, wie durch einen Hammerschlag, war ihre Angst zurück.

Halt, ist da nicht noch ein anderes Geräusch?

Judith lauschte angestrengt.

Nein, ich habe mich getäuscht. Da ist nichts! Nur das kontinuierliche Tropfen des Wassers nervt. Doch, da ist es wieder, ein ganz, ganz leises und fernes Rumpeln!

Judith versuchte, sich auf das neue Geräusch zu konzentrieren. Das gelang nicht, denn immer wenn sie meinte, etwas vernommen zu haben, dann störte das Tropfen.

»Ruhe«, schrie sie. »Ruhe, verdammt noch mal!«

Sie presste ihre Hände an das Gesicht. Je weniger sie auf das Wasser achten wollte, desto lauter schien das Tröpfeln zu werden und bald hatte sie das Gefühl, als würde ein Trommler mit aller Kraft rhythmisch sein Instrument malträtieren. Für einen Augenblick schien es, als würde sie erhört, denn das Tropfgeräusch verschwand, allerdings nur, um nach ein paar Sekunden mit erhöhter Frequenz wiederzukehren.

Plötzlich spürte sie, dass ihre Gefühle sie zu übermannen drohten. Verzweiflung, Wut und Panik wurden so heftig, dass Judith glaubte, explodieren zu müssen.

»Komm raus, du Schwein!«, schrie sie mit einem Mal so laut sie konnte. »Zeig dich, du verfluchter Feigling! Ich nehme es auch mit dieser blöden Kette um meinen Bauch mit dir auf! Versteck dich nicht, du Dreckskerl. Zeig mir deine hässliche Fratze! Das, was du vorhast, wird dir nicht gelingen, du Schweinehund, das kann ich dir versichern! Du verdammter Scheißkerl!«

Und während Sie die Sätze hinausschrie, wurde sie von heftigsten Weinkrämpfen geschüttelt.

Nach einer Weile kauerte sich Judith erschöpft auf den Boden und spürte, wie ihre Tränen auf ihre Beine tropften. Schlagartig wurde sie sich erneut ihrer Nacktheit bewusst und einem Impuls nachgebend, tastete sie ihren Körper ab.

Nein, Gott sei Dank! Er hat mich nicht missbraucht, das würde ich spüren! Will er Lösegeld? Mehr als unwahrscheinlich! Ich habe nichts und kenne auch keine Leute, die etwas haben. Ein Psychopath?

Ihre soeben vorhandene zügellose Aggressivität war jäh verschwunden und sie fühlte sich nur noch ausgeliefert.

Wer hat mir das angetan?

Judith fing an zu zittern und die Kette, die irgendwo in einer Wand befestigt war, klirrte leise in der Frequenz ihres Körpertremors.

Die Zeit verging. Nichts geschah. Judith begann, den Boden abzutasten, auf dem ihre Matratze lag. Es war alter, unebener und feuchter Beton. Vorsichtig versuchte sie, aufzustehen und war beinahe überrascht, dass das problemlos möglich war. Erst tastete sie nach oben, dann zu allen Seiten. Nichts. Kein Widerstand. Nur die Kette. Judith entschloss sich, dieser vorsichtig zu folgen.

Sie lauschte angestrengt und wieder hatte sie das Empfinden, als würde von Ferne ein leises Rumoren zu hören sein. Sie hob den Kopf. Plötzlich schreckte sie entsetzt zurück, verlor das Gleichgewicht, stürzte mit einem lauten Aufschrei auf ihr linkes Knie, dann auf beide Hände und schürfte sich dabei ihre Handballen und die Unterarme auf. Ein brennender Schmerz durchzuckte sie.

»Verdammte Scheiße!«

Judith setzte sich wieder auf die Matratze und tastete vorsichtig nach ihren Verletzungen. Links am Handballen schmerzte es heftig und sie spürte, dass es an dieser Stelle blutete. Sonst schien nicht viel passiert zu sein.

Die Berührung, das machte sie sich klar, war nur ein Wassertropfen gewesen, der sich irgendwo über ihr von der Decke gelöst und dann auf ihr Gesicht gefallen war.

Wieder lauschte sie in die Dunkelheit.

Nachdem eine Weile nichts passierte, nahm sie erneut ihren Mut zusammen, stand auf und bewegte sich vorwärts. Stückchen für Stückchen. Nach ungefähr drei Metern entdeckte sie, dass vor ihr etwas Weiches lag. Behutsam befühlte Judith den Fund. Es war ein Bündel Kleidung. Kurz darauf erkannte sie, dass es ihre eigenen Sachen waren, die dort für sie bereitlagen.

Kapitel 24

GEGENWART

Bremen, im Viertel, 2013

Sabine griff zum Telefon und wählte die Praxisnummer ihres Psychiaters. Der Anrufbeantworter teilte ihr mit, dass sie außerhalb der Sprechzeit anrufen würde. Sie schaute auf ihre Handgelenkuhr ... 6.15 Uhr.

Wie kann man nur kurz nach sechs in der Früh versuchen, seinen Arzt anzurufen? Das hast du nun davon, wenn du so einen Mist machst. Der Conradi würde, wenn ich zu ihm ins Sprechzimmer ginge, bestimmt fragen: ›Na, wie geht es uns denn heute?‹ Und ich würde antworten: Herr Doktor, mir ist übel und schwindlig und ich habe hämmernde Kopfschmerzen. Mein Gesicht tut weh und der Hals brennt wie Feuer. Ich kann nicht schlucken und mein ganzer Kopf sieht aus, als wäre er durch den Fleischwolf gedreht worden. Außerdem weiß ich nicht, warum und wie das alles geschehen konnte. Aber sonst geht es mir gut.

Sabine ging noch einmal in die Küche. Während sie ein paar Schlückchen Sprudel trank, hatte sie das Gefühl, dass in ihrem Schlund ein stacheldrahtbewehrter Zaun errichtet worden war. Sie versuchte, den Schmerz zu ignorieren. Dann befeuchtete sie ein Küchentuch und legte es zur Kühlung um ihren Hals, um Sekunden später mit den Zähnen zu knirschen, denn es fühlte sich an, als würde jemand mit einem Schneidbrenner ihre Haut bearbeiten.

Für einige Sekunden wurde der Schwindel so heftig, dass sie befürchtete, erneut zu kollabieren.

Dann wurde es langsam besser.

Was nun? Schaffst du es nach Hause? Reichen deine Kräfte? Ein Zusammenbruch auf der Straße bedeutet wahrscheinlich Krankenhaus und dann kämen die tausend Fragen, die du unbedingt vermeiden musst.

Sie schaute noch einmal ratlos auf ihren Abschiedsbrief, faltete das Schreiben zusammen und steckte es in ihre Handtasche. Dann ging sie ein paar Mal auf und ab, um zu testen, ob das Gehen möglich war, hob die heruntergefallene Weinflasche auf, was erneut eine Kreislaufreaktion auslöste und warf sie in den Papierkorb. Auf der Toilette tupfte sie ihre Stirnplatzwunde ab und war froh, als sie sah, dass diese nicht mehr blutete. Dann säuberte sie, so gut es ging, ihr Gesicht und blickte noch einmal in den Spiegel.

»Ich kann es einfach nicht glauben«, sagte sie laut und schüttelte behutsam ihren Kopf. Gleichwohl konnte sie in diesem Moment schon erkennen, dass es tatsächlich Sabine Rigg war, die ihr da entgegenstarrte. Vorsichtig zog sie eine Grimasse, konnte aber dann doch nicht über ihren eigenen Witzversuch lachen.

»Reiß dich zusammen«, flüsterte sie, als sie spürte, dass sie plötzlich den Tränen nah war.

Ich erlaube dir erst dann, deinen Gefühlen nachzugeben, wenn du in der Wohnung bist und in deinem Bett liegst! Und frühestens übermorgen holst du dir bei Conradi einen Termin, denn du siehst aus, als hättest du mit einem der Klitschkos im Ring gestanden. So kannst du unmöglich zu ihm gehen!

Sabine begab sich zurück in den Verkaufsraum und zog ihre Jacke an. Dann setzte sie ihre schwarze Wollmütze auf und zufrieden stellte sie fest, dass ihr Gesicht nicht mehr zu erkennen war, wenn sie zu Boden blickte. Sie nahm den Schlüssel, öffnete die Tür, trat hinaus, schloss wieder ab und begab sich auf den Heimweg.

Sehr weit hatte sie es nicht. Zweihundert Meter die Hauptstraße entlang, am Kino vorbei, dann die nächste Straße nach links und noch einmal einhundert Meter.

Es funktionierte besser, als erwartet. Zwar hatte sie überall Schmerzen, auch an den Stellen ihres Körpers, die bis jetzt noch nicht wehgetan hatten, jedoch ihre Übelkeit verschwand.

Vor dem etwas heruntergekommenen Haus mit dem Graffiti an den Wänden angekommen, hatte sie dann doch Mühe, den Haustürschlüssel aus der Handtasche zu bugsieren. Als sie diesen auch noch fallen ließ, kam erneut das Gefühl, jeden Moment zusammenzubrechen. Aber sie schaffte es.

Nun musste sie nur noch in den zweiten Stock. Auch das klappte, allerdings war sie kaum noch bei Bewusstsein, als sie oben ankam. Bei dem Versuch ihre Wohnungstür zu öffnen, sackte Sabine dann doch in sich zusammen und riss, weil sie sich festhalten wollte, einen Blumenständer um, auf dem eine einsame Yuccapalme stand, die das triste Grau des Treppenhauses begrünen sollte.

Es krachte dabei so laut, dass Frau Schierer, ihre gestrenge Nachbarin, zornesrot und wie ein geölter Blitz aus ihrer Wohnung gestürzt kam.

»Frau Rigg«, schimpfte sie dabei laut. »Ich habe Ihnen bereits in der letzten Woche gesagt, dass Sie wegen meiner schönen Palme aufpassen müssen, wenn Sie in Ihre Wohnung gehen. Jetzt sehen Sie doch mal, was Sie soeben angerichtet haben! Und der schöne Übertopf ist auch …«

Erst in diesem Moment erkannte die Frau, die sich schon seit Jahren als Ordnungswächterin für das ganze Haus empfand, dass etwas Schlimmeres geschehen sein musste, denn Sabines Jacke hatte sich während ihres Sturzes geöffnet und den Blick auf den rot angeschwollenen Hals freigegeben.

»Kindchen«, schrie Frau Schierer entsetzt, »Kindchen, was ist denn passiert?« Blitzschnell drehte sie sich zurück und rief: »Erwin, komm her!«

Und als innerhalb einer Sekunde noch kein Erwin erschienen war, brüllte sie im Stile eines Feldwebels mit doppelter Lautstärke:

»Erwin, kannst du nicht hören? Nun komm doch schon! Komm! Erwiiin! Zur Hilfe! Sofort! … Eeerwiiin!«

Erwin erschien im Schlafanzug, mit wirrem Blick und zerzausten Haaren.

»Was ist denn los?«

»Erwin, du siehst es doch! Also, was fragst du so blöd? Fass mit an! Wir müssen Fräulein Rigg erst einmal auf unsere Couch legen und dann rufst du die Polizei! So etwas musste ja einmal passieren. Tausendmal habe ich dir schon gesagt, dass du dich bei der Stadt beschweren sollst, dass das Viertel nicht mehr sicher ist. Du tust es einfach nicht, weil du zu feige bist!«

»Bin ich nicht!«

»Doch, das bist du! Und widersprich nicht! Mit diesem Drogengesocks muss nun wirklich mal aufgeräumt werden. Aber wahrscheinlich interessiert die Beschwerde sowieso niemanden, denn die vornehmen Herren sind lieber damit beschäftigt, schöne Reden zu schwingen und sich ihre Taschen zu füllen. Zu Frau Heinz von nebenan habe ich neulich erst gesagt …«

Kapitel 25

VERGANGENHEIT

Deutschland, Spessart, 1944

Nach offizieller Version war der Vater der Zwillinge, um die es im Folgenden geht, unbekannt. Vaterloses Aufwachsen war während des 2. Weltkriegs nichts Außergewöhnliches. Trotzdem hatten sich damals etliche Bürger auch noch den zweifelhaften Spaß gemacht, bei Geburten zurückzurechnen.

Und genau deshalb entstand nun ein gewaltiges Problem.

Zwei Milliliter Samenflüssigkeit, die sich in den bis zum Rand gefüllten Lenden eines Priesters befanden, wollten hinaus. Der Katholik hatte sich entscheiden müssen: Was ist die größere Sünde vor Gott? Onanie oder das Brechen des Keuschheitsgelübdes? Die Beantwortung dieser Frage war für ihn nicht neu, er stellte sie sich immer mal wieder.

Sein Gott schien einverstanden, denn nach so einer Tat fühlte sich dessen Diener stets wohl und die Strafe, die er voller Furcht und Reue (aber nur beim allerersten Mal) erwartet hatte, ereilte ihn nicht.

Richtiger war: Sie ereilte ihn noch nicht.

Des Priesters Mannestaten waren bislang ohne sichtbare Folgen geblieben und so ging er davon aus, dass sich das auch in Zukunft nicht ändern würde. Welch fataler Irrtum, denn eines Tages passierte, was irgendwann einmal passieren musste: Seine priesterlichen Spermien fanden den von der Schöpfung vorgegebenen Weg und eins davon verschmolz mit einer Eizelle, deren Besitzerin aus mehrerlei Gründen nicht in der Lage war, sich dem Trieb dieses Mannes zu widersetzten.

Nun meinte auch sein Gott, dass es genug sei und wurde zornig. Dessen Bannstrahl traf aber erst einmal nicht den Produzenten des Samens. Die Wege des Herrn sind ja auch, wie jeder weiß, unergründlich.

Auch waren statt einer zwei Embryonalanlagen entstanden, eine genetische Besonderheit, die in der Familie des Vaters bekannt war. Eineiige Zwillinge, die sich wegen ihrer identischen Anlagen genotypisch fast bis auf das Haar glichen. Trotzdem entstanden zwei Menschen, die von ihren Wesen her kaum konträrer sein konnten.

Ungeachtet der schlechten Bedingungen, die in den letzten Kriegsjahren herrschten, war bei der Geburt der körperlichen Zustand der beiden Jungen zufriedenstellend: Sie waren etwas klein, hatten erstaunlich große Köpfe und als ewige Erinnerung an ihre Mutter ein seit Jahrhunderten in der Familie unregelmäßig wiederkehrendes fünfmarkstückgroßes rötlich-violettes Feuermal auf der linken Stirnseite.

Die bei der Geburt anwesende Hebamme sagte begeistert: »Beides Jungen, einer hübscher als der andere und der stolze Papa kommt nächste Woche auf Fronturlaub!«

Dann blickte sie in die Augen des Erstgeborenen. Und das, was sie sah, ließ sie erschaudern. Kohlrabenschwarz und regungslos waren seine Pupillen auf sie gerichtet, sodass ihr die nachfolgenden Worte nicht über die Lippen kamen und sie sich heimlich bekreuzigte.

Deshalb fiel ihr der panische Gesichtsausdruck der Niedergekommenen auch nicht auf und die Tränen, die der Frau ungehemmt von ihren Wangen rannen, deutete die Hebamme als Tränen des Glücks, welches sie auch waren, allerdings nur zu einem sehr kleinen Teil.

Die Mutter war einfältig, aber so einfältig, wie der hinterhältige Erzeuger meinte, war sie nicht. Sie erhängte sich genau einen Tag, bevor ihr Mann eintraf. Wie hätte sie auch als strenggläubige Katholikin ihm, den sie wirklich innig liebte, das Geschehene hinreichend erklären können?

Eigentlich wollte die arme Frau ihre zwei Kinder auf ihre lange Reise ins Unbekannte mitnehmen und hatte sich für diesen Zweck auch schon ein weiches Kissen bereitgelegt. Dann siegte bei ihr die Überzeugung, dass die Jungen nicht für etwas bestraft werden dürften, an dem sie keinerlei Schuld trugen. So fertigte sie aus einem Stück Leinen zwei Läppchen, in die sie mit rotem Nähgarn je einen Namen stickte, nämlich Ansgar und Arnulf. Der erste war der ihres Großvaters, den sie sehr geliebt hatte, der zweite, der ihres Urgroßvaters.

Den aus dem Feld heimgekehrten Witwer traf die Katastrophe völlig unvorbereitet. Auch er war nicht der Hellste, hatte die Volksschule nur mit Mühe bewältigt. Trotzdem beherrschte er leidlich gut die Grundrechenarten und erkannte die Zwillinge nicht als seine leiblichen an.

Der sündige Priester schaffte es innerhalb kürzester Zeit, beide Kinder zu vermitteln. Nicht als Paar, sondern getrennt, da sich in den Wirren der letzten Kriegsmonate niemand erbarmen wollte, die Jungen zusammen aufzunehmen.

Der Zorn des Allwissenden über so viel Verderbtheit auf der Erde erreichte nun auch den Priester Zacharias. Bezeichnenderweise traf es ihn genau dort, von wo das Unglück im wahrsten Sinne des Wortes seinen Lauf genommen hatte. Er bekam kurz vor Ende des Krieges einen furchtbaren, doch nach irdischem und offensichtlich auch nach göttlichem Rechtsempfinden überaus gerechten Lohn für seine Missetaten.

Das kleine Dorf auf der rechten Mainseite, in dem der frevelhafte Priester bis vor zwei Tagen noch eiserne Durchhalteparolen in dem täglichen Kanzelwort verkündet hatte, lag zwischen beiden Frontlinien. Einige Stunden vor einem entscheidenden Angriff amerikanischer Einheiten waren Kettenhunde (unbarmherzige Feldgendarmen) in den Ort gekommen und hatten alle über 14- und alle unter 75-jährigen männlichen Dorfbewohner mit ein paar Gewehren und einigen wenigen Panzerfäusten bewaffnet. So entstand eine für den Gegner wahrlich Furcht einflößende Truppe.

Diese tapferen Feierabendkämpfer lagen nun dort, wo man den Feind erwartete, der laut Führerbefehl bis zur letzten Patrone bekämpft und selbstverständlich geschlagen werden sollte.

Die amerikanischen Soldaten hatten allerdings schon an anderer Stelle die Überquerung des Flusses geschafft und so kam es zu keiner Auseinandersetzung der ungleichen Gegner. Unter der zahlenmäßig kleinen Dorfbevölkerung gab es doch noch einen Toten im Zusammenhang mit dem nicht stattgefundenen Gefecht. Es war der sündige Priester Zacharias. Der Gottesdiener hatte sich, als die schlagkräftige Truppe rekrutiert wurde, im Glockenturm versteckt. Natürlich nicht aus Feigheit, sondern deshalb, weil es nach dem Krieg auch noch jemanden geben musste, der in der Lage war, kompetent das Wort des Herren zu verkünden.

Als nun die Panzer begannen, weiter auf das Dorf vorzurücken, schleppte sich der 81-jährige hüftkranke Interimsbürgermeister den Glockenturm der Dorfkirche hinauf und hisste ein weißes Betttuch. Diese altersweise, aber frevelhafte Aktion, die alle Durchhalteparolen konterkarierte, wurde von der Besatzung eines deutschen Flakgeschützes beobachtet. Obwohl deren Munitionsvorrat so gut wie aufgebraucht war, gaben sie zwei Schüsse in Richtung des Kirchturms ab, in dem sich der oder die Volksverräter aufhalten mussten. Der erste verfehlte sein Ziel beträchtlich und richtete auch sonst weiter keinen Schaden an. Der zweite wurde erst zehn Minuten später abgefeuert, denn das Geschütz musste neu ausgerichtet werden und das dauerte, weil der ebenfalls greise Geschützführer erst einen Blick ins Handbuch für Kanoniere werfen musste. Einen Tag zuvor hatte er nämlich noch die Kühe des benachbarten Großbauern mit seinen gichtigen Fingern gemolken. Somit bekam der lahmende Bürgermeister genügend Zeit, sich in Sicherheit zu bringen.

Es folgte – Zufall oder Fügung – ein allseits nicht erwarteter und von den Feierabendkriegern laut bejubelter Volltreffer, genau in dem Moment, als Zacharias sich ein Lagebild machen wollte und leichtsinnigerweise sein Versteck verließ, das sich hinter einem Haufen von Ziegelsteinen im Glockenturm befunden hatte.

Die Flakgranate explodierte nur einige Meter von ihm entfernt. Ein großer Splitter riss seinen Unterleib vollständig auf, ein anderer zerfetzte seine rechte Hand. Die schweren Verletzungen bewirkten, dass er nach der Detonation genau noch zehn Minuten zu leben hatte. Sein kleiner, sündiger Penis, verbunden mit einem größeren, gezackten Hautlappen an dem alle möglichen Anhängsel festsaßen, lag inmitten abgerissener und blutbefleckter Kleidung direkt neben ihm. Und wie unter Zwang, jedenfalls mit dem Ausdruck ungläubigen Erstaunens auf dem Gesicht, denn der unerträgliche Schmerz kam erst kurze Zeit später, zog er diesen mit seiner ihm verbliebenen Hand zu sich heran, drehte ihn erst nach rechts und dann nach links, wie einen Gegenstand, den man zu kaufen gedenkt.

Doch der von einer höheren Macht festgesetzte Preis war nicht mehr verhandelbar.

Kapitel 26

VERGANGENHEIT

Deutschland, Spessart u. Friesland,
Kriegsende und Nachkriegszeit

Für den kleinen Ansgar eine Pflegefamilie zu finden, war nicht allzu schwierig. Eine Nachbarin nahm sich seiner an, da sie, kurz zuvor selbst schwanger, ihre zweite Fehlgeburt erlitten hatte und nun keinen Nachwuchs mehr bekommen konnte. So dankten beide Eheleute ihrem Herrgott, dass sie sich doch noch ihren intensiven Kinderwunsch erfüllen konnten. Sie ließen Ansgar taufen und schafften es auch, eine Nachnamensänderung vornehmen, um die neu entstandene familiäre Einheit zu demonstrieren.

Dem Adoptionswunsch wurde behördlicherseits entsprochen. Nicht lange danach zog die kleine Familie zu Verwandten, die in der Kleinstadt Salzkotten in der Nähe Paderborns lebten.

Die Unterbringung des zweiten Kindes war schon schwieriger. Ein von Nachbarn aus vielfältigen Gründen gemiedenes kinderloses Ehepaar aus der Gemeinde Klein-Wallstadt nahm schließlich den Jungen bei sich auf.

Arnulfs Adoptivmutter, eine Frau von Conradi war schon immer eine Tausendprozentige im Sinne der nationalsozialistischen Idee gewesen. Sie glaubte schon, bevor es zur allgemeinen Pflicht wurde, hingebungsvoll an den Führer und war ab 1932 an prominenter Stelle in der NSF, der Nationalsozialistische Frauenschaft, organisiert. Nach der Machtergreifung reifte in ihr ein großer Wunsch: Sie wollte unbedingt selbst ihren Teil für den Erfolg der neuen nationalen Bewegung beitragen und deshalb so häufig wie möglich Mutter werden.

Aber, oh Schande! Frau v. Conradi wurde von ihrem Mann, der in seiner Fabrik später kriegswichtige Produkte herstellte, trotz aller Bemühungen nicht schwanger. Diese Tatsache, die von ihr als fürchterliche und durch nichts zu kompensierende Demütigung empfunden wurde, führte nicht nur zur Entfremdung der Eheleute, sondern war auch der letzte Auslöser der Verbitterung und Verhärtung ihrer Seele.

Arnulf wuchs trotz reichhaltiger Ernährung zögerlich und behielt seinen ungewöhnlich großen Kopf.

Nach dem Krieg wurde der Betrieb der Familie v. Conradi von der Besatzungsmacht enteignet, das Vermögen konfisziert.

Doch bald gab es unerwartet Ersatz für verlorenes Hab und Gut. Es war ihnen ein großer landwirtschaftlicher Betrieb zugefallen, gelegen in der direkten Nachbarschaft der Kleinstadt Oldendorf, zwischen Elbe und Oste. Der einzige Bruder des enteigneten Fabrikbesitzers hatte in Stalingrad sein Grab gefunden und die restliche Familie entschied sich bei Kriegsende für den Freitod.

Die v. Conradis zogen vom Spessart in den friesischen Norden. Gut 200 ha bestes Ackerland garantierten einen erquicklichen Neuanfang. Der weitaus größte Teil des Landes wurde verpachtet, ein kleinerer selbst bewirtschaftet und das Wohnhaus aus der Verflüssigung zusätzlich geerbter Wertsachen restauriert.

Frau v. Conradi war wegen der verlorengegangenen gesellschaftlichen Reputation mit dem neuen Leben äußerst unzufrieden. Dieses Manko galt es für sie zu kompensieren. Da ihr Ehemann, der in einem separaten Schlafzimmer nächtigen musste, ihr gleichgültig, wenn nicht lästig geworden war, bekam der kleine Arnulf diese komplexe Rolle zugewiesen: Er wurde Frustbewältiger, Hoffnungsträger, Ersatz für scheinbar entgangenes Glück, vornehmlich aber Blitzableiter.

Um allerdings nicht zu viel von der erzieherischen Verantwortung selbst übernehmen zu müssen, benutzte sie eine äußerst ungewöhnliche Methode: Sie vertraute der Magie der Spielarten.

Karten sind Spiegel der Seele. Sie sind nur von dem, der sie mischt und auswählt, zu beeinflussen und sie zeigen somit immer die Wahrheit.

Alle zweiunddreißig Spielkarten bekamen von ihr eine spezielle Bedeutung, wobei es alleinig um Bestrafungen ging. Arnulf musste, wenn er nach den Vorgaben seiner Adoptivmutter etwas ›verbockt‹ hatte, auf ihre Anweisung mischen und dann eine Karte auswählen. Und so kam es, dass er für geringste Vergehen auf die heiße Herdplatte gesetzt wurde, dass er für eine Nacht in den Kohlenkeller kam oder im Winter nackt für eine Stunde im Garten stehen musste.

Arnulf entwickelte sich, wie seine Adoptivmutter es erwartet und erhofft hatte. Er war fügsam und zeigte keine Anzeichen von Rebellion, wie viele Gleichaltrige aus der Nachbarschaft. Deshalb war sie auch äußerst stolz auf ihr geniales Bestrafungssystem und auf ihre sonstigen Erziehungsmethoden. Nur ganz früh einsetzende Härte, so ihre Auffassung, helfe Kindern, sich durchzusetzen beim täglichen Kampf ums Dasein, ganz im Sinne eines radikalen Darwinismus.

Einmal hatte Frau v. Conradi, als der kleine Hund eines Knechts zuvor lautstark ihren Mittagsschlaf gestört hatte, am Kaffeetisch sitzend (Arnold war auch anwesend) voller Ärger gesagt:

»Diesen Mistkläffer sollte man umbringen.«

Drei Tage später lag der Hund tot im Garten. Keiner der Hofarbeiter konnte sich erklären, warum und von wem das arme Tier vergiftet worden war.

Trotz ihrer unerbittlichen Dominanz im Hause, gegen die kein aktiver Widerstand möglich war, hatte Frau v. Conradi manchmal das Empfinden, dass ihr das Blut in den Adern gefrieren würde, wenn sie in Arnulfs schwarze emotionslose Augen schaute. An solchen Tagen überkam sie das Bedürfnis, ihre Schlafzimmertür abzuschließen.

Arnulf konnte Brandblasen an den Oberschenkeln haben oder stoisch nackt im Schnee stehen, es schien ihm nichts auszumachen. Nur sein Blick bekam dann eine undefinierbare Starrheit.

Noch bevor der Junge lesen konnte, war er eines Tages in eine entfernt liegende Scheune geflüchtet, als er wieder einmal ›erzogen‹ worden war, denn keiner, das hatte er sich geschworen, durfte je seine Tränen sehen!

Er lag auf dem Bauch und weinte, während seine Finger sich in den nicht allzu harten Lehmboden krampften. Plötzlich spürte er einen Widerstand an den Fingerspitzen seiner rechten Hand. Als er nachbohrte, entdeckte er ein schwarzes Lederbuch, das in einen ölhaltigen Lappen eingewickelt war, welches er nun voller Staunen an sich nahm.

Dieses Buch ist für keinen anderen, sondern nur für mich bestimmt! Es ist mein Geheimnis und es wird meine Bibel sein!

Als Arnulf dreizehn war, geschah in dem Conradischen Anwesen etwas ganz Furchtbares.

Eines Nachts wurde in das Wohnhaus eingebrochen. Man fand das Ehepaar v. Conradi am nächsten Morgen tot. Beide waren erstochen worden. Die Beute muss dürftig gewesen sein, denn eine größere Geldmenge und wesentliche Wertgegenstände hatten die Eheleute nicht im Haus.

Da ein gleiches Verbrechen schon ein paar Wochen zuvor bei einer alten, alleinstehenden Frau passiert war, keinen Kilometer von dem Bauernhaus der Conradis entfernt, hatte die Polizei keine Zweifel, dass die Täter dieselben gewesen waren.

Den völlig verängstigten Arnulf fand man am übernächsten Tag draußen im angrenzenden Waldstück auf einem Baumstumpf hockend, nur mit einer Unterhose bekleidet.

Erst zwei Wochen nach dieser abscheulichen Begebenheit konnte er wieder ein paar Worte sprechen. Aber immer dann, wenn die Ermittlungsbeamten seine Aufmerksamkeit vorsichtig auf die Umstände der Tatnacht bringen wollten, wurde Arnulf erneut für Tage stumm. Auch verweigerte er dann jegliche Nahrungsaufnahme. Irgendwann gaben die Beamten auf und verzichteten auf weitere Befragungen.

Er kam in ein Kinderheim und später in ein Heim der Inneren Mission in Hamburg, erhielt einen Vormund und einen Vermögensverwalter bis zu seiner Volljährigkeit. Von dem Missionsheim aus besuchte er ein öffentliches Gymnasium, in dem den Zöglingen eine gute und breit gefächerte Allgemeinbildung zuteilwurde und in dem Heim selbst erzog man ihn im Sinne des christlichen Glaubens.

Bald wurde er in der Schule wegen seiner Intelligenz und im Wohnheim wegen seines Wohlverhaltens so etwas wie ein Vorzeigekind.

Arnulf hatte in kürzester Zeit die Fähigkeit entwickelt, Gleichaltrige um sich zu scharen. Einen richtigen Freund besaß er dagegen nicht.

Einmal kam es zu einer dramatischen Begebenheit, die allerdings von der Heimleitung vertuscht wurde: Arnulfs bestgehütetes Geheimnis war in einer größeren Geldkassette verborgen, in die er niemals jemanden hineinschauen ließ. Er redete, wenn ihn irgendwer darauf ansprach, immer nur verallgemeinernd von seinem Schatz, manchmal auch von seiner Bibel.

Ein um zwei Jahre älterer Knabe, körperlich weit entwickelt und äußerst kräftig, pflegte gelegentlich schwächere Kinder unter Androhung von Prügel ›auszunehmen‹. Dieser Junge rechnete mit keinerlei Widerstand, als er sich den Inhalt von Arnulfs Kasten aneignen wollte.

Arnulf nickte scheinbar unterwürfig, als der Rüpel mit rabiater Gestik den Kassettenschlüssel verlangte, den Arnulf immer um den Hals trug. Er bekam ihn ohne Probleme ausgehändigt.

Beide Kinder waren zu diesem Zeitpunkt alleine in einem Raum.

Der ältere Junge befahl: »Du holst sofort deinen Schatz aus deinem Zimmer und gibst ihn mir. Und trau dich ja nicht, nicht zurückzukommen oder mich zu verpetzen!«

»Und was machst du, wenn ich dir nicht gebe, was in der Kassette ist?«, kam die Gegenfrage.

»Dann schneide ich dir ein Ohr ab. Aber keine Sorge, du wirst schon freiwillig das Blechding öffnen.«

Arnulf bekam seinen starren Blick, entgegnete nichts, sondern holte das Gewünschte. Gespannt öffnete der Junge dann den Kasten. Drinnen befand sich das von ihm in der Scheune gefundene Buch. Es war voller Zeichnungen und Tabellen, außerdem gab es viele alte Fotos.

»Bist du jetzt zufrieden?«, fragte Arnulf gefährlich ruhig.

»So ein Scheiß!«, schrie der Rabauke. »Ein dämliches Buch so zu verstecken! In einer Geldkassette! Wie blöd bist du eigentlich? Auf den Bildern sind noch nicht einmal nackte Weiber! Wer braucht denn so einen Mist? Und das soll dein Schatz sein? Du bist ja noch bescheuerter als ich gedacht habe, du blöde, schwachsinnige Niete!«

»Selber«, antwortete Arnulf.

Dann hielt er plötzlich einen Stein in seiner Hand und schmetterte diesen dem älteren Jungen mit großer Wucht an die Stirn. Der Getroffene fiel wie ein gefällter Baum zu Boden.

Anstatt jetzt aufzuhören, schlug Arnulf wieder und wieder zu, zertrümmerte dem Heimkameraden die Nase, brach ihm ein Jochbein und hätte den nun Bewusstlosen wohl totgeschlagen, wenn nicht zwei Erzieher dazwischen gegangen wären, die wegen des Gebrülls in den Raum gekommen waren.

»Ich schlag dich tot! Ich schlag dich tot, du miese, dreckige Ratte«, schrie Arnulf immer wieder mit sich überschlagender Stimme und wollte sich erneut auf seinen Gegner stürzen.

Bei der anschließenden Vernehmung durch die Heimleitung gab er sich wenig einsichtig:

»Dieses Buch ist meine Bibel. *Mein* Gott hat es an das Fundament einer Scheune gelegt. Nur *ich* durfte es finden. Das Buch ist für mich bestimmt, ausschließlich für mich! Niemand hat das Recht, sich gegen den Willen Gottes zu stellen!«

Den Erziehern war die ganze Sache unheimlich und keiner von ihnen wusste, wie mit solch einer Situation umzugehen ist. Und deshalb tat man gar nichts.

Alle Heimkinder, die auch schon einmal einen neugierigen Blick auf die Kassette geworfen hatten, waren plötzlich nicht mehr interessiert.

Im Winter des nächsten Jahres ertrank der Junge, der Arnulfs Buch hatte entwenden wollen, in einem Seitenarm der Elbe. Er war dort, so wurde zumindest vermutet, unglücklich und zufällig mit seinen Schlittschuhen im Eis eingebrochen.

Nach dem Überspringen der elften Klasse und einem glänzend bestandenen Abitur studierte Arnulf in Göttingen. Anfänglich schrieb er sich für Geschichte ein, wobei ihn ganz besonders Germanische Frühgeschichte, Altgermanische Mythologie und Religionsgeschichte interessierte.

Der in Walhall thronende Odin, der sich gleichzeitig als Anführer des ›Wilden Heeres der Nacht‹ präsentierte, beeindruckte ihn tief und Arnulf war überzeugt, dass nur durch das Erkennen und Verinnerlichen des Willens eines Allmächtigen ein wahres Leben möglich sei. Das Allergrößte, so seine Gewissheit, ist, sich einer Idee zu opfern.

Wenn ein Mensch sich opfert, ist das der edelste Ausdruck seines Glaubens, so wie es in den Heiligen Hainen der Semnonen vor Jahrtausenden praktiziert worden ist.

Arnulf studierte Tacitus' ›Germania‹, die Edda und die Artikel des Historikers Otto Höffler, las und bewunderte Friedrich Nietsche und schuf sich eine ganz private, unerschütterliche Lebensphilosophie, die für ihn keiner Hinterfragung mehr bedurfte, weil sie, davon war er zutiefst überzeugt, in sich absolut stimmig war.

Ein liebender Gott, der nicht bewerkstelligen kann, dass seine Gebote auch nur ansatzweise beachtet werden, der quasi auch noch als Freisprechung von aller irdischen Blasphemie deren Vergebung im Jenseits in Aussicht stellt, dieser Gott ist ein Widerspruch in sich und kann somit nicht existent sein. Er ist eine abzulehnende Fiktion!

Später wandte sich Arnulf der Medizin und Psychologie zu. Beide Fächer schloss er mit einem Einserexamen ab.

Sein Steckenpferd wurde die Psychiatrie. Es interessierten ihn besonders psychoanalytische und therapeutische Verfahren, die sich mit Übertragung, Macht, Dominanz, Konditionierung, Gedankenkontrolle und Gehirnwäsche beschäftigen. Fasziniert war er von bisher unbekannten Möglichkeiten, die hauptsächlich von den Geheimdiensten der beiden Supermächte während des Kalten Krieges unter Anwendung von neuen psychotropen Substanzen entwickelt worden waren.

Nach mehreren Anstellungen in verschiedenen Kliniken bestand er seine Facharztprüfung, bildete sich in Landeskrankenhäusern weiter und fand im Klinikum Ost der Freien und Hansestadt Bremen eine seinen großen Fähigkeiten entsprechende Position. Um die Jahrtausendwende kündigte er, eröffnete in der Contrescarpe eine Praxis für Psychiatrie und wurde außerdem Leiter einer neurologisch-psychiatrischen Abteilung in der Weserlandklinik, einem exzellenten Privatkrankenhaus in einer Randgemeinde Bremens, in Borgfeld.

Kapitel 27

GEGENWART

Wewelsburg, Verlies, 2013

Judith war vor Erschöpfung eingeschlafen und hatte wieder geträumt. Dieses Mal war es ein schöner Traum gewesen, fernab von den Problemen, in denen sie steckte. Es dauerte aber keine Sekunde und die sie schützenden Illusionen hatten erneut der Angst Platz gemacht.

Irgendetwas hat sich in der Zwischenzeit verändert, so ihre plötzliche Erkenntnis.

Krampfhaft versuchte sie, möglichst leise zu atmen. Gleichzeitig war ihr natürlich bewusst, dass dieses Bemühen mehr als albern war! Trotzdem: Verstecken, verkriechen! Ihre Überlebensreflexe zwangen sie zu dieser sinnlosen Reaktion.

Die Zeit verging, nichts rührte sich.

Wie lange bist du überhaupt schon hier? Einen Tag? Zwei?

Ihre Zunge klebte wieder an dem Gaumen und der schreckliche Durst war kaum noch zu ertragen.

Judith lauschte in die Stille und im selben Moment wusste sie auch, was sich geändert hatte: Das Wasser tropfte nicht mehr. Das hatte sie aufgeweckt!

Soll ich hier verhungern oder verdursten? Ist das der Plan meines Entführers? Hat jemand einen Vorteil, wenn ich nicht mehr bin?

So sehr sie auch ihr Gehirn zermarterte, einen plausiblen Grund für diese These fand sie nicht.

Eine Verwechslung? Vielleicht. Aber mit wem?

Kann es irgendetwas mit meinem Beruf als freie Journalistin zu tun haben? Was waren noch meine letzten Aufträge? Ein paar Sachen über Bremen für ›Bunte‹ und ›Brigitte‹. Einige Artikel für Postwurfblätter und den Weser-Kurier und einen ziemlich großen für eine Werbefirma. Das war aber auch schon das Lukrativste aus den letzten Monaten.

Im Geiste ging sie noch einmal alles durch.

War daran irgendetwas Spektakuläres? Mitnichten! Allesamt mehr oder weniger langweilig. Nein, der Grund meiner Gefangenschaft ist das auf keinen Fall!

Moment! Peter!

Je länger sie nun darüber nachdachte, desto sicherer wurde sie:

Peter steckt dahinter! Merkwürdig, dass mir dieser Gernegroß nicht gleich eingefallen ist!

Das letzte Mal, dass sie ihn gesehen hatte, lag schon lange zurück. Trotzdem, vergessen hatte sie nichts von seien Eskapaden.

Peter ist ein Schwein! Wahrscheinlich war er schon immer eins! Nur habe ich es damals wegen der rosaroten Brille auf meiner Nase nicht bemerkt.

Als die Partie mit ihm beendet war, hatte er sie bedroht, ihr die Autoreifen zerstochen, ihr Farbe auf die Windschutzscheibe gesprüht und einen regelrechten Telefonterror inszeniert. Sie konnte seine Schuld an den Vorkommnissen nicht beweisen. Trotzdem hatte sie ihn angezeigt. Natürlich erfolglos! Das aber war ihr schon im Vorfeld bewusst gewesen. Judith wollte nur, dass die Dinge in ihrem Umfeld publik wurden.

Und er musste zur Vernehmung, nicht nur einmal. Zu guter Letzt hatte sie noch einen Artikel veröffentlicht, in dem es allgemein über Racheaktionen verlassener Männer ging. In ihrem zu der Zeit noch gemeinsamen Bekanntenkreis wurde ausgiebig darüber diskutiert und Judith hatte erreicht, was sie erreichen wollte.

Peter rührte sich zu ihrer großen Verwunderung danach gar nicht mehr. Sie erfuhr eher zufällig, dass er sich mit einer jungen Studentin getröstet hatte. Damit schien die Sache endgültig abgeschlossen.

Dennoch, als sie jetzt daran dachte, hallten seine Worte aus dem letzten Telefonat immer noch in ihren Ohren: »Ich mach dich fertig! Ich bring dich um!«, hatte er in den Hörer gebrüllt. »In deiner eigenen Scheiße wirst du ersticken, und zwar dann, wenn du nicht mehr damit rechnest!«

Wie konnte ich mich nur in solch einen Mann verlieben?

Während sie jetzt, auf ihrer dreckigen Matratze sitzend, darüber nachdachte, wurde ihr überraschend klar, dass sie seit Peter keine richtige Beziehung mehr gehabt hatte.

Ist Peters Rache die, mich glauben zu lassen, dass alles vergessen ist, um dann in diesem Betonkeller zuzuschlagen? Ist das hier das Produkt seines kranken Gehirns?

Aber in welchem Keller? Er wohnt doch in einer Wohnung zur Miete. Ein Helfer mit gleicher krankhafter Neigung? Nein, das passte nicht! Peters

Freunde sind Männer, die sich damit brüsten, möglichst viele Frauen ›flachzulegen‹ oder solche, die eine schnelle Mark machen wollen.

Wie lange wirst du es überhaupt aushalten, ... bis?

Sie dachte an das Wasser, das die ganze Zeit getropft hatte.

Es muss hier doch irgendwo sein!

So leise wie sie nur konnte, stand Judith auf, um sich dann vorsichtig an der Kette entlang zu tasten, bis sie an eine Wand stieß. Dort stellte sie fest, dass die Kette durch einen massiven Eisenring führte, der in der Mauer eingelassen war und danach weiter nach rechts lief.

Überall Beton und nackter, kalter Fels. ..

Sie entschloss sich, es zuerst links zu versuchen. Nach ein paar Metern ließ ihre Fesselung keine weitere Erkundung mehr zu. Judith tastete sich zurück und ging nun nach rechts, aber auch hier war sie bald am Ende ihrer Bewegungsfreiheit angelangt. Allerdings fand sie von dem tropfenden Wasser keine Spur. Sie entschloss sich, zurückzugehen.

Meine Matratze muss jetzt schräg hinter mir sein!

Unsicher ging sie in die von ihr vermutete Richtung. Plötzlich spürte sie eine Unregelmäßigkeit im Fußboden. Judith bückte sich. Im Boden befand sich eine Aussparung. Sie hielt eine Hand als Schutz vor ihr Gesicht, um mit der anderen die Vertiefung zu erkunden. Und in dieser Kuhle lag zu ihrer Verblüffung ein längliches Gebilde. Trotz der Dunkelheit war es nicht allzu schwierig herauszufinden, dass dieser Gegenstand ein Messer mit breiter, scharfer Klinge war.

Judiths Gedanken überschlugen sich.

Soll ich die Waffe hier finden, damit ich mir das Leben nehmen kann? Äußerst rücksichtsvoll!

Nach einem Moment der Verbitterung über so viel Perfidie kamen ihr dann doch Zweifel. Sie entschloss sich, das Messer mitzunehmen, konnte es doch zugleich als Waffe und Tastwerkzeug dienen.

Dann tapste sie weiter. Keine zwei Meter von dem ersten Fund entfernt, stieß sie wieder auf eine Unebenheit. Dieses Mal kniete sie sich hin. Sollte sich auch hier etwas befinden? Judith tastete mit der Klinge, und irgendetwas fiel mit einem klappernden Geräusch um. Reflexartig griff sie mit ihrer freien Hand zu und spürte, wie sich eine kalte Flüssigkeit über ihre Finger ergoss.

»So ein Pech«, vernahm sie zu Tode erschrocken eine scheppernde Stimme. »Nun werden Sie wohl doch noch ein Weilchen dursten müssen.«

Kapitel 28

GEGENWART

Bremen, Oberneuland

Reinhard, August, Karl und Arnulf waren dabei, den Ort für das letzte Treffen vor dem Gründungskonvent abzusprechen. Der Termin dafür sollte wegen der Dringlichkeit vorverlegt worden.

Karl hatte angeregt, für diese Zusammenkunft ein Hotel an der Ostsee zu wählen. »Heiligendamm«, sagte er, »Heiligendamm, bei Kühlungsborn, das hat was!«

»Zu viel Aufmerksamkeit«, war Arnulfs Einwand. »Auch für eine Demonstration unserer Fortschritte eignet sich der Badeort nicht. Dafür ist einfach zu viel Vorbereitung notwendig. Ich präferiere wiederum Bremen. Allerdings findet das Treffen nicht in meinem Haus statt! Je näher wir dem entscheidenden Termin kommen, umso vorsichtiger müssen wir sein.«

Nach kurzer Diskussion hatten sich alle seiner Auffassung angeschlossen.

»Zuerst die Demo? Oder zuerst die Diskussion und die Beschlüsse?«, hatte Arnulf dann bei dem Gespräch, das über eine verschlüsselte Konferenzschaltung lief, die anderen Teilnehmer gefragt.

Allgemeiner Konsens war: Die Vorführung zu Beginn.

»Was wollt ihr sehen«, hatte sich Arnulf weiter erkundigt. »Jemanden, den wir dazu gebracht haben, seine Weltanschauung zu ändern, oder die Demonstration einer Tat durch einen Befehl, der dem eigenen Gewissen widerspricht?«

»Das zweite ist interessanter und auch leichter zu kontrollieren«, erklärte Karl.

Die anderen beiden schlossen sich seiner Meinung an.

»In diesem Zusammenhang möchte ich von euch noch Folgendes wissen«, sagte Arnulf. »Was ist die schwerer auszuführende Tat durch einen hypnotischen Befehl? Mord oder Suizid?«

»Beide Taten sind gleich schwer«, meldete sich Reinhard.

»Ich bringe lieber einen anderen um«, konterte August, »als mich selbst.«

»Wo August recht hat, hat er recht«, sagte Karl.

»Das sehe ich auch so«, ergänzte Arnulf. »Ein Suizid ist schwerer durch einen Fremdbefehl auszulösen, als eine Tat gegen eine andere Person. Also ist es mit drei gegen eine Stimme entschieden. Ihr erinnert euch an die Fotos und die Traueranzeigen aus dem Weser-Kurier, die ich euch gezeigt habe?«

»Ja, natürlich. Was ist damit?«, fragte Reinhard.

»Genau so etwas werde ich demonstrieren. Bei diese Testreihe gab es vor ein paar Wochen ab und zu noch kleinere Probleme, doch jetzt funktioniert das Verfahren perfekt.«

»Eigentlich ist die Möglichkeit beängstigend«, überlegte August laut, »eine Person dazu zu bringen, einen Suizid zu begehen. Was, wenn das jemand mit uns macht?«

»Wir halten hier keine Ethikstunde ab, August! Aber wenn Sie mich das ernsthaft fragen, dann will ich auch genauso ernsthaft antworten. Wenn das einer mit uns machen würde, dann gäbe es vier Anhänger unserer Bruderschaft weniger. War das deutlich genug?«

»Ja. Gut, dass keiner außer uns weiß, wie es funktioniert!«

»Benötigen wir denn überhaupt solch extreme Demonstrationen?«, fragte Reinhard. »Sind das nicht Risiken, die wir nicht unbedingt eingehen müssen?«

»Reinhard, diese Tests sind absolut notwendig, um eventuelle Schwachstellen der Verfahren zu finden. Es kommt aber hinzu, dass gemeinsame Entscheidungen für solche Aktionen eine unlösbare Fessel für uns alle schafft. Außerdem, wer diesen Dingen nicht zustimmen kann, der hat hier nichts verloren!«

»Meine Frage war keine Kritik an Ihnen, sondern einfach nur ein Wunsch nach Klarstellung.«

»Gut, dann wäre dieser Punkt erledigt. Aber nun, meine Herren, bitte keine weiteren unfruchtbaren und spekulativen Beiträge mehr! Ich komme jetzt zu der Demonstration, die ich für Sie arrangieren werde. Den Ablauf des Tages stelle ich mir folgendermaßen vor: Sie alle mieten sich, meinetwegen zusammen mit Ihren Frauen, in einem Hotel ein, genauso, als wären Sie als Touristen angereist. Am Morgen nach der Ankunft, also am Sonnabend geht's in die Stadt. Dom, Stadtmusikanten, Roland, Rathaus, Böttgerstraße, Schnoor und was es sonst noch so gibt.

Gegen zwölf Uhr führt ihr Weg wie zufällig zur Weser, denn Sie haben schließlich Hunger. Sie fragen nach der Schlachte, der Bremer Restaurantmeile und dann nach der Teerhofbrücke. Und jetzt hören Sie genau zu: Sie suchen, und zwar jeder für sich, einen Außentisch in einer Gaststätte mit guter Sicht auf diese Brücke und warten ab. Wenn sich dann die Aufregung wieder gelegt hat, geht's zurück ins Hotel. Und vergessen Sie bitte nicht, ihre Verzehrrechnung zu begleichen!«

»Welche Aufregung? Auf was sollen wir denn achten?«, fragte Karl.

»Das Ereignis wird nicht zu übersehen sein, denn es ist extrem ungewöhnlich. Danach, genau um 14.30 Uhr, treffen wir uns dann in der Innenstadt, in der Knochenhauer Straße. Dort gibt es einen Taxistand. Da sammle ich Sie ein. Schauen Sie sich den Ort vorher an, damit Sie nicht suchen müssen. Ich komme mit einem großen graumetallicfarbenen Daimler. Sollte das Wetter schlechter sein, machen wir eine Fahrt nach Bremerhaven und besuchen das Auswandererhaus oder das Schifffahrtsmuseum. Sollte das Wetter besser oder sogar gut sein, gehen wir irgendwo im Grünen spazieren. Noch Anmerkungen, Fragen?«

Reinhard ergriff das Wort: »Wir haben aus Gründen, die wir in unserer letzten Telefonkonferenz besprochen haben, nicht mehr allzu viel Zeit und dürfen nicht riskieren, dass doch noch etwas durchsickert. Meine Mittelsmänner beim Verfassungsschutz berichten von großer Nervosität, die dort seit geraumer Zeit herrscht. Weniger aufgrund eigener Erkenntnisse, sondern weil andere Dienste ihre Ohren ungewöhnlich weit aufgesperrt haben. Besonders dem Mossad ist wohl aufgefallen, dass es Abwanderungsbewegungen aus anderen Gruppierungen gibt. Sie suchen nach deren Ursache. Noch wissen sie nichts Definitives von unserem Orden, nur können wir uns nicht darauf verlassen, dass das auch so bleibt.«

»Ich kann Ihnen nur zustimmen, Reinhard. Wir müssen uns tatsächlich sputen, denn unsere Gegner werden zunehmend misstrauisch«, erklärte Arnulf nachdenklich. »Folgendes ist hier in Bremen passiert: Wir wollten einen interessanten Mann aus dem Thule-Netzwerk für uns gewinnen und haben ihn vor der Anwerbung mit unserem Verfahren getestet. Und siehe da, er war ein Agent des israelischen Geheimdienstes.«

»Verdammt, sie kommen uns näher!«, fluchte Karl.

»Nur keine Panik, aber wir müssen tatsächlich vorsichtig sein. Auf der einen Seite ist es beruhigend zu sehen, dass die Tests, die ich erarbeitet habe, effektiv sind. Auf der anderen Seite wird es bei dem jüdischen Geheimdienst nicht gerade zu dessen Entspannung beitragen, wenn mir nichts, dir nichts einer ihrer Agenten ins Nirgendwo verschwindet. Seine Sendeeinheit war übrigens sehr geschickt am Körper verborgen. Das Gerät haben wir erst bei der Autopsie gefunden. Noch kennen wir nicht alle technischen Details. Auf jeden Fall kann damit Sprache digitalisiert und komprimiert werden, sodass sich die Sendezeiten auf einige Sekunden reduzieren lassen und eine Ortung fast unmöglich wird. Was ich damit sagen will, ist, dass wir keine Zeit mehr verlieren dürfen!«

Kapitel 29

GEGENWART

Bremen, im Viertel, 2013

Sabine kam wieder zu sich, als Else und Erwin sich anschickten, sie in die Wohnung zu bugsieren.

»Es geht schon, ich bin nur gestolpert«, versuchte Sabine eine unglaubwürdige Erklärung und wollte wieder aufstehen. »Ich lege mich besser bei mir ins Bett. Bitte, bemühen Sie sich nicht unnütz! Ich schaffe das schon.«

Herr und Frau Schierer hatten sie aber schon gepackt und ließen sich von ihren Einwänden nicht beeindrucken.

Ein kleines Problem gab es, als die zwei Helfer gleichzeitig durch die Tür wollten. Else beschimpfte daraufhin ihren Mann, indem sie sagte: »Erwin, sei doch nicht immer so ungeschickt! Siehst du nicht, dass dein dicker Arsch so nicht durch die Öffnung passt! Ich hätte auf meine Mutter hören sollen, die mich stets gewarnt hat, dich zu heiraten!«

»Hör auf, Else, ich kann es nun wirklich nicht mehr hören! Lass dir mal etwas Neues einfallen! Außerdem ist mein Arsch bestimmt nicht dicker als deiner!«

»Schräg, Erwin, schräg, dreh dich zur Seite! Erst ich, dann Fräulein Rigg und zum Schluss du. Dass man dir auch alles sagen muss!«

Erwin verdrehte die Augen.

Nun lag Sabine auf dem Sofa.

Frau Schierer setzte sich neben sie und nahm ihre Hand. Erwin verschwand in einem Zimmer und kam mit einer Wolldecke zurück, die er über Sabines Beine legte.

»Möchten Sie etwas zu trinken«, fragte er. »Apfelsaft, Wasser?«

»Etwas Wasser bitte«, flüsterte Sabine schwach. Erwin ging in die Küche.

»Wollen Sie erst ihr Herz ausschütten, oder soll ich jemanden für Sie anrufen, bevor wir die Polizei benachrichtigen«, fragte Frau Schierer leise, drückte sanft Sabines Hand und es schien, als sei sie plötzlich eine völlig andere Person.

Und diese warmherzige Zuwendung ihrer Nachbarin, die sich sonst bei jedem Anlass sehr raubeinig präsentierte, war es, die die Schleuse öffnete.

Tränen schossen in Sabines Augen und ihr Schluchzen wurde so laut, dass Erwin hineingestürzt kam, dann in der Wohnzimmermitte verharrte und hilflos seine Hände massierte.

»Du wolltest Wasser holen«, erinnerte seine Frau, während sie ihn strafend anschaute.

Erwin verschwand.

»Weinen hilft, Fräulein Rigg. Lassen Sie ruhig Ihrem Kummer freien Lauf. Und nehmen Sie sich Zeit. Es hetzt uns niemand. Sie sind hier in Sicherheit! Keiner kann Ihnen etwas tun. Kommen Sie, nehmen Sie mein Taschentuch und wenn Sie sich etwas beruhigt haben, sprechen Sie, aber nur, wenn Sie wollen.«

Erwin kam mit einem Glas Mineralwasser. Frau Schierer nahm ihm das Glas aus der Hand und reichte es Sabine.

Sie trank in kleinen Schlucken, gab es dann zurück und als sie ›Danke‹ sagen wollte, fing sie wieder an zu weinen.

»Ich glaube, dass es besser ist«, entschied Else, »dass Sie sich jetzt erst einmal richtig ausruhen und vielleicht auch etwas schlafen. Ich gehe währenddessen in den Hauswirtschaftsraum, weil ich sowieso noch die Wäsche bügeln muss und Erwin holt Brötchen, wenn er sich angezogen hat. Dann frühstücken wir alle und überlegen, wie wir Ihnen helfen können und wie es weitergehen soll.«

***

Sabine wachte auf, als der Frühstückstisch gedeckt war und der Kaffee dampfte.

»So, Fräulein Rigg, wenn Sie sich stark genug fühlen, hilft Ihnen mein Mann an den Tisch. Wir können Ihnen das Frühstück aber auch hinüberreichen«, wandte sich Frau Schierer an Sabine.

»Es geht schon, ich stehe auf, ganz herzlichen Dank.« Sabine war es trotz ihres schlechten Befindens unangenehm, so bemitleidet zu werden.

Erwin trat auf sie zu, half ihr hoch und geleitete sie zum Tisch.

Nachdem alle Kaffee getrunken und Sabine als einziges etwas von der Quarkspeise gegessen hatte, erzählte sie, wieder unter Tränen, was nach ihrer Meinung passiert war und warum sie weder zur Polizei, noch zu einem Arzt wollte. Herr und Frau Schierer hatten Verständnis, zumal die Schwellung am Hals etwas zurückgegangen war. Frau Schierer bat sie, wenigstens die Eltern benachrichtigen zu dürfen.

»Das geht auf keinen Fall«, lehnte Sabine ab, »meine eine Tante hat als junges Mädchen aus Liebeskummer einen Suizid begangen. Meine Mutter hätte keine ruhige Nacht, wüsste sie, was geschehen ist.«

»Ich weiß nicht, ob es richtig ist, was Sie da machen. Aber das habe ich auch nicht zu entscheiden«, sagte Frau Schierer.

»Ich kenne meine Mutter. Sie würde Himmel und Hölle in Bewegung setzen und damit alles nur verschlimmern.«

»Wir müssen das wohl oder übel akzeptieren. Aber mir kommt gerade eine Idee. Erwin, du willst doch heute Nachmittag deinen Bruder Rolf in Schillig besuchen. Rolf hat mir vorgestern am Telefon erzählt, dass er in seiner Pension einige freie Zimmer hat. Du könntest Fräulein Rigg doch mitnehmen. Die Nordseeküste ist dort zwar nicht die schönste. Dennoch. Frische Meeresluft tut immer gut. Bezahlen müssten Sie nur ihr Essen! Wäre das nicht etwas für Sie? Was meinen Sie, Fräulein Rigg?«

Sabine überlegte.

Eigentlich habe ich nichts vor und etwas Abstand …

»Ich weiß nicht«, zögerte sie. »Ich muss die Ladenschlüssel zu meiner Geschäftsnachfolgerin bringen und zu Dr. v. Conradi, meinem Psychiater, wollte ich auch, denn ich muss unbedingt wissen, warum ich das alles gemacht habe. Außerdem wäre mir Ihr Angebot wirklich peinlich. Sie kennen mich doch gar nicht!«

»Peinlich, meine liebe Frau Rigg, wäre es, wenn Sie unsere Offerte deshalb ablehnen, weil Sie sie peinlich finden«, sagte Frau Schierer bestimmt. »Die Schlüssel kann ich übergeben, allerdings zum Psychiater möchte ich nicht, auch wenn Erwin häufig das Gegenteil behauptet.«

»Stimmt ja gar nicht. Nie würde ich so etwas wagen«, verteidigte sich Erwin, während er grinste.

»Lüg nicht schon wieder, Erwin, äußere dich lieber zu meinem Vorschlag!«

»Fräulein Sabine, ich fände es großartig, wenn Sie mich begleiten würden. Dann hätten wir auch einen dritten Mann, entschuldigen Sie, eine dritte Frau zum Skat. Können Sie Skat spielen?«

»Ja, das habe ich häufiger mit meinen Eltern gespielt, als Papa noch bei uns wohnte. Ich glaube aber, ich kann es nicht besonders gut.«

»Frauen können beim Skat immer eine gewisse Nachsicht von den Männern in Anspruch nehmen, ganz besonders, wenn sie hübsch sind.«

»Danke für das Kompliment, aber ich weiß wirklich nicht … Na ja, vielleicht wäre etwas Abstand zu gestern tatsächlich nicht schlecht!«

»Großartig! Es ist also beschlossen! Mein Bruder und ich, zusammen mit einer netten jungen Dame, die wir auch noch bemuttern können! Super!«

»Und beim Bemuttern bleibt es auch! Nicht Erwin, dabei bleibt es, sonst kannst du mich einmal kennenlernen«, sagte Else augenzwinkernd.

»Also gut, ich habe es mir überlegt. Zu Dr. v. Conradi kann ich auch noch später gehen. Wenn es Ihnen wirklich nicht zu viel Mühe macht, … ich würde mich riesig freuen.«

Kapitel 30

GEGENWART

Bremen-Borgfeld, Klinik, Abt. f. Neurologie u. Psychiatrie, 2013

»Seeberger, wie weit ist die Arbeitsgruppe mit der Dosisfindung?«

Der Chefarzt der neurologisch-psychiatrischen Abteilung der Weserland-Herzklinik, wie das Borgfelder private Krankenhaus am Halmhofsweg nach der Umstrukturierung immer noch hieß, und somit für den Uneingeweihten eine falsche Assoziation auslöste, schaute aus dem Fenster seines Arbeitszimmers auf den in der Ferne liegenden Deich. Er beobachtete die vielen Fahrradfahrer, die an diesem schönen Spätsommernachmittag die Chance genutzt hatten, einen Ausflug in die Natur zu unternehmen.

»Mit der Dosisfindung sind wir fertig«, antwortete der Oberarzt. »Das neue Extraktionsverfahren funktioniert! Es besteht nur noch eine maximale Schwankung von fünf Prozent. Damit können wir gut leben und sind somit auch ab sofort in der Lage, die zweite Phase zu beginnen.«

Während Dr. Seeberger diese Antwort gab, saß er auf dem schwarzledernen Besucherstuhl seines Chefs Dr. v. Conradi.

Bemerkenswert, was dieser kleine Mann erreicht hat. Da bewahrheitet es sich wieder, dass ›Große Männer‹ körperlich häufig klein sind. Ist das nun Zufall oder ausgleichende Gerechtigkeit für früher erlittene Hänseleien? Wenn nur sein Absolutheitsanspruch nicht wäre, der ist ja schon fast pathologisch!

»Seeberger, träumen Sie?«

Der streng gescheitelte Oberarzt mit seiner hölzern-steifen Körperhaltung schrak zusammen, denn er hatte nicht bemerkt, dass ihn sein Chef beobachtete.

»Entschuldigung«, stotterte er. »Ich war in Gedanken. Tut mir leid!«

»Das sollte es Ihnen auch! Was ist übrigens aus der Überprüfung der Einnahme bei dem Mertens geworden? Übergewicht oder doch Schlamperei?«

»Herr Chefarzt, es besteht kein Zweifel. Wir haben ihn mehrmals getestet, während Sie außer Haus waren. Eindeutig Übergewicht! Mertens

Werte sind jetzt stabil, und er hat auch schon die ersten Hypnose- und Schulungsstunden mit gutem Erfolg absolviert. Unsere Auswahlkriterien bewähren sich bestens. Durch das von Ihnen eng gespannte Kontrollnetz kommt tatsächlich niemand hindurch.«

»Das will ich auch hoffen!«

»Ein Problem sehe ich allerdings doch.«

»Ja? Welches?«

Wie Pistolenschüsse kamen diese beiden Worte aus dem schmallippigen Mund des kleinen Mannes, und seine schwarzen Augen hinter der goldumrandeten Brille funkelten.

»Wir werden Schwierigkeiten bekommen, genügend Teocatl zur Verfügung stellen zu können, denn das Verfahren zum künstlichen Nachbau entwickelt sich nicht zu meiner Zufriedenheit. Bis wir es mit dieser Methode schaffen, unseren Bedarf zu decken, werden noch Jahre vergehen. Wir wissen nicht warum, aber es funktioniert nicht optimal.«

»Sie haben doch eine größere Menge Erde aus Mexiko zu Testzwecken hierher bringen lassen.«

»Ja, nicht nur das. Wir haben auch die Wuchsbedingungen exakt kopiert. Trotzdem, mehr als vierzig Prozent werden sich damit in Kürze nicht erzeugen lassen. Das ist zu wenig. Vielleicht ist ja doch etwas dran an der Überlieferung der Ureinwohner, dass dieser Pilz nur in von Göttern geweihter Erde gedeiht.«

»Das kann ich mir beim besten Willen nicht vorstellen.«

»Ich auch nicht, aber wie dem auch sei: Für unseren Bedarf bleibt erst einmal nur der Urwald. Das Problem dabei ist, dass je mehr wir diese Art des Anbaus forcieren, umso mehr werden sich die Leute fragen, was wir mit dem ganzen Zeug anfangen. Die Gefahr ist groß, dass bekannt wird, was es mit der Substanz auf sich hat. Deshalb schlage ich vor, dass wir versuchen sollten, potentiell Neugierige in die Irre zu führen.«

»Verstehe ... Was schwebt ihnen vor?«

»Wir sollten das Gerücht streuen, dass aus dem Pilz ein neues Krebsmittel gewonnen werden kann. Und zwar aus dem Baeocystin. Dieser Teil des Gesamtextraktes ist tatsächlich wenig erforscht, und somit wäre eine solche Bekanntmachung glaubhaft. Das Baeocystin müssen wir ohnehin eliminieren. Warum also nicht so tun, als ginge es uns ausschließlich darum?«

»Ausnahmsweise ein sehr kluger Gedanke von Ihnen, Seeberger! Das machen wir. Ich selbst werde noch einmal mit unseren Geldgebern und mit den Koordinatoren sprechen. Nach meiner Kenntnis stehen genügend Mittel zur Verfügung, um die Pilzproduktion in Mexiko zu intensivieren, zumal einige finanziell potente Herren aus der Industrie uns ihre Unterstützung zugesagt haben. Es muss unbedingt sichergestellt werden, dass genügend Teocatl bereitsteht, denn die alles entscheidende Phase unseres Kampfes steht bevor.«

»Es ist also soweit, Herr Chefarzt?«

»Ja. Hier in der Klinik wird es auch einige Veränderungen geben. Ich verlasse in naher Zukunft diesen Platz und Sie werden ihn einnehmen. Auf unserer nächsten Besprechungsrunde gebe ich diese Entscheidung bekannt. Bis dahin absolutes Stillschweigen!«

»Selbstverständlich. Ich danke für Ihr Vertrauen!«

»Nachdem ich Ihnen die Leitung der Abteilung übergeben habe, werde ich den Gründungskongress an der Stelle vorbereiten, wo vor fünfundsiebzig Jahren aufrechte Männer ähnliches vorhatten, wie wir heute. Aber die Niederlage Deutschlands hat damals alles zunichte gemacht.«

»Welche Stelle meinen Sie?«

»Ich spreche von der Wewelsburg! Sie werden sich sofort über diesen Ort und die dort befindliche Burg hinlänglich informieren!«

»Selbstverständlich! Ist es die berühmte Burg des Schwarzen Ordens?«

»Genau die, Seeberger! Dort wird bald die Vereinigung aller Landesgruppierungen unserer NNSD stattfinden und ich werde den Posten des Reichsführers übernehmen.«

»Herr Dr. v. Conradi, ich kann mir keine geeignetere Person für dieses ungemein wichtige Amt vorstellen!«

»Der Höhepunkt der Feierlichkeiten ist dann eine Opferzeremonie, wie sie von urgermanischen Stämmen gepflegt wurde. So etwas mag in der heutigen Zeit sogar für manche unserer Anhänger barbarisch erscheinen, ist es aber nicht. Blut ist und bleibt Quell des Lebens, Symbol des Kampfes und einen Kampf werden wir führen müssen.«

»Alle Kameraden stehen bedingungslos bereit!«

»Daran hege ich keinen Zweifel. Ich will gleich die Gelegenheit nutzen, Sie und Ihre Kollegen vor einer Gefahr zu warnen, die uns zwingt, keine Zeit mehr zu verlieren, nämlich die des Zufalls. Viele große Pläne sind schon daran gescheitert.«

»Sie denken aber auch an alles!«

»Als Chef muss man in der Lage sein, Probleme nicht nur als Erster zu sehen, sondern auch als Erster anzugehen. In diesem Kontext habe ich an Sie, Seeberger, eine Frage: Die Begriffe Zufall, Vorsehung, Schicksal. Sind diese drei Worte Synonyme? Was meinen Sie?«

»Ich habe noch nicht ernsthaft darüber nachgedacht.«

»Das sollten Sie aber! In dem Zusammenhang erzähle ich Ihnen jetzt eine Begebenheit, die die Macht des Zufalls demonstriert. Sie wissen doch, dass das Schwarze Buch die Grundlage all unserer Arbeiten, von dem Arzt Rascher im KZ Dachau geschrieben worden ist.«

»Darüber haben Sie uns informiert.«

»Eine meiner von mir ambulant betreuten Patientinnen, eine Judith Kolbert, hatte die irrige Vorstellung, an dem Tod ihrer Großmutter schuld zu sein und ist deshalb zu mir in die Sprechstunde gekommen. Übrigens, eine intelligente, hübsche junge Frau. Sie fand im Nachlass ein Foto, auf dem ihre Großmutter zusammen mit ihrer Mutter abgebildet ist, als ihre Mutter noch im Babyalter war. Die Aufnahme stammt aus dem Jahre 1945. Judith zeigte mir während eines Gesprächs eher beiläufig dieses Bild. Um mein Interesse zu demonstrieren, habe ich das Dokument gescannt und zu den Akten genommen. Der Hintergrund des Fotos war zu meinem Erstaunen das Jourhaus, der Eingang zum KZ Dachau. Ich hatte damals schon ein merkwürdiges Gefühl. Bei unserer nächsten Sitzung brachte ich dann das Gespräch noch einmal auf dieses Bild. Judith erzählte mir, dass ihre Oma vor ihrem Tod ein großes Geheimnis um die Aufnahme gemacht habe. Warum, wisse sie nicht. Einige Tage später blätterte ich nach Feierabend in Raschers Buch. Und ich wollte nicht glauben, was mir da ins Auge stach. Judiths Großmutter! Als Krankenschwester in Dachau, neben Rascher, den sie mit einem sehr eindeutigen Blick anschaute. Heute würde man sagen, anhimmelte.«

»Das ist ja kaum zu glauben!«

»Später erzählte Judith mir, dass sie entdeckt hätte, woher ihr Foto stammt. Und sie berichtete auch noch, dass sie in Dachau gewesen sei, um herauszufinden, welch ein Geheimnis wohl hinter dem Bild stecken könne, denn sie war überzeugt, dass es eins geben müsse.«

»Und, hat sie etwas gefunden?«

»Ja und nein. Sie berichtete mir, dass sie in der Gedenkstätte eine Kopie dieser Aufnahme befestigt habe, unter Hinterlassung ihrer Anschrift und Telefonnummer, mit der Bitte, sie anzurufen, wenn jemand zu dem Foto nähere Angaben machen könne. Jetzt brach mir doch der Schweiß aus. Was, wenn tatsächlich noch jemand etwas weiß?«

»Jetzt verstehe ich auch Ihre Frage von vorhin.«

»Das war ja auch nicht mehr schwer. Das Problem dabei ist, dass in der Gedenkstätte jeden Tag ehemalige Insassen herumlaufen. Manche davon haben ein fantastisches Gedächtnis, kennen noch jede Einzelheit ihres Lagerlebens. Und bisweilen genügt ein winziger Anstoß, und dieses Wissen ist ihnen wieder gegenwärtig. Was, wenn doch noch irgendwo eine Kopie des Schwarzen Buches unbeachtet liegt, wenn sich durch den Aushang irgendjemand an Raschers Geheimversuche erinnert, die, zu unserem Glück, nie richtig bekannt geworden sind.«

»Das wäre eine nicht wieder gutzumachende Katastrophe!«

»Na ja, vielleicht ist das übertrieben, aber es wäre zumindest ein gefundenes Fressen für neugierige Reporter. Und daraus könnte tatsächlich eine Katastrophe erwachsen. Meine Judith gehört nämlich zu der Zunft der Schreiberlinge. Was, wenn sie dann die Fotografie und Raschers Visionen in Zeitschriften veröffentlicht? Wir dürfen so etwas keinesfalls riskieren, weil uns dadurch die Kontrolle aus den Händen genommen werden könnte. Zu schnell wäre jemand in der Lage, zwei und zwei zusammenzuzählen.«

»Und was haben Sie angeordnet?«

»Ich habe Vorsorge treffen müssen. Judiths Schriftstück nebst dem Foto haben wir aus der Gedenkstätte entfernt und sie selbst aus dem Verkehr gezogen, um ihr keine Gelegenheit für weitere Aktivitäten zu geben. Ihre unstete Lebensweise spielte uns dabei sehr in die Karten, denn Ihre Bekannten sind gewohnt, dass sie immer mal wieder für längere Zeit wegen eines Auftrags oder einer Recherche verschwindet. Darauf war sie sogar stolz.«

»Ich verstehe.«

»Seeberger, mir kommt da noch ein Gedanke: Instruieren Sie einen unserer geschulten Leute und schicken ihn nach Dachau. Er soll dort mit einer glaubhaften Legende auftreten und die Vorgänge beobachten, die sich rund um die Akten von Rascher abspielen.«

»Aber das Problem Judith ist doch aus der Welt!«

»Machen Sie einfach, was ich sage! Es könnte ja sein, dass jemand auf den Zettel aufmerksam geworden ist und begonnen hat zu recherchieren. Diese Zufallsgeschichte will mir einfach nicht aus dem Kopf.«

»Ich nehme das sofort in Angriff!«

»Es gibt aber noch etwas Wichtiges.«

»Ja, bitte?«

»Einer meiner Experimentalpatienten, ein Sven, folgte zwar meinem hypnotischen Befehl, trotzdem ist die Sache schief gelaufen, weil ein unvorhergesehenes technisches Problem aufgetreten ist. Ein Dübel in einer Decke wies nicht die nötige Stabilität auf. Das Opfer mit dem schönen Namen Sabine, sollte den Demonstrationsversuch eigentlich nicht überleben. Aber sie tat es doch und ist nun verschwunden. Sabine und Sven waren beide meine Patienten. Somit war ein für uns peinliches Zusammentreffen der beiden durchaus möglich. Deshalb bin ich auf Nummer sicher gegangen. Ich habe veranlasst, dass Sven auf ein Hochhausdach gestiegen ist und von dort den kürzesten Weg nach unten eingeschlagen hat. So etwas kommt bei Depressionen immer mal vor. Wenn Sabine wieder auftaucht, werden wir uns unbedingt auch um sie kümmern müssen. Ich hatte eigentlich erwartet, dass sie zur Polizei geht, aber da war sie nicht.

»Herr Chefarzt, Sie können sich auf mich verlassen. Auch das wird zu Ihrer Zufriedenheit erledigt werden.«

»So, das wäre alles. Seeberger, Sie können jetzt gehen.«

Dr. Seeberger erhob sich und verließ den Raum. Während er die Tür schloss, musste er über seinen Chef nachdenken.

Ob der wohl in seiner Kindheit auch Fußball gespielt und Streiche ausgeheckt hat?

Er konnte es sich nicht vorstellen.

Kapitel 31

GEGENWART

Wewelsburg, Verlies

Judith verharrte stocksteif. Die Finger ihrer linken Hand krallten sich in den harten Boden und die rechte, in der sie das Messer hielt, zitterte heftig. Das scharfe Metall schlug rhythmisch gegen das Gefäß, aus dem die Flüssigkeit herausgelaufen war.

So kniete sie vor der Bodenvertiefung, unfähig, sich zu bewegen.

»Wollen Sie Wurzeln schlagen?«, fragte die Lautsprecherstimme höhnisch.

Und nach einer Weile: »Nun stehen Sie schon auf! Niemand tut Ihnen etwas. … Ihre Matratze ist keine zehn Meter von Ihnen entfernt. Dort ist es bestimmt bequemer.«

Judith rührte sich nicht. Die Sekunden verstrichen. Nichts geschah.

Ihre Gedanken rasten. Sie gab sich den Befehl, der Anweisung des Mannes zu folgen, aber ihr Körper verweigerte sich.

»Los! Jetzt machen Sie schon«, kam es nun deutlich ungeduldiger. »Ich habe nicht den ganzen Tag lang Zeit!«

Erst in diesem Moment merkte Judith, dass ihre Beine ihr wieder gehorchten. Vorsichtig erhob sie sich. Plötzlich meinte sie eine Bewegung vor sich zu spüren, und ihr Messer schnellte mehrmals blitzartig nach vorne. Diese verzweifelte Aktion in die Dunkelheit hinein wurde mit einem Lautsprecherlachen kommentiert, welches sie dazu brachte, ihre Luftattacken einzustellen.

»Das haben Sie schon ganz gut gemacht«, lobte jetzt die Stimme. »Üben Sie ruhig weiter. Eine gewisse Fingerfertigkeit kann nicht schaden. Es wird für Sie überlebenswichtig sein, mit der Waffe umgehen zu können, weil Sie bald einen Mitbewohner bekommen werden, der Ihnen nicht freundlich gesinnt ist.«

»Bitte, wer sind Sie?«

»Ich bin der, der im Moment hier das Sagen hat. Und ehe Sie weitere Fragen stellen, gehen sie erst einmal die paar Schritte. Es sei denn, Sie wollen unbedingt auf Beton oder auf nacktem Fels ihren Tag verbringen.«

Ohne, dass Judith darüber nachgedacht hatte, antwortete sie: »Nein.«

Die Stimme lachte befriedigt: »Braves Mädchen! Also, vorwärts! Gut … und jetzt noch ein Stück nach links! Und vorsichtig, wenn ich bitten darf! Sonst brechen Sie sich noch die Beine und ich habe dann die Scherereien. Übrigens, in den beiden von Ihnen gefundenen Bodenlöchern werde ich demnächst ihr Essen deponieren! Die Aufteilung der Mahlzeiten müssen Sie und Ihr künftiger Mitbewohner untereinander regeln. Das ist die Anweisung, die mein Chef mir gegeben hat. Es war folglich nicht meine Idee, also beschweren Sie sich nicht bei mir. Übrigens: Wenn Sie ein kleines Bedürfnis quälen sollte, finden Sie am äußersten linken Ende ihres Bewegungsspielraums einen Stuhl mit Deckel hinter einem Sichtschutz. Wir sind schließlich keine Spanner! Vorhin sind Sie direkt daran vorbeigelaufen.«

Judith hatte nun ihre Matratze gefunden, setzte sich, ergriff die Decke und hängte sie sich über ihre Schultern. Das Messer, das sie auf dem Boden abgelegt hatte, nahm sie wieder in die Hand, die Schneide auf einen imaginären Angreifer gerichtet.

»Lassen Sie das Ding ruhig liegen, sonst verletzen Sie sich noch«, spottete die Stimme. »Hier befindet sich im Moment niemand außer Ihnen. Sie brauchen also keine Angst zu haben. Sagen Sie mal, Frau Kolbert, wollen Sie gar nicht wissen, wo Sie sich befinden?«

Judith schüttelte heftig ihren Kopf und sagte trotzig: »Nein, will ich nicht!«

Nach einem Moment der Verblüffung erschallte erneut das Lachen.

»Oh, mein weiblicher Gast ist verärgert. Dafür besteht allerdings kein Grund. Die freie Journalistin Judith Kolbert wird sich schon noch überlegen, ob es für sie besser ist, bockig zu sein, oder ob sie sich kooperativ verhält, um Ihre Chancen nicht zu verspielen. Und, Judith, Sie hängen an ihrem Leben. Ich weiß es. Sie werden es mit Zähnen und Klauen bis zum allerletzten Moment verteidigen.«

»Sagen Sie mir, was das hier alles soll!«

»Abwarten. Nur noch ein wohlgemeinter Ratschlag: Das Messer dürfen Sie in den nächsten Tagen nicht verlieren. Sie dürfen es sich auch nicht wegnehmen lassen, unter keinen Umständen. Das Gewehr ist die Braut des Soldaten, so sagt man doch. Das Messer ist ab sofort ihr Bräutigam. Das passt ja auch ganz gut. Denn Peter ist, wie mir zugetragen wurde, schon lange aus dem Spiel, und einen neuen Peter gibt es nicht. Stimmt's?«

»Woher wissen Sie das?«

»Das hat Sie nicht zu interessieren. Sie sehen, dass ich eine Menge Informationen aus allerbester Quelle habe. So weiß ich beispielsweise auch, dass Ihre beste Freundin Bärbel mit einem Banker nach Frankfurt gezogen ist.«

»Von wem?«

»Überlegen Sie!«

»Ich weiß es nicht! Sagen Sie mir lieber, was Sie von mir wollen?«

»Ich persönlich will gar nichts. Aber ich verspreche Ihnen, dass Sie es beizeiten erfahren werden!«

»Sagen Sie es mir jetzt, ... bitte!«

»Nein. Für den Augenblick ist das alles an Informationen. Dass Sie Ihr Trinkwasser verschüttet haben, daran waren Sie selbst schuld! An den Mangel werden Sie sich gewöhnen müssen. Machen Sie sich Folgendes klar, dann wird es leichter: Warum sind wohl die Menschen ist unserem Staat, der für alles und jeden aufkommt, so unzufrieden?«

»Sind sie das?«

»Ja, das sind sie. Ich verrate Ihnen die Antwort über folgende Frage: Fehlt den meisten nicht der Mangel, der sie erst die Dinge richtig werten lässt? Nur Entbehrungen machen sensibel und dankbar!«

»Ihre philosophischen Betrachtungen können Sie sich sparen. Ich will wissen, wer mich hierher gebracht hat und warum! Ich will nach Hause!«

»Das geht leider nicht. Und seien Sie nicht so vorlaut, Judith! Gehaben Sie sich wohl. Ich melde mich wieder!«

»Ich habe Durst!«

»Sie haben die Tasse selbst umgestoßen und auf Großzügigkeit sollten Sie nicht hoffen. Es tut mir leid. Ich darf es nicht, auch wenn ich es wollte.«

»Warum bin ich hier? Bitte!«

»Nein, aber ausnahmsweise dürfen Sie mir eine andere Frage stellen.«

»Was wollen Sie von mir? Wo bin ich? Wie komme ich hierher? Und: Warum ich, verdammt noch mal! Warum gerade ich?«

»Sachte, sachte, junge Frau! Eine Frage habe ich gesagt, nicht vier. Aber ich bin heute gut gelaunt. Passen Sie auf: Sie werden vielleicht der

Startschuss sein, zu einer Sache, die die Welt verändern wird. Zur zweiten Frage: Sie befinden sich nicht mehr in Bremen, sondern knapp 300 Kilometer von der schönen Hansestadt entfernt. Zur dritten: Ganz einfach, mit dem Auto. Und zur letzten: Sie sind uns zu nahe gekommen. Sicherlich unbeabsichtigt. Trotzdem mussten wir Vorsichtsmaßnahmen ergreifen.«

»Aber…«

»Kein aber. Sie müssen sich gedulden. Außerdem ist es manchmal besser, nicht gleich alles zu wissen. Doch noch eines: Sollten Sie den Kampf gewinnen, der Ihnen bevorsteht, dann sind Sie die Auserwählte. Das hat mir mein Chef gesagt und er ist sich auch sicher, dass Sie sich durchsetzen werden.«

»Was bin ich?«

»Ja, Sie haben richtig gehört, Sie sind dann die Auserwählte.«

Ein leises Knacken im Lautsprecher zeigte Judith, dass die Verbindung unterbrochen war.

Sie starrte konsterniert in die Dunkelheit und konnte keinen klaren Gedanken fassen. Ihre Situation hatte etwas Surreales bekommen.

Judith kniff sich in ihren Unterarm.

Es scheint tatsächlich zu stimmen: Ich sitze auf einer schmuddeligen Matratze irgendwo in einem tiefen Betonkeller, bin mit einer Stahlkette an eine Wand gefesselt und einem oder mehreren Verrückten wehrlos ausgeliefert.

Judith versuchte, sich die Verzerrung durch den Lautsprecher wegzudenken.

Erinnert dich die Stimme oder das Gesagte an irgendetwas, an irgendjemanden? … Nein, an niemanden, auch nicht an Peter!

Ohne, dass sie es wollte, fing sie an zu weinen. Dann versuchte sie zu begreifen, was ihr soeben mitgeteilt worden war.

Die Antworten hat er mir nicht gegeben, damit ich Klarheit bekomme! Dieser Mann spielt ein Spiel mit mir! Stimmt seine Aussage, dass es jemanden gibt, der das alles befohlen hat? Eine Sache, die die Welt verändert! Ich bin jemandem zu nahe gekommen! Ja, wem denn? Knapp 300 km von Bremen entfernt! Warum schleppt der Psychopath mich fast 300 km weit weg? Warum diese ganzen nebulösen Andeutungen?

Judith versuchte, einen Ring mit einem Durchmesser von 600 Kilometer um Bremen zu legen, merkte aber bald, dass das zu nichts führte.

Verbirgt sich ein fester Plan hinter den Worten dieses Scheißkerls? Will man dich gefügig machen? Wenn das der Fall ist, warum dieses Messer? Steckt hinter der Entführung doch ein sexuelles Motiv, und benötigte der Mann für seine Befriedigung meine Angst, meine Verwirrung und auch meine Gegenwehr?

Die Entführung ist mit Sicherheit keine spontane Handlung. Dagegen sprechen deren Kenntnisse und die Ausführung. Und man hat mich bewusst ausgesucht, da bin ich mir sicher. Aber nach welchen Kriterien? Hat das Ganze doch etwas mit meinem Beruf zu tun? Nur dort kann ich doch jemandem zu nahe gekommen sein! Aber da war doch nichts!

Moment, Moment.

Judith dachte an ihren Besuch in Dachau und an das Foto.

Könnte es sein, dass das damit in Zusammenhang steht?

Als sie noch mit Peter befreundet gewesen war, ganz am Schluss ihrer Beziehung, hatte er es eines Abends mit einem einzigen Blick geschafft, das Rätsel der Fotografie zu lösen und herausgefunden, was das für ein Gebäude im Hintergrund der besagten Aufnahme war.

»Deine Oma vor dem KZ Dachau, mit deiner Mutter auf dem Arm?«, hatte er gefragt.

»Wieso Dachau, woher weißt du das?«, war Judiths Antwort gewesen.

»Na, das sieht man doch. Das ist das berühmte schmiedeeiserne Tor mit der Inschrift ›Arbeit macht frei‹. Diese Inschrift kennt doch jeder! Du etwa nicht? Du bist doch Journalistin«, hatte Peter in seiner arroganten Art ihr ihre Unwissenheit demonstriert.

Sehr peinlich war mir das damals!

Dann hatte er das Bild umgedreht.

»Was bedeutet EREL 45? 45 ist vielleicht 1945, aber EREL? Judith, was bedeutet EREL?«

»Keine Ahnung«, hatte sie gesagt und dabei sofort gewusst, dass EREL die Anfangsbuchstaben von Erika und Elvira waren und ihm dann das Bild wütend aus der Hand gerissen.

Aber ich habe doch nie wieder mit jemandem über dieses Thema gesprochen, wenn man mal von den Therapiestunden bei Dr. v. Conradi absieht!

Und als ich wegen des Bildes in Dachau gesucht habe? Da war doch auch nichts! Aber ohne triftigen Grund hätte Omi doch dieses Foto nicht in die Weihnachtsdose getan?!

Judith hatte kurz vor ihrer Rückreise von dem Dachauer Archivleiter die Erlaubnis bekommen, einen Aushang neben der Eingangstür des Ausstellungsraums anzubringen. Als sie schon wieder zu Hause in Bremen war, klingelte irgendwann das Telefon und ein Mitarbeiter der Gedenkstätte hatte ihr mitgeteilt, dass ihr Aushang verschwunden sei. Man würde alles noch einmal anbringen, wenn sie wolle. Judith wollte, vergaß dann aber die Kopie des Fotos und das Gesuch dorthin zu schicken, und seitdem hatte sie auch nichts mehr gehört.

Was soll es aber für einen Grund geben, mich wegen der erfolglos gebliebenen Recherchen zu verschleppen? Nein, das ist bestimmt auch nicht die Ursache!

Plötzlich fiel ihr ein ganz anderes Problem auf, an das sie überhaupt noch nicht gedacht hatte.

Es wird mich niemand vermissen! Jeder, der mich kennt, weiß über die Art meiner Lebensführung Bescheid. Auch die Entführer? Hat man mich deshalb ausgesucht? Niemand wird nachfragen, wenn ich eine oder zwei Wochen nicht in Bremen bin! Meine geplante Reise im Auftrag der Zeitung für den Artikel über das Thema Frau im neu formierten Polen verschlimmert das Problem, denn die Kontakte sind geknüpft, aber exakte Termine habe ich noch nicht vereinbart. Das weiß aber von meinen Bekannten in Bremen niemand!

Judith fühlte sich ausgeliefert. Ihre Verzweiflung steigerte sich noch, als sie nun über ihr allgemeines Dasein nachdachte.

Was ist das für ein Leben, wenn keiner bemerkt, dass du nicht mehr da bist? Wenn du in diesem Betonsarg sterben solltest, vermisst man dich vielleicht erst nach Monaten, wenn überhaupt!

Erneut liefen ihre Tränen.

Judith, so wie du reagierst, schaffst du es nicht, wenn du überleben willst. Du darfst dich nicht dem Selbstmitleid hingeben! Du darfst diesen Schweinehunden ihren Triumph nicht gönnen! Du darfst und du wirst hier nicht vermodern! Du musst kämpfen! Es wird einen Ausweg geben. Ganz bestimmt! Es gibt immer Auswege!

Judith Kolbert, du bist noch lange nicht am Ende! Die Ratten müssen noch warten!

Ein weiterer Gedanke schlich sich bei ihr ein.

Was sind meine Entführer überhaupt für Menschen? Pathologische Mör-

der, die ein Drehbuch für ihre Tat geschrieben haben und diesem jetzt Punkt für Punkt folgen? Mit Sicherheit sind sie verrückt! Aber bestimmt keine Irren im klinischen Sinne. Diese Schweine wissen, was sie tun!

Den Hinweis, dass ich auf das Messer aufpassen soll, hat der Mann bestimmt nicht ohne Grund gemacht. Wollen sie tatsächlich noch weitere Personen hierher bringen und sich an einem Kampf ergötzen?

Wahnsinn, einfach nur Wahnsinn!

Kapitel 32

GEGENWART
Bremen, An der Schlachte

Am Tag des Treffens herrschte Kaiserwetter mit strahlendem Sonnenschein und einer angenehmen Mittagstemperatur von 20 °C. Von Nordwest wehte ein leichter Wind, der von den Menschen in Bremen als wohltuend frisch und nicht, wie so häufig, als störend empfunden wurde. Auf den Straßen und in den Fußgängerzonen der Innenstadt herrschte schon in den Vormittagsstunden geschäftiges Treiben.

Kurz nach zwölf Uhr saßen die drei Paare in verschiedenen Lokalen an der Schlachte, wie von Arnulf vorgegeben. Um diese Uhrzeit war das Gedränge an der seit einigen Jahren sich immer besser entwickelnden Bremer Restaurantmeile noch nicht allzu groß, sodass es leicht war, Plätze mit Blick auf die Brücke zu bekommen.

Während der weibliche Anhang der drei Männer mehr an den flanierenden Menschen und den Schiffen, die gelegentlich auf der Weser vorbeituckerten, interessiert waren, schweiften die Blicke der Verschwörer immer wieder in gespannter Erwartung zur Teerhofbrücke.

Und sie mussten sich nicht lange in Geduld üben.

Kurz vor halb eins tauchte ein mittelgroßer Mann auf, der offensichtlich mit erheblicher Mühe eine schwere Reisetasche von der kleinen Halbinsel über den Fußgängerweg zur Schlachte schleppte. Als er die Hälfte der Strecke bewältigt hatte, schien es, dass ihm seine Last zu schwer geworden war. Er stellte die Tasche ab, zögerte einen Moment und schaute zurück. Sein hektischer Blick erweckte den Eindruck, dass er Sorge hatte, dass ihm jemand folgen würde, was nicht der Fall war.

Nach einem weiteren Moment der Unschlüssigkeit zog er zwei Plastiktüten aus seiner Reisetasche und stellte sie neben sich ab. Aus den Tüten holte er je einen schweren Stein, der wiederum an ein längeres Seil geknüpft war. Er hob beide über das Brückengeländer und begann dann, selbst hinüber zu klettern.

Bis zu diesem Augenblick war das merkwürdige Tun des Mannes

kaum einem der Menschen aufgefallen, die alle den herrlichen Tag genossen.

Plötzlich kreischte eine Frau: »Was macht denn der Mann da?« Und sie zeigte mit einer Hand auf die Brücke. Umgehend verstummten alle Gespräche, und sämtliche Blicke richteten sich auf die auffällige Person.

Dessen Gesicht war hochrot, der Mund verzerrt. Das schüttere, graue Haar hing in dünnen, feuchten Strähnen an seinem Kopf herunter und die Körperhaltung drückte Resignation aus. Auch seine Kleidung war für den schönen Tag unangemessen, trug er doch eine dicke, blaue Winterjacke, zudem eine viel zu weite Jogginghose, die schlackernd an seinen Beinen herunterhing.

Da urplötzlich das heitere Geschnatter der vielen Menschen an der Landseite verstummt war, wandte der Mann seinen Kopf und bemerkte, dass ihn unzählige Menschen anstarrten.

Seine Bewegungen wurden hastiger.

Ein dunkler Fleck erschien an der Hose zwischen seinen Beinen. Ein jugendlicher Zuschauer rief verdutzt: »Mensch, krass! Ich glaub's nicht, der Typ da pisst sich in die Hose!«

Inzwischen war der Mann auf der Brücke vollständig über das Geländer geklettert und fing an, die Seile mittels zweier Schlaufen an seinen Füßen zu befestigten.

Währenddessen hatte sich eine beträchtliche Menschenmenge am Ufer versammelt, die den weiteren Gang der Ereignisse verfolgen wollte.

»Ich glaube, der will sich umbringen!«, schrie jemand.

Zwei Jugendliche fassten sich ein Herz und rannten auf den Übergang zu.

»Weg! Verschwindet!«, schrie der Mann. »Ich springe! Kommt nicht näher!« Seine Worte überschlugen sich vor Erregung.

Die jungen Männer blieben verunsichert stehen.

»Ich springe«, kreischte der Mann erneut, während er die Steine, die an den Seilen hingen, von der Brücke hinabgleiten ließ. Die Gewichte baumelten nun an seinen Füßen und begannen, bedrohlich hin und her zu schwingen.

Ein älterer Mann, der eine Portion Bratfisch aß, war aufgesprungen und lief ebenfalls ein kurzes Stück zu ihm hin.

»Nicht springen! Ich kann Ihnen helfen, ich bin Psychologe«, rief er.

Der Angesprochene presste seinen Rücken ans Geländer. Er wurde nur noch von seinen Armen gehalten, denn die hatte er hinter die obere Begrenzungsstange der Brüstung geklemmt.

»Sie können mir nicht helfen«, kam es weinerlich zurück. »Keiner kann das! Ich mag auch nicht mehr, denn meine Frau und meine Kinder wollen nichts von mir wissen!«

»Reden Sie sich nichts ein! Ich werde Ihre Frau rufen lassen. Mit Ihrem Tod ist keinem geholfen! Ihnen nicht, Ihrer Frau nicht, erst recht nicht Ihren Kindern! Wie viele Kinder haben Sie denn?«

»Zwei.«

»Das ist ja ein Zufall! Ich habe auch zwei. Erzählen Sie mir bitte etwas von Ihren Kindern! Entschuldigen Sie, wie unhöflich von mir! Ich habe mich noch gar nicht bei Ihnen vorgestellt: Mein Name ist Georg! Darf ich fragen, wie Sie heißen?«

Der Mann auf der Brücke schien sich zu beruhigen, denn er antwortete etwas entspannter: »Ich heiße Bernd ... Bernd Schuhmacher ...«

Weiter kam er nicht, denn sein Blick war auf ein Motorboot gefallen, das sich langsam der Teerhofbrücke näherte. Diese Tatsache schien ihn augenblicklich wieder in Panik zu versetzen, denn er brüllte gellend: »Weg, weg«, und fuchtelte nun mit dem rechten Arm, während er sich mit dem linken immer noch an das Geländer klammerte.

Die beiden Steine bewegten sich nun noch ausladender und schienen ihn herabziehen zu wollen. Der Bootsführer hatte seine Gesten wohl nicht verstanden, denn er kam immer näher. Im selben Moment, als das Boot sich mit der Brücke auf gleicher Höhe befand, ließ Bernd Schuhmacher los und stürzte in die Tiefe.

Die schweren Steine, die zum Schluss im Gegentakt pendelten, zogen während des kurzen Sturzes die Beine des Mannes weit auseinander. Er schrie laut und entsetzlich, ruderte wild mit seinen Armen, so, als käme es ihm jetzt noch darauf an, sein Gleichgewicht zu halten. Während dieser Aktion fiel eine Spielkarte ins Wasser, die allerdings niemand bemerkte. Bernd Schuhmacher hatte sie die ganze Zeit in seiner rechten Hand gehalten.

Einer der Steine schlug auf die Spitze des kleinen Motorboots und zertrümmerte dort einen Teil der verchromten Reling. Das linke Bein des Mannes landete auf derselben Stelle und wurde dadurch in einem grotesken Winkel weggeschleudert. Dann waren Steine und Mann im Wasser verschwunden.

Keine zwei Sekunden waren seit Beginn des Sturzes vergangen und nur noch eine beschädigte Reling und ein paar sich konzentrisch ausbreitende Wellen zeugten von dem soeben abgelaufenen schrecklichen Geschehen.

Lähmendes Entsetzen sah man in den Gesichtern der fassungslosen Zuschauer. Für einen Moment blieb es totenstill, dann brach ein großes Tohuwabohu aus.

Frauen kreischten, Handykameras klickten. Viele Menschen versuchten, auf die Brücke zu gelangen. Ein junger Mann sprang ins Wasser, tauchte, kam bald wieder an die Oberfläche und schüttelte mit dem Kopf.

Ober rannten hin und her, um zu verhindern, dass Gäste verschwanden, ohne zu bezahlen.

Zwei Rettungswagen brausten mit heulenden Sirenen heran und auch ein Boot der Wasserschutzpolizei war bald darauf mit rotierendem Blaulicht eingetroffen. Zehn Minuten später kamen noch die Taucher der Feuerwehr, die langsam zu Wasser gelassen wurden. Übertriebene Eile war auch nicht mehr notwendig.

Reinhard, August und Karl bezahlten, erhoben sich und gingen mit ihren Begleiterinnen langsam zurück zu ihren Hotels.

Kapitel 33

GEGENWART

Bremen und Dachau

Bevor Erez am Abend vor seiner Fahrt nach Dachau ins Bett ging, setzte er sich noch einmal an seinen PC und schaute sich alle Unterkünfte an, deren Anschriften er herausgesucht hatte. Er entschied sich nach einigen Telefonaten für einen Gasthof, der in einem kleinen Ort nordwestlich von Dachau lag, in Stetten. Dort hatte man ihm einen günstigen Wochenkomplettpreis angeboten.

Am nächsten Morgen stand er dann sehr zeitig auf, frühstückte flüchtig, packte die letzten Sachen zusammen und setzte sich in seinen Wagen.

In der Nacht hatte es einen Temperatursturz gegeben. Nebel lag auf der A27, als er Bremen hinter sich gelassen hatte.

Erez überkam ein merkwürdiges Gefühl. Vor ihm, die verschwommenen Rücklichter eines Lastwagens. Hinter ihm, gerade noch sichtbar, die Scheinwerfer eines Pkws, die nach einer Weile ganz verschwanden.

Der Nebel wurde dichter, wehte, getrieben durch den leichten Westwind, in größeren und kleineren Schwaden über die vier Fahrbahnen. Der Lastwagen vor ihm reduzierte die Geschwindigkeit, und Erez passte sich dessen Tempo an, darauf achtend, seinen Sicherheitsabstand nicht zu vernachlässigen.

Das gleichmäßige, niedertourige Dröhnen des Motors, der gelegentlich schabende, auf Intervall geschaltete Scheibenwischer und die verschwommene Sicht, all das schuf ein Gefühl von Isoliertheit, ja von Einsamkeit.

Die Rücklichter des LKWs wurden blasser, tauchten zwischen zwei Nebelbänken wieder auf, um dann vollständig wegzubleiben.

Erez blickte in den Rückspiegel: Nichts. Er schaute auf die Gegenfahrbahn: Auch nichts. Er schien allein zu sein und spürte plötzlich in seiner Brust einen unangenehmen Druck.

Ein völlig irrwitziger Gedanke durchzuckte ihn, ließ sich aber nicht mehr abschütteln: Sollte er auf einen tiefen Abgrund zusteuern?

Nach einer Weile glitten auf der Gegenfahrbahn drei schummrige Lichterpaare an ihm vorüber. Auch der LKW tauchte wieder auf.

Trotzdem, das lästige Druckgefühl wollte und wollte nicht verschwinden!

Erez fing an zu frieren. Er sehnte sich auf einmal nach den Umarmungen und der Wärme von Christiane.

Christiane? Erez suchte in seiner Erinnerung, konnte sich aber weder ihren Körper, noch nicht einmal ihr Gesicht vorzustellen. Sie war einfach nicht mehr da! Er konnte sich nicht besinnen, wie sie sich angefühlt hatte, konnte sich ihre doch immer so weiche Haut nicht vorstellen, sich nicht an ihren ihn erregenden Duft erinnern.

Ist es möglich, dass das, was noch vor kurzer Zeit mein Leben, ja meine Zukunft gewesen ist, plötzlich nicht mehr existiert?

»Was bist du nur für ein Idiot, einfach so nach Papas Pfeife zu tanzen«, sagte er laut, holte tief Luft und wusste plötzlich nicht mehr, warum er sich überhaupt bereiterklärt hatte, den Wunsch seines Vaters zu erfüllen. Doch mit der fortschreitenden Zeit verschwanden seine selbstzweiflerischen Gedanken.

Umkehren ist auch keine Option. Damit machst du alles noch schlimmer! Christiane wird nicht zurückkommen, auch dann nicht, wenn du dich vor ihr in den Staub wirfst!

Also erforsche, was in Dachau passiert ist. Dann überzeugst du Jakob. Bleibt er stur, behältst du dein Wissen für dich! Außerdem will ich nun auch selbst herausbekommen, was damals tatsächlich passiert ist.

Der Nebel war lichter geworden und damit hatten sich auch die Geschwindigkeiten der Autos erhöht, die jetzt in unregelmäßigen Abständen an ihm vorbeikamen.

Nach dem Passieren des Walsroder Dreiecks und dem Auffahren auf die A7 war Erez wieder guter Stimmung und spielte mit sich selbst ein Spiel, indem er versuchte zu ergründen, weshalb und warum die Autofahrer, die ihn überholten, wohl unterwegs waren.

Dann blickte er in den Rückspiegel und wollte gerade den vor ihm fahrenden Kleinwagen überholen, als er sah, dass sich ein 7er BMW sehr schnell näherte. Erez verzichtete auf seinen Überholversuch. Während das Auto ihn mit aufgeblendeten Scheinwerfern passierte, warf er einen Blick nach links. Und plötzlich lief es ihm kalt den Rücken hinunter:

Hinter der vorderen Seitenscheibe des schweren Wagens meinte er das grinsende Gesicht eines SS-Uniformierten mit Runen und einem stilisierten Totenkopf auf der Mütze zu sehen. Es war gespenstisch. Aber ehe Erez dazu kam, herauszufinden, ob er eine Sinnestäuschung gehabt hatte, war der BMW vorüber und bald schon außer Sichtweite.

Die weitere Fahrt verlief ereignislos und das mysteriöse Erlebnis hatte er bald vergessen. Die einzige Pause, die er außer einem Tankstopp noch einlegte, war dann auf einem Rastplatz im Naturpark Frankenhöhe.

In Odelzhausen verließ er die E52 und war immer noch frisch und voller Tatendrang. Da Erez wusste, dass es bis zu seiner Unterkunft nur noch zehn Kilometer waren, der Tag aber noch wenig fortgeschritten, reduzierte er die Geschwindigkeit und erfreute sich bald an den gepflegten Gehöften, die er mit seinem Golf passierte und an dem Laubwald, den er durchfuhr.

Seine Unterkunft zu finden, war nicht schwierig, denn der kleine Ort, in den er einfuhr, bestand nur aus einigen wenigen Straßen und ein Hinweisschild wies ihm zusätzlich den Weg.

Er sah das mit roten Dachpfannen gedeckte Gebäude, das früher wohl aus zwei getrennten Häusern bestanden hatte, parkte seinen Wagen und ging in den linken Eingang, in den mit der Aufschrift ›Hotel‹.

Die Rezeption war nicht besetzt, sodass er sich durch das Betätigen der Glocke bemerkbar machen musste. Erst nach geraumer Zeit kam eine junge Frau, die sich dafür entschuldigte, dass er hatte warten müssen. Sie stellte sich als Resi vor und fragte nach seinen Wünschen.

»Ich heiße Erez Grünberg und habe für eine Woche telefonisch ein Zimmer reserviert.«

»Oh, so früh haben wir gar nicht mit Ihnen gerechnet, Herr Grünberg. Herzlich willkommen!«

»Ja, meine Herfahrt verlief ohne Störungen und die Straßen waren staufrei.«

»Das freut uns, denn gerade die Autobahnen Richtung München sind häufig eine Katastrophe. Nun zu Ihrer Buchung: Wir haben für Sie ein schönes Nichtraucherzimmer unter dem Dach reserviert, das auch schon hergerichtet ist. Ich hoffe, dass es Ihnen gefällt. Wissen Sie schon, wie lange Sie maximal bleiben werden?«

»Das hängt davon ab, wie schnell meine Arbeit Fortschritte macht.

Aber mindestens die eine Woche. Ich will nämlich im ehemaligen KZ Dachau nach dem Verbleib meines Großvaters forschen.«

»Ich verstehe. Ich will nicht neugierig erscheinen, aber ist ihr Großvater in dem KZ …«

Plötzlich stockte die junge Frau und wurde ganz rot. Erez bemerkte diese Reaktion.

»Es muss Ihnen nicht peinlich sein«, sagte er verständnisvoll. »Sie und ich können ja nichts für damals. Sie haben sicher Ihre Schlüsse aus meinem Namen gezogen, nicht wahr? Vor- und Zuname sind ziemlich wegweisend!«

»Ja, Sie haben recht. Es tut mir sehr leid. Da fällt mir etwas ein: Wenn Sie die Absicht haben, in Dachau in den Archiven zu suchen, dann können Sie sich vielleicht mit einem weiblichen Gast zusammentun. Die junge Dame forscht für ihre Magisterarbeit und wohnt seit ein paar Tagen bei uns. Wenn Sie wollen, Herr Grünberg, kann ich sie ja mal fragen.«

»Gerne. Das wäre sehr nett von Ihnen. So, jetzt werde ich meine Sachen auspacken und mich dann mit der Umgebung vertraut machen.«

»Hier sind der Zimmerschlüssel und das Anmeldeformular. Sie haben die 212 im zweiten Stock. In Ihr Zimmer kommen Sie von dort mit dem Fahrstuhl oder über die Treppe. Frühstück von Viertel vor sechs bis zehn, nebenan im Gasthof. Dort können Sie auch zu Mittag oder zu Abend essen. Die Küche ist wirklich zu empfehlen, besonders die bayerischen Spezialitäten sind sehr lecker.«

»Besten Dank, ich werde es bestimmt testen!«

Erez unterschrieb den Meldeschein und ging dann zu seinem Auto, um das Gepäck zu holen.

Sein Zimmer war bescheiden eingerichtet aber geräumig. Ein Doppelbett, bezogen mit bayerisch weißblauer Bettwäsche stand unter einer Schräge. In der Stirnwand gab es ein Doppelfenster, das Erez sofort öffnete, denn es war in dem Raum unangenehm stickig. Ein kleiner Fernseher thronte auf einem Eichenschreibtisch vis-à-vis seiner Schlafgelegenheit. Daneben ging es zu dem schlichten, weiß gekachelten Bad mit Dusche und WC.

Da alles sauber wirkte und der Zimmerpreis sehr annehmbar war, hielt sich seine Enttäuschung über den Mangel an gehobenem Komfort in Grenzen.

Erez packte aus und legte sich dann für eine Weile aufs Bett.

Heute schaue ich mir nur die Gegend an und am Abend frage ich nach der jungen Dame, denn ein paar Tipps für meine künftige Aufgabe können bestimmt nicht schaden!

Eine halbe Stunde später nahm er seine Jacke und verließ das Hotelzimmer.

Zur Hauptstraße des kleinen Orts, der Dachauer Straße, waren es nur ein paar Meter. Erez kehrte bald wieder um, weil es nichts zu sehen gab, stieg in seinen Wagen und fuhr nach Dachau. Dort tankte er an der ersten freien Tankstelle und fragte nach der Gedenkstätte.

»Ein Richtungsschild sehen Sie in knapp einhundert Metern«, war die freundliche Antwort. »Folgen Sie einfach den weiteren Hinweisen, dann können Sie das ehemalige KZ nicht verfehlen.«

Keine zehn Minuten später hatte er sein Ziel gefunden und stellte den Golf auf dem Besucherparkplatz ab.

Jugendliche einer Schulklasse gingen an seinem Auto vorüber. Sie hatten wohl die Dauerausstellung besucht. Als Erstes kamen die Mädchen, die sich lebhaft unterhielten. Danach folgte der männliche Rest, eher gelangweilt. Ein etwa fünfzehnjähriger Schüler setzte sich plötzlich an die Spitze der Jungengruppe und begann, im Stechschritt zu marschieren. Dabei rief er etwas, das Erez nicht verstehen konnte. Es war wohl überaus witzig, jedenfalls amüsierten sich alle, was der Schüler zum Anlass nahm, sich herumzudrehen und mittels einer pantomimischen Einlage seine Mitschüler zu erschießen. Einer nach dem anderen sank mit verzerrter Miene theatralisch auf den Boden, um kurz darauf sich wieder lachend zu erheben.

Erez war wie versteinert. Obwohl sein Verstand ihm signalisierte, dass dieses Possenspiel rein gar nichts aussagte, hatte ihn die Darbietung deprimiert.

Als er in sein Hotel zurückkehrte, begann es schon, dunkel zu werden. Erez betrat die Eingangshalle und wollte gerade die Treppe zu seinem Zimmer hinaufgehen, als er von Resi gerufen wurde: »Hallo, Herr Grünberg, bitte einen Moment!«

»Ja?«

Er ging mit fragendem Blick zur Rezeption.

»Schön, dass ich Sie gerade sehe«, sagte Resi, charmant lächelnd. »Ich hätte Ihnen sonst eine Notiz in Ihr Fach gelegt. Ich habe die Dame gefragt. Wenn Sie etwas wissen wollen, sollen Sie keine Hemmungen haben zu fragen, hat sie gesagt.«

»Oh, ich danke Ihnen. Das war sehr freundlich!«

»Übrigens«, fügte Resi beinahe verschwörerisch flüsternd hinzu: »Die Studentin ist soeben in den Gastraum gegangen. Sie können sie nicht verfehlen, denn es ist die einzige rothaarige junge Frau, die alleine am Tisch sitzt.«

»Herzlichen Dank! Ich ziehe mir nur etwas anderes an, dann werde ich die Küche Ihres Hauses ausprobieren. Wehe, Sie haben mir zu viel versprochen!«

»Sie werden nicht enttäuscht sein, Herr Grünberg. Das garantiere ich Ihnen. Guten Appetit … und viel Glück!«

Erez ging auf sein Zimmer, wusch sich flüchtig, nahm ein frisches Hemd und zog einen Blazer über. Während er die Treppe hinunterging, überlegte er, wie denn seine Frage zu formulieren sei. Allzu indiskret wollte er nicht erscheinen.

Die junge Frau zu finden, war tatsächlich nicht schwierig, denn das Restaurant war noch wenig besucht. Insgesamt saßen nur drei Personen an gedeckten Tischen. Ein älteres Paar in einer Nische und eine attraktive weibliche Person mit langen rötlich-braunen Haaren an einem kleinen Zweiertisch. Außerdem stand eine Gruppe von Männern am Tresen, die sich beim Biertrinken laut über ein Bauprojekt und, wie es für jede dementsprechende Runde Pflicht ist, über Fußball unterhielten.

Wahrscheinlich sind es Handwerker.

Erez kam die lautstarke Diskussion nicht ungelegen, denn so nahm niemand von ihm Notiz, als er an den Tisch der Studentin trat.

»Entschuldigen Sie«, begann er, »Fräulein Resi von der Rezeption sagte mir, dass Sie im Dachauer Archiv für Ihre Magisterarbeit recherchieren. Ich bin erst heute hier im Hotel angekommen und interessiere mich für das Schicksal meines Großvaters, der im KZ gegen Ende des Krieges ums Leben gekommen ist. Vielleicht könnten Sie mir ein paar Fragen über die Modalitäten solch einer Recherche in der Gedenkstätte beantworten. Ich will Sie allerdings nicht bei Ihrem Abendessen stören. Haben Sie vielleicht morgen etwas Zeit?«

Die junge Frau warf einen kritisch-prüfenden Blick auf den Bittsteller, während sie sich ihre Haare aus dem Gesicht strich. Für einen Moment schien es ihm, dass ihr Blick abweisend war. Aber dann schenkte sie Erez doch ein freundliches Lächeln.

»Oh ja, Resi hat mich schon vorgewarnt. Sie sind der neue Gast aus Bremen. Wenn Sie auch zu Abend essen wollen, dann dürfen Sie sich an meinen Tisch setzen. Mir macht es nämlich mehr Spaß, mich beim Essen zu unterhalten, als den mehr oder weniger eindeutigen Blicken der Männer ausgesetzt zu sein, die dort ihren abendlichen Plausch halten und ihre dummen Witze reißen.«

»Besten Dank«, sagte Erez. »Aber nur, wenn ich Sie wirklich nicht störe. Ich möchte keinesfalls aufdringlich sein. Ich heiße übrigens Erez Grünberg.«

»Diana Rave.«

Erez zögerte.

»Entschuldigen Sie, ich bin etwas verlegen, plötzlich an den Tisch einer überaus hübschen, jungen Dame gebeten zu werden.«

Erez setzte sich nun auf den zweiten Stuhl und spürte, dass er Herzklopfen hatte. Er lächelte unsicher und wusste auf einmal nicht mehr, wie er das Gespräch fortführen sollte.

Diana war über seine Reaktion amüsiert: »Herr Grünberg, sind Sie nun ein Mann der alten Schule, dass Sie mir Komplimente machen, oder wollen Sie mit mir flirten? Im letzteren Fall muss ich Sie enttäuschen. Ich bin schon vergeben und habe auch nicht den Wunsch, diesen Zustand zu ändern.«

»Tut mir leid. Ich hatte nicht die Absicht, Sie anzubaggern. Jedoch, ein wahres Kompliment sollte man nicht zurücknehmen!«

»Das hätte mich aber auch enttäuscht«, sagte Diana und lachte. »Bevor Sie nun Ihre Fragen stellen, hätte ich auch eine. Wie kommen Sie darauf, dass Ihr Großvater in Dachau gegen Ende des Krieges ums Leben gekommen ist? Dachau war seit 1942 judenfrei, die SS achtete streng darauf. Ihr Großvater war doch Jude? Oder?«

»Ja, das stimmt. Nur ist bei meinem Großvater Jonathan niemand auf diese Idee gekommen, weil er sehr deutsch aussah. Deutscher als die meisten Deutschen.«

»Und der Name? Jonathan Grünberg. Das ist doch sehr eindeutig.«

»Großvater ist ohne Papiere gefasst worden. Alle anderen Familienmitglieder, mit Ausnahme meines Vaters und eines Großonkels, starben in Auschwitz. Ich bin jetzt hierhergekommen, um herausfinden, was passiert ist.«

»Ja, es war eine schlimme Zeit damals. Hoffen wir, dass so etwas nie wiederkommt. Aber nun zu Ihrem Problem: Ich würde Ihnen gerne weiterhelfen, aber bei meiner Magisterarbeit geht es nur um die Rangordnungen der Häftlinge und die Auswirkungen dieser Klassifizierungen auf das Zusammenleben der Gefangenen. Über direkte Schicksale von Insassen weiß ich wenig.«

»Ich glaube, dass Sie meine Frage falsch verstanden haben. Sie sollen keinesfalls meine Arbeit machen«, schmunzelte Erez.

»Dann gebe ich Ihnen jetzt einige praktische Hinweise: Eigentlich ist es ganz einfach: Sie melden sich bei dem Archivar, einem Herrn Knoll. Der Mann ist nett und hilfsbereit. Mit ihm sollten Sie Ihre Wünsche besprechen und ihm auch den Grund für die Recherche nennen. Er wird Ihnen Tipps geben, wo Sie die Dinge finden können, die Sie suchen. Das ist manchmal nicht so einfach, denn es gibt sehr viele verschiedene Dokumente in unterschiedlichen Rubriken. Es taucht auch immer noch neues Material auf. Nicht selten kommt es zum Beispiel vor, dass ehemalige Gefangene oder Wachleute versterben. Dann bringen Angehörige häufig deren gesammelte Erinnerungen vorbei. Ich mache Ihnen einen Vorschlag: Wenn Sie wollen, nehme ich Sie morgen mit. Ich fahre so gegen zehn, direkt nach dem Frühstück.«

Kapitel 34

GEGENWART
Wewelsburg, Verlies

Judith versuchte, ihre Augen zu öffnen. Das funktionierte nicht, weil diese vollständig verklebt waren und sie erinnerte sich, dass sie beim Einschlafen heftig geweint hatte.

Der Geruch der schmierigen Matratze, die Ausdünstungen ihres ungewaschenen Körpers und die modrige Feuchtigkeit des Betonsargs, in dem sie sich befand, bewirkten, dass sie ihren Versuch wieder einstellte.

Es macht doch keinen Unterschied. Die Dunkelheit ist mit offenen oder geschlossenen Augen dieselbe. Sollen die Leute doch mit mir machen, was immer sie wollen, mir ist es gleichgültig. Wenn nur dieser schreckliche Durst nicht wäre.

Dann, einige Minuten später:

Nein, Judith, das stimmt alles nicht, mach dir nichts vor! Es ist dir nicht egal!

Was hat diese fürchterliche Stimme noch gesagt? An den Mangel werden Sie sich gewöhnen müssen oder so etwas Ähnliches. Die Pest soll ihn holen!

Plötzlich zuckte sie zusammen. Da war ein fremdes Geräusch, das sich nicht so anhörte, als käme es aus dem Lautsprecher.

Judith riss nun doch ihre Augen auf und registrierte mehrere Dinge gleichzeitig: Sie konnte den Raum erkennen, in dem sie gefangen gehalten wurde, denn an der niedrigen Decke hingen zwei gitterbewehrte Lampen, die allerdings nur ein äußerst trübes Licht abstrahlten. Und sie blickte gegen eine graue Wand und konnte deutlich den Eisenring sehen, durch den die Kette führte, mit der sie verbunden war.

Erneut klapperte es und sie registrierte, dass das Geräusch von ihrer rechten Seite kam.

Judith bemühte sich, die Ursache der merkwürdigen Laute zu ergründen, ohne den Kopf zu bewegen, denn sie wollte nicht, dass jemand ihr Wachsein bemerkte. Das erwies sich als äußerst schwierig. Als sie noch überlegte, wie das Problem zu lösen sei, klirrte es erneut und nun sah sie auch, dass sich an der Wand noch andere Ringe befanden und dass durch einen eine weitere Kette lief.

Du hast also Gesellschaft bekommen, wie angekündigt.

Während Judith noch nachdachte, was das für ihre Situation bedeuten könnte, rasselte es plötzlich heftig und ein dumpfes, aggressives Grunzen, beinahe wie das eines Tieres, versetzte ihr einen riesigen Schrecken. Sie fuhr nun doch herum, denn sie hatte die Assoziation, dass ein bissiger Hund auf sie losgehen wollte.

Es war aber kein Tier, das diese Laute von sich gab. Dort drüben lag ein Mann, der ihr in diesem Augenblick den Rücken zuwandte und gerade im Begriff war, sich aufzurichten.

Judiths Augen hatten sich nun an das schummrige Licht gewöhnt und sie konnte sehen, dass ihr Mitgefangener wütend an seiner Fesselung zerrte.

»Das geht nicht! Sie können das Ding nicht zerreißen«, rief Judith. »Mich hat man auch an der Wand festgebunden!«

Für eine Sekunde verharrte der Fremde in seiner Bewegung. Dann drehte er sich blitzschnell herum und kam mit einem grauenhaften Brüllen auf sie zu. Judith sprang entsetzt auf und wich zurück. Sie stolperte, verlor das Gleichgewicht, wollte sich abstützen, aber ihre Hand knickte weg und sie fiel auf den Rücken. Das Messer entglitt ihr, fiel klirrend zu Boden und wurde durch den Schwung des Aufpralls weggeschleudert.

Panik erfasste Judith. Verzweifelt bemühte sie sich, ihre Waffe wiederzubekommen. Im gleichen Moment brüllte der Mann erneut.

»Dimitri, zurück! Du kannst sie nicht erreichen!« hörte Judith unerwartet die Stimme, die ihr schon aus dem Lautsprecher bekannt war. Als sie sich umwandte, sah sie einen großen, korpulenten Mann, der mit einem eleganten, dunklen Anzug bekleidet war.

»Judith, Sie müssen schon aufpassen«, sagte der Mann vorwurfsvoll, grinste und schüttelte tadelnd seinen Kopf.

»Habe ich Ihnen nicht gesagt, dass Sie das Messer auf gar keinen Fall verlieren dürfen? Stellen Sie sich vor, Dimitri würde es in die Hand bekommen. Ohne Messer haben Sie gegen ihn keine Chance. Oh, ich habe Sie beide noch gar nicht miteinander bekannt gemacht! Das ist Dimitri und das, Dimitri, ist Judith!«

»Hören Sie auf«, schrie Judith nun völlig außer sich und rappelte sich mühselig wieder auf. »Sagen Sie mir sofort, was das hier alles soll!«

»Ich habe Ihnen doch schon erklärt, dass Sie früh genug erfahren, was wir von Ihnen wollen.«

»Wer ist wir?«

»Mein schönes Fräulein, wenn Sie sich weiterhin im Ton vergreifen, könnte ich auf die Idee kommen, Dimitri etwas mehr Kette zu geben. Er würde es zu schätzen wissen!«

»Nur zu Mister X! Mit dem da drüben werde ich allemal fertig.«

»Judith, Sie sehen hübsch aus, wenn Sie wütend sind. Sie sollten es nur nicht übertreiben.«

»Wie kommen Sie darauf, dass ich wütend bin? Ich bin völlig entspannt!«

»Nicht schlecht! Ich sehe, dass Sie sich Ihren Humor bewahrt haben. Übrigens: Ihr dritter Mitbewohner kommt nicht. Unser Ärzteteam hatte an ihm einen kleinen Eingriff vorgenommen, den er bedauerlicherweise nicht überstanden hat. An Dimitri ist vor noch nicht einmal einer Woche dieselbe Operation durchgeführt worden. Auch die ist nicht ganz optimal verlaufen. Körperlich ist Dimitri gesund, geistig weniger, wie Sie sicher schon selbst festgestellt haben.«

»Sie machen medizinische Eingriffe?«

»Ja. Sehe ich da ein Erschrecken in Ihrem Gesicht? Keine Angst, dafür sind Sie nicht vorgesehen. Ich möchte mich übrigens auch noch vorstellen. Ich bin der Burghauptmann Baron Manfred von Hohenfels. Wenn Sie mich mit Herr Baron ansprechen würden, wäre ich Ihnen sehr verbunden.«

»Natürlich, Herr Baron, selbstverständlich«, sagte Judith sarkastisch. »Von welcher Burg kommen Sie denn? Von derer von Münchhausen?«

»Judith, es ist ein schmaler Grat zwischen Mut und Dummheit!«

Der Burghauptmann ging nun auf Judith zu, die langsam zurückwich. Er bückte sich, hob ihr heruntergefallenes Messer auf und hielt es ihr hin. Sie ergriff die Waffe und für einen Moment sah es so aus, als ob sie sie gleich benutzen wollte.

»Denken Sie noch nicht einmal daran«, sagte der Burghauptmann wie beiläufig, um dann fortzufahren: »In eine der Bodenvertiefungen werde ich demnächst eine Flasche Wasser hineinstellen und in die andere etwas Essbares. Stellen Sie sich darauf ein, dass das für heute alles ist. Es reicht kaum für einen. Um zu überleben, muss man also schnell sein. Judith,

Sie kennen doch die Theorie von der Dominanz des Starken gegenüber dem Schwachen in der Natur.«

»Das kann doch nicht Ihr Ernst sein!«

»Doch, es ist leider so, wenn auch zu meinem Bedauern. Es ist so etwas wie ein Eignungstest, hat man mir gesagt. Sie müssen sich darauf einstellen, sonst schaffen Sie es nicht, zu überleben. Ich erkläre Ihnen jetzt das Wesen Ihres Gegners: Dimitri ist im Moment nur in der Lage, in sehr einfachen Kategorien zu denken. Trotzdem: Er ist hinterlistig. Das war schon immer sein Naturell. Und er will das hier überstehen. Sie sind diejenige, die ihm dabei im Wege ist. Nicht ich oder der Chef sind seine Feinde! Sie sind es! Er wird Sie töten, wenn er die Gelegenheit bekommt. Versuchen Sie also erst gar nicht, einen Handel mit ihm einzugehen. Er wird Ihnen jede Zusicherung geben, aber nichts davon einhalten und er ist der Skrupellosere von Ihnen. Sie haben wegen des Messers einen kleinen Vorteil, also nutzen Sie ihn!«

»Ich will das nicht!«

»Es spielt keine Rolle, was Sie wollen und was nicht. So, und jetzt verabschiede ich mich. Irgendwann gebe ich die Dinge in die Vertiefungen. Wenn das Licht gelöscht ist, dürfen Sie beide auch wieder ihre Matratzen verlassen, soweit es die Ketten zulassen. Also, Judith, passen Sie gut auf sich auf!«

Der Burghauptmann deutete eine leichte Verbeugung an und ging hinaus.

Einige Sekunden später war es erneut stockdunkel.

Kapitel 35

GEGENWART
Bremen, An der Lesum

Genau um 14.30 Uhr tauchte Arnulf mit seinem Daimler in der Knochenhauer Straße auf und ließ die schon wartenden Männer in sein Auto einsteigen.

»Beeindruckende Demonstration! Wie haben Sie den Ablauf so exakt planen können?«, fragte August, kaum dass er die Autotür hinter sich geschlossen hatte.

Er saß auf dem Beifahrersitz, während es sich Reinhard und Karl im Fond bequem gemacht hatten.

»Das ist Teil der hypnotischen Beeinflussung.«

Arnulf lächelte selbstzufrieden.

»Die Art einer Tat, den Ort und auch die Zeit zu programmieren, ist nicht schwierig. Allerdings benötigt man bei einem Suizidbefehl im Gegensatz zu jedem anderen Auftrag bis jetzt immer noch die Kenntnis irgendeines Vergehens der Person, die zu solch einer Tat genötigt werden soll. In unserem Fall war es eine sexuelle Verfehlung, aufgrund derer sich der Herr Schuhmacher vor längerer Zeit in meine Therapie begeben hatte.«

»Warum besteht solch ein Unterschied?«, fragte August.

»Ein Suizid ist die einzige Tat, die dem Befehl widerspricht, der in jedes Lebewesen eingepflanzt worden ist. Allem Lebenden ist das unbedingte Überlebensgebot mitgegeben. Würde so ein Gebot nicht existieren, würde keine Pflanze wachsen und kein Wurm kriechen.«

Und die vielen Selbstmorde, wie sind die zu erklären?«

»Der über die Jahrmillionen sich immer weiter entwickelnde Wille hat erst die Möglichkeit zur Selbstvernichtung des Menschen eröffnet. Aber wenn jemand richtig prüft, wird er feststellen, dass der soeben erwähnte Mechanismus, ohne den es nur totes Gestein gebe, auch von dem Willen eines Menschen nicht für längere Zeit unterlaufen werden kann.«

»Offensichtlich geschieht es aber doch sehr häufig!«

»Nein, diese Auffassung ist irrig! Denken Sie nach! Es gibt nur zwei Wege zum Suizid. Erstens: Eine Krankheit. Zum Beispiel eine echte Depression, keine depressive Phase, also einen richtigen Defekt im Gehirn. Damit fällt derjenige aus dem Raster. Zweitens: Die subjektiv empfundene Verzweiflung eines Menschen ist so groß, dass der Lebensbefehl für einen kurzen, aber entscheidenden Moment von seinem Willen ignoriert wird. Wenn sie allerdings einer Person genug Zeit geben, zwischen subjektiver Stimmungslage und objektiver Sachlage abzuwägen, und auch noch die Sachlage verbessern, dann wird sich diese Person *immer* gegen einen Suizid entscheiden, weil die unbedingte Pflicht zum Weiterleben unverrückbar in uns allen steckt.«

»Und wie funktioniert ihr Verfahren jetzt ganz konkret?«

»Bei bedeutsamen, in Erinnerung gebliebenen Vergehen bildet sich bei den Betroffenen in ihrer Psyche ein kleinerer oder größerer Defekt, und dieser lässt sich als Hebel benutzen. Es funktioniert auch dann, wenn das Delikt für einen Außenstehenden lächerlich erscheint. Auf die tatsächliche Wertigkeit kommt es also nicht an. Jede dieser Narben lässt sich zu einer unüberwindlichen Barriere für den Betroffenen erhöhen. Diese Variante benötigt aber Zeit.«

»Die Sie in unserem Fall nicht hatten«, sagte Karl.

»Richtig. Ich habe deshalb auch eine Person gewählt, die früher einmal ein massives Problem hatte. Ich habe das Problem durch einen Trick wieder in sein Gedächtnis befördert und es auch ein klein wenig bei einer Konsultation verstärkt.«

»Und so etwas reicht aus?«

»Ja, absolut. Die Quintessenz der Sache ist also: Wenn man will, dass jemand einen Suizid begeht, muss man zwingend etwas über diese Person wissen.«

»Eine Frage Arnulf«, unterbrach nun Karl. »Nehmen wir einmal an, der Suizid misslingt, wie es auf der Brücke beinahe passiert wäre. Der Mann wird gerettet. Die Polizei verhört ihn. Sagt er jetzt, ›Mein Hypnotiseur, der Herr XYZ, hat mir befohlen, dieses oder jenes zu tun?‹ Oder was hätte Herr Schuhmacher erzählt, wäre er in das Boot gefallen?«

»Das kann ich Ihnen sagen. Der bedauernswerte Oberstudienrat könnte sich an meinen hypnotischen Befehl nicht erinnern und hätte somit auch nichts sagen können.«

»Und wenn er überhaupt nicht gesprungen wäre? Der Psychologe hat ganz schön auf ihn eingeredet.«

»Keine Sorge. Er wäre gesprungen, auch dann, wenn ihn zehn Psychologen bearbeitet hätten. Im Falle seiner Rettung wäre Folgendes geschehen: Herr Schuhmacher wäre bei der nächst besten Gelegenheit einem Plan B gefolgt. Auch diesen hatte ich schon in seinem Kopf verankert.

Inzwischen hatte Arnulfs Mercedes die A27 erreicht und fuhr weiter Richtung Norden.

»Wo geht's denn hin?«, fragte Reinhard.

»Wir fahren zur Lesum. In dem dortigen Golfclub Lesmona habe ich meine Platzreife gemacht. Wenn wir mehr Zeit hätten, könnten wir die kurzen, aber sehr interessanten achtzehn Löcher spielen. Aber direkt an dem Flüsschen kann man auch wunderschön spazieren gehen und sich unterhalten, ohne dass jemand stört. Und genau das werden wir gleich tun.«

Als das Ziel erreicht war, stellte Arnulf das Auto auf dem Parkplatz des Clubs ab und die kleine Gruppe ging zurück bis zum Lesumdeich. Dort stiegen die vier Männer auf die Deichkrone, auf der sich ein Spazierweg befand und wandten sich dann lesumabwärts.

Jeder zufällige Beobachter hätte sie für eine harmlose Gruppe gehalten, die den herrlichen Nachmittag für einen Bummel an der frischen Luft nutzen wollte.

Arnulf begann das Gespräch, indem er leise sagte: »Ich eröffne jetzt die sechste und damit letzte Sitzung vor unserer Gründungsversammlung, indem ich Euch auffordere, mit mir den feierlichen Schwur zu sprechen.«

Es war, als würde ein Ruck durch die Männer gehen. Unbewusst hatten sie Haltung angenommen und die Worte klangen bedrohlich, als sie den Eid skandierten.

Etwas später begann Arnulf die Aussprache.

»Es ist soweit«, sagte er. »Die medizinische Fraktion unserer Organisation ist bereit! Die Dosisfindung ist abgeschlossen, die Programme sind angelaufen. Nach der Gründungsversammlung verzahnen wir unsere Führungsebenen und werden überall im Land weitere behandelte und geschulte Anhänger platzieren. Parallel werden die ersten Gruppen der Lobotomierten gebildet. Diese Männer sind unsere Eingreiftruppe, bleiben jedoch noch im Hintergrund. Sie sind August unterstellt, unserem Chef für die Sicherheit. August wird sich später auch um die notwendige Ausrüstung und Bewaffnung kümmern. Über die lange Liste der zu besetzenden Schlüsselpositionen wird unser Koordinator Reinhard gleich etwas sagen. Eine kleine Kostprobe der Manipulationsmöglichkeiten habe ich Ihnen ja schon gegeben. Sie alle, aber besonders Reinhard sollten mit eigenen Augen sehen, dass wir uns der Menschen bedienen können, so wie es für die Erlangung der Ziele unseres Ordens opportun ist. Heute war es eine notwendige Demonstration, um zu zeigen, dass wir bereit sind. In Zukunft wollen wir Menschen indoktrinieren und sie nicht veranlassen, Suizide zu begehen!«

»Wir sind Zeugen ihrer äußerst beeindruckenden Vorführung unserer Macht und unserer Möglichkeiten geworden«, sagte Reinhard. »Meine letzten Zweifel sind verflogen. Der große Plan ist tatsächlich umsetzbar!«

»Richtig! Trotzdem wird das ganze Projekt kein Spaziergang werden. Wenn wir irgendwann um die uneingeschränkte Macht in Deutschland ringen, werden wir in der Anfangszeit mit heftigem Widerstand zu rechnen haben. Dieser Gegenwind wird umso stürmischer sein, je früher unser Konzept in die Öffentlichkeit gerät. Je mehr es uns also gelingt, die nächsten Schritte geräuschlos zu vollziehen, je leichter, je einfacher werden wir es haben. Deshalb möchte ich nun August bitten, etwas zur Sicherheitslage und zu etwaigen Schwierigkeiten in diesem Bereich zu sagen.«

»Danke Arnulf«, antwortete August. »Ich beginne einmal so: Jeder große Sieg ist ohne das Eingehen von Risiken nicht möglich, dessen sind wir uns alle bewusst. Man darf den Bogen allerdings nicht überspannen. Meine Beurteilung unserer Situation ist zwiespältig: Auf der einen Seite hatte ich wesentlich mehr Probleme erwartet. Das liegt zum größten Teil an unseren strengen Grundsätzen, an den Möglichkeiten zur Gedankenkontrolle und an den neuen Verfahren, um bei Personen verschleierte Zielsetzungen zu entdecken. Ich habe positiv vermerkt, dass nicht nur unsere stringenten Regeln allerorts eingehalten werden, sondern dass auch die notwendigen Kontrollen in ausreichendem Maße erfolgen. Mit den Kontrolltests können wir nicht nur Spione, sondern auch Andersdenkende rechtzeitig abfangen, die unseren Orden infiltrieren oder einfach nur ausforschen wollen. Das ist auch der Grund, warum es bis jetzt bei unseren Gegnern nur vage Vermutungen über uns gibt. Auch die Idee, unser Interesse an dem Fleisch Gottes mit der Legende der Entwicklung eines neuen Krebsmittels zu kaschieren, war brillant.«

»Und wo ist der Zwiespalt?«, fragte Karl.

»Dazu komme ich jetzt. Jeder weiß: Wo es Licht gibt, ist auch Schatten, existieren auch Gefahren. Wir konnten bis heute unsere sehr anhänglichen Freunde vom Mossad nicht ausreichend täuschen. Das habe ich von unseren V-Männern erfahren. Der jüngste Fall, den Sie alle kennen, beweist, dass wir gar nicht aufmerksam genug sein können. Wir waren leider gezwungen, den Mann schnell und effektiv zu eliminieren. Organische Überreste gibt es nicht mehr, denn die Bremer Stahlschmelzöfen sind verdammt heiß. Eine Lobotomie mit anschließenden Umschulungsmaßnahmen wäre auch eine schöne Option gewesen, zumal eine weitere Demonstration unserer Möglichkeiten. Allerdings mit dem zweifelhaften Erfolg, dass unsere Gegner aufgescheucht worden wären wie eine Hühnerschar, wenn sich ein Fuchs anschleicht.

Für die Information, Arnulf, dass eventuell Gefahr über ein eher zufälliges Interesse an den alten Akten von Dr. Rascher aus dem KZ Dachau bestehen könnte, danke ich Ihnen, wenn ich auch nicht glaube, dass von dort wirklich ein Weg zu uns führt. Dennoch haben Sie, wie immer, richtig entschieden, dass Sie das Archiv überwachen lassen. Ich stimme Arnulfs Ansicht zu, dass wir so lange wie nur möglich, nicht von der breiten Öffentlichkeit wahrgenommen werden sollten.

Das wäre erst einmal alles von meiner Seite. Jetzt soll Reinhard noch etwas zu der Liste der Schlüsselpositionen sagen. Reinhard, bitte!«

»Meine Mitkämpfer«, begann der Mann in seinem schwäbischen Dialekt. »Gut Ding braucht Weile. So will ich die Situation aus meiner Sicht umschreiben. Bei uns zu Hause sagt man auch: Nur nicht hudeln. Das heißt auf Hochdeutsch, sich lieber mehr Zeit zu nehmen, als einen Misserfolg zu provozieren. Eine zweite Chance wird es bei einem Vermasseln der ersten für uns nicht geben, darüber sind wir uns wohl einig. Zweifellos haben wir schon viele unserer Kameraden in Stellung gebracht, aber das allein garantiert noch lange nicht den endgültigen Erfolg. Ich persönlich rechne damit, dass wir mindestens noch zwei bis drei Jahre benötigen, auch dann, wenn wir das Tempo der Schulungen noch steigern und weiter fleißig Schlüsselpositionen erobern. Auch die Zeit, die wir brauchen, unsere Überzeugungen demnächst in der Bevölkerung zu verbreiten, ist zu berücksichtigen. Dabei hilft uns ungemein, dass es jetzt schon viele Millionen Bürger gibt, die sich heute nur deshalb demokratisch geben, weil es schick zu sein scheint, Demokrat zu sein. Die meisten Deutschen wollen in Wahrheit eine straffe Führung. Sie wollen jemanden, der ihnen sagt, was zu tun und was zu lassen ist. Das ist bequemer. Unser Sieg ist also auch eine Frage der Geduld, die wir aufzubringen bereit sind. Wie ich schon sagte: Nicht hudeln.«

»Die Zeit, so lange zu warten, bis wir wirklich jedem Risiko ausgewichen sind, haben wir nicht«, unterbrach Arnulf. »Wir benötigen heute und jetzt eine deutschlandweit funktionierende Organisation. Nicht erst in ferner Zukunft! Dieser Punkt ist nicht diskutabel.«

»Mit meiner Äußerung meinte ich auch nicht das Datum für die Gründungsversammlung, denn das sollte eingehalten werden, sondern den länger dauernden Prozess der landesweiten Ausbreitung bis zur endgültigen Übernahme der Macht.«

»Dann sind wir uns einig. Sonst noch Anmerkungen? Ja, Reinhard, bitte!«

»Was wir weiter in ausreichendem Maße benötigen, ist Geld. Viele Dinge lassen sich nur mit Geld regeln. Geld macht schweigsam, Geld lässt Bedenken verkümmern. Und besonders auf Schweigsamkeit sind wir noch angewiesen. Dazu sei allerdings auch gesagt, dass über jede Summe, mit der wir eine Meinung beeinflussen, Buch geführt werden muss. Nichts darf in Vergessenheit geraten. Karl, unser Organisator sollte jetzt über diesen nicht unwichtigen Aspekt referieren. Was sagen unsere Mäzene? Stehen uns die nötigen Mittel für die Gründung auf der Wewelsburg und weiter bis zu dem alles entscheidenden Punkt X zur Verfügung?«

»Danke, Reinhard. Ich kann nur eines dazu sagen: Macht euch über diesen Aspekt keine Sorgen. Wir haben genügend potente Geldgeber mit der für uns richtigen Gesinnung. Es ist mit unserem Orden wie mit einem ganz banalen Industrieprodukt. Immer dann, wenn etwas sicheren Profit verspricht, ist es mit dem nötigen Geschick nicht schwierig, die Mittel zur Herstellung und für den Vertrieb aufzubringen. Es ist bei uns sogar eher so, dass wir darauf achten müssen, nicht zu großzügig mit den reichlich vorhandenen finanziellen Mitteln umzugehen. Ein zu lockerer Umgang weckt Wünsche, zieht zwielichtige Menschen an und provoziert Neid. Also: Vorsicht mit dem Umgang der Droge Geld! Eine Schwierigkeit sehe ich aber noch, obwohl es eigentlich nicht mein Gebiet ist.«

»Was meinen Sie, Karl?«, fragte Arnulf.

»Ich meine damit den Ort unserer Gründung.«

»Inwiefern?«

»Arnulf, Sie haben uns da einen sehr problematischen, geschichtsträchtigen Platz ausgesucht. Ich verstehe, dass es eigentlich keinen anderen geben kann. Nur sollten wir wissen, dass außer uns auch noch andere Personen an der Wewelsburg interessiert sind. Ich meine zum Beispiel Esoteriker und pseudorechte Gruppen, die die Burg zu ihrem Wallfahrtsort gemacht haben. Ich bin mir sicher, dass in Zukunft zumindest die letztgenannten zu unseren Parteigängern werden. Im Moment ist dieser Aspekt wegen des öffentlichen Interesses jedoch eher störend. Allerdings war die Sache hilfreich bei den Verhandlungen über den Pachtvertrag, weil die Behörde, die das Anwesen verwaltete, nicht so recht wusste, wie mit dem nicht erwünschten Tourismus umzugehen ist. Wir haben durch den begonnenen Umbau erst einmal für Abhilfe gesorgt und der Plan mit dem Hotel streut genügend Sand in die Augen von irgendwelchen Überklugen, die immer und überall damit beschäftigt sind, die Flöhe husten zu hören.«

»Und wo liegt nun nach Ihrer Ansicht das Problem?«

»Wenn unsere Gründung dort stattfindet und auch noch in der breiten Öffentlichkeit bekannt werden sollte, dann haben wir riesige Schwierigkeiten. Schnell könnten weitere für uns gefährliche Gerüchte aufkommen. Das alles macht mir Bauchschmerzen. Arnulf, was meinen Sie? Sollten wir nicht besser umplanen, die Gründung an einem anderen Ort feierlich begehen und unser Zentrum erst dann endgültig auf der Wewelsburg etablieren, wenn wir in Deutschland mehr Einfluss haben? Es hängt so viel davon ab!«

»Karl, Sie haben vom Prinzip her recht. Trotzdem zeugen Ihre Ansichten weder von wirklicher Größe, noch von Mut«, entgegnete Arnulf kühl. »Was würden unsere Kinder und Kindeskinder wohl sagen, wenn sie erfahren, dass ihre Väter den Startschuss zur Erneuerung des Landes irgendwo im Verborgenen abgegeben haben? Das wäre erniedrigend.

Der Gründungskonvent kann und darf nur auf der Wewelsburg stattfinden. Ich sehe auch keine Gefahr, der wir nicht erfolgreich begegnen können. Kein Fremder bekommt Zutritt. Kein Gärtner, kein Handwerker, keine Putzfrau. Nichts, aber auch gar nichts wird nach außen dringen.«

»Ja, aber …«

»Nichts aber! Ich gehe sogar noch weiter: Nur dort ist es denkbar! Wenn einer von Ihnen bei der Abstimmung diesem Punkt widerspricht, stehe ich nicht mehr zur Verfügung. Das ist eine conditio sine qua non! Wir brauchen unsere Gründung jetzt und wir brauchen sie dort. Jeder von Ihnen weiß, wie sehr die Zeit drängt! Erst wenn die hierarchische Ordnung hergestellt ist, die komplexen Strukturen intakt, die Befehlskette einwandfrei funktioniert, erst dann können wir wirklich koordiniert handeln! Also, hat einer noch Einwände?«

Keiner der drei Männer rührte sich.

»Meine Herren, ich sehe, wir sind uns einig. Wortmeldungen liegen auch keine mehr vor. Dann fasse ich noch einmal zusammen …«

Kapitel 36

GEGENWART

KZ Gedenkstätte Dachau

Drei Tage Dokumentenstudium waren schon vorüber, und Erez hatte noch immer keinen Hinweis auf die Existenz seines Großvaters in dieser Schreckensstätte gefunden. Vor dem Beginn seiner Reise hatte er der sprichwörtlich deutschen Ordnung vertraut. Aber genau an dieser Ordnungsliebe lag es auch, dass er bis jetzt nicht fündig geworden war, denn als die US-Truppen am 29. April 1945 das KZ Dachau eingenommen hatten, waren die meisten Akten im lagereigenen Krematorium schon akkurat verbrannt worden.

Dennoch gab es viel interessantes Material. Einen Großteil der Insassennamen hatte man rekonstruieren können, allerdings nicht alle. Mehr noch als Schriftstücke existierten viele Fotodokumente. Die meisten davon stammten von den Wachmannschaften selbst. Diese Exponate waren nach dem Krieg fast immer über Angehörige hierher gebracht worden.

Dass Jonathan nicht unter seiner eigenen Identität eingeliefert worden war, denn den Namen kannte die Gestapo bei seiner Verhaftung bekanntermaßen nicht, machte die Suche nach ihm noch schwieriger.

Die Zeit verging. Um glaubhaft in den Dokumenten der Medizinversuche stöbern zu können, verfiel er auf einen Trick und gab vor, auf einer Fotografie seinen Großvater erkannt zu haben. Es handelte sich um eine Aufnahme, bei dem der Lagerarzt Hauptsturmführer Rascher gerade ›Freiwillige‹ für seine Versuche rekrutierte. Auf diesem Bild war, etwas verdeckt, ein mittelblonder Mann zu sehen. Erez behauptete einfach, dass das sein Opa sei. Aber wie sollte er, ohne bei einem heimlichen Beobachter Verdacht zu erregen, begründen, dass er auch noch nach weiblichem Personal suchte? Erez wusste sich keinen Rat und musste auf weitere Zufälle hoffen.

Es waren nur elf Personen, die in dieser Zeitspanne regelmäßig im Archiv arbeiteten und deshalb war es auch kaum möglich, unbeobachtet Exponate durchzustöbern.

Alle sind hilfsbereit und meines Erachtens unverdächtig. Also warum soll ich diese übertriebene Vorsicht weiterhin walten lassen? Sie erschwert mir nur die Nachforschungen!

Dann fielen ihm aber doch die besorgten letzten Worte seines Vaters und auch das gegebene Versprechen ein, und Erez dachte an die ellenlangen Diskussionen, die unweigerlich folgen würde, wenn er seine Tarnung weniger streng handhaben würde.

Auch Diana wäre wohl mehr als verwundert, wenn sie von meinem wahren Ziel erfahren würde. Und das wäre nicht sehr clever, denn wenn ich ihre Signale richtig deute, ist sie vielleicht doch interessiert, trotz ihres verbalen Flirtverbots.

Den ersten Hinweis, der dann wirklich auf seinen Großvater deutete, stammte nicht aus den Dokumenten des Archivs, sondern aus einem Erlebnisbericht eines Häftlings, der bei einem Kriegsverbrecherprozess ausgesagt hatte. Da aber der Inhalt dieses Berichts von keinem anderen ehemaligem Gefangenen bestätigt worden war, hatte er kaum Beachtung gefunden. Diana war es, die zufällig auf dieses Schriftstück gestoßen war. Der Mann hatte zu Protokoll gegeben, dass ein Mithäftling, den alle nur Hase nannten, neben anderen Torturen auch elektrische Behandlungen bekommen habe, wobei der Strom von Hauptsturmführer Rascher direkt in seinen Kopf geleitet worden sei. Außerdem hätte man ihm Medikamente verabreicht und ihn hypnotisiert. Der ehemalige Gefangene hatte auch ausgesagt, dass Dr. Rascher mit dieser Versuchsreihe vor anderen SS-Ärzten geprahlt habe, dass es ihm möglich sei, mit diesen Maßnahmen jeden Menschen zum Sprechen zu bringen, jedem seine intimsten Geheimnisse abzunehmen.

Die Stromstöße, so hatte der Mann weiter berichtet, seien aus einem sehr komplizierten Apparat gekommen. Die Versuche selbst habe er nie gesehen, die Apparatur schon. Er gab weiter an, dass dieser Häftling Hase tatsächlich seinen wirklichen Namen, an den er sich aber leider nicht mehr erinnern könne, und das Versteck seiner Familie ohne weiteren Zwang verraten habe, wobei sich auch noch herausstellte, dass er Jude war. Daraufhin hat man ihn sofort durch Genickschuss getötet und im Krematorium verbrannt.

Dem Gedächtnisprotokoll war ein Foto beigefügt.

Diana zeigte Erez den Bericht und dieses Bild, auf dem neben anderen

Personen und dem SS-Arzt Rascher ein Mann mit gequältem Gesichtsausdruck zu sehen war. Und jeder, der sich die Verzerrung in der Mimik wegdachte, konnte unschwer die Ähnlichkeit zwischen der Person auf dem Foto und Erez erkennen. Auf der Rückseite der Aufnahme hatte jemand eine Notiz geschrieben: ›Hase‹ stand dort, ›einer der Vorzeigepatienten Dr. Raschers. Sogar der Reichsheini war an dem Vorgang interessiert.‹

»Ist das dein Großvater?«, fragte Diana (Erez und Diana duzten sich seit zwei Tagen), während sie zu ihrem Glas Rotwein griff, das sie sich jeden Abend zum Essen bestellte.

»Nein, äh, nein, das ist er nicht.«

Allerdings war die Zeitspanne zwischen ihrer Frage und seinem Dementi etwas zu lang geraten. Da das Erez selbst aufgefallen war, reagierte seine Gesichtsfarbe mit einem flammenden Rot.

»Warum belügst Du mich, Erez? Gibt es einen anderen Grund für deine Nachforschungen, als den, den du mir genannt hast? Na ja, eigentlich geht mich das auch nichts an.«

Erez war sich plötzlich bewusst, dass er in einer Zwickmühle steckte. Mogelte er weiter, musste er damit rechnen, dass Diana mehr als nur verärgert sein würde. Außerdem bestand die Gefahr, dass noch andere Archivbenutzer davon erfahren könnten. Sagte er allerdings die Wahrheit, hatte er auch die Verpflichtung, diese zu erklären.

»Es tut mir wirklich sehr leid«, begann er. »Normalerweise ist zu lügen überhaupt nicht meine Art. Aber es stimmt. Tatsächlich suche ich nicht nur nach meinem Großvater, sondern ich gehe auf Bitte meines Vaters auch noch einer zweiten Sache nach. Davon darf eigentlich keiner wissen und ich habe Papa versprochen, niemandem davon zu erzählen. Deshalb mein Versteckspiel.«

»Und was ist das für eine Sache, wenn ich fragen darf?«

»Ich soll auf Personen achten, die ein starkes Interesse an dem ehemaligen SS-Arzt Rascher, nebst seiner Geliebten und seinen Menschenversuchen zeigen.«

»Was? Geliebte hat es an diesem entsetzlichen Ort auch gegeben? Das ist ja interessant!«

»Offensichtlich haben die schlimmsten Dinge damals niemanden von irgendetwas abgehalten. Für die Leute hier war das Alltag. Seine Geliebte soll übrigens eine junge Krankenschwester gewesen sein.«

»Und woher weißt du das?«

»Mein Papa hat mir ein Foto von Rascher gezeigt, auf dem auch diese Frau zu sehen war.«

»Das wird ja immer eigenartiger! Was ist überhaupt für deinen Vater so spannend an diesem SS-Arzt, außer der Tatsache, dass er für den Tod deines Großvaters mitverantwortlich war?«

»Papa vermutet, dass irgendwelche Spinner sich Rascher als Galionsfigur ausgesucht haben und hier Material über ihr Idol sammeln könnten. Es soll der Plan bestehen, sich unter seinem Namen zu einem Bündnis zusammenzuschließen.«

»Und was hat er damit zu tun?«

»Den Kampf gegen den Rechtsextremismus in Deutschland führt Papa schon seit dem Kriege, er ist quasi zu seinem eigentlichen Lebensinhalt geworden.«

»Jetzt verstehe ich. Und wenn ich zu diesen Spinnern gehöre? Was machst du dann?«

»Quatsch! Ich bin überzeugt, dass ich dir vertrauen kann. Aus unseren Gesprächen weiß ich, wie du denkst und dass du mir nichts vormachst. Du musst mir nur versprechen, dass das, was ich dir gerade erzählte habe, unter uns bleibt.«

»Du kannst dich darauf verlassen! Nur solltest du generell nicht allzu blauäugig sein, denn man kann niemandem hinter die Stirn gucken. Wenn du mich fragen würdest, ob sich im Moment jemand in dem Archiv mit anderen Dingen beschäftigt, als mit denen, die er vorgibt, würde ich mir kein eindeutiges Urteil zutrauen.«

»Wieso sagst du das? Weißt du etwas?«

»Na ja. Gerade neulich hat dieser Daniel Ottel, das ist der Mann, der immer einen Anzug trägt und am Eingang am ersten Tisch sitzt, mich über dich ausgefragt.«

»Über mich? Das ist ja spannend! Was wollte er denn wissen?«

»Nun, er wollte wissen, ob wir uns näher kennen. Und dann auch noch, ob du tatsächlich Jude bist.«

»Was interessiert ihn das? Und warum fragt er gerade dich?«

»Ich kann es dir wirklich nicht sagen. Keine Ahnung.«

»Danke, dass du mir davon erzählt hast. Morgen werde ich mir den Knaben einmal genauer anschauen.«

»Tu das. Ich glaube allerdings, dass er mich wirklich nur aus Neugierde aushorchen wollte. Oder er hatte die Absicht, seine Chancen bei mir abzuchecken. Hätte er andere Ziele verfolgt, dann wäre er bestimmt nicht so plump vorgegangen.«

»Da könntest du recht haben.«

»Jeder weiß schließlich, dass wir häufig gemeinsam ins Archiv kommen. Also muss er damit rechnen, dass ich dir davon erzähle. Übrigens habe ich vor ein paar Tagen bei irgendwelchen Unterlagen Fotografien in der Hand gehabt, auf denen ich Rascher zusammen mit zwei Frauen gesehen habe. Möglicherweise waren es Krankenschwestern aus dem Lager. Vielleicht war eine davon seine Geliebte. Ich weiß noch, dass ich bei dem Foto gedacht habe, dass Rascher im normalen Leben einen sehr gut aussehenden Chefarzt abgegeben hätte.«

»Das glaube ich jetzt nicht! Du findest diesen Verbrecher auch noch attraktiv?«

»Ja, nur das Äußere, nicht den Inhalt. Er sah nicht unsympathisch aus, keinesfalls so, wie man sich einen Sadisten vorstellt, der er ohne Zweifel war. Dieses Phänomen gibt es doch nicht selten. Einem potentiellen Mörder sieht man auch nicht seine Absichten an!«

Erez spürte, dass sich bei Dianas Erzählung sein Pulsschlag erhöht hatte.

Eine der beiden auf dem Foto muss einfach die Gesuchte sein! Nur jetzt nicht ein allzu großes Interesse zeigen! Den wahren Grund meiner Suche muss sie nicht auch noch erfahren!

»Wenn du noch weißt, wo du die Fotos gesehen hast, dann kann ich ja mal einen Blick darauf werfen«, sagte Erez betont beiläufig. »Die Chance ist nicht groß, aber schaden kann es ja nicht.«

»Soweit ich mich erinnere, waren es Bilder, die der Sohn eines SS-Wachmannes in dem Nachlass seines Vaters gefunden und dem Archiv zur Verfügung gestellt hat. Genau weiß ich es aber nicht mehr! Ich werde sie dir morgen zeigen.«

Kapitel 37

GEGENWART
Wewelsburg, Verlies

Seit der Mann verschwunden war, der sich Burghauptmann genannt hatte, versuchte Judith, konzentriert zu bleiben.

Soweit ich ihn verstanden habe, wird er irgendwann und irgendwie eine Portion Essen und etwas Wasser in die Bodenvertiefungen stellen, und ich darf mich dann mit dem Verrückten von da drüben um diese Dinge streiten. Wenn ich nicht so einen schrecklichen Durst hätte, würde ich mich einfach dem Kampf verweigern, aber das geht nicht!

Judith dachte über die künftige Auseinandersetzung mit Dimitri nach. Sie wusste, dass sie sich vor ihm in Acht nehmen musste und machte sich klar, dass sie auf verlorenem Posten stehen würde, wenn er sie irgendwie zu fassen bekäme.

Soll ich versuchen, ihn in die Hand zu stechen, wenn er nach dem Essen greift? Gar nicht so einfach in der Finsternis!

Plötzlich fiel ihr auf, dass sie schon lange keinen Laut mehr von Dimitri gehört hatte.

Ist er eingeschlafen? Oder hat er sich herangeschlichen und wartet auf mich? Was wird er tun, wenn er mich erwischt? Mich töten, mich nur außer Gefecht setzen?

Judith war überzeugt, dass dieser eigenartige Baron ihr nicht nur Angst machen wollte.

Es ist wie bei einem Gladiatorenkampf! Hat er sich diesen Schwachsinn selbst ausgedacht oder gibt es hier tatsächlich den alles dominierenden Anführer, der die Befehle gibt und der offensichtlich der Gestörteste von denen ist?

Erst einmal musste sie herausbekommen, ob sie auf Anhieb die Vertiefungen finden könnte, denn das war überlebenswichtig. Dann auch noch, ob es möglich war, sich mit der Kette zu bewegen, ohne dass es dabei Geräusche gab.

Sie versuchte, aufzustehen. Ein Klirren war die Folge. Judith verharrte. Da sie nichts von ihrem Gegenüber hörte, machte sie weiter. Sie nahm nun ihr Messer in die rechte Hand und bewegte sich Zentimeter für Zentimeter vorwärts, die Waffe in Brusthöhe hin und her schwingend. Sie stellte sich vor, was passieren würde, wenn sie in Dimitris Reichweite käme und er sie angriffe.

Vielleicht wird er in mein Messer greifen, vielleicht aber auch mein Handgelenk erwischen. Und das wäre mein Verderben! Du hast eine falsche Technik! Besser ist es, mit der unbewaffneten linken Hand zu tasten und in der rechten, der hinteren, die Waffe zu halten und ihm damit bei Bedarf eins verpassen!

Unversehens spürte sie unter ihrer linken Schuhsohle eine kleine Erhebung. Als sie sich bückte, um zu erkunden, worauf sie getreten war, fand sie ein Stückchen Beton, das wohl irgendwann von der Decke gefallen war. Sie hob es auf.

Judith wusste, dass Dimitri sie im Augenblick nicht erreichen konnte, aber sie wusste nicht, wo er sich befand.

Liegt er auf seiner Decke? Liegt er irgendwo auf der Lauer?

Mit dem rechten Arm holte sie Schwung und warf das Betonteilchen in Richtung Wand. Beinahe wäre sie vor Schreck hingefallen, denn mit einem ohrenbetäubenden Brüllen stürzte Dimitri, der sich nicht weit von ihr entfernt aufgehalten haben musste, in die Richtung, in die sie das Steinchen geworfen hatte. Dann knallte es heftig und es folgte ein weiteres, dumpfes Geräusch.

Er ist gegen die Mauer gerannt! Das schadet ihm überhaupt nichts! Das musst du für dich ausnutzen!

Schnell machte sie die restlichen Schritte, prägte sich noch einmal den Weg zu den Bodenvertiefungen ein und kehrte dann zu ihrer Matratze zurück. Dabei stellte Judith fest, dass man ziemlich geräuscharm gehen konnte, wenn man die Kette unter Spannung hielt, sich quasi auf einer Kreisbahn bewegte.

Dimitri hat bestimmt auch gemerkt, wie das geht, denn sonst hätte er nicht so nahe herankommen können. Also ist er keinesfalls über die Maßen beschränkt! Vielleicht ist es ja doch möglich, mit ihm zu kommunizieren? Vielleicht ist es auch möglich, seine Aggressionen abzubauen. Ein Friedensangebot zu machen, schadet auf keinen Fall!

»Dimitri! Ich weiß, dass Sie mich hören und dass Sie mich verstehen. Sie sind hier gefangen, genau wie ich. Wir teilen beide das gleiche Schicksal. Ich weiß nicht, warum Sie hier sind. Genauso wenig kann ich mir erklären, warum ich hier bin. Ich bin aber nicht Ihr Feind, glauben Sie mir! Ich weiß zwar nicht, was man Ihnen gesagt hat, aber ich kann Ihnen versichern, dass ich nichts gegen Sie habe und dass ich auch nicht will, dass Sie zu Schaden kommen. Besonders nicht durch mich. Wir sitzen beide im selben Boot, wenn Sie verstehen, was ich meine. Unser gemeinsamer Gegner ist dieser Baron von Hohenfels. Was halten Sie davon, wenn wir uns gegenseitig helfen? Ich schlage vor, dass wir teilen, wenn der Baron uns etwas zu essen bringt. Da Sie größer sind, sollen Sie auch mehr bekommen. Ich heiße übrigens Judith. Judith Kolbert. Sie können Judith zu mir sagen und ich sage Dimitri! … Ja? Einverstanden?«

Judith lauschte in die Dunkelheit … Nichts.

»So sagen Sie doch etwas Dimitri! Bitte!«

Judith vernahm ein leises Geräusch. Es klang wie ein abweisendes Knurren.

»Hallo Dimitri«, begann Judith einen zweiten Versuch. »Sagen Sie mir wenigstens, ob Sie mich verstanden haben. Wo kommen Sie eigentlich her? *Ich* komme aus Bremen. Ist Russland ihr Heimatland? Ich habe schon einmal für die Zeitung, bei der ich gelegentlich arbeite, eine Reportage in Russland gemacht. Es ist ein sehr schönes, sehr großes Land. Ich glaube, dass das ungefähr vier bis fünf Jahre her ist. Es ging damals um vermisste Weltkriegssoldaten aus Bremen. Ich konnte sogar das Schicksal eines jungen Feldwebels aufklären und seiner Familie den Ort sagen, wo er begraben wurde. Gewissheit zu haben, kann für eine Mutter großen Trost bedeuten. Was denken Sie darüber, Dimitri?«

Judith schrak zusammen. Mit einer emotionslosen, dunklen Männerstimme kam völlig überraschend für sie seine Antwort.

»Frau hier sterben. Dimitri hassen Russland. Hitler zu wenig russische Schweine totgemacht, damals. Dimitri kommen aus Ukraine. Dimitri werden Frau töten, dann wieder nach Odessa zurück. Frau schon tot!«

Judith lief es eiskalt den Rücken herunter.

Das mit Russland war absolut blöd! Ich hätte daran denken müssen, dass er vielleicht kein Russe ist. Nun habe ich seinen Hass weiter gesteigert. Aber vielleicht kann ich doch noch etwas von seiner Feindseligkeit abbauen!

»Ich kenne auch Ihre Heimat. Die Ukraine, sie ist wunderschön. Fast doppelt so groß wie Deutschland. Bei uns in Bremen ist hauptsächlich wegen des Fußballs die Mannschaft von Dynamo Kiew beliebt. Das sind alles hervorragende Spieler. Viele davon sind Weltklasse, wie man bei uns sagt.«

»Kiew nur kann gewinnen, weil in Mannschaft lauter Legionäre. Herz von Dimitri ist bei Chernomorets Odessa. Frau sollen aufhören, wie sagt man auf Deutsch, gutes Wetter machen. Frau wird sterben.«

Ehe Judith weiter über ihre erneute Niederlage nachdenken konnte, ging plötzlich das schummrige Licht an und der Burghauptmann stand im Eingang, mit einem Korb in der Hand.

Kapitel 38

GEGENWART

KZ Gedenkstätte Dachau, Niederroth

Erez konnte es kaum fassen, aber es gab keinen Zweifel. Das eine von den beiden Bildern, das Diana ihm am nächsten Tag vorlegte, zeigte tatsächlich die Krankenschwester, die er suchte. Es stammte aus dem Nachlass eines ehemaligen SS-Angehörigen der Wachmannschaft. Auf dem Foto war Dr. Rascher in Uniform zu sehen. Er lehnte am Bett eines jüngeren, gut genährten Mannes. Neben ihm standen zwei Frauen.

Erez starrte auf das Bild.

»Erez, ist irgendetwas? Du schaust, als hättest du einen bösen Geist gesehen.«

Diana stieß ihn freundschaftlich neckend an seinen Arm.

»Ist eine davon die Geliebte des Monsterarztes?«

»Nein, leider. Entschuldige, ich habe gerade an etwas völlig anderes gedacht. Diese Fotos helfen mir leider nicht weiter. Sie sind auch schon älter. Rascher trägt eine Uniform der Luftwaffe! Als er seine Versuche gemacht hat, trug er immer seine schwarze SS-Uniform. Außerdem: Schau dir mal die Bettwäsche an. Dieser Kranke ist kein Gefangener. Das ist jemand von der Wachmannschaft. Und beide Frauen sind dunkelhaarig, seine Geliebte war blond!«

»Schade. Es hätte ja sein können!«

»Danke, trotzdem. Das war sehr nett von dir.«

Er gab ihr die Fotos zurück und sie legte sie wieder in den Ordner.

***

Am Freitagnachmittag waren die meisten Arbeitsplätze im Archiv unbesetzt. Auch Diana war schon ins Wochenende gegangen. Erez erhob sich, ging zu den Regalen und suchte die Ordner heraus, in denen irgendwo die Fotografien stecken mussten, die sie ihm gezeigt hatte.

»Sie haben sich ja vor dem Wochenende noch viel vorgenommen! Oder hat Ihnen Ihre hübsche Freundin für heute einen Korb gegeben?«, fragte der junge Mann spöttisch, der in einem grauen Anzug am ersten Tisch saß.

Diese Bemerkung ärgerte Erez, denn es war tatsächlich so, dass Diana ihn versetzt hatte, wenn auch unbeabsichtigt. Ursprünglich wollte er heute mit ihr ins Theater. Es sollte eine Überraschung werden. Die Karten für eine lustige musikalische Show im »Leierkasten«, die sehr gute Kritiken in der lokalen Presse bekommen hatte, trug er schon seit dem Vortag mit sich herum. Und wenn ihr der Abend wirklich gut gefallen würde ...

Dann war sie vor einer Stunde an seinen Tisch gekommen und hatte ihm mitgeteilt, dass sie jetzt noch mit ihrer Archivnachbarin in die Stadt fahren wolle, um ein Paar tolle Schuhe zu kaufen. Damit hatte er nun gar nicht gerechnet und die Neuigkeit konsterniert zur Kenntnis genommen.

»Kümmern Sie sich um Ihren eigenen Kram, Herr Ottel«, antwortete Erez deshalb mürrisch und ging weiter, ohne den Kopf zu wenden.

Er setzte sich, nahm die Ordner, die er zuvor auf dem Tisch abgelegt hatte, in die Hand und blätterte sie einen nach dem anderen langsam durch. Ihn interessierte nur das eine Bild. Es dauerte auch nicht lange, und er hatte es gefunden. Erez las eingehend das dazugehörige Begleitschreiben und notierte Anschrift, Name und Telefonnummer des Absenders.

Der Mann auf dem Foto, der im Bett lag, war tatsächlich ein erkrankter Wachmann mit dem Namen Fränkl gewesen. Sein Sohn hatte die Bilder nach dem Tode des Vaters ins Archiv geschickt. Fränkl junior wohnte in Niederroth, keine fünf Kilometer von der Pension Lachner entfernt.

Vielleicht kann ich dort zusätzliche Informationen bekommen.

Erez entschloss sich, sofort dort anzurufen, verließ das Archiv und begab sich in den Vorraum zur öffentlichen Zelle. Es meldete sich tatsächlich ein Thomas Fränkl. Erez stellte sich vor und äußerte seinen Wunsch:

»Es geht um die Fotos, die Sie mit den Aufzeichnungen Ihres verstorbenen Vaters an die Gedenkstätte Dachau geschickt haben«, sagte er. »Ich recherchiere über den Verbleib meines Großvaters, oder besser gesagt, über die Umstände seines Todes in dem KZ im Jahre 1944. In diesem Zusammenhang bin ich auf Ihre Bilder gestoßen.«

»Und Sie meinen, dass mein Vater an dem Tod Ihres Großvaters schuld war?«, kam die argwöhnische Gegenfrage.

»Nein! Da haben Sie mich missverstanden. Es geht mir um Folgendes: Auf einem der Bilder liegt Ihr Vater im Bett eines Krankenzimmers. Mit auf dem Foto sind zwei Frauen. Wahrscheinlich Krankenschwestern. Von der größeren würde ich gerne mehr erfahren.«

»Ja, aber was soll die Frau damit zu tun gehabt haben?«

Erez griff zu einer Notlüge.

»Mein Großvater ist unter falschem Namen ins KZ eingeliefert worden, denn er hatte keine Papiere bei sich. Bei seiner Verhaftung wusste auch niemand, dass er Jude war, man konnte es ihm nicht ansehen. Diese Dinge machen meine Suche nach ihm auch so schwierig. Ich habe nur eine einzige Spur, nämlich ein anderes Foto, das meinen Vater mit dieser einen Frau im Gespräch zeigt. Vielleicht könnte ich etwas herausbekommen, wenn ich den Namen der Krankenschwester wüsste. Vielleicht lebt sie noch. Verstehen Sie?«

»Schon. Ich kann Ihnen da aber leider nicht weiterhelfen. Ich selbst habe nie Gespräche mit meinem Vater über seine Tätigkeit in dem KZ geführt. Dieses Thema war in unserer Familie tabu. Vater hat nach 1945 eine Gefängnisstrafe abgesessen. Wieso und warum weiß ich nicht. Nach seinem Tod habe ich alle Dokumente, die mir wichtig erschienen, nach Dachau geschickt und den Rest weggeworfen. In meinem Besitz befinden sich über diese Zeit keine Unterlagen mehr. Ich würde Ihnen wirklich gerne helfen. Dennoch wünsche ich Ihnen viel Erfolg!«

Damit war das Gespräch beendet.

Erez war sich sicher, dass er den Nachnamen der gesuchten Frau nicht mehr herausfinden würde und entschloss sich, die Suche abzubrechen.

Was soll ich jetzt mit den Karten für die blöde Musikshow anstellen? Alleine hinzugehen, ist absolut öde und eigentlich mag ich diese Art der Unterhaltung auch nicht!

Ihm kam ein Gedanke.

Am Eingang zum Archiv saß, wie meist, die äußerst liebenswürdige, etwa fünfzigjährige Frau Bachmann, die jeden, der häufiger zum Recherchieren kam, immer mit ein paar freundlichen Worten bedachte.

Erez trat an den Counter.

»Oh, der Herr Grünberg! Schönen guten Abend. Sie haben einen Wunsch?«

»Ja, Frau Bachmann. Ich möchte Ihnen etwas bringen.«

Sie schaute ihn fragend an.

»Ich habe gehört, dass Sie und Ihr Mann Theaterliebhaber sind.«

»Ja, das stimmt. Von wem wollen Sie das denn gehört haben?«

Die Verwirrung, in die er Frau Bachmann mit seiner Aussage gestoßen hatte, war ihr deutlich anzusehen.

»Ich habe glatt vergessen, wer mir das erzählt hat«, grinste Erez. »Aber im Ernst. Ich habe zwei Karten für die Musikshow heute 20 Uhr im ›Leierkasten‹ und bin leider verhindert. Ich werde die Tickets in den Mülleimer werfen, wenn Sie mich nicht davon befreien. Um überhaupt keine Frage aufkommen zu lassen: Sie bekommen sie entweder umsonst oder gar nicht.«

»Herr Grünberg, ich finde Sie umwerfend«, lachte die Frau. »Und da ich nicht als schüchtern verschrien bin und heute auch nichts Besonderes vorhabe, gehe ich ohne große Gewissensbisse auf Ihr Angebot ein und sage mit Freuden: Ja! Danke! Recht herzlichen Dank! Einfach toll!«

Auch Erez war glücklich über so viel Begeisterung, die er ausgelöst hatte.

Man soll ruhig häufiger jemandem eine Freude machen!

Er zog die zwei Karten aus seiner Brieftasche und übergab sie mit großer Geste. Frau Bachmann nahm die Billetts, dann aber zögerte sie.

»Da fällt mir gerade ein, mein Mann hat heute einen geschäftlichen Termin. Er kann leider nicht mitkommen, und alleine …«

»Nehmen Sie doch eine Freundin mit, oder besser noch Ihren Hausfreund«, scherzte Erez. »Egal wen Sie damit beglücken. Ich bin die Dinger, wie sie ja selbst sehen, los und nehme sie auch nicht mehr zurück!«

»Oh, ich weiß, wer mich begleiten kann«, sagte Frau Bachmann beglückt. »Meine Mutter! Sie ist zwar schon weit über achtzig, trotzdem noch gut in Form. Sie wird begeistert sein! Also, nochmals, besten Dank! Ich freue mich.«

Erez ging zu seinem Wagen. Während er vom Gelände fuhr, wollte irgendein Gedanke in seinem Unterbewusstsein an die Oberfläche, kam aber nicht.

Kurz vor Stetten bog die Straße rechts nach Niederroth ab. Dort wohnte Thomas Fränkl. Und mit einem Mal wusste Erez auch, was zuvor in ihm genagt hatte.

Kann es sein, dass die Frau des SS-Mannes Fränkl noch lebt? Die Mutter der Frau Bachmann ist weit über achtzig und geistig offensichtlich noch sehr auf der Höhe. Frauen leben länger als Männer und haben häufig auch in ihren späten Jahren noch ein gutes Gedächtnis. Es ist einen Versuch wert!

Erez hielt an einem Feldweg und griff zu seinem Handy. Wieder war Thomas Fränkl am Apparat.

»Ich habe keine Ahnung, ob meine Mutter wirklich irgendetwas weiß«, sagte er, nachdem Erez seine Frage gestellt hatte. »Entscheidender ist jedoch, ob sie Ihnen etwas erzählen würde. Da bin ich doch sehr im Zweifel. Mutter ist sehr eigen. Aber fragen kostet nichts. Also, erkundigen Sie sich selbst! Mutter wohnt in der Wohnung direkt über mir. Ich habe, wie Sie schon wissen, nie Erklärungen zu der Vergangenheit von meinen Eltern bekommen. Vielleicht ist das ja bei einem Fremden anders. Wenn sie jemanden mag, kann Mutter durchaus charmant und hilfsbereit sein. Sollten Sie nichts anderes vorhaben, können Sie gleich kommen.«

»Das wäre sehr freundlich!«

»Ja, das passt auch gut. Mutter hat sich sowieso heute beim Mittagessen beschwert, dass es für sie abends nichts im Fernsehen gibt. Sie wird sich über etwas Abwechslung freuen. Ich gebe Ihnen dennoch einen Rat: Sollten Sie mit irgendeiner Bemerkung Vater verdächtigen, etwas Unrechtes getan zu haben, ist das Gespräch zu Ende! Verlassen Sie sich darauf! In ihren Augen waren alle Beteiligten schuldig, nur mein Vater nicht. Seine Gefängnisstrafe war für sie schreiendes Unrecht! Nicht, dass Sie hinterher sagen, ich hätte Sie nicht gewarnt!«

»Danke, und keine Sorge. Ich bin wirklich nur an dem Verbleib der Krankenschwester interessiert.«

»Gut, ich erkläre Ihnen den Weg: Sie fahren, kurz bevor Sie in unseren Ort kommen, über Bahngleise. Danach zweigt eine Straße nach links ab. Die müssen Sie nehmen. Nach 200 Metern geht es wieder nach links. Dann immer geradeaus bis zum Schluss, ca. 800 Meter. Unseren Hof können Sie dann nicht mehr verfehlen. Ich hole Sie vom Wagen ab, wenn ich Ihr Auto sehe. Unser Hund mag nämlich Fremde nicht so sehr! Also bis gleich. Ich kündige Sie schon mal an.«

»Danke! Ich bin gleich bei Ihnen.«

Erez wendete seinen Wagen und hatte schon nach einigen Minuten sein Ziel erreicht.

Das ganze Gehöft bestand aus einem Wohnhaus, drei kleineren Nebengebäuden und einer riesigen Scheune. Den großen Vorplatz dominierte eine alte Baumgruppe und daneben standen einige moderne landwirtschaftliche Maschinen. Vor dem Wohnhaus hockte ein riesiger Schäferhund wie eine griechische Statue und beäugte argwöhnisch das ankommende Auto.

Erez, der generell zu Hunden eine reservierte Beziehung pflegte, wäre auch ohne die Warnung von Herrn Fränkl jetzt nicht ausgestiegen. Er stellte den Motor ab und wartete. Es dauerte noch gut zehn Minuten bis sich die Haustüre öffnete.

Ein Hüne von mindestens 1,95 cm trat heraus und sprach ein paar Worte zu dem Schäferhund, der danach widerstrebend seinen Platz räumte. Nun kam der Mann lächelnd auf das Auto zu.

Die beiden Fremden begrüßten sich. Dann sagte Herr Fränkl entschuldigend: »Normalerweise ist unser Wachhund Franzl friedlich. Seit er aber vor vierzehn Tagen einen Landstreicher, der in die Scheune klettern wollte, von dessen Hose befreit hat und seine Wade auch nicht unversehrt ließ, ist er auf den Geschmack gekommen. Und ich glaube, dass Sie doch lieber mit Ihren eigenen Beinkleidern wieder vom Hof fahren wollen.«

»Ja, dass sehen Sie durchaus richtig«, lachte Erez.

»So, dann wollen wir mal. Es hat etwas gedauert, weil meine Mutter sich erst die Haare richten musste. Sie glauben ja nicht, wie eitel meine alte Dame noch ist, wenn sie männlichen Besuch erwartet.«

Herr Fränkl führte Erez in den ersten Stock und dort in ein kleines, sehr wohnlich eingerichtetes Zimmer, in dem eine grauhaarige, sehr alte Dame in einer Art Fernsehsessel saß. Sie hatte eine hellbraune Mohairdecke über die Knie gelegt und trug eine schwarze Stola um ihre Schultern.

»Treten Sie ein, Herr Grünberg und setzen Sie sich zu mir«, sagte sie lebhaft mit einer beinahe jugendlichen Stimme, die, davon war Erez überzeugt, wenig Widerspruch duldete. Und wie zur Bestätigung sagte sie nachdrücklich zu ihrem Sohn: »Tommy, du kannst uns jetzt alleine lassen!«

»Soll ich noch etwas zu trinken auf den Tisch stellen?«

»Nein, das macht Herr Grünberg für uns. Nicht wahr, Herr Grünberg?«

Erez beeilte sich, zuzustimmen. Thomas Fränkl grinste breit, brummelte etwas Unverständliches und verließ das Zimmer.

»So, dann nehmen Sie mal Platz und erklären mir, was Sie auf dem Herzen haben«, setzte die alte Frau das Gespräch fort. Dabei deutete Frau Fränkl mit ihrer Hand, an der mindestens fünf goldenen Ringe glitzerten, auf einen Stuhl.

Erez setzte sich und erzählte in knappen Worten von seinem Anliegen.

Frau Fränkl hörte interessiert zu und sagte dann, mit ihren Gedanken eindeutig in der Vergangenheit: »Ja, es war eine eigenartige Zeit. Aus heutiger Sicht beinahe unwirklich. Wir Deutschen hatten die Sehnsucht, aus der Demütigung des Versailler Vertrags herauszukommen und haben dabei nicht gemerkt, dass der Teufel mit dem Beelzebub ausgetrieben wird. Und als wir es dann endlich doch begriffen hatten, lagen unser schönes Land und das ganze wundervolle Europa in Trümmern. Sechzig Millionen Menschen waren tot. Mein herzensguter Alois in seiner niedrigen Position konnte wahrlich nichts verhindern. Er hat, das weiß ich definitiv, nie irgendjemandem etwas Unrechtes angetan. Und aufzupassen, das war nun mal seine Pflicht, dafür wurde er bezahlt. Jedoch, das wollen Sie bestimmt nicht wissen. Deshalb sind Sie nicht hier!«

Erez nickte zustimmend, aber er schwieg.

»Gut, dann zeigen Sie mir mal das Bild«, fuhr Frau Fränkl fort. »Ich habe nämlich ein sehr gutes Gedächtnis für Namen und Gesichter.«

Erez zog die Fotografie aus seiner Brieftasche und reichte sie der alten Frau. Diese setzte ihre Lesebrille auf und betrachtete den vergilbten Abzug. Dann lachte sie. Erez fragte:

»Sie erkennen die Personen?«

»Das will ich wohl meinen. Ich kenne alle, die sich darauf befinden. Passen Sie auf: Das im Bett ist mein Alois, nach seiner Blinddarmoperation. Der Mann neben ihm ist der Lagerarzt Dr. Rascher, ein äußerst zwielichtiger Geselle. Ich glaube, es gab niemanden in Dachau, der damals wirklich genau gewusst hat, was dieser Mensch so alles trieb. Mein Mann hatte immer Angst vor ihm. Die eine Krankenschwester auf dem

Foto ist Elvira, die andere hieß Wilma. Elvira hat später von dem Rascher ein Kind bekommen und dieses im Lebensbornheim »Hochland« in Steinhöring zur Welt gebracht. Ich weiß das deshalb so genau, weil mein seliger Alois vor unserer Ehe eine besondere Schwäche für alle möglichen Weibsbilder gehabt hat. Und deshalb hatte ich es mir zur Regel gemacht, lieber zweimal nachzufragen, wenn Frauen im Spiel waren. Denn dass Katzen schlecht das Mausen sein lassen können, weiß schließlich jeder! Nicht wahr Herr Grünberg? Da sind Sie doch keine Ausnahme, oder?«

»Wie meinen Sie das?«

»Genauso wie ich es sage. Ich bin zwar uralt, aber trotzdem nicht von gestern. Na, jetzt brauchen Sie nicht gleich rot zu werden. Sie dürfen gewisse Sachen noch, denn Sie sind ja nicht verheiratet, nicht wahr?«

»Woher wissen Sie das?«

»Frauen wissen so etwas, das können Sie mir glauben. Sie wissen es immer, auch dann, wenn die Männer absichtlich keinen Ring tragen. In der Hinsicht kann man uns absolut nichts vormachen!«

»Erinnern Sie sich an den Nachnamen von dieser Elvira, verehrte Frau Fränkl?«, lenkte Erez ab.

»Nein. Den kenne ich nicht. Sie hatte aber am selben Tag wie der Führer Geburtstag. Alois hat am 20.04. immer gesagt: ‚Schau, die Leute haben sich extra für Elviras Geburtstag herausgeputzt! Was später aus ihr geworden ist, weiß ich nicht. Man kann nur hoffen, dass das Kind nicht nach dem Vater geraten ist!«

»Ich finde Ihr Gedächtnis bewundernswert, Frau Fränkl! Mehr wollte ich gar nicht von Ihnen wissen. Ganz herzlichen Dank! Sie haben mir sehr geholfen. Sie sind eine bemerkenswerte Frau, wenn ich das einmal so sagen darf!«

»Natürlich dürfen Sie das. Und wenn Sie es auch noch so meinen, junger Mann, freut es mich umso mehr. Dessen ungeachtet gibt es, wie Sie wissen, auf der ganzen Welt keine Leistung ohne Gegenleistung. Und dazu kommen wir jetzt. Einverstanden?«

»Selbstverständlich, Frau Fränkl.«

»Gut. Erst holen Sie mal die Flasche Port aus meiner Vitrine und zwei Gläser aus dem Schrank. Und dann erzählen Sie mir, was in der Welt da draußen alles so passiert.«

Erst weit nach Mitternacht durfte Erez das Haus verlassen, nachdem er alle Themen, die ihm von Frau Fränkl vorgegeben worden waren, abgearbeitet hatte. Auch ihm hatte das lange Gespräch Spaß gemacht. Über einen Punkt konnte er sich allerdings nicht klar werden.

Wie kann es sein, dass eine Frau, die so differenziert denken kann, die so vielfältig interessiert und gebildet ist, die in ihrem Alter so ein modernes Gedankengut ihr Eigen nennt, wie kann es sein, dass solch eine Frau einmal begeistert diesen Rattenfängern hinterhergerannt ist?

Kapitel 39

GEGENWART

Wewelsburg, Verlies

»Wie angekündigt, bringe ich die Tagesration für heute«, sagte der Burghauptmann beinahe flüsternd in die momentane Stille des Raums. »Ich gebe auch gleich einige Regeln bekannt, an die Sie sich zu halten haben! Also: Wenn die Beleuchtung aufflammt, begeben Sie sich, egal wo Sie sich gerade befinden, sofort zu Ihren Unterlagen zurück. Sie bleiben dort sitzen, bis das Licht wieder erlischt. Die Toiletteneimer werden einmal am Tag von meinen Dienern geleert. Mit ihnen ist jeglicher Kommunikationsversuch verboten. Eine Waschgelegenheit gibt es nicht. Sollten Nahrungsmittel durch Ihre Auseinandersetzungen nicht mehr zu benutzen sein, ist das allein Ihr Problem. Noch etwas: Bei Verletzungen jeglicher Art steht kein Arzt zur Verfügung, es gibt aber bei Bedarf Verbandsmaterial. Und Judith, ich sage Ihnen noch einmal, dass Rücksichtnahme und Hilfsbereitschaft sich nicht empfehlen! Alles verstanden?«

»Frau seien schon tot«, meldete sich Dimitri zu Wort.

»Ich aber sehen, dass Frau noch leben«, äffte der Burghauptmann ihn nach.

Manfred von Hohenfels schnippte mit den Fingern und ein schwarz gekleideter Mann kam in den Raum und tauschte die Eimer aus.

Nun ging der Burghauptmann zu den Vertiefungen, stellte eine Wasserflasche in die eine und eine Tüte in die andere.

»Überlegen Sie gut, was Sie machen, wenn ich das Licht wieder löschen lasse«, sagte er. »Noch etwas: Wer zu früh seinen Platz verlässt, wer also startet, solange das Licht noch brennt, um sich einen Vorteil zu verschaffen, der bekommt überhaupt nichts.

Judith, zeigen Sie mal ihr Messer, damit Dimitri weiß, womit er zu rechnen hat.«

Judith hielt die Waffe in die Höhe. Ihre Hand zitterte.

»Gut so. Viel Glück!«

Der Burghauptmann drehte sich herum und verließ den Raum.

Judith bereitete sich darauf vor, jede Sekunde loslaufen zu müssen.

Aber das Licht erlosch nicht. Ihre Muskulatur wurde vor Anspannung ganz steif und begann zu schmerzen. Urplötzlich wurde ihr übel und sie musste würgen.

Du musst unbedingt als Erste bei der Flasche sein, sonst wirst du hier nicht überleben. Du musst es schaffen! Du musst ganz fest daran glauben! Der Weg zur Wasserflasche ist für mich, im Gegensatz zu meinem Gegner, etwas weiter. Das ist schlecht. Deshalb musst du Dimitri unbedingt überzeugen, dass du es auf die Tüte abgesehen hast!

»Wir sollten uns nicht gegenseitig bekämpfen«, appellierte Judith nun an ihn. »Ich habe riesigen Hunger und schlage Ihnen deshalb noch einmal Folgendes vor: Sie holen sich die Flasche und ich nehme die Tüte. Dann tauschen wir. So bekommt jeder die Hälfte. Wenn die Sachen während unseres Streits entzwei gehen, ist keinem geholfen. Einverstanden Dimitri? … Dimitri, sind sie einverstanden? Ich die Tüte und Sie die Flasche, wenn das Licht erlischt? Ja? … Bitte, sagen Sie doch etwas!«

Er antwortete nicht, aber sie sah, dass er ihre Worte registriert hatte.

Judith ließ jetzt ihr Messer absichtlich fallen.

Ich muss ihn unbedingt überzeugen, dass er es trotz meiner Waffe nur mit einer wehrlosen, leicht zu besiegenden Frau zu tun hat!

Und aus seiner Miene konnte sie schließen, dass er in diesem Moment genau *das* dachte.

Plötzlich erlosch das Licht. Judith hatte überhaupt nicht mehr damit gerechnet. Sie wäre sicher zu spät gekommen, wenn Dimitri nicht wie ein Wilder gebrüllt hätte. Erst dadurch sprang sie auf und raste los. Als sie schmerzhaft das Ende ihrer Bewegungsfreiheit spürte, ließ sie sich fallen und tastete den Boden ab. Sie hatte sich nur um ein kurzes Stückchen vertan. Sekunden später war sie im Besitz des Wassers, sprang zurück, stolperte, stürzte mit ziemlicher Wucht auf den Rücken und schlug mit ihrem Hinterkopf auf den Beton.

Es war ihr gleichgültig.

Wichtig war nur die Flasche, die sie auch während des Sturzes nicht losgelassen hatte und die sie nun hinter sich legte, denn dorthin konnte ihr Gegner nicht gelangen.

Seitlich vor ihr brüllte Dimitri. Er hatte im selben Augenblick wohl festgestellt, dass die Wasserration weg war. Sie hörte, wie er mit beiden Händen aufgeregt auf dem Boden tastete und das nutzte sie aus, indem sie leise zu der anderen Vertiefung kroch. Und tatsächlich, sie fand noch ein halbes Brötchen, dass bei Dimitris überhasteter Attacke wohl aus der Tüte gefallen war.

Schnell nahm sie es an sich. Keinen Moment zu spät, denn ein heftiger Luftzug vor ihrem Gesicht ließ sie ahnen, dass er ihre Nähe gespürt und nach ihr geschlagen hatte.

Judith zog sich zu ihrer Matratze zurück. Als sie sich setzte, fielen Angst und unerträgliche Anspannung von ihr ab und ein Weinkrampf schüttelte sie. Aber nachdem ihre Tränen versiegt waren, wandte sie sich freudig ihren Schätzen zu.

Noch nie in ihrem Leben hatte klares Wasser so köstlich geschmeckt. Sie musste sich zwingen, nicht den ganzen Inhalt sofort auszutrinken. Dann aß sie ihr Brötchen und war erstaunt, dass der Hunger, den sie die ganze Zeit nur wenig gespürt hatte, erst nach dem letzten Bissen begann, sie zu quälen.

Bald darauf kehrte ihre Angst zurück.

Morgen wird der Kampf ums Überleben erneut entbrennen. Und Dimitri wird gewarnt sein! Was macht er überhaupt?

Judith horchte in die Dunkelheit.

Leise und schwer zu definierende Geräusche klangen von ihm herüber. Sie stutzte.

Das kann nicht sein! Oder?

Sie horchte noch einmal.

Sollte ich mich täuschen?

Judith gab sich Mühe, eine andere Erklärung für die merkwürdigen Laute von dort drüben zu finden. Dennoch, es hörte sich an, als würde ein kleines Kind leise weinen.

Dimitri heult!

Umgehend verspürte sie Mitleid.

Ist es richtig gewesen, ihm alles Trinkbare wegzunehmen? Leidet er nicht die ganze Zeit genauso unter dem schrecklichen Durst, wie ich?

»Hallo Dimitri! Weinen Sie?«

Er räusperte sich mehrere Male. Dann begann er langsam, sich zu artikulieren:

»Dimitri haben Hauptmann geglaubt, dass Frau ihn mit Messer totmachen wollen, dass Frau schlecht seien. Und Hauptmann haben gesagt,

Dimitri können ganz leicht gewinnen. Dimitri kann nie sein schlecht zu Frau, kann nie töten. Musste nur sagen, damit Frau haben Angst und nicht stechen mit Messer. Hauptmann nicht sagen Wahrheit. Frau schlau und stark. Frau seien nicht böse. Dimitri möchte tun, was Frau gesagt. Möchte geben Brot und bekommen Wasser.«

Heute habe ich ihn überrascht. Aber das funktioniert bestimmt nur einmal! Wenn es mir tatsächlich doch gelingen sollte, mich mit ihm zu verbünden, wäre es für beide möglich zu überleben, zumindest für eine Weile.

»Dimitri, Sie meinen es doch ehrlich?«

»Dimitri sagen Wahrheit. Dimitri wissen, dass Hauptmann gelogen. Dimitri wird rächen sich.«

»Das lass mal lieber«, sagte Judith leise. Und lauter: »Schön, ich bin einverstanden.«

Sie öffnete schnell ihre Flasche und trank noch einen Schluck. »Wie sollen wir es machen?«

»Dimitri nicht wissen, Frau wissen.«

»Ich schlage vor«, antwortete Judith, die die Initiative behalten wollte, »dass wir beide hintereinander die übrig gebliebenen Lebensmittel zurücklegen und dann in der gleichen Reihenfolge uns die Sachen des anderen holen. Ab morgen können wir dann gleich teilen. Einverstanden?«

»Frau beginnen.«

Judiths spürte, dass sich ihr Puls beschleunigte und der Mund trocken wurde.

Soll ich noch einen Schluck trinken? Kann ich es ohne weitere Flüssigkeit bis morgen aushalten? Ist es richtig, was ich mache?

Sie wollte gerade losgehen, als sie, einer Eingebung folgend, auch das Messer mitnahm, das sie neben ihre Matratze gelegt hatte.

Stückchen für Stückchen tastete sie sich vor, bis sie spürte, dass ihre Kette nicht mehr viel Spiel hatte.

Jetzt ist es kein Meter mehr bis zu der ersten Vertiefung!

»Wo sind Sie?«, fragte Judith, denn übertölpeln lassen wollte sie sich nicht.

»Dimitri ist auf Platz von Dimitri«, kam es sehr leise aus der Richtung, wo seine Unterlage sein musste.

Sei nicht so misstrauisch! Der Mann da drüben ist auch nur ein armes Schwein!

Sie steckte ihr Messer mit dem Griff nach unten in ihre Hosentasche, um eine freie Hand zum Suchen zu haben, stach sich aber umgehend beim Bücken in die Seite. Also nahm sie die Waffe wieder in die Hand und tastete sich, mit dem Flaschenboden voraus, langsam vorwärts, was ein lautes, klappernd-schabendes Geräusch verursachte.

Dann spürte sie die Vertiefung.

»Ich lege jetzt die Flasche hinein«, sagte sie und hielt einen Moment in ihrer Bewegung inne, um seine Antwort abzuwarten.

Es kam keine.

Ein plötzliches Gefühl von Gefahr ließ sie ein Stückchen zurückweichen. Ehe sie sich aber genügend weit entfernen konnte, traf sie ein heftiger Schlag an ihrer linken Schulter, der sie zu Boden riss. Die fast noch halbvolle Flasche knallte auf den Beton und hüpfte polternd davon.

Judith fiel auf ihren rechten Arm. Sie versuchte, sich zur Seite zu rollen, aber Ihre Kette lies das nicht zu und schon traf sie der nächste Hieb, sodass sie entsetzt aufschrie. Ein Tritt erwischte Judith am Oberarm, rutschte ab und landete an ihrem Hinterkopf.

Ihr wurde schwindlig.

›Frau seien schon tot.‹ Dimitris Worte von vorhin klangen ihr noch im Ohr, während sie wieder am Kopf getroffen wurde. Judith merkte, dass ihr die Sinne zu schwinden begannen.

Statt eines erneuten Fußstoßes spürte sie plötzlich ein heftiges Zerren. Kurz darauf stürzte der gewaltige Körper Dimitris auf sie.

Jetzt wird er dich erwürgen!

Dann wurde sie ohnmächtig.

Ihre Bewusstlosigkeit war wohl nur sehr kurz, denn plötzlich hörte sie wieder sein schreckliches Brüllen. Im gleichen Augenblick spürte sie etwas Warmes an ihrer rechten Hand und ehe sie die Gelegenheit hatte, sich zu überlegen, was das war, wälzte sich Dimitri von ihr herunter.

Mit letzter Energie gelang es ihr, ein Stückchen zurück zu kriechen.

Erschöpft, mit schmerzenden Gliedern und nach Luft ringend, blieb sie minutenlang auf dem kalten Boden liegen, bis sie wieder genügend Kraft gesammelt hatte, um zu ihrer Unterlage zu kommen. Auf dem Weg dahin fand sie auch die Wasserflasche wieder. Judith nahm einen tiefen Schluck, ging die letzten Schritte, setzte sich dann und rollte sich zusammen, wie ein Embryo im Mutterleib.

So ein verdammtes Dreckschwein da drüben!

Ohne, dass sie es bewusst wollte, schrie sie zu Dimitri hinüber: »Du verdammte Drecksau, du elende!«

Erst in diesem Moment fiel ihr auf, dass sie immer noch krampfhaft ihr Messer festhielt. Sie legte es neben sich und spürte dabei etwas Klebriges. Judith hob ihre Hand zur Nase und erkannte einen typischen Geruch: *Blut!*

Erst jetzt konnte sie sich zusammenreimen, was vorhin passiert war.

Als Dimitri zum entscheidenden Stoß angesetzt hat, muss er sich in der Kette verheddert haben. Deshalb das heftige Zerren. Danach ist er auf mich und gleichzeitig in das Messer gefallen.

Bewusst erinnern konnte sie sich aber nicht.

»Das schadet dir gar nichts«, schrie sie noch einmal voller Zorn in den Raum. Dann dauerte es nicht mehr lange, und sie war vor Erschöpfung fest eingeschlafen.

Kapitel 40

GEGENWART

Hotel in der Nähe Dachaus

Zum Frühstück am nächsten Morgen kam Erez verspätet. Er war müde, ihm war übel, und heftige Kopfschmerzen hatte er auch noch.

Offensichtlich war er heute der Letzte am Büffet mit der Konsequenz, dass das Rührei kalt war, der gebratene Speck alle, genau wie sein Lieblingskäse. Außerdem schmeckte der Kaffee nach Abwaschwasser. Aber das konnte auch an seinem pappigen Geschmack im Mund liegen. Als er sich für einen Toast etwas Brombeermarmelade in ein Schälchen füllen wollte, klebte auf dem süßen Fruchtaufstrich ein schmieriges Stückchen gelbliche Butter mit irgendetwas Grünem daran.

Erez ekelte sich heftig und ließ alles liegen.

Er trank stattdessen nur ein Glas gekühlten Orangensaft, ging dann in sein Zimmer und legte sich für ein paar Minuten zurück ins Bett. Dort konnte er aber nicht entspannen, weil die Kopfschmerzen ihn immer noch nicht verlassen wollten.

Er zog seine Brieftasche aus dem Jackett, nahm das Foto aus dem Geheimfach, betrachtete Elvira und spürte plötzlich Aggressionen, die er die ganze Zeit nicht gehabt hatte.

Ich bin dir so nah, dass ich dich fast riechen kann! Siehst du schon den dunklen Schatten, der aus deiner Vergangenheit bedrohlich auf dich zukommt, oder hattest du geglaubt, dass für dich und deine Nachkommenschaft alles vergeben und vergessen ist?

Erez steckte beides wieder ein und hängte das Jackett zurück in den Schrank. Er zog seinen Trainingsanzug an, um eine halbe Stunde zu joggen, denn er wollte unbedingt seinen Brummschädel loswerden.

Nach vierzig Minuten kam er dann tatsächlich frei von den lästigen Überbleibseln des Portweins zurück in sein Zimmer, duschte, nahm frische Wäsche aus dem Schrank, zog Jackett und Mantel an und ging aus dem Hotel. Dabei fiel ihm auf, dass auch Dianas Auto noch an dem üblichen Platz stand.

Auch bei ihr ist es wohl gestern spät geworden! Hat sie vielleicht sogar jemanden kennengelernt?

Dieser Gedanke gefiel ihm absolut nicht. Er ging zu seinem Wagen, legte den Mantel auf den Rücksitz und wollte sich gerade ans Steuer setzen, als ihm einfiel, dass er nicht sicher war, ob er seine Brieftasche zurückgesteckt hatte. Er griff in seine Jacken: Die Tasche war da, steckte aber nicht wie sonst in seiner linken, sondern in der rechten Innentasche.

Merkwürdig!

Erez nahm die Brieftasche heraus und öffnete sie, weil er an sein Geld dachte, das er gestern vom Automaten geholt hatte. Das Geld war vollzählig. Auch Ausweis, Führerschein und die Kreditkarte steckten, wo sie sein sollten.

Gott sei Dank!

Gerade wollte er die Brieftasche ein Geschenk von Christiane zu seinem letzten Geburtstag wieder an ihren üblichen Platz stecken, als ihm das Bild einfiel. Und er war sich sicher, dass er soeben das Foto nicht gesehen hatte.

Wo hast du dieses verdammte Bild hingetan?

Nach einer Minute Suche war klar: Es war nicht da.

Ich weiß genau, ich habe es in die Brieftasche hineingetan! Oder irre ich mich doch, liegt es immer noch auf dem Nachttisch?

»Verdammter Alkohol«, schimpfte er lautstark, sprang aus dem Auto und lief zurück in sein Zimmer.

Dort war das Zimmermädchen in Aktion.

»Einen kleinen Moment noch, Herr Grünberg. Ich muss nur noch die Papierkörbe leeren, dann können Sie Ihren Raum wieder benutzen«, sagte die junge Frau freundlich.

»Danke. Lassen Sie sich Zeit. Ich habe nur etwas vergessen.«

Erez suchte das Bild. Er konnte es nirgendwo finden.

Das Zimmermädchen hatte ihn beobachtet.

»Kann ich Ihnen helfen?«, fragte sie.

»Ich weiß nicht. Ich habe vor einer dreiviertel Stunde hier eine Fotografie in der Hand gehabt und kann sie einfach nicht wiederfinden. Sie haben nicht zufällig ein altes Schwarzweißbild gesehen, 6x9 cm?«

»Nein. Lassen Sie uns doch mal in die Mülleimer und in den Papierkorb schauen. Vielleicht ist es dort hineingekommen.«

So sehr beide auch suchten, das Foto tauchte nicht auf.

Ist jemand in meinem Zimmer gewesen und hat es mitgenommen? Aber wer sollte so etwas tun?

Die besorgten Worte seines Vaters fielen ihm ein. Aber was er hier wirklich machte, wusste doch nur Diana!

Diana? Kann das sein? Hat sie mir das Bild weggenommen, während ich gejoggt habe? Ist sie gar nicht wegen ihrer Magisterarbeit hier, sondern aus anderen Gründen? Ist sie eine heimliche Beobachterin?

Ich kann es mir nicht vorstellen, denn ich bin auf sie zugegangen und nicht umgekehrt. Oder war es doch anders? Wenn ich es recht überlege, hat Resi mich buchstäblich animiert. Sollte Diana Resi veranlasst haben, mich an ihren Tisch zu schicken?

»Du bist schon fast so paranoid wie Papa!«, schimpfte Erez laut mit sich.

Kein Mensch konnte wissen, dass ich in diesem Gasthof absteige. Außerdem ist Diana schon da gewesen, als ich das Haus das erste Mal betreten habe. Das mit dem Foto muss jemand anderes gewesen sein. Aber wer und warum?

Nachdenklich ging Erez zurück. Als er auf den Parkplatz kam, sah er Diana neben ihrem Wagen. Direkt dahinter stand ein ADAC-Pannenfahrzeug. Der Fahrer war damit beschäftigt, ihr Starthilfe zu geben.

»Die Batterie?«, fragte Erez.

»Ja. Echt zum Totlachen«, antwortete sie verdrossen. Und danach selbstkritisch: »Man sollte nachts nicht den Kofferraum bei so einer billigen Kiste offen lassen!«

»Tut mir leid. Konntest du denn gestern wenigstens noch deine schönen Schuhe kaufen?«

»Erinnere mich nicht! Erst habe ich viel zu viel Geld dafür bezahlt und jetzt auch noch dieser Schlamassel! Ich habe die blöden Schuhe beim Hineingehen aus dem Kofferraum genommen und dann den Deckel nicht richtig zugeschlagen! Schöner Mist! Absolut blöd von mir!«

»Das ist Pech! Ich muss noch etwas erledigen und bin am frühen Nachmittag wieder da. Danach will ich noch ins Archiv. Wenn ich Dich dann mitnehmen darf?«

Erez merkte, dass sich seine Stimmung wieder verbesserte.

»Nein, Danke«, sagte sie. »Ich fahre gleich los, wenn meine Mühle wieder anspringt. Aber morgen machen wir uns dann wieder zusammen auf den Weg, wenn du möchtest.«

»Gute Idee! Ich werde heute so gegen acht zum Abendessen gehen. Wenn du auch da bist, könnten wir die Einzelheiten besprechen.«

»Einverstanden, ich halte für dich den Platz frei.«

Nun konnte Erez es nicht mehr aushalten: »Ich wollte dich eigentlich gestern zu einer Musikvorstellung im ›Leierkasten‹ einladen«, sagte er.

»Tatsächlich? Und warum hast du es nicht getan?«

»Na, ja ... du hattest gesagt, dass du diese Schuhe mit deiner neuen Freundin kaufen willst, und da dachte ich ...«

Sie schaute ihn ungläubig an.

»Oh, was seid ihr Männer manchmal doch kompliziert! Oder soll ich sagen: Beschränkt? Na dann! Bis heute Abend!«

Erez nickte verlegen und ging weiter. Dann kam ihm ein Gedanke, und er drehte sich noch einmal um.

»Etwas vergessen der Herr Doktor?«, frotzelte Diana.

»Ja, ich wollte dir noch sagen, dass du deine wertvollen Sachen immer in den Safe einschließen solltest. Mir ist nämlich heute ein Foto aus meinem Zimmer gestohlen worden.«

»Ein einzelnes Foto aus deinem Zimmer? Wie? Einfach ein Foto?«

»Ja, eines, das ich gestern zufällig im Archiv gefunden habe«, log Erez.

»Und das hast du, mir nichts, dir nichts, mitgenommen?«

»Ich wollte es ja wieder zurücklegen!«

»Na, ich weiß nicht, ob das eine Entschuldigung ist? Was war denn drauf?«

»Raschers Geliebte.«

»Da schau her! Aber warum stiehlt jemand ein altes Foto und nimmt sonst nichts mit? Verstehe ich nicht.«

»Ich auch nicht, aber sonst fehlt von meinen Sachen wirklich nichts.«

»Merkwürdig. Da fällt mir Folgendes ein: Heute Morgen habe ich eine ziemlich merkwürdige Begegnung im Treppenhaus gehabt. Ein Mann kam mir aus dem Trakt entgegen, in dem du wohnst, den ich hier noch nie gesehen habe. Das allein ist ja nichts Besonderes. Er hatte aber seinen Hut sehr tief im Gesicht, wie in einem Agentenfilm. Danach hatte ich das Erlebnis allerdings schnell vergessen, da ich das Malheur mit meinem Auto entdeckt habe und mich darum kümmern musste.«

»Danke, dass du es mir erzählt hast«, sagte Erez. »Ich gehe nachher zur Rezeption, um zu fragen, wer denn der Mann gewesen sein könnte. Vielleicht hat er tatsächlich etwas damit zu tun. Es könnte doch sein, dass ihn auch jemand vom Personal gesehen hat. Nochmals herzlichen Dank! Bis heute Abend.«

Erez ging zu seinem Auto, stieg ein und fuhr zum Meldeamt. Er war erstaunt, dass die junge Frau von ihm nur seinen Ausweis und eine Recherchegebühr verlangte. Dann fütterte sie ihren Computer mit den wenigen Daten, die er ihr mitteilen konnte. Trotzdem, nur Sekunden später hatte er einen Namen und eine Anschrift.

Auf dem Zettel stand in nüchterner PC-Schrift: Elvira Bachmann, geb. 20.04.1925, wohnhaft gemeldet 1940 bis 1945 in Dachau, Steinstraße 6, verzogen am 06.01.1945 nach Steinhöring/Oberbayern, Münchener Str., Abmeldebescheinigung liegt vor.

Emotionslos betrachtete Erez das Papier. Vorhin hatte er sich noch vorgestellt, bei einem positiven Ergebnis mehr als befriedigt zu sein. Stattdessen hatte er nun das Bedürfnis, dieses Blatt nicht anzunehmen, denn er musste jetzt seinen Vater von den Rachegelüsten abbringen.

Ganz so einfach wird das bestimmt nicht!

Bevor er weiter überlegen konnte, sagte die Angestellte kühl: »Bitte Herr Grünberg, nicht nur Sie haben ein Anliegen. Seien Sie doch so freundlich und räumen Ihren Platz!«

»Selbstverständlich, entschuldigen Sie. Ich war in Gedanken.«

Er faltete den Zettel, steckte ihn in seine Brieftasche, stand auf, verabschiedete sich und ging hinaus.

Beim Abendessen mit Diana war Erez sehr unkonzentriert.

»Hattest du bei der Rezeption Erfolg wegen des Mannes?«, riss Diana ihn aus seinen Gedanken.

»Welcher Mann?«, war die Gegenfrage, um sich sofort wegen seiner Begriffsstutzigkeit zu entschuldigen.

»Nein, niemand hat ihn gesehen«, log er, weil es ihm unangenehm war, zugeben zu müssen, dass er vergessen hatte, sich zu erkundigen. Um von dem Thema abzulenken, fragte Erez, wie lange sie denn noch für ihre Hausarbeit recherchieren müsse.

»Ein paar Tage«, erwiderte Diana unbestimmt. »Und du?«

»Ich werde übermorgen wieder nach Bremen fahren, denn Antworten habe ich nicht gefunden. Außerdem kann man Unrecht dadurch, dass man einen Verantwortlichen benennt, nicht wieder gutmachen. Ich hatte geglaubt, ich wäre meinem Vater etwas schuldig. Im gewissen Sinne stimmt das auch. Dennoch, Rache ist keine Lösung, um die Familienehre wieder herzustellen.«

Diana schaute ihn schweigend an, bis er aufmerksam wurde und fragte: »Ist irgendetwas?«

»Denk mal nach!«

»Was meinst du?«

»Erez, du solltest dich schon erinnern können, was du vorher erzählt hast. Von Rache aus familiären Gründen war bislang keine Rede. Du bist mir natürlich keine Rechenschaft schuldig. Über nichts. Trotzdem, du warst mir gegenüber jetzt schon zweimal unehrlich. Und unehrliche Leute mag ich nicht. So plump zu lügen, das war nicht nur nicht schön, das war eine Beleidigung, Herr Doktor Grünberg! Übrigens: Ich habe mich noch einmal bei der Rezeption nach diesem Mann erkundigt. Das Zimmermädchen hat ihn auch gesehen. Du hast also überhaupt nicht nachgefragt. Ich stelle dir noch eine letzte Frage, wobei ich auf die Antwort im Vorhinein verzichte: Hast du wirklich nichts gefunden, wie du soeben behauptest hast? So, nun möchte ich ungestört mein Abendessen fortsetzen!«

Kapitel 41

GEGENWART

Hotel, Steinhöring, Ffm.

Die Nacht war für Erez unruhig und Gewissensbisse quälten ihn. Nach dem Frühstück ging er zu Diana an den Tisch, um sich zu entschuldigen. Sie schaute überhaupt nicht auf, sondern scheuchte ihn mit einer abweisenden Handbewegung weg, genauso, wie man eine lästige Fliege verscheucht.

Er fühlte sich gedemütigt.

Eigentlich wollte Erez heute seinen Vater anzurufen und behaupten, dass die Mission gescheitert sei. Aber wegen der zu befürchtenden kontroversen Diskussion, die sich anschließen würde, hatte er keine Meinung mehr und deshalb kam das Telefonat nicht zustande.

Stattdessen setzte er sich ins Auto und fuhr nach Steinhöring.

Bei der Auffahrt auf die Autobahn hätte Erez beinahe einen Unfall provoziert. Er übersah einen roten Kleinwagen und fuhr, ohne abzustoppen, einfach auf die Fahrbahn. Erst das quäkende Hupen des Wagens, in dem eine junge Frau am Steuer saß, ließ ihn seinen Fauxpas erkennen und mit einer Schlenkerbewegung steuerte er gerade noch rechtzeitig zurück auf den Randstreifen.

Die restliche Fahrt verlief problemlos. Insgesamt benötigte er eine Stunde bis er das Ortsschild Steinhöring erblickte. Das ehemalige Lebensbornheim, das nach dem Krieg zu einem Betreuungszentrum geworden war, hatte er dann schnell gefunden.

Als Erez dort in dem Büro mit der Bitte vorsprach, alte Unterlagen einsehen zu dürfen, musste er erfahren, dass auch hier die meisten Akten aus der Zeit, als das ›Hochland-Heim‹ bestand, noch zum Ende des Krieges auf Geheiß Himmlers vernichtet worden waren.

»Wenn Sie sicher sind«, so die mitteilsame Büroangestellte, »dass Frau Bachmann hier entbunden hat, ist es sehr wahrscheinlich, dass Sie im Standesamt fündig werden.«

Erez bedankte sich und ließ sich den Weg zur Gemeindeverwaltung in die Berger Straße erklären. Es dauerte nicht lange, und er erhielt tatsächlich die von ihm gewünschten Daten.

Elvira Bachmann war Mutter einer Tochter mit dem Namen Erika geworden. Und Erez bekam gleich noch einen weiteren Hinweis: Drei Monate nach der Geburt hatte Elvira einen Oberleutnant Kolbert geheiratet, der zu der Zeit bei der Luftwaffe stationiert war. Direkt nach dem Krieg ist dann die Familie nach Frankfurt/Sachsenhausen in die Burnitzstraße 9 verzogen.

Er nahm den Datenausdruck und verstaute ihn in seiner Jacke, fuhr zurück nach Stetten, bezahlte die Zimmerrechnung, packte seine Sachen ins Auto und war froh, dass ihm Diana nicht mehr über den Weg lief. Von dem Dachauer Archivleiter verabschiedete er sich telefonisch.

Nachdem alles geregelt war, machte er sich auf den Weg nach Frankfurt, wo er eine Nacht bleiben wollte.

Zu Beginn der langen Autobahnfahrt kam ihm zu Bewusstsein, dass er Jakob anrufen musste.

Soll ich ihm nun den Erfolg mitteilen, oder lasse ich es besser? Aber sage ich die Unwahrheit, dann wird er bestimmt selbst weitersuchen.

Erst nach der Hälfte der Fahrstrecke hatte er sich entschieden.

Ich mache es am besten so, wie ich es mir von Anfang an vorgenommen hatte und sage Papa, wie es sich tatsächlich zugetragen hat. Danach überzeuge ich ihn, dass sein Hass erstens lächerlich und zweitens ein Anachronismus ist.

Erez griff in die Jackentasche zu seinem Handy. Mit einem Auge auf der Straße, mit dem anderen auf der Tastatur tippte er Jakobs Telefonnummer ein. Es dauerte auch nicht lange, bis auf der anderen Seite abgenommen wurde.

»Hallo Papa.«

»Hallo Erez. Das wird auch höchste Zeit, dass du dich meldest. Ich sitze hier wie auf glühenden Kohlen. Du musst die Suche abbrechen und umgehend zurückkommen.«

»Was soll ich? Abbrechen? Das ist wohl ein Witz! Ich habe deine Frau nebst Kind gefunden. Sie hat in dem Lebensbornheim in Steinhöring entbunden und später einen Oberleutnant geheiratet. Dann sind die drei nach Frankfurt gezogen. Ich bin auf dem Weg dorthin, denn ich will natürlich wissen, wo sie sich jetzt befinden. Freust du dich denn nicht, dass du nun hast, was du wolltest?«

»Wenn ich ehrlich bin, nein. Von wo rufst du denn an Erez? Doch nicht schon wieder vom Handy?«

Erez wollte flunkern, aber angesichts eines nebenan fahrenden Lastwagens blieb er bei der Wahrheit und versuchte einen Witz: »Ausnahmsweise doch, weil sie hier auf der Autobahn zufällig gerade alle Telefonzellen abgebaut haben. Deshalb ging das nicht anders.«

Seinem Vater war wohl nicht nach Witzen zumute, denn er herrschte seinen Sohn an: »Erez, du bist ein Vollidiot. Leg sofort auf und ruf mich von der nächsten Raststätte über das Festnetz an!«

Und damit war die Leitung tot.

»Selber Idiot«, sagte Erez voller Ärger, fuhr jedoch am Autohof Wertheim ab. Als er seinen Vater wieder an der Leitung hatte, hatte sich dessen Zorn noch nicht gelegt.

»Verdammt, Erez, jetzt höre mir genau zu und versuche, nicht wieder alles ins Lächerliche zu ziehen. Ich weiß seit gestern aus sicherer Quelle, dass deine Recherchen in dem Archiv nicht unbemerkt geblieben sind. Es muss dich jemand beobachtet haben. Mein Bekannter berichtete mir, dass der Mossad ein Handygespräch abgehört hat, in dem unter anderem darüber geredet wurde. Wer das Gespräch geführt und wohin es gegangen ist, sagte er nicht. Er wusste auch nicht, ob du primär derjenige warst, der beobachtet wurde, oder ob jemand einfach nur aufpasst, wer an Raschers Akten interessiert ist.«

»Das kann ich kaum glauben. Das verstehe ich nicht!«

»So ist es aber. Allerdings frage ich mich dabei Folgendes: Was, verdammt noch mal, macht diesen Drecksarzt so interessant? Es muss dafür einen Grund geben. Wie dem auch sei. Erez, prüfe jetzt unbedingt, ob dir jemand folgt und telefoniere auf gar keinen Fall mehr von deinem Mobiltelefon.«

»Gut. Ich bin mir aber sicher, dass mir niemand folgt.«

»Das haben schon ganz andere geglaubt. Du wirst dich an diese Anweisung halten! Es ist mir wirklich ernst!«

»Ja doch, du kannst dich darauf verlassen! Übrigens, das einzig Ungewöhnliche bei den ganzen Recherchen stand in einer Kriegsverbrecherprozessakte. Es ging dabei um Kopfoperationen und um irgendwelche Strombehandlungen, so ähnlich wie beim Elektroschock auf der Neurologie. Und außerdem um Hypnose.«

»Vielleicht ist das die Lösung! Hast du von diesem Dokument eine Kopie gemacht?«

»Ja, sie ist in meiner Reisetasche. Aber ich habe niemanden beobachtet, der ein spezielles Interesse an Rascher und dessen Akten hatte.«

»Das besagt überhaupt nichts, das wäre dir wohl auch kaum aufgefallen!«

»Wenn das alles stimmen sollte, dann waren die Nazis tatsächlich schon damals erheblich weiter, als viele glauben.«

«Erez, ich gehe davon aus, dass Raschers Experimente sowohl umfangreicher und auch erfolgreicher waren, als wir bislang vermutet haben und dass jemand an diese Dinge heute anknüpft. Alles andere ergibt keinen Sinn. Die Situation ist sehr bedrohlich geworden, denn wir wissen jetzt definitiv, dass der Mossadagent, von dem ich dir erzählt habe, tatsächlich tot ist. Und das wiederum bedeutet, dass unsere Gegner bereit sind, ein hohes Risiko einzugehen. Es braut sich etwas zusammen, was uns nicht gleichgültig sein kann!«

»Damit konnte ich nicht rechnen!«

»Schon gut. Die Hauptsache ist erst einmal, dass dir nichts passiert ist. Um alles andere müssen sich dann die Leute aus dem aktiven Dienst kümmern. Sag mal, ist dir nicht doch irgendjemand in Dachau aufgefallen, der ein besonderes Interesse an dir oder deinen Recherchen gehabt hat?«

»Wie meinst du das?«

»Na ja. Hat dich jemand über die Maßen entgegenkommend bei deiner Arbeit unterstützt? Denk nach! Es könnte wichtig sein!«

Erez dachte sofort an Diana. Trotzdem, er konnte sich wirklich nicht vorstellen, dass sie ihn benutzt haben sollte. Dennoch erzählte er Jakob von der Bekanntschaft mit ihr, nicht aber von dem unrühmlichen Ende.

»Du hattest das Gefühl, dass sie es war, die das Foto genommen hat?«

»Vielleicht. Vielleicht auch nicht.«

»Geht es auch etwas präziser?«

»Sie hätte es sein können, wie jeder andere auch. Aber warum zum Teufel hätte sie mir helfen sollen, wenn sie mich in Wahrheit ausspionieren wollte. Und sie hat mir definitiv geholfen. Sie hätte doch nur so tun brauchen, als ob. Wozu das Bild wegnehmen? Das macht doch keinen Sinn. Ohne Diana hätte ich diese Elvira überhaupt nicht gefunden!«

»Um unbegrenztes Vertrauen zu schaffen?«

»Und warum hätte sie den Mann im Treppenhaus erfinden sollen?«

»Um schon im Vorfeld von sich abzulenken?«

»Wenn sie mein Foto nur mit ihrem Handy fotografiert hätte, dann hätte ich doch nichts gemerkt.«

»Vielleicht wollte man herausbekommen, aus welcher Quelle das Bild stammt. Und dazu benötigt man das Original.«

»Woher hätte sie denn wissen sollen, was ich in meiner Brieftasche verstecke?«

»Weiß du, ob sie nicht regelmäßig in deinem Zimmer war?«

»Jakob, begreif doch endlich: Sie war schon vor mir im Hotel.«

»Na ja, das spricht tatsächlich dagegen. Aber vielleicht war das für diese Leute nur ein glücklicher Zufall.«

»So ein Quatsch! Außerdem: Wenn sie mich hätte aushorchen wollen, wäre es für sie ein Leichtes gewesen, das zu tun. Was du vermutest, ist blanker Unsinn.«

»Erez, Motive zu ergründen, ist äußerst schwierig. Sollte es diese Diana gewesen sein, die dich beobachtet hat, dann können wir wenigstens davon ausgehen, dass die Leute auch glauben, dass du wirklich nur an Jonathan interessiert warst. Den wahren Grund hast du ihr doch nicht genannt. Oder?«

»Natürlich nicht, was denkst du denn?«, protestierte Erez und war froh, dass sein Vater in diesem Moment sein Gesicht nicht sehen konnte.

»Gut, so viel Dummheit hätte ich dir auch nicht zugetraut! Das macht die Sache etwas weniger gefährlich. Trotzdem: Du wirst jetzt zu mir nach Berlin kommen.«

»Ich fahre erst nach Frankfurt.«

»Du sollst nicht mehr nach Frankfurt. Du kennst doch den Namen von Raschers Geliebten. Und deshalb haben wir Zeit. Wie heißt denn die Sippe?«

»Das möchte ich dir erst einmal nicht verraten.«

»Wie du willst. Aber du fährst nirgendwo mehr hin, du kommst auf direktem Weg zu mir!«

»Nein, warum sollte ich mich bei dir in Berlin zu Tode langweilen?«

»Du sollst einfach nur aus der Schusslinie, bis sich die ganze Angelegenheit geklärt hat. Wenn du in Berlin bist, besprechen wir, wie es weitergehen soll. Das Wichtigste für mich ist wirklich, dass dir nichts passiert!«

»Das sind ja völlig neue Töne von dir, so kenne ich dich überhaupt nicht!«

»Mir ist die Sache einfach zu heiß geworden. Ich hätte dich gar nicht schicken dürfen.«

»Papa, ich bin schon fast in Frankfurt und ich bin müde. Ich werde dort übernachten und morgen nur noch beim Einwohnermeldeamt nachfragen. Danach komme ich nach Berlin, denn auch ich muss noch etwas mit dir besprechen.«

»Ja? Was denn?«

»Ich möchte, nein ich bestehe darauf, dass du auf deine dämliche Rache verzichtest. Das ist meine Bedingung, denn ich könnte nicht damit leben. Kannst du das verstehen?«

»Komm einfach her. Mehr will ich nicht! Über alles andere werden wir reden. Sei dir sicher, dass ich nichts tue, was du nicht willst. Ich muss völlig verrückt gewesen sein, als ich dir so etwas zugemutet habe. Versprich mir Erez, dass du sonst nichts mehr unternimmst. Einwohnermeldeamt und Schluss! Und kein Hotel, in dem du dich vorher telefonisch angemeldet hast.«

»Versprochen.«

»Auch wenn ich dir auf die Nerven gehe: Achte darauf, dass dir niemand folgt. Ich habe dir erklärt, wie man das macht! Ich erwarte dich morgen!«

Am nächsten Tag erlebte Erez auf dem Einwohnermeldeamt eine große Überraschung, mit der er nun überhaupt nicht gerechnet hatte. Ihm wurde mitgeteilt, dass die Familie Kolbert schon vor vielen Jahren nach Bremen verzogen war.

»Das ist ja ein Zufall«, sagte er verblüfft zu dem Beamten. »Da suche ich nach dem besten Freund meines todkranken Vaters und dessen Familie und erfahre nun, dass sie in Bremen wohnen, wo ich selbst herkomme! Wahrscheinlich bin ich denen sogar schon öfter über den Weg gelaufen! Das ist ja unglaublich! Die Welt ist wirklich klein!«

Erez ging zur nächsten Telefonzelle.

»Es gab kein Problem«, sagte er zu Jakob. »Aber du wirst es nicht glauben, denn die Familie ist schon vor langer Zeit vom Main an die Weser gezogen, direkt in unser schönes Bremen.«

»Gut Erez. Mach dich auf den Weg zu mir und bitte, ohne Zwischenstationen!«

»Und deine Zusicherung gilt?«

»Selbstverständlich!«

»Dann kann ich dir ja auch erzählen, dass die Gesuchten mit Nachnamen Kolbert heißen.«

»Danke. Meine Wut war und ist zwar berechtigt, aber ich gebe zu, dass mein Anliegen überzogen war. Ich habe mich entschlossen, die noch lebenden Mitglieder der Familie nur mit den Machenschaften ihres Vorfahren zu konfrontieren. Mehr will ich nicht. Sie sollen erfahren, was tatsächlich passiert ist. Danach bin ich bereit, mit dir nach Israel zu gehen. So, und jetzt beeile dich, mein Sohn.«

Kapitel 42

GEGENWART

Bremen, Klinik in Borgfeld

Am selben Tag trafen sich Dr. Seeberger und Dr. v. Conradi im Konferenzraum der Weserland-Herzklinik in Bremen-Borgfeld.

»Was gibt es denn so Wichtiges?«, fragte der Chef ungehalten, denn er war in Eile.

»Eine Angelegenheit, die ich nicht selbst entscheiden möchte, denn ich weiß nicht, welche Bedeutung Sie ihr zumessen.«

»Na, dann schießen Sie mal los!«

»Unser Aufpasser aus Dachau hat sich gemeldet. Die erfreuliche Nachricht: Es ist dort niemand aufgetaucht, der direkt etwas mit Geheimdiensten zu tun hat.«

»Und indirekt?«

»Ein Dr. Erez Grünberg ist beobachtet worden.«

»Ein Mediziner?«

»Ja. Er kommt sogar aus Bremen und arbeitet hier im Rot-Kreuz-Krankenhaus.«

»Und?«

»Dieser Mann hat nach dem Verbleib seines Großvaters geforscht und herausbekommen, dass Opa Grünberg vor Kriegsende durch die Medizinversuche Raschers ums Leben gekommen ist. Diese Tatsache alleine hätte mich nicht weiter beunruhigt. Aber er hat auch noch nach etwas anderem gesucht, und das war äußerst interessant. Es erinnerte mich an unser Gespräch, in dem es über Zufälle ging. Es stimmt, denn es gibt tatsächlich welche, die kann man sich nicht ausdenken.«

Thorsten Seeberger schüttelte den Kopf, als könne er es immer noch nicht begreifen.

Conradi, hellhörig geworden, entgegnete:

»Weiter! Nun machen Sie schon!«

»Dieser Erez Grünberg suchte auch noch nach einer Frau. Nach der Geliebten Raschers und er ist tatsächlich fündig geworden. Das wissen wir von einer jungen Dame, die er dort wohl ziemlich verärgert hat. Dadurch war es ein Leichtes, sie anzuzapfen. Und er hat tatsächlich eine Krankenschwester ausgegraben, die damals während des Krieges in Dachau für das Wachpersonal arbeitete und mit der Rascher ein Verhältnis eingegangen ist. Elvira hieß sie. Die Folge der Affäre war ein Kind mit dem Namen Erika.«

»Seeberger, ich will jetzt keine Familiensaga hören! Bitte kurz und präzise!«

»Selbstverständlich. Elvira ist die Großmutter Ihrer ehemaligen Patientin Judith, Erika ihre Mutter.«

»Das ist ja unfassbar.«

»Das habe ich mir auch gesagt.«

»Moment, ich muss kurz überlegen, was das für uns bedeutet ... Ich glaube, erst einmal nicht viel. Was macht er denn im Augenblick, dieser Grünberg? Ist er wieder in Bremen?«

»Der Kollege Grünberg folgt im Moment der Spur der Familie Kolbert von Dachau nach Frankfurt. Er wird dort sicher finden, was er sucht und erfahren, dass die Kolberts in Bremen gelandet sind.«

»Sie wissen das aufgrund der abgehörten Telefonate?«

»Ja und wegen unserer Nachfragen im Einwohnermeldeamt. Soweit ich Sie, Herr Chefarzt, bei unserem letzten Gespräch verstanden habe, ist Judith in der Obhut unserer Organisation. Elvira und Erika sind tot. Dass Entdecken dieser Frau bedeutet für uns keine zusätzliche Gefahr. Er kann hier suchen, bis er schwarz wird, aber ...«

»Was aber?«

»Ich habe mich noch gefragt, warum er überhaupt gesucht hat? Wie kam er dazu? Einfach nur aus Neugierde? Wohl kaum! Ein dummer Zufall? Sehr unwahrscheinlich!«

»Nun sagen Sie schon. Was wissen Sie noch?«

»Die Ursache ist sein Vater.«

»Sein Vater? Was ist mit ihm?«

»Der Vater von Erez Grünberg lebt in Berlin und war früher ein ziemlich harter Knochen. Mossad-Geheimdienstmann, immer mit den Fäusten, mehr noch mit der Waffe schnell dabei. Allezeit auf Vergeltung programmiert. Der größte Teil seiner Familie ist ja auch durch den Holocaust in Auschwitz umgekommen. Der Großvater von Grünberg junior war allerdings in Dachau. Und er war es, der das Familienversteck verriet. Aber nicht freiwillig.«

»Rascher hat ihm das Geheimnis entlockt. Stimmt's? Durch seine Versuche!«

»Ja. Rascher hat seine Erkenntnisse an die Gestapo weitergeleitet. Der Vater von Erez Grünberg war deshalb voller Hass auf den SS-Arzt. Aber nicht nur auf den. Er hätte damals am liebsten jeden Deutschen an einen Baum geknüpft.«

»Und warum jetzt auf einmal diese ganze Sucherei?«

»Ich spekuliere, dass der alte Grünberg sich schon immer an einem Nachfahren Raschers rächen wollte. Aber es gab dafür kein geeignetes Objekt. Nun hat er bestimmt aufgrund seiner alten Kontakte einen Hinweis bekommen. Ich spekuliere weiter, dass Erez Grünberg von seinem Vater genau zu diesem Zweck nach Dachau geschickt worden ist. Die Sache mit der Großvatersuche war zweifellos vorgeschoben. Und nun wird er seine Rachegefühle befriedigen wollen. Entweder selbst oder über seinen Sohn.«

»Ja, das scheint mir logisch zu sein. Haben wir sein Handy unter Kontrolle?«

»Selbstverständlich. Und an seinem Auto klebt ein Sender. Die Frage ist nur: Was sollen wir mit ihm machen?«

»Lassen Sie mich mal überlegen … Sie haben recht. Es führt definitiv kein direkter Weg von Judith Kolbert zu uns. Er könnte also in Bremen ruhig auf die Suche gehen. Trotzdem, diese ganzen Zufälle gefallen mir nicht. Außerdem sind wir hilfsbereite Menschen! Wenn Ihre Theorie richtig ist, und dafür spricht einiges, gab es drei brauchbare Personen für Jakob Grünbergs Rachefantasien. Zwei sind nicht mehr existent und die dritte, unsere Judith, ist wie vom Erdboden verschluckt. Das nenne ich Pech! So kurz vor dem lang ersehnten Ziel zu scheitern, das kann einen alten Juden richtig verbittern. Und das möchte ich nicht. Sie doch auch nicht, Seeberger. Oder?«

»Ich bin der Meinung, dass ein Verkehrsunfall mit einem Lastwagen oder ähnliches das Problem für uns lösen sollte.«

»Seeberger! Haben Sie kein Herz? Nein, es wird kein Unfall arrangiert, das ist auch viel zu riskant! Dabei könnte etwas schief gehen. Nein, sein Sohn bekommt seine Chance. Wir greifen uns den Filius und stecken ihn zu Judith. Dann können sich die beiden miteinander beschäftigen. Das wird eine sehr interessante psychologische Fallstudie!«

»Ich weiß nicht, ob das sehr klug ist. Außerdem bringt solch eine Konfrontation für uns nur logistische Probleme mit sich und hat keinerlei Nutzen.«

»Überlegen Sie sich, Seeberger, was Sie zu mir sagen. Noch sage ich, wo es langgeht, Herr Oberarzt. Ich gebe die Anweisungen und Sie haben diese zu befolgen. Außerdem kann ich mir die Entscheidung, wer mein Nachfolger wird, auch noch einmal überlegen. Auf Sie geht die Verantwortung erst dann über, wenn ich es sage. Und im Moment sage ich, dass es so und nicht anders gemacht wird.«

»Selbstverständlich, Herr Chefarzt!«

»Ferner ist die zu erwartende Auseinandersetzung zwischen Judith und dem Arzt sehr wohl von großem Nutzen. Für unser Opferritual ist das Blut eines Siegers allemal besser, als das eines Verlierers. Und solch einen Kampf zu beobachten, müsste Ihnen doch auch Spaß machen, Seeberger!«

»Ja, natürlich, Herr Chefarzt, das wird es mir auch.«

»Seeberger, was sind Sie doch für ein miserabler Lügner!«

Kapitel 43

GEGENWART

Schillig, Nordseeküste

Sabine hatte sich erholt. Die roten Striemen um ihren Hals herum waren heller geworden und taten auch bei Berührung kaum noch weh. Die langen morgendlichen Spaziergänge, nachdem die Hausarbeit erledigt war, wirkten Wunder und so ganz allmählich dachte sie auch wieder an ihre Zukunft und begann, erste Pläne zu schmieden.

Sogar ihr Lachen war zurückgekommen, besonders, wenn Erwin seine Ostfriesenwitze für Minderbemittelte erzählte und sein Bruder Henning tat, als würde er die Gags nicht begreifen. Dann konnte sie sich manchmal kaum noch einkriegen.

Das schreckliche Drama lag für Sabine gedanklich jetzt schon sehr lange zurück. Es war irgendwie unwirklich geworden. Die Erinnerung schien ein Traum zu sein, der Tag für Tag weiter verblasste. Und daran sollte sich auch nichts mehr ändern, das hoffte sie zumindest.

Erwin und der Pensionsbesitzer Henning kümmerten sich rührend um sie. Henning hatte ihr auch schon einen nicht ganz ernst gemeinten Heiratsantrag gemacht, wobei er nach eigenen Aussagen durchaus bereit war, dafür seine Pension zu opfern.

»Leben werden wir von Luft und Liebe«, bekräftigte er seinen Plan und sein Gesichtsausdruck war in diesem Moment der eines echten Genießers.

Allabendlich spielten die drei bei Bier und Korn Skat.

Die vereinbarte Zeit lief ab und beide Männer überlegten, wie es denn wohl gelingen könnte, Else zu überzeugen, dass es für alle besser sei, den jetzigen Zustand noch einige Tage länger aufrechtzuerhalten. Henning und Erwin übertrafen sich in unrealistischen Vorschlägen für dieses Ziel und Sabine amüsierte sich.

Der vorletzte Abend war gekommen.

Erwin und Sabine saßen schon an dem kleinen runden Küchentisch mit der praktischen Wachstuchdecke und warteten auf Henning, der noch in den Stall gegangen war, um ein Fahrrad zu reparieren.

Um die Zeit zu überbrücken, wollte Erwin einige Kartentricks zum Besten geben. Zu diesem Zweck holte er ein weiteres Spiel aus seinem Zimmer und ließ es von Sabine prüfen. Sie bestätigte ihm nach Aufforderung mit wichtiger Miene, dass das ein ganz normales Blatt sei.

Erwin legte die Spielkarten in die Tischmitte, hielt seine Hände genauso über den Stapel, wie eine Wahrsagerin die ihren über eine Glaskugel halten würde. Dann sagte er: »Abrakadabra, dreimal schwarzer Kater! Die Karten sagen immer die Wahrheit! Abrakadabra!«

Im selben Moment hatte Sabine die Empfindung, dass der Himmel einstürzen würde. Aber sie wusste nicht, warum. Ihr brach der Schweiß aus, ihr Herz raste, ihr war hundeelend.

Sabine starrte auf den Tisch.

Die Karten sagen immer die Wahrheit! Die Karten sagen immer die Wahrheit!

Erwin hatte ihre Reaktion bemerkt, glaubte aber, dass seine Darbietung sie so faszinierte. Also fuhr er fort: »Ich mische jetzt, ohne zu schauen, zeige Ihnen die unterste Karte, die Sie sich bitte merken und dann mische ich noch einmal. Danach blättere ich das Spiel durch und finde garantiert die Karte, die Sie sich gemerkt haben.«

Sabine nickte automatisch. Wieder kam der Satz in ihr Gedächtnis:

Die Karten sagen immer die Wahrheit.

»Geht es Ihnen nicht gut, Sabine?«, fragte Erwin jetzt, der nun doch begriffen hatte, dass etwas nicht stimmte: »Sie sind ja ganz blass!«

»Mir geht es gut«, antwortete sie mechanisch, während es in ihrem Kopf ratterte.

Wo habe ich das gehört? Wo? Die Karten sagen immer die Wahrheit!

Sabine erinnerte sich jäh, dass Dr. v. Conradi, der ja häufig mit irgendwelchen Kartenspielen herumhantierte, diesen Satz einmal ausgesprochen hatte. Irgendwann in einer lange zurückliegenden Therapiestunde. Sie hatte sich damals gewundert, dass dieser Arzt, der doch immer alles logisch erklärte, der mit seiner verstandesmäßigen Überlegenheit und seiner Eloquenz alles und jeden lächerlich machen konnte und dieses auch häufig tat, augenscheinlich an die Macht von Spielkarten glaubte. Seinerzeit hatte sie sich vorgenommen, ihn bei Gelegenheit danach zu fragen, hatte dann aber die Angelegenheit wieder vergessen.

Sabine konnte sich immer noch nicht erklären, woher soeben ihre panische Angst gekommen war und wollte sich beruhigen. Doch wieder und wieder kamen diese Worte.

Wo hast du den Satz auch noch gehört? Die Karten sagen immer die Wahrheit!

Plötzlich sah sie sich sekundenlang auf dem Fußboden in ihrem alten Verkaufsraum liegen mit dem Plastikdraht, der um ihren Hals geknüpft war. Das war wie ein heftiger, unerwarteter Schlag ins Gesicht.

Das Bild verschwand.

»Machen Sie ruhig weiter, Erwin«, sagte sie abwesend, mit einem verkrampften Lächeln.

Erwin war verunsichert und er wusste nicht, wie er reagieren sollte.

»Also gut«, sagte er nach einer Weile. »Schauen Sie nur auf mich und achten Sie darauf, dass ich nicht schummeln kann!«

Erwin mischte zu Ende und zeigte ihr die letzte Karte, während er selbst seine Augen geschlossen hielt. So konnte er auch nicht bemerken, dass Sabines Gesichtsfarbe beim Betrachten der untersten Spielkarte von blass nach leichenblass wechselte.

»Fertig?«, fragte er.

»Ja«, flüsterte sie.

Er mischte noch einmal und begann dann, das Spiel aufzublättern. Als er am Kreuzbuben angelangt war, nahm er diesen heraus und wedelte damit vor ihrem Gesicht herum.

»Die Karten sagen doch immer die Wahrheit! Stimmt's?«

Er hatte den Satz noch nicht zu Ende gesprochen, als Sabine aufsprang, dabei die zwei halbvollen Biergläser umkippte, zur Tür rannte, diese aufriss und Henning, der gerade im Begriff war, hineinzukommen, zur Seite drängte und nach draußen stürzte.

»Sven wollte mich umbringen!«, schrie sie schrill. »Ich sehe es vor mir! Sven war es! Er hat mich aufgehängt! Ich habe es nicht selbst getan! Ich wollte keinen Selbstmord begehen! Dieses verdammte Schwein! Er hat den Wein vergiftet und mich dann aufgehängt. Oh, mein Gott, oh, mein Gott! Ich weiß es! Er wollte mich töten. Sven ist ein Mörder! Erwin! Henning! Sven wollte mich töten! Er ist ein Mörder!«

Und dann tauchte plötzlich ein weiterer Satz in ihrem Gehirn auf und sie sah plastisch, wie Sven mit einer Spielkarte, auf der ein schwarzer Bube abgebildet war, vor ihrem Gesicht herumwedelte und gleichzeitig rief: »Hier ist der Kreuzbube! Mit einem schönen Gruß von unserem gemeinsamen Psychiater!«

Sabine brach mit einem Weinkrampf zusammen.

Kapitel 44

GEGENWART
Wewelsburg, Verlies

Es war dunkel und kalt. Judith lag auf ihrer Matratze. Sie schlief nicht, aber so richtig wach war sie auch nicht. Sie hatte sich in ihre schmuddelige Zudecke eingedreht, deren unangenehmen Geruch sie längst aus ihrer Nase verloren hatte und versuchte, der Wirklichkeit nicht zu gestatten, zu ihr zu gelangen.

In der Zwischenzeit hatte sie einige karg belegte Scheiben Brot und eine Flasche Wasser bekommen. Judith konnte sich diese Dinge jetzt ohne Kampf aneignen. Sie hatte die Absicht, alles für sich zu verbrauchen, denn Mitleid, so ihre Überzeugung, hatte der Mann da drüben nicht verdient.

Dann aber konnte sie nicht anders: Sie ließ sowohl von den Broten, als auch vom Wasser etwas übrig, brachte die Sachen leise zu der ersten Vertiefung, legte sie ab und teilte Dimitri mit, dass er sich bedienen dürfe. Danach war sie erleichtert eingeschlafen.

Seit sie wieder aufgewacht war, zwang sich Judith, wach zu bleiben, hatte sie doch auf einmal schreckliche Angst vor dem Tod. Sie war bemüht, ihre Gedanken in eine andere Richtung treiben zu lassen, sich abzulenken, aber das gelang nicht.

Dann dachte sie wieder an Dimitri.

Sie horchte. Es gab keinen Laut aus der Richtung seines Lagers. Alles was sie hörte, war das Klopfen ihres eigenen Herzens. Sogar das Wasser hatte ganz aufgehört zu tropfen. Als sie eingeschlafen war, hatte sie noch sein leises Stöhnen vernommen, das in regelmäßigen Abständen zu ihr hinüber geklungen war. Jetzt war alles still. Totenstill?

Kann es sein, dass Dimitri in der Zeit, als ich geschlafen habe, gestorben ist? Wenn ja, trifft mich eine Schuld?

Obwohl der Verstand ihr signalisierte, dass sie nicht verantwortlich war, fühlte sie anders.

»Dimitri«, flüsterte Judith bald darauf leise. »Dimitri, können Sie mich hören?«

Sie lauschte nochmals angestrengt … Nichts.

Was wird passieren, wenn der von Hohenfels kommt und feststellt, dass der Ukrainer nicht mehr lebt? Ich bin dann der Sieger, jedenfalls nach seiner Vorgabe. Aber der adlige Mistkerl, der so tut, als würde er keinerlei Verantwortung haben für all das, was hier passiert, wird mich bestimmt nicht laufen lassen, nur weil ich den Mann zufällig und mit viel Glück kampfunfähig gemacht habe. Und Hoffnungen brauche ich mir erst gar nicht zu machen! Der Baron und seine Helfer sind von Anbeginn ohne Maskierung gewesen. Das wiederum heißt, dass keiner befürchtet, von mir später einmal identifiziert zu werden. Es geht also niemand davon aus, dass ich diese Sache lebend überstehe!

Die Zeit verging. Hunger und Durst wurden wieder qualvoller, und ihre Gedanken an Essen und Trinken hinderten sie, über mögliche Auswege aus ihrer Situation nachzudenken.

Ist der Plan der Entführer der, dich einfach willenlos zu machen, um dann für irgendetwas ein devotes Opfer zur Verfügung zu haben?

Judiths Gedanken kehrten abermals zu Dimitri zurück.

Er ist bestimmt schon steif und kalt!

Sie stellte sich diesen Zustand bildlich vor, und ihr schauderte.

Plötzlich fielen ihr die Lebensmittel wieder ein, die sie ihm hingelegt hatte.

Wenn Dimitri diese Sachen nicht mehr holen konnte …

Judith sprang auf. Im Nu hatte sie das Depot erreicht, griff hinein und in Gedanken hatte sie auch schon die noch viertelvolle Flasche geöffnet.

Tatsächlich war es die Flasche, die sie als Erstes berührte. Aber als sie sie anhob, fühlte sich diese sehr leicht an und beim Schütteln stellte sie fest, dass sie leer war.

»Nein, nein, nein!«, schrie Judith enttäuscht.

Schon das dritte ›Nein‹ konnte ihren Mund nicht mehr verlassen, denn irgendetwas hatte sich wie ein Schraubstock um ihren Hals gelegt.

»Ich gesagt habe, Frau schon tot. Du nicht glauben.«, hörte Judith es noch flüstern, bevor ein farbiger Schleier sie in die Bewusstlosigkeit begleitete.

Kapitel 45

GEGENWART

Berlin, Jakobs Wohnung

Die Tagesschau war vorüber und Erez hatte sich immer noch nicht gemeldet. Ein schlechtes Gefühl beschlich Jakob, denn auch bei vollen Autobahnen hätte sein Sohn schon lange da sein müssen. Er griff zu seinem Handy. Nur die Mailbox meldete sich.

»Verdammt noch mal, Erez! Warum hast du das Ding gerade jetzt ausgeschaltet?«

Aber sofort waren auch Zweifel da.

Hat Erez das Handy ausgeschaltet, oder ist irgendetwas passiert?

Seine Besorgnis wurde größer. Jakob hasste das Besprechen von Anrufbeantwortern, jedoch es ging nicht anders. Also bat er seinen Sohn um Rückruf.

Eine Stunde verging, ohne dass etwas passierte. Jakob merkte, dass die Angst begann, sich seiner zu bemächtigen. Noch einmal versuchte er, anzurufen. Wieder nichts. Nach einigem Zögern wählte er die Nummer der Polizei. Als dort abgenommen wurde, schilderte er sein Problem.

Der Polizeibeamte erwies sich zu Jakobs Erstaunen als über die Maßen hilfsbereit: »Geben Sie mir bitte Namen und Autokennzeichen und erkundigen sich in einer halben Stunde. Ich werde sehen, was ich für Sie in Erfahrung bringen kann.«

Jakob bedankte sich und legte auf. Als zwanzig Minuten vorbei waren, wählte er erneut. Das, was er erfuhr, war auf der einen Seite beruhigend, weil es keine passende Meldung gab, auf der anderen Seite war es aus genau demselben Grund beängstigend.

Und ohne, dass er bewusst darüber nachgedacht hatte, wusste Jakob mit einem Male ganz genau, was mit Erez passiert war und sein Herz überschlug sich in panischem Entsetzen.

Sie haben ihn beobachtet. Sie sind ihm gefolgt … Sie haben ihn!

Jakob biss sich auf die Finger, um nicht schreien zu müssen. Doch dann kam es doch über ihn. Er brüllte seine Angst hinaus.

»Nein, nicht mein Sohn! Ihr Schweine! Wollt ihr auch ihn töten?«

Und nach einem Aufschluchzen flüsternd: »Nicht Erez! Er ist doch das Einzige, was ich in meinem Leben noch habe!«

Mit der Angst kam auch die Wut, die ihn das Glas Wasser, das auf dem Tisch stand, an die Wand werfen ließ.

»Man hätte euch alle umbringen sollen! Alle! Ausrotten mit Stumpf und Stiel!«, brüllte er.

Das klirrend-krachende Geräusch des zersplitternden Glases und das nachfolgende Protesthämmern eines Nachbarn ließen ihn wieder zur Besinnung kommen.

Er setzte sich in seinen alten, verschlissenen Fernsehsessel.

Weiter abwarten, macht keinen Sinn! Ich muss meinen Freund anrufen und ihn um Hilfe bitten!

Jakob griff zum Telefon und war wieder frustriert: Auch hier meldete sich nur der Automat. Er hinterlegte eine Nachricht mit den wichtigsten Fakten. In der Folgezeit versuchte er noch einige Male, dort Kontakt zu bekommen, immer mit demselben negativen Ergebnis.

Dann nahm er eine Schlaftablette und ging ins Bett.

***

Am nächsten Morgen wachte Jakob sehr früh auf. Er sprang hoch und rannte ins Wohnzimmer, in dem Erez immer bei seinen Besuchen auf der Couch nächtigte …

Kein Erez!

Jakob war verzweifelt.

Wieder griff er zum Telefon. Nichts. Erst am späten Nachmittag wurde dann von seinem Freund abgenommen.

»Weißt du etwas von meinem Sohn?«, sprudelte es aus Jakob heraus.

»Nein, tut mir leid. Ich weiß nichts Definitives. Ich bin auch gerade erst heimgekommen. Deine Nachricht hatte ich gestern abgehört und auch die notwendigen Schritte veranlasst. Daraufhin ist diese Judith Kolbert heute Morgen in Bremen schon überprüft worden. Aber wie kommst du überhaupt darauf, dass Erez etwas passiert sein könnte? Hast du mir etwas verschwiegen?«

»Verschwiegen nicht, aber ich habe dem Anrufbeantworter natürlich auch nicht alles erzählt.«

Und dann berichtete Jakob von den Geschehnissen in Stetten, Steinhöring und Frankfurt, die seinem Freund noch nicht bekannt waren.

»Jetzt weiß ich auch, wie du auf den Namen Kolbert gekommen bist. Ich hatte mich schon gewundert. Dazu kann ich dir später noch ein bisschen mehr erzählen. Erst einmal möchte ich wissen, warum du Erez wirklich losgeschickt hattest.«

»Was soll ich sagen? Ich hatte ein Brett vorm Kopf. Seit ich gewusst habe, dass dieser SS-Arzt die Schuld an dem Tod meiner Familie trägt, hat es in mir gewaltig genagt, immerzu, seit Jahrzehnten! Jetzt war die Aussicht auf eine späte Rache für mich zu verlockend!«

»Und ich habe geglaubt, dass Erez wegen Jonathan in Dachau recherchiert hat.«

»Hat er auch, aber eben nicht ausschließlich.«

»Du weißt, dass Rachegefühle schlechte Ratgeber sind.«

»Natürlich weiß ich das. Ich habe die Gefahr gesehen und sie gleichzeitig verleugnet!«

»Stimmt. Aber es ist passiert. Ich kann natürlich nicht endgültig beurteilen, ob du dir wirklich Sorgen machen musst. Was ich jedoch sagen kann, ist, dass ihr beide sehr, sehr unbedacht gehandelt habt. Von früher kenne ich das gar nicht von dir. Du hast dir selbst damit vielleicht einen großen Bärendienst erwiesen!«

»Stell dir vor, ich habe das auch schon begriffen. Für deine Vorwürfe ist es jetzt zu spät. Außerdem mache ich sie mir selbst. Sag mir lieber, was ihr herausgefunden habt!«

»Ja, was eigentlich? Es ist alles sehr verwirrend. Ich habe dir gesagt, dass von uns ein Agent verschwunden ist?«

»Ja.«

»Er ist tot. Die Hinweise darauf sind eindeutig, auch wenn wir noch keine Leiche gefunden haben. Aber warum und wie er zu Tode gekommen ist, das wissen wir immer noch nicht.«

»Ist er enttarnt worden?«

»Ja, ganz sicher.«

»Das ist ja furchtbar.«

»Du sagst es. Doch es wird noch mysteriöser, denn noch ein Mann wird vermisst. Auch hier befürchten wir das Schlimmste. Dieser und auch die anderen hatten wegen seines toten Kameraden die Anweisung gehabt, nur noch über das Festnetz Kontakt mit uns aufzunehmen, um sich nicht selbst zu gefährden, denn unsere Gegner haben den Körpersender des ersten Agenten gefunden und diesen auch getestet. Daran gibt es keinen Zweifel. Seit wir das wissen, vermeiden wir, wenn eben möglich, diesen Weg.«

»Habt Ihr einen eurer Agenten extra wegen der Journalistin heute nach Bremen geschickt?«

»Nein. Zwei Mossadangehörigre waren schon seit einigen Tagen vor Ort. Deshalb ging die Überprüfung für dich auch so schnell. Der eigentliche Grund war folgender: Ein V-Mann aus Bremen hatte uns ein Foto angeboten, auf dem einer der Initiatoren einer neuen radikalen Gruppierung zu sehen sein soll, wobei nicht auszuschließen war, dass es sich um die Gruppe handelt, die wir alle suchen.«

»Wohin die ganzen NPD-Mitglieder verschwinden.«

»Genau. Wegen dieser Möglichkeit sind wir auf den Deal eingegangen.«

»Und? Wer ist der Mann auf dem Foto?«

»Das ist nicht so einfach zu sagen.«

»Warum nicht? Es dürfte doch nicht so schwierig sein, das herauszubekommen.«

»Ist es aber.«

»Und wieso?«

»Wir wollten den Mann natürlich sofort identifizieren. Doch in unserer umfangreichen Kartei befanden sich über ihn keinerlei Informationen.«

»Hat dieser Unbekannte irgendetwas mit den Kolberts oder mit der Raschergeschichte zu tun?«

»Nicht dass ich wüsste. Weswegen? Sollte er?«

»Das war nur so ein Gedanke.«

»Na gut. Wir wurden wegen des Fotos bei den Amerikanern fündig, wobei auch ein Blick in die Bremer Ärztezeitung den gleichen Zweck erfüllt hätte. Das Bild zeigt nämlich einen Bremer Arzt. Er ist Chef einer neurologischen Abteilung in einer Privatklinik. Dort entwickelt man gerade eine alternative Methode zur pflanzlich-medikamentösen Behandlung von Krebserkrankungen, die sich im Nervensystem bilden und ist, wie man hört, durchaus erfolgreich.«

»Das eine schließt das andere doch nicht aus!«

»Doch, ich glaube, das tut es in diesem Fall. Was sollte dieser Arzt mit irgendeiner undemokratischen, rechten Nazi-Gruppierung zu tun haben? Er ist in keiner Partei und auch sonst nie auffällig gewesen. Seine Aktivitäten in seiner knapp bemessenen Freizeit kennen wir natürlich nicht.«

»Und was ist das für ein Zeug, mit dem er da arbeitet?«

»An der Grundsubstanz, mit der dort geforscht wird, war auch der CIA schon einmal interessiert, aber aus einem anderen Anlass. Aber sie sammeln heute immer noch Daten von Leuten, die mit den Substanzen arbeiten, an denen die Agency einmal geforscht hat.«

»Ich verstehe. Es hat also jemand mit einem wertlosen Foto euren Verein um etwas Geld erleichtern wollen.«

»Ja, es sieht so aus. Ein teures Windei. Nicht das erste, wofür wir bezahlt haben. Der Arzt heißt übrigens Dr. Arnulf v. Conradi und gilt in seinem Fach als sehr kompetent. Unser Agent war auch noch in der Klinik des Doktors. Er hatte sich, um kein Misstrauen zu erregen, als Mitarbeiter einer bedeutenden englischen Wissenschaftszeitschrift ausgegeben.«

»Könnte er damit aufgefallen sein?«

»Nein, das halte ich für ausgeschlossen. Bei dieser Zeitung gibt es tatsächlich einen Mann gleichen Namens, der in der fraglichen Zeit in Norddeutschland war.«

»Und was kam in der Bremer Klinik heraus?«

»Dort ist alles in Ordnung. Für ein Gespräch stand Dr. v. Conradi selbst leider nicht zur Verfügung, weil er sich im Urlaub befand. Auf Angeltour in Skandinavien. Das ist uns von zwei Seiten bestätigt worden.«

»Kannst du mir trotzdem das Foto von ihm per Mail zukommen lassen?«

»Muss das denn sein? Du weißt, wie schwierig so etwas ist, und ich darf das eigentlich auch nicht.«

»Ja, ich weiß, aber eine weitere Kontrolle kann doch nicht schaden.«

»Du musst aber versprechen, diskret vorzugehen, sonst bekomme ich richtig Ärger.«

»Keine Sorge. Niemand hat je bemerkt, wenn ich eine Überprüfung durchgeführt habe.«

»Das stimmt, Jakob, und das habe ich auch immer sehr bewundert.«

»Es freut mich, dass du das sagst. Du hast vorhin doch angedeutet, dass du etwas über die Kolberts weißt. Was ist es?«

»Ja, stimmt. Elvira Kolbert, die ehemalige Raschergeliebte, ist tot. Die Mutter Judiths, Erika, die auch nicht mehr lebt, hatte für sich und auch für ihre Tochter vor langer Zeit wieder ihren Mädchennamen angenommen, weil ihr Ehemann abgehauen ist.«

»Ja und, was ist daran so spannend?«

»Daran ist eigentlich nichts spannend, aber vielleicht daran, dass in Bremen kein Mensch weiß, wo sich Judith Kolbert im Augenblick aufhält.«

»Was? Sie ist auch weg? Das kann doch kein Zufall sein!«

»Jakob, nun mach mal halblang! Vermute nicht gleich hinter jeder Auffälligkeit eine Verschwörung biblischen Ausmaßes. Eine Nachbarin von ihr meinte, sie wäre für eine Reportage in Polen. Das wird gerade weiter überprüft. Wir sind am Ball. Auf ihrem Schreibtisch lag übrigens auch noch eine Terminverschiebung älteren Datums von diesem Conradi. Sie war offensichtlich dort Patientin. Tja, die Welt ist klein.«

»Und du siehst keinen Zusammenhang bei diesen vielen Merkwürdigkeiten?«

»Nein. Wie sollte das denn auch zusammenpassen? Und vor allem warum?«

»Das weiß ich auch nicht, aber es ist doch äußerst eigenartig. Und was wisst ihr über das Verschwinden eures zweiten Mannes?«

»Nicht viel. Das können wir uns überhaupt nicht erklären. Seine Sendeeinheit war noch besser versteckt und im Gegensatz zu der ersten, war es bei diesem Agenten technisch möglich, das Gerät und somit ihn anzupeilen, ohne sein Zutun. Immer und überall. Routinemäßig fand das einmal am Tag statt, zu unterschiedlichen Zeiten. Trotzdem, seit Wewelsburg ist er wie vom Erdboden verschluckt.«

»Wewelsburg? Jetzt kann ich überhaupt nicht mehr folgen.«

»Das wirst du gleich. Pass auf: Neben den Amerikanern hatte auch der BND eine Kopie des Fotos der Person, die wir ja jetzt als Dr. v. Conradi identifiziert haben, mit der Bitte bekommen, zu schauen, ob Erkenntnisse über ihn vorliegen. Beim BND gab es zu dem Namen keinen Eintrag, aber merkwürdigerweise schlug der Computer bei der digitalen Überprüfung des Fotos Alarm. Großes Erstaunen allseits!«

»Ein Foto passt auf zwei unterschiedliche Personen?«
»Ja.«
»Ein technischer Fehler?«
»Nein. Irrtum ausgeschlossen.«
»Ein Zwillingsbruder?«
»Das war auch unser Gedanke.«
»Ist diese neue Person jetzt der gesuchte Mann?«
»Um diese Frage schnell zu klären, hatten wir einen der beiden Agenten, die in Bremen tätig waren, schon vor zwei Tagen nach Salzkotten in Marsch gesetzt. Dort ist der vom BND Identifizierte als niedergelassener Allgemeinmediziner polizeilich gemeldet. Um es vorweg zu nehmen: Dieser Arzt ist erst recht nicht der Gesuchte.«
»Und warum nicht, wenn ich fragen darf?«
»Ganz einfach. Er ist karitativ äußerst engagiert und ansonsten nur mit seinen Patienten beschäftigt. Und er ist mit größter Sicherheit tatsächlich Conradis Zwillingsbruder.«
»Wo, um Gottes Willen, liegt Salzkotten?«
»Zwischen Paderborn und Wewelsburg. Siehst du nun den Zusammenhang?«
»Natürlich. Und dort ist euer Agent verschwunden?«
»Ja. Bei seiner täglichen Routinepeilung befand er sich gestern in dem kleinen Städtchen Wewelsburg. Das Signal hat sich relativ schnell auf einer öffentlichen Straße bewegt. Also fuhr er mit seinem Auto. Da in unserer Zentrale bei dem Ortsnamen etwas geklingelt hat, wurde später noch einmal eine Kontrollpeilung vorgenommen. Jetzt war er in einem Restaurant. Jeder muss schließlich essen. Der Dispatcher nahm an, dass die Überprüfung des vermeintlichen Doppelgängers kein Ergebnis gebracht hatte, denn sonst hätte sich der Agent ganz sicher gemeldet. Die Akte blieb aber auf dem Schreibtisch liegen. Vor dem mitternächtlichen Dienstwechsel wollte er es dann doch genau wissen, um den Vorgang abzuschließen und nahm noch eine Peilung vor. Und die war zu seiner Verwunderung ergebnislos.«
»Er ist einfach weg?«
»Ja, der Mann ist seitdem unauffindbar. Ein technischer Defekt, ein Verkehrsunfall, ein Verbrechen? Im Moment weiß es keiner. Schon wieder taucht die Frage auf, vorausgesetzt es ist kein Zufall: Warum? Er

hatte doch nur eine garantiert harmlose Person zu überprüfen, das ist Fakt! Sonst gab es für ihn keine andere Aufgabe! Sein Verschwinden kann also mit unserer Geschichte nichts zu tun haben.«

»Und wenn dieser Conradi mit seinem Zwillingsbruder doch unter einer Decke steckt und beide euch getäuscht haben?«

»Das ist völlig unmöglich, vertrau mir. Wir haben das mehr als gründlich geprüft. Undenkbar. Morgen werden zwei weitere Mitarbeiter in Marsch gesetzt. Wir müssen unbedingt klären, was dort wirklich passiert ist.

Was sagt dir übrigens das Wort Wewelsburg? Was verbindest du damit?«

»Dieser Name ist jedem Juden meiner Generation bekannt. Meiner Erinnerung nach sollte die Wewelsburg laut Himmler Zentrum der Welt werden. Das hat, wie wir wissen, nicht so ganz geklappt. Die Gruft und die berühmte Schwarze Sonne sind heute Treffpunkt der ganz Durchgeknallten und der Glatzen, die von den angeblichen Energiefeldern, die dort herrschen sollen, alle etwas abbekommen möchten. Aber wie man weiß, hat Energie bei hohlen Köpfen keinerlei Angriffspunkte.«

»Ja, das ist alles richtig. Dein sarkastischer Humor und dein Gedächtnis sind tatsächlich immer noch so gut wie früher. Das Neueste weißt du wahrscheinlich aber noch nicht.«

»Was denn?«

»Die ganze Burg ist von einer großen Hotelgruppe vor kurzer Zeit über den Landkreis Paderborn für viel Geld langfristig gepachtet worden. Es soll ein 5-Sterne-Hotel an historischer Stätte entstehen. Von der Idee her gar nicht dumm, zudem nach unserer Beurteilung unverdächtig. Man munkelt aber, dass Gelder aus dunklen Quellen in das Unternehmen fließen. Wahrscheinlich soll hier so etwas wie eine Geldwaschanlage entstehen. Alles ist ein bisschen undurchsichtig. Aber eher etwas fürs Finanzamt. Trotzdem werden wir die Angelegenheit beobachten und ich informiere dich, wenn neue Erkenntnisse vorliegen. Mit deiner Sorge um Erez hat diese Sache, wie du einsehen musst, wirklich nichts zu tun.«

»Ich weiß nicht. Mag sein, mag nicht sein. Eines steht fest: Erez ist weg, eure zwei Agenten auch, Judith Kolbert ist verschwunden und Dr. v. Conradi ist nicht zu sprechen.«

»Richtig, aber dieser Conradi ist ein Arzt. Er beschäftigt sich mit seinen Patienten und will kein Hotel bauen!«

»Ja, trotzdem. Sind das alles nur eigenartige Zufälle? Betrachte einfach nur mal die Fakten: Wir suchen mit Hochdruck nach einer neuen radikalen Gruppe. Und was finden wir? Nichts! Stattdessen gibt es einen Haufen von Vermissten.«

»Gut, Jakob. Der Mossad stellt sich natürlich auch einige Fragen: Was wollte der Agent in Wewelsburg? Nur in das Restaurant zum Essen, oder hatte er im Zusammenhang mit seiner Aufgabe vielleicht bei dem Gespräch mit dem Landarzt einen Hinweis bekommen, der ihn nach Wewelsburg geführt hat. Wir wissen es noch nicht. Außerdem: Wie kann es sein, dass wir kein Signal von ihm bekommen haben, obwohl er nur eine Sekunde benötigt, das Gerät zu aktivieren. Es wird derzeit alles überprüft und wir werden es klären. Aber in aller Freundschaft: Du, Jakob, du steckst deine Nase bitte dort nicht hinein, jedenfalls nicht, bevor wir Genaueres wissen. Ich werde deine Angst um deinen Sohn äußerst ernst nehmen. Aber pfusch uns nicht dazwischen! Du könntest alles verderben und Erez noch mehr gefährden. Wir suchen nach ihm, indem wir seiner Spur folgen. Du weißt: Wenn wir jemanden wirklich haben wollen, dann finden wir ihn auch über kurz oder lang! Wenn das Verschwinden deines Sohnes mit all diesen Dingen zusammenhängt, dann bekommen wir das heraus. Solltest du allerdings dort auftauchen und es ist etwas dran, dann schrillen bei denen die Alarmglocken. Das käme einem Todesurteil gleich! Also: Halt dich da raus! Überlass uns den Part. Jakob, versprich es mir!«

Kapitel 46

GEGENWART

Räumlichkeiten in der Wewelsburg

»Verdammt clever diese Leute vom Mossad«, beschwerte sich Dr. Arnulf v. Conradi bei dem von ihm zum ersten Burghauptmann nach dem Pachten der Wewelsburg ernannten Baron Manfred von Hohenfels.

»Entschuldigen Sie, Herr Doktor, aber im Augenblick kann ich Ihnen nicht folgen.«

»Wir hätten den Agenten schon in Bremen abfangen sollen«, fuhr Conradi fort, ohne auf den Einwand seines Gesprächspartners einzugehen, »als er in der Weserlandklinik herumgeschnüffelt hat.«

»Hat das etwas mit der großen Hektik von vorhin zu tun? Die Leute der Wachmannschaft habe ich noch nie so aufgeregt gesehen. Man munkelt, dass es einen Toten gegeben hat. Stimmt das?«

»Ja, leider. Solche Nachlässigkeiten dürfen einfach nicht vorkommen.«

»Und der Tote war wirklich Angehöriger des israelischen Geheimdienstes? Ist dadurch die Zeremonie an unserem großer Tag gefährdet?«

»Gefährdet ist sie nicht. Aber dass, was passiert ist, ist kaum zu entschuldigen.«

»Wie ist es denn dazu gekommen?«

»Seeberger informierte mich, dass ein Mann vom Time Magazine Europe eine Reportage über unser neues Krebsmittel machen wollte. Ich hatte Wichtigeres zu tun, denn ich war schon mit dem Umzug beschäftigt und die Klinikübergabe stand auch noch an. Deshalb ließ ich mich verleugnen. Meinem Oberarzt kamen dann die Fragen des angeblichen Fachreporters merkwürdig vor.«

»Was wollte der Mann denn wissen?«

»Das war es ja. Seeberger sagte, dass er sehr laienhaft seine Fragen gestellt hätte und dass bei ihm eher der Eindruck entstand, dass der Mann hauptsächlich an Personalien interessiert war. So wollte er zum Beispiel viel über mich und meinen Werdegang wissen.«

»Das ist in der Tat auffällig.«

»Unter einem Vorwand bestellte ihn mein Oberarzt wieder. In der Zwischenzeit wurde der Mann von uns gründlich überprüft. Und das war gut so, denn es stellte sich heraus, dass der Bursche nicht vom Time Magazine war, obwohl es dort einen Mitarbeiter gleichen Namens gab.«

»Der richtige befand sich an seinem Arbeitsplatz, oder?«

»Das nicht, aber wir haben die Tarnung durchschauen können. Ich wollte nun herausfinden, was wirklich hinter dem angeblichen Reporter steckt. Um ihn nicht misstrauisch zu machen, hat Seeberger, auf meine Anweisung hin, all seine Fragen bereitwillig beantwortet und ihm auch einige belanglose Unterlagen zur Verfügung gestellt.«

»War das nicht riskant, jetzt so kurz vor der Gründung?«

»Manfred, die Beurteilung der Lage und der Optionen, die sich daraus ergeben, überlassen Sie bitte mir.«

»Entschuldigung!«

»Außerdem wurde er auch noch gescannt. Aber außer einem Herzschrittmacher und einigen Zahnplomben hat das Gerät keine Fremdkörper an oder in ihm festgestellt. Also glaubte ich, dass er nur ein neugieriger, freier Reporter bei der Suche nach irgendwelchen guten Storys war. Keinesfalls ein Geheimdienstler, denn der wäre verdrahtet gewesen.«

»Und doch war er ein Mossadangehöriger?«

»Ja, aber das konnten wir nicht ahnen. Mein Team hat ihn dann mit einer Wanze versehen und gewähren lassen. Ich wollte unbedingt wissen, was er so findet. Denn was er entdecken kann, kann auch jeder andere. Ich glaubte, damit kein Risiko einzugehen, weil er sich keinen Meter bewegen und kein Gespräch führen konnte, ohne dass wir davon Kenntnis erlangten. Als unseren Überwachern dann allerdings klar wurde, dass der Mann auf dem Weg nach Wewelsburg war, wollten wir ihn aus dem Verkehr ziehen, denn er sollte nicht zum Wegweiser werden. Und das ging gründlich schief, denn unser Einsatzteam hatte ihn verloren.«

»Das durfte nicht passieren!«

»Nein. Diese Tatsache wird auch noch Konsequenzen nach sich ziehen. Wir haben ihn erst wieder gefunden, als er in dem kleinen Ort im Restaurant saß und zu Mittag aß. Und dann kam der Hammer: Unsere Technik konnte plötzlich für einige Sekunden ein Funksignal auffangen.«

»Also war er doch verdrahtet.«

»Ja, und zwar sehr raffiniert. Dieser Mann war ein Mossadangehöriger und wurde ohne sein Zutun von einer Nebenstelle der israelischen Botschaft geortet! Das war ganz eindeutig, die Kreuzpeilungen haben es bewiesen.«

»Und wie ging es weiter?«

»Na ja, es musste nun alles sehr schnell gehen. Der Agent war der Beweis, dass unsere Gegner Witterung aufgenommen hatten. Allerdings, sehr viel wissen können sie nicht, denn sonst wäre er nicht alleine unterwegs gewesen. Und zweifellos hatte der Kerl auch keine Ahnung, dass er gerade dabei war, mitten ins Schwarze zu treffen. Anderenfalls wären wir tatsächlich in Not geraten.«

»Was für ein Segen!«

»Sehr richtig. Um kein Risiko einzugehen, gab es nur eine einzige Möglichkeit: Sofort liquidieren und den Leichnam funktechnisch so abzuschirmen, dass er nicht mehr geortet werden konnte. Denn dass der Agent äußerst kreativ verdrahtet sein musste, daran bestand kein Zweifel. Außerdem wollten wir natürlich auch herausfinden, wie diese Besonderheit unserem Scanner entgehen konnte.«

»Und? Sie haben das Rätsel gelöst?«

»Selbstverständlich. Sekunden nach seiner Liquidierung kam er in einen Faraday'schen Käfig, denn es war zu vermuten, dass sich sein Sender automatisch einschaltet, wenn der Herzschlag aussetzt. Das funktionierte bei dem anderen Gerät schließlich auch so. Ein Kopfschuss mit einer Schalldämpferpistole und ein Lastwagen mit einem ganz aus Metall bestehenden Laderaum haben das Problem gelöst. Wir haben ihn gleich im Anschluss an die Aktion obduziert. Der angebliche Herzschrittmacher, den wir ja beim Scannen schon gesehen hatten, beinhaltete Sender und Empfänger und über das Zahnimplantat wurde der Sender aktiviert. Ich sagte ja, sehr clever diese Leute!«

»Und wie hat der Mossad reagiert?«

»Das wissen wir noch nicht. Aber sie werden reagieren, wenn sie sich wieder gefangen haben, verlassen Sie sich darauf. Bei denen herrscht jetzt erstens Alarmstufe rot und zweitens eine riesige Verwirrung. Im Moment haben sie außer den zwei Toten noch nicht viel Brauchbares. Aber die nächsten Agenten sind sicher schon im Anmarsch. Wenn sie eintreffen, muss es uns umgehend gelingen, sie wieder von der Burg wegzulotsen. Wir müssen eine falsche Fährte legen. Sonst ist unsere Gründungsversammlung tatsächlich ernsthaft in Gefahr. Und dafür habe ich auch schon eine Idee.«

»Moment mal. Sie haben ihm ein Loch in den Kopf schießen lassen! Solch einen Defekt kann man doch nach einem Unfall leicht feststellen!«

»Gut aufgepasst! Wir besorgen eine zweite männliche Leiche, vielleicht einen der Lobotomierten. Der bekommt den Schrittmacher, den Zahn, die Kleidung und die Papiere und fährt dann mit dem PKW des Mossadagenten in eine Schlucht. Sämtliche anderen Identifizierungsmerkmale werden durch ein Feuer seines Wagens erst einmal nicht mehr verwertbar sein. Gut, dass es heute leicht regnet, denn der Brand sollte schon erloschen sein, bevor die Polizei am Unfallort eintrifft. Alle müssen schließlich für eine Weile glauben, dass das Ganze schon einen Tag zuvor passiert ist.«

»Äußerst raffiniert!«

»Die Geschichte wird spätestens morgen früh in den Nachrichten kommen und so werden auch unsere Freunde vom israelischen Geheimdienst davon erfahren. Man wird neben dem Autowrack halb verbrannte Unterlagen finden, die eine völlig neue Spur weisen. Da unsere Gegner immer noch im Nebel stochern, werden sie sich darauf stürzen, wie Schmeißfliegen auf einen noch warmen Kuhfladen. Und diese Fährte wird sie dann weit genug von unserer Burg wegtreiben. Ehe über einen DNA-Abgleich der Schwindel bemerkt wird, ist alles vorbei, und der Zug ist nicht mehr aufzuhalten.«

»Toller Plan Arnulf. Ich bin mir sicher, dass sie darauf hereinfallen werden. Aber wird die Zeit nicht knapp?«

»Wir werden den Konvent vorverlegen. Das dürfte kein Problem sein. Heute ist Montag. Ich ordne an, dass Sie zum Donnerstag einladen und dass schon am Freitag die Zeremonie stattfindet.«

»Sollten wir die Auseinandersetzungen, die sich in dem Verlies abspielen, nicht beenden? Dimitri endgültig erlösen und Erez Grünberg von Judith Kolbert trennen?«

»Nein, dazu besteht keine Notwendigkeit. Es ist für mich wichtig, festzustellen, ob sich Judith auch gegen diesen Arzt durchsetzen kann.«

»Dann nehmen Sie wenigstens den Ukrainer heraus.«

»Das wird sich von selbst erledigen.«

»Ich weiß nicht. Noch ist der verletzte Dimitri nicht geschlagen. Der ist zwar nicht besonders helle, aber trotz oder gerade wegen seiner Operation von großer Zähigkeit. Und es regenerieren sich bald die durch die Lobotomie beschädigten Gehirnstrukturen. Dann wird er sich wahrscheinlich erinnern und deshalb nicht mehr meinen Befehlen folgen.«

»Wegen seiner Stichverletzung kommt Dimitri für den Opferpart nicht mehr infrage. Dafür brauchen wir einen äußerlich unversehrten Körper. Der Ukrainer ist jedoch ein hervorragendes Studienobjekt hinsichtlich des Sozialverhaltens bei fehlgeschlagener Lobotomie. Sollte es allerdings dazu kommen, dass Judith von Dimitris Seite Gefahr droht, greifen Sie zu Ihren Gunsten ein! Sie ist doch unter Kameraüberwachung?«

»Selbstverständlich ist sie das und ich werde auf sie aufpassen, wenn Sie das wünschen. Was soll geschehen, wenn es eine schwere Auseinandersetzung zwischen der Judith und dem Arzt gibt?«

»Nichts. Beide könnten die Opferrolle übernehmen, wobei ich mir ziemlich sicher bin, dass sie auch in diesem Fall die Siegerin sein wird, denn der Grünberg junior ist nicht aus sehr hartem Holz geschnitzt. Wir brauchten nicht allzu viel Nachhilfe, um alle wichtigen Informationen aus ihm herauszubekommen.«

»Herr Dr. v. Conradi, ich werde alles so veranlassen, wie Sie es wünschen!«

Kapitel 47

GEGENWART

Wewelsburg, Verlies

Im selben Moment, als das Licht aufflammte, lockerte Dimitri seinen Griff und ließ Judith los.

Sie stürzte zu Boden.

»Dimitri! Zurück!«

Der Angesprochene schlich sich mühselig zu seiner Matratze und man sah, dass die Wunde, die sich in seiner linken Leiste befand, wieder begonnen hatte zu bluten.

»Nun Frau Kolbert«, sagte der Burghauptmann. »Da bin ich wohl gerade noch rechtzeitig gekommen.

Boris, Anatoli, schaut, ob er sie ernsthaft verletzt hat. Bringt sie zurück auf ihr Lager und legt sie so auf die Seite, wie ihr das gelernt habt!«

»Frau seien tot! Dimitri haben gewonnen«, meldete sich der Ukrainer. »Dimitri brauchen jetzt Medizin für Wunde.«

»Dimitri müssen halten Maul«, konterte v. Hohenfels.

Die zwei Männer, die sich bis jetzt im Hintergrund gehalten hatten, gingen zu Judith. Der erste beugte sich herab und tastete ihren Puls. Dann drehte er sich zu dem Burghauptmann herum: »Die Frau lebt. Ich kann ihren Puls fühlen.«

»Wunderbar. Da wird der Chef zufrieden sein und uns endlich einmal loben. Er möchte, dass sie es ist, die die anstehende Aufgabe erledigt. Also, bewegt euch!«

»Dimitri wird nehmen Rache an Hauptmann!«

»Natürlich wirst du das, Dimitri. Ich zittere schon.«

Manfred von Hohenfels grinste höhnisch.

Die beiden Männer packten Judith und trugen sie auf ihre Liege.

»So, und jetzt holt ihr die Unterlage für unseren neuen Gast!«, erteilte der Baron seinen nächsten Befehl.

Die Diener verließen den Raum und kamen einen Moment später mit einer weiteren Matratze zurück. Diese warfen sie achtlos an der gegenüberliegenden Wand auf den Boden.

Manfred von Hohenfels ging nun zu dem Ukrainer, schaute auf dessen eiter- und blutverschmierte Hose und berührte dann mit dem Handrücken ganz leicht Dimitris Stirn.

»Sieht nicht gut aus, alter Junge«, sagte er nonchalant.

Dimitri starrte ihn mit einem Blick voller Hass an.

Der Baron ging weiter zu Judith, beugte sich über sie und tätschelte ihr das Gesicht.

»Hallo Judith«, sagte er, »Dimitri wird Ihnen jetzt nichts mehr tun.«

Sie rührte sich nicht.

Der Burghauptmann richtete sich wieder auf, zog ein kleines Päckchen aus der Tasche und hielt es in die Höhe.

»Passen Sie mal auf«, sagte er, während er sich zu Dimitri umdrehte. »Ich lasse Judith etwas hier, das sie an eine Begebenheit aus ihrer Vergangenheit erinnern soll. Mal schauen, ob sie die richtige Idee hat. Wenn also Frau Kolbert wieder zu sich kommt, grüßen Sie sie von mir und sagen ihr, dass sie beide je eine halbe Flasche Wasser und etwas zu essen bekommen, wenn sie weiß, von wem dieses Geschenk stammt. Wenn nicht, gibt es auch nichts. Für keinen! Verstanden Dimitri? Ist das bei Ihnen angekommen? Ach ja, noch etwas: Sollten Sie noch einmal versuchen, Frau Kolbert etwas anzutun, dann werde ich Sie töten lassen.«

Dimitri reagierte nicht, hatte aber seine Augen geöffnet.

»Ich komme in einer Stunde wieder. Dann werde ich einige Neuigkeiten verkünden, die Sie beide interessieren dürften. Das Licht bleibt in der Zwischenzeit an.«

Kurz bevor er die Tür erreicht hatte, drehte sich der Burghauptmann noch einmal um und sagte:

»Dimitri, eigentlich dürften Sie ja nach dem operativen Eingriff keine eigenen Gedanken mehr haben. Aber ich muss Ihnen ein Kompliment machen: Sie können ja trotz der Operation noch richtig raffiniert denken. Sie wussten, dass Judith wieder zu der Wasserflasche kommen würde, richtig? Trotzdem sollten Sie zur Kenntnis nehmen, dass Sie schon jetzt ein toter Mann sind! Und Sie wissen das auch, nicht wahr?«

»Dimitri werden bekommen Rache!«

»Ist schon gut! Beten Sie lieber, dass Judith weiß, was es mit dem Päckchen auf sich hat. Verdursten ist nämlich unangenehmer, als einfach so zu krepieren!«

Und damit verließ er endgültig das Gefängnis.

Dimitri, der bis zu diesem Moment halb aufgerichtet auf seiner Unterlage gekauert hatte, legte sich nun stöhnend so auf die Seite, dass er Judith im Auge behalten konnte, schlief aber dann doch sehr schnell ein.

Nach einer Weile erwachte Judith aus ihrer Ohnmacht. Für einen Moment hatte sie Probleme, sich zu orientieren. Sie fasste sich an ihren Hals, bewegte vorsichtig ihren Kehlkopf und hatte den Eindruck, dass dieser mehrfach gebrochen war, so sehr schmerzte allein schon das Betasten. Erst dann öffnete sie ihre Augen und das erste, was sie sah, war Dimitri, der im Schlaf stöhnte.

Wenn ich könnte, würde ich dich jetzt umbringen!

An den Moment der beginnenden Ohnmacht konnte sie sich gut erinnern und auch an das Gefühl, wenn man glaubt, sterben zu müssen.

Aber warum lebe ich eigentlich noch? Hat Dimitri gemeint, ich bin tot und mich dann einfach losgelassen? Oder ist alles doch ein gemeines Spiel, an dem sich einige irgendwo an irgendwelchen Bildschirmen ergötzten?

Sie blickte wieder zu dem Ukrainer hinüber und da es relativ hell war, konnte sie sein blasses, rotfleckiges Gesicht, seine verklebten Haare, seinen mit bräunlichem Schorf verkrusteten, ausgetrockneten Mund betrachten.

Nein, ein Spiel ist das wahrlich nicht!

Dass ihre Chancen diesen Raum, dieses Gebäude, trotz der nebulösen Ankündigungen des Burghauptmanns unbeschadet zu verlassen, nicht groß waren, wusste sie.

Kampflos werde ich mich nicht von dieser Welt verabschieden! Und wenn ich die Chance bekommen sollte, dann wird irgendjemand für all das büßen müssen!

Ihr Blick ging wieder zu Dimitri und es war ihr klar, dass er nicht mehr lange leben würde. Und wie zur Bestätigung meinte sie, den Geruch verwesenden, eitrigen Fleisches zu riechen.

Judith drehte sich zur Seite, weil ihr übel geworden war und spürte zu ihrer Verwunderung, dass ihr Hass auf den Ukrainer nachgelassen hatte.

Dieser Mistkerl wollte mich zwar umbringen, aber eigentlich meinte er damit nicht mich. In Wahrheit verteidigte er nur mit seinen ihm verbliebenen Möglichkeiten sein eigenes Leben.

Während Judith nun überlegte, wie sie zurück auf ihre Unterlage gekommen sein könnte, hörte sie an der Tür ein Geräusch, das ihr sagte, dass ihre Peiniger wieder den Raum betreten hatten. Judiths Halsschlagadern begannen, heftiger zu pulsieren und bei jedem Pulsschlag durchzuckte ein klopfender Schmerz ihren Kehlkopf.

»Es ist schön zu sehen, dass unser Sorgenkind wieder bei Bewusstsein ist!«, sagte der Baron, der kurz hinter der Tür stehengeblieben war.

»Judith! Hat Ihnen ihr Mitbewohner gesagt, dass für Sie ein kleines Geschenk abgegeben worden ist?«

Judith war überrascht und da sie im Moment nicht sprechen konnte, schüttelte sie mit dem Kopf.

»Das dachte ich mir. Aber wir wollen nachsichtig sein! Dimitris Zustand ist wegen Ihres scharfen Messers tatsächlich nicht der beste. Schauen Sie doch einmal nach links auf den Boden!«

Judith blickte in die angegebene Richtung und sah auf dem grauen Beton ein kleines, in Papier eingewickeltes Päckchen, das sie nun zögerlich aufhob.

»Wickeln Sie es aus und sagen Sie mir, was Ihnen dazu einfällt.«

Eigentlich widerstrebte es Judith, seiner Anweisung zu folgen, sie tat es dennoch. Als sie feststellte, dass sich in dem Päckchen ein nagelneues Kartenspiel befand, war sie perplex.

»Da staunen Sie, nicht wahr? Es ist ein Gruß von unserem Chef. Er wird Sie spätestens morgen, vielleicht sogar noch heute Abend besuchen. Sie und Dimitri brauchen sich übrigens ab sofort nicht mehr um die Nahrungsmittel zu balgen. Beide bekommen welche, oder beide bekommen nichts, je nachdem!«

»Wie, je nachdem?«, fragte Judith mich krächziger Stimme.

»Mit dem Kartenspiel ist eine Aufgabe verbunden. Und nur bei richtiger Lösung darf ich Ihnen die Lebensmittel geben. Sie sollen herauszufinden, von wem die Karten kommen. Erraten Sie den Namen nicht, gibt es leider auch nichts!«

Judith rührte sich nicht.

Dem macht es Spaß, sich über mich lustig zu machen!

»Ob Sie meine Ausführungen begriffen haben, möchte ich wissen?«

»Ja«, sagte sie ärgerlich.

»Ich komme bald wieder. Dann möchte ich den Namen. Einen Tipp darf ich Ihnen noch geben: Hätten Sie die Dose ihrer Großmutter mit dem Foto nicht geöffnet, dann wäre Ihnen das hier alles erspart geblieben.«

»Woher wissen Sie davon?«

»Das ist ja genau die Frage. Die richtige Antwort sollte doch nicht so schwer sein! Es gibt aber noch etwas, auf das Sie sich einstellen müssen.«

»Und?«

»Sie werden sich sehr bald gegen einen neuen Rivalen durchzusetzen haben. Tut mir wirklich leid.«

Und damit ging er hinaus.

Ob ich es will oder nicht, ich muss versuchen, das Rätsel zu lösen! Aber die Sache dürfte ziemlich einfach sein. Es ist Peter, wie ich schon vermutet habe. Nur er kommt infrage. Er hat auf einen Blick erkannt, wo das Foto von Elvira und Erika gemacht worden ist und er hat stundenlang am Computer mit sich selbst Karten gespielt. Immer so lange, bis es deshalb Krach gab!

Judith erinnerte sich deutlich. Doch dann tauchten bei ihr wiederum Zweifel auf, weil sie Peter so eine große Sache nicht zutraute.

Aber wer könnte es denn sonst gewesen sein? Bild und Kartenspiel. Halt! Kartenspiel!

Ein weiterer Hinweis aus der Vergangenheit kam.

Mein Psychiater Dr. A. v. Conradi! Er hat mich irgendwann aufgefordert, aus einem Spiel einige Karten auszuwählen. Aber was war mit dem Bild? Das hat er nicht gesehen …

Doch! Ich habe ihm das Foto gezeigt! Er hat es sogar kopiert und in die Akte gelegt!

Judith stellte sich nun den Arzt vor.

Die goldene Brille, den durchdringenden Blick! Immer meilenweit über den Dingen stehend.

Judith schloss die Augen und plötzlich befand sie sich in einer reinen Horrorvision. Sie sah Dr. v. Conradi in scharlachroter Robe vor einem Auditorium vermummter, gesichtsloser Personen stehen und mit schneidender Stimme ihren Tod fordern.

»Nein«, schrie sie. »Nein, ich will nicht!«

Sie riss die Augen auf und blickte sich entsetzt um.

Gott sei Dank: Ein Tagtraum! Kein Auditorium! Kein Henker!

Um sie herum waren nur feuchter Beton, graue Wände und Dimitri, der sie mit wachsbleichem Gesicht und offenem Mund anstarrte.

»Frau haben schlecht geträumt«, sagte er. »Dimitri will entschuldigen sich, solange Dimitri noch können. Ihm tuen leid, was er getan. Er sich schämen sehr.«

Und dann sah Judith, dass er weinte.

Das schon bekannte Geräusch ließ sie zum Eingang blicken. Dort stand wieder der Baron und beäugte seine beiden Gefangenen.

»Es stimmen, Frau schlecht geträumt und Dimitri haben bald ausgeträumt«, höhnte er.

Jetzt will er die Antwort und ich kenne sie doch nicht wirklich!

Sie blickte zu Dimitri und sah ihn in seinem ganzen Elend.

Ohne Wasser, ohne etwas zu essen, wird das heute sein Ende sein!

»Nun Frau Kolbert. Von wem kommt das Kartenspiel?«

Judith richtete ihren Blick auf den Burghauptmann. Statt des Anzugs, den er sonst zu tragen pflegte, trug er eine schwarze Uniform.

Werde ich von einer militärischen Organisation gefangen gehalten?

Judit öffnete den Mund. ›Peter‹ wollte sie sagen.

Dr. v. Conradi hat als Arzt den hippokratischen Eid geschworen. Er hat mich aus dem tiefsten Tief meines Lebens geführt, hat mir meinen Optimismus zurückgegeben. Er kann es unmöglich sein!

Judith machte zwei Anläufe: Das Wort ›Peter‹ wollte nicht heraus. Ihre schmierig-pappige Zunge und der schmerzende Kehlkopf verweigerten ihren Dienst.

»Frau Kolbert, etwas lauter! Ich habe nichts verstanden!«

Während der Burghauptmann das sagte, hielt er seine Hand in die Höhe und Judith hatte die furchtbare Assoziation, dass er gleich, wie nach einem Gladiatorenkampf, seinen Daumen senken würde.

»Nicht«, schrie sie. Und nun war sie gut zu verstehen. Und noch einmal voller Entsetzen: »Nicht!«

»Was, nicht?«, fragte der Burghauptmann irritiert. Da sie nicht reagierte, stampfte er mit dem rechten Fuß heftig auf den Betonboden. »Was, nicht?«

Unerwartet war das Märchen von Rumpelstilzchen in ihren Gedanken, in dem das böse, kleine Männchen am Ende der Geschichte voller Zorn mit dem Fuß aufstampft und diesen tief in den Boden stößt. Und da ihr Psychiater immer irgendwie wie das verwunschene Rumpelstilzchen ausgesehen hatte, kam es einfach so aus ihr heraus: »Doktor von Conradi!«

Im gleichen Moment, als sie diese Worte ausstieß, bereute sie sie schon wieder. Aber zu ihrer großen Verblüffung lächelte der Burghauptmann süffisant und nickte zustimmend.

»Nicht schlecht, Judith. Schlaues Mädchen. Ich glaube, dass man sich vor Ihnen in Acht nehmen muss.«

Manfred von Hohenfels schritt nun in die Mitte des Raums und stellte einen Korb neben die Vertiefungen. »Es ist heute mehr als ausreichend! Gratulation Judith, wirklich nicht schlecht!«

Er machte eine angedeutete Verbeugung.

»Aufgrund einer Anordnung meines Chefs gebe ich Ihnen ein paar Dinge bekannt, die Ihnen Ihre Situation erleichtern werden. Erstens bleibt das Licht nun auf Dauer an und zweitens werden Ihnen Ihre Ketten abgenommen. Sie dürfen sich in dem Raum frei bewegen. Von den Nahrungsmitteln bekommt jeder das, was er sich nimmt. Ich schätze, dass Dimitri überhaupt nichts mehr benötigt. Um allerdings ganz sicher vor ihm zu sein, Judith, erinnere ich Sie an ihr Messer. Außerdem glaube ich, dass Sie Dimitri damit auch einen Gefallen täten.«

»Nein, so etwas mache ich nicht!«

»Wie Sie wollen. Aber noch einmal zur Erinnerung: Nur einer kommt hier lebend heraus. Es gibt noch etwas, was besonders Sie, Judith, interessieren wird. Unser neuer Gast kommt noch heute! Für ihn geht ein Wunsch in Erfüllung, denn er hat schon sehr lange nach Ihnen gesucht. Ich würde deshalb dringend raten, wieder Ihre Waffe mit sich zu tragen.«

»Wieso hat er nach mir gesucht?«

»Der Neuankömmling ist Jude und hat sehr viel Energie darauf verwandt, Sie zu treffen.«

»Das glaube ich nicht.«

»Es ist aber so. Er wollte Ihnen allerdings nicht begegnen, um sich nett zu unterhalten, auch nicht, um mit Ihnen Kaffee zu trinken. An so etwas hatte er kein Interesse.«

»Was wollte er denn sonst?«

»Er hatte einfach nur die Absicht, Sie auf Anweisung seines Vaters aufzuspüren und dann umzubringen, weil Ihr Großvater, der berühmte SS-Arzt Dr. Rascher, an dem Tod seines Großvaters die Schuld haben soll. Davon sind Vater und Sohn Grünberg jedenfalls fest überzeugt.«

»So ein Quatsch!«

»Sie können ihn selbst fragen! Aber, Judith, passen Sie gut auf. Er wird sich lammfromm geben! Fallen Sie nicht darauf herein, denken Sie an all die Versprechungen, die Dimitri Ihnen gegeben hat!«

Kapitel 48

GEGENWART
Berlin, Jakobs Wohnung

Der Anruf kam kurz nach den Tagesthemen. Blitzschnell griff er zum Hörer.

Nach einer flüchtigen Begrüßung sagte sein Freund:

»Jakob, ich wollte dir nur mitteilen, dass sich das Rätsel um unseren vermissten Agenten definitiv gelöst hat. Wie wir schon befürchtet hatten: Er ist auch tot.«

»Das ist ja schrecklich! Wie konnte das passieren? Ein Verbrechen?«

»Nein. Es war eindeutig ein Unfall, kein Anschlag. Unser Mann ist in der Nähe von Schlangen, das ist an der Grenze zum Teutoburger Wald, nachts in einer langgezogenen Linkskurve von der Straße abgekommen und direkt vor einer Brücke einen steilen Abhang heruntergestürzt.«

»Aber der Sender hätte sich doch melden müssen!«

»Ja, schon. Er war anfänglich wohl nur bewusstlos, denn beim Wegbleiben des Herzschlags hätten wir automatisch einen Notruf bekommen. Der Wagen hat dann wegen des auslaufenden Benzins Feuer gefangen und ist vollständig ausgebrannt. Die Flammen haben ganze Arbeit geleistet. Sie haben zuerst den Sender zerstört und erst dann starb der Mann. Anders kann es nicht passiert sein. So haben es unsere Techniker erklärt.«

»Da hat man nun ein teures und angeblich narrensicheres Kommunikationssystem und dann versagt es.«

»Ja. An so eine Möglichkeit haben die Konstrukteure bestimmt nicht gedacht. Es soll kein schöner Anblick gewesen sein, der sich den Rettungskräften geboten hat. Tja, so einfach und so schrecklich sind manchmal vermeintliche Rätsel. Er hinterließ eine Frau und drei kleine Kinder.«

»Das tut mir leid. Die arme Familie!«

»Ja. Es ist auch ein sehr großer Verlust für uns. Nach den Unterlagen, die die deutsche Polizei gefunden hat, war der Agent auf dem Wege nach Detmold. Dort soll sich ein oder das Zentrum der neuen rechtsradikalen Bewegung befinden. Dieser Hinweis ist gerade heute von zwei Seiten positiv bestätigt worden.«

»Woher wisst Ihr denn das alles?«

»Das geht aus den Aufzeichnungen hervor, die man bei dem Toten gefunden hat. Es war eine eher vage Notiz, und die hat er offensichtlich schon in Bremen aufgeschrieben. Woher er den Tipp allerdings hatte, wissen wir nicht.«

»Er wollte nach Detmold, ohne dass Ihr davon wusstet? Wie geht das denn?«

»Der Mann hat dem Hinweis wohl selbst nicht vertraut und deshalb die Nachricht nicht weitergegeben. Aber es stimmt, er hat sich nicht immer so verhalten, wie er sollte!«

»Ist unser Mossad zu einem Kindergarten verkommen, in dem jeder macht, was ihm gerade in den Kram passt?«

»Das nun wirklich nicht. Der Agent war sehr befähigt. Er konnte Zusammenhänge sehen, die sonst niemand bemerkte. Aber leider neigte er zu Eigenmächtigkeiten und auch dazu, im Eifer des Gefechts seine Meldungen nicht immer vorschriftsmäßig abzusetzen.«

»Für solch ein Verhalten fehlen mir die Worte, das hätte es zu meiner Zeit nicht gegeben!«

»Ja, Jakob, früher war immer alles besser. Aber du hast natürlich recht. Er hätte sich vor der Fahrt Instruktionen geben lassen müssen. Obwohl, das Endergebnis wäre identisch gewesen.«

»Was habt ihr unternommen?«

»Zwei Teams sind schon auf dem Weg, um die Sachlage endgültig zu klären. Noch gibt es aber keine belastbaren Fakten.

Das mit dem Doppelgänger hat sich übrigens bestätigt. Bei den beiden Ärzten handelt es sich tatsächlich um eineiige Zwillinge.«

»Mir fällt gerade ein, was ich noch fragen wollte: Warum hatte denn der BND Unterlagen über den Doktor in Salzkotten?«

»Das ist einfach zu erklären. Conradis Bruder war für ein paar Jahre Truppenarzt und ist deshalb vom MAD überprüft worden, wie alle deutschen Offiziere vom Abschirmdienst überprüft werden. Und somit kam sein Foto in die Datei, wurde digitalisiert und den Rest kennst du. Ansgar Gross heißt er übrigens.«

»Ich frage dich noch einmal, ob die beiden nicht doch unter einer Decke stecken können?«

»Definitiv nein. Sie kennen sich bis heute noch nicht einmal, weil sie als Säuglinge getrennt worden sind und der eine nichts von dem anderen wusste.«

»Alles verdammt seltsam.«

»Kann schon sein. Dennoch, die Burg oder der Ort Wewelsburg kann mit der ganzen Geschichte nichts zu tun haben. Wir sind nur deshalb zufällig darauf gestoßen, weil dort in der Nähe dieser Allgemeinarzt praktiziert.«

»Wie kann es sein, dass der Agent ein zweites Ziel hat und die Zentrale nichts davon weiß? Das will nicht in meinen Kopf! Das ist ein Ding der Unmöglichkeit. Da steckt bestimmt etwas anderes dahinter.«

»Jakob, nach den Spuren am Unfallort zu schließen, hatte unser Mann gerade sein Handy am Ohr, und sein Notizbuch lag wahrscheinlich auf dem Beifahrersitz. Dann muss es passierte sein. Das Buch wurde beim Überschlagen des Autos herausgeschleudert. Die noch lesbaren Eintragungen sind authentisch. Außerdem gibt es einen Unfallzeugen.«

»Also ist der Hergang unstrittig?«

»Nicht hundertprozentig.«

»Wie soll ich das denn schon wieder verstehen?

»Es ist ein anonymer Zeuge. Der Mann hat den Wagen nur beobachtet, als er von der Straße abgekommen ist. Er sagt, dass das Auto viel zu schnell gewesen sei.«

»Ich verstehe das nicht. Ihr habt doch den Agenten schon einen Tag zuvor vermisst.«

»Der Unfall ist auch schon gestern passiert.«

»Und warum hat sich der Zeuge nicht gleich gemeldet? Warum hat er nicht versucht, ihn zu retten?«

»Man kann froh sein, dass er sich überhaupt gemeldet hat. Sonst hätte man den ausgebrannten Wagen wahrscheinlich noch viel später gefunden. Du weißt ja, dass sich Zeugen heutzutage gern aus dem Staub machen.«

»Wenn du schon so argumentierst, dann muss man auch fragen, warum dieser Zeuge, nachdem er den Unfallort schon lange verlassen hatte, doch noch zum Telefonhörer gegriffen hat?«

»Der Mann hat am Telefon erklärt, ein amouröses Abenteuer gehabt zu haben und wollte verständlicherweise nicht die Bekanntschaft mit einem Scheidungsanwalt machen.«

»Und dann hat ihn sein Gewissen dazu veranlasst, anzurufen?«

»Genauso hat er es erklärt. Er sei ausgestiegen, als er sah, wie das Auto den Abhang herunterstürzte. Es habe sofort alles in Flammen gestanden. Er sei noch heruntergeklettert, aber eine Rettung wäre unmöglich gewesen. Bei der Polizei sagte man uns, dass alles versucht werde, den Anrufer doch noch zu ermitteln, jedoch die Spuren am Unfallort würden den geschilderten Hergang bestätigen.«

»Und was ist jetzt mit Erez? Glaubst Du immer noch, dass seine Entführung nicht mit eurer Sache zusammenhängt?«

»Jakob, es gibt keinen auch noch so geringen Hinweis, dass das eine mit dem anderen zu tun hat. So leid es mir für dich tut. Wir müssen uns jetzt auch intensiv um Detmold kümmern. Das ist der einzige Punkt, wo wir im Moment ansetzen können, um die gesuchte Gruppe aufzuspüren. Aber wir sind selbstverständlich immer noch dabei, der Spur deines Sohnes zu folgen. Es scheint aber nicht so einfach zu sein.«

»Ihr habt euch doch sicher in diesem Restaurant in Wewelsburg erkundigt, ob der Besuch eures Agenten einfach ein Kneipenbesuch war, weil er Hunger hatte, oder ob er dort irgendetwas recherchieren wollte.«

»Selbstverständlich haben wir das. Wir haben uns ausführlich mit der damals Dienst habenden Angestellten unterhalten. Und es gibt keinen Zweifel: Unser Mann wollte dort nur eine Mahlzeit einnehmen. Jakob, verrenn dich nicht in irgendwelchen Spekulationen. Du bist in diesem Punkt auf dem Holzweg! Hast du denn überhaupt schon eine Vermisstenmeldung abgegeben?«

»Ja, habe ich. Aber ich kann nicht die ganze Zeit hier herumsitzen und Däumchen drehen! Da werde ich verrückt!«

»Jakob, bitte bleib in Berlin. Du kannst im Augenblick hier nichts tun! Glaube mir, wir lassen dich nicht im Stich! Ich werde dich über alles unterrichten, was passiert. Das verspreche ich! Außerdem wird die deutsche Polizei auch nicht untätig sein. Und jetzt muss ich wirklich arbeiten. Schalom, Jakob.«

»Schalom.«

Jakob setzte sich auf sein Sofa, das er vor einigen Jahren einmal bei einer Sperrmüllaktion gefunden hatte. Und weil er nicht wusste, wie er sich ablenken sollte, schaltete er den Fernseher ein.

»Vierunddreißig Programme und überall nur Mist«, schimpfte er alsbald.

Seine Unruhe wurde stärker.

Er rollte sich auf den Rücken, legte seine Beine über die Lehne und blickte starr an die weiß getünchte Decke. Aber bald bekam er das Gefühl, ersticken zu müssen und sprang auf.

»Erez, komm zurück!«, schrie er. »Lass mich hier nicht allein. Ich kann es nicht ertragen! Oh Herr, lass ihn nicht tot sein! Nimm mich für ihn! Bitte! Ich flehe dich an, nimm mich und verschone mein Kind. Ich weiß, ich war nicht immer ein guter Vater! Aber ich habe ihn geliebt, mehr als jeden anderen Menschen auf der Welt! Bitte! Schütze ihn! Er war doch an diesem verdammten Krieg, an dem millionenfachen Töten nicht beteiligt. Es ist genug Blut geflossen! Nimm mich für ihn!«

Jakob wusste, dass er selbst nicht mehr weiterleben konnte, wenn seine Befürchtungen wahr werden sollten. Aber gab es überhaupt noch eine Hoffnung?

Nach einer Weile wurde er wieder ruhiger. Er dachte über das soeben geführte Telefonat nach. Irgendetwas hatte ihn schon während des Gesprächs gestört.

Jakob stellte sich die Situation vor:

Der Agent ist in Bremen. Er hat zwei Hinweise. Einen nach Salzkotten, einen nach Detmold … Salzkotten und Detmold …

Es kam ihm ein Gedanken. Er holte sich aus dem Bücherschrank seinen Maxi-Atlas und schaute sich die Fahrtroute an, die der Mossadagent genommen haben musste. Und schon nagte es weiter in ihm!

Warum fährt der Mann von Salzkotten nach Wewelsburg, wenn er nur etwas essen will? Das ist zwar nicht weit, jedoch die falsche Richtung! Außerdem: Detmold ist doch von Bremen aus gesehen, deutlich näher. Man würde doch eigentlich diesem Hinweis zuerst nachgehen. Oder? Aber wenn der Tipp zu vage gewesen ist, wäre die Reihenfolge wiederum logisch!

Jakob, stell dir einmal eine andere Situation vor: Der Agent findet einen Hinweis nach Salzkotten und dort vielleicht einen, der zur Wewelsburg führt. In Wewelsburg sticht er in ein Wespennest. Die Wespen haben das nicht so gerne und stechen zurück. Schnell und effektiv. Jetzt müssen sie damit rechnen, dass bald mehrfacher Ersatz kommt. Was ist zu tun? Was würde ich an deren Stelle tun … Genau! Ein Ablenkmanöver starten!

So könnte alles einen Sinn machen ... Oder doch nicht? Los Jakob, denk die Sache konsequent zu Ende!

Ab dem Verschwinden des zweiten Agenten ist das Ganze wie perfekt organisiert, um von Wewelsburg abzulenken. Nur das Notizbuch wird fast unversehrt gefunden, alles andere verbrennt bis zur Unkenntlichkeit! Ein Zeuge, der sich mit einer anonymen Aussage meldet ... genau zum richtigen Zeitpunkt! Das stinkt doch! Oder sollte es doch gewesen Zufall sein? Kann man denn solche Dinge tatsächlich so schnell organisieren? Diesen komplizierten Unfall. Den Eintrag im Buch fälschen, ohne im Vorfeld zu wissen, dass es so ein Buch gibt. Und es war kein anderes Fahrzeug beteiligt, das hat die Spurenlage gezeigt, wie mein Freund mir berichtete.

Ja, man kann! Aber so exakt? Wie soll das gehen? Und der Körpersender ist nicht aktiviert worden! Dieses Detail kann man nicht manipulieren!

Wenn alles nur getürkt sein sollte, muss dieses Täuschungsgenie doch damit rechnen, dass bei genaueren Untersuchungen der Schwindel festgestellt wird. Wozu also das Ganze? Als kurze Ablenkung? Wenn ja, wovon soll abgelenkt werden?

Dein Freund hat recht! Du befindest dich auf dem Holzweg. Du hast dich verrannt! Du willst einfach die Wahrheit nicht akzeptieren!

Eine riesengroße Leere überkam ihn. Er schaltete den Videorecorder ein, drückte die Auswurftaste und eine Kassette kam heraus.

Jakob schaute auf den Titel: ›In zwei Tagen bist du tot‹.

Na siehst du, da steht es ja!

Dann stutzte er.

In zwei Tagen bist du tot.

Ein Gedanke schoss ihm durch den Kopf.

Was ist, wenn der unbekannte Gegner alles nur inszeniert hat, um Zeit zu gewinnen. Vielleicht nur zwei Tage! So viel Zeit, bis ein Punkt erreicht oder überschritten ist. Dann würde ein solches Ablenkungsmanöver tatsächlich Sinn machen.

Ja, ... so könnte es gewesen sein! Und der Körpersender? ... Der passt da leider nicht hinein. Trotzdem, was hast du zu verlieren?

Jakob griff zum Telefon.

Meine Argumente werden meine Freunde beim Mossad bestimmt überzeugen! Sie müssen auch ein paar Leute direkt nach Wewelsburg schickt. Und nicht erst übermorgen! Das sind sie mir schuldig!

So schnell er den Hörer von der Aufbewahrungsschale gerissen hatte, so schnell legte er ihn wieder hinein.

Kein Mensch wird mir glauben. Alle von meinem ehemaligen Verein werden sagen, dass das ein interessanter Gedanke sei. Man hätte selbst schon diese Möglichkeit diskutiert. Und dann kommt erstens, zweitens, drittens. Im Anschluss wird mein Gesprächspartner in der Zentrale sich artig für meinen Anruf bedanken, mich wegen meiner Ideen loben, den Hörer auflegen und danach ›Nervensäge‹ oder ›alter Narr‹ sagen. Und alle, die dort in der Zentrale mitgehört haben, werden herablassend grinsen.

Jakob fällte eine Entscheidung.

Er ging ins Schlafzimmer, packte seinen Koffer mit ein paar Toilettensachen und Kleidung zum Wechseln. Dann nahm er die Digitalkamera und ein älteres Nachtsichtgerät aus dem Schrank, überprüfte die Akkus und legte alles nebst Ersatzbatterien zu den Sachen. Als das erledigt war, schaltete er seinen Laptop ein und suchte nach einer Verbindung mit der Bahn nach Wewelsburg. Die Fahrt würde knapp fünf Stunden dauern.

Er stellte den Wecker und ging dann in den Keller. Hinter einer alten Wandpaneele holte er ein in einem öligen Lappen befindliches Päckchen hervor und wickelte es aus. Hervor kam eine schwarz-glänzende P38 mit braunem Griff, die er einmal bei einer Razzia hatte mitgehen lassen. Die Waffe diente während des Krieges einem deutschen Offizier als Dienstpistole. ›Für besondere Gelegenheiten‹, hatte Jakob bei dieser Razzia zu seinen Kollegen gesagt, während er die Pistole an sich nahm.

Jetzt steckte er die halbautomatische Waffe in seine Jackentasche, holte aus einem anderen Versteck fünfzig Schuss Munition, 9 mm, befüllte zwei Magazine mit je acht Patronen, schob eines in die Pistole, sicherte, deponierte das andere in seiner Hosentasche und ging wieder nach oben.

Er dachte an damals, als er Ende der sechziger Jahre als junger, hasserfüllter Bursche bei einer aus dem Ruder gelaufenen Aktion in Südamerika bei dem Versuch, einen Holocausttäter dingfest zu machen, diesen erschossen hatte. Zwei Schüsse hatte er abgegeben, wobei einer völlig ausgereicht hätte, den ehemaligen Scharführer kampfunfähig zu machen und festzunehmen. Als beim zweiten Schuss der halbe Schädel des Mannes durch den Raum geflogen war, hatte Jakob sich für einen Moment als Rächer seines ganzen Volkes gefühlt. Er konnte gar nicht verstehen, dass sein Kommandeur ihm für den Fall einer Wiederholung mit dem Ausschluss aus der Einsatztruppe und mit einem Verfahren gedroht hatte. Er selbst war überzeugt gewesen, richtig gehandelt zu haben, denn genau diesen Tod hatten dieser und viele andere Naziverbrecher auch, tausendfach verdient!

Jakobs Spezialität war seinerzeit, jede zweite Patrone vor einem Einsatz als Dum-Dum-Geschoß zurechtzufeilen. Er wollte seine Gegner mit dem ersten Schuss kampfunfähig machen und mit dem zweiten vernichten.

In der Küche zerlegte er nun die alte Kriegswaffe, putzte und ölte sie mit leichtem Nähmaschinenöl und setzte die Teile wieder zusammen. Dann holte er sich eine Feile und kerbte die Hälfte aller Patronen an ihren Geschossspitzen ein und zwar so, dass die Veränderungen die Zielgenauigkeit nicht wesentlich beeinträchtigen konnten.

Kapitel 49

GEGENWART
Vor der Wewelsburg

»Also Manfred, wie weit sind unsere Vorbereitungen fortgeschritten? Gibt es irgendwelche Schwierigkeiten? Haben wir etwas nicht bedacht?«, fragte Dr. v. Conradi den Burghauptmann, während er erhebliche Mühe hatte, den ausladenden Schritten des großen Mannes zu folgen.

Die beiden gingen an diesem Donnerstag um die Mauern der Wewelsburg. Es war ein letzter Inspektionsgang, um sich zu überzeugen, dass keine Lücken im Sicherheitskonzept vorhanden waren, denn das große Ereignis stand kurz bevor und nichts durfte nach den Vorstellungen des Psychiaters den Ablauf der Zeremonie stören, die nun endgültig für den nächsten Tag terminiert worden war.

Sie hatten für ihren Kontrollgang die Burg über das Hauptportal verlassen, waren über die steinerne Brücke mit ihren zwei Rundbögen gegangen, die zwischen dem mächtigen Nordturm und dem zierlicheren Südturm gelegen war, überquerten dann den tiefen Burggraben und wandten sich nach Norden.

»Organisatorisch ist alles im Zeitplan«, antwortete der Burghauptmann leicht verspätet. »Trotzdem, ich empfinde eine Bedrohung. Wie soll ich es beschreiben, es ist wie eine böse Vorahnung.«

»Das wundert mich aber sehr, denn für Vorahnungen sind Sie doch sonst nicht zu haben«, entgegnete Dr. v. Conradi ironisch.

»Wahrscheinlich habe ich nur schlecht geträumt. Trotzdem, ich mache mir Sorgen.«

»Das brauchen Sie nicht. Bestätigen Sie mir lieber, dass alle Delegierten anwesend sind.«

»Es sind, bis auf zwei Ausnahmen, alle da. Die beiden Nachzügler erwarte ich innerhalb der nächsten zwei bis drei Stunden, dann sind wir vollzählig!«

»Sehr gut. Manfred, unbegründete Sorgen machen sich nur Hasenfüße. Und dazu gehören wir nicht. Und Sie wissen ja: Wer es morgen wagen sollte, den Ritus zu stören, ist des Todes. Und das meine ich so, wie ich es gesagt habe!«

»Ich habe für mein seltsames Gefühl auch keine Erklärung. Vor zwanzig Minuten war ich noch im Kontrollraum. Alles funktioniert reibungslos! Keine Maus kann in die Burg kommen, ohne dass wir davon Kenntnis erlangen. Dennoch bin ich sehr unruhig.«

»Keine Angst, das wird alles vergehen, wenn die Sache erst einmal läuft. Und wenn Sie demnächst ihre Schulungsstunden absolviert haben, wird es bei Ihnen solche Anwandlungen auch nicht mehr geben. Dann werden nur Tatsachen und nicht subjektive Gefühle Ihre Denkprozesse steuern.«

»Normalerweise kenne ich so etwas nicht!«

»Das nehme ich an, ansonsten hätten Sie Ihre Aufgabe auch nicht übernehmen dürfen.«

»Das weiß ich.«

»Also, was sollte denn morgen noch passieren?«

»Passieren kann immer etwas Unvorhergesehenes. Niemand und nichts ist davor gefeit.«

»Bitte keine Unkenrufe! Wir haben alles im Griff. Jeder wird mehrfach kontrolliert. Draußen stehen unsere Männer, die, um den Schein zu wahren, unbewaffnet sind und innerhalb der Mauer die bewaffneten. Und die haben gelernt, bei Bedarf ihre Waffen auch zu benutzen!«

»Sollten wir nicht am Tage der Wahl bis nach der Zeremonie die Zugänge aus Sicherheitsgründen ganz schließen?«

»Nein, das möchte ich nicht. Wir igeln uns keinesfalls ein. So etwas haben wir erstens nicht nötig und zweitens könnte es auffallen! Außerdem gibt es bei den Kontrollen für niemanden eine Ausnahme. Nicht für mich und erst recht nicht für Sie, Manfred. Passen Sie also auf! Sollten Sie ihre Legitimation verlieren und einfach so hineinspazieren, werden Sie von dem bewaffneten inneren Ring ohne weitere Vorwarnung erschossen.«

Manfred von Hohenfels schaute seinen Chef von der Seite an, konnte aber in dessen Mimik das augenzwinkernde Lächeln nicht entdecken, das er jetzt erwartet hatte.

Das ungleiche Männerpaar befand sich nun in Höhe des Nordturms und prüfte einen weiteren Eingang, zu dem ein schmaler Sandweg führte.

In alle Zugangstüren waren Sensoren eingebohrt worden, die aber nur einem sehr geübten Auge auffallen konnten.

An sämtlichen sensiblen Punkten machte der Burghauptmann kleine Häkchen in der für diesen Zweck ausgearbeiteten Liste. Dann schlenderten beide weiter zur östlichen Seite des Nordturms, bis sie auf einen Zaun stießen.

Nun gingen sie auf dem gepflasterten Weg zurück, dann den steilen Abhang hinab bis zum Knickweg und wandte sich wiederum nach Osten.

»Diese ganze Böschung ist damals von den Gefangenen des KZs Niederhagen wegen des dominanteren Aussehens umgestaltet und die Burggräfte erheblich vertieft worden«, erklärte Dr. v. Conradi seinem Begleiter. »Außerdem hat der damalige Reichsführer eine Reihe von baulichen Veränderungen vornehmen lassen, die leider nicht mehr alle in die erhalten gebliebenen Pläne eingezeichnet worden sind. Es könnten also durchaus noch Überraschungen baulicher Natur zutage treten. Manfred, wenden Sie jetzt mal ihren Blick nach Nordwesten. Was sehen Sie?«

Der Burghauptmann schaute in die vorgegebene Richtung.

»Ich sehe Bäume, eine Wiese, noch mehr Bäume und in der Ferne einige Gebäude.«

»Und was sehen Sie noch?«

»Viehweiden, Kühe und einen Bauernhof.«

»Weiter.«

»Na ja, links vor uns die Alme, die im Moment sehr wenig Wasser führt und die uralte Steinbrücke.«

»Dann schließen Sie jetzt Ihre Augen und lassen Sie die Atmosphäre der Landschaft, des Flüsschens und die der Burg auf sich wirken und denken an die schöne Zeit vor dem Krieg. Was sehen Sie nun?«

»Tut mir leid, eigentlich gar nichts.«

»Wissen Sie, was ich sehe, wenn ich hier meine Gedanken schweben lasse?«

»Nein.«

»Ich sehe die zwei Kilometer lange Hauptzufahrtsstraße mit den vier Baumreihen, die auf den Nordturm zusteuert und wenn ich mich umdrehe, sehe ich vor meinem geistigen Auge die mächtige Mauer mit ihren achtzehn Türmen, die als Dreiviertelkreis den riesigen zentralen Nordturm umschließt. Genau das sehe ich, wenn ich hier stehe. Dann mache ich die Augen wieder auf und erblicke das gleiche wie Sie: Bäume und Wiesen. Und mir ist dann zum Heulen, weil das alles tatsächlich schon existieren könnte.«

»Was meinen Sie?«

»Ich bin der Überzeugung, dass wir den Krieg nie und nimmer hätten verlieren dürfen.«

»Die Deutschen wollten zu viel auf einmal und hatten fast die ganze Welt zum Gegner. So sehe ich das.«

»Nur zum Teil haben Sie recht. Die Hauptursachen waren eigene Versäumnisse. Der Fehler der Führung war ihre korrupte Denkart und das gemeine Volk war nicht bereit, sich für die Sache wirklich zu opfern.«

»Da stimme ich Ihnen zu!«

»Das wird nicht noch einmal passieren. Diese beiden Todsünden werden wir ab übermorgen konsequent ausmerzen. Wir haben es erstmalig in der Geschichte geschafft, einen Menschen ohne Egoismen zu kreieren. Dieses Geschöpf ist bereit, ohne Widerspruch die Aufgaben zu erfüllen, die ihm von der Führung zugewiesen werden. Im Moment sind wir noch zu wenige. Aber es ist wie bei einem Fluss, in den sich von allen Seiten die Nebenarme ergießen. Am Ende ist ein mächtiger, unaufhaltsamer Strom entstanden.«

»Herr Dr. v. Conradi, das ist ein wunderbares Bild!«

»Sie, Manfred, wissen doch um den Refrain des alten Kampfliedes, geschrieben von Hans Baumann. ›Und heute gehört uns Deutschland‹ … Bald werden wir dieses Lied voller Stolz wieder singen dürfen und auch die erste Strophe des herrlichen Deutschlandliedes von v. Fallersleben!«

Für eine Weile schwiegen beide Männer, in eigenen Gedanken versunken.

Sie gingen auf dem Knickweg weiter, bis sie an der steinernen Brücke angekommen waren, die mit ihren sechs flachen Bögen über die Alme führte. Dr. v. Conradi verließ nun die geteerte Straße und begann, den Rundweg abzukürzen, indem er leichtfüßig den Abhang hinaufstieg. Der Burghauptmann folgte schnaufend.

Während sie sich von Strauch zu Strauch hangelten, setzte der Arzt das Gespräch fort.

»Manfred, wenn es zu Ihrer Beruhigung beiträgt, erzähle ich Ihnen, dass es mit dem Ablenkungsmanöver geklappt hat. Mossadagenten sind bereits in Detmold gesichtet worden. Wir werfen Ihnen jetzt noch einige Bröckchen hin, auf die sie sich stürzen werden, wie ausgehungerte Möwen auf Brotkrumen. Ehe sie feststellen, dass sie an der Nase herumgeführt worden sind, ist bei uns schon alles passiert.«

»Hier in Wewelsburg sind keine Agenten aufgetaucht?«

»Nein, wir haben zwei Teams beobachtet. Für beide war unser Ort nur Durchgangsstation.«

»Das ist sehr gut. Aber sind wir denn nach der Wahl tatsächlich so schnell handlungsfähig, dass der Konvent von solch eminenter Bedeutung ist?«

»Ja, der morgige Tag ist der alles entscheidende. Wenn erst einmal die Strukturen geschaffen sind und funktionieren, der Reichsführer seine Befehlsgewalt hat, dann können uns auch kleinere Rückschläge nicht mehr aus der Bahn werfen. Das wäre der Sieg. Die Delegierten werden morgen Mittag als Erstes den neuen Reichsführer wählen und dann ihre Obergruppenführer. Ich gehe davon aus, dass ich die volle Stimmzahl bekommen werde. Nach der anschließenden Opferzeremonie bricht die neue Zeit an! Unsere Zeit! Stück für Stück werden wir uns dann so lange vorwärts kämpfen, bis sich alles zu einem großen Ganzen zusammengefügt!«

»Herr Dr. v. Conradi, ich muss noch einmal auf meine Eingangsbemerkungen zurückkommen. Ich meine, dass Vorsicht nie verkehrt sein kann.«

»Vorsichtig sein, sicher nicht, aber ängstlich sein, schon.«

»Aber man sollte seine Gegner nie unterschätzen. Und manchmal lauern die Gefahren dort, wo man sie gar nicht vermutet. Ich bin mir sicher, dass die Geheimdienste nicht so naiv sind, wie sie manchmal scheinen. Unser Vorteil ist freilich, dass sie sich untereinander nicht gut unterstützen.«

»Das sehen Sie endlich einmal richtig. Der CIA traut dem Mossad nicht und der BND traut keinem von beiden.«

»Ja, stimmt. Trotzdem, passieren kann immer etwas Unvorhergesehenes. Schon das Töten dieses Agenten auf offener Straße war ein großes Risiko, wenn ich auch zugeben muss, dass kaum eine andere Möglichkeit bestand, das Problem aus der Welt zu schaffen. Und deshalb drücke ich auch meine Hochachtung aus, indem ich sage: Diese Aktion war brillant.«

»Manfred, ohne Risiko ist nichts. Seien Sie sicher, ich habe an alles gedacht! Sie denken viel zu pessimistisch. Außerdem: Ihre Aufgabe beschränkt sich auf den technischen Ablauf und auf den Umgang mit den Gefangenen, auf sonst nichts! Fundamentale Kritik steht Ihnen nicht zu, denn Sie sind nicht als mein Berater engagiert! Halten Sie sich also daran! Und niemals defätistische Äußerungen in Anwesenheit von Untergebenen! Wir haben uns da verstanden?«

»Jawohl!«

Die Männer hatten nun den Hang ganz erklommen und wieder die Steinbrücke erreicht, die erst 1934 im Rahmen der Umbaumaßnahmen errichtet worden war. Sie überprüften noch die letzten Punkte auf ihrer Liste und waren dann am Ende ihrer Tour.

»Keine Beanstandungen«, sagte Dr. v. Conradi. Er klopfte dem Burghauptmann herablassend auf die Schulter. »Ich werde mich jetzt wieder in den Schutz unserer Mauern begeben, denn fürs Erste ist es besser, dass mich außerhalb niemand mehr zu Gesicht bekommt.

Was mir vorhin noch eingefallen ist: Es wäre gut, wenn Sie einige Personen in die Stadt schicken, die sich in Geschäften und Restaurants etwas lauter über unsere morgige Feier unterhalten. Solche Informationen verbreiten sich bekanntermaßen immer schnell und blockieren unerwünschte Spekulationen.«

»Selbstverständlich. Ich werde gleich für die Umsetzung sorgen.«

»Das wäre erst einmal alles. Jetzt statte ich meiner ehemaligen Patientin Judith Kolbert einen Besuch ab, über den sie sich bestimmt freuen wird.«

Kapitel 50

GEGENWART

Büren, Stadt Wewelsburg

Zwölf Kilometer von dem geschichtsträchtigen Ort Wewelsburg entfernt liegt die kleine Stadt Büren. Sie ist Bahnstation und Kreisstadt zugleich.

Jakob mietete sich nach seiner Ankunft in ein schmuckloses Hotel in der Wilhelmstraße ein.

So schnell es ging, packte er seine Sachen aus, besorgte sich einen Kleinwagen bei einem Autoverleiher und startete zu seiner ersten Erkundungstour, um ein Gefühl für die Region zu bekommen.

Er fuhr an dem Gut Böddeken vorbei, um das sich eine Reihe von mystischen Geschichten ranken und danach an einem Soldatenfriedhof, auf dem vor einem Laubwald eine lange Reihe niedriger und grob behauener Steinkreuze standen.

Jedes Kreuz für ein junges Leben, sinnlos ausgelöscht, bevor es überhaupt richtig begonnen hatte!

Als Jakob das Ortsschild Wewelsburg passierte, fiel ihm der saubere, friedliche, wenn auch etwas triste Charakter dieser Gemeinde auf.

Was hast du dir vorgestellt? Leute im Stechschritt, gekleidet in braunen Uniformen, mit Messern quer im Mund?

Er fuhr weiter und entdeckte bald schon den ersten Wegweiser zur Burg, folgte dem Hinweis und stieß auf einen überfüllten Parkplatz. Jakob wendete. Ganz in der Ferne sah er zwei Männer, wobei es ihm schien, dass der deutlich kleinere von beiden, Ähnlichkeit mit dem Conradi besaß, dessen Foto sein Freund ihm zugesandt hatte. Aber die tiefstehende Sonne blendete und als er noch mal hinschaute, waren beide verschwunden.

Schon nachdem er mehrere Male die kleinen Gässchen durchfahren hatte, tauchten seine ersten Zweifel an der Mission auf.

Er stellte seinen Wagen auf den Gästeparkplatz eines Restaurants mit dem sinnigem Namen ›Zum Burgfrieden‹, ging dann den Wall entlang und die Treppen hinauf.

Eine zufällig vorbeikommende Frau fragte er nach der vor ihm liegenden Kirche, denn Jakob hatte sofort gesehen, dass man von dem Turm, in dem eine blau-goldene Uhr die Zeit anzeigte, sehr gut auf das Hauptportal der Burg blicken konnte. Solch einen Beobachtungsplatz hatte er sich gewünscht.

»Das ist die katholische Kirche St. Jodokus, zum Anschauen durchaus lohnend«, erläuterte die Frau fachkundig und hilfsbereit.

Jakob bedankte sich und ging hinein, um den Zugang zum Turm zu erkunden. Er stellte befriedigt fest, dass die Tür zur Treppe nur mangelhaft gesichert war und verließ nach einem ausführlichen Rundblick wieder das Gebäude.

Erst schlenderte er am Kreismuseum vorbei und dann an dem ehemaligen Wachhäuschen der SS, das ihm schon von Bildern her bekannt war. Die Burg lag nun direkt vor ihm und war doch größer, als es aus der Entfernung den Anschein gehabt hatte.

Als Jakob langsam weiterging, fühlte er sich beobachtet und ohne direkt hinzuschauen, wusste er, dass ihm die Blicke zweier Männer folgten, die lässig an dem Geländer der Steinbrücke lehnten, die über die Burggräfte führte.

Jakob tat nun, als sei er ein neugieriger Besucher, zückte seine Kamera und schoss einige Aufnahmen aus verschiedenen Perspektiven.

Dann ging er näher an die Brücke heran, lehnte sich weit über die niedrige Brüstung, um den Neidkopf fotografieren zu können, der an der südlichen Seite angebracht war. Die beiden Wachleute beobachteten, jedoch sie hinderten ihn nicht. Erst als er einige Meter auf der Brücke in Richtung des Portals gegangen war, trat der eine auf ihn zu, während der andere sich wie zufällig in den Eingang stellte.

»Sie befinden sich auf Privatbesitz. Der Zutritt ist nicht gestattet«, sagte derjenige, der sich Jakob in den Weg gestellt hatte. »Bitte gehen Sie zurück!«

»Ich möchte den schönen Erker dort oben fotografieren. Dafür muss ich nur ein paar Meter näher heran, dann ist die Perspektive besser. In zehn Sekunden sind Sie mich wieder los!«

»Gehen Sie zurück, bitte!«

Dieses Mal klang die Aufforderung eher wie eine Drohung.

Jakob versuchte, sich über die Gefährlichkeit der Männer klar zu werden. Sein geübtes Auge erkannte, dass sie nicht bewaffnet waren. Um zu sehen, wie weit das Wachpersonal gehen würde, spielte er den Beleidigten und schimpfte laut:

»Was glauben Sie eigentlich, wer Sie sind? Wer gibt Ihnen das Recht, harmlosen Touristen das Fotografieren zu verbieten? Ich werde mich beschweren, außerdem fotografiere ich, wie ich das für richtig halte! Sie werden mich nicht daran hindern!«

»Zurück! Sofort!«

In diesem Moment kam ein großer, korpulenter Mann aus dem Portal.

»Gibt es Probleme?«

»Keine Probleme, Burghauptmann«, sagte der eine Wachmann kurz.

Der mit Burghauptmann Angesprochene wandte sich nun Jakob zu: »Entschuldigen Sie, zum Fotografieren ist heute kein guter Tag. Die Burg befindet sich seit kurzer Zeit in Privatbesitz und wird umgestaltet. Sie ist wegen der Baumaßnahmen für eine Weile nicht zugänglich. Es ist einfach zu gefährlich. Ich würde Ihnen trotzdem gerne unsere Räumlichkeiten zeigen.«

»Gerne. Das finde ich sehr nett von Ihnen.«

»Aber heute geht das leider nicht, weil morgen hier eine private Festlichkeit stattfindet und bei der Vorbereitung sind Störungen absolut nicht erwünscht. Das würde großen Ärger geben. Wenn Sie Ende der nächsten Woche wiederkommen möchten, fragen Sie einfach nach Baron Manfred von Hohenfels. Das bin ich! Dann zeige ich Ihnen alles. Und nun kommen Sie mal und knipsen schnell das Portal. Das wird unsere Feier wohl kaum gefährden.«

Der große Mann lächelte entschuldigend.

Jakob fotografierte, bedankte sich und versprach, in der nächsten Woche wiederzukommen. Er schlenderte den Weg zurück und die Zweifel an seiner Mission wuchsen.

Na ja, die beiden Kerle an der Brücke sehen nicht gerade so aus, als wären sie in einem kirchlichen Internat groß geworden. Aber Wachleute haben auf der ganzen Welt so ein blödes aggressiv-arrogantes Benehmen!

Jakob umrundete nun zu Fuß das Schloss. So intensiv er auch beobachtete, irgendetwas Ungewöhnliches fiel ihm nicht auf.

Die Dämmerung hatte schon eingesetzt, als er müde und erschöpft zu seinem Auto zurückkehrte.

Wo ist noch die Kneipe, in der der Mossadagent zuletzt gewesen ist? Ach ja, irgendwo am Anfang der Langestraße. Es wird nicht schaden, wenn ich dort zu Abend esse. Vielleicht kann ich in Erfahrung bringen, was sich außer einer Feier sonst noch so in den Burgmauern abspielt!

Von außen machte das große Gebäude, in dem sich die Gaststätte befand, einen sehr soliden Eindruck. Die vielen im Fachwerk angebrachten Ornamente erinnerten Jakob an germanische oder keltische Runensymbolik, auch an die, die im Dritten Reich Anwendung gefunden hatte. Und das erste Mal, seitdem er den kleinen Ort betreten hatte, beschlich ihn eine richtig ungute Empfindung.

Er ging hinein und wunderte sich, denn es gab kaum Besucher.

Jakob setzte sich in eine der Nischen, die sich auf der rechten Seite befanden und in denen rotbraun lackierte Holzbänke standen, auf die man blaue Sitzkissen gelegt hatte.

Er ließ die eindrucksvolle Umgebung auf sich wirken.

Da waren die riesigen, tragenden Balken aus Eichenholz, dann die mächtigen Stützpfeiler, die in den fischgrätenartig verklinkerten Steinfußboden eingelassen waren und die massiven hochglanzlackierten Vollholztischplatten. Alles das beeindruckte, aber verunsicherte ihn auch. Und sein beklemmendes Gefühl wurde noch heftiger.

Jakob schloss seine Augen. Er sah plötzlich braune und schwarze Uniformen, bierselig verschwitzte, feiste Gesichter und hörte derbes, scheppperndes Männerlachen.

Urplötzlich stand ihm der Schweiß auf der Stirn.

Schon wollte er zurück auf die Straße flüchten, als eine junge Frau vor ihm stand. Jakob zog ein Taschentuch aus der Hose und tupfte damit seine Stirn ab.

»Geht es Ihnen nicht gut?«, fragte die Frau besorgt.

»Doch, doch, ich musste soeben nur an etwas Unangenehmes denken. Danke, dass Sie fragen, aber es geht mir wirklich gut.«

»Das freut mich.«

Die Frau lächelte.

Jakob lächelte zurück.

»Wenn Sie etwas essen möchten, kann ich Ihnen ein Gericht aus unserer Wildkarte empfehlen. Ganz besonders gut ist heute die Wildschweinkeule.«

Jakob wunderte sich, dass so ein offenes, freundliches Lächeln noch so viel bei ihm auslösen konnte. Er folgte ihrer Empfehlung und bestellte sich noch ein Bier, das auch schnell gebracht wurde.

»Als ich soeben beim Schloss war«, begann er nun vorsichtig ein Gespräch, »standen dort unheimlich viele Autos. Deshalb hatte ich auch gedacht, dass es hier viel voller ist. Wo sind denn die Leute alle?«

»Hier sind sie jedenfalls nicht, wie Sie schon richtig bemerkt haben. Soweit ich weiß, feiert morgen ein VIP auf dem Schloss seinen Geburtstag. Es soll sogar eine Musikkapelle extra aus Berlin kommen und die Damen gehen in lang.«

»Und da sind Sie nicht dabei?«

»Nein, ich muss arbeiten und eine Einladung habe ich leider auch nicht erhalten«, sagte die Bedienung und lächelte.

»Das ist wirklich unerhört!«

»Finde ich auch.«

»Und dabei ist hier doch gar nichts los!«

»Na ja, das ist nicht immer so. Aber es stimmt, seit die alte Naziburg privat bewirtschaftet wird, ist unser Geschäft rückläufig. Das soll sich bald wieder ändern, und zwar dann, wenn das Hotel öffnet. Der neue Verwalter, übrigens ein echter Baron, will nämlich den Ort Wewelsburg in ganz Deutschland bekannt machen.«

»Was weiß man denn von den Pächtern? Ich habe gehört, dass sie aus der Schweiz kommen und viel Geld haben.«

»Sie sind ja gut informiert und auch ganz schön wissbegierig, mein Herr! Aber es stimmt. Wer das im Einzelnen ist, das weiß ich nicht. Es scheinen aber anständige Leute zu sein, denn die Handwerker sind ganz begeistert über die vielen Aufträge und über die gute Zahlungsmoral. So, und nun trinken Sie erst einmal einen Schluck, sonst wird ihr Bier ja noch ganz schal!«

Zehn Minuten später kam das Essen und das war köstlich.

Beim Bezahlen ließ er die nette Kellnerin noch einen Blick auf die Fotografie werfen. Sie schaute ihn erstaunt aber nun auch ziemlich skeptisch an.

»Sind Sie Journalist?«, fragte sie und ihre Freundlichkeit begann, aus ihrem Gesicht zu bröckeln.«

»Nein, einfach nur schrecklich neugierig«, lachte Jakob.

»Na gut. Der auf dem Foto ist Dr. Gross, der Hausarzt meiner Eltern. Gross mit einem o und doppeltem s, wie mein Vater immer sagt. Was wollen Sie denn von ihm?«

»Ich? Nichts. Gar nichts! Ein ehemaliger Schulfreund von mir, ein Internist, hat mir das Bild gegeben, als ich ihm erzählt habe, dass ich hierher fahre. Er hat auf einem Ärztekongress diesen Mann kennengelernt und wollte ihn mal besuchen. Mein Freund hatte aber den Namen vergessen und mich gefragt, ob ich nicht versuchen könnte, den herauszubekommen.«

»Dr. Gross praktiziert nicht hier, sondern in Salzkotten.«

»Danke, ich werde es weitergeben. Da fällt mir ein: Vor ein paar Stunden, als ich durch den Ort gefahren bin, glaubte ich, diesen Mann auf dem Foto in der Ferne gesehen zu haben. Kann das sein?«

»Wohl kaum. Er beendet selten vor neunzehn Uhr seine Sprechstunde und läuft ganz sicher nicht am Donnerstagnachmittag in Wewelsburg herum.«

»Noch mal, ganz herzlichen Dank für Ihre Auskünfte.«

Jakob gab ein für seine Verhältnisse fürstliches Trinkgeld und verließ das Restaurant. Er setzte sich in seinen Wagen.

Offensichtlich bin ich hier falsch. Wenn in einem Schloss so viele Gäste ein hochherrschaftliches Fest feiern, wird man am selben Ort doch keinen Gefangenen einkerkern!

Trotzdem holte er aus dem Kofferraum das Nachtsichtgerät und schlich mit seinen Einbruchswerkzeugen in die Kirche. Ohne große Schwierigkeiten öffnete er den Turmzugang und ging hinauf.

Immer noch standen zwei Männer am Burgeingang. Aber außer drei Pärchen, einigen Einzelpersonen, die über die Brücke in das Schloss gingen und einem Wachwechsel, wobei sich die Wachleute fast militärisch begrüßten, passierte gar nichts. Nach Mitternacht räumte Jakob frustriert das Feld.

Kapitel 51

GEGENWART
Wewelsburg, Verlies

Judith erhob sich, nachdem der Burghauptmann den Raum verlassen hatte. Sie ging, erstmalig ungehindert von der Kette, zu dem in der Raummitte stehenden Korb.

Während sie die dort befindlichen Nahrungsmittel an sich nahm, warf sie argwöhnische Blicke auf den Ukrainer.

Er hielt die ganze Zeit seine Augen geöffnet.

Judith trug die Sachen zu ihrer Unterlage, nahm dann eine der Flaschen und ein Brotpäckchen, brachte beides zu ihrem Mitgefangenen, allerdings, ohne dabei ein Wort an ihn zu richten.

Sie ging zurück, trank einen Schluck Wasser und war gerade im Begriff, sich hinzusetzen, um zu essen, als ihr die Idee kam, den Raum auszukundschaften. Sie nahm ihr Messer und begann den Rundgang, indem sie als Erstes die Tür begutachtete, durch die immer der Burghauptmann und seine Gehilfen hineinkamen.

Die aus massivem Metall gefertigte Tür mit dem großen, partiell verrosteten Schloss war in sich leicht verbogen und besaß fünf innenliegende äußerst kräftige Scharniere, die in den harten Fels eingelassen waren. Als sie vorsichtig gegen das Türblatt schlug, klang es dumpf.

»Frau nicht kann entkommen, ist ganz tief in Erde«, sagte Dimitri plötzlich, sodass sich Judith erschreckt herumdrehte und ihr Messer nach oben riss.

»Dimitri tuen leid, dass Frau haben Angst. Brauchen nicht. Danke für Wasser. Frau kommen her! Dimitri etwas sagen wollen.«

»Nein«, sagte Judith.

»Hauptmann sollen nicht hören.«

»Ich weiß Dimitri. Ich soll ganz nahe zu Ihnen herankommen.«

»Ja, Frau richtig verstanden, bitte kommen.«

»Nein! Für wie blöd halten Sie mich eigentlich? Ich habe Ihnen zweimal vertraut, ganz sicher kein drittes Mal. Und damit Sie es genau wissen: Ich habe Ihnen eben die Sachen nur deshalb gegeben, damit ich mir später keinen Vorwurf machen muss, an Ihrem Tod mitschuldig zu sein. Mehr ist nicht!«

Dimitri schwieg.

Judith ging weiter und klopfte alle Wände ab. Überall der gleiche gedämpfte Ton und zu ihrem Entsetzen musste sie erkennen, dass Wände und Boden zwar zum Teil verputzt waren, dass aber hinter dem Putz, der schon an vielen Stellen abgeplatzt war, sich nur blanker Fels befand.

Dimitri hat recht: Wir befinden uns tief unter der Erde, wahrscheinlich in einer künstlich angelegten Felshöhle. Von hier zu entkommen, ist für keinen Gefangenen der Welt ohne fremde Hilfe möglich und die wird wohl nicht so bald eintreffen …

Deprimiert ging Judith wieder zu ihrer Matratze. Sie warf erneut einen Blick auf Dimitri, dessen Kopf in einer eigentümlichen Haltung auf der Seite lag.

Vielleicht lebt er ja nicht mehr. Aber es ist mir auch egal!

Sie nahm noch einen Schluck Wasser, aß eine Kleinigkeit, legte sich zurück, umfasste ihre Waffe und wollte für ein paar Minuten entspannen.

Es dauerte aber keine dreißig Sekunden und sie war fest eingeschlafen.

Judith wusste nicht, wie viel Zeit verstrichen war, als sie wieder aufwachte. Es fiel ihr schwer, in die Realität zurückzukommen.

Dimitri, schoss es plötzlich durch ihren Kopf. Sie riss die Augen mit der entsetzlichen Vorstellung auf, dass er vor ihr stehen könnte.

Gott sei Dank, niemand ist da!

Judith machte einen erleichterten, tiefen Atemzug. Erst danach schaute sie zu ihm hinüber.

Er blickte sie an und … lächelte merkwürdig.

Im Grunde bin ich ganz froh, dass er noch lebt, denn so ganz alleine …

Aber warum lächelt er und warum habe ich das Gefühl, dass sein Lächeln eher so aussieht, wie ein anmaßendes Grinsen?

Im selben Moment drehte sich das Schloss. Bevor sie zur Tür schaute, sah sie noch, dass Dimitris seinen Kopf wieder zur Seite fallen ließ.

Zuerst kamen die Männer herein, die immer die Toiletteneimer wechselten. Die ›Stummen‹, wie Judith die beiden für sich genannt hatte, weil sie noch nie zu ihr oder zu Dimitri irgendetwas gesagt hatten. Ihnen folgte eine Person, der man einen Sack über dem Kopf gezogen hatte. Dann kam, und das war ein wirklicher Schock, tatsächlich Dr. A. v. Conradi.

»Hallo Judith! Es freut mich, dass Sie gesund und munter sind«, sagte der Psychiater, als würde er sie zufällig auf einer Straße treffen.

Dr. v. Conradi war wohl nicht erstaunt, dass sie nicht antwortete, denn er fuhr in der gleichen Tonlage fort: »Ich habe gehört, dass Sie von dem Kartenspiel auf meine Person geschlossen haben. Auch haben Sie sich im Kampf gegen Dimitri durchgesetzt. Das verwundert mich nicht. Im Überlebenskampf gewinnen nur die Starken. Und ich weiß immer, ob und wie viel Stärke in einem Menschen steckt. Da macht mir niemand etwas vor.«

»Und das ist der Grund, weshalb Sie mich hier gefangen halten?«, fragte Judith zornig.

»Nein, das ist er natürlich nicht, das hat damit nichts zu tun. Der Grund, Judith, der sind Sie selbst. Ich hatte leider keine Wahl! Ihre Neugier an ihrer eigenen Vergangenheit war mir einfach zu groß! Ich musste verhindern, dass Sie vor der Zeit von unserer Organisation erfahren! Sie sind mir einfach etwas zu clever und Sie sind auf Schnüffeleien spezialisiert. Tut mir leid!«

»Es tut Ihnen überhaupt nicht leid! Dabei sind Sie doch Arzt! Wo bleibt denn Ihr Arztgewissen, wenn Sie einfach so Menschen entführen?«

Voller Zorn hatte Judith diese Worte herausgeschleudert und blickte im selben Moment auf ihre rechte Hand, in der sie das Messer zu halten glaubte. Und das, was sie sah, schien eine Sinnestäuschung zu sein, denn sie blickte auf ein kurzes Stück einer Metallstange.

Dr. v. Conradi hatte ihre Verblüffung gesehen, kannte aber deren Ursache nicht und witzelte: »Judith, hat eine böse Fee Ihren goldenen Zauberstab verhext? Aber Spaß beiseite: Wenn Sie schon von Gewissen reden, sollten Sie auch über das Wesen des menschlichen Gewissens, das besonders durch die Religion manipuliert wird, Bescheid wissen. Meine Studien haben gezeigt, dass Leute, die zu jeder Gelegengeit ihr sogenanntes Gewissen ins Feld führen, mit Abstand die rücksichtslosesten und egoistischten sind. Besonders die christlichen Moralvorstellungen sind Schuld an dem ganzen Chaos, das auf der Welt herrscht. Die in Aussicht gestellte Vergebung im Jenseits ist die Ursache der ganzen Niederträchtigkeit der Menschen im Diesseits. Bevor der Mensch mit seinem grandiosen Gewissen und allem was dazu gehört, auftauchte, war die Welt noch im Gleichgewicht.«

»Und warum erzählen Sie mir das?«

»Damit Sie erkennen, dass es höhere Werte gibt, als das, was Sie Gewissen nennen, sei es Arztgewissen, religiöses Gewissen, moralisches Gewissen oder sonst was.«

»Und da Sie frei von allen Formen des Gewissens sind, meinen Sie, tun und lassen zu können, was Ihnen gerade so in der Sinn kommt?«

»Sie wollen mich provozieren!«

»Ich will es verstehen können!«

»Das sollen Sie, es ist auch ganz einfach! Unter unserer Herrschaft wird der Mensch nur noch dem folgen, was wir in sein Gehirn einprogrammiert haben. Das passiert aber nicht zu unserem Nutzen, sondern zu seinem Wohl. Wir schaffen eine moralische Plattform, auf der sich der Geläuterte ungehindert und ohne Furcht bewegen kann. Trotzdem wird er sich dabei nicht nur völlig frei fühlen, sondern er wird tatsächlich frei sein. Erst wenn das erreicht ist, haben wir wieder einen friedlichen Planeten.«

»Auf diesem Planeten möchte ich aber nicht leben.«

»Judith, keine Sorge, das habe ich für Sie auch nicht vorgesehen. Aber genug der nutzlosen philosophischen Debatte. Ich mache Sie jetzt mit einem neuen Mitbewohner bekannt. Einer von Ihnen beiden bekommt bald eine Aufgabe, die Unsterblichkeit verheißt.«

»Das ist doch Wahnsinn, was Sie da machen!«

»Nehmt den Sack weg!«, kam der Befehl an seine Diener. Einer der ›Stummen‹ entfernte den Leinensack und ein großer, schlanker Mann kam zum Vorschein.

»Judith! Hier ist er, ihr neuer Widersacher, der Internist Dr. Erez Grünberg! Ich bin bei der folgenden Auseinandersetzung zwischen Ihnen neutral. Fakt ist allerdings, dass wir bis morgen Mittag einen Sieger haben werden! Wenn sie das nicht beide selbst schaffen, werde ich die Entscheidung herbeiführen lassen.«

Der Psychiater wandte sich nun an Erez.

»Einen Hinweis noch für unseren neuen Gast: Frau Kolbert besitzt ein langes, scharfes Messer. Sie wird Ihnen, Erez Grünberg, umgehend den Hals durchschneiden, sollte sich die Gelegenheit dafür ergeben.«

»Das werde ich nicht«, sagte Judith.

»Sie werden. Nach dem Motto ›Liebe deinen Nächsten‹ können Sie beide natürlich untereinander einen Nichtangriffspakt abschließen. Dann werden wir den Sieger mittels eines Kartenspiels finden.«

Mit diesen Worten verschwand Dr. v. Conradi zusammen mit seinen Helfern.

Es ist ein Albtraum, denn es scheint tatsächlich zu stimmen: Dort drüben sitzt dieser Mann, der die Absicht hat, dich im Namen seines Vaters umzubringen, weil du ein Nachkomme des SS-Arztes Rascher bist!

Sie warf einen Blick auf Dimitri und sah, dass er seine Augen wieder offen hatte. Und unerwartet machte er ihr nun auch noch Zeichen. Judith folgte der Bewegung seiner Hand und sah mit Entsetzen, dass er im Besitz ihres Messers war.

Nur jetzt nicht die Kontrolle verlieren, nicht panisch werden! Mach dem Grünberg etwas vor, schüchtere ihn ein! Er weiß ja nicht, dass du in Wahrheit keine Waffe mehr hast!

»Sollten Sie mir zu nahekommen, Herr Grünberg, werden Sie das nicht überleben! Stehen Sie nicht so dumm herum! Setzen Sie sich auf die Unterlage da hinten!«, blaffte Judith den Neuling an und zeigte auf die freie Matratze.

Erez folgte ihrer Anweisung, setzte sich und verbarg sein Gesicht in seinen Armen.

Judith blickte erneut zu Dimitri hinüber.

Während ich geschlafen habe, muss er sich trotz seiner schlimmen Verwundung an mich herangeschlichen haben. Er hat mir die Waffe aus der Hand genommen und dann welch toller, witziger Einfall ein Stückchen Rohr von den Sichtblenden in dieselbe gelegt. Wenn er gewollt hätte …

Ein Geräusch ließ sie herumfahren. Erez hatte sich erhoben. Er schaute sie mit leerem Blick an und kam langsam auf sie zu.

»Los, setzen Sie sich sofort wieder hin!«

Er reagierte nicht. Judith sprang auf.

»Bleiben Sie weg! Wenn Sie näherkommen, werden Sie es bereuen!«

Er schien nichts gehört zu haben, denn er ging stetig vorwärts.

Judith wich zurück, bis sie an die Wand stieß.

Auch wenn er nicht den kräftigsten Eindruck macht, hast du in deinem jetzigen Zustand keine Chance gegen ihn.

»Hauen Sie ab! Ich mach Sie fertig!«

Judiths Stimme zitterte. Und jetzt konnte sie nicht anders: Sie musste hemmungslos weinen. Sie wusste, dass sie nicht mehr die Kraft aufbringen würde, ihr Leben um jeden Preis zu verteidigen.

»Frau nicht aufgeben«, hörte sie Dimitri flüstern. »Frau kämpfen!«

Judith versuchte noch einmal, Blickkontakt mit Erez zu bekommen. Er schaute sie auch an. Sein Blick ging jedoch durch sie hindurch und es wurde ihr klar, dass er nicht wirklich hörte, was sie sagte.

»Frau kommen her«, kam es wieder von Dimitri. »Messer liegen hier. Frau nehmen. Dimitri aber brauchen Messer dann zurück.«

Judith bewegte sich rückwärts und ging dann in die Hocke, Erez im Blick behaltend. Sie ergriff das Messer, richtete sich wieder auf und hielt die Waffe drohend in die Höhe. Erez war nahe herangekommen. Seine Arme baumelten schlaff an seinem Körper herab.

Judith wich einige Schritte zur Seite aus und versuchte, ihn mit Scheinattacken zu überzeugen, dass es für ihn besser sei, wieder umzudrehen.

Es war sinnlos.

Nun war er in ihrer Reichweite.

»Ich steche zu, wenn Sie nicht endlich weggehen!«

»Frau nicht stechen. Frau müssen geben, wie sagt man, Ohrfeige«, sagte Dimitri. »Er krank, nicht wissen, was machen. Frau nicht stechen.«

Es läuft doch sowieso auf diese eine Entscheidung hinaus. Warum also nicht jetzt?

»Frau nicht töten kranken Mann!«

Judith holte mit der rechten Hand aus, den Blick starr auf den Körper von Erez gerichtet.

Ihn schien das nicht zu kümmern, denn er machte keinerlei Anstalten, dem zu erwartenden Messerstoß auszuweichen.

»Wenn Du es nicht anders willst, bitteschön!«, brüllte Judith.

Aber anstatt zuzustechen, wechselte sie im letzten Moment die Waffe in die andere Hand und schlug Erez heftig ins Gesicht.

Sein Kopf wurde zurückgeschleudert. Er taumelte, fiel über den verletzten Dimitri, stürzte, schrie auf, aber man sah, dass sein Blick wieder klar geworden war.

»Entschuldigen Sie, das wollte ich nicht«, stotterte er und schaute Dimitri dabei bestürzt an.

Erez rappelte sich auf und stolperte zurück zu seiner Matratze.

Auch Judith wollte wieder zu ihrem Platz zu gehen, als der Ukrainer sagte: »Frau kommen, haben versprochen. Dimitri brauchen Messer für Rache.«

Judith zögerte und fragte irritiert: »An wem, Dimitri, willst du dich denn in deinem Zustand rächen?«

Ohne, dass es ihr bewusst geworden war, hatte sie ›Du‹ gesagt.

Erst jetzt erkannte sie, wie schlecht es ihm ging. Er atmete schwer und Judith sah, dass sich an seinem verletzten Bein ein neuer, dunkler Fleck gebildet hatte, der langsam größer wurde. Schweißperlen standen auf seiner Stirn.

Wenn du an deine Rache glauben kannst, wird es für dich vielleicht leichter!

Sie ging zurück, kniete sich neben den Ukrainer und tupfte behutsam mit ihrem schmutzigen Ärmel seine Stirn ab. Ein dankbares Lächeln war seine Antwort.

»Frau müssen machen Brei von Wasser und Schmutz und spritzen mit Hand auf Fotoapparat von Decke!«

Keine schlechte Idee! Das wird zwar die Situation generell nicht verbessern, aber es ist zumindest eine Geste des Widerstands!

Sie stand auf und holte sich eine der Wasserflaschen, die sie Dimitri erst einmal an den Mund hielt.

»Dimitri, wir beide werden kämpfen«, flüsterte sie, während er mühselig trank. »Wir lassen uns nicht mehr alles gefallen!«

Danach ging sie in eine Ecke des Raums, in der sich viel Schmutz angesammelt hatte, füllte damit ihre linke Innenhand und trat unter die erste Kamera, die mit einem Drahtgitter gesichert war. Sie goss Wasser aus der Flasche auf den Schmutz, verrührte das Gemisch mit ihrem Zeigefinger und warf den entstandenen Brei erst auf die eine, später auf die andere Kameralinse.

»Geschafft«, sagte sie danach zufrieden.

»Wenn Mann sitzen draußen und beobachten Fotoapparat, dann er seien gleich hier. Wenn nur Band laufen, dann nicht kommen, dann gut.«

Nach einigen Minuten sah sie, dass er eingeschlafen war. Sein Atem kam flach und abgehackt, die zuvor fiebrige Gesichtsfarbe war einer fahlen Blässe gewichen.

»Dimitri, lass mich bitte hier nicht mit dem verrückten Kerl von da drüben alleine«, sagte sie leise und schaute zu Erez hinüber.

Eine irrationale Wut überkam sie, als sie sah, dass er sie fortwährend anstarrte.

»Was glotzen Sie mich so an?«, schrie sie, während sie aufstand. »Gucken Sie, verdammt noch mal, irgendwo anders hin!«

Erez reagierte nicht.

Judith schnappte sich das Messer und ging auf ihn zu.

»Doktor Erez Grünberg«, sagte sie erregt. »Es gibt jetzt zwei Möglichkeiten: Entweder Sie hören auf, mich anzuglotzen, oder ich schneide Ihnen hier und jetzt tatsächlich den Hals durch.«

»Na dann los«, sagte er zu ihrer großen Verblüffung.

»Wenn Sie glauben, dass ich Spielchen mache, täuschen Sie sich! Das vorhin hatten Sie ausschließlich Dimitri zu verdanken. Also, ein letztes Mal: Gucken Sie woanders hin!«

Er reagierte nicht.

Judith beugte sich nun hinunter und drückte Erez das Messer an den Hals.

»Na los«, sagte er wieder. »Nun machen Sie schon! Sie täten mir wirklich einen Gefallen!«

»Was soll ich? Ihnen einen Gefallen tun, indem ich Sie töte? Sie sind ja genauso übergeschnappt wie die da draußen!«

Sein Gesichtsausdruck zeigte Verzweiflung.

»Ich möchte, dass es vorbei ist«, schluchzte er. »Sie können das nicht verstehen! Die Männer dort hinter der Tür können mit einem machen, was sie wollen, besonders dieser Conradi mit seinem großen Kopf. Sie geben dir etwas ein, hypnotisieren dich und dann verändern sich deine Gedanken. Sie behaupten etwas und du glaubst es, auch wenn es das Gegenteil von deiner früheren Überzeugung ist. Das Unerträglichste, was dieser Psychiater dann noch gesagt hat, ist: Es wäre für ihn kein Problem, mir für immer meine Vergangenheit zu nehmen.«

»Ich glaube nicht, dass er das kann, denn warum hat er es nicht getan, wenn es so einfach sein soll? Können Sie sich denn nicht mehr an Ihre Vergangenheit erinnern?«

»Doch, das kann ich. Um die Erinnerung ganz auszuschalten, wäre nur noch eine kleine Operation nötig, hat er gesagt. Er täte es nur deshalb nicht, weil mir bewusst werden soll, dass wir, das sind mein Volk, mein Vater und ich endgültig verloren haben.«

»Und das, was Sie sagen, stimmt tatsächlich?«

»Ja, Wort für Wort. Conradi hat mir auch noch gesagt, was morgen mit dem Sieger unseres Kampfes passieren soll. Es ist so schauderhaft, dass ich es jetzt nicht wiedergeben kann.«

»Das müssen Sie aber! Darauf bestehe ich, denn es betrifft uns alle hier!«

»Nein, ich kann es nicht!«

»Nun machen Sie schon! Ihr Verschweigen ändert doch nichts!«

»Wie Sie wollen. Diese Leute haben den abscheulichsten Plan, den man sich überhaupt vorstellen kann. Der Gewinner unserer Konfrontation soll für den Höhepunkt ihrer perversen Feier bereitstehen. Hunderte von Delegierten sind schon anwesend.«

»Was für eine Feier?«

»Es ist eine Gründungsfeier. Sie soll der Startschuss zur Bildung der schlimmsten Vereinigung der Menschheitsgeschichte sein. Es entsteht ein Geheimorden, der nach alten Nazi-Vorgaben konzipiert wurde. Der Leiter dieses Ordens nennt sich Reichsführer. Conradi wird das sein. Und dann gibt es noch zwölf sogenannte Obergruppenführer, die wiederum ihre Untergebenen in ganz Deutschland befehligen werden. Der Zeremonienmeister für diese Veranstaltung und Conradis Vasall ist dieser dicke v. Hohenfels. Der Höhepunkt der Perversität ist dann eine Menschenopfergabe. Die Verbrecher werden auf Anweisung des Burghauptmanns ihre Messer gleichzeitig in den Körper der Person stoßen, die bei unserem Zweikampf gewinnt. Ein Menschenopfer für Odin haben sie mir erklärt. Ein Opfer, das der altgermanischen Gottheit den Willen der Menschen zur Unterwerfung bekunden soll.«

»Das ist doch ein abartiger Traum von Ihnen, oder?«

»Kein Traum! Einer von uns beiden Judith. Sie oder ich! Und sie werden vorher dem Sieger ein Medikament geben, das seine Angst in Freude verwandeln soll. Ich will es nicht sein, und ich darf es nicht sein, weil ich Jude bin. Dieser Conradi hat auch noch gesagt, dass sie sich eine Armee schaffen, deren Soldaten wie dressierte Kampfhunde funktionieren, gesteuert von den Obergruppenführern. Dimitri sollte auch so ein Roboter werden. Nur ging seine Operation daneben.«

»Jetzt weiß ich auch, was das für eine Art von Kopfoperation war, von der gesprochen worden ist«, sagte Judith zutiefst geschockt.

»Sehen Sie! An diesem Punkt stehen wir jetzt. Und nun Judith, bitte, erlösen Sie mich! Dieses Mal wird es noch weit schlimmer werden als bei der Shoah, denn sie töten nicht, sie erschaffen Zombies. All diese grauenhaften Dinge haben ihren Ursprung in einem ›Schwarzen Buch‹, dessen Kopie mir der wahnsinnige Psychiater auch noch voller Stolz gezeigt hat.«

»Unfassbar, dass so ein intelligenter Mann solch abartige Gedanken und Pläne hat!«

»Nicht nur Gedanken und Pläne, er ist dabei, alles eins zu eins umzusetzen! Judith, bitte tun Sie es! Oder geben Sie mir das Messer für einen Moment! Bitte!«

Judith versuchte, das Messer von seinem Hals wegzunehmen, denn für seinen Wunsch wollte sie nicht zur Verfügung stehen. Aber blitzschnell hatte Erez ihr Handgelenk mit der Absicht gepackt, sich die Klinge in den Hals zu drücken.

Judith spürte, dass ihre Kraft nicht ausreichen würde, ihn daran zu hindern.

»Erez«, keuchte sie. »Erez, hören Sie mir zu! Ich habe Dimitri versprochen gegen diese Verbrecher zu kämpfen. Ich werde kämpfen! Aber nicht so! Sie müssen mich unterstützen! Sie dürfen nicht aufgeben. Wir drei werden wahrscheinlich sterben und wenn es zu schlimm wird, helfen wir uns dabei. Aber nicht jetzt! Nicht, bevor unsere Zeit wirklich abgelaufen ist! Wir werden uns wehren!«

Erez hatte es in diesem Moment geschafft, ihr das Messer zu entreißen und der dabei entstandene Ruck ließ sie nach hinten fallen. Sie sah, dass er es mit der rechten Hand am Griff gepackt, sich die Spitze an den Hals gesetzt und seine linke Hand zur Unterstützung an das Ende des Griffs gelegt hatte.

Jetzt ein kräftiger Stoß …

Judith starrte ihn entsetzt an.

»Mann feige«, kam es plötzlich von Dimitri und dann sofort noch einmal: »Mann sehr feige.«

»Ich bin nicht feige«, protestierte Erez wütend.

»Feige, sehr feige. Mann müssen kämpfen, wenn wollen sein Mann!«

Erez schrie zu ihm hinüber:

»Ja? Wie denn, du Klugscheißer! Ich bin nicht der Graf von Monte Christo, der durch den Fels ein Loch buddeln kann. Wir haben hier keine Chance. Bevor wieder fremde Gedanken in mein Gehirn dringen und ich für diese Schweine zu einem willigen Werkzeug werde, gehe ich den einzig möglichen Weg.«

»Du machen, was du musst machen. Ich machen, was ich muss machen.«, sagte Dimitri trocken.

»Richtig. Ich mache jetzt, was ich machen muss und möchte Sie, Judith, und Sie, Dimitri, bitten, wegzusehen. Jeder muss für sich selbst entscheiden dürfen!«

»Wenn Mann kann warten etwas, Dimitri kann geben Plan. Du können auch später stechen mit Messer in Hals.«

»Einen Plan? Dass ich nicht lache!«

»Dimitri will Rache an Doktor, aussehen wie böser Zwerg oder an Hauptmann.«

»Das ist lächerlich! Wie soll denn das gehen?«

»Dimitri nehmen Messer. Zwerg oder Hauptmann gehen zu Dimitri weil glauben, Dimitri tot. Dann haben Dimitri Rache. Dann gut. Dann machen nichts, wenn sterben.«

»Das kann doch gar nicht funktionieren«, sagte Erez abweisend.

»Wahrscheinlich nicht«, mischte sich jetzt Judith in den Disput ein. »Trotzdem, wir sollten es versuchen. Wenn es nicht klappt, ist es immer noch besser, als demütig auf die Dinge zu warten, die man für uns vorgesehen hat!«

Erez überlegte.

»Bitte Erez, lass es uns einfach probieren«, sagte sie und schaute ihn flehentlich an.

Und als er in ihre Augen sah, konnte er nicht anders. Er legte ihr das Messer in die Hand.

»Danke, Erez. Ich weiß, dass das, was du gesagt hast, die Wahrheit ist. Ich habe lange überlegt, warum ich hier gefangen gehalten werde und konnte keine Antwort darauf finden. Jetzt habe ich die Lösung, die nicht schlimmer sein kann. Sollten wir einen der Psychopathen erwischen, dann ist der Rest, den wir ertragen müssen, für uns alle einfacher.«

»Na, ich weiß nicht«, zweifelte Erez. »Trotzdem möchte ich mich für meinen Egoismus von vorhin entschuldigen. Wenn ich darf, würde ich gerne du und Judith sagen.«

»Gerne Erez. Weißt du eigentlich, wo wir hier sind?«

»Ja. Wir befinden uns unter der Wewelsburg. Tief im Fels. Sie liegt in dem gleichnamigen Ort in der Nähe von Paderborn.

»Ich habe von dieser Burg noch nie gehört.«

»Mein Vater hat mir davon erzählt. Sie war ein Hort des Bösen im schwärzesten Kapitel der jüdisch-deutschen Geschichte. Und sie ist es heute erneut.«

»Das habe ich nicht gewusst.«

»Du bist eine sehr mutige Frau, Judith. Das wollte ich dir noch sagen.«

»Danke, Erez.«

»Dimitri müssen auch etwas sagen.«

Der Ukrainer zögerte.

»Na los, Dimitri. Sag es!«, forderte Judith ihn auf.

»Wenn Dimitri jung, würde machen Antrag an mutige Frau«, sagte der Ukrainer.

»Ich glaube Dimitri, jetzt werde ich ganz rot.«

Judith und Erez gingen hinüber zu dem Todkranken.

»Ich finde, du solltest die Möglichkeit für deine Rache bekommen«, sagte sie ernst, beugte sich hinunter, streichelte sein Gesicht und drückte ihm vorsichtig die Waffe in die Hand.

Kapitel 52

GEGENWART

Büren, Salzkotten

Jakob hatte schlecht geschlafen. Müde, enttäuscht und somit äußerst schlecht gelaunt war er zum Frühstück gegangen und hatte dort kaum etwas gegessen.

Zurück auf dem Zimmer packte er seine Sachen und erkundigte sich nach einer Zugverbindung. Jetzt musste er nur noch den geliehenen Wagen zurückbringen.

Jakob wusste, dass er Erez nicht mehr wieder sehen würde und er wusste auch, wer versagt hatte. In Berlin wollte er noch einige Dinge ordnen und dann sollte es genug sein.

Nach dem Bezahlen der Rechnung ging er zum Parkplatz.

In der Nacht hatte es leicht geregnet, und der Schmutz der Frontscheibe hatte sich gleichmäßig auf dem Glas verteilt, war angetrocknet und ein Witzbold hatte mit dem Finger spiegelverkehrt ›SAU‹ auf die Scheibe geschrieben.

Jakob öffnete die Fahrertür, warf seine Reisetasche auf den Beifahrersitz, setzte sich hinter das Steuer, ließ den Motor an und betätigte den Scheibenwischer. Das U verschwand, jedoch das S und das A nicht, weil sich in der Scheibenwaschanlage kein Wasser befand.

Sein Groll wurde größer. Er sprang aus dem Auto, um das SA wegzuwischen, die Abkürzung für die Sturmabteilung der Nationalsozialisten. Mit einem zerknüllten Papiertaschentuch rubbelte er kräftig über die Scheibe, rutschte ab und stach sich die metallene Spitze des abgespreizten Wischerblatts in die Innenhand. Jakob fluchte, drückte das Papiertuch auf seine blutende Wunde und versuchte, den heftigen Schmerz zu ignorieren.

Dann setzte er sich wieder in den Wagen, öffnete mit seiner gesunden Hand die Reisetasche, nahm ein Stofftaschentuch heraus, von denen er immer einige mitführte und bemühte sich, die Blutung zu stoppen. Das gelang, aber als er versuchte, die Blutspritzer, die sich auf dem Lenkrad und dem Schaltknüppel befanden, zu entfernen, fing die Bluterei sofort wieder an.

Es hilft nichts. Du musst zu einem Arzt.

Dr. Gross fiel ihm ein. Gleichzeitig war sein Gefühl, irgendwie von irgendjemandem getäuscht worden zu sein, wieder da.

Er ist der Zwillingsbruder und trotz der Argumente meines Freundes und der Ergebnisse des ums Leben gekommenen Agenten, könnte es ja doch sein, dass dieser Arzt zu seinem Bruder, dem Dr. v. Conradi in Beziehung steht. Und Dr. Gross täuscht den Mossadagenten, um seinen Bruder zu decken! Blut ist nun mal dicker als Wasser!

Sehr überzeugend sind deine Argumente nicht, aber eine fragwürdige Idee ist immer noch besser als gar keine!

Er presste noch ein zweites Tuch in seine Hand und fuhr los.

In Salzkotten angekommen, war es nicht schwer, die gut frequentierte Praxis zu finden. Um nicht lange warten zu müssen, ließ Jakob etwas Blut auf die Fliesen im Eingangsbereich kleckern, sodass eine Helferin ihn umgehend in den Verbandsraum setzte. Schon fünf Minuten später kam der Arzt, reinigte routiniert die Wunde, verpasste ihm zwei Tetanusspritzen und ließ dann die Verletzung fachgerecht verbinden.

Als der Praxisinhaber sich von ihm verabschieden wollte, hielt Jakob dem Mediziner urplötzlich das Bild hin und beobachtete aufmerksam dessen Reaktion. Entgegen seiner Erwartung lächelte der Arzt völlig entspannt.

»Schickt Sie mein Bruder?«, fragte er.

»Nein, warum sollte er? Außerdem glaube ich, dass Sie das sind, hier auf der Fotografie.«

»Sie irren. Nachdem ich vor Kurzem das erste Mal dieses Foto zu Gesicht bekommen und die Geschichte dazu gehört habe, wollte ich umgehend zu einem Besuch nach Bremen aufbrechen, um meine eigene Herkunft zu klären, denn die kenne ich nicht genau. Meine Adoptivmutter hat mir vor längerer Zeit einmal von einem Zwilling berichtet, der in eine andere Familie gekommen ist, und deshalb bin ich mir ganz sicher, dass es sich bei dieser Aufnahme um das Abbild meines Zwillingsbruders handelt. Ich bin es definitiv nicht. Sie können sich vorstellen, dass ich gerne mehr über ihn erfahren möchte. Wir sind beide Ärzte geworden. Er Psychiater und ich Allgemeinmediziner. Leider ist mein Bruder zurzeit irgendwo im Urlaub. Also muss ich noch mit der Familienzusammenführung warten. Aber warum überhaupt das plötzliche Interesse an diesem Foto? Erst dieser Mann und jetzt Sie! Können Sie mir das erklären?«

»Es ist nicht ganz so einfach. Wenn Sie nach der Sprechstunde etwas Zeit haben, kann ich Ihnen sagen, was ich davon weiß«, antwortete Jakob, der in dieser Sekunde endgültig erkannt hatte, dass seine Theorie mit der Komplizenschaft absurd war.

»Es ist ein heikles, undurchsichtiges Geschehen, in das mein einziger Sohn durch meine Schuld verwickelt ist. Ich habe große Angst um sein Leben.«

»Das klingt sehr mysteriös! Wenn ich Ihnen irgendwie helfen kann, können Sie auf mich zählen. Aber was hat mein Bruder mit der Sache zu tun?«

»Ich weiß es nicht. Vielleicht gar nichts, aber vielleicht auch sehr viel!«

»Gut, wenn es nicht länger als eine Viertelstunde dauert, stehe ich Ihnen nach dem Ende meiner Sprechzeit zur Verfügung. Danach muss ich allerdings zu meinen Hausbesuchen.«

»Vielen Dank, Herr Doktor. Ich warte draußen in meinem roten Polo und der steht gegenüber des Praxiseingangs auf der anderen Straßenseite.«

Jakob verließ die Praxis und setzte sich in den Wagen. Nach gut anderthalb Stunden sah er Dr. Gross über die Straße kommen. Er öffnete die Beifahrertür, und der Arzt stieg ein. Jakob bedankte sich für sein Kommen, schilderte dann präzise, was geschehen war und auch, welche Befürchtungen er wegen des Schicksals von Erez hegte.

»Das tut mir alles sehr leid für Sie und natürlich auch für Ihren Sohn. Doch sehe ich bei dieser Angelegenheit weder eine Verbindung zu meinem Bruder noch zur Wewelsburg. Die neuen Pächter der Burganlage sind, wie man so hört, etwas undurchsichtig, passen jedoch in das von Ihnen Geschilderte absolut nicht hinein. Ich kann Ihre Angst gut nachempfinden. Trotzdem, auch wenn ich wollte, weiß ich nicht, was ich konkret für Sie tun könnte. Ich kann Ihnen nur raten: Fahren Sie zurück, vertrauen Sie sich der Polizei an und das möglichst bald!«

Dr. Gross reichte Jakob die Hand und beide verabschiedeten sich.

Der Arzt verließ den Wagen. Jakob blickte ihm nach.

Das ist es nun endgültig. Das war deine letzte Chance. Es ist so: Dieser Arzt hat nichts damit zu tun. Meine Theorie war falsch.

Er schloss seine Augen und spürte die Tränen aufsteigen.

Im gleichen Moment klopfte es an der Seitenscheibe. Jakob schaute auf. Dort stand wiederum der kleine Arzt und bedeutete ihm, noch einmal die Tür zu öffnen.

»Ich muss Ihnen etwas berichten, das mir gerade erst wieder eingefallen ist«, sagte er. »Ein Landwirt, der heute bei mir in Behandlung war, hat behauptet, mich gestern gesehen zu haben. Ich soll an der Wewelsburg zusammen mit dem neuen Burghauptmann spazieren gegangen sein. ›Da haben Sie sich aber gründlich getäuscht‹, habe ich ihm geantwortet, ›ich war in der fraglichen Zeit hier in meiner Praxis.‹ Danach hatte ich diese kurze Unterhaltung vergessen. Nachdem, was Sie mir vorhin erzählt haben, gibt es jetzt auch die Möglichkeit, dass es mein Bruder war, den er gesehen hat.«

»Ich wusste, dass da etwas faul ist!«

»Sie könnten recht haben. Ich schlage vor, dass wir zusammen nach meiner Abendsprechstunde zur Burg fahren und gemeinsam die Sachlage klären!«

»Das ist zu spät«, sagte Jakob, nun sehr aufgeregt. »Passen Sie auf, ich zeige Ihnen etwas!«

Er öffnete seine Reisetasche und holte die Pistole heraus.

»Keine Angst, ich tue Ihnen nichts«, sagte er beruhigend, als er den entsetzten Blick des Arztes sah. »Es gibt zwei Möglichkeiten: Entweder Sie begleiten mich jetzt gleich zu der Burg und spielen für mich dort den Türöffner, denn Sie sehen absolut genauso aus wie der v. Conradi. Oder Sie lehnen das ab. Ich werde dann alleine fahren und mir mit diesem Ding hier Einlass verschaffen. Und Sie können mir glauben, dass ich durchaus gewillt bin, diese Waffe im Notfall auch zu benutzen.«

»Ich weiß nicht, ob das richtig ist, was Sie vorhaben.«

»Doch, es geht nicht anders! Außerdem bin ich mir jetzt auch noch sicher, dass der Conradi der Anführer dieser neuen Gruppe ist, von der ich Ihnen erzählt habe. Was ich natürlich nicht weiß, ist, ob man meinen Erez tatsächlich auf der Burg eingesperrt hat.«

»Sie spekulieren mit hohem Risiko!«

»Vielleicht. Aber überlegen Sie mal! Wo kann man einen Menschen besser verschwinden lassen, als in unübersichtlichen, alten Gemäuern? Herr Dr. Gross, bitte helfen Sie mir. Ich schwöre Ihnen, dass Sie sofort wieder umdrehen können, wenn ich innerhalb der Burganlage bin. Ich will Sie weder in Gefahr bringen, noch irgendwie bedrohen. Für das Einschalten der Polizei ist es zu spät. Ich würde mir immer Vorwürfe machen, wenn heute mit Erez etwas passiert! Ich muss es einfach versuchen!«

»Habe ich überhaupt eine Wahl?«

»Doch, die haben Sie! Wenn Sie nein sagen, kann ich das durchaus verstehen. Ich würde Sie dann nur bitten, unser Gespräch für ein paar Stunden zu vergessen.«

»Es ist sehr gefährlich, was Sie vorhaben! Trotzdem kann ich nicht ausschließen, dass an Ihrer Theorie etwas dran ist. Conradi und ich sind eineiige Zwillinge. Medizinisch gesehen, identische Kopien aus denselben zwei Zellen. Und deshalb fühle ich mich für ihn mitverantwortlich.«

»Danke.«

»Ich werde versuchen, Sie in die Burg zu bringen. Danach fahre ich sofort zur Polizei, denn ohne Hilfe sind Sie trotz ihrer Waffe völlig ohne Chance. Wir fahren am besten getrennt. Wewelsburg hat nämlich keine eigene Polizeistation. Die gibt es nur in Büren und die Beamten dort kenne ich gut.«

Kapitel 53

GEGENWART

Wewelsburg, Verlies

Die Nacht war vorüber.

Judith hatte das Gefühl, dass sie zu keinem Zeitpunkt richtig geschlafen hatte, musste ihre Einschätzung aber revidieren, denn als sie die Augen öffnete, sah sie, dass Erez mit seiner Matratze direkt neben ihr lag.

Er schlief noch, und sie beobachtete ihn. Ihr fiel dabei auf, dass seine Gesichtszüge im Schlaf viel weicher waren als gestern und … sie waren auch sympathischer.

Dann wanderten ihre Gedanken zu Dimitri und die Sorge um ihn ließ sie aufspringen.

»Dimitri noch leben«, begrüßte er sie matt. »Frau haben Antrag überlegt?«

Judith wusste im ersten Moment nicht, was er meinte, dann aber lachte sie herzlich.

»Dimitri, wir sollten für unsere Feier von dem Burghauptmann eine Flasche Champagner verlangen. Das ist das Mindeste, was er uns geben muss!«

»Erst bekommen Hauptmann von Dimitri Geschenk. Ihm wird aber nicht gefallen. Wenn er dann noch können, er kann geben Champagner.«

Ehe Judith antworten konnte, hörte sie ein Klappern an der Tür und dann das Drehen des Schlüssels.

»Frau schnell zurück, wissen, was tun müssen«, flüsterte Dimitri.

Judith lief zu ihrer Unterlage. Sie schaffte es gerade noch, sich hinzusetzen. Dann öffnete sich auch schon die Eisentür und die beiden Diener kamen herein.

Erez hatte sich aufgesetzt, denn ihm kam bei dem Plan die Aufgabe zu, die ›Stummen‹ zu hindern, dem Burghauptmann oder Dr. v. Conradi zur Hilfe zu kommen.

Aber weder der eine noch der andere erschien.

Ein Diener blieb an der Tür stehen, der zweite brachte den Korb mit dem Frühstück und stellte ihn auf den bekannten Platz. Dann schaute er sich intensiv beide Kameras an und machte irgendwelche Zeichen zu seinem Kumpan.

Beide gingen wieder hinaus und verriegelten geräuschvoll die Tür.

»Mist«, schimpfte Erez vernehmlich. »Ich wusste, dass es nicht funktioniert.«

»Müssen warten«, sagte Dimitri. »Hauptmann werden bestimmt noch kommen. Und Männer werden wieder sauber machen Fotoapparat.«

»Mag sein. Aber sie machen es bestimmt nicht so, wie wir uns das vorstellen. Außerdem, was soll es nutzen, wenn Dimitri versucht, einen von beiden umzubringen. Das ändert doch nichts«, maulte Erez.

»Natürlich ändert das etwas«, widersprach Judith, »denn es ist das Einzige, was wir überhaupt tun können, um uns gegen diese Verbrecher zu wehren.«

»Du hast ja recht«, gab Erez zu. »Es ist nur alles so deprimierend!«

»Was könnten wir sonst noch tun?«, fragte Judith.

»Vielleicht gibt es ja eine Möglichkeit, mehr zu erreichen, als nur einen von denen auszuschalten«, sagte Erez.

»Hast du eine Idee?«

»Vielleicht.«

»Da bin ich mal gespannt, Erez. Ich bin für jeden guten Plan zu haben. Komm, lass uns das drüben bei Dimitri besprechen.«

Judith und Erez gingen zu dem Ukrainer hinüber, der sie mit einem matten Lächeln empfing. »Dimitri nicht mehr viel Zeit haben«, sagte er.

»Wir werden alles tun, dass es klappt«, antwortete Erez.

»Du wolltest doch etwas vorschlagen«, erinnerte ihn Judith.

»Richtig. Passt auf: Wir sind uns einig, dass unsere Chancen hier herauszukommen, so gut wie bei Null stehen. Das wissen die da draußen auch. Und das macht sie leichtsinnig. Deren Überheblichkeit sieht man schon daran, dass sie sehr unvorsichtig hereinkommen. Schließlich besitzen wir immer noch das Messer. Sie rechnen gar nicht damit, dass wir etwas gegen sie unternehmen, weil sie glauben, dass von uns keiner dem anderen traut.«

»Das war ja auch richtig«, sagte Judith.

»Die Diener lassen immer nach dem Öffnen der Tür den Schlüssel außen stecken. Ich weiß nicht, ob ihr das gestern auch gehört habt. Beim Zuschlagen ist er draußen aus dem Schloss gefallen. Außerdem ist der Burghauptmann hier meist alleine, wenn die ›Stummen‹, wie du sie nennst, unsere Toiletteneimer wechseln.«

»Und was willst du nun machen?«

»Ich schlage vor, dass wir, das heißt, Dimitri und ich, in solch einem Moment den Burghauptmann als Geisel nehmen. Judith, du musst dann im selben Augenblick den Schlüssel außen aus dem Schloss ziehen und im Anschluss von innen zusperren. Damit rechnen sie ganz und gar nicht, denn eigentlich wollen wir ja hinaus und uns hier nicht verbarrikadieren.«

»Kein schlechter Gedanke, Erez.«

»Danke, Judith. Wir verfügen, wenn es gelingt, über eine Geisel und können Forderungen stellen. Der Conradi und seine Handlanger haben dann ein weiteres Problem, weil sie den Sieger unseres angeblichen Kampfes für ihr perverses Ritual benutzen wollen.«

»Es gibt sicher einen Ersatzschlüssel und ob einer, der von innen steckt, das Schloss blockiert, wissen wir nicht«, gab Judith zu bedenken.

»Das mag stimmen. Aber es ist ein sehr altes Schloss mit einem großen Schlüsselloch. Das kann man mit Sicherheit blockieren, indem man irgendetwas hineinsteckt.«

»Guter Plan! Dimitri, was meinst du?«, wandte sich Judith an den Schwerkranken.

»Plan gut und nicht gut.«

»Gut und nicht gut? Was soll das heißen?«, knurrte Erez.

»Plan gut, weil keiner glauben, wir haben Plan«, erklärte Dimitri. »Plan auch gut, weil ich kann töten Hauptmann. Plan nicht gut, weil Zwerg ist Chef. Er nicht interessieren an Burghauptmann. Zwerg werden nicht kommen, und wollen retten Hauptmann.«

»Dimitri will damit sagen, dass Conradi nicht hierherkommt, egal was passiert. Das glaube ich auch nicht«, erläuterte Judith.

»Wenn wir den Conradi ausschalten könnten, dann hätten wir vielleicht sogar eine Chance, das hier zu überstehen«, überlegte Erez.

»Das werden wir nicht schaffen. Ich stimme Dimitri zu: Keiner wird mit uns verhandeln, wenn wir den Baron als Geisel nehmen. Der Burghauptmann ist bestimmt in den Augen des größenwahnsinnigen Arztes entbehrlich. Und da sie keine Rücksicht nehmen müssen, werden sie einfach die Tür aufbrechen.«

»Ja, das könnte alles zutreffen. Dennoch, mit der Tür ist das nicht so einfach. Sie ist ganz aus Metall. Die Scharniere sind innen und im Fels verankert.«

»Ich meine, dass wir es probieren sollten«, stimmte Judith zu. »Eine bessere Möglichkeit haben wir nicht.«

»Dimitri annehmen Plan, denn muss haben Rache, bevor sterben.«

»Also ist es beschlossen«, entschied Judith. »Jetzt sollten wir etwas essen, und dann versuche ich, so gut es geht, Dimitris Wunde zu versorgen. Hast du große Schmerzen?«

»Kann aushalten. Bein schon tot, Dimitri werden folgen.«

Judith schaute an dem verletzten Bein herunter und mit Erschrecken sah sie, dass der Knöchelumfang gegenüber gestern sich fast verdoppelt hatte und dass die Farbe der Haut in der Nacht grauschwarz geworden war.

Ihr war die Bestürzung darüber deutlich anzumerken, denn sie starrte auf den Boden und kämpfte mit ihren Tränen. Nach einer Weile stand sie wortlos auf, holte den Korb, verteilte die Lebensmittel und versorgte, so gut es ging, den Ukrainer.

Nachdem alle drei eine Weile schweigend gegessen hatten, begann Judith, über ein Problem zu sprechen, das ihr schon längere Zeit auf der Seele lag.

»Ich weiß nicht, wie es bei euch ist, aber nach mir sucht im Moment niemand. Ich glaube, nach Dimitri auch nicht.«

Der Ukrainer nickte zustimmend.

»Wie ist es bei dir, Erez? Gibt es eine Möglichkeit, dass man dich sucht. Wenn ja, gibt es irgendetwas, was hier auf diesen Ort, auf diese verfluchte Burg hinweisen könnte? Oder um es anders zu sagen: Haben wir noch die Chance, dass uns jemand findet?«

Judith schaute ihn an und dann lief ihr eine große Träne über die Wange. Erez nahm sie in den Arm und sagte:

»Ich würde dir gerne Mut machen. Ich glaube auch, dass Jakob, mein Vater, alles tut, was in seiner Macht steht. Dennoch muss ich realistisch sein. Was sollte zur Wewelsburg weisen? Ich selbst weiß noch nicht einmal, wie ich hierhergekommen bin. Ich hatte herausbekommen, dass deine Familie, Judith, vor vielen Jahren von Frankfurt nach Bremen verzogen ist. Ich war auf dem Weg von der Mainmetropole nach Berlin zu meinem Vater, um mit ihm zu besprechen, wie es weitergehen soll. Meine Bedingung dafür, dass ich ihm erzähle, was ich gefunden habe, war, dass er auf seinen Racheschwur verzichten muss. Er hat zugestimmt.«

»Ich werden bekommen Rache«, unterbrach Dimitri.

»Ja, du willst den tatsächlichen Täter zur Rechenschaft ziehen und dich nicht an einem entfernten Nachkommen rächen, der mit irgendwelchen Verbrechen überhaupt nichts zu tun hat«, sagte Erez. »Das ist etwas anderes. Meinem Vater war früher dieser Unterschied in seiner Verbohrtheit gleichgültig. Nach unserem letzten Telefongespräch wollte er dann euch aber nur noch mit den schrecklichen Ereignissen, die unseren Familienmitglieder widerfahren sind, konfrontieren, und das ist ja auch zu verstehen.«

»Du wusstest, was er anfänglich vorhatte? Oder?«, fragte Judith.

Erez schluckte und schaute zu Boden.

»Ja, ich wusste es und ich schäme mich, zu Beginn dieser Suche nicht weit genug gedacht zu haben. Ich war sicher, nicht anders handeln zu können, weil ich glaubte, tief in meines Vaters Schuld zu stehen.«

»Warum?«

»Als sich Jakob von meiner Mutter in Amerika trennte, hat er sie freigegeben, damit sie eine neue Bindung eingehen kann. Das heißt bei den Juden, er hat ihr ein Get, einen sogenannten Scheidungsbrief, übergeben. Dafür bekam er mich und hat mich dann noch mit einer festgelegten Menge Silber von der Kirche freigekauft. Ich gehörte nach unserer Konvention danach ihm.

Mein Vater lebte nach dem Krieg in Deutschland ausschließlich für zwei Dinge: Erstens für seine Rache und zweitens für mich. Wenn er nicht gewesen wäre, hätte ich niemals studieren können. Ich habe mich auch immer schuldig gefühlt, weil er für mich alles tat und ich das Gefühl hatte, ihm nichts zurückgeben zu können. Aber ich weiß jetzt, dass mein Nachgeben der falsche Weg war. Man kann sich nicht von einer Schuld freikaufen, indem man eine zweite, vielleicht sogar eine schlimmere, auf sich lädt. Auch glaubte ich, alles im Griff zu haben. Wie schnell einem die Kontrolle entgleitet, das habe ich nun bitter erfahren müssen.«

»Und wie kam es, dass der Conradi über dich Bescheid wusste?«

»Irgendjemand, der zusammen mit mir im Dachauer Archiv gearbeitet hat, als ich für Papa recherchierte, gehörte mit Sicherheit zu Conradis Gruppe und hat mich beobachtet. Sie müssen mir dann gefolgt sein, als ich nach Frankfurt gefahren bin. Den Rest kennt ihr. Wie und wo es passiert ist, weiß ich nicht. Ich habe daran keine Erinnerung.«

»Ja, auch ich habe absolut keine Ahnung, wie ich hierhergekommen bin«, sagte Judith nachdenklich.

»Es ist schon Ironie, dass wir beide hier gelandet sind.«

»Ironie schon, Erez, aber ganz sicher kein Zufall.«

»Nein, bestimmt nicht. Der Conradi hat sich das mit seinem kranken Kopf ausgedacht. Er glaubt auch jetzt vielleicht noch, dass ich dich tatsächlich töten will. Ich kann mir durchaus vorstellen, dass er es sehr lustig findet, uns hier zusammengebracht zu haben. Dir, Judith, sagt man: Bring diesen miesen Juden um! Und mir hat man gesagt, dass ich dich töten soll, wenn ich überleben will.«

»Erez, ich glaube dir, dass du zu keiner Zeit wirklich einem Menschen etwas antun wolltest. Was ich mir gewünscht hätte, ist, dass dein Vater meine Omi kennengelernt hätte. Sie war die gütigste Frau, die man sich vorstellen kann. Hilfsbereitschaft und Wärme, das war ihre Natur. Ich bin mir sicher, dass er sich mit ihr nicht nur vertragen, sondern ganz bestimmt auch versöhnt hätte!«

»Danke Judith! Wenn ich darf, dann möchte ich dich jetzt gerne einmal in den Arm nehmen.«

»Erez seien doch guter Mann«, sagte Dimitri. »Guter Mann gehören zu guter Frau. Dimitri müssen zurücknehmen Antrag.«

Ein plötzliches Geräusch ließ alle drei zusammenzucken. Irgendjemand steckte wieder den Schlüssel in das Schloss der Eisentür.

Die Türe öffnete sich und herein kamen die ›Stummen‹. Der eine blieb erneut an der Tür stehen, der andere trug zwei Eimer Wasser herein, ging zu den Kameras und reinigte sie ausgiebig. Dann verschwanden beide wortlos.

»Wenn der Burghauptmann nicht kommt, sind wir aufgeschmissen«, flüsterte Judith. »Die beiden ›Stummen‹ können wir nicht überrumpeln. Die sind zu misstrauisch.«

»Wir müssen den Hohenfels herlocken, wenn er nicht von selbst zu uns kommt«, sagte Erez. »Und ich habe auch schon eine Idee, wie wir das anstellen können!«

Kapitel 54

GEGENWART

Wewelsburg, Räumlichkeiten in der Burg

Um Punkt zwölf Uhr hatte die Abstimmung der Delegierten der Bundesländer für die Führungsspitze der NNSD in der großen Halle im Erdgeschoss der Wewelsburg mit Zugang zum Südwestturm begonnen.

Es sollten der Reichsführer und die zwölf Obergruppenführer gewählt werden, stellvertretend für die zwölf Landesverbände, deren Grenzen im Vorfeld festgelegt worden waren.

Jeder der Delegierten hatte zwei in feiner Sütterlinschrift verfasste Wahlkarten bekommen. Auf der einen, der kleineren, stand nur ein einziger Name, nämlich der des designierten Reichsführers: Dr. Arnulf von Conradi.

Auf der anderen waren alle Anwärter für die Posten der Obergruppenführer vermerkt. Zwölf Namen und weitere drei, die als Ersatzkandidaten vorgesehen waren.

Die Aufgabe der Delegierten bestand nun allein darin, dann, wenn sie einen Kandidaten ablehnen wollten, diesen aus der Wahlkarte herauszustreichen. Im Anschluss war die Karte zu unterzeichnen, zu falten und in die schwarze, marmorne Wahlurne zu werfen.

Es war im Vorfeld beschlossen worden, jeden potentiellen Obergruppenführer, der eine Gegenstimme erhalten sollte, von der Kandidatenliste zu entfernen. Sollte der Reichsführer nicht einstimmig gewählt werden, sahen die Regularien vor, die gesamte Wahl abzubrechen und auf einen späteren Zeitpunkt zu verschieben.

Der Burghauptmann Manfred von Hohenfels war bestimmt worden, die Abstimmungen an diesem Freitag zu leiten. Er hatte bei beiden Wahlen die Wahlmänner einzeln und in der Reihenfolge ihrer Mitgliedsnummern aufzurufen. Die Aufgerufenen sollten dann vortreten, den Eid sprechen und ihre Karte in das Behältnis werfen.

Die erste Abstimmung war vorüber und Dr. v. Conradi hatte einhundert Prozent der Stimmen bekommen. Den Beifall entgegennehmend war er an das bereitgestellte Pult getreten:

»Auch wenn alle anderen untreu werden, wir bleiben für immer treu. Treu bis in den Tod«, sagte er ernst und pointiert. »Das, meine Damen, meine Herren, ist keine Phrase, sondern Programm. Unser Programm! Sie haben mich nun unwiderruflich gewählt, und der Tod ist die einzige Kompetenz, die ich anerkenne, mir dieses Amt wieder zu entziehen.

Doch Sie wissen alle, dass es bei meiner Kandidatur keinesfalls um mich als Person gegangen ist. Es ging und geht ausschließlich um die Ziele der Neuen Nationalen Sammlung Deutschlands.

Ich, der gewählte Reichsführer, bin nun pflichtgemäß die Person, die unsere gemeinsamen Ideen am kompetentesten vertreten und am konsequentesten durchsetzen kann und diese Tatsache erfüllt mich mit Stolz.

Sie und ich, wir sind alle Idealisten, weil wir uns für eine Idee hingeben. Aber wir sind auch im positiven Sinne nicht mehr zu belehrende Dogmatiker, denn eine Option auf Umkehr gibt es ab morgen für keinen von uns.

Unser gemeinsames Ziel ist einzigartig, ist grandios: Es ist die Idee eines neuen, eines reinen Menschen sowohl für unsere NNSD, als auch für unser geliebtes Deutschland. Daraus folgt zwangsläufig: Wer sich von unseren Mitgliedern nicht gänzlich in den Dienst der Sache stellt, letztendlich nicht bereit ist, Befehlen zu folgen, nicht bereit ist, sich zu opfern, wenn es notwendig wird, der ist auszusondern und nach bekannter Manier zu behandeln. Das gilt ab heute Nacht für alle Anwesenden und zwar genau ab dem Moment der Vollendung unserer Gründung.

Befehl und Gehorsam werden demnächst wieder positiv besetzte Worte bei den Bürgern in den neu zu schaffenden Gauen werden. Lange genug haben wir zusehen müssen, wie durch Führungslosigkeit und Verweichlichung die notwendige Erneuerung Deutschlands verhindert wurde.

All unsere Kameraden sind in ihrer Bedeutung gleichwertig und Unterschiede gibt es nur hinsichtlich ihrer Tätigkeiten. So ist der Reichsführer zwar der uneingeschränkte Befehlsgeber, dennoch ist er nur ein primus inter pares.

Hat unser Orden dann die Befehlsgewalt in diesem Staat erlangt, gilt Folgendes: Jede Person, die es dann noch wagen sollte, sich zu widersetzen, hat die entsprechenden Konsequenzen zu tragen.

Ich ordne jetzt an, dass sich nach der Beendigung der Obergruppenführerwahl alle Delegierten um 23.30 Uhr auf dem Burghof einzufinden haben, um auf der großen Videoleinwand der Zeremonie folgen zu können, die in der Gruft stattfinden wird. Einige Sekunden vor Mitternacht wird unser Burghauptmann dort für die Delegierten, die gewählten Obergruppenführer und auch für mich noch einmal unseren Eid erneuern. Danach wird er den Befehl geben, und für uns alle sichtbar, wird das heilig gewordene Blut unseres Opfers fließen. Und dann, meine Freunde, ist es soweit!

Einige Tropfen des geweihten Bluts werden mit dem Wein vermischt, den die Obergruppenführer und ich, der Reichsführer, aus den silbernen Kelchen zu sich nehmen. In derselben Sekunde ist unser herrliches Deutschland wieder der Kern, der Samen, aus dem die Pflanze zur Rettung unseres Landes, wahrscheinlich sogar zur Rettung der ganzen Welt, keimen wird.

Ich erteile jetzt dem Burghauptmann den Befehl, die Kandidatin für die Zeremonie aus dem Verlies zu holen, sie der medizinischen Abteilung zu übergeben, damit sie vorbereitet werden kann. Die Obergruppenführer haben sich nach der zweiten Wahl zu überzeugen, dass die junge Frau würdig, körperlich unbeschädigt und ohne Zwang bereit ist, sich der Aufgabe zu stellen.«

An diesem Punkt seiner Rede kam ein Bediensteter an das Pult und flüsterte dem Reichsführer einige Worte zu, worauf dieser rot und gleich darauf blass wurde, sich aber sofort wieder unter Kontrolle hatte.

»Meine Damen und Herren Delegierte«, sagte Dr. v. Conradi mit ruhiger Stimme. »Am Tor gibt es eine Unstimmigkeit, man braucht mich dort. Ich bin gleich wieder zurück, damit wir dann ungestört mit der Wahl fortfahren können. Die Abstimmung findet deshalb dreißig Minuten später statt. Ich verlange Pünktlichkeit!«

Der Reichsführer wandte sich nun an den Burghauptmann: »Manfred, prüfen Sie sofort im Kontrollraum, ob sich das Sicherungspersonal auf ihren Posten befindet und veranlassen Sie, dass der Haupteingang vollständig geschlossen wird. Wir haben zwei ungebetene Gäste, wovon einer eine Schießerei mit unseren Wachen begonnen hat. Es ist mir unerklärlich, dass diese Leute die Pforte passieren konnten. Verstärken Sie die Zahl der Männer an den Zugängen. Alle anderen suchen die Eindringlinge und … eliminieren sie, falls sie sich widersetzen.

Wenn das erledigt ist, gehen Sie ins Verlies und nehmen unserer Kandidatin das Messer ab. Nach meinen Informationen hat bis jetzt dort kein Kampf stattgefunden. Judith Kolbert darf sich mit ihrer Waffe zum Schluss nicht auch noch selbst verletzen. An diese Möglichkeit hätten wir denken müssen. Der jüdische Arzt ist zu liquidieren, er wird nicht mehr benötigt.«

Manfred von Hohenfels nickte und griff zu seinem Sprechfunkgerät.

Kapitel 55

GEGENWART
Wewelsburg

Jakob und Dr. Gross hatten kurz vor den Burgparkplätzen angehalten und waren dann das letzte Stück zu Fuß gegangen.

Kurz bevor sie die Steinbrücke erreichten, flüsterte der Arzt Jakob zu: »Wenn wir überhaupt eine Chance haben wollen, hineinzukommen, müssen wir die Wachen einschüchtern. Ich werde jetzt den Chef spielen in der Annahme, dass mein Bruder hier wirklich das Sagen hat. Sie sind ein Freund, den ich mit in die Burg nehme. Also: Sie halten Ihren Mund und lassen ihre Pistole stecken! Später können Sie damit immer noch herumfuchteln.«

Jakob nickte, drehte sich herum, entsicherte seine Waffe, steckte sie sich unter seine Jacke in den Hosenbund und schloss wieder zu dem Mediziner auf.

Beide hatten nun die Brücke erreicht.

Schon auf den ersten Blick konnte man sehen, dass die Wachen äußerst irritiert waren. Die zwei Männer starrten den Arzt an, als hätten sie einen Geist vor sich.

»Er gehört zu mir«, sagte Dr. Gross selbstsicher, während er auf Jakob deutete.

»Dr. v. Conradi, ich muss um ihre Legitimation bitten«, entgegnete der eine Wachmann zögerlich. Der andere schaute verunsichert zur Seite.

Der Allgemeinmediziner hatte blitzschnell den Schwachpunkt ausgemacht. Er herrschte den zweiten Mann an: »Sie wissen, wer ich bin?«

»Ja. Sie sind Dr. v.…«

»Ich will nicht meinen Namen hören, den kenne ich selber, Sie Tölpel! Ich habe gefragt, ob Sie wissen, wer ich bin?«

»Selbstverständlich.«

»Und Sie wollen mir meine wertvolle Zeit stehlen, indem Sie mich wie einen Fremden kontrollieren?«

»Ja … nein … aber Sie haben doch …«

»Wie jetzt? Ja, nein, aber?«

»Nein, natürlich nicht.«

»Und Sie?«, wandte sich Dr. Gross an den zweiten Mann. »Haben Sie auch noch etwas zu bemerken?«

»Nein, Herr Dr. v. Conradi.«

»Kommen Sie Jakob.«

Beide Männer gingen durch das Eingangstor und standen prompt wieder zwei Aufpassern gegenüber, die eine elektronische Sicherheitsschleuse bedienten.

»Das ist schon in Ordnung, er gehört zu mir«, sagte Dr. Gross lässig. Dann wandte er sich an seinen Begleiter: »Ich gehe mal vor.«

Dr. Gross betrat das Gelände und Jakob folgte. Prompt gab das Gerät Alarm.

»Ihr Bekannter trägt eine Waffe Herr Dr. v. Conradi«, sagte die eine Wache. »Ich muss ihn auffordern, diese abzulegen!«

»Jakob, bitte geben Sie dem Mann Ihre Pistole. Sie bekommen sie nachher zurück. Es war mein Versehen. Ich hätte Ihnen das vorher sagen müssen.«

Jakob nickte gleichmütig.

»Kein Problem«, sagte er und zog seine Waffe heraus. Aber anstatt sie hinüberzureichen, richtete er sie auf die Wachleute.

»Lauf zurück, schnell«, rief er dem Mediziner zu.

In diesem Augenblick kamen zwei Männer aus dem Eingang des Nordturms, sahen Jakob mit der Pistole im Anschlag und griffen ihrerseits unter die Jacketts.

»Renn«, schrie Jakob.

Dr. Gross rannte.

Aber er lief in die verkehrte Richtung, direkt zu einer offen stehenden Tür.

»Hält man hier in der Burg einen jungen Mann gefangen?«, herrschte Jakob die Wächter an und ließ seine Pistole drohend zwischen den beiden hin- und herwandern.

»Keine Ahnung«, antwortete der eine.

»Wirklich keine Ahnung?«, fragte Jakob.

»Nein, bestimmt nicht«, bestätigte der andere mit zittriger Stimme.

»Dann will ich die Frage einmal anders stellen«, entgegnete Jakob und schoss dem einen Aufpasser in den Oberschenkel. Der brach mit einem lauten Aufschrei zusammen.

Jakob richtete nun seine Waffe auf den zweiten Mann, der ängstlich zurückwich.

»Es gibt also keinen Gefangenen?«

»Bitte nicht schießen, ich sage es Ihnen ja! Aber nicht schießen!«

»Na los, Beeilung!«

»Im Verlies befinden sich drei Gefangene. Einer gehört zu unseren Leuten, die beiden anderen sind ein junges Mädchen und ein Arzt aus Bremen. Ein Jude.«

Von dem Eingang des Nordturms her wurde nun geschossen. Der Wächter warf sich auf den Boden und Jakob rannte im Zickzack, wild zurückschießend, in die gleiche Tür, in die schon der Allgemeinarzt verschwunden war.

»Warum sind Sie nicht zurückgelaufen?«, schimpfte er, als er im Gebäude angelangt war. »Die ersten zwei hätten sie nicht aufgehalten, die waren viel zu verwirrt. Jetzt ist der Weg zu.«

»Ich habe nur die offene Tür gesehen und befürchtete, dass uns die Kerle von da hinten treffen könnten. Tut mir leid!«

»Es ist nicht mehr zu ändern. Übrigens: Erez ist tatsächlich hier! Und er lebt! Sie haben ihn in ein Verlies gesperrt! Ich werde ihn da rausholen! Wir müssen Sie aber erst einmal wieder aus der Burg schaffen. Dafür ist es besser, wenn wir von hier verschwinden, denn in zwei Minuten wird deren ganze Wachtruppe hinter uns her sein. Ich schlage vor, den Weg nach oben zu nehmen. Dann wenden wir uns nach rechts, um über den Turm zu der anderen Seite zu kommen. Unsere Gegner erwarten, dass wir uns von ihnen wegbewegen, also in die andere Richtung flüchten. Sie springen, sobald es möglich ist, aus einem Fenster, laufen in die Stadt und rufen die Polizei. Also los! Ich zuerst!«

Jakob lief die Treppe hinauf, Dr. Gross hinterher. Die Stufen führten direkt zu einem Fenster auf der Ostseite. Ehe sie erkunden konnten, ob es für einen Sprung nach draußen geeignet war, hörten sie schon von unten Geräusche, sodass Jakob dem Arzt bedeutete, ihm zu der Türe zu folgen, die in der Mitte des Raums einen Weg nach Norden versprach. Leise öffnete Jakob diesen Zugang. Sie stießen auf einen langen Gang, von dem rechts und links weitere Türen abzweigten. Erst wollte Jakob in eines der linken Zimmer, dann entschied er sich dagegen, weil die Möglichkeit bestand, dass sich in den Räumen jemand aufhielt.

Beide eilten weiter, durchquerten den Flur und stießen auf eine kleine Treppe, die sich innerhalb einer äußerst massiven Mauer befand.

»Auf der anderen Seite ist der Nordturm«, flüsterte Jakob, »und darunter liegt der berühmte Obergruppenführersaal. Wir müssen uns weiterhin rechts halten, damit wir auf die andere Seite kommen.«

Beide befanden sich jetzt in einem fast quadratischen Innenflur, von dem sechs gleiche Türen abzweigten. Plötzlich schallte lautes Rufen zu den Flüchtigen hinauf.

»Verdammt, die sind viel schneller, als ich vermutet habe. Kommen Sie, wir versuchen es dort«, rief Jakob dem Arzt zu und deutete auf die Türen an der Außenseite. »Wir nehmen die drittletzte. Von der Brücke her kann man bestimmt das zu dem Zimmer passende Fenster nicht sehen, da es von der Rundung des Turms verdeckt sein dürfte. Sollte drinnen jemand anwesend sein, überlassen Sie mir das!«

Jakob brachte seine Waffe in Anschlag, riss die Tür auf und stellte erleichtert fest, dass sich in dem Zimmer niemand befand.

»Schnell! Die Kommode unter die Klinke«, rief er dem kleinen Arzt zu, denn er hatte sofort gesehen, dass innen kein Schlüssel steckte. Beide Männer zerrten das niedrige, schwere Möbelstück von der Wand und schoben es unter die Türklinke. Es passte perfekt.

Dann rannten sie zum Fenster, öffneten und stellten fest, dass es hier für einen Sprung erheblich zu hoch war.

»Los! Die Laken! Wir verknüpfen die Laken zu einem Strick!«, rief Jakob.

Beide rissen die zwei Laken von den Betten und knüpften sie zusammen. »Zu kurz«, stellte Dr. Gross fest.

Jemand ruckelte heftig an der Tür.

Jakob gab einen Schuss nach oben in die Tür ab und schrie dem Arzt zu: »Keine Zeit mehr! Los, rauf auf den Sims! Ich lasse sie mithilfe des Betttuchs herunter. Den Rest müssen sie springen!«

»Und Sie?«

»Ich schaffe das schon!« Jakob deutete auf seine Pistole. »Ich halte unsere Verfolger auf und Sie holen die Polizei. Aber beeilen Sie sich! Und keine Sorge! Falls es hier zu riskant wird, ergebe ich mich!«

Der Arzt kletterte auf die Brüstung, ergriff das provisorische Seil und begann, sich vorsichtig hinab zu hangeln. Er hatte noch keinen halben Meter geschafft, als sich der Knoten löste, der die beiden Betttücher miteinander verbunden hatte. Er stürzte hinab. Obwohl der Boden weich war, schlug er unglücklich mit der rechten Seite seines Beckens auf, prallte mit dem Kopf gegen einen Baumstumpf und blieb bewegungslos liegen.

Jakob schaute bestürzt hinunter. Gerade wollte er auch auf den Fenstersims klettern, als ein Kugelhagel aus einer Maschinenpistole ihn in eine Ecke des Zimmers zwang.

Es war unschwer zu erkennen, dass das Kommodenhindernis nun seinen Dienst nicht mehr erfüllen konnte, denn die zerfetzten Holzteile lagen überall verstreut im Zimmer herum.

»Sie haben gewonnen«, rief Jakob in Richtung Flur. »Ich ergebe mich.«

Als Antwort kam eine weitere Garbe aus der Maschinenwaffe, die einen Großteil der Tür zerstörte. Jakob kroch hinter das Bett, feuerte den Rest der Patronen, die sich noch in seiner Pistole befanden, in den Flur, ließ das leere Magazin auf den Boden fallen und steckte mit einer geübten Bewegung das zweite hinein.

»Ich ergebe mich«, rief er noch einmal.

»Dann kommen Sie mit erhobenen Händen heraus!«

»Gut, ich komme.«

Jakob war skeptisch.

Entweder sie sind unerfahren, oder sie wollen mich hereinlegen. Ich hätte erst einmal die Waffe eingefordert!

So blieb Jakob hinter dem Bett liegen, das ihm für den Augenblick Schutz gewährte.

»Ich komme jetzt«, rief er noch einmal und polterte mit einem Stuhl. Und er sollte Recht behalten: Sekunden später sprangen zwei Männer, die mit Schutzwesten bekleidet waren, durch die zerschossene Tür. In ihren Händen hielten sie kurzläufige Maschinenpistolen und eröffneten umgehend das Feuer.

»Ihr verdammten Schweine«, schrie Jakob hinter seiner Deckung und schoss dem einen eine Kugel in den Arm und dem anderen eines seiner Dum-Dum Geschosse in den Hals, wobei der erste Mann seine Waffe fallen ließ und schreiend zurück in den Flur krabbelte, während der zweite aus der Tür geschleudert wurde.

Ungefähr eine Minute lang passierte daraufhin gar nichts. Dann wurde von draußen wieder geschossen. Jakob verkroch sich noch weiter hinter das Bett, ganz in den toten Winkel, wo er nur durch einen Querschläger, aber nicht durch einen gezielten Schuss getroffen werden konnte. Trotz des Höllenlärms des Gewehrfeuers und der von den Wänden abprallenden Kugeln hörten seine geschulten Ohren nach einigen Sekunden das üble Geräusch einer auf dem Boden kullernden Handgranate.

Jakob wusste, dass er nur dann noch eine Chance haben würde, wenn es ihm gelänge, das teuflische Gerät zurückzubefördern, bevor es explodierte.

Nach der Entfernung des Sicherungsringes und der Aktivierung hatte man je nach Granatentyp zumeist drei bis fünf Sekunden Zeit für den Wurf.

Er hoffte, dass derjenige, der ihm das Ding freundlicherweise zukommen lassen wollte, nervös gewesen war und nicht die vorgesehenen Sekunden zwischen Scharfmachen und Loslassen gewartet hatte.

Mit einem Blick sah Jakob, dass es sich bei der Granate, um eine russische RGO-78 handelte, in der sich eine Sprengladung von 85 g TNT befand.

Zwei Schritte, dann ein Sprung! Mit der linken Hand, da ich von links komme, die Granate packen, sie durch die defekte Tür zurückschleudern und dann mit einem weiteren Sprung hinter das Bett verschwinden!

Mit einem Satz kam Jakob hinter seinem Bett hervor. Sein erster Schritt war perfekt. Beim zweiten trat er mit seinem linken Schuh auf einen großen Holzsplitter, weil sein Blick geradeaus auf den Sprengkörper gerichtet war. Sein Fuß rutschte zusammen mit dem Holzstückchen nach hinten und als logische Folge geriet der Sprung um gut dreißig Zentimeter zu kurz.

Jakob musste seinem zweiten nun einen kurzen dritten Sprung folgen lassen. Es war nur noch ein winzig kleiner Hüpfer, und dieser sah auch noch lächerlich aus, weil er auf dem Boden lag, nämlich so, wie der eines Frosches. Aber Jakob hatte keine Muße, sich über die unfreiwillige Komik zu amüsieren, denn er wusste, dass genau diese kleine Zeitspanne den Unterschied zwischen seinem Leben und seinem Tod bedeuten könnte.

Und so war es auch.

Sein letzter Gedanke umfasste Erez, während er das kuglige, sechs Zentimeter große Gerät packte und es zurück zur Tür schleuderte.

Der eingebaute Zeitzünder brachte den Sprengstoff genau in dem Moment zur Explosion, als die Granate sich grade für einige Zentimeter aus seiner Hand entfernt hatte.

Kapitel 56

GEGENWART
Wewelsburg, Verlies

Der Schlüssel drehte sich im Schloss, und Sekunden später ging die Tür auf. Judith, die links neben dem Eingang lag, sah aus den Augenwinkeln, dass die ›Stummen‹ hineinkamen und danach tatsächlich der Baron.

Er war nervös, denn im Gegensatz zu seiner sonstigen Art, mit der er Anweisungen an seine Männer zu geben pflegte, herrschte er sie zornig an: »Los ihr Hohlköpfe, sofort zu dem Juden und sagt mir, was mit ihm ist!«

Die Diener liefen zu Erez, der bewegungslos auf der anderen Seite des Raums auf dem Boden lag. Der erste ›Stumme‹ rief: »Er lebt … aber bestimmt nicht mehr lange. Hier ist alles voller Blut. Sie hat ihn in der Brust erwischt!«

»Liegenlassen!«, befahl der Burghauptmann. Er drehte sich nun zu Judith herum.

»Gratulation, Judith! Ich lasse Sie jetzt in unsere medizinische Abteilung bringen, damit Sie versorgt werden können.«

In diesem Moment meldete sich sein Funkgerät. Er schaltete es ein und steckte sich eine Ohrolive in seinen Gehörgang und das, was gesprochen wurde, schien seine Unruhe nicht zu mindern.

»Verdammter Mist«, fluchte er. »Ja, ich habe verstanden … natürlich! Keine Sorge, Herr Dr. v. Conradi. Das ist kein Problem. Ich würde vorschlagen, dass die zweite Abstimmung erst nach fünfzehn Uhr erfolgt. Hier bei mir sieht es so aus, dass sich die Sache entgegen unserer Vermutung soeben doch noch geklärt hat … Nein, keine Sorge, Judith ist die Siegerin und soweit ich das beurteilen kann, ist sie unverletzt … Ja, selbstverständlich, sie kommt jetzt schnellstens ins Krankenrevier, … Doch, doch, es läuft alles wie geplant, nur leider mit Verzögerung … Verstehe, dafür schicke ich Ihnen den Marek. Ich brauche ihn hier nicht unbedingt … gewiss, ich komme danach umgehend in den Abstimmungssaal! ... Ja, das erledige ich selbst … Sie können sich darauf verlassen … Unbedingt, und ich stimme Ihnen zu, dass die beiden Toten mit ihrer Anwesenheit in der Burg unsere Zeremonie verunreinigen ... Das ist eine gute Idee, ich lasse Dimitri und den Juden in den alten Stollen bringen ... Sie können sich auf mich verlassen! Dann bis kurz vor drei, Herr Reichsführer Dr. von Conradi!«

Der Burghauptmann steckte sein Handy ein und befahl: »Marek, du gehst sofort zum Punkt sieben zur Sicherung des östlichen Parks. Wir haben zwei Eindringlinge in der Burg, einer davon ist gerade aus dem Turmfenster gesprungen. Der Schusswaffeneinsatz ist freigegeben, aber denk daran: Nicht außerhalb unserer Mauern herumballern. Die Staatsmacht können wir hier nicht gebrauchen! Kapiert? Und nun hau ab!«

Der Mann, der soeben mit Marek angesprochen worden war, grüßte und verschwand.

Manfred von Hohenfels wandte sich nun Judith zu, die auf dem Boden lag und fragte besorgt: »Judith, haben Sie sich wehgetan?«

»Nein«, flüsterte sie schwach. »Was ist denn passiert? Ich bin so schwindlig!«

»Sie haben mit dem Grünberg gekämpft und ihn besiegt, so wie wir es erwartet haben. Einer unserer Männer hat das durch die Kamera beobachtet. Judith, das haben Sie ganz hervorragend gemacht! Der Bursche ist so gut wie hin! Den Rest erledige ich gleich! Können Sie aufstehen? Soll ich Ihnen helfen?«

Judith schüttelte ihren Kopf. »Nein, danke, es geht schon!«

»Wo haben Sie eigentlich ihr Messer? Nicht, dass Sie sich noch verletzen!«

Judith ging nicht auf seine Frage ein.

»Mir ist so furchtbar schwindlig«, stöhnte sie wieder. »Könnte ich vielleicht etwas Wasser bekommen?«

Der Burghauptmann wandte sich an den zweiten Diener, der immer noch bei Erez stand: »Igor, bring sofort eine Flasche Wasser!«

Igor bestätigte die Anweisung. Alle Flaschen in dem Verlies, die er nun prüfte, waren leer. Auf sein Schulterzucken hin reagierte der Baron wütend und brüllte: »Dann hol eine neue, du blöder Idiot!«

Igor lief hinaus.

Kaum war er aus der Tür, jammerte Judith: »Mir ist so schlecht! Bitte helfen Sie mir!«

Von Hohenfels beugte sich zu ihr hinunter. Für ihn unerwartet, drehte sie jetzt abrupt ihren Kopf, öffnete die Augen und schaute ihn mit solch einem Hass an, dass er in diesem Moment die Falle witterte, die man für ihn aufgebaut hatte. Aber es war zu spät, denn als er sich aufrichten wollte, spürte er die Messerklinge an seinem Hals.

»Schnell Judith, der Schlüssel!«, rief Erez.

Judith sprang hoch, lief zur Tür, öffnete und war erleichtert, als sie sah, dass tatsächlich außen der Schlüssel steckte.

Sie zog ihn ab. In dem Moment kam Igor auch schon um die Ecke des Gangs, stutzte, erfasste die Situation, ließ die Wasserflasche fallen und rannte auf Judith zu. In letzter Sekunde schaffte sie es, die Tür von innen zuzuschlagen, den Schlüssel hineinzustecken und umzuschließen.

Igor rüttelte vergeblich.

Bald wurde es draußen wieder still.

»Das war knapp«, kommentierte Judith.

»Das war zwar knapp, aber du hast es toll gemacht! Die Hauptsache verdanken wir jedoch Dimitri. Es war schließlich sein Blut, das diese Schweinehunde getäuscht hat«, sagte Erez.

»Erez bringen fettes Baron, haben versprochen«, mischte sich nun der Ukrainer ein.

»Judith steck mal die kleinen Teile, die wir von den Sichtblenden abgebrochen haben, in das Schlüsselloch. Ich bringe inzwischen unseren großmäuligen Adligen zu Dimitri!«

Der Baron wagte nicht, sich zu widersetzen, bedachte aber Erez mit einem giftigen Blick.

Dort angekommen, änderte sich sein Gesichtsausdruck, denn er grinste hinterhältig: »Wir werden uns bestimmt gut verstehen, Dimitri. Wissen Sie übrigens, dass Sie mir Ihr Leben verdanken? Der Chef wollte sie nach der Operation liquidieren lassen. Ich konnte das nur mit Mühe verhindert und möchte, dass Sie das wissen. Außerdem kann ich nichts dafür, dass man hier Gefangene festhält. Immerhin, ich habe dafür gesorgt, dass Judith und Sie nicht verhungert sind!«

»Hauptmann Schnauze halten«, antwortete Dimitri. »Sonst schnell tot wie Blitz aus Himmel!«

»Kein guter Versuch, Hohenfels! Ihre Absicht ist nicht schwer zu durchschauen!«, kommentierte Erez ärgerlich, der dem Dialog gefolgt war. »Und jetzt legen Sie sich auf den Boden. Genau hier!«

Erez zeigte auf den grauen Beton.

»Auf den Bauch, wenn ich bitten darf! Die Hände unter ihren Körper! Und etwas plötzlich, Sie fetter Drecksack!«

Nachdem Erez den Druck seines Messers verstärkt hatte, tat der Burghauptmann das Verlangte.

»Was soll das schon bringen?«, fragte er höhnisch. »Wir werden ganz einfach die Tür aufsprengen! Und was wollt ihr dagegen unternehmen, ihr drei Schlaumeier?«

»Darüber machen Sie sich mal keine Sorgen, Herr Burghauptmann von und zu! Trotzdem: Danke! Sehr fürsorglich, dass Sie sich unseren Kopf zerbrechen«, spottete Erez.

Manfred von Hohenfels knurrte wütend.

Dimitri drückte das Messer, das er von Erez übergeben bekommen hatte, so kräftig in den Hals des Mannes, dass dieser aufschrie.

»Schaffst du das mit ihm?«, fragte Erez Dimitri. Er wusste, dass alles verloren ist, wenn der Baron den Ukrainer überrumpeln und dabei in den Besitz der Waffe gelangen sollte.

»Bevor Dimitri sterben, dickes Schwein seien tot.«

»Nehmen Sie mich von diesem Verrückten weg«, protestierte der Burghauptmann. »Außerdem stinkt es hier nach Eiter, Schweiß und vergammeltem Fleisch, dass ich gleich kotzen muss. Ich setze mich auch in eine Ecke und rühre mich nicht weg. Ich verspreche es bei allem, was mir heilig ist!«

»Sie und heilig, das ist doch einfach nur lächerlich!«

»Nun machen Sie schon … bitte.«

Erez reagierte nicht. Er drehe sich weg und ging zu Judith.

Dimitri lag links neben dem Baron und hatte seinen rechten Arm schräg über die Schulter seines Gefangenen gelegt. Die Klinge des Messers drückte er in dessen linke Halsseite.

Es dauerte nicht lange, bis v. Hohenfels jammerte: »Meine Hände tun mir weh. Ich ziehe sie jetzt heraus, weil ich es nicht mehr aushalten kann. Dimitri, Sie werden mir nichts tun, ich befehle es!«

»Hauptmann tot, wenn reden weiter, Hauptmann tot, wenn Arme raus!«

Und, um zu beweisen, dass er es ernst meinte, schnitt Dimitri dem Burghauptmann in die Haut seines Halses.

»Aua! Du verdammtes Arschloch! Ich hätte dich schon letzte Woche den Ratten zum Fraß vorwerfen lassen sollen! Außerdem werde ich dafür sorgen, dass Ihr hier alle verreckt!«

Dimitri drückte das Messer noch kräftiger, sodass der Baron brüllte: »Schon gut! Hör auf! Ich sag nichts mehr, aber hör auf!«

Erez hatte die Szene beobachtet. Ihm war es gleichgültig, was der Ukrainer mit dem Baron machte. Stattdessen ging er zu einem Sichtschutz, riss die beiden Eckstangen ab, begab sich zu den Deckenkameras und schlug so lange mit den Stangen gegen die Drahtschutzgitter, bis diese und mit ihnen die Kameras heruntergefallen waren.

Mit wütenden Fußtritten und bösen Kommentaren beförderte er dann die Gegenstände in die Ecken ihres Gefängnisses. Danach blieb er unschlüssig stehen und man sah ihm an, dass seine Stimmung umgeschlagen war. Er setzte sich auf den Boden und hielt die Hände vor sein Gesicht.

»Komm her zu mir«, sagte Judith mitfühlend, die wusste, was in ihm vorging. »Lass sie raus, deine Tränen. Wir haben keine Zeit mehr, unsere Gefühle zu verstecken.«

Erez stand auf, ging zu ihr und setzte sich neben sie an die Wand. Judith rückte ein Stück näher. Und das erste Mal im Leben seit der Kindheit weinte er wieder so, wie man eigentlich nur als Kind weinen kann.

Auch Judith weinte. Still liefen die Tränen ihre Wangen herunter, den Schmerz seiner Hoffnungslosigkeit nachspürend. Auch sie empfand totale Resignation, trotz des soeben errungenen Sieges.

Nach gut fünf Minuten hörten sie, dass an der Tür hantiert wurde. Die Geräusche ließen darauf schließen, dass irgendjemand versuchte, die Fremdkörper aus dem Schloss herauszustoßen, die Judith dort hineingesteckt hatte.

Erez sprang auf, holte noch weitere Teilchen und presste sie in die Schlüsselöffnung.

Plötzlich war das nervtötende Geräusch eines Bohrers zu hören. Nach wenigen Augenblicken gab es einen kurzen, kreischenden Laut. Dann herrschte Stille.

»Der Bohrer ist abgebrochen«, kommentierte Erez. »Durch das dicke Metall werden sie damit nicht kommen.«

Der gleiche Vorgang wiederholte sich noch zweimal. Dann trat wieder Ruhe ein.

»Zwerg werden befehlen Sprengstoff«, meldete sich Dimitri. »Wenn Tür seien offen, Hauptmann und Dimitri tot. Zwerg werden wollen Rache. Ihr dann Messer haben müssen.«

»Du weißt, was Dimitri gemeint hat?«, fragte Judith Erez.

»Ja. Wir alle wissen, dass uns der Conradi leiden lassen will wegen der Niederlage, die er durch uns erlitten hat. Zumindest trifft das auf mich zu. Du bist eine schöne Frau, Judith. Möglicherweise verschont er dich.«

»Das ist großer Quatsch, was du redest. Ich weiß es, und du weißt es auch. Deshalb möchte ich dich bitten, dass du, wenn es soweit ist, mir dabei hilfst zu verhindern, dass ich in die Hände dieses wahnsinnigen Psychiaters falle. Ich schaffe das nicht alleine. Ich würde dir auch helfen. Aber das geht ja dann nicht mehr. Versprich mir, dass du mir beistehst, dass du mich erlösen wirst!«

Judith nahm die Hand von Erez und führte sie zu ihrer linken Brustseite, sodass er ihren Herzschlag spüren konnte.

»Ganz genau hier. Mehr als einen kleinen Schmerz werde ich nicht spüren. Und dann möchte ich, dass du mich umarmst, wenn …«

»Ich verspreche es«, schluchzte er. »Wir beide kommen dann an einen Ort, wo es keine abartigen Zwerge mehr gibt!«

»Können wir nicht doch noch irgendetwas anderes tun?«

»Ich glaube nicht. Wir können nur abwarten. Abwarten und uns aneinander festhalten. Ich stelle mir gerade vor, was wäre, wenn ich dich im normalen Leben getroffen hätte.«

»Erez, wer kann das schon wissen? Jetzt habe ich zu große Angst, um darüber nachdenken zu können. Meinst du, dass der Burghauptmann Recht behält und Conradi die Tür aufsprengen lässt?«

»Das wäre schon möglich. Es dürfte bei dieser schweren Eisentür aber nicht so einfach sein.«

»Denkst du, dass sie wirklich Sprengstoff besitzen?«

»Ja, ich glaube, dass sie welchen haben. Sonst hätte der Burghauptmann das nicht so spontan behauptet. Ob sie auch richtig damit umgehen können, weiß ich nicht. Mein Vater hat mir einmal erzählt, dass es das Schwierigste überhaupt ist, Sprengstoff richtig zu verwenden. Die nötige Menge zu nehmen, ihn richtig zu positionieren. Das können nur Spezialisten.«

»Und wenn wir den Burghauptmann an die Tür binden?«

»Womit denn? Mit unseren stinkenden Socken?«

»Wir müssen es ja nicht wirklich tun. Wir behaupten es einfach!«

»Gut, Judith. Wir können es behaupten. Aber ich glaube, dass Dimitri richtig liegt mit seiner Vermutung, dass es den Conradi da draußen nicht interessieren wird. Mir kommt dabei ein anderer Gedanke. Was wäre, wenn wir sagen, dass *wir* uns hinter die Tür setzen, wenn sie mit Sprengung drohen. Sie wollen uns unversehrt, um ihr perverses Ritual zu praktizieren. Was meinst du?«

»Es zu sagen, wäre eine Möglichkeit. Tun sollten wir es aber auch nicht, denn es könnte durchaus sein, dass wir nur bewusstlos werden und dann in der Gewalt von dem kranken Psychiater wieder aufwachen.«

»Das stimmt.«

In dem Augenblick, als Erez dieses zu Judith sagte, hörten sie wieder Geräusche von draußen.

Erez flüsterte, obwohl es eigentlich dafür keine Veranlassung gab: »Ich glaube, sie bringen den Sprengstoff an. Komm Judith, lass uns zu Dimitri gehen, weil … weil …«

»Sag es ruhig! Weil wir dann das Messer brauchen. Du musst mich nicht unnütz schonen!«

Beide erhoben sich, gingen an der Tür vorbei und setzten sich an eine Wand, nahe Dimitris Lager. Judith beugte sich zu Erez herum, legte ihren Kopf auf seine linke Schulter und zog ihn mit ihrem Arm zu sich herüber. Dann flüsterte sie in sein Ohr: »Du hast es versprochen Erez, du hast es versprochen!«

Sacht strich er ihr über ihre Haare.

Um Judith von ihren Gedanken an das, was in Kürze kommen würde, abzulenken, fragte Erez: »Sag mal, hast du vorhin, als wir da drüben gesessen haben, auch dieses Rumpeln vernommen? Was das wohl gewesen sein mag? Sonst hört man hier ja nicht ein einziges Geräusch. Es klingt, als würde in der Ferne ein Zug fahren.«

»Ich weiß, was du meinst«, antwortete Judith. »Das ist mir schon an meinem ersten Tag aufgefallen. Man kann es übrigens nicht überall hören. Warum das so ist, kann ich mir nicht erklären.«

Die Unterhaltung der beiden wurde jäh durch eine Megafonstimme unterbrochen:

»Wir geben Ihnen da drinnen genau noch zehn Minuten. Bis dahin haben Sie alle Gegenstände aus dem Schloss zu entfernen. Wenn Sie sich weigern, wird eine Sprengladung detonieren, die wir an der Tür angebracht haben. Es gibt keinerlei Verhandlungen. Zehn Minuten und keine Sekunde länger. Wenn Sie das Zeug entfernen, werden wir den Zündvorgang unterbrechen. Sie brauchen dafür nur dreimal gegen die Tür zu schlagen. Die Uhr läuft ab … jetzt.«

Während Judith und Erez noch über das soeben gestellte Ultimatum nachdachten, gab es plötzlich bei Dimitri ein lautes Gerangel und dann ein fürchterlich gurgelnden Laut.

Manfred von Hohenfels hatte sich befreit, war aufgestanden und schaute mit weit aufgerissenen Augen zur Tür. Er hielt seine Hände so, als müsse er seinen Kopf stützen, schaute zu Judith und Erez und begann, sich langsam auf sie zuzubewegen.

Erez sprang auf.

Der Baron öffnete seinen Mund, als wolle er etwas sagen. Aber statt der Worte, kam ein Schwall hellroten Bluts herausgeschossen und klatschte auf den Boden. Dann drehte er sich langsam um seine Längsachse und stürzte mit einem hässlich dumpfen Geräusch auf den grauen Beton. Jetzt erst konnte man sehen, dass sich eine riesige Wunde quer durch seinen Hals zog.

»Hauptmann wollten Messer stehlen. Hauptmann tot. Dimitri nun haben Frieden.«

Auch Judith war aufgesprungen. Für einen Moment starrte sie entsetzt auf den Toten. Dann wandte sie ihren Blick ab, eilte zu Dimitri, kniete sich neben ihn und streichelte seine Hand, sah, dass sein Gesicht wächsern wurde.

Erez holte die Wasserflasche, die sie zuvor in einem Sichtschutz versteckt hatten. Judith tränkte damit einen Zipfel ihrer Jacke und befeuchtete Dimitris Lippen. Er lächelte, war aber schon zu schwach, um zu sprechen.

Dimitri hielt das Messer in die Höhe. Erez nahm es, und die Hand des Ukrainers fiel herab.

Judith beugte sich über den Ukrainer und küsste seine Stirn. Im selben Moment sank sein Kopf zur Seite.

»Dimitri, du warst ein wirklicher Freund«, sagte sie schluchzend und faltete seine Hände.

Erez suchte einen kleinen, von der Decke herabgefallenen Stein und legte ihn auf den Verstorbenen. »Als Zeichen meines Schmerzes«, erklärte er und verbeugte sich.

»Komm, Judith, wir haben nicht mehr viel Zeit.«

Erez führte sie wieder zu der Stelle, an der beide schon einmal gesessen hatten und wischte dann die blutige Klinge ab.

Er schaute auf die Uhr. »Noch zwei Minuten«, nahm ihren Kopf und legte ihn auf seine Schulter. Judith ergriff seine Hand, in der er das Messer hielt und führte beides an ihre linke Brustseite.

»Genau hier Erez. Du darfst nicht zögern. Hier, wenn die Tür offen ist!«

Erez schluckte, nickte, presste seinen Kopf an sie und biss in ihre Jacke, um nicht schreien zu müssen.

Beide Körper verkrampften sich.

Sekunden später gab es einen fürchterlichen Knall. Staub wirbelte auf, Putz rieselte von der Wand, ein Steinbrocken fiel aus der Decke.

Judith hielt ihre Augen geschlossen.

»Tu es Erez! Jetzt! Wir haben keine Zeit mehr«, flehte sie.

»Die Türe hat gehalten«, schrie er.

Tatsächlich. Die Tür war zwar jetzt ziemlich verbogen und die Klinke innen herausgeflogen, jedoch offen war sie nicht.

Erez nahm das auf ihr Herz gerichtete Messer weg und legte es vorsichtig neben sich.

Kapitel 57

GEGENWART
Räumlichkeiten Wewelsburg

»Was? Die Türe ist nicht auf? Sie verdammter Hornochse!«, schrie Dr. v. Conradi den Chef der Wachmannschaft an. »Ich denke, Sie kennen sich mit Sprengstoff aus!«

»Wir konnten die Ladung nicht zu groß wählen, denn Ihre Anweisung war, die Personen in dem Verlies nicht zu gefährden.«

»Und was passiert jetzt?«

»Jetzt bringen wir noch einmal ein paar Portionen Semtex an. Alle Türverankerungen sind durch die Sprengung locker geworden, das habe ich geprüft. Wir werden die Befestigungen aus dem Fels sprengen wobei die Hauptwirkung der Explosionen in den Felsen hinein erfolgen wird und nicht in den freien Raum. Die Gefangenen sind dadurch kaum in Gefahr.«

»Wie viel Zeit benötigen Sie?«

»Eine knappe Stunde, denn ich muss erst noch einmal die Härte des Felsens prüfen. Haben wir zu viel Sprengstoff, stürzt uns der ganze Stollen ein, haben wir zu wenig, ist die Tür immer noch zu.«

»Gut. Bereiten Sie alles vor. Dass Öffnen hat jetzt Priorität, nicht so sehr die Unversehrtheit der Eingesperrten, denn für unsere Zeremonie um Mitternacht benötige ich die Gefangenen nicht mehr. Da hat uns das Schicksal jemand anderen geschickt. Wichtig bei der Sprengung ist nur, dass die Eingeschlossenen ansprechbar bleiben. Ich will, dass sie noch kurz vor ihrem Tod einsehen, dass es nicht gut war, sich mit mir anzulegen!«

»In Ordnung. Das macht die Sache einfacher. Ich schätze, dass meine Männer dann schon in dreißig Minuten bereit sind.«

»Sehr gut. Ich besuche jetzt meinen Doppelgänger. Nein, das Wort Doppelgänger ist nicht korrekt. Ich besuche mein Doppel. Ich werde Ansgar auf seine wichtige Aufgabe vorbereiten und komme dann wieder hinunter. Sollte ich mich verspäten, warten Sie. Bevor die Sprengung erfolgt, will ich noch ein paar deutliche Worte an die Gefangenen richten. Es wird den jüdischen Arzt sicher sehr interessieren, was mit seinem Vater passiert ist.«

»Das Problem war nicht anders zu lösen, denn der Jude war ein verdammt guter Schütze und ich wollte nicht noch einen von unseren Männern verlieren.«

»Dafür brauchen Sie sich nicht zu entschuldigen. Leider kann man das meiste, das von Jakob Grünberg übrig geblieben ist, nicht vorzeigen, ohne dass einem selber übel wird. Die Beschreibung seines Rings, seiner Armbanduhr und seiner Waffe werden meinen Worten aber zweifellos genügend Überzeugungskraft verleihen. Also: Bereiten Sie alles vor!«

Dr. v. Conradi drehte sich herum und verließ den Kontrollraum. Er ging zwei Stockwerke nach oben und dann den Gang weiter, bis er auf einen Raum stieß, vor dessen Tür zwei Wächter standen.

»Probleme?«, fragte er kurz.

»Nein, bis jetzt keine«, antwortete der eine Mann.

»Ist er schwerer verletzt?«

»Absolut nicht. Der Doc hat gesagt, dass er sich nur heftige Prellungen zugezogen hat. Aber es ist nichts Schlimmes passiert.«

Conradi ließ sich die Zimmertüre öffnen und ging hinein.

Er kam in einen kleinen Raum, in dem nur ein Bett und ein Stuhl standen. Auf dem Bett lag Dr. Gross, den man mit breiten Lederriemen fixiert hatte.

»Hallo Ansgar«, sagte Dr. v. Conradi. »Ich freue mich, dich zu sehen. Ich wusste schon länger, dass du existierst und hätte dir auch demnächst meine Aufwartung gemacht, wenn du mir nicht zuvorgekommen wärst. Klug war dein voreiliger Besuch hier in der Burg freilich nicht!«

»Hallo Arnulf«, antwortete Dr. Gross mit abweisender Miene. »Ich kann beim besten Willen nicht sagen, dass ich mich freue. Der Vater des Jungen, den Ihr verschleppt habt, hat mir einiges erzählt und den Rest haben mir deine schwarz uniformierten Leibeigenen berichtet, anders kann man sie wohl nicht bezeichnen. Sicher auf deine Anweisung hin. Ich schätze, damit ich mir von vornherein keine Illusionen über meine Situation mache.«

»Das hast du richtig erkannt. Wenn unser Zusammentreffen unter anderen Umständen zustande gekommen wäre, dann hättest du dich mir anschließen können. Das ist nun leider nicht mehr möglich. Ich weiß nicht genau, was du bis jetzt über uns erfahren hast. Es spielt aber auch keine Rolle. Die Entscheidung über dein Schicksal ist gefallen. Eine Wahl hast du nicht mehr!«

»Willst du mich auch umbringen lassen wie Jakob Grünberg?«

»Umbringen? Was für ein schreckliches Wort, Ansgar! Aber nein, was denkst du nur über mich! Du bekommst sehr bald etwas von dem Fleisch Gottes, danach noch eine Hypnose und dann wirst du für die große Aufgabe bereit sein, die ich für dich vorgesehen habe.«

»Was bekomme ich? Etwas von dem Fleisch Gottes? Das klingt mir doch sehr nach einem Sakrileg, Arnulf! Du solltest dich nicht versündigen!«

»Mach dir keine Sorgen über meine Sünden, mein Zwillingsbruder. Dein Gott, der angebliche Sünden bestraft und Wohlverhalten belohnt, ist nicht tot, wie Hegel und auch Nietzsche postuliert haben. Dein Gott hat nie gelebt! Und deshalb brauchst du dir auch keine Gedanken um mein Seelenheil zu machen. Der Begriff Fleisch Gottes hat damit allerdings nichts zu tun. Das ist ein mexikanischer Pilz, wenn auch ein sehr spezieller. Teonanacatl, in der Übersetzung der Ureinwohner Fleisch Gottes Sei dir sicher, nach dessen Genuss und einer kleinen, weiteren Behandlung, wirst du deiner Bestimmung mit Freuden nachkommen und du wirst dich *unserer* Gottheit bedingungslos und völlig ohne äußeren Zwang unterwerfen.«

»Da bin ich doch sehr im Zweifel, Arnulf. Vielleicht solltest du mir erst einmal sagen, was das für eine Bestimmung sein soll.«

»Mit größtem Vergnügen, mein Bruder. Heute um Mitternacht opfere ich mein eigenes Leben, mein eigenes Blut, nach altgermanischer Tradition. Ich opfere es in deiner Person, denn wir, du und ich, sind eins. Aber wem erzähle ich das? Du bist ja selbst Mediziner! Ist das nicht herrlich, wenn sich zum Schluss alles wie in einem riesigen Puzzle zusammenfindet?«

»Du bist ja völlig wahnsinnig!«

»Von deiner subjektiven Warte aus, mag das stimmen. In Wahrheit ist alles eine grandiose Fügung, bis hin zum Namen des Wunderpilzes. Schau, sich zu opfern, ist Ausdruck tiefster Hingabe und somit die höchste Form der Unterwerfung unter eine, nein unter *die* göttliche Macht.«

»Wer sich wem opfert oder wer sich wem unterwirft, kann ich aus deinem Geschwafel nicht erkennen. Es ist mir auch ziemlich einerlei. Ich weiß aber, dass du dich auf deine Zurechnungsfähigkeit hin untersuchen lassen solltest.«

»Ansgar, siehst du es denn nicht? Ich bin auch du, und du bist auch ich. Somit opfere ich mich, lebe aber trotzdem weiter und bringe das Begonnene zu dem von mir gewünschten Ende. Das ist einfach genial.

»Gut, Arnulf. Ich will das Thema nicht fortsetzen, weil es mir einfach zu dämlich ist. Aber sage mir noch eines: Wozu soll dieser ganze Irrsinn überhaupt gut sein?«

»Ja, verstehst du denn überhaupt nichts? Mit diesem Ritual beginnt die neue Zeit. Die Zeit des von uns geschaffenen Menschen, der die Erde beherrschen wird. Das Ergebnis dieses Prozesses ist wirklicher Friede, wirkliche Harmonie auf unserem schönen, blauen Planeten.«

»Solch einen Schwachsinn kannst du doch als Wissenschaftler unmöglich glauben!«

»Mit glauben, hoffen und beten, ausgerichtet auf das Jenseits, wie in eurer Religion üblich, hat unsere Idee nichts zu tun. Wir leben in der Gegenwart. Im Hier und im Jetzt. Es ist nicht mehr und nicht weniger, als die Umsetzung eines strengen wissenschaftlichen Plans göttlichen Ursprungs. Und dafür braucht es keine Weihrauch schwenkenden Priester, sondern nur die nötige Anzahl mutiger Männer, die alle dasselbe, unumstößliche Ziel verfolgen.«

»Wenn du nicht an deinem Irrsein scheiterst, wirst du über deine Hybris zu Fall kommen, Arnulf. Die Menschen sind nicht dumm. Sie werden dich schnell durchschauen, viel schneller, als dir lieb sein wird!«

»Du, mein eineiiger Zwillingsbruder bist es, der hier scheitert, der verloren hat, weil du die einfachsten Tatsachen nicht zur Kenntnis nehmen willst.«

»Die Menschen lernen viel schneller, als du meinst!«

»Ansgar, du bist also der Ansicht, dass die heutigen Menschen lernfähig sind?«

»Ja, davon bin ich überzeugt!«

»Nein, das sind sie nicht! Gut, sie mögen sich riesige Mengen von Wissen aneignen können. Ich aber meine die Fähigkeit, Erkenntnisse aus dem Verlauf der Menschheitsgeschichte zu gewinnen und diese kritisch für eigene Entscheidungen zu nutzen. Oder um es anders zu sagen: Das Vermögen, aus den Fehlern anderer zu lernen!«

»Es mag manchmal etwas dauern, aber auch die Menschen entwickeln sich.«

»Unsinn, Ansgar. Die Geschichte beweist, dass noch nie irgendeiner in diesem Sinne irgendetwas gelernt hat. Tausend Menschen, tausend Meinungen, Schlussfolgerungen und unterschiedliche Interessen. Und immer wieder dieselben Fehler! Stell dir mal vor: Ein Ziel, eine Meinung, eine Wertvorstellung. Das funktioniert aber nur, wenn der Mensch es vermag, sich dieser Idee oder wenn du so willst, sich dieser Gottheit zu unterwerfen. Nur solch eine Geisteshaltung verhindert das Entstehen destruktiver Egoismen!«

»Sehe ich das richtig, Arnulf? Dein Ziel, deine Meinung, deine Wertvorstellung? Wie ein Gott in Menschengestalt?«

Nein, das hast du verkehrt verstanden. Aus mir spricht Gott. Das ist etwas anderes. Ich hoffe, dass du den Unterschied begreifst!«

»Verstehe ich das richtig? Du glaubst, dass Gott nicht nur mit dir, sondern auch aus dir spricht.«

»Ja, so könnte man es durchaus formulieren.«

»Oder ist es sogar so, dass du der Ansicht bist, dass Gott in dir ist?«

»Da bin ich mir nicht sicher, aber es ist durchaus eine Möglichkeit.«

»Oder glaubst du letztendlich gar, dass du Gott bist?«

»Nein, das nicht! Aber wenn ein Quantum Gottes in mir ist und aus mir spricht, muss der logische Schluss sein, dass ich tatsächlich Teil Gottes bin. Nicht Teil des göttlichen Denkens, auch nicht Teil seines ewigen und allwissenden Ratschlusses, denn beides wäre Anmaßung. Aber Teil seines Seins, vielleicht Teil seines Fleisches. Und somit hätte der Begriff das Fleisch Gottes eine völlig neue Bedeutung bekommen. Danke, dass du mich darauf gebracht hast. An diesen Zusammenhang habe ich noch überhaupt nicht gedacht.«

»Arnulf, jeder hat so seine eigenen Wahrheiten. Und deine sind mehr als abstrus, um nicht zu sagen, sie sind hochgradig wahnhaft. Aber ich bin als dein Bruder bereit, mich mit dir weiter darüber auseinanderzusetzen, dir nach besten Kräften zu helfen.«

»Ansgar! Sei nicht albern. Ich bin nicht hergekommen, um mit dir über Dinge zu philosophieren, die keinerlei Erörterung mehr bedürfen.

Ich wollte dich nur informieren. Als unbedeutender Dorfarzt bist du bald vergessen. Als Spender des Bluts, das unseren Orden vereinen wird, erlangst du Unsterblichkeit!«

Dr. von Conradi machte eine leichte Verbeugung und verließ das Zimmer.

Er ging hinunter zum Kerker und ließ sich von dem Chef der Wachmannschaft, Fedor Danilow, über den Stand der Vorbereitung für die zweite Sprengung informieren.

»Wir haben Einzelladungen in Höhe jeder Verankerung angebracht und die kleinen Semtexpakete so verdrahtet, dass der Sprengvorgang oben beginnt und innerhalb einiger Millisekunden nach unten läuft. Dadurch erreichen wir, dass die Türe nicht in ihrer Gesamtheit nach innen geschleudert werden kann, was bei der Wucht der Explosion eine so heftige Druckwelle erzeugen könnte, dass denen da drinnen die Trommelfelle reißen.«

»Sehr gut.«

»Noch etwas: Aus dem Verlies ist ein Schaben und Kratzen zu hören. Wahrscheinlich sind sie dabei, einen Fluchttunnel durch den Fels zu graben. Ich schätze mal, dass sie pro Stunde fünfzig Gramm Gestein mit ihrem Messer ablösen, bis es irgendwann abbricht. Angst macht erfinderisch, offensichtlich aber nicht unbedingt schlau!«

»Danilow, sollen sie doch kratzen, so viel wie sie mögen. Wann können wir starten?«

»Wann immer Sie wollen! Ich muss nur die Uhr in Gang setzen. Wenn Sie es wünschen, können wir über die Elektronik die Sekunden rückwärts zählen lassen und über das Megafon denen da drinnen mitteilen.«

»Das ist eine sehr gute Idee, die ihre Vorfreude steigern wird! So, jetzt geben Sie mir mal dieses Ding, denn es wird Zeit, unseren Freunden etwas von den Ereignissen mitzuteilen, die inzwischen passiert sind. Wenn sie die Sprengung doch nicht lebend überstehen sollten, dann gehen sie wenigstens nicht unwissend in den Tod.«

Dr. v. Conradi nahm das Megafon entgegen und hielt den Schalltrichter an die Metalltür.

»Hallo, ihr da drinnen! Ihr habt jetzt noch eine allerletzte Chance, freiwillig die Tür zu öffnen. Damit euch die Entscheidung leichter fällt, hier ein paar Neuigkeiten. Ich soll Erez Grünberg von seinem Vater grüßen. Diesem Wunsch komme ich hiermit nach. Jakob Grünberg ist mit Waffengewalt in die Burg eingedrungen. Wir haben uns gegen ihn verteidigen müssen. Nun ist er leider mausetot. Wir haben aber seinen Familienring, seine Uhr und seine Pistole, eine P38, für seinen Sohn aufbewahrt.

Judith Kolbert und Erez Grünberg! Sie beide sollten auch noch wissen, dass ein Kampf zwischen Ihnen nicht mehr stattfinden muss. Wir brauchen keinen Sieger, weil ich die anstehende Aufgabe selbst erfüllen werde. Sie merken, dass das Märchen, das Ihnen vielleicht über den verrückten Dimitri zu Ohren gekommen ist, dass wir etwas Schlimmes mit Ihnen vorhaben, völlig abwegig ist. Also: Kommen Sie heraus! Wir werden für alles eine einvernehmliche Lösung finden. Klopfen Sie dreimal gegen die Tür, wenn Sie meine Offerte annehmen. Dann haben Sie zusätzlich zehn Minuten, um das Schloss freizumachen, ansonsten schaltet der Sprengmeister die Uhr ein. Tickt sie erst einmal, gibt es kein Zurück mehr. Ich gebe Ihnen dreißig Sekunden für diese Entscheidung. Die Zeit läuft!

Zwanzig … zehn … fünf … Null! Na gut, ich sehe, Sie wollen nicht. Wir werden jetzt sprengen. Sie werden alle zehn Sekunden die Information bekommen, wie viel Zeit Ihnen noch bleibt!«

Dr. v. Conradi wollte gerade die Uhr in Gang setzen, als es dreimal kräftig an der Türe klopfte.

»Ich wusste, dass Sie vernünftig sind. Sie werden es nicht bereuen! Ich komme in zehn Minuten zurück, und hoffe für Sie, dass das Schloss dann auch wirklich frei ist!«

Kapitel 58

GEGENWART
Wewelsburg, Verlies

Immer noch hing ein Schleier von Steinstaub und Schmutz in der Luft.

Erez war aufgestanden, um die Festigkeit der Tür zu untersuchen. Danach ging er wieder zu seinem Platz. In der rechten Hand hielt er das Messer und wollte sich gerade neben Judith setzen, als er über den Stein, der sich bei der Sprengung aus der Decke gelöst hatte, stolperte, das Gleichgewicht verlor, stürzte und dabei heftig mit der Klinge gegen die Felswand schlug.

»Was machst du denn?«, rief Judith entsetzt. »Willst du mich umbringen?«

Beide schauten sich bestürzt an, mussten dann wie auf Kommando laut lachen. Nach einer Weile ging das Lachen bei ihr in ein Schluchzen über.

»Erez! Du hättest es tun sollen!«

»Ich bin über diesen dämlichen Stein gestolpert«, sagte er, um ihren Vorwurf nicht kommentieren zu müssen und deutete auf den heruntergefallenen Felsbrocken.

Und dann fügte er plötzlich erstaunt hinzu: »Schau mal, sowohl rechts, als auch links klebt an dem Stein Zement!«

»Und was bedeutet das?«

»Das Felsstück ist irgendwann eingemauert worden. Bis jetzt dachte ich, dass sich unser Gefängnis außer mit den Lüftungsschächten komplett im Gestein befindet und nur deshalb verputzt wurde, damit alles etwas ebenmäßiger ist. Diesen Stein hat man aber absichtlich und zu einem speziellen Zweck eingefügt. Es könnte sein, dass sich dort, wo er im Felsen gesteckt hat, ein Hohlraum befindet und dass der Beton nur deshalb angebracht worden ist, damit man erst gar nicht auf den Gedanken kommt, dass dahinter etwas anderes vorhanden ist, als nackter Fels.«

»Und was?«

»Vielleicht ein Fluchtweg? In alten Burgen gibt es häufig Fluchtwege als letzten Schutz, wenn man überfallen wird. Wo hättest du in diesem Gemäuer jemanden eingesperrt, wenn du sicher sein wolltest, dass er dir nicht entkommt?«

»Hier?«

»Richtig! Genau hier! Jetzt stell dir vor: Der oder die Eingesperrten kennen das Geheimnis und sind plötzlich wie durch Geisterhand verschwunden«.

»Nicht schlecht, deine Gedanken!«

»Das wäre äußerst raffiniert«, überlegte Erez weiter. »Wenn wir mit unserer Vermutung recht haben, dann muss es irgendwo eine Möglichkeit geben, von hier in den Hohlraum zu gelangen. Eine Tür, irgendeinen Zugang. Und zwar ohne Werkzeug!«

Erez hob den heruntergefallenen Stein auf und betrachtete ihn genau. Und was er entdeckte, stützte seine These. Das, was so aussah wie ein abgeplatztes Stückchen Zement, war in Wahrheit eine kleines Loch im Stein selbst, geeignet, einen Finger hineinzustecken um dann den Brocken herauszuhebeln.

Er blickte nun zur Wand und an die Decke.

»Hier, Judith, schau, diese beiden Unregelmäßigkeiten dort in der Felswand sind auch nicht zufällig entstanden«, sagte er und deutete nach oben. »Da ist ein weiteres kleines Loch. Jemand kann mit seinen Füßen auf diese beiden Vorsprünge steigen, sich dort mit einem Finger festhalten und mit der anderen Hand den Stein lösen. Der ist jetzt durch die Erschütterung von selbst heruntergefallen. Stütz mich mal! Ich versuche, herauszubekommen, was sich dahinter befindet!«

Erez kletterte auf die Vorsprünge. In dem Moment begannen erst ein, Sekunden später mehrere Bohrer draußen zu arbeiten. Er sprang wieder herab und rannte zum Eingang.

»Sie bohren Löcher in den Fels, um die Verankerungen der Tür herauszusprengen. Wir müssen uns beeilen!«

Erez lief zurück, begann die Prozedur erneut, griff mit seiner rechten Hand in den Hohlraum in dem der Stein gesteckt hatte und tastete.

»Judith, hier ist ein Hebel!«

»Und? Kannst du ihn betätigen?«

»Nein! Davor klemmt noch ein Stück von dem verdammten Fels!«

Und nach einer Weile:

»Ich befürchte, dass sich auch dieses bei der Sprengung gelöst hat. Es ist heruntergefallen und verklemmt nun den Öffnungsmechanismus.«

»Kannst du nicht versuchen, das Stück hochzuheben oder zur Seite wegzudrücken?«

»Ich versuche es. Zur Seite geht nicht, denn da befinden sich irgendwelche Befestigungsstangen. Der Brocken ist oben ziemlich rund. Ich kann ihn nicht richtig fassen. Lass mich mal hinunter!«

Judith ließ ihn los und Erez sprang herab.

»Wir müssen unbedingt noch ein Felsstück entfernen. Erst dann kann ich tief genug hineingreifen.«

»Meinst du, dass der Mechanismus noch funktioniert?«

Erez zuckte mit den Schultern.

»Die Frage ist, ob wir es schaffen, bevor uns die Tür um die Ohren fliegt.«

»Erez, du musst es einfach versuchen!«

»Ja. Ich fange an und du machst weiter, wenn ich nicht mehr kann! Einverstanden?«

Judith nickte.

Erez nahm das Messer, dessen Spitze sich beim Sturz verbogen hatte und kletterte wieder in seine alte Position. Er hoffte, dass der Mörtel im Laufe der Jahre weich geworden war.

»Verdammt, verdammt«, fluchte er, während er wie ein Wilder arbeitete. Es dauerte nicht lange und seine Kraft verließ ihn. Judith musste weitermachen.

Ein paar Betonbröckchen purzelten herunter. Schnell wurde klar, dass sie es so nicht schaffen würden.

»Wir versuchen es mit den Stangen«, sagte Erez.

Nachdem sie die letzten Sichtblenden zerlegt hatten, versuchte er, einen Hebel zu konstruieren. Als das nicht gelang, bog er zwei der Stangen so krumm, dass er sie in die Öffnung stecken und darin festhaken konnte.

»Vielleicht ist es so möglich, das Felsstück herauszuziehen!«

Sie versuchten es, aber auch das funktionierte nicht, denn die leichten Metallstangen waren durch das Verbiegen viel zu kurz geworden.

Erschöpft lehnten sich Judith und Erez an die Mauer.

In diesem Moment ertönte das Megafon.

Judith nahm das Messer, klopfte mit dem heruntergefallenen Stein die verbogene Spitze gerade und gab es Erez, der wusste, was sie damit bezweckt hatte.

»Die Schweine haben deinen Vater ermordet«, flüsterte sie, als die Ansprache von draußen vorbei war. »Sie alle werden noch in diesem Leben ihre gerechte Strafe bekommen. Da bin ich mir ganz sicher!«

»Ich kann nicht mehr«, sagte Erez unerwartet. »Lass mich hier sterben und ergib du dich. Vielleicht verschont er doch dein Leben.«

»Erez! Jetzt hörst du mir zu!«, regte sich Judith auf. »Der Conradi lügt, lügt und lügt! Du weißt, was er für ein Mensch ist, wenn man ihn überhaupt als einen solchen bezeichnen kann! Der gehört an die Wand gestellt oder in eine Irrenanstalt! Ich bin auf ein Dasein als Zombie, wenn ich tatsächlich überleben sollte, nicht scharf. Um es ganz direkt zu sagen: Alles andere ist besser! Wir haben uns etwas versprochen, und Versprechen muss man halten. Das mit deinem Papa tut mir unendlich leid. Das entbindet dich aber nicht von deinem Wort! Und wir sollten für uns keinen Aufschub mehr erbitten. Es ist besser, wir nehmen uns in die Arme…«

»Du kannst dich auf mich verlassen«, sagte Erez, während er vermied, Judith in die Augen zu schauen. »Ich wollte mich nicht drücken. Ich wollte dir nur die Möglichkeit geben …«

»Mir fällt gerade etwas ein«, sagte Judith, sprang auf, stürzte an die Tür und schlug mit dem Messergriff dreimal dagegen.

»Du hast es dir überlegt?«, fragte Erez verblüfft.

***

»Herr Dr. v. Conradi, die zehn Minuten sind um«, meldete sich der Chef der Wachmannschaft Danilow.

»Ist das Schloss frei?«

»Nein. Ich glaube, sie basteln stattdessen weiter an ihrem Fluchtweg. Soll ich die letzten Minuten einläuten, oder wollen Sie herunterkommen?«

»Ich komme. Das lasse ich mir nicht entgehen. Und Gnade gibt es nicht mehr!«

***

»Nein, natürlich nicht«, sagte Judith gekränkt. »Wenn du mich kennen würdest, dann wüsstest du, dass ich mich dem da draußen nicht ausliefere. Mir ist nur eingefallen, dass ich dünnere Arme habe als du. Vielleicht schaffe ich es! Heb mich bitte hoch und halte mich fest!«

Judith stieg auf die Vorsprünge und steckte ihren Arm in die kleine Öffnung. Sie zwängte ihn so weit hinein, bis sie sich die Haut blutig riss.

Nach einer Weile bat Erez sie, herunterzukommen. Judith wollte nicht. Allein, so sehr sie sich auch mühte, auch sie konnte den Stein nicht entfernen.

»Ich kann ihn fassen«, sagte sie verzweifelt. »Ich kann ihn aber nicht hochheben! Er ist zu schwer! Es fehlen immer ein paar Zentimeter. Es geht nicht!«

»Komm zu mir, Judith. Das war unsere letzte Chance. Gleich kommt der Conradi zurück und dann bleibt keine Zeit mehr.«

Sie kletterte herunter.

»Die Uhr läuft«, tönte Conradis Stimme in diesem Moment über das Megafon. »Nur zu Ihrer Information: Gefangene werden wegen Ihrer beider penetranten Renitenz nicht mehr gemacht. Sie haben ab jetzt nur noch drei Minuten, um sich aus dem Leben zu verabschieden!«

»Und wenn ich es noch einmal mit dem Messer versuche?« flüsterte Judith.

»Wie mit dem Messer?«

»Indem ich mit der Spitze den Stein von unten hochschiebe und dann darunter fasse. Ich muss danach allerdings das Messer loslassen. Und ich habe nur einen Versuch!«

Von der Tür her meldete sich die elektronische Stimme: ›Zwei Minuten, dreißig Sekunden‹.

»Ich weiß nicht, ob das funktioniert. Und wir sind das Messer los. Aber entscheide du!«

Judith überlegte.

›Zwei Minuten.‹

»Ich probiere es! Es ist die allerletzte Möglichkeit!«

Judith kletterte wieder hinauf, während Erez sie stützte und ihr das Messer zureichte.

›Eine Minute, dreißig Sekunden.‹

»Verdammt, so geht es nicht! Ich brauche eine gerade Fläche. Das Ding ist zu spitz, der Stein rutscht zur Seite weg!«, rief sie und zog ihre Hand zurück. »Du musst die Spitze abbrechen!«

›Eine Minute, zwanzig Sekunden.‹

Erez riss ihr die Klinge aus der Hand, während sie sich mit letzter Kraft in dem kleinen Felsloch mit einem Finger festhielt.

Er steckte die Messerspitze in eine Spalte des Bodens, trat mit dem Fuß dagegen, rutschte ab und stürzte der Länge nach hin.

»Erez, mach!«

›Eine Minute, zehn Sekunden.‹

Bei seinem zweiten Versuch hatte er Erfolg. Er reichte die Klinge nach oben.

»Ich versuche es jetzt. Wenn es nicht funktioniert, dann legen wir uns zusammen hinter die Tür und hoffen einfach! … Einverstanden?«

»Ja, mach es!«

›Eine Minute.‹

Erez hörte das Poltern des herunterfallenden Messers. Es ging ihm durch Mark und Bein.

»Ich habe ihn!«

Und dann hörte er, dass der Stein hinterher purzelte.

»Ich ziehe jetzt an dem Hebel«, rief Judith atemlos.

›Fünfzig Sekunden.‹

Einen Moment lang tat sich nichts, während Judith wieder herunter sprang und kraftlos in seine Arme fiel.

Dann brummte es leise.

›Vierzig Sekunden.‹

»Hier passiert etwas«, schrie Erez.

Eine Steinplatte trat ein kleines Stück aus der Wand, blieb aber nach einigen Zentimetern stehen und das Brummen hörte auf.

›Dreißig Sekunden.‹

»Oh, verdammt, kein Strom mehr«, schrie Erez. »Komm! Wir müssen versuchen, die Platte mit der Hand herauszuziehen.«

Judith hing immer noch an ihm und bestürzt sah er, dass sie vor Erschöpfung einen Kollaps erlitten hatte.

›Zwanzig Sekunden.‹

Erez wollte sie zur großen Tür tragen, so wie er es versprochen hatte, merkte jedoch, dass auch ihn seine Kräfte verlassen hatten. Er ließ Judith vorsichtig auf den Boden gleiten und legte sich so neben sie, dass er sie mit seinem Körper schützen konnte.

›Zehn Sekunden.‹

Dann wurde es dunkel um ihn.

Er erwachte, als Judith ihn rüttelte.

»Sie ist offen! Die Tür ist offen«, brüllte sie ihn an. Seine Ohren waren fast taub, trotzdem hatte er verstanden, was sie gesagte hatte. Er rührte sich nicht, denn das Messer hatten sie nicht mehr und ihm war klar, dass der Psychiater jeden Moment kommen würde, um seinen Triumph auszukosten.

»Sie ist offen«, schrie Judith wieder, während sie ihn weiter rüttelte. Und jäh begriff er, dass sie die andere, die kleine Tür gemeint hatte.

»Ich komme«, krächzte Erez.

Beide begannen, in Richtung der Felsplatte zu kriechen. Plötzlich hörten sie die bekannte und verhasste Stimme, die von der Metalltür herüber schallte:

»Wir warten ein, zwei Minuten, bis wir wieder sehen können, dann greifen wir uns diese Miststücke.«

Erez hatte nun den Zugang erreicht, schob ihn noch ein kleines Stückchen weiter auf und gab dann Judith ein Zeichen. Sie krabbelte zuerst und er folgte ihr in einen stockfinsteren, niedrigen Gang.

Als sie drinnen waren, versuchte Erez, den Eingang von innen wieder zu schließen. Aber die Platte ließ sich nicht mehr bewegen.

***

»Man sieht ja die Hand vor Augen nicht!«, beklagte sich Dr. v. Conradi lautstark. »Danilow, lassen Sie die starken Lampen holen. Unsere Funzeln bringen hier nichts!«

Fedor Danilow nickte. »Geh in das Depot und hol zwei Stablampen und bring zur Sicherheit die Magnesiumfackeln mit«, befahl er einem seiner Männer. »Mit denen kann man auch bei Sandsturm zwanzig Meter weit sehen.«

Der Mann bestätigte die Anweisung und verschwand.

»Hallo!«, rief der Psychiater nun in den staubverhangenen Raum. »Hallo, Manfred von Hohenfels! Hallo, Judith Kolbert, Erez Grünberg! Kommen Sie alle heraus! Wir haben es uns überlegt! Wir tun keinem etwas! Los, nun kommen Sie schon, oder melden Sie sich, damit wir Ihnen helfen können!«

Nach einer Weile wollte Dr. v. Conradi weiter in das Verlies hineingehen, da es ihm zu lange dauerte. Fedor Danilow hielt ihn zurück. »Vorsicht«, sagte er. »Sie haben immer noch ihr Messer und ahnen, was ihnen bevorsteht. Ich glaube, dass es besser ist, noch zu warten.«

Conradi leuchtete wieder mit seiner kleinen Lampe und da sich der Schmutzschleier etwas gelichtet hatte, entdeckte er nach einer Weile einen verschwommenen Schatten auf dem Fußboden.

»Dort liegt einer«, sagte er. Der Chef der Wachmannschaft entsicherte seine Pistole. Die Männer gingen vorsichtig auf das Objekt zu.

Nach einigen Schritten war zu erkennen, dass sich zwei Personen dort befanden. Danilow ging noch ein Stück weiter und beugte sich dann hinunter.

»Es sind der Baron und Dimitri«, sagte er. »Beide tot und zwar schon länger. Unserem Burghauptmann hat man die Kehle durchgeschnitten!«

»Das werden sie bereuen«, zischte v. Conradi.

In diesem Moment kam der Wachmann mit den Stablampen und den Fackeln zurück.

Dr. v. Conradi nahm sich eine der hellen Lampen, aber man konnte wegen der Blendung noch weniger sehen.

Fedor Danilow zündete daraufhin eine Magnesiumfackel an und innerhalb von Sekunden war das Verlies relativ gut ausgeleuchtet.

»Ich glaube das nicht«, schrie Dr. v. Conradi plötzlich und deutete auf die halb offen stehende, niedrige Tür.

»Ein unterirdischer Gang. Deshalb die Kratzerei vorhin«, kommentierte Danilow ruhig. »Wie konnten die Gefangenen den finden? Wir hatten den Raum doch im Vorfeld abgesucht. Das verstehe ich nicht!«

»Wie, wie, wie!«, schrie der Psychiater wütend. »Wie, ist völlig gleichgültig! Die Dreckstücke sind weg! Aber sie werden nicht weit kommen. Ich kenne das Gelände wie meine Westentasche. Nirgendwo gibt es eine Stelle, wo ein Tunnel enden könnte. Das ganze Areal ist bei den Bauarbeiten während des Krieges aufgeschüttet worden, während man den

Graben vertiefte. Judith und der dünne Jude sitzen in der Falle! Danilow, leuchten Sie mal in die Öffnung!«

Der Angesprochene ging auf die Knie, hielt die Fackel in den Gang, steckte seinen Kopf hinein und sagte: »Es ist ein langer Stollen, der nach Nordosten läuft und Gefälle hat. Er ist in Richtung Knickweg gebaut.«

»Kein Problem«, sagte Dr. v. Conradi. »Der Gang endet mit Sicherheit in einer Sackgasse. Ich gehe hinterher und werde mit Vergnügen die beiden liquidieren, sobald sie mir vor die Mündung kommen.«

»Reichsführer, soll ich das nicht besser erledigen?«

»Nein, Danilow, das ist meine Sache. Aber hören Sie zu: Mein Zwillingsbruder wird seine medizinische Behandlung jetzt schon hinter sich haben. Deshalb ordne ich Folgendes an: Er kommt sofort in die Gruft des Nordturms und wird dort in den geöffneten Sarkophag gelegt. Die Kandidaten, die gewählt werden wollen, haben sich dort das Opfer anzuschauen. Eine Erklärung bekommen sie später. Die anstehende Wahl wird in Himmlers alten Obergruppenführersaal verlegt, also schaffen Sie die Wahlurne dorthin. Alle Delegierten haben sich im Nordturm zu versammeln und so lange zu warten, bis ich eintreffe. Die Opferzeremonie beginnt auch nicht erst kurz vor Mitternacht, sondern sofort, wenn ich vor Ort bin.«

»Wird alles erledigt, Reichsführer!«

»Danilow! Sie geben mir jetzt ihre Fackel, nebst Ersatz, ihre Maschinenpistole und veranlassen dann, dass meine Befehle sofort umgesetzt werden. Ich benötige nur einen ihrer Begleiter für die beiden Flüchtigen. Zusätzlich bleibt eine Wache hier, um den Eingang abzusichern.«

»Jawohl, Reichsführer!«

Der Chef der Wachmannschaft teilte seine Untergebenen ein und verschwand.

»Nehmen Sie die Reservefackeln und folgen mir!«, herrschte v. Conradi nun einen der Männer an. »Sie halten sich immer links hinter mir und achten darauf, dass Sie mir nicht aus Versehen in den Rücken schießen! Alles begriffen?«

»Jawohl!«

»Und Sie passen hier auf«, wandte er sich an den zweiten Wächter. »Sollten die Gefangenen auftauchen, nur kampfunfähig machen! Der Rest ist für mich!«

***

Erez schätzte die Höhe des Gangs, in dem sie sich mühsam vorwärts tasteten, auf deutlich unter zwei Meter. Es ging langsam aber stetig bergab und es war stickig warm.

»Sei vorsichtig«, sagte er zu Judith, die sich hinter ihm hielt. »Es ist sehr schmal und ziemlich glatt, nicht, dass du dir die Beine aufschlägst. Wir müssen uns beeilen, denn wir werden bald Verfolger bekommen. Hier, halt dich an meinem Gürtel fest, dann können wir uns nicht verlieren.«

Nach ungefähr zehn Minuten stieß Erez auf eine Gabelung.

»Es gibt zwei Möglichkeiten«, sagte er zu Judith. »Welche sollen wir nehmen? Bestimmt führt nur ein Weg zum Ausgang. Wenn ich richtig taste, ist der linke schmaler und auch niedriger. Der andere biegt etwas nach rechts ab.«

»Dann sollten wir in dem größerem bleiben.«

»Ich schau mal, ob das nicht eine Sackgasse ist«, sagte Erez. »Bleib hier stehen, ich bin gleich zurück.«

Schon bald darauf kam er wieder. »Dieser Weg endet in einer kleinen Höhle. Dort ist Schluss.«

»Also eine Sackgasse?«

»Nein, eigentlich nicht. Am Ende der Höhle befindet sich eine schmale Eisentür. Um diese Tür zu öffnen, muss man einen Drehverschluss betätigen, so einen, wie man ihn während des Krieges bei Luftschutztüren verwendet hat. Das Rad zum Öffnen konnte ich nicht betätigen, es ist festgerostet.

»Dann lass uns den anderen Weg nehmen.«

»Ja, wir müssen es versuchen.«

Nach nur kurzer Wegstrecke machte dieser Gang einen scharfen Knick nach links und führte wieder bergauf.

»Wir sind verkehrt«, sagte Erez. »Wenn wir weitergehen, kommen wir in die Burg zurück! Schnell, lass uns umkehren, bevor Conradis Leute hier sind.«

Erez drehte sich herum und Judith folgte, während sie sich weiter an seinem Hosengürtel festhielt. Mit einem Mal rutschte er auf einem glatten, etwas hoch stehenden Felsstück aus und stürzte. Eine Sekunde später fiel Judith über ihn.

»Tut mir leid«, rief Erez erschreckt. »Du hast dir sicher wehgetan!«

Er drehte sich herum, tastete nach ihr und gab ihr einen Kuss. Judith flüsterte: »Erez! Wir müssen weiter! Nanu, was ist denn das hier?«

»Was denn? Was meinst du?«

»Hier, fühl mal. Ein dünnes Seil? Oder was ist das?«

Erez untersuchte das Gebilde.

»Um Gottes Willen!«, rief er. »Nimm bloß deine Finger weg. Das ist wahrscheinlich ein elektrisches Kabel. Vielleicht ist da noch Strom drin. Hast du es auch gespürt? Die Umhüllung ist ganz alt und bröcklig. Los! Wir dürfen keine Zeit verlieren. Vielleicht können wir ja gemeinsam den Türverschluss bewegen!«

Kurz bevor sie die Weggabelung abermals erreicht hatten, sahen sie einen näher kommenden Lichtschein.

»Schnell«, trieb Erez Judith weiter zur Eile an. »Wir können nur hoffen, dass sie auch den Weg nach links wählen. Sonst sind wir verloren. Wenn wir es nicht schaffen sollten, die Tür zu öffnen, müssen wir ganz schnell zurück, sodass die Kerle es nicht mitbekommen. Das könnte eine Chance sein!«

Beide kamen tatsächlich in dem kleinen Felsenraum an, bevor Dr. v. Conradi mit seinem Begleiter den Abzweig erreicht hatte. Zeit, gemeinsam an dem Türverschluss zu drehen, hatten sie aber nicht mehr. Judith und Erez quetschen sich eng an die Wand, um von dem gleißend hellen Magnesiumlicht nicht erfasst zu werden.

***

Dr. v. Conradi stand an der Weggabelung. »Was meinen Sie?«, fragte er seinen Untergebenen. »Sind die beiden rechts oder links gegangen?«

Eigentlich hatte er keine Antwort erwartet, aber der Mann kniete sich auf den Boden und untersuchte intensiv die Steine.

»Rechts und links, in beide Richtungen«, antwortete er.

»Nicht schlecht! Das sagt uns, dass sie an ein Hindernis gestoßen sein müssen und dann umgekehrt sind. Sonst wären sie nicht so schnell zurückgekommen. Ich schätze, dass sie zuerst nach links gegangen sind und dann gemerkt haben, dass das falsch ist. Ich will es aber genau wissen! Stecken Sie mir eine neue Fackel an. Die alte ist sowieso bald abgebrannt. Ich gehe erst einmal alleine in den linken Gang. Sollte ich rufen, folgen sie mir! Sollten Sie Schüsse hören, ist die Geschichte beendet. Dann warten Sie einfach, bis ich zurückkomme. *Sie* richten Ihr Augenmerk auf den rechten Gang! Ich kann mir vorstellen, dass die beiden hoffen, dass wir nach links verschwinden, um dann hier durchzuschlüpfen.«

»Sollten Sie jemanden sehen: Feuer frei! Keine Gefangenen! Wir haben genug Zeit vertrödelt.«

»Jawohl!«

Conradi hielt seine Magnesiumfackel schräg, sodass sein Untergebener eine neue entzünden konnte. Er nahm sie ihm ab und verschwand in dem linken Gang.

Schnell hatte er den kurzen Weg bis zu dem scharfen Knick hinter sich gebracht.

Merkwürdig, warum führt von hier ein Gang zurück zur Burg? Na ja, das ist im Moment auch nicht so wichtig!

Er machte kehrt.

Wieder bei dem Begleiter angekommen, sah er, dass dessen Fackel nur noch schwach leuchtete.

»Eine reicht für uns«, sagte Conradi. »Löschen Sie Ihre!« Der Mann schüttelte seinen Kopf: »Das geht nicht. Solche Fackeln brennen immer bis zum Ende, auch wenn man sie in Wasser tauchen würde.«

»Dann werfen Sie das Ding dort in den anderen Gang und nehmen die hier. Ich muss meine Hände frei haben!«

Der Mann nickte, nahm die zweite Fackel und schleuderte die fast ausgebrannte in den linken Gang. Schon wollte er weitergehen, als er stutzte.

»Schauen Sie mal, Chef, was ist denn das?«

Dr. v. Conradi drehte sich um. Ein kleiner Feuerschweif kam auf dem Boden direkt auf sie zu, während ein zweiter im Hintergrund verschwand.

Man konnte deutlich sehen, dass es ein dünnes Seil war, an dem sich die Flamme schnell in beide Richtungen bewegte.

»Scheiße! Eine Zündschnur«, schrie der Psychiater. »Verdammter Idiot, du hast mit der Fackel eine Zündschnur angesteckt. Nichts wie raus hier!«

Es stimmt, was ich schon mal gelesen habe. Unter dem Nordturm befindet sich Dynamit, das der Reichsführer SS dort für die Sprengung deponiert hatte, damit den Alliierten Besetzern die Heiligtümer des Ordens bei Einnahme der Burg nicht in die Hände fallen können. Es ist aber bei Kriegsende zu keiner größeren Explosion im nördlichen Burgabschnitt gekommen. Verfluchte Scheiße! Das Zeug reicht bestimmt aus, den ganzen Nordturm zum Einsturz zu bringen und wird unsere Anhänger töten!

»Ich muss sofort hier raus! Ich muss unsere Leute warnen! Sonst ist alles verloren! Meine Idee, mein Orden, mein Amt, mein Buch, alles!«

Conradi riss jäh seinem Untergebenen die Fackel aus der Hand: »Du gottverdammtes Arschloch!«, schrie er und stieß dem Mann voller Wut mit einer schnellen Bewegung die Magnesiumflamme mitten ins Gesicht. Mit einem entsetzlichen Aufschrei brach der zusammen. Als er sich wieder aufrichten wollte, traf ihn ein Feuerstoß aus der Maschinenpistole.

»Ich muss sie warnen«, heulte v. Conradi erneut. »Ich muss sie warnen!«

Er ließ seine Waffe fallen und rannte den Gang zurück.

***

Erez und Judith hatten sich die ganze Zeit in die Ecke des Felsenraums gequetscht.

»Dieses elende Schwein! Er hat dem armen Mann die Fackel ins Gesicht gestoßen und ihn erschossen«, rief Judith erschüttert. »Ich habe es genau gesehen!«

»Ja! Das hat er. Judith, wir können nicht mehr helfen! Wir müssen sofort hier weg! Das angebliche Kabel war eine Zündschnur. Ich weiß jetzt auch, was der zweite Gang für einen Zweck hat: Der, der diese raffinierte Konstruktion bauen ließ, wollte nicht nur fliehen!«

»Sondern?«

»Er beabsichtigte auch, während seiner Flucht die Zündschnur anzustecken und die Burg in die Luft zu sprengen, zusammen mit seinen Gegnern. Er selbst bringt sich in Sicherheit. Viele, die jetzt da oben sind, werden sterben, wenn der Sprengstoff noch zünden sollte.«

»Und wir?«

»Wir müssen unbedingt die Tür aufbekommen!«

Erez nahm Judith an die Hand und führte sie zu dem Drehverschluss.

»Ich von rechts und du von der anderen Seite. Auf drei! Mit aller Kraft!«

Vier-, fünfmal gab Erez das Kommando. Das Rad bewegte sich keinen Millimeter.

»Es hat keinen Sinn«, sagte er. »Sollen wir hier bleiben oder sollen wir auch zurück? Was meinst du?«

»Ich weiß nicht. Vielleicht gibt es gar keinen Sprengstoff, oder er ist unbrauchbar geworden. Wenn es zu keiner Explosion kommt, werden wir zurück müssen. Jetzt sollten wir erst ein paar Minuten abwarten, ob etwas geschieht. Komm, rutsch zu mir rüber. Wir halten uns aneinander fest. Dem irren Conradi sind wir jedenfalls erst einmal entkommen!«

Judith wollte seinen Kopf zu sich hinüberziehen und stieß dabei an das verrostete Rad.

»Hier ist ein Stift«, sagte sie plötzlich.

Erez, mit seinen Gedanken woanders, reagierte nicht.

»Hier ist ein Stift, der aus dem Schloss kommt. Hörst du nicht, was ich sage?«

»Was für ein Stift?«, fragte Erez wie elektrisiert.

»Ein kleiner Stift, der unter dem Rad herauskommt.«

»Zeig!«.

»Gib mir deine Hand!«

Sie nahm seine Finger und führte diese zu einem kleinen Metallstab.

»Das ist ein Sperrmechanismus, damit man von der anderen Seite nicht in die Burg eindringen kann!«

Nach einigem Ruckeln konnte Erez den Stift nach unten drückten. Dann drehte er an dem Verschlussrad und ohne Probleme ließ sich die Tür öffnen.

Beide schlüpften hindurch und Erez schloss den Zugang.

Der Gang war nun noch enger geworden. Sie krochen auf allen Vieren.

»Komm immer hinter mir her«, rief er Judith zu. »Die Luft ist zwar nicht gut, aber ich bin mir sicher, dass es von hier nach draußen geht!«

In diesem Moment erzitterte der Fels.

Alles schien sich aufzubäumen. Sand wirbelte durch die Luft, Balken brachen und Felsstücke stürzten herab. Erez schrie auf, denn ein größerer Brocken war heruntergefallen und hatte ihn an Nacken und Kopf getroffen. Er verlor sein Bewusstsein.

Es dauerte lange, bis Erez wieder aufwachte. Erde und zerbrochenes Holz lagen auf ihm, so dass er sich kaum bewegen konnte.

Während er mit allergrößter Mühe versuchte, sein Gesicht und seinen Körper von dem Herabgefallenen zu befreien, durchzuckte ihn ein Gedanke: »Judith!«, brüllte er. »Juudiith!!!«

Er kroch zurück, bis er sie neben sich spürte.

Sie rührte sich nicht. Panik erfasste ihn. Hastig begann Erez, ihr Gesicht zu säubern. Deutlich konnte er fühlen, dass sich in Mund und Nase Sand befand. Er drehte ihren Kopf, griff mit seinen Fingern in ihre Mundhöhle und versuchte, die Atemwege frei zu bekommen.

»Judith, du musst atmen«, schrie er angsterfüllt. Bitte, atme! Atme! Lass mich hier nicht alleine! Judith, komm zu dir!«

Sie rührte sich nicht.

Er schüttelte sie.

Nichts.

Verzweiflung überkam ihn.

»Ich brauche dich doch«, flüsterte er mit tränenerstickter Stimme. »Was soll ich denn ohne dich? Komm zurück!«

Und dann, nach einer Weile: »Ich verlasse dich nicht, ich bleibe bei dir.«

Erez legte seinen Kopf auf ihre Schulter und irgendwann schlief er vor Erschöpfung ein.

***

Wie lange er so gelegen hatte, wusste er nicht.

Wieder war etwas sandiger Boden auf sein Gesicht gefallen. Unwillig befreite er sich davon.

Aber es war nicht der Sand, der ihn geweckt hatte, sondern ein jetzt wieder leiser werdendes Rumpeln.

Seine Hand tastete erneut zu Judiths Gesicht. Sie lag genau noch so wie vorhin, völlig bewegungslos.

Dann brachte eine plötzliche Erkenntnis seinen Puls zum Rasen. Jäh hatte er die Worte der Lernschwester Kerstin aus dem Rot-Kreuz-Krankenhaus in seinem Kopf, die bei einem verstorbenen Patienten einige Minuten nach dessen Ableben gesagt hatte: »Ich hätte nie geglaubt, dass ein Mensch so schnell kalt werden kann!«

»Fehldiagnose! Fehldiagnose!«, schrie er. »Dr. Erez Grünberg, du hast eine Fehldiagnose gestellt!«

Es gab keinen Zweifel. Judiths Gesicht war genauso warm wie sein eigenes!

In diesem Moment rumpelte es wieder.

Erez drehte Judith auf die Seite, schüttelte sie und rief: »Judith, komm zu dir. Wach auf!«

Und tatsächlich, sie regte sich.

»Judith du lebst!«, schluchzte Erez völlig aufgelöst. »Ich hatte schon ...«

»Natürlich lebe ich!«, krächzte sie. »Sag mal, was war das soeben für ein Rumpeln?«

»Ich weiß nicht, aber ich habe es auch gehört. Es war ganz nah. Komm weiter!«

Die vielen Prellungen und Blutergüsse an seinem Körper spürte Erez nicht, als er sich mühsam den Weg durch den halb verschütteten Stollen bahnte. Judith folgte.

Nach einer Weile wurde der Gang wieder passierbarer und sie gelangten in einen kleinen und sehr feuchten Raum.

»Judith, ich kann nicht mehr, ich muss mich ausruhen«, flüsterte er.

»Horch mal, Erez, hier fließt irgendwo Wasser!«

In dem Moment, als Judith das sagte, hörten beide ein Geräusch, das immer lauter wurde. Es steigerte sich zu einem gewaltigen Poltern und war nun genau über ihnen.

Judith klammerte sich verängstigt an Erez, der selbst wie gelähmt dalag.

Das Geräusch entfernte sich, wurde leiser und verschwand.

»Über uns ist eine Straße. Wir sind in einer Brücke oder etwas Ähnlichem. Das war eben ein Lastwagen!«

»Erez, hier sind irgendwelche Hebel. Komm, fühl mal!«

Erez richtete sich auf. »Hier ist auch ein großes Rad«, sagte er. »Ich versuche mal, es zu betätigen!«

Ein fürchterliches Quietschen und Knirschen war die Folge.

Plötzlich drang Licht in die Finsternis und nachdem sie sich an die Helligkeit gewöhnt hatten, konnten Judith und Erez sehen, dass sich ein Steinquader an der rechten Seite des kleinen Raums nach innen bewegt hatte, der den Blick auf einen Brückenpfeiler und auf ein in einiger Entfernung fließendes Gewässer freigab.

Kapitel 59

GEGENWART

Bremen, Borgfeld, Scheune vor Fischerhude

Direkt nach der Mittagspause vibrierte das Telefon in seiner Kitteltasche.

Dr. Seeberger wusste, wer sich am anderen Ende der Leitung befand, ehe er die Verbindung zustande kommen ließ. Trotzdem meldete er sich förmlich: »Hier Chefarzt Dr. Seeberger.«

»Das Telefon ist sicher?«, fragte die leise, ihm wohlbekannte Stimme.

»Ja, diesen Anschluss kennt niemand. Wir können frei sprechen.«

»Seeberger, Sie wissen, was in der Burg passiert ist?«

»Natürlich. Davon spricht im Moment das ganze Land. Bremen steht Kopf. Bei der Explosion auf der Burg hat es neunzehn Tote gegeben und eine lange Reihe von Verletzten. Die Polizei und der Staatsschutz haben unsere Klinik durchsucht und waren auch schon mehrere Male in Ihrem Privathaus. Eine Heerschar von Reportern belagert bei uns alle Ein- und Ausgänge. Aber niemand hat bis jetzt irgendetwas gefunden, das uns hier mit den Aktivitäten der NNSD in Verbindung bringen kann. Ihre Weitsicht hat sich gelohnt!«

»Was ist mit dem Geheimsafe?«

»Den wird keiner finden. Er ist völlig sicher. Außerdem, nur wir beide kennen den Code und ein gewaltsames Aufbrechen vernichtet, wie Sie wissen, den Inhalt.«

»Ich benötige mein Schwarzes Buch, denn bis auf Weiteres muss ich erst einmal von der Bildfläche verschwinden.«

»Das verstehe ich, Herr Dr. v. Conradi. Wir müssen auch dafür sorgen, dass niemand eine Verbindung von der NNSD zu meiner Klinik findet. Ich bin und bleibe erst einmal hier Chefarzt und wir dürfen keinen Kontakt mehr miteinander haben. Sonst ist auch dieser Ort verbrannt und ehe wir ein neues Zentrum etabliert haben, können Jahre vergehen.«

»Seeberger, ich allein bestimme, wie es weitergeht, denn ich bin der gewählte Reichsführer. Natürlich werde ich die Weserlandklinik nicht gefährden, aber von meinem schon vorbereiteten Exil kommandiere ich und kein anderer unseren Orden. In ein, zwei Jahren werden wir die nächste Gründungversammlung abhalten und dieses Mal, da bin ich mir sicher, wird sie erfolgreich sein. Bis dahin haben Sie ausschließlich meine Befehle auszuführen! Und, Kollege Seeberger, nur zur Richtigstellung: Die Klinik ist nicht Ihre, sondern meine. Sie sind mir und ansonsten nur Ihrem Eid verpflichtet!«

»Selbstverständlich Herr Reichsführer. Meinen Einwand haben Sie soeben missverstanden!«

»Das hoffe ich für Sie. Ich gehe in dieser Nacht über die Grenze, deshalb müssen wir uns heute noch sehen.«

»Kein Problem!«

»Wie eng ist die Überwachung?«

»Sehr eng. Sie dürfen sich auf keinen Fall irgendwo zeigen. Überall ist mit Reportern, Geheimdienstmitarbeitern oder der Polizei zu rechnen. Ihre Praxis in der Contrescarpe ist übrigens schon kurz vor dem Ereignis in Wewelsburg von der Polizei besucht worden. Ich konnte Sie leider nicht mehr rechtzeitig darüber informieren.«

»Was war der Grund?«

»Ihre ehemalige Patientin, diese Sabine Rigg, ist, wie Sie es schon vorausgesehen hatten, wieder aufgetaucht. Leider nicht hier in Ihrer Klinik. Dann hätte ich die Sache bereinigen können. Die Dame ist schnurstracks zur Kripo gelaufen. Soweit ich erfahren habe, war sie an der Nordsee im Urlaub und hat sich dort irgendwann erinnert, dass es kein Suizid war, sondern dass dieser Sven sie umbringen wollte. Sabine hat dann auch schwere Vorwürfe gegen Ihre Person als niedergelassenen Psychiater erhoben, jedoch zu unserem Glück nicht gegen die Klinik. Ich musste mich natürlich völlig ahnungslos geben!«

»Man hätte den Dübel an der Decke ihres Verkaufsraums vorher vernünftig prüfen müssen. Das Mädchen war einfach zu fett!«

»Herr Dr. v. Conradi, ich schlage vor, dass wir uns gegen fünf in der besagten Scheune treffen. Dr. Kranz bringt mich im Kofferraum seines klapprigen, alten Variants hinaus. Das fällt keinem auf.«

»Einverstanden! Denken Sie an das Schwarze Buch. Nur mein Buch gibt mir im Moment die notwendige Stärke.«

***

Punkt 17 Uhr öffnete sich die Tür der kleinen baufälligen Scheune am Backsberg vor Fischerhude und Dr. Seeberger schlüpfte hinein.

Die Begrüßung beider Männer war kühl.

»Haben Sie das Schwarze Buch?«, fragte der blasse, übernächtigte Dr. v. Conradi, der in diesem Moment nichts mehr von seiner Furcht einflößenden Aura besaß.

»Hier, nehmen Sie«, sagte lächelnd ein selbstsicherer Dr. Seeberger und übergab ein Päckchen, das in braunes Papier eingewickelt war.

»Danke, Seeberger. Ich breche jetzt gleich auf und melde mich später. Wahrscheinlich aber erst in einigen Wochen. Bis dahin haben Sie absolut zu niemandem Kontakt in Sachen NNSD, weder persönlich, telefonisch, noch über irgendeinen PC. Auch unsere Internetverbindung bleibt erst einmal stumm. Ich werde sie erneuern, aber erst wieder aktivieren, wenn ich ganz sicher bin, dass keine Gefahr mehr droht. Noch etwas: Sollte mir irgendetwas passieren, werden Sie mein Nachfolger. Es ist alles geregelt. Sie sind dann Kraft meines Amtes ernannt. Noch Fragen?«

»Nein, Herr Reichsführer. Nur noch eine Bitte!«

»Lassen Sie hören, Seeberger!«

»Ich habe unseren Schnaps mitgebracht und würde mich freuen, wenn Sie mit mir noch einmal anstoßen, bevor wir uns so lange nicht mehr sehen.«

»Selbstverständlich. Das ist eine wunderbare Idee! Ich hätte Ihnen solch eine schöne Geste gar nicht zugetraut. Gießen Sie ein!«

Dr. Seeberger nahm zwei Schnapsgläser und einen silbernen Flachmann aus seiner Manteltasche und schenkte ein.

»Ihre Lieblingsmarke, Herr Reichsführer Dr. v. Conradi!«, sagt er einschmeichelnd.

»Danke Seeberger! Worauf trinken wir?«

»Auf die NNSD. Auf die Idee, die Einheit unseres Ordens und auf den Reichsführer!«

»Jawohl, wir trinken auf die NNSD und darauf, dass unsere Pläne tatsächlich bald in Erfüllung gehen!«

Beide Männer prosteten sich zu und tranken.

»Wo haben Sie Ihren Wagen stehen?«, fragte Dr. Seeberger. »Mir ist soeben keiner aufgefallen.«

»Hinter der Strohmiete, damit man ihn von der Straße nicht sehen kann.«

»Das ist sehr gut.«

Dr. Seeberger verharrte eine Weile schweigend und schaute dann seinen Chef mit einem eigentümlichen Lächeln an.

»Seeberger, ist irgendetwas?«

»Nein, warum fragen Sie?«

»Und warum grinsen Sie?«

Seeberger beantwortete die an ihn gestellte Frage nicht. Stattdessen sagte er mit übertrieben besorgter Miene: »Reichsführer, geht es Ihnen nicht gut? Sie sind ja ganz blass. Sie werden mir doch jetzt nicht noch schlapp machen, so ganz zum Schluss?«

»Sie haben recht, mir ist plötzlich schwindlig, und meine Beine schmerzen. Es war alles etwas viel in den letzten Tagen! Ich glaube, Seeberger, Sie müssen noch ein Weilchen hierbleiben, bis ich mich wieder erholt habe.«

»Kein Problem, das hatte ich sowieso eingeplant.«

»Wieso eingeplant?«

Dr. v. Conradi wollte noch etwas hinzufügen, aber so sehr er sich auch bemühte, es kam kein Wort mehr aus seinem Mund.

»Ja, warum wohl, Conradi? Sie sind doch sonst nicht auf Ihren großen Kopf gefallen!«, sagte Dr. Seeberger und schaute dabei seinen Gegenüber boshaft an. »Überlegen Sie doch einmal! … Na? Ich sehe es Ihnen an, dass Sie es wissen, aber Sie wollen es sich nicht eingestehen, nicht wahr? Es ist doch ganz einfach zu erklären! Herr Kollege, Sie kennen sich doch mit psychotropen Drogen aus, die man in alkoholischen Getränken nicht bemerkt. Versuchen Sie es doch mal, und Sie werden feststellen, dass Ihnen Ihre Skelettmuskulatur im Moment nicht gehorcht. Sprechen können Sie auch nicht. Aber keine Angst! Dieser Zustand hält nur eine knappe Stunde an. Dann ist alles wieder wie vorher. Na ja, fast alles! Mit dem kleinen Unterschied, dass Sie inzwischen von mir relaxiert, hypnotisiert und mit meinem transportablen Gerät, das ich jetzt aus dem Wagen holen werde, elektroschockbehandelt worden sind. Ach ja, das Wichtigste, den Extrakt aus dem Fleisch Gottes, den ich Ihnen auch verabreichen werde, hätte ich beinahe vergessen. Und deshalb werden Sie auch in ein paar Stunden genau das tun, was ich von Ihnen erwarte!

Sie wissen doch: Der Einzelne ist nicht wichtig! Wichtig ist es, den Orden nicht zu gefährden und das Ziel nicht aus den Augen zu verlieren! Sie, Conradi, sind für uns zu einem zu großen Risiko geworden. Sie können sich auf der Welt verstecken, wo immer Sie wollen. Irgendjemand von Ihren vielen Jägern wird Sie aufspüren und das wäre für unsere Organisation das Ende. Und das wollen Sie doch nicht! Oder?

Ein paar Dinge sollten Sie aber vorher noch wissen: Sie haben Ihre Egoismen von Anbeginn über unsere gemeinsame Sache gestellt. Sie haben im Namen des Ordens blödsinnige und zerstörerische Spielchen spielen lassen. Sie wollten Ihre Macht demonstrieren und haben allen Ihren Willen aufgezwungen. Und das Allerschlimmste war: Sie haben in Ihrer Verbohrtheit nicht gesehen, dass wir bereit waren, Ihnen bis zur Selbstaufgabe zu folgen. Sie glaubten, ein Gott zu sein, aber Sie waren nur ein schwacher, eitler, ja man muss es so deutlich aussprechen, auch ein sehr dummer Mensch, der unverzeihliche Schuld auf sich geladen hat. So, Herr Kollege, sind Sie bereit? Ja? Dann wollen wir mal!«

Kapitel 60

GEGENWART

Bremen, Oberneuland

»Dirk, siehst du, was ich sehe?«

»Ja, ich sehe es und hoffe, dass es keine Fata Morgana ist.«

»Nein, das glaube ich nicht! Es ist wirklich Conradi, der dort in die Einfahrt fährt, ganz zweifellos! Ruf den Chef und das Einsatzkommando! Schnell! Hättest du gedacht, dass der Kerl hier noch einmal auftaucht, nachdem, was alles geschehen ist?«

»Wenn ich er wäre, dann wäre ich schon lange verduftet, da kannst du ganz sicher sein. Sein Bild ist in jeder Zeitung, jeder Mitbürger, jeder Polizist kennt ihn!«

»Da kann man mal wieder sehen, dass Verbrecher viel dümmer sind, als man denkt, auch dann, wenn sie zwei kleine Buchstaben vor ihrem Namen tragen. Dieser Seelenklempner muss doch wissen, dass sein Anwesen observiert wird!«

Oberwachtmeister Dirk Gerdes beeilte sich, Meldung zu machen.

Zwanzig Minuten später rollten ein Mannschaftswagen und einige Zivilfahrzeuge bis in eine Nebenstraße des Anwesens. Männer stiegen aus, versammelten sich, bekamen Schutzwesten ausgehändigt, wurden eingeteilt und nachdem Uniformierte das Grundstück umstellt und gesichert hatten, gingen vier Beamten in Zivil unter Führung des Hauptkommissars Wellmann zu dem prächtigen Portal der Villa in Oberneuland.

Ein Bewegungsmelder reagierte und das gesamte Anwesen erstrahlte in hellem Licht. Der Hauptkommissar dirigierte seine Männer in die zuvor abgesprochenen Positionen und drückte dann auf den vergoldeten Klingelknopf.

Nichts passierte. Das Hausinnere blieb dunkel. Der Hauptkommissar läutete noch einmal, gab dann zwei uniformierten Polizisten ein Zeichen, die daraufhin mit starken Taschenlampen die Fenster ableuchteten.

»Ist es sicher, Nils, dass Conradi im Haus ist?«

»Ganz sicher Heinz. Conradi ist da drinnen und zwar allein!«

»Gut. Trotzdem, es ist Gefahr in Verzug, denn ich höre von innen ganz deutlich leise Hilferufe. Jeder hier kann das bestätigen! Also gehen wir rein!«

Kurze Zeit später war die Haustüre aufgebrochen.

Als das Licht im hochherrschaftlichen Vestibül aufflammte, starrten die Männer entsetzt auf die kleine Person, die in der Raummitte mit einem Strick um den Hals von dem riesigen Kronleuchter herunterbaumelte und die Eindringlinge aus toten, vorquellenden Augen anstarrte.

Nachwort

Tatsachen sind manchmal weniger glaubwürdig als Fiktionen. Um dem Verdacht einer allzu blühenden Fantasie schon im Vorfeld entgegenzuwirken, hier nur einige der recherchierten Fakten:

- Der zweitmächtigste Mann im Dritten Reich, Heinrich Himmler, ehemaliger Hühnerzüchter und Anhänger esoterisch-pseudowissenschaftlicher Thesen, hielt nächtliche Zwiegespräche mit Heinrich I. (876–936 n. Chr.). Er ließ sich gerne mit König Heinrich ansprechen (Himmler soll sich auch als die Reinkarnation des sächsischen Königs gesehen haben.) und bat bei diesen okkulten Treffen den ostfränkischen Herrscher bei anstehenden Entscheidungen um Rat.
- Der Reichsführer SS wollte kurz vor Kriegsende mit den Amerikanern einen Separatfrieden abschließen und war dafür bereit, Hitler umbringen zu lassen, um sich dann dem Volk als Retter präsentieren zu können.
- Die Wewelsburg mit dem ersten Burghauptmann Manfred von Knobelsburg sollte nach den gigantomanischen Plänen Himmlers das geistige Zentrum seines Schwarzen Ordens, der SS, werden und später das auf einer germanischen Urreligion fußende Weltzentrum.
- In der Wewelsburg gab es einen Fluchttunnel, denn für Deutschland arbeitende Agenten hatten aus England berichtet, dass der englische Geheimdienst den Plan hatte, Himmler dort zu kidnappen.
- 1945 ließ Himmler die Burganlage sprengen, der Nordturm blieb fast unbeschädigt.
- Die Wewelsburg, speziell die Gruft, die Schwarze Sonne (mystisch-esoterisches Sonnenradornament aus dunkelgrünem Marmor) und der Obergruppenführersaal sind heute Kultstätte vieler rechter Gruppierungen.
- Der SS-Arzt Dr. Sigmund Rascher war im KZ Dachau u. a. mit bestialischen Menschenversuchen für die Wehrmacht befasst.
- Seine spätere Frau Karoline, (Spitznamen Nini), war eine alte (intime?) Freundin Himmlers und Witwe eines bekannten Schauspielers, brachte sich nacheinander in den Besitz von vier männlichen Säuglingen, die sie dem SS-Arzt als die eigenen unterschob. Himmler übernahm bei dem ersten Jungen die Patenschaft, schickte den Raschers regelmäßig Geld und auch Pakete.

- Beide Eheleute wurden kurz vor dem Kriegsende wegen diverser Straftaten von der SS in verschiedenen KZs hingerichtet.
- Im September 1941 wurden innerhalb von zwei Tagen fast 34.000 Juden in der Schlucht von Babyn Jar (Ukraine) von der Sondereinheit 4a erschossen.
- Teonanacatl (übersetzt: Fleisch Gottes) ist ein halluzinogener, heiliger Pilz der Azteken. Er wurde als ›Wahrheitsdroge‹ während des Kalten Kriegs u. a. von der CIA getestet.
- Mit Lobotomie bezeichnet man eine neurochirurgische Operation (Trennung weißer und grauer Substanz des Frontalhirnlappens), die besonders in den 50er und 60er Jahren tausendfach bei vielen psychischen Krankheiten angewandt wurde. Auch hat man in den USA versucht, damit Schwule und Kommunisten von ihren ›Krankheiten‹ zu heilen. Die Folgen des Eingriffs waren häufig verheerend für die Patienten, denn nicht selten litten sie an schwersten, bleibenden Persönlichkeitsstörungen, denn man hatte ihnen ihre Schwingungsfähigkeit (Empathie) genommen.
- Ein größerer Teil der Nebenpersonen meines Romans hat gelebt. Ich habe mich streng bemüht, ihre Charakterzüge durch die Handlung nicht zu manipulieren.
- Die Geschichte selbst ist fiktiv und alle Ähnlichkeiten mit lebenden Personen sind rein zufällig.

Peter Bond

Milla

Im Handel erhältlich ab 15.09.2013
Taschenbuch, 381 Seiten
ISBN: 978-3-942661-30-0

Erste Hälfte des zwanzigsten Jahrhunderts. Milla Bellasowa und ihre Mutter Lydia sind zwei kultivierte, begehrenswerte und für ihre Zeit emanzipierte Frauen. In lebhaften Bildern beschreibt Peter Bond Millas Entwicklung von der Kindheit in Russland bis hin zu ihrer schillernden Karriere im Rampenlicht der Pariser, Mailänder und New Yorker High Society. Zugleich wird eine Geschichte über Liebe, Hoffnung, Sehnsucht und Trauer gezeichnet, die charakteristisch ist für eine ganze Familie und Gesellschaftsschicht.

Von 1988 bis 1998 war Peter Bond als Moderator maßgeblich am Erfolg des Formats „Glücksrad" und „Die goldene Schlagerparade" beteiligt, für den er 1991 mit dem Bambi ausgezeichnet wurde. Seit 1999 spielt er Episodenrollen in beliebten Serien wie „SOKO Leipzig", „Der Alte", „Siska" oder der Kult-Serie „Dahoam is Dahoam" im BR. Mediale Aufmerksamkeit erfuhr Peter Bond 2009 durch seine Teilnahme im RTL Dschungelcamp und bei „Das perfekte Promi-Dinner" auf VOX. Heute widmet er sich neben der Schauspielerei und Live-Moderationen der Literatur. „Milla" ist Peter Bonds erster Gesellschaftsroman.